韩志晨影视剧作品集

韩志晨 著

# 花开时代

长春出版社
全国百佳图书出版单位

图书在版编目（CIP）数据

花开时代 / 韩志晨著. -- 长春：长春出版社，
2024.12. -- (韩志晨影视剧作品集). -- ISBN 978-7
-5445-7705-2

Ⅰ.I235

中国国家版本馆CIP数据核字第20246QD473号

## 花开时代

| 著　　者 | 韩志晨 |
|---|---|
| 责任编辑 | 程秀梅 |
| 封面设计 | 清　风 |

| 出版发行 | 长春出版社 |
|---|---|
| 总 编 室 | 0431-88563443 |
| 市场营销 | 0431-88561180 |
| 网络营销 | 0431-88587345 |
| 地　　址 | 吉林省长春市南关区长春大街309号 |
| 邮　　编 | 130041 |
| 网　　址 | www.cccbs.net |

| 制　　版 | 长春市清风静盈文化有限公司 |
|---|---|
| 印　　刷 | 长春天行健印刷有限公司 |

| 开　本 | 787mm×1092mm　1/16 |
|---|---|
| 字　数 | 750千字 |
| 印　张 | 28.5 |
| 版　次 | 2024年12月第1版 |
| 印　次 | 2024年12月第1次印刷 |
| 定　价 | 80.00元 |

版权所有　盗版必究
如有图书质量问题，请联系印厂调换　联系电话：0431-84485611

# 心系蓬门写百姓　声出肺腑唱众生（代序）

我曾写过几句"我的人生与艺术感言"——

> 数十载风雨兼程，
> 行色匆匆。
> 久沐五更寒，
> 饱经八面风，
> 苦追寻，
> 非图觅芳撷翠，
> 只为星海一梦！
> 平民心，布衣情，
> 小径崎岖勤攀登。
> 心系蓬门写百姓，
> 声出肺腑唱众生。
> 无风送我上青云，
> 有朋助我树干城，
> 莫叹前路多坎坷，
> 人间原本道不平。
> 我自扬眉向天笑——
> 红叶经霜久，依旧火样红！

这，便是我的内心独白。当年，在我和胞弟韩志晨共同创作《篱笆、女人和狗》《辘轳、女人和井》《古船、女人和网》的那段时日里，有位北京的记者对我们进行专访，临告别时突然问："你们的座右铭是什么？"我答曰："柳青、李准、浩然！"该记者先是大感继而大笑："别人的座右铭通常都是一句名言或几句警语，你们的座右铭竟然是三位作家？！"他当时以为我一定是口误或者是戏言，其实呢，我说的却是真话，也是我与志晨在一起研究创作时经常谈论的话题。

"以铜为镜，可以正衣冠；以古为镜，可以知兴替；以人为镜，可以明得失。"每当我秉笔状写当代农村生活或者作为导演用镜头语言去表现当代农民的时候，我确实是把柳青、李准和浩然当作镜子来照的。这三位，都是我非常崇敬的前辈作家。当我还在中学读书的时候，他们早已蜚声文坛，都堪称是驾驭农村题材的巨匠。他们的才气，他们的人品，特别是他们对生活的熟悉程度，都是无与伦比的。但有时我也想，作为一个创作上的后来者，我们不单应当努力学习他们成功的经验，还得认真汲取他们不成功的教训。我不时以此提醒、激励自己，同时也提醒和激励弟弟志晨。

当年，柳青的《创业史》曾被文学史家们誉为"划时代的作品"。梁生宝、徐改霞，特别是梁三老汉，写得真是呼之欲出。然而，十分不幸的是，由于时代和历史的局限，作家却把这部作品捆绑在了农业"合作化"的战车上，把是不是走合作化的道路当作区分农民先进与落后的分水岭和试金石。时过境迁，当今天我们较为清醒地回过头去审视过去那段历史的时候，这部作品的人文价值和美学价值便大大打了折扣。20世纪中期，李准的《李双双》曾是脍炙人口的佳作，直到今天我们依然认为，就人物的鲜活度而言，没有多少作品可以与它比肩。但是，就是在这部相当出色的作品中，作家却偏偏把"是否吃人民公社的大锅饭"当作李双双和喜旺矛盾冲突的中心点，整个作品都是围绕着这个"核"展开的。到了今天，人们才猛醒：咦，原来李双双错了，喜旺对了！这，并不是历史的恶作剧，而是社会发展的规律和内在的必然性使然。另外，《艳阳天》与《金光大道》这两部鸿篇巨制，曾使浩然令人瞩目地独步文坛。其中的弯弯绕、小算盘等人物，真是把中国社会变迁中的农民写活了，写透了，写绝了。然而，令人格外惋惜的是，还是由于时代和历史的局限，导致作家在作品的"含义层面"上陷入了迷津。那些鲜活的人物，一个个都成为"为富不仁"的标本并因此而遭到鞭挞！伴随着我们国家改革开放的深入，伴随着社会的发展和历史的变迁，当人们历经坎坷、饱受磨难，终于大梦初醒，当认识到"追求财富，是人类最原始也是最现实的冲动，是最世俗也是最崇高的理念，是最卑微也是最伟大的行为"时，这两部作品的光彩就难免变得有些黯淡了。

"时间"与"空间"这四个字，对于作家和艺术家来说是至为重要的。所谓"时间"，就是作品的生命力到底有多久，能不能够努力超越其所诞生的世纪；所谓"空间"，就是作品的影响力究竟有多远，可不可以超越其所诞生的国界。在"时间"和"空间"这两个最伟大的评论家面前，人类的一切精神产品和艺术成果都将经受最严格的检验。

我从不敢奢望自己可以清醒而自觉地摆脱时代和历史所给予我们的局限，那无异于用手揪着自己的头发试图飞离地球。我只是希望在进入艺术创作过程的时候，努力保持老黑格尔所说的那样一种"常醒的理解力"，努力表现最广大人民群众的愿望和情绪，反映回荡在他们心底的呼声，尽力做到"心系蓬门写百姓，声出肺腑唱众生"，而不让自己的作品成为马克思、恩格斯所强烈反对的那种"时代精神的单纯号筒"。这，也是我与志晨在创作《篱笆、女人和狗》《辘轳、女人和井》《古船、女人和网》系列作品时共同的遵循。

多年前，我曾在自己一本书的"后记"中写过这样的话："现代化，就是'现实的人'对'人的现实'所进行的挑战；而改革，就是我们全中华民族都齐心合力地冲破一张传统观念的大网，尤其是我们每个人都冲破自己的心灵之网。"这是我对生活一个很重要的认识，也几乎是我所有作品的母题。我试图从各种不同的视角，以各种不同的形式，通过多种多样的艺术形象来揭示这个母题。当志晨独立创作《瓮子、女人和海》《太阳月亮一条河》《八月高粱红》《红脸汉子金领带》《拉林河兄弟》《爱在槟榔花开时》《三请樊梨花》《山高高，路长长》《山爷》《小镇女部长》《风雪桅杆山》等影视剧作品时，我也总是这样叮嘱他、提醒他、鼓励他。

我们家是一个多子女的家庭。我有三个弟弟、三个妹妹，在七兄妹中我是老大。小时候，家里很穷，父亲母亲像一双劳燕，以微薄的薪金聊以家用，茹苦含辛地把我们七个人全都培养成大学生、研究生。我和二弟志晨从事文学艺术创作，三弟志国是著名经济学家，小弟志民和二妹晓华在美国从业，大妹妹雅琴是医学教授，小妹妹晓虹原在机械工业部从事外贸工作，后来自己创业。我们都是在改革开放的"狂飙突进年代"考入大学的青年学子，所以既是改革开放的受益者，又是改革开放最忠诚的拥趸。我们的血管里，奔腾着平民的血液，无论在理论上，还是在作品中，我们都坚定秉持"人类的共同价值"，是改革开放热情的歌者和鼓手。我们特别乐见祖国融入"人类命运共同体"，自立于世界民族之林。

志晨是军旅出身的作家，历任吉林省影视集团副总、艺术总监，系中国作家协会会员、中国电影家协会会员、中国电视艺术家协会会员、中国电影评论学会会员、中国电影文学学会常务理事、国家一级编剧，2010年晋升为国家二级教授，现任吉林省文化发展研究会影视编剧专业委员会主任、长春市电视艺术家协会主席。现在摆在我们面前的这部六卷本的《韩志晨影视剧作品集》，是他多年来辛勤笔耕的结果，是他心血与汗水的结晶。获悉作品集即将由长春出版社出版，作为父母的长子，作为弟弟妹妹们的长兄，我内心的喜悦是可以想见的。真诚地祝贺二弟志晨！

  文学艺术创作，不是短池游泳，也不是百米跨栏，而是马拉松竞赛。在长长的竞赛途中，要踏踏实实地跑自己的路，弓下腰做自己的事，谁有韧性谁有后劲谁才能跑得最好！何况，生活本身是流动的，而流动的生活是不平静的。文学艺术是发展的，而发展中的文学艺术需要超越，更需要自我超越。真正的艺术家，当如大海的巨鲸，要打破一切习俗与传统表面的平静。一个由这样的艺术家组成的群落，当使一切僵化的、固定呆板的东西焕发崭新的生命力——我们要为此不懈进取！这，也是我对志晨由衷的期望。

韩志君
2024年8月

# 走出瀚海兮入长河

## 一、童年生活的磨砺

我出生在科尔沁草原东南部号称八百里瀚海的一个小镇上。我的家是一个多子女的家庭,小时候很穷、很苦。童年的生活遭际,使我心灵早熟,也使我在人生的道路上一直对社会底层民众充满同情和理解。我的作品恪守平民视角,"不仰视权贵,不欺世媚俗,崇尚真善美,鞭挞假恶丑"是我从事艺术创作的原则。

海明威说过:"苦难的童年,是对作家最好的早期训练。"我挨过饿,吃过各式各样的野菜,也品尝过人间的冷暖和世态的炎凉,还曾经"死"过一次。我刚上中学那年,"文革"就开始了,两派武斗时有一颗子弹打穿了我家的窗棂,在墙壁上留下划痕,落在炕上时还很烫手,母亲怕我们出事,急忙拿出了家中仅有的几块钱,让我带着两个弟弟向八百里瀚海深处我的姑姑家逃难。这无疑给姑姑家增加了沉重的负担,虽然姑父姑母待我们如同己出,但我想:要出去找点儿活儿干,挣些钱在经济上接济一下姑姑。在我的一再坚持下,我到了一个苇厂,在当厂长的大舅和工人二舅的帮助下,工头留下了我。我每天站在苇垛上,把长长的苇子从捆子里抽出来,铺在地上,拉石磙子压软,以供打杠子的师傅们用其绑草捆。对于十几岁的我来说,这确是一份极为艰难的活计。苇絮花儿塞满了鼻子眼儿是小事儿,那个高高的石磙子在我看来真像一座小山那样高,好沉好重。因为我每天要争取省下一元钱来,所以用于一整天的吃饭费用只有4角9分。吃不饱,饿的滋味儿很难受,拖起石磙子举步维艰,但我还是咬牙坚持。不到两个月,我给姑姑家寄去了50元人民币。姑姑接到这笔钱,没有喜形于色,反而泪如雨下,可我觉得付出还不够。我看大人们每个月都有一次装货车皮的机会,就是从草场上把草捆背到货车车厢,每背上去一捆,能赚到差不多3元钱。我要求也和大人们一起装货车皮。开始,大人们都不同意,谁会愿意和一个十几岁的孩子搭伴来装呢,弄不好就是累赘。我说:"我不要你们帮助,220捆草捆一车厢,我负责装110捆!"他们勉强同意了。当我第一次背起沉重的草捆时,差点儿没被压趴下,晃了几晃，我才稳稳站住脚，走上高高的木质跳板，把草捆放到车厢里。我承认，我不完全是用体力把草捆背上去的，而是用一种意志，一种内心强大的赚钱的渴望！奇迹就这样发生在一个十几岁的穷孩子身上，经过两天一宿的努力，我把每捆都重于我本人体重的110捆草捆全部背上了车厢！我的体力严重透支。清晨时分，我刚刚走下跳板，脑袋一阵眩晕，就什么都不知道了。当我苏醒过来时，已是午后，秋阳暖暖地抚摸着我的脸。我的身边围着二舅和一群工友，他们正拿凉水往我的脸上喷。我缓缓睁开眼睛时，工友们欢呼了起来："活啦！活啦……"我的身体好像已完全融入了大地，我就是大地，大地就是我。我知道，自己死而复生！我一口气吞下了十几枚鸡蛋后，站了起来，这一站，站起了那时的我，还有今天的我！那一次，我挣到了300多元钱，姑姑坚决不同意我再往她那里寄钱，我就寄给了妈妈。许多年后，妈妈对我说："志晨啊，你当年寄回家中的300元钱，其实是救了家里人的命，你爸爸被批斗，工资一分钱不开，有了这笔钱，家里的人才活了下来。"妈妈说得很动情，可我却觉得只是做了应该做的事。

生活的艰难坎坷总是与美好和希望并存。苦难的童年教会我坚忍、顽强的同时，温暖并且充满亲情的大家庭也教会了我真诚与善良。人世沧桑使我懂得了：人，并不是荒岛上的鲁滨逊，需要彼此发生联系，需要互相关照和扶助。我的周围，是生活在社会底层的广大民众，他们不仅渴望物质生活的丰盈，也渴求精神生活的丰富。作为艺术创作者，我们必须以人民为中心进行创作。我们创作作品的真正价值在于用文学的手段关怀人，烛照多种多样的人生，或者擎起一支火把为人们照亮，让世间的每一个人都在人生道路上少一些迷茫与磕绊，多一些快乐与慰藉！

此后不久，我作为一个只念了七年书的孩子，与千千万万个同龄人一道上山下乡。我在科尔沁大草原上一个叫"靠勺山"的贫困小村落里日不出而作，月亮和星星出来了才息，这样生活和劳作了两年后，又到工厂当了两个月工人。满十八岁那年，我便走出了八百里瀚海，参军入伍了。这，是我生命新的启航。

## 二、部队大熔炉的冶炼

我所在的部队在大兴安岭的深山老林里，是逢山开路、遇水造桥的铁道兵。但我到了部队以后，凭着会画画和写美术字，很快就被抽调到了团文艺创作组，任务是写兵唱兵演兵。当兵之前，我只有七年的文化底子，比小学生强点儿，属于"麻袋片子绣花——底子孬"那伙儿的。让我创作快板书、数来宝、山东快书、相声、三句半、歌词、诗朗诵，哪里做得来？于是，我开始疯狂地读书，把可能找得到的书籍都拿来读，并把其中新鲜的词语、成语或者形容词分类抄在小本子上。在写作中，我会在诸多同类的词语中挑选相对准确和富有新意的使用。哥哥志君又给我寄来《诗韵词典》等一批书籍，对我来说真如"旱天及时雨，枯苗逢甘霖"。当兵第一年的九月，部队安排我到铁道兵东北指挥部参加文艺创作学习班，使我有机会结识了铁道兵文化部创作组、铁三师、铁九师以及东北铁指的许多从事文学艺术创作的战友。此后，我又被送到长沙铁道兵学院深造。在部队这个大熔炉中，经过多方面的冶炼，我在创作上也逐渐开始游刃自如，写出的很多作品都搬上了舞台，有不少还在部队的文艺会演中获奖。

我开始志得意满。有一次，到长春出差，皎洁的月光下，我与胞兄志君坐在人民广场的长椅上，兴致勃勃地向他报告我在创作上的丰硕成果。哥哥听后，给我讲了通俗文学与纯文学的区别，叮嘱我不能仅仅满足于写快板书、数来宝、山东快书、相声、三句半，要有向文学艺术圣殿挺进的志向和决心。他给了我一本巴乌斯托夫斯基的《金蔷薇》，对我说："在部队的生活中有许多鲜活的东西，你要像书中的那位约翰·沙梅一样，细心地从生活的泥土中筛选'金粉的微粒'，聚沙成塔，集腋成裘，努力打造出美丽的金蔷薇，献给自己钟爱的苏珊娜——你的读者和观众。"当时，我听得目瞪口呆，也如醍醐灌顶。在我的创作生涯中，那个皎洁的月夜是个转折点。在哥哥的启发和鼓励下，我开始走上了诗歌、散文以及小说的创作道路。经过不懈的努力，先后有不少作品发表在《吉林文艺》《黑龙江文艺》《青年诗人》《诗人》《作家》《铁道兵报》《志在四方》等刊物上。1983年以后，我又在《小说选刊》《参花》等文学杂志上发表了诸多短篇小说和《井倌》等中篇小说。我常对朋友说：我真正走上文学创作之路，导师是我的哥哥，是他手拉着我手，一脚高一脚低地把我领进了文学的大门口；而冶炼我的火热熔炉是部队，大兴安岭连绵的群山、无际的森林和战友们的生活与情怀给了我创作的灵感，让我积攒了无数"金粉的微粒"，并用它们打造出了属于自己的"金蔷薇"。这，是我艺术生涯的启航。

### 三、艺术创作实践的淬火

1986年，我结束了16年的军旅生涯，脱掉了熟悉的绿军装，到吉林省电视台电视剧部工作。如果说，童年的苦难生活磨砺了我，部队的大熔炉冶炼了我，那么，此后丰富多彩的创作实践则让我不断地淬火，渐渐地形成了自己的创作风格，丰富了自己的作品艺术长廊。

初进电视台，争强好胜的我，自己感觉对声画艺术缺少了解，就开始恶补电影语言的语法知识，熟悉镜头、画面语言、蒙太奇、声音元素以及声画关系等专业知识。我在主办文艺专栏的同时，也开始执导《生命树》《生命的秋天》等专题片，在全国和省内都获了不少奖。为了切实提高自己的文学素养和艺术素养，我在职进入吉林大学读书，系统地阅读中外文学名著。

从1987年到现在，我和大哥志君一起创作了电视剧《篱笆、女人和狗》《辘轳、女人和井》《古船、女人和网》"农村三部曲"和《大脚皇后》《大唐女巡按》等多部电影；还独立创作了《三请樊梨花》《小镇女部长》《风雪桅杆山》等百余集电视剧和十多部电影作品。每当听到大街上"星星还是那颗星星"的歌声，看到书房里国际、国内的各种奖杯和获奖证书，我都在想：自己作为一个出身于平民百姓家庭的苦孩子、穷孩子，能成为一个从事专业影视创作的文学艺术工作者，真应当感谢五彩斑斓的生活，感谢多种多样的创作实践。"不积跬步，无以至千里；不聚小流，无以成江海"。若没有在艺术创作实践中的不断淬火，就不可能有我的今天和我的那些作品。

在庆祝中华人民共和国成立60周年的时候，国家广电总局和中国电视艺术委员会表彰了60位有突出贡献的艺术家，我与哥哥名列其中。成就的光环，只属于过去，未来的道路遥远而漫长。契诃夫说："艺术家得永远工作，永远思考""要在一个很长的时期里天天训练自己""用尽气力鞭策自己""让自己的手和脑子习惯于纪律和急行军。"他还说："要尊重你自己，在脑子犯懒的时候别让两只手放肆！"我常把他的这些话铭记于心，提醒自己一定要在艺术创作的实践中不断经受淬火。如果我们把艺术家比作孙悟空，那么艺术创作的实践便是太上老君的炼丹炉，那里是可以炼出艺术创作"火眼金睛"的地方。在未来长长的创作途中，我当乐此不疲！

# 目 录

花开时代 / 1

大山嫂 / 200

山高高，路长长 / 348

# 花开时代

**第一集**
**1. 江浙展览公司女宿舍内**

窗户洞开着，窗外是蒙蒙细雨，窗台有四盆花儿：水仙、兰草、苏丹凤仙花、虎皮兰，叶子上有雨滴。

门开了，春宁，这位秀气端庄的女孩子走了进来，她手里端着洗脸盆儿，一边用毛巾抹着嘴，一边对懒在床上的夏波说："夏波，你个大懒虫，还想躺到什么时候起床？"

被叫作夏波的女孩子用被子一蒙脸，反而躺在那儿一动不动了。

春宁笑笑："懒懒懒，天天早上起个床比掐你刮你都难受！起来，快起来吧，一咬牙就起来了，咱们今儿个可是有事儿呢！"

夏波伸着懒腰说："叫叫叫，一大早上就听你这只大公鸡在屋子里叫！咯咯咯，咯咯咯！"

春宁一边泡着方便面，一边笑着说："嫌我烦你了是不是？我可不是非要你起来！你要真不想起来，我给你出个招儿？"

夏波："啥招？有招你也是坏招！"

春宁："别干这工作了，辞职得了！愿意睡到啥时候是啥时候！"

夏波平和地说："别损了你！哟，外面下着雨呢！"

春宁："雨下得还不算大，只要不下刀子咱就得去！约好了的！"

夏波慵懒地坐了起身，两腿儿仍插在被子里："我看姓黄那小子根本不是真心，今儿个支明儿个儿，明儿个支后儿个，咱们是腿肚子跑肿了，脚脖子跑拧了，鞋底子磨薄了，嘴皮子说破了，吐沫星子说干了，嗓子眼儿冒烟了，到头来还是个白搭白！"

春宁笑笑："咱们是公司的业务员，工作性质就这样！你能怎么办？办事儿哪能都那么顺利？跑一个成一个？躺在床上屋顶噼啪掉馅饼，那公司还要我们做呀？咱这工作，跑一百家能成一家就不错啦！黄总他们公司有一线希望，咱们也得去跑不是？！"

夏波看看刚从床上坐起来的晓梅说："这么早，你也跟着起来干啥？大眼睛瞪得像灯笼似的，我要是你，下雨天是睡觉天，反正刚来也没啥事情做，就躺在被窝里睡回笼觉！回笼觉啊，香得很！"

晓梅下了床，趿上鞋，说："我不行，睡不着，在乡下养成的习惯，老早就醒了，怕影响你们，一直躺着，实在躺不住了，躺得腰疼！"

夏波："啥叫有福不会享？这就叫有福不会享！你看人家阿菊，那小觉给你睡的，呼呼地，脸蛋儿上的小酒窝儿都睡出来了！女人能睡觉是福气，皮肤光亮，精神好！"

被叫作阿菊的女孩子，面容姣好，有几分媚气，她静静地睡在那里，好像听到了夏波的话，微微动了动，但仍没睁眼睛。

晓梅还是一身乡下装束，皮肤有些黑，她憨憨地问："是吗？我说城里的女人皮肤那么白净呢？原来和睡觉多有关系呀！"说着，真的要躺回被窝里了。

春宁一边搅着方便面，一边对晓梅说："晓梅，你夏波姐那是懒人的逻辑，你可别当真！"

晓梅又一骨碌爬起来："春宁姐，你和夏波姐两个人，一个人一把号，各吹各的调，我听谁的呀？"

春宁："你觉得谁说得对，就听谁的！"

晓梅："我们乡下的女孩子皮肤黑，是风吹日晒的事儿！都没睡懒觉的习惯！"

春宁搅着方便面说："起来吧！别像夏波，白是白，可是一身懒肉！咱皮肤有点黑怎的？咱勤快！"

夏波佯怒道："死春宁，还是当姐姐的呢，净挑咬眼皮的话说！"说着把枕头向春宁扔了过去！

春宁接住枕头说："哎，疯丫头！方便面！别碰洒了方便面，这可是咱们的早餐哪！"

夏波一惊："啊，没事吧？"这才下了地，端起一碗说："这碗是我的？"说着端了过来，坐在床边就吃了起来。

春宁："你瞅瞅你，头不梳脸儿不洗，就端着碗吃上了！以后得有个啥样的好老公侍候得好你！晓梅，也给你泡了一碗！你也吃吧！"

晓梅："谢谢春宁姐！"

夏波："我是懒了点儿，可是懒人自有懒人福！你看方便面咱没泡，咱也吃上了！我比你春宁姐多睡了半个点儿，赚了！可照样和你一起出门办事儿！"她对晓梅说："晓梅，你不愿意睡，那就别睡了，你那皮肤就黑去吧，可以黑到下一个世纪去，黑得像我一位非洲朋友一样，和我没关系！一个屋住着，你还照样是我妹子！顶多喊你个黑妹！"

晓梅目光复杂地看着夏波。

春宁见了，对夏波说："夏波！你别乱说！吃饭嘴也闲不住！"

晓梅在地上转来转去，看见了窗台上的花，动手搬动那花："这几盆花老在屋里放着哪行？得放外面多淋淋雨，雨水有营养！"

阿菊翻了一下身，睡眼惺忪地："别动我那盆苏丹凤仙呀！"又说："哎呀，一大早上的，你们嚷嚷什么呀？吃饭就吃饭得了，人家还睡觉呢！"

夏波看看春宁和晓梅，用筷子点着阿菊说："看着没？这才是有福的人！"

晓梅："春宁姐，我啥时候能跟你们一起出去跑跑？"

春宁："不急，你刚从乡下来，先收拾收拾东西，洗洗衣裳啥的！过几天，我们带你出去！跑任务是个苦差事！咱们公司举办的展览会还有一个多月就要开幕了，咱们每个人都是定了任务的，完不成可不行！"

晓梅："公司还没跟我说任务的事儿呢！"

**2. 江浙展览公司男宿舍内**

屋子里堆放着画板之类的物品，在耿大民的床头有一幅春宁的肖像画，还没有完成，显示出男主人和春宁的某种关系，耿大民和李小明的床头，还摆放着各种中西方的绘画作品图书。

李小明凭窗而望，浪漫地朗诵着自己的即兴作品："啊，雨中的城市，巷道湿了，屋顶湿了，我们的心情也湿了！一同湿了的还有张开了联想思绪的翅膀，和心底里理性智慧的灯光！啊！这诗写得太好了，鼓掌！"

耿大民一边往屋子里的一条晾衣绳上晾毛巾，一边说："行了，我的李晓民大诗人，别一个劲儿浪漫了，浪漫诗词不顶饭，快点儿吃饭，得上班了！别面对一场风雨发不尽的感慨和幽情了！"

李晓明余兴未尽地说："哎，我的好大民，耿大哥！你听：一同湿了的还有张开了联想思绪的翅膀，和心底里理性智慧的灯光！经典不经典？叫绝不叫绝？"

耿大民："经典！叫绝！"

李小明："真话？！"

耿大民："比泰戈尔还泰戈尔！"

李小明乐了："哈哈！真乃浪漫出诗人哪！我李小明终于也写出了可以让耿大哥说好的诗歌了！"说着，在床上翻了个后滚翻！

耿大民笑了："这几句诗是不错，可真正叫绝的是你那副自我陶醉的样子！"

李晓明冷静了一下："后面这句话能不能不说？！"接着又兴奋地说："耿大哥，窥一斑而见全豹，有今天早上这几句诗，你就足见我李小明现在的诗歌才华与未来可以如探囊取物一样拥有名气了！啊！一个比李白更李白，比杜甫更杜甫的诗人已经诞生在你面前！诞生在东方的地平线！你，耿大民，一个江浙展览公司里的美术设计师，一个普普通通的人，在生命历程中，竟拥有了和一位伟大诗人同居一室的不普通经历！辉煌啊！"

耿大民："千里之行，始于足下，你现在还不是李白、杜甫、泰戈尔，你现在还是江浙展览公司的美术设计，你要先做好眼前的事儿，别老好高骛远！"

李小明白了耿大民一眼："怎的？看人家要成为伟大的诗人了，你打击人家的积极性啊，嫉妒哇？！"

耿大民："照你的话说，那我真是有点儿嫉妒！"

李晓明："耿大民大哥，你人好，朴实聪明成熟，这些我都佩服你，可是你……"

耿大民："说下去！"

李晓明："我说了你别生气，你别老那么土气味儿了好不好？你的生活中需要嵌入一种精神的浪漫！高雅的浪漫！"

耿大民："精神的浪漫，我不完全否认，在人的生活中也是必要的，可我反对空泛的浪漫，那是空中的海市蜃楼，没有现实基础！"

李晓明："别忘记，我的浪漫不是空泛的，我吟咏的是城市的雨！"

耿大民："精神的空洞和有没有个现实的影子没关系！"

李晓明："你是说我空洞？"

耿大民："不一定说的是你，只是泛指而已！"

李晓明："万没想到，我对你耿大民的一腔热血，竟是对牛弹琴！"

耿大民意味深长地笑了，没再说什么。

### 3. 城市广场

美丽的广场。

树木，花草，楼房都笼罩在一片白蒙蒙的烟雨之中。

花雨伞是一道道流动的风景线，把雨中的广场打扮得更加靓丽多彩！

那秀美挺拔的棕榈树，宽大的叶子上流淌下明亮的雨丝。

一排棕榈树下，春宁和夏波擎着花雨伞，走在雨中。

花雨伞下，两个女孩儿有些焦急的眼神！

夏波说："春宁姐，这又是风又是雨的，咱们找个地方避避吧！"

春宁看看手表，又望着天空叹了口气说："这雨是停不了，不管他黄总在不在，咱们都得是按时赴约！岔头儿不能出在咱们这边！咱们还得走！"

夏波看看春宁又看看雨天，不无忧郁地："春宁姐，实话说，我的家里虽然是个普通市民的家庭条件，可我是个独生女，从小到大，爸妈对我顶在头上怕吓着，含在嘴里怕化了，从来没吃过这么多苦！爸妈要知道我吃了这么多苦，心里不一定多难受呢！"

春宁笑了："这点儿苦就是苦了？咱们这一代年轻人，家里一个孩子的多啦，我家里也是我一个！我五岁那年，刚记事儿，爸妈逗我，说家里要再要个弟弟，我说：不行，有了弟弟就喜欢他不喜欢我了，要是真要了弟弟，我就趁你们不在家把他放在床下边去，说得爸妈全笑了，那个时候不懂事呀！可是看得出我们这代人独根苗的独来了！"

夏波："你爸妈对你可能也娇惯，可你身上这种气息很少，你自立！"

春宁："我的这个大学怎么念下来的？爸爸妈妈不是没钱，可是不主张让我多花钱，爸爸老是让我勤工俭学！说了你也许不信，念书时，我就给人家当过家教，还在街上卖过报纸！"

夏波："哎哟，你爸爸心也真够狠的，有钱，还让自己女儿干这？"

春宁："这就涉及人的价值观念了，爸爸教育子女的观念是严是爱，松是害！"

夏波："那你妈妈也不疼你呀？"

春宁："妈妈一开始反对爸爸的做法，后来也同意了！"

夏波："你爸妈真建立统一战线哪，春宁姐，你的爸爸是什么人哪？咱们认识这么长时间了，几乎很少听你提起，你的家庭对我们大家来说是个谜！"

春宁笑了："爸爸妈妈和我们都是一样的人啊，一个鼻子两只眼睛！"

夏波："含糊其辞，又是含糊其辞！行了，你不说，咱也不问了，春宁姐，你说黄总这个公司，说是要参加展览会，咱们跑了多少趟了？要不就是那个色眯眯的黄总不在家，在家了，也是让你一顿神等，等着说上话了，他绕的一大圈子，比宇宙飞行员绕圈儿绕得都远，眼珠子盯着你的脸不放松，嘴里没句准话！不说行也不说不行，还不得罪你，让你望山跑死马！说实话，黄总公司的事儿我是真不想跑了，我看，今儿个咱俩就是大雨滔天地去了，也没啥大指望！"

春宁看了看夏波，笑笑说："没大指望，不是没指望！有一线指望咱就得去！再说，咱和那个黄总说好了，今儿个去！咱不去，那不是失约了，给人家留下话把儿？！人家可以说：我等你们了，你们没来呀！咱们还有啥辙？！那这事儿就黄了！你知道，黄总公司的这份业务对咱们来说，也很重要，要是成了，咱们就提前超额完成任务了，泡了汤，那就还得跑别的公司！"

夏波："唉！咱干展览业的女孩儿，外边人不了解咱的还挺羡慕，可咱干的这活儿呀，也是真累，又累身体又累心！春宁姐，你觉没觉出你自己瘦了？对镜子照照，脸蛋儿瘦进去一圈儿了！"

春宁看看表，关了伞对夏波说："时间不早了，左溜儿也浇湿了，风太大，伞难打，咱们走！"

夏波忙把雨伞罩在春宁头上说："春宁姐，走是行，可你还是把伞打开，别浇感冒了！发烧发热，工作别干了，照顾你吧！"

春宁执拗地："不打了，就这么来个风雨浴了！我是瘦点儿，可没有你那么娇气！"

夏波："啊，让你打个伞就娇气了？照你这么说，雨伞公司都停业得了！"

春宁在雨里走着，抹了一把脸上的雨水，只是笑笑，没再吭声！

两个人走在风雨中。

一阵风吹来，夏波有些把不住自己手中的雨伞了，雨伞从夏波手里飞出去，在广场的草坪上滚跑！

夏波在风雨中喊："哎呀，春宁姐，雨伞！雨伞！"

风中的花雨伞在绿草地上一蹦一跳的！

春宁疾跑着，追那花雨伞！

她的鞋子、衣裤上溅着雨水，她终于追到了伞，把伞抓在了手里！

美丽的花雨伞下，她的脸上有些许泥渍！

春宁把合上的雨伞递给夏波："不让你打你偏打着伞！这回好，咱俩都浇湿了，看你还打不打！"

夏波把伞撑在手中:"这老天爷是真给我夏波上眼药哇!行了,不打了,咱们走!"
两人走在风雨里!
雨中两个倩影,雨水冲洗着两张美丽的脸!
一辆轿车开了过来,到她们跟前减了速,还直鸣笛!
夏波一回头,说:"呀,这不是咱们公司江总的车吗?怎么这么巧?!"
车窗玻璃摇了下来,露出江浙总经理英俊的脸:"快上车吧!"
春宁:"不行啊,我们不回公司,我们还要去办事呢!"
江浙:"雨下得这么大,快上车吧!上哪儿去,我送你们!"
她们上了车!
车开走了!

4. 江浙公司女宿舍
阿菊穿着一身睡衣,在对着镜子化妆,描眉画眼。
晓梅拎着个拖把想拖地。
阿菊制止道:"外边下着雨,空气发潮,怎么还要拖地?弄得湿乎乎的,你怎么干什么活儿不长个眼眼?"
晓梅苦着脸说:"阿菊姐,你别怪我,我是个乡下人,不懂城里生活的规矩,只是觉得咱进了城,得多向城里人看齐,多做点儿事儿,咱没多少文化,可有的是力气!"
阿菊:"力气?在这高科技时代,信息时代,力气还值多少钱一斤?乡下人进了城,就得想办法把自己变成城里人,别老拿着自己朴实,有一身力气当资本!"
晓梅:"科技再发展,信息再丰富,那不是也离不开人控制?是人就得吃饭不是?粮食不都是咱农民种出来的?阿菊姐,你不应该瞧不起咱乡下人!"
阿菊:"别以为人一定都得吃饭,为了减肥,我就吃水果蔬菜!"
晓梅:"水果蔬菜也是我们农民种的呀!"
阿菊故意地:"是吗?我不知道,我只知道花钱能买到!有钱就有水果蔬菜吃!"
晓梅:"人,只是分工不同,没有贵贱之分!这是咱们市有名的乡镇企业家——我二舅说的!"
阿菊:"啊,你二舅还是有名的乡镇企业家哪?这么说,他一定很有钱了?"
晓梅:"他有钱,可他不是那种掉到钱眼儿里的人,是很有人情味儿的那种人!"
阿菊不屑一顾的神态:"啊,愚昧待升华的那种!"
晓梅反驳道:"我二舅可不愚昧,他从乡下考上了农业大学,研究生毕业又回到乡下办企业的!"
阿菊从衣裳包里扯出几件衣裳:"是吗?这么传奇呀,有机会让我和他见见!晓梅,这几件衣裳,是我找给你的!人进了城,首先得穿得像个城里人,别土里土气的!"
晓梅:"我怎么好要您的衣裳呢?"
阿菊:"客气啥?以后一个屋住着,日子长着呢,就得跟亲姐妹儿一样不是?!"
晓梅犹豫不决。
阿菊一下扔了过来,晓梅只好接着,并看着这几件衣裳。
阿菊的手机响了,她接听手机,声音娇柔地:"啊,是黄总啊。"

5. 江浙展览公司工作间
耿大民和李小明正在研究展览会设计方案。

李小明说："按说咱们也是美院的高才生，以往的设计都太过于传统，这次应该搞得新一些，怪一些，让别人看着炸眼一些。"

耿大民："我们这次展览会，有丝绸，有茶叶，有服装，有陶瓷产品。物种虽多，设计摊位的主体格调要相对一致，以往我们本着以突出宣传产品为主题，所以咱们公司在社会上赢得了信誉。咱们不能丢了这个看家的本领。"

李小明："这些想法都太实，应该虚一点儿，魔幻现实主义用不上，至少也得用上点儿象征和荒诞，怪才能出新。也能显示我们的美术设计才华！"

耿大民："对西方的东西，真正有用的，咱才能用，不适合咱的，不能生搬硬套！一个展览会，搞什么荒诞？把卡夫卡的城堡和变形记美术化？我看不行！"

李小明："你是主设计，你说了算，前几次我提的方案，也是被你一否再否，你能不能给我个喘口气的机会，让我表现一回，而后再论谁是谁非？"

耿大民严肃地："不行！"

李小明："为什么？你就这么霸道？"

耿大民："不是我霸道，是市场经济太无情，它可以允许我们有一千次成功，但不允许我们有一次根本性的失败！失败了，就意味着我们失去市场，失去市场就意味着我们公司失去经济生命！"

李小明："我的设计方案，就一定失败？！"

耿大民："你怎么能保证它是成功的？拿公司的经济生命做赌注吗？"

李小明默然，而后说："问题有这么严重吗？"

耿大民："可能就这么严重！"

李小明："小题大做了吧？"

**6. 一豪华茶屋里**

沙发上坐着个头发有些稀疏的老总模样儿的人，阿菊正陪着他。

老总模样的人把手搭在阿菊肩上。

阿菊半推半就地推开，媚态万种地："嗯……黄总！"

黄总嘿嘿一笑，稍作收敛，却色眯眯地望着窗外说："这雨下得不小，有一种说法，雨丝，是天与地在交合！天地间和人世间，都是一个样。男人女人之间也需要云雨之情么！哎，阿菊，你去过三峡巫山吗？"

妩媚的阿菊把身子微贴在那黄总身上，娇嗔地："没去过！"

黄总淫秽地一笑："嗯，有机会我带你去，咱们一起同赴巫山，看看那里的云，那里的雨！"说着，还要摸阿菊的腿。

阿菊这回老到地把他的手推挡开："我的黄总，你也不看看这是什么地方！服务员说进来就进来！"话语有些嗲气，脸上却赔着笑。

黄总："哈哈！进来怕什么？我们也没干什么见不得人的事！阿菊，越看你越觉得你招人喜欢，真是个风情万种的小情种！很会讨我喜欢！不像那两个大傻妞儿！长得满俊，可是不会来事儿，硬邦邦地找我要钱，说在你们的展览会上给我们公司留个展位！展位我要不要都行，可我真想要的是人，是妞儿！漂亮妞儿！她们一点儿也摸不透我的心思，下着大雨，她们又要到我那里去，去吧，去也是白去！你阿菊对我姓黄的，已是一轮明月照西厢！我这个张生不能不跳过粉墙把钱送给你，给你顶任务呀！"

阿菊一脸的娇媚："黄总，话你可得听明白，我们虽是第一次这么亲近，可是彼此都算是熟人，这叫啥？这叫缘分！我可是先喜欢你这个人，觉得你有一种成熟男人的美，才和你来到这儿的。再往下说呢，也是喜欢你兜里的钱！"

黄总："你看你看，小嘴巴甜甜的，说话比唱歌儿还好听！我爱听！"

### 7. 轿车里

江总开着车，对春宁和夏波说："衣裳都浇湿了，回公司宿舍换换衣裳再去吧？我再开车送你们过来！"

春宁："不用了，时间不允许了，你把我们送到地方就行了，你时间金贵！我们都和人家约好了，去晚了哪成？！"

江总："那，我就停到他们公司楼下了！"

夏波："哎，前面不远就到了！"

车又走了一段，在雨中停下。

春宁和夏波下了车，冲江总摆摆手。

江总鸣了个短笛，开车走了！

春宁和夏波走向一家公司的大门。

### 8. 那个豪华茶屋内

阿菊："黄总，参展的钱，什么时候给小妹到位呀？！"

黄总一语双关地淫笑："什么时候？这还用我说吗？钱，是随时可以转过去的！什么时候到位？主动权在你阿菊小姐手里呀！"

阿菊诡谲地一笑："我看哪，你还是把话说反了。看我啥？！钱到位了，我阿菊这个大活人不自然而然——就是……嗯？！"

黄总微微一笑："你这个鬼精灵，实在是太鬼！连我这老社会也不得不服你三分！"

阿菊："别说那话，我太知道你们男人了，占完便宜甩手就走，头都不想回一下！我信你对我有感情，可感情不也得靠钱说话不是？！钱一到位，我阿菊宁可当一回你黄总感情铁锅里煮熟的鸭子，那就想飞也飞不了啦！"

黄总笑笑："啊，说起来，你们展览公司的行政部经理胡一林还是我的老同学呢，他是你们总经理的连襟儿，所以我也不怕你这只煮熟的鸭子能飞到哪儿去！有人说：战争是为了赢得土地，赢得土地，是为了拥有权力和金钱，拥有权力和金钱是为了拥有女人！我有一样的看法，信奉宁为花下死做鬼也风流！我会在可能的情况下享受人生！钱，明儿个一上班，我就叫手下人给你们展览公司转过去！"

### 9. 黄总公司楼内

春宁和夏波正在和一个女秘书模样的人说话。

春宁："黄总在前天的电话里和我们约好了，是他让我们今天来的。"

女秘书："对不起，黄总临时有事儿出去了，临走时也没交代说你们要来！"

春宁："如果方便联系，请帮我们联系一下，就说我们在这儿等他呢！"

女秘书看看她们俩浇得湿湿的样子，递过一块毛巾："你们快擦擦脸吧！我知道你们是顶着大雨跑来的，不易！我给你们联系一下看看。"说着，就拨电话，拨了一回说："你们也听见了，不是我不帮忙，是黄总的手机没开机！"

春宁从夏波手里接过毛巾，擦着脸说："谢了！那我们在这儿等会儿吧！"

女秘书："根据我的估计，黄总只要出去了，再回公司的可能性很小。"

春宁："他回不回我们不管，但是我们得守信用！我们等他！"

女秘书端过两杯热水来："来，喝杯热水吧！"

春宁接过水杯："这位大姐，谢谢了！"

女秘书笑了："咱们都是给老板打工的，彼此彼此！坐，都坐吧！"
春宁和夏波坐下了。
夏波对春宁做了个鬼脸："我的春宁小姐，等吧！"
春宁喝了口水，无奈地："嗯，只能等了！"

**10. 江浙展览公司办公区**
窗外是蒙蒙细雨。
胡一林从行政办公室那边走来。
常华一个人坐在展览部办公区，正在整理着什么资料。
胡一林笑着说："我说媳妇，咱们公司一整天像这么静的时候，还真不多呀！往天打早晨一开门，好家伙！都是人来人往，一派繁忙景象！今儿个是刮风又下雨，业务员们出去了都没回来！就是你这个展览部主任在这儿忙了，咋样？忙得差不多了吧？
常华："早呢！什么时候展览会开上了，我这儿就忙差不多了！可这个展览会一完，下个展览会筹备不就又开始了？！一年复一年，就这么连环套式的忙，还有忙差不多的时候？！"
胡一林："好雨呀！下得人心情很爽！晚上出去找个饭店撮一顿儿？"
常华："拉倒吧，一天到晚，把你闲得五脊六兽！你这公司的行政部主任，没大事净小事，没多少正事净是闲事，是公司里旱涝保收的有闲阶层，别看咱们是夫妻，我可跟你比不了！"
胡一林说："别说那话，咱不是摊上好姐姐、好姐夫了吗！"
常秀推门进来："小华，你姐夫回来了，叫你呢！"
常华应道："知道了！"

**11. 展览公司总经理办公室**
江浙神情严峻地对常华和常秀说："展览业的竞争态势，要远比我们想象的严重！这几天，不，几乎是一夜之间，咱们市又冒出好几个展览公司来，原来我们展览公司是一枝独秀，现在是众花争春了！未来的竞争，孰胜孰败，关键在人才，咱们公司要用好春宁、耿大民他们这些年轻人，发挥好他们的才干，实在是太重要了！"
常秀："年轻人要用，可也不能太宠着他们！老板和打工者之间永远会有矛盾！现在天底下什么最臭！人最臭！人才多得是！走了这个可以再进那个，不能太宠着他们！"
江浙："重用不是宠着！常秀你说人最臭，可人才永远不臭！耿大民、春宁那不都是人才？这样的人才，好找吗？走了还会再有？也许，但可能性不大！我的意见是：在市场竞争日趋激烈的时候，我们公司应该在培养人才方面制定些措施，同时要在利益方面给员工再让些利，让他们得到更多的实惠！"
常秀厉声厉色地："什么？还要让利？我们对他们已经够好的了！今儿个表扬明儿个奖励的，已经快捧上天了，利也让得够多的了，不能再让了！"
江浙："常华，你姐是这个意见，你呢？"
常华："姐夫，依我看，对这些年轻人，就是要管，什么人才？人才不也得归咱管吗？我看我姐说得也对，让利的事儿可以缓一缓再说！"
江浙："缓一缓？缓到什么时候？缓到别人的公司来挖我们人才的时候？不行！我看让利的事，现在必须立即实行！我是总经理，我决定！"
常秀："江浙！你是总经理不假，可我们还都是分管财务的副总和业务部经理吧，我们也有说话的份儿！你个人说了不能作数！"

江浙紧绷着脸："常秀副总！有一天，你会对你今天说的这个话后悔的！"
常秀："那不可能！"
江浙："那好，咱们走着瞧！"

### 12. 公司女宿舍
窗子敞开着，窗台外面放了三盆花，摇摆在风雨中。
靠窗子的里边，也有一盆花，没有摆出去，是阿菊的那盆苏丹凤仙。
晓梅，已经穿上了阿菊给她的衣裳，显得有些不合体，她在窗台那儿摆弄着花，翻着盆里的土，嘴里唱着："我从山中来，带来兰花草，每日看三回，希望花开早……"
她的歌声从楼上传下来。
公司写字楼前的保安小王听到了她的歌声，下意识地向楼上望了望。

### 13. 那个豪华茶屋内
阿菊搂着黄总摇晃着，并亲了他脸一下："来，我先给你盖个章！你没给我们公司开支票之前，我先给你开个感情支票！"
黄总用手摸了脸一下，手上有口红的印迹："哎哎哎，这可不像话，一会儿出去，叫人家看见不好看，这个章还是不要盖在脸上好。"
阿菊拿过一餐巾纸，啐上口唾沫，就给黄总擦脸！
黄总涎着脸说："嗯，阿菊，连你的唾沫里都有股香味儿，女人的香味儿！"
阿菊嗔怪地说："你们男人啊，没得着的女人都是好，都是香！一旦过了手，你们就当成穿过的袜子，又嫌臭又嫌脏，恨不得马上扔出去！我太知道你们了！"
黄总："阿菊！我可是真心喜欢你，不然，我怎么会把参展的钱支援给你完成任务！没给那两个傻妞儿呢！你不知道，我本来是跟那两个人约好了，今天上午要见面的！"
阿菊搂着黄总卖嗲说："你真心喜欢我？这话我可信一半！那春宁、夏波长得都比我好看，要是像你说的她们真的会来点儿事儿，那还说不定怎么样呢！"
黄总："哎，别说那话！重要的是我现在不是没对她们好，而是对你好么！我没把参展的钱给了她们而是给了你么！她们哪有你小阿菊这么讨人喜欢，一双眼睛黑亮亮的，眼神儿往男人身上一飘，就像勾魂枪，一般男人都得被你勾倒在石榴裙下！来，我的小阿菊，我的心尖儿肉，喝一杯？！"
阿菊端起酒杯，和黄总碰了一下，一饮而尽，佯怒道："你们这些色鬼，都色出花儿来了，手里有点儿钱儿，整天琢磨着泡妞儿！你不是说：宁为花下死，做鬼也风流嘛！你也不是什么好人！"
黄总搂紧阿菊亲了她一下说："小阿菊，你说我是不是好人我不管，你可是我梦里都想要的美人儿！哎哟，你看你，一杯酒下肚，这脸就红得像桃花了！"
黄总在沙发上把阿菊搂得更紧了。
阿菊假意挣脱。

### 14. 黄总的公司楼内
夏波边看着一本杂志边对春宁说："春宁姐，我看昨天你爸又给你来信了！"
春宁："嗯！"
夏波："你老爸的情况，你不说，咱也不想问了。可他怎么对你那么不负责任？不管怎么说，你是名牌大学的毕业生啊，你爸不给你找个好点儿的工作，反倒叫你自己应聘到民营展览公司里来打工？这样的老爸我不佩服！"

9

春宁笑了："我可没觉出老爸哪不好来！咱们这一代人啊，骨子里头缺什么？不缺维生素，也不缺知识，缺的是自立自强的精神！我看当父母的让儿女都在社会上摔打摔打，不是啥坏事！"

夏波："春宁姐，你说得对不对？理论上讲：对！可我们面对的是社会现实！那到了政府机关工作就不摔打了？也能摔打！我可是个讲现实的人！咱们民营公司里的人待遇保证啊，社会地位呀，就是不如人家坐机关的那些公务员哪，国有大中型企业员工高！"

春宁："你说这话不全对！现在不是说改革开放新出现的社会新阶层和其他阶层公民社会地位都一样吗？！这不是随便提的！这新阶层里头就有我们这个民营公司里的工作人员。你说我们的待遇没有有的人高，这我认。可咱民营企业中也有比人家高的，高多少倍的都有！这你怎么说！"

夏波："我不跟你说那么多，反正说你老爸没正事儿！就这一个亲闺女，扔社会上不管了，还老来信，搞什么精神会餐？显什么殷勤？把那信给他撕喽，再不扔纸篓里当垃圾！"

春宁笑笑，摇摇头没吭声！

夏波忽然又说："哎，你说咱们还等不等啊，我这中午可没吃饭，这七根肠子都等空了六根半了！我看哪，小姑娘等成老太婆，他也回不来了！"

春宁笑笑："再等等看，别差这一会儿，他们公司也快下班了，到了下班时间，黄总再不回来，那咱就走！"

夏波噘着嘴，有些不满意地说："反正和你出来，就是一天到晚死命地跑！干工作，你是恨不得一锹挖口井！"

春宁笑了："行了，我的好妹子，别磨叽了！十八拜都拜了，就别差这一哆嗦了！再等会儿！"

夏波不高兴地："等会儿等会儿，他要是真能回来解决问题，咱再等到半夜，等到天亮，等到明儿黑起都行，眼瞅着是没指望的事儿，还等！告诉你，今天晚上你请我吃饭啊！"

春宁："那行！"

### 15. 那豪华茶屋内

阿菊："明儿个上午支票要是到了，下午我找你？！"

黄总："好，我在星级宾馆开个间儿，等你！"

阿菊微醉的眼睛冲黄总挤了一下。

黄总觉得身上像被电着了一样！

### 16. 街上

华灯初上。

雨仍在下着。

春宁和夏波撑着雨伞的身影出现在街头的雨幕中。

夏波："春宁姐，我说不等吧，你偏等，等到这时候，你见到他兔子大的人影儿了？那个姓黄的，贼眉鼠眼的顶不是东西了，他是成心耍咱们！你就看他那双金鱼眼吧，一见女人色眯眯的样儿，一看他我就恶心！呸！恶心得想吐！真不稀得说他！哎，春宁姐，快点给我找个地方吃顿茶饭吧！我可是饿得快不行了！"

她们走到一豪华茶屋前。

春宁看看，说："行啊，就这家吧！"

夏波一看门脸，吃惊地："这家？你疯了？这家茶饭可贵呀，天价呀！"

春宁："你不是饿了吗？附近再没有别的茶楼了，雨又这么大，就这家吧！我知道你的毛病，一饿了就头晕！你只管吃，单我来买！"

夏波："要不是下雨，肚子饿，真下不了狠心在这么贵的茶楼宰你！你兜里真有钱？"

春宁："你别管，你的任务是吃得饱饱的！"

夏波："哇！春宁姐你真是太酷了，酷得有些炫！"

### 17. 豪华茶楼门大厅内
春宁和夏波走了进来。

（第一集完）

### 第二集
### 1. 豪华茶楼大厅内
春宁和夏波走了进来。

服务生上前和她们应酬着。

她们在门口附近的地方落了座。

夏波："阿菊和晓梅这俩人也不知颠到哪儿去了，晚饭也不知吃没吃呢？！"

春宁："那会我和常华主任通电话时，她说，阿菊今儿个上午也出去跑任务了，就晓梅自己在家呢！哎，愣啥神呢？点菜！"

夏波："谁愣神儿了？"

春宁："谁愣神儿了谁知道！别老借着说惦着阿菊和晓梅做说，实际上心里惦着另外的人！"

夏波脸微微泛红："春宁姐，你坏！我才没惦着谁呢！"

春宁笑着："你给我从实招来，一要吃点儿好的，是不是又想起浪漫诗人李小明了？说心里话！"

夏波顾左右而言他："说心里话呀，我想的可不是他！"

春宁笑得很开心："别蒙我，你一见人家那个亲近样儿，傻子也能看明白！吃一粒荔枝都恨不得给他分半粒！你以为我看不出来呀！"

夏波："你说吧，反正我心里想的不是他！"

春宁："那是谁？！"

夏波神秘地一笑："耿大民！公司美术设计师耿大民哪，大学毕业生，小伙子长得又帅气，谁见谁不爱呀！我就爱他，心里想的就是他！"

春宁笑得有几分羞涩："死夏波，你要死啊，说话净反着说！哎，过些天，晓梅说想让咱俩跟她一起去她二舅那公司跑跑，去吗？"

夏波："不敢跟我说那事儿了，改说正事儿了？好，那我就跟你说正事儿，听她二舅的乡镇企业做得很大也很有名！现在有的乡镇企业可是不得了，红火得不得了，咱去跑跑当然好，能请他二舅的企业参加咱们的展览会就更好！"

春宁："晓梅是来城里寻梦的女孩子，听她说，她二舅不让她进城来，要在公司里给她安排工作的，可她就是不肯，非得到城里来，就是要尝尝做城里人的滋味儿！真是个有个性的女孩儿！"

夏波："这叫啥？这就叫有先见之明！咱们国家呀，很多农民早晚得变成市民，农村早晚得变成城市！晓梅先进城了，这也叫有前瞻意识！可她在城里暂时真的施展不开，回到乡下到他二舅那公司抓任务，这也叫城乡联手哇！也是个办法！那阿菊和晓梅可不一样，本身是追时髦的城里人儿，经得多见得广，心眼儿还活泛，阿菊做咱们这个展览业的业务比晓梅，比你我都有那方面的优势！"

服务员端上茶饭来。

春宁："我不羡慕她那方面的所谓优势，人，还得靠自身的价值和能力！"

### 2. 豪华茶楼的包间内

黄总和阿菊起身，向外走来。

### 3. 豪华茶楼大厅内

夏波："人家那不也是能力吗？攻关男人，攻一个下一个？"

春宁："人各有志，你饿了，快吃吧！"说着自己端起一个茶杯，喝茶！

夏波愣愣地看着春宁："你的茶饭呢？"

春宁晃晃手中的茶杯："这呢！"

夏波："怎么你不吃？你看着我吃？！"

春宁苦笑着："我不饿，待会儿回宿舍，泡包方便面就行了！"

夏波大口地吃着说："这茶饭店是按人头收费，你不吃也是一样收你的钱！我看你是不是今儿个没谈成事儿上火了？！哎呀，我的春宁姐呀，天无绝人之路，你上的哪门子火呀？！"

春宁却把沉静的脸偏向了窗外，窗上雨水流淌，像她的千缕思绪！

夏波："你这个人啊，我不是说你，无论做什么事儿，都是太要强！"

窗外，有闪电撕裂了苍穹！

就在闪电过后的一刹那，春宁被窗子上的映象惊得站了起来：阿菊亲密地挽着黄总走了过来！

夏波也吃惊地看着这一幕！

两个人都站了起来，看着窗子上的映象！

春宁和夏波被眼前的一幕惊呆了！

她们都站了起来！

阿菊也发现了她们！她并没有回避的意思："哎呀，这不是春宁、夏波吗？！黄总请我来吃茶饭，刚吃完！"

春宁和夏波冷冷地看着阿菊和黄总！

阿菊略显尴尬："好，你们先吃着，我先走一步了啊！"

春宁突然说："黄总！请您留步！"

黄总拿出一副一本正经的样子："啊啊，是你们哪？！啊，你们先前要找我说的事，我已经和阿菊谈完了！啊，阿菊是我的朋友，我们公司已同意参展，参展的费用明儿个就给你们公司打过去了！你们公司这个阿菊很了不起，很会办事，也很会来事儿！啊啊……"

春宁有些气愤地："黄总！你说好了，让我们今天去见你，我们顶着雨去了，可是你！"

黄总："我怎么了？"

春宁："做人要讲信用！"

黄总："信用？那当然是要讲的！阿菊跟你们说的都是一回事儿嘛！我们虽然没有见上面，可你们公司的事，我还是办了的！阿菊可以做证嘛！这能说我不讲信用吗？！"

阿菊摇着黄总的胳臂说："别说了，黄总，咱们走吧！"
黄总故意抬了一下手："拜！"说完走了。
夏波冲着他们身后，狠劲地"呸！"了一声！
阿菊和黄总出了门，有服务生给撑着伞，他们钻进了一辆黑色轿车！
茶楼屋里，夏波望着窗外远去的车子，骂道："黄总，这个王八蛋！阿菊也是个贱货！骚狐狸尾巴夹不住，终于露出来了！咱们的事儿久谈不成，原来是她在中间搅的！我真咽不下这口气！"说着，双臂一抱，坐那生上气了！
春宁："哎，你不吃了？！"
夏波："还吃啥？气都气饱了！"说着，眼泪下来了！
春宁："行了，别哭了！任务虽不是你我完成的，但好赖也是咱公司人员内部的事儿，别太计较了！"
夏波眼里盈满了泪水，喊道："我计较！就是要计较！我凭什么不计较哇？！公司是给咱们每个人分了指标的！指标是和效益挂钩的！咱们风吹日晒、大雨淋的跑了这么长时间，让她用大腿轻轻一钩，都给钩走了！这不等于拿刀子从别人身上剜肉，自己炖着吃，还让别人喝清汤吗？！我快气死了！"
春宁："吃饭，吃饭！"
夏波一推饭菜："不吃了！我心可没那么大！我吃不下！"说着就在那里抽泣起来！
春宁一看这个样子，就说："服务生，买单！走人！"
夏波站起来，疯狂地摔了一下手中的东西："阿菊这个骚货！我非和她算账不可！"

### 4. 展览公司女宿舍
春宁已经换完衣裳，她挎着个盆儿，走到夏波床前，拾起她刚才换下的带有泥渍的衣裳。
夏波呢，眼睛红红的，正躺在床上生气和饮泣！
晓梅见状，坐在了夏波床前，摇着夏波的手说："夏波姐，你怎么了，谁欺负你了？你别哭，你说出来，看我能不能帮你？！"
夏波呢，只是哭，并不作声！
春宁端着盛满衣裳的盆儿走了出去！

### 5. 洗漱间
水池边，是春宁洗衣裳的背影！

### 6. 公司女宿舍
晓梅抓住夏波的手，听着她的啜泣！
窗台上，是灯光照耀的以雨帘为背景的四盆花儿。
门，突然开了，阿菊推门走了进来！
夏波侧身斜睨着她。
阿菊换下衣裳，到窗台看了看自己的那盆花："哎，谁把我的花又给翻土了？看弄得这个脏，盆边上都有土！"
晓梅刚想说对不起。
夏波却说道："我！我弄的！怎么了？！"
阿菊看夏波没好气儿，虽是一脸不乐意，但也没再吭声，把脱下的衣裳往床下的盆子里一扔："晓梅，你刚来，不知道这里的规矩，别人的东西不经别人允许是不能动的！包括花，我的苏丹凤仙！"

阿菊边说，边躺在了自己的床上，悠闲地拿起一本画报，边翻边看。

夏波呢，却霍地翻身下床，冲到阿菊床前："阿菊！你给我起来！"

阿菊一皱眉头，漫不经心地："干什么？"

夏波："起来，叫你起来！"

阿菊把画报向旁边一扔，懒懒地坐起来："干什么？！"

夏波："我有话找你说！楼上楼下的人很多，我不想惊动谁，咱俩儿出去，单挑！"

阿菊："外边下着雨呢！"

夏波："叫你出来，你就出来！"

阿菊不高兴地："外边下着雨呢！你发什么神经啊！"

夏波呢，硬邦邦地扔下一句："你出不出来吧？我在楼下门口等着你！"说完，已经走了出去！

阿菊想了想，只好穿上鞋，跟了出去！

晓梅默默地看着这一切！

### 7. 楼外边

夏波看阿菊走了过来，不由分说，挥掌抢了过去！耳光，响亮的耳光！

阿菊的嘴角涌出血来，她似乎是被这突如其来的耳光打蒙了："你，你凭什么打人？！"

夏波："你不做人事儿，我就打你！一个姑娘家，一个女人，还要不要个脸面？！我们承揽的任务，为什么你去撬行？！呸！卑鄙！无耻！下流！"

阿菊瞪着红眼睛，她发疯似的冲向夏波，把夏波顶倒在泥水里！

两个女孩子在泥水中厮打！

她们的身上、脸上满是泥渍！

一直在楼上窗口望着晓梅，闪身跑了出来！

### 8. 洗漱间

晓梅气喘吁吁地对春宁说："春宁姐，不好了，夏波姐和阿菊在外边打起来了！"

春宁一听，放下手里的衣裳，和晓梅一起向楼下跑去！

### 9. 楼外边

没等夏波起身，阿菊就扑了上来，她们互相揪打着，在泥水里滚动！

春宁、晓梅，还有公司的保安员小王出现在楼门口！

夏波和阿菊还在泥水中扭打！

春宁他们上前拉开了她们！

保安员小王显然对阿菊格外关照："阿菊，你没事儿吧？你看，浑身上下都是泥呢！快回屋洗洗！"他扶起阿菊！

夏波浑身上下都是泥水，坐在那里喘着粗气，指着阿菊："呸！你给我从宿舍搬出去，我不跟你一个屋住，看着你，我心里犯堵！"

小王："大雨天儿的，你们不在屋里好好待着，打什么仗啊这是？！从不从宿舍搬出去，这不是哪个人说了算的，这是公司安排的呀！夏波，你这是怎么说话呢？！"

夏波："用不着你向着阿菊说话！全公司上下打听打听，谁不知道，你保安员小王追阿菊，一看到阿菊两只眼睛就不动窝儿了！用不着你在中间装好人！"

小王还想分辩什么，没等说出口。
春宁："都回屋！把衣裳都换下来！到洗浴间冲澡！看你们弄的，都快成了鬼了！"
夏波呢，依然坐在那里没动！她的眼眶里全是泪，脸上泪水和雨水交融在一起……
春宁和晓梅上前扶起夏波。
夏波哭泣着："我不想回屋！"
春宁："那你想怎么着？"
夏波脸上泪水与雨水交流："我只想自己在这坐会儿！"
春宁看看她，眼里也有了少许泪光："夏波，我的好妹子，回屋吧，泥水地太凉，别凉坏了身子！"
夏波依然坐在那里，低声饮泣！

### 10. 洗漱间里
春宁在拧衣裳，晓梅在往铁丝上晾衣裳。
晓梅小声问春宁："春宁姐，她们俩怎么打起来了？因为啥？！"
春宁奋力拧着衣裳，花衣裳里的水被拧出了气泡儿，人，却没有吭声！
晓梅见状，也没再问。
这时，耿大民和李小明两个人拿着雨伞从外边走进走廊。
晓梅对春宁说："是耿大民和李小明。"
她对探进头来的耿大民说："大民哥小明哥，你们回来了。"
耿大民："啊，出去顺便吃了点儿饭。"冲晓梅说着话，眼睛却看着春宁。
春宁盯了大民一眼，低头洗她的衣裳了。
李小明在门口望望。
晓梅把耿大民和李小明扯到一旁，小声说："刚才夏波和阿菊在外边打起来了，两人都滚成泥猴儿了！"
李小明："怎么回事儿？怎么大雨天还跑外边打上仗了？！"
晓梅："不知道因为啥，得问她们。"

### 11. 公司男宿舍
耿大民和李小明两个人在换衣裳。
小明有几分沮丧地说："原指望夏波能给我洗衣裳呢，没想到她的衣裳也叫春宁姐洗了！行了，今儿个比不了你大民哥了，快把衣裳拿过去吧！"
大民笑笑："一天夏波没照顾到，你就一肚子委屈，我看你一个大男人，离了夏波妹子，你还难活了呢！"说着，把自己的衣裳装到盆里，端着说："来来！把衣裳搁这里，我伺候你！"
小明一乐："真的呀！哈哈，那好，那太好了！"说着，把衣裳扔进了大民端着的盆里。
大民："望着窗外的夜雨，继续做你伟大诗人的梦吧！"说完，走了出去。
小明呢，却说："哪有心思作诗呀，我得过那屋去看看，看看她们到底是怎么回事儿？"

### 12. 洗漱间
耿大民把盆放在水池里，撒上洗衣粉，开始放水。
春宁说："放那儿吧！"

大民说:"一起洗,凑个热闹,你一个人洗衣裳,多没意思呀!"
春宁没吭声。
大民一边洗衣一边问她:"哎,真是几个女人一台戏,怎么还真的动手打起来了?"
春宁:"嗯,是动了手!不怨别人,这都怨我,怨我没看住她们!这个宿舍里我岁数比她们都大,大姐没当出个样儿来,怨我!"
大民:"别说那话!你大也没大到哪儿去?大一两个月,那也是姐姐!我是问你,因为啥?!"
春宁:"因为啥?不因为啥!没事儿!不关你们男人的事儿,你们别问,也别管!女孩子之间的事儿,你们管不着,也管不了!"
大民:"那是,可就是得看住她们,别再动手了,都是闺女家,动手打仗叫人笑话不笑话?跟她们慢慢说说,大家一个宿舍住着,大家一起做事儿,有话好好说嘛!"
春宁睖了大民一眼:"哎呀,你这么有能耐,这个工作还是你来做吧!"
耿大民:"啥意思?!"
春宁不再说什么。
大民用洗衣粉沫儿刮了春宁鼻子尖一下:"坏蛋!一肚子坏心眼儿!"
春宁用沾着粉沫儿的两手,在大民脸上一划拉:"你给我刮鼻子,我给你洗把脸!"
大民用手刮着脸上的泡沫儿:"春宁,你都坏出花儿来了!"
春宁笑着说:"我就是坏了,你看谁好找谁去!"

**13. 公司女宿舍**
窗子已经关上了,只有阿菊的那盆花在窗子里面。
阿菊在对着镜子往脸上抹着什么。
保安员小王在半掩着的门前说:"夏波和阿菊,公司江总已经知道你们打仗的事了,你们不能再打了!"
夏波冲着小王喊:"出去!出去!这是女宿舍!出去!"
小王:"喊什么?我没进屋哇!反正话都跟你们说明了!只要你们没事儿了,我也就没事儿了!我走了!"说着,走了出去!
夏波用脚啪地关紧了门,一下子躺倒在床上,她用眼睛斜睨着阿菊说:"哼,拿经理吓唬谁?!有座青山在,走到哪儿还会愁没柴烧?!我才不在乎!"
阿菊停下手,想说什么,想了想没吭声!
晓梅说:"夏波姐,你也累了一天了,早点儿睡吧!"
屋子里的空气并不轻松!
笃笃的敲门声。
晓梅开了门。
李小明在门前站着:"夏波,你出来!"
夏波看了小明一眼,脸上浮现出不好意思的神情,嘟哝着:"啥事?!人家都睡下了!"
李小明说:"啊,那就没事儿了!"说完了想走。
夏波却坐了起来:"等等,我起来了!"说着,穿上衣裳走到门外。
小明用眼睛紧紧盯着夏波,不说话。
夏波有些愧疚的脸。
阿菊却有意地敞开门!
李小明没有说话!

夏波低头咬咬着嘴唇儿。

李小明："一个女孩子家，跟阿菊打什么仗？还动了手？丢不丢人哪你？！"

夏波只是拿眼睛瞅瞅他，没吭声！

保安员小王走了过来："夏波，常秀副总经理叫你，还有春宁、阿菊到他们那儿去一下，现在就去！"

小明："知道了！"又冲夏波说："你呀，惹祸了吧？！"

夏波还是咬着嘴唇儿，没吭声！

**14. 公司总经理办公室**

里屋，常秀对江浙说："你不是还要让利给他们吗？说他们是人才吗？在泥地里打仗滚成了泥猴儿！这洋相出的，全写字楼就看咱们公司了！什么人才？打仗是人才！"

江浙："话还不能那么说，问题是问题，可成绩是成绩！"

敲门声。

常秀走到外屋："进！"

春宁、夏波、阿菊走了进来！

常秀一脸严肃："都坐！"

春宁、夏波、阿菊都显得有些不安地坐下了。

常秀："你们展览部主任常华下班回家了，今天一天连风带雨，到了晚上，刚刚有点儿风平浪静，可没想到人又闹起来了！行，你夏波和阿菊都是英雄！那四个人的宿舍多小哇，容不下你们，施展不开呀，还得到楼外边打去！这是生怕咱们公司在这个小区不能声名远扬啊！行，叫人佩服！还打不打？什么时候打？我也好去看看热闹？！春宁，我也得表扬你，你是当姐姐的，平日里什么事儿都是她们的头儿，你为什么不制止？"

屋子里十分宁静。

常秀："咱们公司的业务太忙了，一天累得我头昏脑胀的，真想看看你们是如何动手打仗的来调解调解心情！依我说，你们这仗还得接着打，不打我们公司怎么在这块儿出大名？！夏波，阿菊，你们说呢？！"

夏波和阿菊都没有吭声。

常秀："怎么都不说话了？！我看就是闲的！工作没累着你们！闲的有精力没地方用！"

江浙总经理从里边走了出来。

春宁她们都站了起来："江总好！"

江浙摆摆手："坐坐！春宁，你们好好的几个姐妹住在一起，公司的业务现在又这么忙，怎么忽然姐妹之间大打出手？我看其中必有你知道的原因！"

春宁："江总，其实大家之间也没什么，请你相信我，我们的事情我们自己能处理好！"

江浙点头："嗯，我相信！现在公司的事情太多太忙，可不管怎么忙，不能忙乱了规矩！夏波和阿菊两个人还是要写检讨！明天上班先交给你们展览部主任常华，好吧？！"

夏波和阿菊点头。

常秀有些尖酸地说："写完检讨不等于说就是没事儿了！你们在楼外边打仗，损坏了公司的外部形象，这是什么？这是损失！损失是要赔偿的，这话大概不要我说你们也都能听明白！你们两个回去等着听候处理吧！"

春宁笑着说："常副总，她们是在外边打了仗，可是下雨天，也没什么人看见，您说的要赔偿损失，是不是有点儿言重了吧？！"

常秀："什么？言重了？这应该是你春宁说的话吗？你怎么知道没人看见？！是我说错了吗？！话要这么说，我又得说你春宁，你们一个宿舍住着，她们俩从有矛盾到打到一起，能没个过程吗？你在中间起的什么作用？！你既然出面讲情说不该处罚她们，那我看就该连你一块儿处理！"
　　春宁："常秀副总经理！说话要说在理上，办事儿要得人心！我觉得你这么处理事情有点儿过头！"
　　常秀："好你个春宁啊，你敢顶撞上我了！平时你给我的印象蛮好，可实际的你小尾巴早翘到天上去了！在这个展览公司里我是二把手不假，可一把手你们江总，在家里也得听我的！"
　　春宁淡淡一笑："常副总，可这是在公司，毕竟不是在家里！"
　　常秀急了："你说什么？！不是在我的家里？那这是在哪儿？公司就是我的家，我的家也就是公司！这不是我的家里，那是你的家里？！你们几个要听明白：在这个公司，我说了就算数！你瞪什么眼睛？！"
　　春宁："我没瞪眼睛，我只是睁着眼睛，睁着眼睛在听你说话！"
　　常秀斜睨了一眼春宁："好好好，在咱公司终于羊群里跳出个骆驼，出了一个敢顶撞我的人！就凭你顶撞我的这些话，这种行为，我就可以解雇你！可是念着你给公司做过的贡献和平时表现，你先给我停止工作！"
　　江浙一语双关地："啊，大家的情绪都不要过于激动，有些事儿我们在处理时需要的是耐心！细心！春宁！你们先都回去吧！"
　　春宁她们走了！
　　常秀冲江浙喊道："我没说让她们走，你为什么让她们走？！"又使劲地冲春宁她们喊了一声："你们都给我回去写检讨，春宁从明天开始停止工作！"她看她们走了，又白了一眼江浙："你刚才那话是什么意思？！"
　　江浙："什么意思？就是刚才说的那意思！你说的话有意思，公司就是你们家，你们家你又是一把手，那我这个总经理还往哪儿摆？！当着下边员工的面说话，得找准自己位置，你这么说话，我才不明白你说的是什么意思？"
　　常秀："怎么着？我说得有错吗？！我们这个家我不是一把手吗？！在公司我就说是一把手怎么了？咱们家自己的事儿，她们管得着吗？！"
　　江浙苦笑道："这个家你可以是一把手，可展览公司我是一把手，这些话非要我说到了，说透了你才明白？！家里是过日子，可公司呢？是个经营单位！我有时真的是在想：把你，还有你的家人都弄到这个公司里对不对？公司虽是民营性质，但是不是民营性质的公司一定要实行家族式的管理？！"
　　常秀："你说这话啥意思？我是挡了你的道了？还是碍了你的事儿了？有句丑话我得说在前边，你不用一看到那几个年轻女孩子就说话声也变了！我是老了！不如她们年轻了，可我给你生养过儿子，儿子都上了大学了！我是一心一意地对这个家！我犯不着你这么对我！"
　　江浙："咱们能不能不说这些没边儿没沿儿又没用的话？！你刚才说要解雇春宁的话，说重了嘛！"
　　常秀故意往桌子上摔了一下东西："重不重轻不轻的，我也要处理她！"说完，转身走了！
　　江浙看着常秀的身影，见她出去了，痛苦地摇了摇头！

### 15. 展览公司门外

早上，雨霁天晴。

一辆面包车驶了过来。

车上走下来常华，一起下车的还有她的丈夫胡一林。他们走进了公司写字大楼。

### 16. 展览公司办公室

公示板的下方签到处，人们都在签到。

雨伞架上，排列着一把又一把的雨伞！

展览部的工作区间里，常华拿着几份检讨书在看，嘴角竟浮起一丝微笑，她冲着手下的业务员说："哎，写这玩意儿干啥？谁让写的？这女人之间打个架，不就是当着减肥锻炼身体了吗？工作这么忙，展览会的任务还没完成，我可没工夫管这些鸡毛蒜皮的事儿，正事儿还忙不过来呢！春宁怎么没来？"

晓梅小声说："常主任，这是常秀副总经理的命令！我春宁姐被停止工作了，还说是要解雇她呢！"

常华："是吗？我咋不知道！"

晓梅："真的，她说要好好地处理处理她们呢！"

常华："是吗？！"

胡一林在那边接完电话，放下电话走了过来："阿菊，楼下黄总派人给你送支票来了，让你下楼去取！"

阿菊应声道："知道了！"说着，就匆忙下了楼。

夏波："主任，我们有错没错，都有点儿错，可也不至于整得这么严重！这个时候能不能给你手下人撑住腰，大家伙儿就看你了！"

常华用眼睛觑了夏波一眼："你们也真不给我争气，既然让你们写检讨，肯定你们是有错误了，小小不言的事儿，我顶顶也就过去了，可常副总要真叫了真的事儿，虽说是亲姐姐亲妹妹，我怕也不好说话！尤其春宁，怎么能跟常副总较劲儿呢！她是咱顶头上司，咱的领导！"

夏波："常主任，你去给春宁姐求求情，别解雇她的工作，她是因为我和阿菊的事儿，才顶了常副总的。"

常华："我看，春宁的麻烦比你们俩惹得都大！"

胡一林走了过来，对常华说："哎，常华，你姐叫你去一下！"

常华对春宁说："看看，来事儿了不是！"

这时，阿菊走了过来，她手里拿着一张支票对常华说："主任，给你！60万元！"

夏波看看，面部表情十分复杂！

常华："哦，好！这笔钱落实得好，来的时候也巧！咱们展览部的任务又完成了一大块！有了它，我跟常副总给你们讲情底气也许就更足了点儿！"说着，她拿着支票出去了！

阿菊看看夏波，没吱声，默默地坐在了自己的座位上！

### 17. 公司女宿舍

耿大民在和春宁说话："怎么的？叫人家炒了？"

春宁："是先停止工作！"

耿大民："那离被炒只是一步之遥了！"

春宁："没什么，解雇我，我也认！我没错！"

耿大民："谁错了？"

春宁："常副总，是她错了！夏波和阿菊打仗不对，可她说要在经济上处罚她们，我觉得年轻人偶尔有点儿错，批评教育可以从严，但处理应该从宽，不能批评教育从严，处理更加从严！我和她争论了几句，她便火了，说我顶撞她，威胁说要解雇我，就这！"

耿大民："你是说她教育我们青年人的方式不对？这话也许有道理。因为当今社会的很多人并不了解我们年轻人的内心世界，不知道我们每天心里想的是什么，喜欢吃什么做什么，也不了解我们现在的思维方式和做事方式，这也不能简单地说就是个代沟问题，年龄大一些的人不一定都是这种思维方式。江总呢？江总怎么说？"

春宁："他还没说话，但我能猜到他怎么说！"

耿大民："嗯，我也是这么想，江总会合情合理地解决这些问题的！"

春宁："不，我不想让江总动手来解决这些问题，不想让江总因为我们的事在他家庭内部引发什么矛盾。我想，我能找到解决问题的办法。实在找不到解决问题的办法，真的解雇我，我只能认！"

## 18. 总经理办公室

里屋。江浙对常秀说："现在工作这么忙，哪能炒春宁的鱿鱼呢？春宁到咱公司后，工作也是尽心尽责的，咱能因为她们一时有点儿什么错，就动这么大肝火？就解雇人家？咱们手里是有这个权力，可这个权力不能乱用！"

常秀："你就护着她们吧！她春宁敢当面顶撞我，都是你惯的！"

江浙："人家也不是顶你，人家是和你说理嘛！"

常秀："这么说，是我不讲理了？"

江浙："话还不能那么说，允许人家年轻人说话嘛，天塌不下来嘛！实事求是说，你昨晚的话有两处不合适！"

常秀："行了，我是听明白了，都是我不对，她们对，行了吧！"

江浙："咱们是民营企业，人员可以流动性大，但是好的民营企业一定能留住人才，容纳人才。公司里的青年人又都在人生事业的成长期，咱们得给他们的生存发展多创造条件才对，不能动辄乱用权力！"

笃笃的敲门声。

常秀走出来："进来！"

常华推门进来："姐，你找我？！"

常秀："嗯，她们的检讨你看了？"

常华："看了！你先看看这个！"递过支票。

常秀："呀，六十万元！谁干的？！"

常华："打仗的那个阿菊！"

常秀："她？！"

常华："姐，她的任务已经提前完成了！对于我们民营公司来说，什么最重要？效益！效益比什么都重要！你要罚她们，罚多少？这60万元展览费可是进到了咱公司的账户上了！"

常秀："那个阿菊和夏波倒可以放她们一马，可那个春宁，平时我真没看出来，今天我是看明白了，自恃名牌大学毕业生，太过于清高，一身傲骨头，连我这个公司的副总也不放在眼里，不整治整治她不行！"

常华："姐呀，我的傻姐，整治她干啥？！她能完成承包任务，把钱给咱拿到账上，就是好家伙！拿不回来也有招，咱这公司是招聘制，辞了她，另请高明，跟她们惹那份闲气干啥？真是的！我看你也真是吃饱了撑的没事儿干了，还要让她们写什么检讨，写那玩意儿干啥？那不是拍桌子吓唬耗子吗？现在的年轻人，检讨他给你写了，心里在乎不在乎你的这一套，可就两说着了！你别把他们想得太简单了！我的傻姐姐！"

常秀："常华，论说你说的也是个理儿！可我一看见你姐夫对那几个妞儿打心眼里往外好，我就生气，你说我这是怎么的了？我这是不是到了更年期的表现？女人更年期论说不会这么早就来了吧？！"

常华笑了："你别瞎想！当局者迷，旁观者清，我姐夫和那几个女孩子没什么事儿，至少是现在没有！你说你到了更年期，我看也是你瞎想出来的更年期！"

常秀："对那个春宁怎么办？不处理她不行，不能太便宜她了！"

常华："我狠劲儿批评批评就得了，你别太较劲儿了！你处理人家还能处理到哪儿去？清出咱们公司，到大天了吧？人要都走了，咱们靠谁开展业务？！"

常秀："可我说了要处理，怎么说我也是个副总，说的话是泼出的水，收不回来了，不能就这么自生自灭了吧？！"

常华："哎呀，活人还叫尿憋死了？我不会编个话说，叫她知道我说了情，你原谅她了，不就得了！"

常秀："不行，那春宁还得当面向我认个错！"

### 19. 公司展览部工作区

刚走进来的常华对夏波、阿菊扬着手里的支票说："你们俩没事儿了，但是以后得注意：不能再打仗！批评你们是批评你们，可还得表扬你们，阿菊今天这次任务完成得不错，给咱们展览部长了大脸了！告诉春宁，要向常副总当面做个检讨，之后才能来上班！"

常华拿着支票走了。

手机响了。

阿菊操起手机："喂，是我，我是阿菊，嗯，嗯，下午两点，金山大厦四楼0409房间，知道了！"说完，挂了电话！

### 20. 公司女宿舍

春宁一个人趴在窗台那儿沉思。

夏波走了进来："春宁，你可以上班了，但必须在向常副总当面做检讨之后！"

春宁："我没错，我检讨什么？"

夏波："她说你顶撞了她！"

春宁："有意思！人的思想是不会向不正当的权力低头的！咱们这代年轻人不会当不正当权力的奴隶！我不会屈服于她，也不会向她做任何检讨！公司可以停止我的工作，甚至解雇我，可我春宁还是我春宁！我等着她们处理我，我想看看她们处理我的理由！"

夏波同情地看着春宁！

（第二集完）

### 第三集
#### 1. 公司女宿舍内

夏波对春宁说："那姓黄的家伙明摆着就是条色狼！上午他给咱公司账面上打过来参展费，下午就要约阿菊在金山大厦会面！阿菊要是去了，那不就是直接进了狼窝了！咱们之间说是说闹是闹，一个宿舍里住着的姐妹，不能眼瞅着阿菊吃这个亏呀？！你说用不用给阿菊买把菜刀带着？要不我家还有一条大黑狗！"

　　春宁："别出馊主意！我在想，他们会不会是周瑜打黄盖，一个愿打一个愿挨呢？"

　　夏波："你说得也有道理！苍蝇专叮有缝儿的蛋！看阿菊那一身风流骨头，轻飘飘的，真拿不准！"

　　春宁："要是那样，就不是你我帮着阿菊出主意的问题了！"

　　夏波："春宁姐，你是我夏波的主心骨，你说话，怎么办？"

　　春宁："我们公司的女业务员如果靠姿色招徕客户，用色换钱，那我们这个公司还叫个公司吗？"

　　夏波："如果这个事儿真在社会传开了，对我们公司的名声极为不好！我们也都不好在这里干下去了！"

　　春宁："所以呀，这个事儿不是小事儿，我不知道，这件事儿是不是阿菊沉沦的开始，如果是，那我们就更有必要予以坚决地制止！都是年轻的姐妹，我们不能看她往那条道上走！你应该先让常华主任知道，看她怎么说？！"

　　夏波："咱们一起去吧，我怕说不好！"

　　春宁："别忘了，我现在是被常副总停止了工作！"

　　夏波："哦！我是真忘了这茬儿了！我去，自己去！"说完走了。

　　**2. 公司办公区**

　　夏波走到了常华跟前，小声说："常主任，阿菊把钱是拿回到公司里来了，可这件事呢，并没有完！"

　　常华洋洋不睬地："支票我已叫人到银行存上了，还有什么事儿呀？"

　　夏波很认真的语气："你知道那个黄总吧？！"

　　常华："嗯，知道！我们家胡一林的那个老同学！"

　　夏波："我方才听阿菊接姓黄的电话，约她下午出去，到金山大厦见面！"

　　常华："那怎么了？客户和业务员约着见个面，有什么值得大惊小怪的？"

　　夏波："我是想，姓黄的给咱这张支票，会不会以我们牺牲阿菊的肉体作代价！"

　　常华："什么意思？"

　　夏波："姓黄的在星级宾馆里开好了房，要阿菊下午过去！"

　　常华："在宾馆里开好了房，要她过去，过去干什么？不会是在宾馆里两个人说说话？！咱们不要小题大做，把人家见个面当成是人家就是要干那种事儿吧？如果这么说，人们在宾馆里什么事儿也干不成了，男人女人一在宾馆里接触那就是有事儿？笑谈！你们这些姑娘家，别来了一阵小风也当作是雨，别神经兮兮的好不好？！"

　　夏波："常主任，话我已经给你说得再明白不过了，阿菊会不会因为拿到这张支票，出卖自己的身体，你考虑！"

　　常华："什么？你说她出卖肉体？为了拿回支票出卖肉体？我们是展览公司，不是卖身公司！阿菊可能吗？不可能！绝对不可能！行了，你说的这件事，就到我这为止，不要当别人再说起！啊？！"说完，常华站起身向行政办公室那边走去了。

　　**3. 行政办公室**

　　胡一林在对常华说："这事情是天知道地知道的事儿，你让我在中间怎么管？你知道常言说得好：劝赌不劝嫖，劝嫖两头恼！我去以老同学的名义劝人家，人家说你怎么知道我要怎么样怎么样？我怎么说？！一句话就得把我噎在那儿！身都转不回去，就得像根鱼刺儿似的给你扎在嗓子眼儿上！"

常华:"那阿菊要是因为给公司做事掉进了老虎嘴,咱们不管,将来在公司外边名声上出了乱子,好吗?!"

胡一林:"我的好老婆!什么叫掉进了老虎嘴呀?你怎么就知道人家是掉进了老虎嘴呢?那姓黄的是个离了婚的单身男人,那阿菊又是个单身女孩儿,阿菊虽说和他年龄差了不少,可现在不少女人看的不是男人的年龄,而是男人手里的钱!打个比方,就是说阿菊和姓黄的真的好上了,那以后说不定还成了人家的老婆呢!你说要是那样,咱们成啥了?那不成了标准的拿银簪子给人家画一道天河的王母娘娘了吗?对这种事儿,我看咱们还是少管!管多了你只能管出麻烦来!信我的,人家是痴男怨女!要往爱河里跳,咱能拦得住?人家在爱河里扬起满天水花,只能崩你一身水星子!所以,我说咱就别管这种事了!你说出乱子,能出什么乱子?别人一千张嘴说,谁抓着影儿了?你别杞国无事忧天倾了!没事儿!"

常华:"要是真成了他老婆,那倒没啥了,我是怕成不了他老婆,再把阿菊搞出身孕,小孩子生下来在公司哇哇哭,找不着爸爸,那可就闹心了!"

胡一林:"我再说一遍:杞国无事忧天倾!别说那是不可能的事,就是可能的话,现在有DNA亲子鉴定技术,还跑得了他姓黄的?!真是!"

常华:"照你这么说,这事儿我们真的可以不管?!"

胡一林:"真的别管!是我老婆你就信我话,没错,别管!"

常华拉着长声说:"好吧,我听你的!"转身走了。

胡一林在背后盯着她,目光有些异常!

电话铃响了起来,胡一林接过电话,压低声音说:"嗯,是我!啊,是你呀!支票,我们公司已经拿到了!"他很猥琐地笑着:"哈哈!老同学艳福不浅哪!对对,有钱能使鬼推磨!放心,老同学在这些事上,不会不帮忙的!哎呀,我是开顺风车的,不会开倒车的!放心!"

**4. 公司门外楼梯口**

春宁正要往上走,正巧江浙迎面走了过来:"春宁。"

春宁停住脚步:"江总好!"

江浙看看春宁,笑着说:"昨天我们家那位一顿霹雳闪电的,你有点儿吃不消了吧?!"

春宁:"没有,我正想去找你们谈谈!"

江浙:"她那个人就那样,处长了你们也就了解她了,刀子嘴豆腐心,嘴上说是要狠狠地处理你们,可真要到处理你们的时候,她的心又会软下来,慢慢地你们就了解她了,别跟她计较就好!"

春宁:"可是,她还是要我向她做检讨,我真觉得我没什么错!"

江浙:"解铃还须系铃人!你们在一起谈谈,话说透了就好了!大家在一起共事,有些事儿就是要多互相理解一些,有不少矛盾也就自消自灭了!"

春宁:"江总,阿菊的事儿你听说了吗?!"

江浙莫名其妙地:"什么事儿?!"

春宁缄默不语。

江浙见状:"啊,现在不太好说是吧?那好,你先到办公室,和常副总先谈谈,我一会儿就回来!"说完,急匆匆地走了。

### 5. 总经理办公室

笃笃的敲门声。

常秀："进来！"

春宁走了进来："常副总！"

常秀看了一眼春宁："是你？找我？"

春宁笑笑："找你！"

常秀仍带有几分愠怒地："你找我有什么事儿？"

春宁："如果方便，想和你谈谈。"

常秀："这么说，你不是找我来做检讨的？"

春宁："常副总，您别生气，我想问您，您认为我到底哪儿有错？"

常秀："夏波和阿菊打仗，你为什么不制止？让她们从楼上打到楼下？"

春宁："常副总，事情是这样：我和夏波刚回来，衣服都有些脏，我在帮夏波洗衣服。等知道了她们在楼下打起来了，我就立马跑下楼制止了！"

常秀："是这么回事吗？"

春宁："是！"

常秀："这件事就算你说的是实情，可以饶过你。可昨天晚上，你为什么要顶撞我？！而且在许多人面前？"

春宁："常副总，当业务员的一个失误，有可能就是一个人的失误，可当领导一个失误，有可能就是全局的失误！当属下的不想让上司有失误，不是顶撞，而是提个建议，业务员做得是对还是错呢？"

常秀："怎么？你要来教育我？"

春宁："怎么会呢？论年纪，你和我的妈妈正好同岁！都是属狗的吧？昨晚上我跟你说的话，你就当你自己的女儿跟你说了点儿心里话，你忘掉你的职务权力，把自己当成我这个女儿的妈，你还会生我的气吗？"

常秀没吭声，拿眼睛觑着春宁。

春宁："我们这代年轻人，可以屈服于真理，却不会屈服于不正当的权力！"

常秀："你又在说我运用权力不正当！"

春宁："常副总！如果我是你的女儿，她在外公司打工，向老板建议几句话，老板又要炒她，又停止她的工作，还要她当面检讨，将心比心，你会怎么想？你会同意她逆来顺受，没有思想地一味迎合领导吗？我想不会。一定不会！如果会，你就是个糊涂妈，一个不称职的妈！"

常秀："你这个小年轻儿，嘴蛮会说，多硬的心也叫你说软了！听着听着，我的心里怎么反倒觉得是你对我错了呢？！"

春宁："常副总，你别这样，我看你要个真道理比要个虚假的面子强！"

常秀笑骂道："春宁！你个小兔崽子！你真的把我的心给说软了！实话说，我来到人世间，被人说转了，还是第一回！你真是个人才！我有点儿服你了！"

春宁笑着说："常副总，让我工作吧！公司业务这么忙！"

常秀笑着说："不行，你得再跟我说会儿话，我乐意听你神侃！"

### 6. 公司办公区

李小明对正在忙着设计图纸的耿大民小声说："哎，春宁姐和那常副总谈上了吧！"

耿大民："是吧。"

李小明："我可不希望春宁被解雇！"

耿大民并没停下手里的活儿："那夏波就少了个女伴！"
　　李小明笑着："错错错，主要是怕大民哥少了个心上的女友。"
　　耿大民："昨晚我借你看的那盘影碟怎么样？"
　　李小明："一个日本导演拍的梦！哎哟，那个彩虹那个花呀，美极了！还有梦中的凡·高油画，都在电影中以生活的场景再现了，好好好！再有这样的片子别忘了我！看一盘好的影碟，比请我吃一顿必胜客都高兴！"

**7．公司总经理办公室**
　　江浙愤怒地说："谁说的不管？！阿菊是我们公司的员工，我们不管谁管？！我们公司如果连这种事情都视而不见，充耳不闻，那我们公司成什么了？我们还是展览公司吗？改叫人肉公司得了！不管谁怎么说，我是宁可把那60万元给他姓黄的公司退回去，也不许我们公司丢这个人！春宁，你把常华、胡一林都给我找来！"
　　春宁"嗯！"了一声，对常秀说："常副总，我先走了？"
　　常秀笑眉展眼地："好，有空儿多过来坐坐！"
　　春宁微微一笑，退了出去。
　　江浙对常秀："你们谈好了？"
　　常秀："现在的小年轻，可是不得了，说着说着，就让你为她动心，像当妈的心疼孩子似的疼起她来了！"
　　江浙："论出个谁对谁错没？"
　　常秀："昨天晚上怎么寻思怎么觉得她有错，今天一心疼她，倒觉得她真的没什么错！这是怎么回事儿？"
　　江浙："你呀，是设身处地地站在她们年轻人那个角度想问题了，你的一大进步！"
　　常秀："是吗？不过，处理阿菊的事儿，你不能太冲动！常华已经把那60万元钱打入了咱们公司的财务账户了，这可是一笔可观又合理的收入哇！想想，到手的钱，我们怎么能退回去呢？！他姓黄的有问题，是违法是乱纪有人管他，关我们什么事儿？我可跟你说下，我是管公司财务的副总！这笔钱不能退，也退不了！"
　　江浙有些激动："如果需要退，退不了也得退！我们是江浙展览公司，这件事，事关我们公司的内部和外部形象，说严重一点，涉及我们公司的性质和风气！阿菊是个年轻人，我们是怎么带的？不能因为我们是民营公司，就可以对教育青少年的问题敷衍塞责！这件事儿谁说也不行，我定！"
　　常秀软中带硬地："谁说也不行，可是谁说钱也是退不回去了！你能怎么办？！"
　　江浙有些被激怒了："我不信退不回去！"
　　门开了，常华和胡一林走了进来！
　　常华见状，蹙着眉头说："又吵！一天到晚不是你说他不对，就是他说你不对！老吵什么？！什么大不了的事儿，非得吵？！吵能解决什么问题？！有话就不能好好说？！"
　　常秀："你们说吧，因为刚才春宁来说，下午阿菊要去宾馆见见客户黄总的事儿，就像捅了马蜂窝！怎么的？非要把到账的60万元钱退回去吗？！你们说，这可能吗？"
　　江浙："你们说！我们公司是展览公司，我们是以搞展览为客户宣传产品来进行合法经营的，我们能眼看着公司的女孩子用肉体做交易，往公司拉钱吗？！这笔钱不是正道上来的，要是收了，我们公司的名誉还要不要？！阿菊这样的青年人在我们公司沦落，我们有没有社会责任？那样，我们公司的性质将来演变成什么样的公司？！我们公司可以从正常渠道赚钱，凡是赃钱，我们一分钱不能收！沦落青年，一个不能出！这是原则！"
　　常秀："钱就是钱，还有什么干净钱赃钱？笑话！"

常华息事宁人的："哎呀，行了，行了，都别吵了！不就是这么个事儿么，我们都听懂了！有些事要慢慢地商量才好！不要动不动就进行'内战'，有一位军事家说得好：战争是没有解决问题办法的最后手段！好，现在看，我们还是有办法解决问题的！所以，我们没有必要一定要弄得公司里家里整天硝烟弥漫的！依我说，我姐说的钱不能退，那就先别退！我姐夫说的阿菊不能沦落，阿菊在我们公司现在不是还没沦落？说是下午去会黄总，现在不是中午吗？！我们还有足够的时间，可以再商量解决问题的办法！"

江浙："胡一林，那个姓黄的是你的老同学，你对他比较了解，你看这个事儿怎么办好？"

胡一林："要依我说，问题简单了，人家男人女人都是单身，咱们多余管这些事儿！和咱们有什么关系呀？！"

江浙："混话！这件事和公司的经营没关系我当然不管！可它不但有关系，而且关系密切！阿菊不是咱们公司的人吗？她用色相往公司拉钱这事情还不严重吗？！钱好不好花？好花！咬不咬手？不咬！可那得是正当渠道来的钱！常华，你听着，下午我带你这个展览部的主任和阿菊、春宁、夏波几个业务人员，两点钟准时去黄总订好的那个宾馆！看他找阿菊到底有什么事儿，也把这件事儿正式谈谈，何去何从，当场定下来！如果需要退钱，那就退，不能含糊！"

胡一林："这么大动干戈，有这个必要吗？！"

江浙："有！当然有！"

常华："如果不退钱，我们又不承担任何责任，我倒有个万全之策！"

常秀："说！"

常华："阿菊的工资奖金都兑完现，咱把阿菊先开出去怎么样？！"

常秀："我看行！"

胡一林："高！"

江浙："高什么？高在哪儿了？常华，亏你想得出，那是人干的事儿吗？！"

常秀："怎么，为了公司的利益，解聘一个人有什么不可以？"

江浙："她现在有什么问题？解聘她的理由是什么？"

常秀："我们是民营公司，解聘人不需要理由！"

江浙："解聘人不需要理由的民营公司，明天就可能是解体的民营公司！我们不想解体，所以我们就更需要理由！"

常秀："利益，公司的利益！"

江浙："公司的利益不只是经济的，还有社会性的！"

常秀："我不想和你辩论，我只是说：下午去金山大厦我也要去！"

江浙："公司的领导总不能时时事事人人都出头，有要外出办事的，有在家看堆儿的！这就叫分工不同，责任不同！现在吃饭！吃完饭了准备行动！"说完，披起了衣裳。

常秀跟常华嘟哝："还吃饭呢，跟他气都气饱了！"

### 8. 公司办公区

耿大民、春宁、李小明、夏波正在一起吃饭！

李小明一边吃一边拿着筷子比画："啊，天空中一道闪电划过，地上一个炸雷响起！夏波，我们的英雄！又从泥水里站起！路德维希·凡·贝多芬的命运交响曲音乐，正回荡在我们耳际，夏波啊，泥水里的西班牙斗牛士！啊！"

耿大民、春宁笑得要喷饭。

夏波呢，脸儿红红的："别瞎编排我！哪壶不开提哪壶！我和阿菊动了手，就是因为她做的那事太气人，我可没把她当成敌人哪！

耿大民："学美术的硬要作诗，这诗作得太蹩脚！"

李小明接着又要朗诵："啊，倒地的阿菊……"

没等他再说，夏波伸出手来揪住了小明的耳朵："你有完没完了？你要死呀你！"

李小明被揪了耳朵，疼得慌忙道："哎哟哟，松开手哇，好了好了，开个小玩笑么！服了你了还不行吗？！"

夏波嗔笑着："再耍贫嘴，让你到垃圾箱里去找耳朵！"

李小明："哎呀，可不敢！耿大民！你都看见了吧？！你老跟我说，说夏波和我是最好的朋友，你们看，这哪是女朋友，整个一只凶猛的母老虎哇！这张嘴就是要吃人哪这是！"

夏波莞尔一笑："就是母老虎，不老实就吃了你！"

李小明半真半假地："求求你，要吃你还是先吃耿大民吧，他和春宁好得像一个人似的。吃我，我孤孤单单一个人儿，谁帮我呀？再说我的诗歌创作和美术设计大业方兴未艾，万里征程才刚刚迈出小半步，所以，你还是冲着耿大民他们大张老虎嘴吧！"

夏波笑着："张嘴！"

李小明愣了："谁张嘴呀？"

夏波把一勺饭菜送进了他的嘴里："红烧肉！"

李小明吃下："嗯，这种事情，母老虎多做一点儿，本人不会反对！"

春宁、耿大民望着他俩开心地笑。

夏波："笑什么呀？！"说着又给李小明送过去一勺。

小明接过："哎，还是让我自己来吧，不然晚上睡觉睡实诚喽，耿大民犯坏，都能买个奶嘴儿塞我嘴里来！你别寻思他挺老实，这事儿他能干出来！"

夏波笑着，眼眸里却流溢出一片柔情："为了庆祝我和春宁姐今天顺利过关，今晚上咱们上酒吧怎么样？！"

其他三人兴奋地："好！"

### 9. 公司女宿舍

阳光下的窗台，四盆花草静静地享受着阳光。

保安员小王端着饭在门口敲门。

阿菊一脸忧郁地躺在床上，在里面喊："进！"

保安员小王进了屋："阿菊！还没吃呢吧？饭我给你送来了！"

阿菊看了小王一眼，躺在那里没动："我不想吃了，这饭，你该给谁送去给谁送去吧！"

小王脸色一沉："这是啥话，我是特意给你送来的呀！"

阿菊忽地坐了起来："说吧，你，为啥要给我送饭？！"

小王有些紧张："没啥，只是昨天晚上我看着夏波和你打仗，心里挺同情你的！当时我真想拔刀相助来着，可惜夏波是一介女流，我一个男的对她没法下手，要是你的对手是个男的，我指定是该出手时就出手了！让我小时候学的那些少林拳的功夫也派上个用场！看你一身泥一身水的，不知为什么，我心里头不得劲儿！真的不得劲儿！"

阿菊："小王，你是不是看上我了？！"

小王一脸羞涩，摸着脑袋说："反正是看着你遭罪心里怪不得劲儿的！"

阿菊："我明白了！你对阿菊的这片心我明白了，可我得当面锣对面鼓地说清楚：其实你小王没有必要对我这么好！你对我好也没用！我不会对你好！有一句话你可听清了,以后我们女人之间的事儿,你少掺和,对你有好处!听见了?!"
小王有些迷糊了:"你说的话,我不完全懂!可是让我不关心你,嘴上说行,心里一时做不到!"
阿菊笑了:"闭上眼睛,过来!"
小王真的就闭上眼睛凑了过来,他以为阿菊真的会亲他一下。
阿菊却用手扯起他的两个腮帮子:"翻起眼睛,把舌头再吐出来!"
小王就翻了眼睛,吐了舌头,那样子很怪!
阿菊就忍俊不禁地笑,笑得不行!
门开了!
春宁、夏波、晓梅走了进来!
阿菊松开了小王:"他迷了眼睛了,让我给他翻翻眼皮!"
小王刚出完怪相,见进来了人,有些不自在。
春宁:"阿菊,刚才总经理通知,下午,总经理、我们和你一起去金山宾馆!"
阿菊一愣:"是吗?!"
春宁瞟了小王一眼,递给夏波一个眼神!
夏波:"哎小王,昨儿个下了一天雨,今儿个刚出太阳,你把我们的被子都给拿出去晾晾!"
小王看着阿菊:"这……阿菊的被子也要晾的!"
阿菊把自己的被子也推到小王身上:"好好好,连我的也晾晾!"
几个人一起把被子搭在小王的肩膀和身上!
夏波:"阿菊这还有个枕头,也潮了,也拿出去晾晾吧!"说着就给小王顶在了头上!
小王样子惨了!他只好挪出门去,顺着楼道慢慢前行!
身后的女宿舍里爆发出一片笑声!
几乎在笑声爆发的同时,小王的身后响起了脚步声。
小王一回头,见是晓梅走在他后边,在帮他轻轻地把着被子!
小王冲晓梅一笑。
晓梅呢,也笑了!

**10. 金山大厦四楼**
楼道里,走来了江浙、常华、春宁、夏波和阿菊!
0409房内,黄总穿着睡衣,一副洗漱完毕的样子,他在地上转来转去,不时地看看手表。
门铃响了!
黄总急切地打开门,眼前的情景使他一愣:江浙他们站在门口!
黄总立马缓过神儿来,老到地:"啊,是江总大驾光临!请,屋里请!"
江浙他们进了屋,也就各自坐下了。
黄总拿眼睛瞟了一眼阿菊,不知眼前演的是什么戏!
阿菊呢,跟黄总过了个眼神,然后就是一副若无其事的样子。
春宁和夏波则冷冷地看着黄总。
常华倒是笑容可掬的样子。
黄总为了打破尴尬的局面,强颜欢笑地说:"啊,江总,咱们可是好长时间没见面了,各自的公司都有很多事,都是脚打后脑勺子的忙!啊,近来都还好吧!"

江浙笑了："还好！黄总，我们今天来，是想和你谈谈贵公司投资60万元，要在我们公司做展览的事儿，原来呢，说是黄总约了我们的业务员阿菊单独来谈，我们觉得这么大一笔款项，对展览会有什么要求和想法，还是我亲自来和您谈谈好！"

黄总有些心虚地："啊，咱们两家打交道不是一次了，你们公司的信誉我是信得过的！钱么，上午已经给你们打过去了！余下来的事儿就是你们把我们公司的丝绸产品宣传好的问题了！展览会上见了！"

江浙进一步地探他的心迹："那么，作为投资方，你们对本公司除了合同中提到的还有什么新的要求吗？！"

黄总笑了："有什么新要求？！我们是你们公司的老客户了！又不是第一次投钱给你们！"

江浙："正因为是老客户了，我们才十分重视和黄总公司的关系！生怕哪些地方出现纰漏，对你们，对我们，都不好！如果有什么新的要求，现在当面锣对面鼓地都提出来，如果我们公司满足不了您的要求。60万元，我们可以退还！"

常华笑着说："黄总公司的60万元，上午我们在银行已经存上了，黄总的公司是个大公司，买卖做得天大，60万元在黄总眼里是个小钱儿！小菜一碟！好比九牛身上拔根毛，无足轻重！"

黄总眼睛还是在阿菊身上直转："60万元钱，在贵公司身上可能算是一笔不小的款子，可在我们公司来说么，说是九牛身上拔根毛有些过誉，说是多大个事，也是未必！所以，我黄某人就是吃一回亏，上一回当，倒也不至于搭上血本！我黄某人坚信：太阳照样东升，月亮照样西沉，人，都在这一块儿地面上转，还是要见面的！是不是啊，阿菊？这次事儿主要是阿菊办的，钱投过去了，就信着你们了，你们干吧！应该不会再有什么问题了吧！有了问题我会找阿菊说的！"

江逝："客气，有问题还是要找我说！黄总既然这么说，我们就认真履行签过的合同了！"

黄总一副道貌岸然的神态："哪里哪里？江总把话说远了！咱们两个公司好比一条江上的一只双桅船！在江上行走，是可以同舟共济的嘛！啊，江总，咱们两家公司的关系没的说吧！"

江浙："那好，黄总，我们先走？！"

黄总："好，慢走！不送！"他的眼睛狠狠地盯了阿菊一眼。

阿菊呢，回身对黄总娇柔地说："黄总，再见！"

黄总呢，一副哑巴吃黄连的样子！苦苦地笑着！

### 11. 轿车上

江浙开着车，驶过繁华的街道。

夏波乐得前仰后合："你看黄总那狼狈相，真够人看半个月的！今儿个他可是栽到咱们手了！"

春宁："江总，今天，可不可以说是咱们的一个胜利呢？！"

江浙摇摇头说："我看，还不能说是个胜利！像黄总这样的人，社会背景很复杂，问题可能不像你们想得这样简单！阿菊！你在外边跑业务，要格外当心！社会上有些人很坏，我们不能不防！"

阿菊低着头想心事："嗯！"

夏波："问题至于这么严重吗？！"

江浙点点头:"可能就这么严重!"

春宁和夏波都关切地看着阿菊。

常华说:"反正任务都完成差不多了,阿菊这阵子少出去!外头的事,春宁、夏波你们两个多跑跑!"

两人答道:"嗯!"

阿菊一副满不在乎的样子:"没事儿吧?哪能有你们说的那些个事儿呀?!"

春宁:"还是小心点儿好!小心无大错!"

常华:"行啊,江总出马,一个顶俩!最起码,钱不用退回去了,要说胜利,这倒是一个胜利!"

轿车驶过市区的主要街道。

夏波向车窗外望着:"哎呀,过月湖公园了!"

月湖公园,美丽的湖水、绿树、亭榭,在车窗闪过!

春宁:"嗯,这么美的地方,工作一忙,都给忙忘了,上大学的时候,没少在湖边看书,参加工作后,好长时间没到这里来散步了!"

江浙说:"咱们这一阶段也是太紧张了,常华,这个星期天,马放南山,让大家轻松一下!"

春宁乐了:"江总,真的呀?!"

江浙:"君子无戏言!"

几个姑娘在车里喊了起来:"哇!"

常华:"行了行了,快把车盖儿给鼓起来了!到底都是些孩子,一听说玩呀,耳朵眼儿往外冒小脚!春宁,明天你们和晓梅去乡下吧,晓梅说要到她二舅那跑跑!"

江浙:"晓梅在咱公司工作,让她回他二舅那公司去跑业务,不好吧?"

常华:"晓梅自己提出来的,据说已经和她二舅通过电话了!"

江浙:"是吗?她们怎么去?"

春宁:"还没想呢!"

常华:"没想?那就叫行政办公室的胡主任开车去!"

春宁:"别了,我们坐公共汽车就行了!"

江浙:"你们行了,可我们不行!公司的外部形象要靠一点一点地来树立!这么远的路,去台车吧!常华!"

常华:"嗯。"

江浙:"回去先别告诉你姐钱不用退了的事儿。有时间你得做做你姐的工作,我们公司不能养成因为都是家里人,就可以没个上下级关系,采取各行其是的做法!"

常华叹了口气:"难做!"

### 12. 公司写字楼门前

江浙他们的车驶了过来。

楼上,常秀正趴在窗口往下张望!

江浙他们从车上走下来。

常秀在窗口一闪身不见了!

### 13. 楼道里

常秀匆匆地走了下来。

江浙一脸严峻地与她擦肩而过。

常秀拉住了常华，小声地："哎，怎么样？"
常华却大声地说："无可奉告！"接着故意向江浙努努嘴！
常秀一脸阴郁："没谈成？钱要退回去？！"
常华挤了一下眼睛："问你们家江总吧！"
常秀长叹了一口气："唉！看他那张脸拉得二里地长了！我不想问他！"

**14. 总经理办公室**

江浙正在脱外衣，常秀便走了进来："怎么个结果？！"
江浙："先别问结果，先说说你这个副总经理听不听我这个总经理的？！"
常秀偏着头说："听又怎么样？不听又怎么样？"
江浙一脸严峻，声音不高："听，你就还是这个公司的副总经理，不听，我现在就宣布罢了你的职务！"
常秀沉默了片刻："我想你江浙是不是选错说话的对象了？！"
江浙："什么意思？！"
常秀："你不会忘记了我是谁吧？！我是你老婆常秀啊！不会忘了我是你的大学同学，当时你是怎么追的我吧？！我下晚自习，你总在半道上等我吧？不会忘了我为了这个展览公司，没日没夜地干，没有功劳还有苦劳吧？！你刚才说什么来着？要罢免我？我没听错吧？！这是你江浙该对我说的话？我不想把钱退回去，是为了我自己呀？！我是为了这个公司，为了这个家！这个家就是我自己呀？！"说着，扭过头去，眼里已经有了些许泪水。
江浙看看常秀，说："你说得对不对？都对！让你当我们家里的一把手，我举双手赞成！可这不是咱们家，这是公司！公司里我是总经理！你不听我的，总想独树一帜，这行吗？！"
常秀抹着眼泪说："公司怎么了？公司不也是我们家办的！？"
江浙："是呀，你总是这么以为！公司是咱们家办的！可公司的人都是你家里的人吗？公司的事情和业务都是你的家务吗？！这是事业！这是管理！怎么能和家事搅成一锅粥呢？！话说到这，我不得不说，你既然知道这个公司是咱们家办的，为什么不懂得爱护这个公司的名誉，不懂得怎么爱护公司里的青年一代呢？！阿菊的事情出了以后，你们不是用脑子想这件事怎么办好，而是眼睛先盯在钱上，一切以钱为出发点，来想事做事！这件事，如果今天不是这处理下来，传出去我们公司的名声好听吗？我们亮亮堂堂的公司是不是就变成了黑不溜秋的黑公司？"
常秀："说吧，今天的事儿，后来怎么处理了？"
江浙："你不是问常华了吗？"
常秀："她嘴上贴了封条了！现在我问你！"
江浙："钱，暂时不退了，但是我看事情不可能这么就算完了！他姓黄的那样的人是怎样的思维方式，会怎么做事，我不敢说全了解，可也猜个八九不离十！"
常秀："他还要怎么样？"
江浙："山雨欲来风满楼，现在还没感觉到风呢，山雨可能很快就来了！而且不排除有雷鸣电闪，瓢泼大雨！"
常秀略显几许轻松之色："只要钱不退，我这个主管财务的副总经理就可以先安心了！至于什么山雨来不来的，来多大，有你在，都和我没大关系！你在这想拿雨伞还是拿雨衣遮挡风雨的事儿吧！我累了，累心也累身子！我得进里屋躺一会儿了！"说着，放松了神态，进了里屋！

江浙看看她，没再吭声！

他抬眼望望窗外，天空真的有几许阴沉！推开窗子，风，直灌进来，窗子白色的帘布被风鼓得好高！

一道闪电划破苍穹，惊雷在天空炸响！

他站在那里，哦，一个高大的逆光剪影！

（第三集完）

## 第四集

**1. 金山大厦409房间**

黄总阴沉着脸儿，吸着烟，房间里已是烟雾腾腾了！

他忽然狠命地把烟头儿在烟缸里拧灭，操起手机，拨通："喂，是我，我在老地方，你到我这里来一趟！马上！"

对方是胡一林的声音："知道了，好了！我马上到！"

**2. 江浙公司楼外**

胡一林驾着面包车驶了出去！

**3. 公司办公区**

常华在楼上往下看着，眼神里有些异样！

常秀走了过来："小华，你们家胡一林，刚才风风火火开着车出去了，他去干什么去了？公司有什么急事儿？"

常华应付地："可能是有客户找他吧？"

常秀："客户怎么会直接找他？他离开公司，跟谁也没说一声，让你姐夫知道了，这不又是事儿吗？！以后他出去上哪儿办事儿都得报告一声！不能太散漫！"

常华不高兴地："姐，当姐的有啥话，应该当面对妹夫说，我可不想当你们之间的传话筒！"

常秀："小华，我知道，我一说他两句，你就不高兴。"

常华："姐，我不高兴了吗？"说着，回到自己座位上埋头做自己的事了。

常秀："我知道，姐说的话，你不乐意听，可我是你姐，我还得说，那姓黄的不是什么好东西，叫你们家胡一林和他少来往。"

常华一笑："姐，想多了吧？我们家胡一林和那姓黄的虽然是同学，可平时一点儿来往也没有！我敢打包票！我看你倒是该跟我姐夫说说。"

常秀："说什么？"

常华："一个民营企业家，老把公司内年轻人的教育呀发展啊什么事儿的当作自己的责任，这不是傻吗？你教育青年人了，青年人给你啥了？你关心青年人发展了，社会说你好了？报纸电视上登你先进事迹了？嘁，脑袋里进水了！"

常秀："为了这些事儿，我少跟他理论了吗？他嘴硬得很：你为什么只知道关心在大学读书的儿子，希望他德智体美全面发展，就不知道关心别人家的孩子，这不同样是在关心下一代吗？！你可别说，他真把青年看成国家的未来啦。"

常华："现在的年轻人你不捧他，他都想上天，你要再捧捧他，他们上了天，还不得美出鼻涕泡来！要依我说，对这些人，什么教育哪发展哪责任哪，对咱一个民营公司来说都没用，就是一个字儿！"

常秀瞪大眼睛："啥字？"

常华："管！用权力管！"

常秀："你想用权力管，可你姐夫给他们撑腰杆子！在这个家，你可能也早看明白了，好像我是一把手，可真较起劲来，我拗不过他！"

常华："我看你呀，赶紧挂白旗，趁早投降！"

常秀："两口子过日子，倒也不能说谁投降谁。山东不是有个叫郑板桥的么，他说做人难得糊涂，这个糊涂是由聪明变过来的糊涂！家里的事儿，大事不能让，小事装糊涂，没啥不好！"

常华话里弦外有音地："你就难得糊涂吧！我可不想像你那样，我得活个明明白白的！"

### 4. 金山大厦门前

胡一林的那辆面包车停下了！

雨中，胡一林用上衣半裹着头，冲出驾驶室，冲到雨搭下，回身按了一下锁车的电子钥匙！走进了大厦。

### 5. 金山大厦409房间

胡一林匆匆地走了进来，关门时还回头回脑地往外看了看！黄总坐在沙发上连身子都没欠，只是拿眼睛看着胡一林。

胡一林一副媚相地说："老同学！对不起，下雨，稍微来晚了点儿！您今儿个亲自打电话找我来，我知道这里头的分量！说吧，只要我能帮上的忙！"

黄总看看胡一林："你这个老同学，不会也和他们拉帮结伙地耍我吧？！"

胡一林赔着笑说："黄总！那怎么可能？绝对不可能！你不信别人，还不信我吗？大哥的事儿也就是我的事儿！咱们就是多个脑袋差个姓！小弟没进展览公司手头吃紧的时候，黄大哥给老弟拿过钱呢！那是钱吗？那是大哥对老弟的恩情啊，人常说，滴水之恩不能忘，知恩不报是小人！我怎么会忘了您对我的好呢？！说吧，要我做什么？怎么做？"

黄总："阿菊那个小妞儿耍了我一把，我没打着狐狸，却惹了一身臊气！你知道我的脾气，这口气我是横竖咽不下去的！只是我现在处的位置太明显，不好亲自下手！怎么整治她，就交给你了，既要让她隐隐约约地知道我姓黄的不好惹！又不能弄得太明显！弄得太明显了，这个阿菊就是日后上了手，也不好处了，这里头的玄机，你懂吧？"

胡一林："这个话的意思，我懂！"

黄总："反正，不管你怎么整治她，我都不知道，也和我无关！"

胡一林："怎么个整治法儿？大哥，实话说，这个事儿有点两难哪！一个来说，我和阿菊都是一个公司的人，抬头不见低头见，她认识我，我不好亲自出手！二个来说，江浙他们已经意识到你可能要整治阿菊，他们也有了一些防范措施，这段时间根本就不让阿菊出来！"

黄总："是啊，是有点儿难，正因为难，我才找到你这个江浙公司的行政办主任来办这个事呀！堡垒最容易从哪儿攻破呀？内部！我不想知道你怎么整治她，也不想问你找谁整治！我这儿倒是有一笔钱，不是给你整治人的，是咱们哥俩的情意费！"

胡一林笑眯眯地："钱，我就不要了吧？！只是没想好大哥托办的事儿，我能否办得了？！"

黄总一笑："我没托你办什么事儿呀？你不会是天上飘下片树叶儿，也怕砸烂了脑袋吧？！"他拉着长声，一脸不高兴地说："你走吧，没事儿了！"

胡一林想了想，干咳了两声："既然和大哥说到这了！事儿我自己想法子办吧！只是这钱？！"说着，眼睛盯在钱上。
　　黄总："那不是我的钱，是你的钱！你拿不拿着问我干什么？"
　　胡一林说："那就恭敬不如从命喽！"顺手把钱揣进了兜里。

### 6. 公司女宿舍
　　阿菊正教晓梅化妆："眼眉要刮齐，眼影别打得太黑！你看你看，你把眼睛全描成大黑眼圈子了！"
　　晓梅对着镜子细看看，忍俊不禁地笑了。
　　阿菊用纸巾给她擦拭："别动！我来给你弄！想做个城里人，也不容易吧？学穿衣戴帽，学化妆，还要学言谈举止，学问多了！"
　　晓梅："阿菊姐，你看我能成为城里人吗？"
　　阿菊："需要时间，不少东西你得学！"
　　晓梅："春宁姐那天看我穿了你给我的衣裳说：晓梅，人不是穿了城里人的衣裳就是城里人了，得在脑子里真正接受城市的先进文化。你说，城里的先进文化我可怎么接受？！"
　　阿菊："你想听她的呀？那你就听她的，别听我的！"
　　晓梅有些愕然。
　　阿菊："别看我们都是城里的年轻人，可我们想的做的或者说生活的方式都不一样！她是苦行僧式的每天奋斗啊，理想啊那种年轻人，我呢，是追求享受型的！享受生活，懂吧？这很现实！这叫什么？路不同而道不同！"
　　晓梅："可是说心里话，我真的很喜欢春宁姐的！"
　　阿菊："我呢？你怎么看我？不喜欢我吗？"
　　晓梅："阿菊姐，你给我衣裳，又教我化妆的，对我挺热情，我是从乡下来的不假，可也是知冷知热的人！"
　　阿菊描着眼圈儿："那就好！晓梅，明儿个春宁你们要到你二舅那个公司去？"
　　晓梅："说好了的，明天一早就走！"
　　阿菊描着眼圈儿："我也要去！我非常想认识认识你二舅，市里乡镇企业的龙头老大，大学研究生毕业后回乡的传奇式的乡镇企业家！你帮我搭个桥！"
　　晓梅："好哇，只是公司里说，这一阶段你要出去，必须直接跟领导请假！"
　　阿菊："好哇，假我自己去请！"她的手机电话突然响起。
　　阿菊接听电话，声音娇嗲："啊，啊，是我！人家正想给你打电话呢，不是，不是那么回事儿，来日方长么！喂，喂……"对方已挂了电话。
　　阿菊又拨叫对方，电话里传来的声音竟是："你拨叫的电话已关机。"她蹙紧了眉头，坐在那里。
　　晓梅："阿菊姐，谁的电话？不会是那个黄总的吧？他要叫你，你可别出去呀！"
　　阿菊："你怎么知道黄总？谁跟你说的？"
　　晓梅："全公司的人都知道哇，都说让我们帮你多留点心，怕你上了那姓黄的当！"
　　阿菊冷冷一笑："哼哼，有意思，真有意思！"

### 7. 城市某酒吧
　　晚上。
　　透过酒吧的窗子，可见街景。
　　春宁、大民、夏波、小明四人在一张桌子前坐着，喝着啤酒。

小明一伸双臂，抒情地："啊，不错！这里的氛围很适合我！不错，真的不错！静静的，音乐也很轻柔，很富有浪漫的想象力，只是墙上那幅画，装饰味儿重了些，不能算真正的艺术品！城里的酒吧我没少去，这里还是第一次来！谁发现的新大陆？"

春宁："没人发现，我们顺便走，就走到这儿来了！"

大民："酒吧，这原来都是西方的玩意儿！现在，在中国就像雨后的笋子一样，遍地都是，嗖嗖见长！"

春宁："过去的中国茶馆多，现在酒吧差不多和茶馆一样多了！哎，你们知道不知道，这样一个小酒吧，一天的营业额大约是多少？"

夏波很感兴趣："多少？"

春宁："两万多元！除去各种费用，老板一天就能赚一万多元！一年下来就是几百万元，几年下来呢？算算这笔账，你就会觉得不得了！"

夏波："那就是几千万元哪！"

春宁："现在中国的首富已经拥有几百个亿了！哎，小明，你这个富于想象力的伟大诗人，在中国产业大军的队伍里，你听没听到一种声音？！"

小明："什么声音？"

春宁："纷至沓来的无产阶层变成有产阶层，进而变成富有阶层的脚步声！"

小明："没听到，却听出了你的话，很有味道！"

春宁："这些有产阶层和富有阶层来自昔日的工人、农民、当过兵的人、知识分子、商人和社会上的其他人等，当然也来自我们这样拥有了知识，还没拥有财富的大学毕业生！人们在时代的阳光下走来了，由贫穷走向着富有！"

小明："鼓掌！精彩生动而富有诗意！春宁，在你的话语里，我仿佛看到了湛蓝湛蓝的大海上，阳光泛着光晕，一只又一只，鼓胀着白色风帆的船，告别了贫穷的码头，正驶向富有的彼岸！"

大民："小明！喝一口！我认识你以来，第一次听到你说出不带'啊'的，又这么动人美好和现实的诗句！看来，你真要成为伟大的诗人了！"

小明喝了一口啤酒说："不行！对比李白、杜甫、泰戈尔，还有距离，还差一厘米多呢！"

大家都笑了！

夏波笑容可掬地："别大民夸你两句，你就飘飘然起来了，美得想上天了！"

小明："大民哥是真心夸我，我能听得出来！"

大民："是，我是真心的！小明，咱们现在是坐在酒吧里吗？"

小明笑了："你考我是不是？别忘了我是诗人。我们现在是坐在一只鼓着白色风帆的四桅船上，也在向富有的彼岸航行！"

大民："好，好，有志者事竟成！"

夏波："先前说来酒吧，是为了庆祝我和春宁姐两架遇事故的飞机平稳着陆，现在我看主题得改成我们都成了船夫或水手了！"

大民："小明的诗，可以时代的船夫或水手命名，就写我们当代大学毕业生的！"

小明："很多年前，有一位山东籍的诗人写过一首理想之歌，写的就是当时的大学毕业生到乡下插队生活的！那诗说：大学毕业生是乘东风飞来的报春群雁，落脚在宝塔山头，落户在延河两岸！我们不再是在贫穷土地上春来秋去飞着的大雁，也不再是画家米勒笔下的拾穗者！理想的风帆，是我们心灵的翅膀！驶往黄金海岸的船儿载着我们的向往！时代的船夫啊，时代的水手！还是时代的……这个这个啊，这酒喝的，脑子不是很清醒了！啊，这个……大学毕业生！"

大家都在乐，乐得前仰后合！

### 8. 胡一林家
常华围着围裙正在炒菜。
胡一林推门走了进来，脱下衣裳，一副笑模样，走到厨房里。
常华没理他，继续炒着菜。
胡一林没话找话地："媳妇，用不用我帮啥忙？"
常华盯了他一眼说："顶雨开车出去干什么去了？人家没管你饭哪？"
胡一林支吾地："没什么事儿，没事儿！"
常华："没事儿？"
她关掉火，把菜拨进一个盘子里："那姓黄的找你了？"
胡一林一愣："嗯？没有哇？"
常华："没有什么没有？！骗得了别人你还骗得了我？你一撅尾巴，我就知道你拉几个粪蛋儿！"
胡一林头上有些冒汗了："是他找我，可是也没说什么事儿！"
常华："没说什么事儿？肯定说因为我们去，搅了他和阿菊的好事儿了！我可告诉你胡一林！你别当那姓黄的是什么好人！他和阿菊的事说大就大，说小就小，不知道会出啥事儿！你离他远着点儿！"
胡一林："其实也没什么联系，那毕竟是老同学，找我去，我不能不给他面子！"
常华："这话可都是你说的，要是我抓住你和他再来往的证据，你知道后果怎么样！"
胡一林："那是！吃饭！哎呀，我媳妇炒的菜闻着都香！"

### 9. 公司总经理室
江浙一边看着材料，一边对常秀说："下午电视台有记者来找我。"
常秀："什么事儿？"
江浙："说是想报道一下我们公司搞好青年人教育和发挥大学毕业生作用的事儿！"
常秀："这是好事儿啊！"
江浙："被我谢绝了！"
常秀："为什么？"
江浙："我们公司在这方面还是要多做少说！站在全社会的角度看，我们公司做得很普通，没什么可往外吹的！"
常秀："我的想法和你不同，普通不普通也宣传一下，那至少也是个软广告，对提高咱公司的社会知名度有好处！"
江浙："如果我们做青年人的工作，只是为了这点儿东西，我想，那我们就太悲哀了！"

### 10. 城外路上
春宁、夏波、阿菊和晓梅她们坐在车里。
胡一林开着车。
春宁看着窗外景色："哎呀，好几年没出城了，乡村变化太大了，跟城市差不多了！你看，这路多好！"
胡一林："阿菊，我今天能拉你们四个漂亮女孩子一起出来，艳福不浅哪！"

阿菊笑笑："你那个艳福，也都是过过眼皮子的艳福！"
胡一林："那，也不一定吧！"
阿菊："离了常华主任身边，你就开始乱说，回去给你汇个报，看她不整治死你！"
胡一林："她整治死我？你可说错了，说不定谁整治谁呢！我是有招不露！"
春宁："胡主任，人家都说，在家里不当家，跪搓衣板儿的男人，背着媳妇总吹自己在家说了算，这是真的吗？"
胡一林："什么意思？你是说我在家说了不算？在家说了算的标志是什么？是不是就是说男人手里要有钱？！"说着从兜里掏出一沓钱来："看看，这是啥？这是钱，也就象征着男人在家里有权！当然我有钱的事儿你们不要当你们主任说！"
阿菊看着那钱："真没想到，胡主任也是腰缠万贯的、在家里掌权的男人！哪天你得请客啊！"
胡一林："小意思！只是我请客，你阿菊必须到！"
阿菊变化成港腔儿说："没问题了！"
春宁的目光里却多出几许疑问。

**11. 乡镇公司**
一座大楼门前。
晓梅指着一位四十来岁的男人，向大家介绍："这就是我二舅！"
阿菊见着眼前这位英俊的男人，喜上眉梢："哇！这么英俊潇洒的二舅喂！"
晓梅的二舅落落大方地："欢迎你们来！"
晓梅又介绍："这位是春宁，胡主任，夏波，阿菊。"
大家互相握手。
临末，是阿菊，她故作忸怩的样子，上前握手，娇柔地说："晓梅的二舅，早听说过您的大名，今日才见其人！您长得真是一表人才，帅气得很！酷得很炫啊！"
晓梅的二舅说："头两天，中央电视台的一个电视剧组来了，说是要拍一部反映当代农村生活的戏，一部和《篱笆、女人和狗》一样好看的戏！看中了我们这里做外景地，说我们这里变化得很典型！是中国最先进入城镇生活的乡村之一！我说你们拍吧！这些农民住的楼房，不是纸糊的，每一处变化都是实实在在的！今天你们来了，先到处看看，我们乡镇企业就这好处，灵活多变！主业经营服装，还可以经营其他，一切我们可以利用的资源，我们都可以开发利用！其他的事儿吃午饭的时候就都谈了！"
住宅楼群前，女陪同人员说："这是公司去年盖的楼房，这里居住的每一户都是土生土长的农民，现在是公司的职工！"
阿菊钦慕地说："哎呀，这是多么好的欧式建筑哇！要是在城里，只有有钱的老板才住得起！"
美丽的渠道前，女陪同人员说："大家看看，这里是公司搞科学实验的地方，也是一个生物链的实验工程，渠水里养的是鱼，鱼上面养的是鸟，鸟上边是葡萄！鸟可以吃葡萄，鸟粪可以肥水养鱼，渠水又灌溉着葡萄！"
阿菊顺手摘下几粒葡萄说："可以吃吗？撒没撒农药？"
女陪同人员："可以！我们这里都是绿色食品。"
阿菊擦拭了一下，剥了皮儿，便吃了起来："嗯，好甜呢！"
盆景园里，女陪同人员说："大家看看这些盆景，是我们公司近些年自己培育的，大的一株就值十几万元！"
夏波："哇，真是够漂亮的！"

服装车间，女陪同人员说："这里生产的服装，主要用于出口。我们的服装早已远销亚非拉一百多个国家！"

春宁看着服装车间对晓梅说："企业做得这么大，你二舅真不得了！"又对夏波说："看见了吧，乡下人正在把农村建设成城市。咱们得把晓梅二舅的今天当成我们的明天，在建设城市的同时，使自己变得富有！"

夏波："不得了，晓梅的二舅！"

阿菊："晓梅，你个傻瓜蛋！去城里干啥，在这里弄栋小楼住着，多舒服！"

晓梅："你们不知道，这里富了，农民也住进楼房了，可农民的思想观念变化很慢，这也是我二舅最头疼的事儿！我二舅说农民从经济上走出乡村容易，可要农民走出思想意识里的乡村更不容易！"

春宁："经典！这也是晓梅非要进城的理由！是吧？"

晓梅："我想是！"

女陪同人员："我要介绍的就这么多，下面大家可以自己转转看看！"

### 12. 乡镇公司的农具展览棚外

春宁、夏波在快乐地蹬着水车。

晓梅笑着。

却不见了阿菊。

夏波："春宁姐！没有抽水机以前，农民都是用这汲水灌溉田地，真累呀！我看中央台六套播的老电影里有不少水车镜头，没想到这么快就进历史博物馆了！"

春宁："历史！这就是历史！中国的当代史！"

### 13. 晓梅二舅的办公室

笃笃的敲门声。

晓梅的二舅："进来！"

进来的人竟是阿菊！

阿菊："二舅！"

晓梅的二舅霎时间蒙住了："你是？"

阿菊笑着说："真是贵人多忘事啊，这么快就忘记我了，我是和晓梅一起来的阿菊呀！"

晓梅的二舅："啊，是阿菊，请坐！"

阿菊："哎呀，二舅这个办公室可是真漂亮啊，和二舅的人一样漂亮！"

晓梅的二舅："阿菊，你真会开玩笑！她们呢？"

阿菊："二舅！我没和她们走在一起，我只想自己单独过来见见你！"

晓梅的二舅笑了："单独来见见我？"

阿菊："没事，只是想单独和你说几句话！"

晓梅的二舅："哦。"

阿菊："二舅，在我阿菊眼里，你是个成功和优秀的男人！"

晓梅的二舅："不敢！"

阿菊："你身边一定有不少女孩子爱你吧？"

晓梅的二舅："你为什么要说起这个问题？"

阿菊妩媚一笑："人家就是想问问！"

晓梅的二舅："说实话，可能会使你失望！我是个不在乎有没有女人爱我的男人，却是在乎公司的职工爱不爱我的男人！"

阿菊："成功的男人，我也见过，他们不像你这么生活！"

晓梅的二舅："每个人都有自己的生活逻辑。我不强迫别人，别人也强迫不了我！"

阿菊话锋一转："二舅，你真是优秀绝顶的好男人！我敢说，天下的女人，除了傻瓜，都会喜欢你的！"

晓梅的二舅："谢谢！"

阿菊："二舅，晓梅跟我说，我们今天来，是要找您谈谈你们公司参加我们展览会的事。"

晓梅的二舅："嗯，我同意了！"

阿菊："二舅的公司想出多少钱？"

晓梅的二舅："这个话题，留到中午吃饭时再说！"

### 14. 饭厅

桌子上摆满饭菜。

晓梅的二舅笑着对大家说："吃吧，都是咱公司自己产，自己做的！"

阿菊先咬了一口黄瓜："嗯，这个黄瓜味道很鲜！"

晓梅："几分钟前它可能还在架上！"

春宁："二舅！"

晓梅的二舅："嗯？"

春宁："我们这么叫您行吧？"

晓梅的二舅："行，当然行！"

春宁："来到这里看看，感受很深，真是不来不知道，一来吓一跳！"

晓梅的二舅："有那么深刻吗？"

春宁："我亲眼看到了，不然会以为这是人间童话！中国的农村都变成你们这里的样子，中国就不再是小康，中康，而是大康了！"

晓梅的二舅："有了春宁这句话，看来，我们为之奋斗的值了！我26岁研究生毕业，在这块土地上干了14年，今年正好40岁了！亲眼看到这块土地上的一点一滴的变化，有过喜有过忧，曾几何时竟也愁白了少年头，面对鲜花和掌声，没敢自满过，只想着自己就是给老百姓和时代拉车的牛！"

胡一林捧场说："论说您也是大老板了，可你身上有一种气质，别人不具备：朴实！您的事迹我们知道，您不花天酒地，不过纸迷金醉的生活，还信守着自己人生的信条，在成功的起点上还在创业，不易！着实不易！佩服！"

晓梅的二舅："十几年的青春扔进去了，说句家里话，跟我爱人谈恋爱时都没有空闲时间去散散步！"

阿菊："哟，那这个女人能嫁给你，也真不可思议！"

晓梅的二舅："她是个城里姑娘，我读大学时的同班同学！她就爱上我这点了，她说我有正业！不但没怨我，反而爱我爱得更加死心塌地！我们就走到了一起！"

阿菊："这种女人不是傻到了底，就是尖到了顶！你看，人家看你看对了，当年有点儿付出也值，你当了大老板了嘛！"

晓梅的二舅："说来不怕你们笑话！当年我和她结婚时，彩电买不起，向别人借了台黑白电视，婚礼结束，又给人家送回去了！"

阿菊："现在都换数码的了吧？"

晓梅的二舅："没有，不是没有钱换，是我们家买的第一台画王彩电，她老舍不得扔，说图像还是好得很哩！"

春宁："二舅，我和夏波都是刚毕业不久的大学生，看了你们这里的一切，我真的觉得你值，你很值！你是我们青年人的榜样！"

晓梅的二舅："哎，可别捧得太高了，到时候摔下来，你们走了，可没人接着！另外，真的不能把这里的变化的功劳归在我一个人身上，没有党的富民政策，谁干得了？没有大家伙的力量，谁干得了？我不是三头六臂的哪吒！"

胡一林："我看你呀，是越伟大的人越谦虚！"

晓梅的二舅："春宁，这是一张60万元的支票，我把它交给你了！是我们的参展费！我们公司主要在展览会上要宣传一下盆景！"

阿菊眼睛盯着那张支票，显得有些不满，反话正说："二舅，春宁是我们几个里头文化水平最高，长得也最漂亮的女孩儿！"

晓梅的二舅看了阿菊一眼，没说话。

春宁："宣传方案，我们设计人员拿出来，再征求一下你们的意见！"

晓梅的二舅："好说！"

### 15. 乡公司大楼门前

晓梅的二舅在送春宁她们上车。

阿菊："二舅，什么时候到城里去，给我打个电话，这是我的名片！"

晓梅的二舅接过名片："谢谢！"

大家都上车了。

只有晓梅在和二舅说话。

二舅小声对晓梅说："我看春宁素质很好，你要少跟那个阿菊接触！"

晓梅点头："知道了！"说完，就上了车。

胡一林鸣了一声笛，车开走了！

### 16. 江浙公司总经理办公室

常秀在做着什么。

常华兴高采烈地走了进来："姐！喜事儿！"

常秀："啥事儿？"

常华："又一个60万进账！"

常秀："真的呀？谁做的？！"

常华："春宁、晓梅、夏波、阿菊和胡一林他们五个！"

常秀："怎么还有胡一林的份儿？"

常华："人家去了，到晓梅她二舅那公司去了！"

常秀："从晓梅她二舅那公司拿回来的呀？你别说，我原来以为晓梅是个废人，没想到还真有用啊！"

常华："姐呀，支票是交给春宁拿回来的，这进一步说明了一个问题！"

常秀："什么问题？"

常华："你要炒春宁也是错误的！"

常秀遮掩地："事情都过去了，还老提那茬儿干吗？"

### 17. 公司女宿舍

夜，云彩花儿在月亮下面穿行！

四盆花儿，静静地在窗台上。
春宁在看书。
晓梅在对着镜子梳头。
夏波和阿菊都睡下了。

### 18. 江浙公司办公区
江浙在给所有员工开会："近一段时间，公司的业务工作有成绩，有没有隐患？我不知道！如果有隐患，来自哪里？我看来自承揽客户的方式！我们是堂堂正正的江浙展览公司，我们要挣钱！但不能用不正当的手段！政府要求我们，要在全社会内加强对青少年的教育，自然包括我们民营公司在内！我要求公司里的每一个青年员工：要堂堂正正做人！要自律！不能给公司抹黑！每一分钱来的道儿都要明明白白！"
春宁、大民、夏波、小明、阿菊、晓梅，一张又一张熟悉的脸。

### 19. 公司女宿舍
晚上。
阿菊呢，在往脸上涂抹着化妆品！
保安员小王来敲门："阿菊！胡主任来电话了，叫你到月湖茶楼去吃饭！马上去！"
阿菊应道："就叫我自己？啊，知道了！"
正在看书的春宁放下书本："小王，是胡主任亲自来的电话？！"
小王点头！
春宁："阿菊，天黑了，你出去要小心！"
阿菊："要不你们和我一起去吧？！"
春宁："人家没请我们，我们怎么好去？不过，你的手机可开着点儿啊！"
阿菊："知道！"说着，走了。

### 20. 公司小区外暗处
街头昏暗的灯光。
阿菊从小区门口出来。
她长长的影子。
暗处，阿菊刚走到这里，几个黑影便闪了出来！
阿菊猛地一惊！
她的脸上充满了恐惧！
（第四集完）

### 第五集
### 1. 公司小区楼外暗处
阿菊的脸上充满了恐惧！
几个黑影迅速向她逼来！
阿菊死命掰开有人捂着她嘴的手，大声喊道："救命！救命！"
一个人又凶狠地捂住她的嘴。
阿菊用嘴咬破那人的手！
鲜血从那人的手指上淌下来！
那人骂道："他妈的，这是条会咬人的母狗！打！给我打！"

那些人开始动手，对阿菊拳脚相加！

阿菊奋力反抗，她像一头发疯的母狮，反抗着他们！

阿菊显然已经筋疲力尽了！她的脸上脖子上到处是伤，前胸的衣裳也被扯开了！撕碎了！

她依伏在路边的铁篱旁喃喃地说："我知道，你们是和黄总有关系的人，是他派你们来的！可我是谁？我是阿菊！"

一个打手面目狰狞地说："什么黄总？哪个黄总？我们只认得钱！兜里有多少钱都拿出来！"

阿菊喘着粗气说："我没钱，我也知道你们是谁，你们知道我是谁，你们是来替黄总寻报复的！"

一个打手："没工夫听你乱说！搜，把她身上有钱的东西都弄下来！"

阿菊的坤表和项链都被摘下了！

血，像红色的蚯蚓，从阿菊的嘴流出来！

一个男人粗暴的声音："妞儿，今儿个我们是抢了你也打了你！你可以到公安局报案，那咱们就更有好瞧的！想再挨顿暴打就去告！咱们会常见面的！"

阿菊啐了一口血！

她突然向一打手的耳朵咬去！

那打手惨叫："哎呀，我的妈呀！"

阿菊血肉模糊的嘴！

一打手的惨叫声！

阿菊忽然仰天大笑！那样子很惨，也让人感到凄楚！

远处，有汽车的灯光闪过！

一打手的声音："撤！"

黑影们钻进了一辆轿车，车灯一闪，飞快地开走了！

幽深的街巷。

只有阿菊的身影，还有她那惨烈的笑声！

## 2. 公司女宿舍

保安小王匆忙过来敲门，推开门说："胡主任又来电话催了，问阿菊怎么现在还没到？！"

春宁立马站了起来，一边穿鞋一边说："不对，阿菊走了正经有一阵子了！我给她打个电话！"

春宁拨通了电话："喂，喂，是阿菊吗？"

听筒里传来阿菊粗重的喘息声！

春宁急切地："阿菊！你在哪儿？！在哪儿？！"

听筒里仍是阿菊粗重的喘息声！

春宁大声地说："不对！阿菊可能出事儿了！快！夏波！快，起来！晓梅，叫上耿大民和李小明两个！咱们得赶快去找阿菊！"

夏波立马起身趿上鞋："走！"

她们连同从男宿舍出来的大民、小明，还有晓梅，一起匆忙向楼下跑去！

### 3. 公司小区楼外暗处

阿菊依伏在铁篱旁呻吟！

几束手电的光亮，由远而近地扫过来！

一束手电光停在阿菊的身上！

春宁在黑暗中的声音："是阿菊！阿菊在那儿！"

他们疾跑了过来！

夏波最先跑到阿菊跟前，抱住阿菊说："呀！阿菊！这是怎么了？你怎么受伤了？！"

阿菊喘着粗气说："有人截道，抢了我的项链儿和手表！"

人们围住了阿菊！

大民说："阿菊受伤了！小明，去那边街口叫辆出租车，马上送阿菊去医院吧！"说着，就去扶阿菊。

阿菊却推开他和夏波："不用！不用去医院！你们别扶我，我不用你们扶，我自己能走！"

可阿菊刚摇摇晃晃地迈出两步，就扑倒在地上！

春宁蹲下身，扶起她！

阿菊惨淡地："我不要紧！……不要去医院，我回宿舍……"

大民还要上前去扶阿菊。

阿菊却说："别都来扶我，看弄你们身上血！"

春宁和夏波小心地扶着阿菊。

阿菊缓慢地迈着步子。

她们踽踽前行！

每个人的心都不平静！

每个人的心灵空间中都有音乐发出颤响！

晓梅不安的脸色！

大民若有所思的脸！

小明还在向周围看着什么！


### 4. 公司女宿舍内外

门开了，她们扶阿菊进来，把她放到了床上。

春宁和夏波给她脱衣裳。

耿大民和李小明、小王都守在门外。

小王说："这事儿出得也太突然了，知道半道上出这事儿，我去送她好了！"

耿大民看看小王："是胡主任亲自打的电话给你？！"

小王："没错！"

耿大民："他没再来电话？"

小王："只催了一次，再没来电话！"

这时，走廊的电话铃声响起。

小王跑过去接电话："喂，是我！胡主任，阿菊去不了啦！她在半路上出了事儿，遇到抢劫的，被打伤了，现在……在宿舍！"

大民一直跟了过来，在一旁听着小王和胡的对话！

胡一林在电话中说："哎哟，怎么出了这事儿？行了，我知道了！"说完撂了话筒。

夏波坐在阿菊床头，用纸巾给阿菊擦拭着脸。
春宁端着盛着阿菊衣裳的盆儿，和晓梅从屋里出来，对大民他们说："你们先回吧，有事儿再叫你们！"说完，和晓梅走向洗漱间！
大民、小明和小王都走了。

### 5. 洗漱间里
晓梅拧开了水龙头往洗衣盆里放水！
水很快被衣裳上的血泅红了。
春宁用力地搓洗着衣裳！

### 6. 公司宿舍走廊里
走廊那头，响起了脚步声！
胡一林出现了，他来到了女宿舍门前。
耿大民、李小明闻声从男宿舍里出来，看着胡一林。
大民："胡主任，你怎么来了？"
胡一林故作关心地："阿菊怎么了？阿菊那天和我去乡下，半道上说要让我请她吃饭，可没想到年八辈子的不请她吃顿饭，一请就请出事儿来了！用不用去医院哪？！"
耿大民："阿菊说不用去！"
胡一林叹了口气，拍打了一下脑袋说："唉！早知道她出去会受伤，我怎么会非在这个时候请她吃饭呢！从这到路口打个车，你们说才多远一点儿路哇？谁能想到就这么一小段路就会出事儿呢！神仙也想不到，况且我们都不是神仙！"
耿大民目光深沉地看着胡一林，若有所思："胡主任，业务部这么多女孩子，你怎么就偏请阿菊一个人去吃饭，多请几个不就没这事儿了？！"
胡一林支吾地："啊，这个，就阿菊张罗得欢哪！"
大民看看胡一林，问："听说胡主任是黄老板的同学？！"
胡一林变了脸："黄老板？哪个黄老板？耿大民！你说这话什么意思？你不会认为阿菊受伤了，有我的原因吧？！我作为公司行政办公室主任，会胳膊肘儿往外拐，调炮往里打？帮着别人整自己家里人？！笑话！"
大民："胡主任！您是堂堂的展览公司行政部大主任，怎么会做吃里爬外的事儿呢？！不会的！我们怎么会怀疑您呢！也没有权力怀疑您！"
胡一林斜了一眼大民："你，除了做美术设计师，还应该去做私人侦探！"说罢，敲响了女宿舍的门。
大民看着他的背影，若有所思！

### 7. 公司女宿舍
春宁把暖瓶里的水倒在了洗脸盆里！
夏波她们一起用热毛巾给阿菊擦脸和身上的血迹！
夏波的眼里尽是泪水！
阿菊已经穿好了衣裳。
笃笃的敲门声。
门口，出现了胡一林，他走了进来，故作沮丧状："怎么这么巧？我要请阿菊吃顿饭就出了这么大的事儿？阿菊，要不要现在去医院？！"
阿菊："不用！"

胡一林："看看，真是受了些伤呢，疼不疼死了，好在没有伤到骨头！阿菊，我得对你说声对不起，我要是不叫你出去吃饭，不就没这事儿了？！"

阿菊："胡主任，您客气，您请我吃饭是好意，是我自己不小心，碰上了这些人，这和您没关系！"

胡一林："虽说是没关系，可毕竟是我叫你出去的，饭菜没吃成，还挨了抢，挨了打，我这心里不是不得劲儿么！这样吧！"说着，从兜里拿出点儿钱来："这五百块钱，给你买点儿药品和水果！"

阿菊推辞地："不不不，我不要！"

胡一林："阿菊，我一张纸画个鼻子，好大的脸来了，你不给我面子？"

阿菊："不是，和你没关系的事儿，我怎么能要你的钱呢？！"

胡一林："算了，不说了，天也不早了，我在这儿，你们也不方便。钱就扔在这儿了，你留就留，不留，就撕了扔了，你只当我尽到心了！好了！我走了！有时间再来看你！"说完走了。

### 8. 办公楼下

胡一林上了车，一边用车钥匙打火一边自言自语地说："没想到，我老胡还他妈的真当了演员了，逢场作戏做得还不错！"

胡一林一打方向盘。

车开出了小区。

胡一林笑着开着车，嘴里哼着小曲儿！

### 9. 公司男宿舍

小明把虚掩的门关上。

大民正在坐那儿喝茶："姓胡的走了吗？"

小明："走了！"

大民："什么叫黄鼠狼给小鸡拜年？什么叫狼外婆给小羊羔儿送奶？什么叫假仁假义？看见了吧？这就是！"

小明："姓胡这小子真会装相！以为天底下的人都是傻瓜，就他一个奸心眼儿的人呢！嗤！"

门开了，进来的人竟是江浙。

大民刚要说："江总……"

江浙制止了他："嘘！别惊动她们，阿菊怎么样了？"

大民："伤了点儿皮肉，看上去不是很要紧！胡一林刚走！"

江浙脸色一沉："他来干什么？"

大民："是他叫阿菊出去吃饭，阿菊才半路被抢、被打的！"

江浙："哦！我知道了！我就怕出这事儿，结果就真出了这事儿！阿菊出去为什么没请假？"

大民："胡主任找她，胡一林也是公司里的领导哇！"

江浙："这问题有可能就出在咱们公司里啊！我走了！告诉那屋几个女孩子，今晚轮流看护阿菊！阿菊夜里如果有什么事儿需要我做，一定要叫醒我！"

大民："知道了！"

江浙："你们也照应着点儿！"

大民："没问题！"

### 10. 女宿舍

阿菊看看胡一林扔下的钱说："胡主任，够意思！还来看看我！"

春宁："阿菊，你真的觉得今晚的事儿和胡一林没关系？！"

阿菊："咱不能肚子疼埋怨灶王爷，该怎么是怎么，没有胡主任的事儿！"

春宁听阿菊这么说，也就没再说什么！

夏波给阿菊掖了掖被子："阿菊，今天小王帮你把被子晒得很软！也很干爽！你闻闻，被子上还有阳光的味道，阳光的味道很好闻！你搂着阳光的味道睡吧！明天早晨，可能感觉就好多了！春宁姐，你和晓梅都睡吧，今晚我照看阿菊！"

### 11. 豪华茶楼的包间内

黄总和胡一林正在一起。

两个人在抽烟、喝茶。

黄总没有笑，脸上的肌肉紧绷："老胡！现在有的人说：一起扛过枪的，一起遭过殃的，一起下过乡的，一起同过窗的，是老铁！看来我们俩是当然的老铁了！"

胡一林笑了："那是！可我是高攀您这个老同学了！大哥，今晚上我把那个小妞儿调了出来，找人拾掇了她一把，这是我对您的一点儿小意思！老兄真要是看中了那妞儿，那还是想办法把她弄到手才好！"

黄总装作很吃惊的样子："你说拾掇的那个妞儿是谁呀？不会是阿菊吧？阿菊可是我的朋友哇！"

胡一林意味深长地笑了："啊，是朋友！我知道你们是什么样的朋友！"

黄总："哎，不好，不好！你怎么能做出这种事儿来呢？其实这里没有我的任何事！你这个胡一林哪，真是个黑旋风李逵，乱整！"

胡一林笑着："大哥，你好健忘啊，那天不是你给小弟布置的任务吗？！"

黄总掩饰地："没有吧？我说过那话吗？准定是你听错了！"

胡一林："大哥真的想不起来了？忘了？您还给我拿了钱的！"

黄总："啊，你理会错了，肯定理会错了，那钱是我给你的哥们情意钱！没叫你小子干啥事儿！你肯定理会错了！"

胡一林笑得很有意思："萤火虫儿飞进肚子里，咱们哥们儿都心知肚明就得了，太细的话，也就别多说了！大哥，那阿菊已经叫我安排人打了！"

黄总阴险地笑笑："你不必担心，我不会到公安局去告你们，这个你放心！"

胡一林用眼睛觑着黄，猜着他话里的意思！

### 12. 公司总经理办公室

只有里面的卧室亮着灯。

常秀已然睡了。

可江浙还没睡，他瞪着眼睛想着心事！

常秀忽然睁开眼睛："哎，你怎么还不睡？！"

江浙："公司里出事儿了，阿菊被人抢了、打了，受了伤！你那个妹夫胡一林刚才也到公司女工宿舍去了！"

常秀："这几天，就说要防备阿菊出事儿，没想到就真出了事儿？那胡一林又来公司干吗？！"

江浙："有意思就有意思在这儿！阿菊是胡一林调出去的，半道上就出了事儿，胡一林刚才还跑到女宿舍献殷勤，扔了五百元钱！"

常秀："胡一林是姓黄的同学我知道，可他毕竟是咱的妹夫，咱们公司的人，我想他不会胳膊肘往外拐到那个份儿上吧？！"

江浙："昨天我还在想：我们公司对阿菊这样的员工，到底能留多长时间？可现在，我们至少要说：要从公司出去的不是她！"

常秀："哎，那是谁？！"

江浙："你往我们家里人身上想吧！"

常秀坐起来了："你是说胡一林？！"

江浙："我想是！为什么我说让阿菊少出去，可他胡一林偏叫她出去，而且是晚上！为什么请吃饭，可以多请几个人，可偏偏是胡一林单独叫阿菊去？胡一林平时在家里的地位和经济状况，你我都知道，小华不许他身上多带钱，可阿菊挨了打，他一出手就扔给阿菊五百块钱，他打哪弄来的钱？！"

常秀瞪大眼睛："江浙，你怀疑咱妹夫胡一林可以！可是我想：他不会干这事儿！"

江浙："我不想怀疑他！可他做的这些事儿，能不让人怀疑吗？！"

常秀："说了半天，你还是怀疑他！我再说一遍，他不可能！"

江浙："他不可能亲自动手打阿菊，因为阿菊认得他，可他却可能是黄在我们公司的内线人物，是帮姓黄的把阿菊调出去的人，并且参与策划了这起事件的人！"

常秀："别把坏事儿老往自己家人身上想！你不能炒他的鱿鱼！公司操办的展览会正在忙得晕头转向！炒了他，谁开车？那会影响小华她们业务部的工作情绪！小华能不闹你？！你清静得了吗？！展览会还办不办？"

江浙愁眉紧锁，长吸了一口气："唉！睡觉！"

江浙说着"啪"地关了灯！

月光，从窗外筛进来！

江浙却没有睡意！

### 13. 公司女宿舍

月光从窗外筛进来。

窗台上的四盆花草在月光下轻摆着枝叶，在窗子上留下婆婆姿影！

春宁和晓梅都睡下了。

夏波抓着阿菊的手，眼里盈满同情的泪水："阿菊，还疼吗？"

阿菊的眼里盈满了感激的泪水："夏波，你睡吧，我没事儿！"

夏波："阿菊，那天我和你打仗，你别恨我，我倒也不是因为那钱落到了你手里，我生气，我是真心对你有了成见！"

阿菊："说。"

夏波："春宁姐和我都不希望你堕落！女人的身子是金，是玉，是宝贝！不能轻易给了男人！尤其坏男人！"

阿菊："我和你们不一样，你们都是如花似玉的女儿家！可我早就不是了！"

夏波："阿菊，你在说胡话吧？！"

阿菊摇摇头："不！我从小就没了爹妈，没人教育我，是没有多少文化水儿的养父把我养大，十二岁那年的一个晚上，养父他……我不再是处女了！"说着，阿菊满脸是泪！

夏波给阿菊擦拭着泪水："禽兽！你的养父是禽兽！虎毒还不食子呢！他毁了你少年时美丽的梦！"

阿菊："我想告他，可又不敢！不完全是怕他，是怕告了他，他吃了官司，谁还养着我。直到十七岁,我能自立了,才告了他,他进了监狱,我辍了学!"
　　夏波:"你的命真苦!"
　　阿菊:"经人介绍,我到公司来工作,和你们在一起,别看我表面很充实,内心空虚得很!你们是大学毕业生,有能力,我有什么本事儿?为了生存,为了在这个公司干下去,我只能拿我的青春做赌注!夏波你明白我了吗?"
　　夏波:"嗯!"
　　阿菊:"活到现在,我最想选择的却又无法选择的是:我有了个不懂知识和道德的养父!我最后悔的也无法后悔的是我辍了学!"
　　夏波:"阿菊!这些说不上是你的错!可是你以后不应该再错下去!"
　　阿菊:"你这样想?!"
　　春宁:"春宁姐,我,大家,都相信你!"
　　阿菊两眼红红地看着春宁:"我阿菊,毕竟不是你们!"

　　**14. 豪华茶楼包房内**
　　黄总:"一林老同学,你知道,我对有一份职业的女孩子比较感兴趣!她们有一定的文化,气质不同一般!阿菊我是看中了,你们公司其实还有两个女孩子,我也见过,长得也是蛮不错的,很青春又很清纯的那种!就是属驴的,太犟!"
　　胡一林:"那两个不行!苍蝇别鸹无缝儿的蛋!那是两个无缝儿钢管!白费功夫!阿菊嘛,我看,费不了多少工夫,也许可以弄上手的!"
　　黄总:"你们这次对阿菊动手,是打在阿菊身上,疼在你们江总心上啊!60万是叫你们公司拿去了,可江浙的心里现在并不好受!"
　　胡一林:"大哥,咱是铁哥们儿,这比亲戚值钱!江浙虽说是我姐夫,可一个月给我一脚踢不倒的那俩钱儿,我并没看上眼儿!他心里好不好受和我没关系!你我的关系,彼此心里明白比什么都强,只是不要让外人看出来,怀疑我和您有什么特殊关系,就好!"
　　黄总:"你小子其实不傻!"
　　胡一林嘿嘿一笑:"那好,我走了!今儿个晚上阿菊刚受了伤,我回家太晚了不好,别让家里那边的人都起疑心!"
　　黄总:"不送!"说完,连身子都没欠一下。
　　胡一林走了。
　　黄阴险地一笑,狠命地吸了一口烟,烟雾袅袅升腾!
　　黄总那张有些得意但很阴险的脸!

　　**15. 公司女宿舍**
　　夜晚,好静的夜晚啊。
　　阿菊也似乎睡着了。
　　夏波攥着阿菊的手,依旧坐在阿菊身边。
　　她睁着眼睛,想着很沉很沉的心事!
　　突然,阿菊在睡梦里喊:"不要碰我!不要碰我!……"并惊厥地坐了起来!
　　夏波抱住阿菊说:"阿菊,别怕,你这是怎么了?!"
　　阿菊半睡半醒:"嗯?我这是在哪儿?!"
　　夏波抚慰她说:"在宿舍,在床上,我是夏波啊!"
　　阿菊冷笑着:"啊,是你!刚才是你和他们一起拿刀子要来杀我!"说着用力来抓夏波的头发和脸。

夏波的脸被抓出了血！她推醒阿菊："阿菊！阿菊，你快醒醒！你做噩梦了！吓着了！快醒醒！我是夏波啊！我怎么会拿刀子杀你呢？！"

阿菊长出了一口气，睁大了眼睛："啊？你是夏波？！你怎么会是夏波？！"忽地躺下了，又睡了！

夏波看着阿菊躺下了，再没吱声！

春宁拉亮了灯，从床上起来了："怎么了？"

夏波用餐巾纸揩着脸上的血迹，平静地说："没事儿，是阿菊做噩梦了！"

春宁："夏波，你的脸上有血！"

夏波平静地："不要紧，没事儿了，你睡吧！"

春宁披衣坐到了阿菊身边，看着夏波的脸，叹了口气！

夏波说："脸上流几滴血不算什么，看到阿菊这个样儿，我的心都在流血，好大好大的一个伤口，在流血！"

春宁："夏波，你是个缺了觉不行的人，你去睡吧，我照看阿菊！"

夏波却和春宁拥在一起，两个人并肩默默坐着！

夏波："阿菊和晓梅都应该去读大学！"

春宁："我一直没睡，你们那会儿说的话，我都听到了！"

她们就那么静静地坐着。

月光仿佛知道她们的心事，显得皎洁而又凝重！

### 16. 公司总经理办公室

早上。

窗外的阳光很好！

江浙在找胡一林谈话。

江浙："我曾经说过，这些天不要让阿菊单独出去，可你为什么偏要调她出去？！请她一个人吃饭，就是把阿菊调出去的最大理由吗？！"

胡一林表情木然："你说吧，你都说完！"

### 17. 公司业务部工作区

业务员们还没有上班。

常华在和常秀说话："姐！大清早的我姐夫发什么神经？板着个老脸，立马找我们家一林谈话。怎么了？我家欠公司钱了？！你瞅那脸色，真够好人瞧半个月的！"

常秀："小华，你姐夫是公司的总经理，他找一林谈谈话，这也是正常的事儿，你别老挑理儿见怪的！"

常华："有事儿说事儿，谁也说不出啥！谁看谁脸子活着呀？！看那脸拉得快有二里地长了？"

常秀："拉脸子人家也没冲你拉！你管那么多干吗？！"

常华："我说姐呀，那冲一林拉脸子，那不就是冲我一样吗？！我们两口子在公司是早上班晚下班，对公司可是没有二心！我们是在公司挣了一份工资不假，可我们也做了自己该做的事儿！拿公司的钱，我们不亏心！如果要是觉着我们俩在这儿碍事儿，我们就撤了也行！别今儿个风明儿个雨的，我们可不受这个！"

常秀叹了口气："思想起来，当初让你们来，也是姐的一番好心，我是想打虎还得亲兄弟，上阵还得父子兵，一家人在一起好好做点儿事儿，可想是想，做是做，一起做起事儿来也真难，舌头嫌牙碰了舌头，牙也嫌舌头碰了牙，真是的！"

### 18. 总经理办公室

江浙："我知道你和黄某人是高中同学！他过去在经济上接济过你！你跟我说句实话，调阿菊出去，是不是黄的意思？你借这个机会还人家的人情？！"

胡一林表情木然："你说完了，我说！你说不让阿菊单独出去，让谁传达给我了？还是你亲口告诉我了？这是一。二、我作为公司的行政部主任，和春宁、阿菊她们几个下乡跑事时，阿菊非要我请客，我请阿菊吃顿饭这有什么错？！阿菊是受伤了，可受伤和我有什么关系？我动手打她了？没有！我怎么知道请她吃饭半道儿会受伤？！这不是没影儿的事儿吗？除非我是能掐会算的神仙！至于你说黄总和我是老同学，这是真的！老同学怎么了？老同学就犯毛病了？你说我帮他把阿菊调了出去，你有什么证据？！作为公司的总经理！姐夫！你说话得慎重些，不能出口伤人！这是对我，你的妹夫。你要是对别人呢？！别人会怎么想？怎么看你？！"

江浙："胡一林，你不要强词夺理！我知道，你是一条鲇鱼！一条一抓很滑的鲇鱼！但是你心里明白：我为什么会问你这些事儿？！而没有去问别人！要想人不知，除非己莫为！你做事要做老实事，说话要说老实话，你做下的事，你心里明白！"

胡一林："我没说过不老实的话，哪句不老实你可以指出来！我也没办过不老实的事儿，哪件事儿不老实你可以提出来！我本身就是个老实人！你不能是个总经理，就随便血口喷人！行了，你不要说了，我懂了，你不就是要我辞职吗？好，我现在就走人！这是车钥匙，门钥匙，各种桌子、柜子的钥匙！现在都交给你！"

胡一林说完，把钥匙拍在桌子上："我可受不了你这个气！"说完，气冲冲地走了！江浙看着胡的背影和桌子上的钥匙，若有所思！

### 19. 业务部工作区

常秀和常华正在聊天，见胡一林气冲冲地从总经理室出来了。

常华就去扯他："哎，一林？怎么了？！"

胡一林故作压抑怒气状："怎么了？能怎么？我不干了！这样的总经理我可伺候不了，我不伺候了！"

常华："差啥呀？说不干就不干了？！"

常秀："一林，你们是连襟儿，有啥话不能好好说呀？这么闹起来，不叫外人看笑话呀？！"

一林："谁跟谁是连襟儿呀？！人家是总经理！我是个啥？打工仔！说用我就像老驴老马一样用我，说不用，就可以一脚踹出去！我是个啥！我敢跟人家攀连襟儿？！人家是总经理！我走了！"

常华："去哪儿！"

胡一林："回家！我自由了！"说完走了。

常华："姐，一林不干了，那我也不干了，他回家我也回家！"

常秀："小华呀，你有病啊！有你姐夫和一林这台戏就够唱的了，你可就别跟着添乱了，你还嫌着这团乱线不乱哪你！让我省点儿心行不行？"

常华撅下脸子："要想让我不添乱，一林的事儿，得有个说法，不能这么稀里糊涂地说回家就回家了！"

常秀："我这就去跟你姐夫说说！"

常华："那，我就先不走，在这听你信儿！"

（第五集完）

第六集
1. 公司女宿舍内外
窗台上，三盆花儿在阳光下，只有阿菊的那盆苏丹凤仙在阴凉处。
夏波对着镜子看着自己的脸，哦，美丽的脸上，有血迹！她用毛巾轻轻地擦拭着！
晓梅向春宁一努嘴："春宁姐，夏波姐的脸怎么了？"
春宁看看醒来的阿菊，示意晓梅别再吭声！
阿菊却喃喃地问："夏波，你的脸怎么了？"
夏波："没事儿！"
阿菊："我昨晚做梦抓破了夏波的脸，夏波的脸该不是我真给她抓破的吧！"
夏波感觉脸有些疼，眼里好像有了泪水。
春宁："阿菊，夏波的脸是不是你抓破的？是！可是夏波说没什么。一个宿舍的姐妹儿住着，就是一家人！你是做了噩梦，不是故意的！"
阿菊疑惑地："真的是我？这是怎么说的呢？我怎么会抓破她的脸呢？真的吗？我怎么一点儿也不知道！夏波！"
夏波来到了阿菊身边："阿菊，你是在睡梦里，别过意不去，没什么，真的没什么！一点儿小伤，几天就好了！女孩脸上有了点儿伤倒好，是一种缺陷美！"
阿菊用手抚摸着夏波的脸，眼里有了泪水，说："对不起，夏波！真的，我不是有意的！"
夏波："我知道！你别哭！你脸上有伤，一流眼泪，就更疼了！你别哭！我没事儿！"
阿菊哭泣着说："夏波！你是好人！好人！阿菊对不起你了！"
春宁安慰阿菊说："阿菊，你现在什么都别想，养好身体最重要！好不好？！"
晓梅给阿菊端过一杯水来："阿菊姐，你喝水！"
阿菊坐了起来："谢了！春宁姐，今天你们该上班都上班吧，昨晚我睡得挺好，我没事儿了！真的没事儿了！"
春宁："我们留一个人在家照看你吧！"
阿菊："不用了，真的不用了！要用的话我也不会装假！昨天晚上的事儿，亏得大家帮了我！唉，没事儿的时候，你感觉不到一个宿舍的姐妹怎么亲，有事儿的时候，你感觉最亲的还是一个宿舍的姐妹！"

2. 公司业务部工作区
除阿菊外，春宁、夏波、晓梅都来上班。
春宁对常华说："主任，阿菊的事儿，你都知道了吧？"
常华拉着长脸说："我听说了！"
春宁："她在宿舍！今天我、夏波，带上晓梅去跑客户！"
常华："知道了，跑客户，你们乐意到哪儿去，就到哪儿去吧！今天晚上回来，我是不是业务部主任还不好说了呢！"
春宁看了看常华："怎么了？主任怎么说这种话？"
常华没好气地："怎么了，都是那阿菊惹的祸，一条鱼搅得一锅腥！"
春宁："阿菊的事儿怎么会涉及您呢？"
常华："光涉及我还好了，八竿子扒拉不着的人都涉及了！唉！这个阿菊是真愁人，愁死我了！好了，这里没你们的事儿了！你们忙去吧！"

春宁没再吭声！

春宁、夏波、晓梅从门口架子上拿了花雨伞出去了！

3. 街上

三把雨伞，像开在阳光下三朵美丽的花！

晓梅对春宁说："春宁姐！听刚才常主任那话头儿，对阿菊意见不小呢！你说公司会不会炒了阿菊姐？"

春宁："我想不会吧！"

夏波说："公司要炒了阿菊那可太没道理了！阿菊是为了公司的工作才得罪了那姓黄的！如果是姓黄的找人打了她，那阿菊现在正是需要公司帮助她的时候，公司不应该解雇她！"

春宁："夏波，你昨天晚上说了一句话，我觉得很有道理！你说阿菊和晓梅应该去读大学，我想她应该趁着年轻，去读业大！如果她们两个真的能去读业大，我想我们两个还可以在学习上帮助她们一把！阿菊现在正处在十字路口，看我们是拉她一把，还是推她一把了！我不希望她离开我们！"

晓梅："春宁姐，你觉得我也是能读大学的料吗？"

春宁："人啊，都可以读大学，不少残疾人没有胳膊和手，用脚写字，也读了大学！电视上播了，还有这样一位游泳者成了全国残疾人运动会一百米仰泳冠军！我们的社会给所有人敞开了学知识和成功的窗口，你不缺胳膊不缺腿，有什么不能读业大的！我看只要你肯努力就一定能行！"

晓梅："春宁姐，你要说我能，我就真信我能了！夏波姐！以前我最崇拜香港的一位电影女明星，进城到公司工作后，我就不崇拜她了！现在我崇拜一个人，你猜猜是谁？！"

夏波："男明星女明星？！"

晓梅："女的，不是明星的明星！"

夏波："那怎么好猜？！"

晓梅："好猜！远在天边，近在眼前！"

夏波："谁呀！你说的不会是我们中间的一个吧？！"

晓梅："你说对了！就是春宁姐！"

春宁笑了，笑得很美丽："我？我怎么会成为你崇拜的偶像？！你这个晓梅，刚到城里来，现在还是看啥都花眼的时候！"

晓梅认真地："春宁姐，你人长得好，心眼儿好，有知识！那天我二舅在我上车前对我说：你要和春宁多接触！你看你穿的衣裳、鞋子，也说不上有多名贵，可穿在你身上就好看！"

春宁："晓梅！你要是真信我的话，我告诉你句话：别随便崇拜别人！人最应该崇拜的其实是自己！"

晓梅："崇拜自己？我一个乡下来的小姑娘，高中毕业生，让我崇拜自己我崇拜得起来吗？！实话说，我在乡下待得好好的，为啥非得来城里，因为城里有我的一个梦，我是来寻梦的！"

春宁："你可以不崇拜现在的自己，却可以崇拜未来的自己！这也是一个梦，一个可以追求到的梦！"她对夏波笑笑说："用'伟大诗人李小明的话说：啊！这是一个五彩缤纷的梦！"

晓梅："春宁姐，你别说得太深了，我听不懂！"

夏波用胳膊肘拐了春宁一下。

### 4. 公司总经理办公室

常秀在和江浙争辩："我说你先别跟胡一林、小华他们说这事儿！你偏不听！这回好，胡一林摔耙子走了，常华闹着要说法！你说这公司的业务还做不做？！胡一林走了，面包车谁开？你开？！行政办公室这一摊子谁管？！你管？！你不给个说法，常华也不干了，也要走！在这跑展览业务的关键时刻，行政部主任和业务部主任同时造成真空状态，你让我这个主管财务的副总经理怎么干？"

江浙："我找胡一林只是谈谈话，了解一下子情况，可就捅了马蜂窝了！我没说马上要炒他的鱿鱼，可我问了他几个问题，他递不上报单了，就说他不想干了，这是一种恼羞成怒的做法，他把钥匙拍在这里甩手就走，是我的错吗？！"

常秀："你说话的态度肯定有问题，肯定是太生硬！不然胡一林不会气成那样！"

江浙："你跟常华说，胡一林不是我炒的！天要下雨，娘要嫁人，我没办法！"

常秀："依我说，解铃还须系铃人！你得出面把一林请回来！"

江浙："那不可能！他胡一林别说还可能有问题，就是没有问题，他也不是什么诸葛亮式的人才，我也犯不着为了他程门立雪！"

门开了，常华闯了进来："说了半天，我们家一林的事儿怎么定的？我想听个说法！"

江浙："想听说法，没说法！"

常华："没个说法不行！我们是人不是狗，不能你招手就来，让你打完一巴掌就走！"

江浙用睿智的目光看着常华！

常华双手叉着在胸前："我说我的亲姐夫哇！我问你胡一林是谁呀？是不是你亲妹夫呀？！是不是你亲连襟儿呀？！别说一林没啥问题，就是有点儿啥问题，那不看僧面看佛面，你也不能太过分吧？！咱们这个展览公司，是你和我姐开的公司，我们没白吃你们的拿你们的吧？！我们干着活儿，挨着累，给你管着那帮小年轻儿，没我们那帮小年轻儿能管得这么好？我们的能力，我们的价值，你们眼睛能看着，手能摸着！可我们没借着你们太大的光，反倒弄了个满身不是！如果是公家的公司，你大义灭亲，我也得说声佩服你！可这是咱自己家的事儿！手指头儿卷大饼，自己个儿咬自己个儿身上的肉哇？！你这个当姐夫当的是真有样，咬得嘎巴溜丢脆，就是不嫌疼啊！"

江浙："有句话得说清楚，你们家胡一林现在走，不是我撵走的，至少现在不是我打发他走的，我找他只是要了解一下情况而已，可几句话没说过，他先急了，摔耙子走了，这能怨着我吗？！"

常华："我就不信，你了解一下情况他就会急，他就会走？！肯定是，你对他说了什么呛肺管子的话！一林的脾气我知道，他不是那种沾火就着的炮仗脾气！"

常秀在一旁打圆场说："你姐夫没说要炒他，那就先叫他回来不就结了！自己家的人儿，自己家的事儿，小华，你也别跟你姐夫那么较真儿！"

常华："我去说？！谁系的铃铛谁去解，谁惹着的人家谁去说！"

常秀："话赶话，都在气头上，等消消气，我去说！"

江浙："小华！有句丑话，我得说在前边！如果有一天，我查实他和社会上的人搞乌七八糟、见不得人的事儿，那就别说我对他真的不客气！你知道我的脾气，我真跟他唱黑脸包公啊！"

常华扬着脸说："好啊！如果真有那些事儿，你炒了他的鱿鱼也好，把他送进法院绳之以法也好！我都没意见！不但没意见，连双手、双脚都举起来赞成你！可我也得有句话说在前边！你要是查不出来呢？查不出来怎么办？你得对你今天做的事和说的话负责！"

江浙："我想我作为公司总经理，了解一下手下的人是否有违法行为不能算是分外的事儿！"

常华对常秀说："姐，你都听见了，他这话里话外的意思，不还是说我们家一林有什么违法的事儿吗？！姐夫，依我看，公司真正该出去的人有，但不是胡一林！"

江浙："你说是谁？"

常华："阿菊！这事儿你心里明镜似的！可是一提要解雇她，就又捅了你的肺管子！你护着那些年轻人啊！那些年轻人比你亲属都亲！没有阿菊弄出这些事儿，公司里怎么会有这么多啰唆事儿？"

常秀息事宁人地："小华，炒不炒阿菊，也不是不可以商量！算了，你别和你姐夫吵了！脑袋叫你们吵得这么大了！"用手比作很大的模样，又说："小华，这件事儿，你听姐的，中午咱俩找一林吃顿饭，把话说开了，都是自家人，较什么劲儿哪？！"

常华看看江浙："行！姐夫，我可跟你说下，看我姐的面子，今儿个的事儿就先这么着了，以后的事儿么，我拿眼睛看着你！"说完一摔门儿走了。

常秀看常华出去了，埋怨江浙说："你看看，弄得鸡飞狗跳墙！"

常华忽又推开门回来，脸色红红的，也不往这边看一眼，硬邦邦地说："姐！我不是鸡！一林也不是狗！"说完不由常秀分辩，便走了出去！

常秀赶到门口打开门时，门口已空空无人！

常秀："正常的关系全整得不正常了！我说句话都挑上字眼儿了！你看看！"

江浙摇了摇头说："小华妹子呀，别看她跟胡一林过了这么长时间日子，可她并不真正了解胡一林！"

常秀："行了，你别说了，我现在不想听你说这话！怎的，还想让人家夫妻也打散喽哇？"

江浙：正因为我不想这样，有些话我才没说！"

**5．一家公司办公楼里**

春宁、夏波和晓梅走了进来！

春宁她们向迎面走来的工作人员问着什么。

那位工作人员往那边一指。

春宁她们就朝那边走了过去，并且敲响了挂着总经理牌子的门！

里边的声音："请进！"

春宁她们便走了进去！

一位很年轻英俊的总经理，戴着眼镜，一抬头见了春宁，一愣："哎，如果我没认错的话，你是春宁吧？"

春宁一愣："总经理，你怎么认识我？！"

总经理："认识，肯定认识！我叫海涛，是你上两届的一个系的大学校友！你不认识我，我可记得你！有一次学校举行文艺晚会，你唱过一首歌《挥着翅膀的女孩》！你声音很棒，形象也好！当时我可是使劲儿鼓掌！手都拍红了！可你还是没有注意到我！话是说远了点儿！哎，今天，你们到我们这儿来，有事儿？！"

春宁："嗯，不好意思！不知道是老校友在这儿当总经理，我们是江浙展览公司的业务员，因为要搞一个本地特色产品展览会，见到我们公司列的客户单子上有你们公司，就这么来了！没想到竟会在这种场合见到你，真的是很不好意思！"

海涛："这没什么，在商言商么！哎，春宁，大学毕业以后怎么没找个更好一点儿的工作，反倒到民营企业里当了业务员了？如果我没记错，你的家庭应该是很有背景的呀！"
　　春宁谦逊地说："我的家庭背景？别听别人瞎说，我的家庭背景很简单，没什么特殊的！现在，人的择业观念也在变，不在于是民营企业还是国有企业，而在于能否在这个岗位上实现自己。海涛老校友，我看你这个海归派回来干得真不错，比我早毕业两年，就干到了总经理的位置了！"
　　海涛："哎呀，其实惭愧！我接任我父亲这个位置还不到一个月，是把两只脚站在父辈的肩膀上去打天下！我没经历过艰苦创业的那一步，是子承父业的人。我刚从英国爱丁堡读完研究生回国，爸爸说：海外学了本事，要回国效力！要我在公司进行第二次创业，现在我对公司里的事儿还没有完全熟悉。你们说的展览会是要我们公司参加，并且要拿一些钱是吧？！"
　　春宁："是要拿一些钱，买展览会上你们公司展品的展位。"
　　海涛："哦！这件事我不用请示谁，可以定。但是现在不能定，我们得通过有关方面，对你们展览公司的信誉情况和展览工作质量，做一个市场调查，之后才能定下来！你们公司叫什么公司？"
　　春宁："江浙展览公司。"
　　海涛："哦，知道了，春宁，对不起，我说要调查一下再做决定，不是信不着你这个公司，而是因为这是公事，公事也只能公办！"
　　春宁："这我很理解！那么我们今后怎么进行业务联系呢？"
　　海涛："这是我的名片，你们的联系方式，也请给我一下！"
　　春宁："我们没有个人名片，只有公司展览部的业务电话。"送上联系电话的卡片。
　　海涛接过："有手机吗？没有？行吧，只要我们有联系渠道就好！"
　　春宁起身："看您也太忙，我们就不多打扰了！"
　　海涛："好吧，当个总经理，就是身不由己！老校友来了，按理说应该好好招待一下，可真的是太忙太忙，等过了这阵子，我好好的请你们几位坐坐！"
　　春宁笑着说："别客气！您忙，我们走了！"
　　夏波说："海涛总经理，再见！"
　　海涛彬彬有礼，送至门口，很深情地看了春宁一眼："再见！"

### 6. 公司男宿舍

　　耿大民和李小明拿着刚洗过的空饭盒，从门外走进来。
　　李小明问大民："哎，大民，那屋阿菊不知吃没吃呢？"
　　耿大民一边用毛巾揩着头和手，一边说："你这个家伙呀，阿菊不用你关心！你没看见保安员小王老早屁颠儿屁颠儿地就把饭菜送去了？"
　　大民说着，坐在一个画架子前，开始接着画春宁的素描像。
　　哦，一幅好精美的画像啊！
　　李小明："大民，你是不是要创造出一幅中国的蒙娜丽莎来呀？！春宁快叫你画活了，别哪天再从画上走下来，俩春宁，看你爱哪个？这人像你画得也太下功夫了吧？！"
　　耿大民："人物肖像形似容易神似难！你看上海一个公园里有座人物的塑像，他张着嘴在笑，笑得很爽，也很开心，那是这个人物特有的神态！这座雕塑，很好，真是神似！我想把春宁画得很神似也真太难，她是那种带有清新丽质又很有文化的女孩子，尤其那一笑，淡淡的，但很纯真，我领悟她的笑和蒙娜丽莎的笑是各有千秋！"

李小明发着感慨："啊，爱在心深处，相思糊涂中，情人眼里出西施！西施浣纱，娇态沉鱼，你若想真把春宁这个人骨子里的东西画出来，不仅需要艺术技巧，也需要观察体悟的时间！这也可能是你说的现在画她肖像很难完全神似的一个原因！"

耿大民："你说的也不是一点儿道理也没有！哎，小明，明天是周日，江总说给大家放假一天，咱们到哪儿去玩玩？"

李小明："走出熟悉的地方，到处是风景！"

耿大民："好！这是好的诗句！"

### 7. 另外一家公司

楼道口，春宁、夏波、晓梅走了上来。

一保安员态度粗暴地拦住晓梅："哎哎，你们是哪儿的？找谁？"

晓梅："我和她们都是一起的！"

保安员看看："一起的？不像啊！"

晓梅："怎么不像啊！真的是一起的！"

保安员："看你这张脸，你待的地方比她们俩待的地方离太阳近不少哇！那两位以前来过，我怎么没见过你！"

晓梅："你什么意思？你是说我脸黑是不是？"

保安员扑哧一笑。

春宁回身说："她确实是和我们一起的！"

保安员应了一声，放下手臂："进吧！"

晓梅很不高兴地看了那位保安员一眼！

她们走到一间接待室里。

### 8. 某豪华茶楼包间

黄总正在这里喝茶。

胡一林进了来。

黄总："什么事儿？这么急着找我？"

胡一林："江浙炸了！说阿菊被打与我有关！要炒我的鱿鱼！"

黄总："真的吗？江浙可是你的连襟儿！"

胡一林："人一撕破了脸，还管什么连襟儿不连襟儿？我现在是走投无路了！"

黄总笑笑："什么走投无路？我看你是人无远虑，必有近忧！"

胡一林："什么意思？"

黄总："先说江浙不一定敢炒了你，他不在乎你，能不在乎你媳妇那个小辣椒和他媳妇闹他？！女人一闹，男人往往就拉松套！退一步讲，他真炒了你，也不是什么坏事儿，说不定是个另立炉灶的机会呢！展览公司的那点儿事儿，整几个小妞儿跑客户，闭着眼睛都能管好！"

胡一林："大哥这么说，小弟这心才算落了点儿底，要不，心真悬着哩！"

### 9. 公司女宿舍

阿菊正在宿舍里躺着，常华敲门走了进来。

阿菊半坐起来："常主任！"

常华坐下："阿菊！我过来想问你一件事！"

阿菊："什么事？"

常华："你被打被抢，和我们家胡一林有关系吗？"

阿菊一愣："没什么关系呀？！"

常华："是吗？可是公司江总怀疑和我们家胡一林有关，是不是你跟周围的人说了什么，传到了江总耳朵里？"

阿菊："没有！肯定没有！胡主任很关心我的！昨晚上来，还扔了五百元钱在这里！人家对我这么关心，我怎么会说他与这件事情有关呢？"

常华眉头一皱："这五百元钱，真的是他亲手给的你？

阿菊颔首："嗯！"

常华："这五百元钱的事儿，江总知道吗？"

阿菊："我不知道！从昨天晚上到现在，我没见过江总！"

常华若有所思，又说："阿菊，一人做事一人当，可千万不要牵扯别人！江总，有可能要炒胡一林的鱿鱼呢！"

阿菊："那可不对！常主任，你去跟江总说，就说我阿菊说了，这件事儿根本没有胡主任的事儿！也代我向他求个情：别炒胡主任，胡主任请我吃饭是好意，他是个好人！"

常华点点头："我知道了！这话，最好你能当面跟江总说！"

**10. 某公司接待室**

春宁、夏波、晓梅都等在这里。

晓梅焦急地看着墙上的电子挂钟，问那位接待人员："小姐，你们这儿有没有水呀？"

那位小姐很不热情地一努嘴："现成的矿泉水，自己倒！"

晓梅自己拿了个纸杯，在矿泉壶那儿接水，一口气咕嘟嘟地喝了三杯，抹了抹嘴边的水星说："好，真解渴！"

那位小姐用轻蔑的眼神看着她！

晓梅也横了她一眼，坐那儿了！

夏波对春宁说："哎，春宁姐，刚才从你那老校友海涛那公司出来，我一直在想：你看人家多风光，年纪轻轻的就当了总经理了！"

春宁："我不羡慕那，你不觉得他缺了一课吗？"

夏波："什么课？人家是研究生毕业，又从海外留学回来，多荣耀！"

春宁："我说的是社会实践这一课，从社会底层干起这一课！我们的父辈，大多都上过山下过乡！在社会学的角度看，这是一项极为艰苦的劳动，可是你不能不承认：艰苦的生活磨炼了那一代人的意志！物质生活的菲薄和理想世界的丰富，造就了他们的激情！在困难面前，他们比我们坚韧！你觉不觉得我们是感性多于理性，缺少激情的一代呢？！"

夏波："人没有十全十美的，你看人家对人处事那个样儿！让你感觉很舒服！看看人家那公司，办事那效率，再看看这家，等吧，日头爷儿到脑瓜顶了，还没人过来跟咱说句话呢！哎，不是我犯神经，我看着海涛看你的眼神儿可有点儿那个呀！"

春宁："哪个呀？别又满嘴跑火车！"

夏波："凭我女人的第六感觉，我敢说：肯定有！有那种说不出来的那种意思！"

春宁灿烂一笑："你是说秋天来送捆儿菠菜的眼神儿？"

夏波："嗯，有点儿秋波闪闪！"

晓梅打岔道："秋天的菠菜可不如春天的菠菜好吃，春天的嫩！秋天的老！给谁送秋菠菜呀？"

夏波对晓梅说："我跟你春宁姐说话呢，没你的事！"

晓梅觉得很没意思地噘着嘴！

接待室里连那位小姐也走了。

只有她们三个人留在这里！

晓梅："春宁姐，这都等了多长时间了？他们公司的总经理是多大的官呀？比我二舅还大吗？这也太难见了！不然咱们就先回去吧，吃了中午饭再来！"

春宁："晓梅，你这是第一天跟着我们出来跑，我们天天都这样，从早上一直跑到晚上，一个公司一遍两遍三遍四遍甚至更多遍地跑，来一趟没找着人儿再来下一趟，找着人了定不下来，还得再跑！这就是咱们这工作的特点，外边人看我们是展览小姐，只看我们在展览会上那时的风采，以为我们的工作是花瓶儿一样，摆在那里好看得很，不知道我们平时是最辛苦的！"

晓梅："不知道，真不知道！我是带了乡下的两脚土，进城的人，原想当个展览小姐多好，工作跟当模特差不了多少！来公司的第一天晚上，激动的一宿没睡着觉，还一个劲儿地掐自己的大腿里子，寻思是不是真的，谁想得到，这一上午，罪遭大了，我看明白了，展览小姐，也是辛苦的代名词！"

春宁："咱们市属东部沿海地区，是全国经济发展的龙头！咱干的展览业是干啥的？是给经济发展加油的！听说过原子弹爆炸原理吧？！"

晓梅摇摇头："蛤蟆跳井，不懂！"

春宁："中子冲击原子，产生链式反应，导致核裂变！搞展览的就是哪能给产品带来链式反应的冲击原子的中子！"

## 11．公司总经理室

常秀在和江浙谈话。

常秀："小华刚才又找了阿菊，阿菊证明胡一林和她被抢、被打没关系！并且捎过话来，阿菊向你给胡一林求情，求你别炒了他，说胡一林是个好人！"

江浙："我已经说过了，对阿菊这件事，我要调查，我不会人云亦云！"

常秀："调查？还调查什么？阿菊的话不足以为证吗？！"

江浙："可以为证的是真实的情况！胡一林如果与此事无关，那为什么怕调查？"

常秀："我们这个公司要想办下去，我看有一个人必须出去！"

江浙："谁？"

常秀："阿菊！"

江浙："理由是什么？"

常秀："惹祸精！一条鱼搅得一锅腥！"

江浙："阿菊确有利用女人特有的手段向客户攻关的做法，但这亵渎职业道德，并不违背法律，是可以教育的！可胡一林的问题如果成立，那就是违反了法律！他们两个的问题孰轻孰重，你权衡过吗？"

常秀："问题是你证明不了胡一林违反了法律！我们是不是可以这样说，如果胡一林没事儿，那阿菊必须解雇！"

江浙："为什么？"

常秀："因为她的事儿，胡一林背了黑锅！不解雇她，胡一林大小是个主任，今后不好工作！"

江浙："你说的这个条件，我也不能答应！"

常秀："为什么？"

江浙："如果年轻人在成长中有了点儿问题，构不成解雇的条件，我们就解雇了她，我无法对全公司的员工做出解释！"

　　常秀："你不好解释，我来解释！"

　　江浙："你又想越俎代庖！我提醒你：我是这个公司的总经理！"

　　常秀："江浙！你变了！越来越不像我在大学中爱恋那个江浙了！"说着眼圈儿红了，眼里有了泪水。

　　江浙见了，递过纸巾，很温柔地："你看你！因为公司里的工作问题，又和家里两个人感情挂起钩来了！"

　　常秀推开江浙手里的纸巾："我不用你！"自己拿过纸巾揩拭眼泪！

　　江浙："常秀，你对着镜子照照，像不像个小孩子？我们都从年轻的时候过来，从大学毕业分配到工作岗位，从下海初期给别人打工，我开过出租，你给别人按过足底，我们奋斗到今天这个结果不容易！人，不都是这样一点儿点儿过来的吗？春宁、阿菊、夏波、大民、小明，今天是我们的业务员，以后呢？人家完全可能是我们这样的老板！当初我们给别人打工时，老板没什么理由就炒了我们，我们会不会骂老板是混蛋？一个混蛋老板，是个有眼光的好老板吗？你希望你的丈夫是这样一个人？！"

　　常秀："你别说了！你是不是想把我说心软了，同意你不炒阿菊，炒胡一林，告诉你！没门儿！"

**12. 某公司接待室**

　　夏波伸了个懒腰："我说我的春宁姐，别给晓梅讲那些了，我可是饿得前腔贴后腔儿了！眼睛都快发绿了！你不知道人家早上为了减肥，有不吃饭的习惯吗？！"

　　晓梅："我也是，我来公司后，都说我胖，胖就显得笨！我每天中午只吃一顿饭，可还是没见瘦！我倒是想再饿饿，春宁姐再讲一会儿也行！夏波姐，你要是饿了，我这有从乡下带回来的千层饼，喷喷香，你先吃点儿，这儿正好有热水！"

　　夏波眼睛立马瞪大起来："啊？天上掉下个林妹妹！有千层饼？快些拿来我要吃！千层饼可是好东西，是咱们中国的乡村比萨饼！人家说：千层饼，满口香，一天不吃想得慌！"

　　春宁："夏波，你吃吧！不但早晨赖床，还是个馋家伙！"

　　夏波从晓梅手中接过一块千层饼，大口吃着说："好饼！香死我了！"她喝了一口水："哎！幸福！今天的午餐很幸福！"

　　晓梅天真地看着夏波："这就是很幸福哇，这种很幸福，我们乡下人天天可以享受得到哇！"

　　夏波边吃边说："乡下有乡下好处，城里有城里的优势！"

　　晓梅："你说得真好，可有的城里人在骨子里瞧不起咱乡下人！以前说咱老农进城是：手拎麻袋腰扎麻绳，先进饭馆后进剃头棚，看见马路不知怎么行，喝完汽水不知退瓶，看完电影不知啥名，看见大楼不知几层，进了商店，不买花布净买趟子绒，不管好赖，结实就行！"

　　春宁吃吃地笑："晓梅，你从哪儿学来的？"

　　晓梅："我二舅说的，那是不是真的？二舅说头些年咱农民也真不怨人家说，可这些年全变了，进城里务工的农民太多了，城里的大楼差不多都是咱农民工盖的！乡下人儿进城也在城市化！可还有人瞧不起乡下人，你比如刚才那个保安，不就是看我脸黑点儿不让我进楼吗？春宁姐，我脸真那么黑吗？"

　　春宁说："乡下人不低，城里人不高，大家都是平等的！都是一样的人，一个鼻子两只眼睛黑头发的中国人！进城的农民工已成了中国产业工人中的主力军！这其中也有你晓梅！"

晓梅："我已经买了十瓶增白粉蜜，抹完了，我不怕脸不白！"

春宁："增白粉蜜可以抹，但也别太在意自己黑呀白呀的！"

夏波吃好了，拍拍手说："我吃好了！我是宁可撑死，也绝不想饿死！"

### 13. 女宿舍
阳光从窗口射进来，那几盆逆光里的花好像静物写生画！

阿菊静静地躺在床上，想着心事！

### 14. 某饭店
胡一林、常秀、常华在一起吃饭。

常秀给胡一林夹了一筷子菜："一林哪！让你受委屈了，你姐夫那个人就是那个样！倔倔的！别看他！看你姐我和小华的面上，别跟他计较了！"

胡一林笑笑说："姐，一家人嘛，话也不要说得太远了，说得太远了，就收不回来了！其实我对姐夫也没什么！都是我不好！我在人家屋檐下，总是觉得亲戚里道儿的就老也不想低头，这是我的毛病！"

常秀听出了话音儿，又笑着说："低什么头哇？谁向谁低头哇？别说那些牙外边的话！来！吃菜！"

（第六集完）

第七集
### 1. 某饭店
胡一林用筷子一比画桌上的菜："你看，姐，弄了这么多菜，这不是浪费吗？自己家人，用得着嘛！"

常秀："一林，今儿个，姐也是生你姐夫气出来的！我呢，请你吃顿饭，这顿饭的意思，你们两口子也能吃出味道来！是赔礼也好，是道歉也罢，主要是为了让一林回心转意，都回公司好好上班！这里头的意思，当姐的也就不用再明说了吧？"

常华说："姐，你别说了！一林能来吃这顿饭，就是看姐你的面子！是姐你的面子大！一林，咱姐呀，哪样事儿都如意，就是找了这么个倔丈夫！不称心！姐呀，你说你呀，当初大学校园里好小伙子不多得是？你凭什么非找了他呀？！你这个婚姻事儿呀，我真替你后悔！"

常秀替江浙辩解道："你姐夫是有毛病，可是也没到你说的那份儿上！他那个人倔是倔，认死理儿是认死理儿，可人的心眼儿并不坏！"

常华不太高兴地说："说来说去，你还是护着他！"

常秀："小华，我想让你和一林来公司工作时，一提，你姐夫就同意了，他为什么同意你们来这儿？一林下岗，你挣的钱不多，你姐夫还不是惦记你们！这些年啊，我给你们点儿钱啊倒腾点儿什么东西啊，人家可从没说过个不字！你们别老记着他的不好，也得念念他的好的地方不是？！"

常华："姐，你说这话，这是姐夫好吗？这是姐好！姐好姐夫没办法不好！我心里明白：姐夫再不好，姐也得向着他说话，再怎么说也是一家人哪，得站在他那方面，摆弄我们夫妻俩！"

常秀："谁摆弄谁呀？小华呀，让你们回公司工作是我的意见！眼瞅着公司要开始布置展位了，咱们自己家里人就别老闹腾了！你得懂点事儿！"

常华眼睛一瞪："谁闹腾？我们闹腾？！谁不懂事？！是我们不懂事儿？！公司里该炒的人不炒，拿自己家人开涮，这都是什么事呀！还有天理吗？"

## 2. 某公司

春宁她们还等在那里！

夏波小声对那公司的接待小姐说："哎，小姐，我们在这等了小半天了，你们的总经理什么时候才能见我们呀？！"

那位小姐说："总经理什么时候有时间，我怎么知道？我只能告诉你们一个字！"

夏波："什么字？"

那位小姐："等！"

晓梅急得站了起来："啊？还等啊？不行！小姐，你去跟你们总经理说说，我们可等不了啦！饿不饿不说，等得心烦！小姐，求求你帮个忙，跟你们总经理再说一声，说我们求见，还不行吗？！"

那位小姐："等不了是吧？你们可以走，这儿没强留你们！你们来，我已经跟总经理说过了，可总经理一直没有派人来叫你们！我怎么好再去说！"

晓梅："求你了，你去帮着给再通报一声！求你了！"

那位小姐看看晓梅，没说什么，走了！

晓梅在那位小姐的身后做了个无可奈何状的鬼脸儿！

## 3. 某饭店

胡一林打圆场："哎常华，今儿个中午，是姐请咱们吃饭，别老说那些气话了，你看姐给咱们点的这些菜，都是好吃的！鳜鱼扇贝、蒜蓉芥蓝，都是我愿意吃的菜呀！姐请咱吃饭是真心的！"

常华没好气地："好吃你就吃！好像八辈子没吃过似的！姐！咱们是一奶同胞的姐妹，咱妈得病过世的时候，可叮嘱过你，让你照顾我！妈没了，你这当姐的也就是妈了！对我姐夫，你也不能总迁就！这回我想好了，事情不弄出个头来，我们不能上班！我们就在家等着听信儿！我们在公司是两个中层干部，不能这么清不清浑不浑地稀里糊涂地就又上班了！人们怎么看我们？"

常秀："小华，我就问你一句话，给不给我面子？！"

常华："姐，我可以给你面子，可我姐夫不给我们面子，我们不上班不是对你，是对我姐夫！"

常秀操起的筷子又放下了："唉！你们就别较劲了！我看这都是过太平日子烧的！"

## 4. 公司女宿舍

阿菊已经下地了，她正在搅着一碗方便面。

笃笃地敲门声。

江浙出现在门口。

阿菊："江总，怎么是你？！"

江浙笑了："是我怎么了？我就不能来吗？"说着坐在了一把椅子上。

阿菊给他倒水："江总，我在这个宿舍住了快有两年了，还是第一次在这屋子里看见你！"

江浙："男宿舍经常来，女宿舍是没进来过！阿菊，这两天公司新鲜事儿不少，除了我，第一次到这里来的人还有一个！胡一林不是比我捷足先登了吗？"

阿菊："胡主任来这儿，您也知道了？！"

江浙："我怎么会不知道？！阿菊，你别忘了这是公司的宿舍！我是公司的总经理！阿菊，听说胡一林给了你五百元钱？"

阿菊："嗯，有这事儿！上午常华主任也来问，我也当她说了！江总，五百元钱也不算多，这里有什么说道怎的？

江浙："阿菊呀，我听说你说你挨打的事与胡一林没有关系，还为他向我求情？"

阿菊："啊，有这事儿！"

江浙："阿菊，有句古语说得好：试玉要烧三日满，辨材须待七年期！看一个人是好是坏，不能凭一时的感觉！如果有一天，我们证明了胡一林与你被打的事情有关，你对你今天说的这些话怎么想？"

阿菊："江总，我觉得胡主任不会，这事儿不会与他有关系！"

江浙："阿菊，一个女孩子家在社会中生活，要多动脑子，不能把复杂的问题想得太简单！社会上有的人真的很复杂，他的复杂性在于他们的外在语言行为甚至动作行为与心理行为并不一致！要请你吃饭你就说他好，给你五百元钱你就说他好，多少年轻人都是这么被骗的呀！你这种思维方式会被骗子钻空子！"

阿菊睁大眼睛："你是说胡主任是骗子？"

江浙："现在还不能这么说！我说的也不一定指的是哪个人！我是说社会上存在着这样一种现象！"

阿菊想了想："江总，你是在拿话点我？！"

江浙："对青年一代负责，是我们这一代人的社会责任！"

### 5. 某公司接待室

那位接待小姐走了回来！

晓梅期盼的目光！

春宁和夏波平静地看着她！

那位接待小姐："对不起，我们老总说他今天的业务太忙，实在没有时间接待你们！"

晓梅腾地站了起来，怒气冲冲地说："没时间，他为什么不早说！叫我们在这儿等啊等！等到快下班了，他说没时间！这不是逗人玩呢吗？！不行！你带我去找他！我要和他讨个说法！这也让人太生气了！拿人不当人怎的？"

那位接待的小姐："话可不能这么说，你们一来，我就说：我们老总忙，不一定有时间见你们，可你们愿意在这儿等，我有什么办法？！"

晓梅："不行！我要见你们老总！"

那位接待小姐："对不起！我们老总不是你说想见就见的！"

晓梅："他在哪儿猫着呢！我去找他！"

那位接待小姐："无可奉告！"

晓梅上前抓住那位小姐的衣领，瞪圆了眼睛说："你说不说！"

那位小姐说："松开手！你要是敢碰我一手指头，我就喊保安人员扣下你！"

春宁和夏波解围道："算了算了，人家老总忙，咱们改天再来嘛！"

晓梅虽然松了手，但仍愤愤不平："这就是在城里，要是在乡下，我这大耳光子早给她抡过去了！"

春宁："晓梅！别逞能了！给这位小姐赔不是！"

晓梅大声地："那不可能！"

春宁："这位小姐，您别生气，这位小妹是刚从乡下来的，我代她对您说声对不起，打扰你们了！我们走了！"

那位小姐不高兴地："不送！"

晓梅和春宁、夏波一起往外走，忽然转身朝那位小姐做了一个鬼脸！

夏波使劲儿地拉了她一把说："死晓梅！跟我刚干这一行时一模一样！要笑死我了！"

晓梅："笑？你还想笑？！我直想哭！找个没人的地方，我想痛痛快快地哭它一场！"

### 6. 街上

春宁："晓梅，咱们的工作是找人家客户商量合作的事儿，不能心急，心急吃不了热豆腐！更不能耍态度，耍态度只能把关系搞砸。人家说忙，那咱们就等等，等也是在工作，是咱们工作的一部分，让人家感觉到咱们的真诚，也是对人家的一份尊重！跟人家像程咬金砍三板斧式的一通吵嚷，谁还会和我们合作？！"

晓梅："怎的？你们还向着她说话？！"说着，眼里有了泪水！

春宁："不是向着她说话，是你错了！"

晓梅不服地："什么？我到现在饭还没吃，我还错了？！"她的脸上是不解与茫然，是泪水！

夏波拍拍晓梅的后背："晓梅妹子，是你错了，真的是你错了！"

晓梅看看她们，突然蹲在地上，哭开了："这个活儿没个干，我不想干了，我要回家！"

春宁和夏波忙蹲下劝她："你看你看，街上这么多人，你这是干什么呢？！"

晓梅却倔强地哭着："我不管，我就是想哭！"

夏波笑笑，冲春宁挤了一下眼睛："好，哭吧你，我们今天不带你回去了，我们走了，你自己在这哭吧！明天也不带你出来了，你回乡下那个家吧！春宁姐，咱们走！"

春宁也笑笑，假意和夏波向前走！

晓梅从指缝儿里见她们两个真的向前走了，忽地站了起来，起身追上她们："哼！想甩下我，没门儿！城里的道路我还认不全呢！"

春宁："你不是在哭吗？怎么没哭完，就追上来了！"

晓梅："我才不会那么傻呢！我连路都不熟，你们两个扔下我不管了！我怎么回公司呀？！"

春宁："看你哭个没完没了，夏波姐是跟你开玩笑，你别当真就好！"

晓梅："我也是有错，刚才在那家公司，我心里生气，可不该冲人家发脾气，可冲你们哭哭，你们都不让！啥姐姐呀？！"

春宁："好好好，气也撒了，泪也流了！好了吧？！不过以后可得注意不能跟客户耍态度！"

晓梅："夏波姐说不也有这么个第一次么，有啥样的姐姐，就有啥样的妹妹！"

春宁："好了！咱们回公司！晚上，我陪你到月湖公园玩玩！"

### 7. 公司女宿舍

宿舍里的人都在，门开着。

小明和大民突然出现在门口。

小明兴致勃勃地："夏波！喜事儿！"

躺在床上的夏波一下子坐了起来："发工资和奖金了？"

小明："行！有感觉！哎，公司发工资和奖金了！我和大民代领的，一个人一个纸袋，人人有份！连晓梅也有份儿！"

夏波拿过纸袋："好！这回咱兜里又有'子弹'了！一会儿我请大家去吃必胜客！"

春宁："别有了俩钱，又惦记着怎么花了！月头儿手头儿松得很，月底成了寒号鸟！我们不用你请，要去吃，那就是AA制！"

夏波："AA制？那也好！哇！意大利的比萨！香得很哩！"

晓梅："比千层饼还香吗？"

夏波："哎，各有千秋！"

春宁："咱们去吃比萨，AA制，你们去吗？"她问大民和小明！

大民："当然！"

小明："阿菊呢，阿菊晚饭怎么办？"

阿菊："我也去！脸上有点伤，不怕！夏波讲话了，这叫缺陷美！女人脸上有点伤，说不定能招来更多男人的目光！"

### 8. 必胜客店里

春宁他们在这里吃比萨。

夏波一边用纸夹起一块比萨，一边吃着一边说："哇，好香，看我用纸夹了比萨，用手拿着吃！这叫什么？这叫意大利比萨中国吃法！"说着，让小明也咬了一口！

春宁："夏波！你这个又懒又馋的家伙，一吃上东西，小眼睛瞪得铿亮！我可跟你说，这回工资奖金发到手了，得计划着点儿花，别兜里有了两钱，心里老烧包！钱从兜里老想往外蹦！咱们都是成年人了，得知道节省花钱，把钱省下来，给爹妈寄点儿，爹妈养了咱这么大，咱也应该回报回报了！"

小明："在艰苦朴素这方面，谁也比不上大民哥，人家月月给爹妈寄钱不说，那天我回宿舍，呀！你们猜他一个人在屋子干啥呢？！你们想都想不到！"

春宁、夏波、晓梅、阿菊都看着他！

小明："他那双我以为只会画画的手，正在那里拿个锥子，自己缝鞋呢！哎，你们说这都什么年代了，有不少独生子女，家里的鞋子多得差不多都能开鞋铺了，有新不穿旧！可人家大民哥，真的！让我不相信自己的眼睛！朴素！要不人家春宁就对大民好了？有眼光！"

春宁："小明，说谁就说谁，别牵扯我！"

夏波："谁愿寄钱谁就寄！我爹妈不需要我的钱，我自己能养活自己就不赖了！我爹妈手里有钱！"

春宁："爹妈手里有钱，那是爹妈的钱，女儿寄的钱，不一定多，却是做儿女的心意！意义不一样！老人不在乎花没花着儿女的钱，在乎儿女有没有这片心！"

夏波："哎呀，人家吃比萨吃得挺爽，你们说这些话让人倒胃口！一会儿寄钱哪，一会儿缝鞋呀！真是的！"

春宁看看夏波，再没吭声。

晓梅："嗨呀！比萨饼，我当是什么新鲜玩意儿，夏波姐说得神乎其神，原来就是把馅儿洒在了外面的中国馅饼啊！"

### 9. 胡一林家

常华厉声厉色地对胡一林："在姐夫和姐面前，我向着你说话，这是一致对外的需要！可关起门来，轮到咱两人说话了，这可就是另外一码事儿了！你说吧！有什么事儿瞒着我了？！"

胡一林嗫嚅地说："你看，你这是怎么说话呢？我怎么有事儿瞒着你呢！咱们两口子可是最亲近的人！"

常华："你别装相，在他们面前装行！在我跟前不好使！交代！"

胡一林仍在打着糊涂语："没什么事儿呀？真的没什么事儿！"

常华："放屁！你说，你和那姓黄的一起干啥事儿了？阿菊被打是怎么回事儿？"

胡一林："这和我根本不沾边！我哪知道你说的这些事儿！"

常华："你还敢嘴硬？！"

胡一林："在这个事儿上，我敢嘴硬！"

常华："阿菊被打既然和你无关，你去现什么殷勤？"

胡一林："我现什么殷勤了？"

常华："阿菊被打后，你去没去看她？"

胡一林看看常华："你怎么知道的？"

常华："天下的事儿还想瞒了我？！你兜里有多少钱我还不知道？你哪儿来的钱，又想请她吃饭不说，还送了她五百块钱，这钱是从哪儿来的？是不是那姓黄的给你的？！说！"

胡一林扑通地给常华跪下了："我的媳妇，祖宗，你可小声点儿！是是是！真是啊！我的事儿瞒天瞒地也瞒不了你呀！姓黄的给我钱了，就是让我把阿菊叫出来，我就叫了！他姓黄的是要出出心里的气，打阿菊是冲着江浙！我一想，这也用不着咱出啥力！人也不是咱打的抢的，没咱啥事儿，得钱的事儿谁不干不是傻吗？我就干了！"

常华气得够呛："哼！怪得了人家江浙要炒你？人家是看透了你！你还觉着自己没啥事儿？策划和协同犯罪就不是犯罪了？你呀！下岗以后没工作时你偷偷摸摸，告诉你到了公司后要改，可按下葫芦浮起瓢！见钱眼开，你怎么又做出这种让人揪心的事儿？！"

胡一林："媳妇，你别生气，我今后一定改！"

常华："嘴说改改改，你啥时候改了？你这回好，到监狱里去改吧！"

笃笃的敲门声！

常华一愣，对胡一林说："你先给我起来！"

常华来开门，常秀出现在门口。

常华："哟，姐！"

常秀进来了。

## 10. 月湖公园

月湖公园的夜色，要多美有多美！

大民、春宁、小明、夏波、阿菊、晓梅他们都在湖边散步！

阿菊对晓梅说："真好！今天晚上的月亮好，小风儿也好！"

晓梅问春宁："春宁姐，月湖为什么叫月湖哇？"

春宁："哎呀，这下子你可问住我了！我想：可能是因为月亮很白很亮，湖水很纯很透明，月亮似湖，湖似月亮，就叫月湖了，我想这可能就是月湖名字的来源吧！瞎蒙的！"

小明："关于月湖有个神话传说我知道！说有人在夜里看见过月亮姑娘从天上飞落到月湖里来洗澡，哗啦啦哗啦啦地洗，洗去那么多那么多的宇宙尘埃！可月湖的水啊，一点儿都没脏，老是这么纯净！有人就说月湖是月亮姑娘洗脸的地上银盆了！"

春宁："人，不像月亮姑娘生活在天上，是生活在地上，离月湖近，我们还可以用月湖的水经常来洗洗心神！"

晓梅："心神怎么洗呀？"

春宁："有一句古语说得好，叫澡雪心神，是说人每天都要把自己的心神洗刷得像雪一样白！是用纯洁精神的水！"

阿菊听了，若有所思！

春宁："阿菊，晓梅！你们想不想去读业大，参加全国组织的成人考试，成绩都及格了，就可以大学毕业了。你们要读，我明天去给你们报名！报名费和学费我出！"

阿菊："别，先别！这么大个事儿，我可得再想想！"

春宁："好，你好好想想，我听你的信儿！"

### 11．胡一林家

常华强颜作笑地："姐，你怎么来了？"

常秀："小华，我来给你和一林送工资和奖金来了！"

常华："这点儿钱着急送啥？天都这么晚了！"

常秀："天再晚，我心里不还是记挂着你们？想过来看看！"

常华："我姐夫那边有啥动静？"

常秀："没动静！"

常华："姐，这个事儿，我也想了！炒不炒阿菊，那是你和我姐夫商量的事儿，我们也不管了！"

常秀："你们不管行，我不能不管！"

常华："只要我姐夫给我们个面子，请我们吃顿饭，我们就上班，咱们之间的事也就可以先这么地啦！"

常秀："我回去跟他说，让他给你们这个面子！"


### 12．月湖岸畔

春宁和阿菊单独走在一起。

阿菊："江总下午找我说，让我注意人的复杂性。春宁，你说人和人之间真的有那么复杂吗？"

春宁："江总说的话，你要好好琢磨！阿菊，实话说，我觉得你看人的方式是不是有点儿什么问题呀？！"

阿菊："是吗？"

春宁："我想提醒你，你要注意点儿那个姓胡的，那个人不怎么样！"

阿菊："你是说胡主任？你看出他对我怎么了？！"

春宁："黄鼠狼给小鸡拜年，小鸡也可能受宠若惊！"

阿菊问道："可是凭我的直觉，胡主任对我好像没什么呀？！什么狼呀鸡呀的，这是哪对哪呀？！我怎么也想象不到这些会和热心的胡主任有关！"

春宁看着阿菊："阿菊，你融入社会比较早，可是你比较单纯，你不光要用眼睛看人，还要用脑子看人！想问题不要太单纯了！从现在开始，那姓胡的找你做什么事，你最好都跟我们先说一声，你相信我们，会帮你做一些事的！"

阿菊看着春宁，但是缄默不语。

美丽的月亮啊，在湖水里想着心事！

### 13. 胡一林家

常华对胡一林说:"姐走了,我还得说你!姓黄的一共给你多少钱,交出来!"

胡一林:"都在柜子里的衣裳兜里呢么。"

常华打开柜子,翻出钱数着,数完说:"加上给阿菊那五百是不是正好五千?"

胡一林:"是!"

常华:"我给你添上五百,你给那姓黄的送回去,怎样?"

胡一林:"这钱能往回送吗?"

常华:"为什么不能?"

胡一林:"你知道,那姓黄的是个社会人!你把钱送回去了,他会怎么想?感谢你?肯定不能!只能恨你!"

常华:"咱也没惹着他,恨咱啥?"

胡一林:"恨咱啥?说得轻快!他给咱钱,是为了让咱为他办事儿,事办完了,你把钱送回去,他会怀疑你跟他分了心眼儿,他会不收拾咱们,他能对阿菊下手,也同样能对咱们下手!咱们要不想遭此毒手,就别往回送这钱!顶多以后多个心眼儿,不再上他的圈套不就得了?!"

常华:"你能长这记性?!"

胡一林:"准定!"

常华:"咱家的搓衣板儿呢?"

胡一林:"在厨房案板底下!"

常华:"拿出来!罚跪半个小时!"

胡一林:"我就跪平地得了,那玩意儿太硌膝盖儿!"

常华:"不行!要跪!不然你不长记性!"

胡一林苦着脸:"哎哟,这可遭了大罪了!还得跪搓衣板儿!"


### 14. 月湖岸畔

春宁正和阿菊说着什么。

迎面走过来了海涛。

他衣冠楚楚、风度翩翩地走了过来:"哟,真是巧了,怎么白天碰见你,晚上又能碰见你春宁?!说见不着你,那是几年几年见不着,说是见着了,一天就见两回!"

春宁没有任何精神准备,感到有些意外,走过去:"啊,是你!海涛总经理!你好!"

海涛主动伸出手去握着春宁的手说:"对你们的江浙展览公司,我做过了解了,说你们是一家信誉不错的公司,既是这样,那么我们公司参加展览的事就可以定下来了!协议我们什么时候签一下?!"

小明那边的目光已经向这边移了过来,他用肘捅了一下大民说:"哎,跟春宁握手的那人是谁呀?呀,人长得蛮帅呢!"

大民向这边看看:"乐意谁谁!一个男人,对自己的女朋友是什么样的人都不了解,自己没有自信心,那还叫男人?"

那边,春宁笑着对海总说:"好!签协议的事儿,我们找你吧!"

海涛:"那好!哎,你们这是?!"

春宁一抬手:"都是我们公司的人,大家在晚上一起出来散散步!一起玩玩!晓梅!

夏波！海总在这儿！"

阿菊怕海涛看见她的脸，只是在那静静站着，拿眼睛睃着海涛，没有吭声！

夏波和晓梅都过来和海总寒暄！

海涛："好，那你们就先散你们的步，我呢，绕着这美丽的月湖自己走走，晚上找个静点儿的地方走走，想想公司的事情，用静静的湖水清醒清醒脑子！"

春宁："好！海总，拜拜！"

晓梅："你看人家海总，办事就是麻利快！几句话，问题解决了！"

夏波敬佩地看着海总的背影说："同感！这辈子哪个女人有福，找上这么个老公，那可是再好不过了！"

晓梅："你和春宁姐都和小明大民处着呢！追海总，有条件的可能就是我了，别看我才十九岁，但我觉得在海总面前矮一头，不门当户对！气短！"

夏波："这就是文化差异！所以春宁姐让你们去上学！"

晓梅："行了！夏波姐，你跟春宁姐说吧！不为别，为将来能找个好老公，这个业大我上了！"

夏波笑了："上学是好事儿，可目的得纯！"

晓梅和夏波刚走，阿菊就又走近春宁。

阿菊："这个海总长得可真帅！我就是脸上有伤，不然，我非冲上去，和他握握手说几句话不可！"

春宁："阿菊，你的恋爱观是不是有点儿问题？看男人不能以钱取人，也不能以貌取人，要看人品和能力！"

阿菊笑了："我阿菊就是我阿菊，我看男人有我自己独特的视角！你春宁想改变我？难！"

那边，大民对小明说："诗人，平湖秋月，作首诗吧！"

小明一张胳膊："啊，月湖！人间最美丽的湖！月亮潜在你的宁静纯洁的臂弯里，你用美丽的手把温柔抱住！一泓清波洗涤着多少人的身心，湖畔柳枝上悬挂着我们多少情愫！啊！找不出最好的纸描写出你的容颜！找不到最好的语言把你的圣洁叙述！啊！月湖！"

大民笑着："啊！月湖！啊！月湖！"

**15. 公司总经理办公室**

常秀："江浙，你给我说句痛快话，你能不能请胡一林他们两口子吃顿饭？"

江浙："什么主题？"

常秀："给他们个面子，让他们下个台阶，回来工作！"

江浙："这个主题不行！"

常秀："什么主题行？"

江浙："以家里人的身份聚聚可以，不能谈工作！从公司的角度，我怎么会请他们吃饭？他们两口子在公司正忙的时候，不经公司同意，双双脱岗，而且要挟公司，好像没有他们，我就做不了蛋糕一样！他们闹了半天，还要我请他们的客？不行！"

（第七集完）

## 第八集

**1. 公司总经理办公室**

常秀说："不行？好！江浙！一个民营公司的总经理，你还当自己是多么大的一个官儿呀！我常秀是眼神不好，早没看透你是这么一个薄情寡义的人！"

江浙："什么意思？"

常秀："结婚这么多年，我对你怎么样？洗啊涮啊吃啊，哪方面亏了你了？你的哪件衣服进过洗衣店？不都是我洗的我熨的？我家对咱们怎么样？刚结婚时咱没房子，一间半的小屋，咱和妈、妹妹小华挤在一起住！我的妹妹就不是你的妹妹？我妈在世的时候，身体那么不好，可少给咱们带孩子了吗？临走前，她不是攥着你的手说，让你多照顾照顾这个家，照顾好我和小华吗？可是你早忘了！忘到脑后去了！老人的恩情你忘了，她嘱咐你的话，你更忘了！"

江浙："妈说过的话，我没忘！"

常秀："可是你事事和我对着干！那些日子我说要处理春宁，你不同意，那个事儿就不了了之了！我有气，可是忍了！这会儿我说要解雇阿菊，你又是拧劲儿打横！阿菊出了事儿了，你不查阿菊，反查胡一林，你不是存心有意这么做吗？！我说要你照顾照顾小华他们两口子，你是这也不行，那也不行！"

江浙："让我以公司总经理的身份请他们吃饭，我认为不合适！可是，以姐夫的名义，我没说不行吧？你既然这么坚持，把家里的老底儿都翻腾出来了，那么小华擅自离岗的事可以先不追究，她可以直接回来工作。行了吧？"

常秀："小华回来行，那胡一林呢？他为什么就不能回来？"

江浙："胡一林不行！一个他是发脾气摔东西走的，二是他可能与阿菊被打有关系，如果他是这么一个里勾外连的人，我们公司还能要他吗？如果与阿菊被打有关，他就和犯罪有关，我们公司要出一个罪犯吗？胡一林这个人很复杂，关于他和社会上乱七八糟的人来往，我少说他了嘛，可他嘴上说好好好，是是是，心里却打着他的小算盘！所以，他最好是等到事情调查清楚之后，再决定他能不能来上班！"

常秀显得有些疲惫："你别说了！我给你讲三条：一、我也辞职不干了！二、打今儿个起咱们分床睡！你睡你的，我睡我的，大沙发和床你自选其一！三、家里的事，洗衣服做饭收拾屋子，你都得干！总之，我也不想再和你吵，也不想再和你闹了，我太累了！我想休息！"

江浙笑了："热战之后是冷战，我知道：对于一个家庭来说冷战比热战更可怕！"

常秀："你别嬉皮笑脸的！我说的是正经的！"

江浙仍在笑："这么正式啊？这是给我下了断绝关系的通牒了？！好吧，我选择大沙发！"

## 2. 胡一林家

茶几前，胡一林在抽着烟，想着心事儿。

常华从洗浴间里围着条大浴巾出来，坐在了沙发上："行了，别想了，翻过来调过去，不就是那么点儿事儿吗？！今儿个跟我姐要耍态度，我是故意的！闹闹他们，可以变被动为主动！可是也不能老闹下去，咱们也有咱们的软肋，就是你有他们没掌握却真存在的大毛病！如果再闹，咱真闹没了公司的工作，那可就惨了，这个家的日子怎么过？！"

胡一林："怎么过？也得过！以前没到公司，那不也过了！"

常华："过了，是过了！可那也叫日子？没我姐和我姐夫接济照顾咱们，咱们的日子能过到今天这个样？咱对姐夫有想法归有想法，可人家对咱的好处不能忘！人家说你和姓黄的有关系，错说你了吗？你是真有哇，不是假有哇！扪心自问，人家这么对你是人家的错吗？咱是拿着不是当理说，当小的使劲儿闹他当姐夫的！今儿个，我也是借我姐的嘴给姐夫捎个话儿，姐夫要真给了咱面子，就别再闹了！"

胡一林："我看你姐夫未必给这个面子！你姐家的事儿，我是早看明白了，还是你姐夫说了算！别看他一天到晚地不像你姐那么风风火火地瞎张罗！可有心劲儿的是他！他伸出一个手指头，就能把公司和你姐家的房盖儿捅个窟窿！"

常华："你说得不对！姐家的事儿你有我知道？家里还是姐是一把手！公司当然是姐夫说了要比姐算！是他说了算又怎么了？我不信他敢把咱们怎么样？量他还没那胆子，有那胆子，也怕他没那本事！就熊瞎子打立正一手遮天了？就算有这本事，连个面子也不给我这个小姨子留？他毕竟吃过我炒过的菜，喝过我给他温过的酒吧？我还是说，如果姐夫给了咱面子，咱也得见好就收，借坡下驴！"

胡一林打了自己一个耳光："我是想，我怎么这么混蛋！没等人家怎么样呢，自己提出来不干了。所以这就是授人以柄，人家完全可以借着这个说法，咔嚓一刀！给你给砍下来！踢出去！那时候，咱可就是哑巴吃黄连了，有苦说不出了！"

常华："一林，我看事情不会弄到那步田地吧！我姐就是在公司说了不算，可那大小也是个副总经理呀！我是谁？他江浙的小姨子！公司业务部的主任！他炒了我，公司的展览不搞了？我就不信他江浙会那么做！他那个人，我了解，不是那种铁石心肠的人！"

胡一林："想事情总是要想到多种可能啊，姓黄的那60万送来了，他不是直接去了，谈不成就要退回去？从这个事儿上看，他江浙就不是一般人！我在想，一旦人家炒了我，我干什么去呀？你还当业务部主任，他们也能让你当。可我呢？其实在咱们公司里你干的坏事比我多，你背着他们捞了多少好处？你和那客户之间的袖筒子里头，捅咕了多少事儿，我心里不太有数了吗？可是你没被抓住。我呢，是有点儿事，就被盯上了！"

常华皱皱眉头："你说你自己的事儿，少说我的事儿！你就想着怎么能把和姓黄的做的阿菊那件事抖落干净，就算完事儿！"

### 3. 展览公司总经理办公室

常秀躺在了里屋的床上，被子蒙在头上。

江浙在大沙发上摊开了被褥，躺下了想看看书，可又起来了向里屋看看，为常秀轻轻地关上了门。

常秀以为是江浙进来了，呼地撩开被子，可只见到关着的门！她复又撩上被子睡了！

立式台灯在大沙发头上亮着！

江浙把看过的书放到一边，揉揉眼睛，躺在那里想心事！

他拧灭了台灯！

可他仍睡不着！

### 4. 胡一林家

胡一林和常华已经躺下了。

胡一林："我看咱姐对江浙的劲儿还挺大，她肯定会和江浙闹意见！一般闹闹，事情解决了，也就罢了，要是两个人感情出现了危机，那咱们也跟着麻烦了！"

常华："你说我姐和我姐夫能离婚？那不可能！"

胡一林："天底下很多事儿都是由不可能变成了可能！"

常华："工作上的事儿是工作上的事儿，我姐夫对我姐可是有情有义的！不像你对我！"

胡一林："我对你怎么了？"

常华："是不是还有钱跟我打着埋伏？就那五千块？"

胡一林："天地良心！小华，你得饶人处且饶人吧！搓衣板儿我也跪了，你还想怎么样？这要传到外边去，全中国的男人都得笑我！哎呀，衣冠楚楚的胡一林，五尺男儿，在家怕老婆怕成这样！"

常华："你是怕我吗？是你有错！跪搓衣板儿是给你个教育，省着你跟那姓黄的再干坏事儿！这是两口子家里的事儿，我也不能往外说！你怕啥？"

胡一林："你要说出去，那我就不活了！也没脸活了！"

常华："你是我老公，老公可是个宝，我怎么会让你不活呢？不但得活，还得想法让你活得好！不然我跟姐和姐夫他们闹什么？"

胡一林："这话我愿意听！"

### 5. 公司女宿舍

月光如水从窗口筛进来！

四盆花的剪影！

春宁在拾掇东西："明天！很珍贵的一天！大家都准备怎么行动？"

晓梅满脸增白粉蜜："怎么行动？很好行动！我来到城里还没好好逛逛街呢！这几天，我脸抹增白粉蜜，也挺见白，我可以扬着脸儿出去了！明天我决定自己出去逛街去了！"

春宁："你自己？"

晓梅："我自己！人生总得有许多第一次！总跟别人出去，还是记不住路！没事儿，我自己出去！鼻子下有个嘴，多问么！走几步回头，我丢不了！"

春宁："晓梅，你可多注意记路！另外记好公司电话，万一找不着家了，打个电话，让保安员小王去接你！"

晓梅："对了！记住公司的电话很重要！这你提醒得很对！看明早上忘了，我现在就给它记在手上！"

春宁："阿菊，你呢？！"

阿菊："今儿晚上已经出去逛过了，不像你们都是两个人，一起逛逛，还有点儿意思！我身上还有伤，一个人也没有啥逛头！不出去了，在床上躺着，睡觉！想想事情！"

春宁小声地："夏波，你呢？！"

夏波："小明想去莲花山瀑布那儿画写生，我跟他去吧！你们呢？"

春宁："我和大民先去给晓梅办上业大的事儿，办完了，就去天一阁和三江入海口！大民想去那儿转转！"

夏波："好，那咱们各自行动！"

晓梅："哎，我说春宁姐，你帮我办上业大这个事儿是行了，我路不熟，也找不着哪儿是哪儿，可是，钱不用你拿！我手里有钱！"

春宁："没多少钱，一个学期几百块钱，算我捐资助学了！你的照片给我两张，明天报名要用！"

晓梅边找边说："哎，照片有！来公司时照的，不好看，我不会照相，你看行吗？"说着把两张照片递给春宁。

春宁："行！这就行！照得满面好嘛！多可爱的一个小姑娘啊！"

晓梅："春宁姐，我读业大，是我自己的事儿，报名费我自己拿，多少钱？我现在就给你！"

春宁："别争了，我身边又多了个读大学的，这是个好事儿，也是个高兴的事儿，阿菊没想好，要是也去，我一起替你们交了！我情愿给你拿！"

夏波："晓梅，你让春宁姐拿吧，不拿她心难受！你当她每月挣的钱舍不得吃舍不得喝的，都干啥了？她拿出一部分寄给大西北偏远山区的小学校助学了！"

晓梅："真的呀？！春宁姐，在钱上你可别帮我了，钱还是寄给他们吧，帮他们比帮我更需要！"

春宁："夏波，你别乱说！什么事儿到你耳朵里也存不住！"

夏波："对呀！这事儿是不让说的，我怎么给说出来了？！"

### 6. 公司男宿舍

小明对大民说："哎，大画家！大设计师！战争对一个家庭来说意味着什么？"

大民："诗人所指的是真的战争，还是日常家庭纠纷？"

小明："家庭内部的战争！"

大民："你问了一个非常重要的，但又最不好回答的问题！"

小明："作诗宜含蓄，说话宜明白！说话不是作诗！"

大民："清官难断家务事！"

小明："咱们江总这两天是不是遇到了这个难题！"

大民："应该是！"

小明："咱们怎么帮帮他？"

大民："家里的事儿，外人乱帮，只怕是越帮越乱！"

小明："那只好隔岸观火？"

大民："如果需要，并且必要，才能帮忙！"

小明朗诵式的："啊！如果火势很大很猛！浇上一些水也会氧化助燃！真理呀，真理！"

### 7. 胡一林家

窗外已是一片明媚的阳光！

胡一林拿着电话听筒在说话："嗯，嗯，嗯！老同学，我不会拿你的话当儿戏！咱们之间，你还信不着我吗？你交办的事情正在进行中！嗯，一有消息，马上会和你联系！嗯！好饭不怕晚嘛！嗯，阿菊，我看不是没可能啊！她现在还傻着呢，认定我是好人！可是公司里的事儿，江浙查得很紧，弄不好小弟为了大哥的事儿就丢了饭碗哪！嗯，嗯！我听你的，大哥！"

开门声！

胡一林立马挂了电话！

常华拎着菜，走了进来："哎，和谁通话呢？！"

胡一林放下听筒："我的一位老熟人！"

常华："我前脚出屋，你后脚就打电话！你是不是又跟那个姓黄的联系上了？"

胡一林："你看你看，我可别干点儿啥事儿，打个电话，你也往那姓黄的身上想？在这个家，你还让不让人喘口气了？！"

常华："你给谁打电话了你心里明白，我心里也明白！"

胡一林翻了一下白眼，没再吭声！

### 8. 公司总经理办公室

早晨，江浙起来了，他叠好了沙发上的被子。

又到洗漱间洗漱！

他洗漱完毕，把常华的牙缸里盛上了水，又在牙刷上挤上了牙膏！

他坐在沙发上静静地看书。

常秀走进了洗漱间，她看见了挤了牙膏的牙刷和牙缸里的水！

她拿起牙刷，故意有些声音地往水池里敲牙刷上的牙膏！

江浙却走了进来："怎么的？气儿还没消哇？！"

常秀没吭声！

江浙："我可跟你说下，我没接受你这个副总的辞呈！你还得在公司好好工作！"

常秀："我不干了，你另请高明吧！什么春宁啊，阿菊呀，乐意请谁请谁？"

江浙："行了，别再闹了，小华闹，你也跟着闹！公司里不都是自己家人，人家不看笑话吗？我跟你说，你不能再闹了！"

常秀洗漱着："小华和胡一林都得来上班！"

江浙："如果你能对胡一林的事情负责，那你就定，我暂时保留意见！"

### 9. 胡一林家

常华拿过了电话拨电话，通过："哎，姐呀！"

话筒那边是常秀的声音："小华呀，我正想找你呢！你就别闹了，看姐面子，你该上班就上班吧！"

常华："姐，妹子听你的话，一林呢？！"

常秀："你姐夫不同意他来上班，可你们都来吧！一林也来！我就这么定了！他乐意怎的就怎的，你们冲我说话！公司里的事儿正忙着呢，好不好？！"

常华："好吧！姐，我和一林是看你的面子！"

常秀："这，姐知道！"

常华放下了听筒，对胡一林说："走，上班去！"

胡一林："这就去？！不吃饭了？"

常华："道上有豆浆油条，吃一口不就完了！一林！我想好了，姐领导我们，江浙领导姐，有事儿他们之间说去！我们不能那么傻，傻顶傻闹，最后真的把工作丢了！"

### 10. 某邮局

大民和春宁在这里。

大民在往一个汇款单上写字。

春宁在说："大谷乡李家村小学校。"

大民："好了！"

春宁："二百元！"

大民："嗯，三百元！"

春宁："二百元怎么写成三百元了？"

大民从兜里掏出一百元："也算我一份儿！"

### 11. 某业大报名处

大民和春宁显然已为晓梅报完名了，他们手里拿着表和听课证，正往外走！

大民："春宁！你做的事情，我都喜欢！是有志青年做的事，对你，我就是信守着那个电视剧的名字！"

春宁："什么名字？"

大民："心里记着，嘴上忘了！"

春宁的一只手，正好在大民腋下，她咯吱他："说说！"

大民笑得蹲在地上："爱，爱你没商量！"
春宁脸红红地看着大民！
他们拥在一起，走了！

### 12. 莲花山
苍翠松柏覆盖着亭台楼榭。
小明立着块画板，在那儿写生！
几个游人围着观看。
夏波一会儿看着那山，那瀑布，一会儿又看看画板，不断地向画板上指着什么，小明则点着头，意思是说他注意到了。
一位游客看小明画的素描说："这小伙子，别看长得瘦，手里的笔好使，这山，这水画的，跟真的一样！"
小明听了倒没什么，可夏波却带着欣喜的目光看了那游人一眼，并用手偷偷掐了小明一下："听见了，有人夸你呢！"
小明："人家是外行人，看热闹，内行人才是看门道，咱这是写生，画画人的最起码本事，有啥值得人家夸的！"
夏波听了这话，眼里流溢出的神情，显然充满了对小明的欣赏与敬佩！

### 13. 一小饭店员内
胡一林和常华坐在那里吃油条。
常华："到了公司，你就当个哑巴！什么事儿你别吱声，见着姐夫，你更别吱声！权当没他那个人！有事儿，你就冲着咱姐说话！"
胡一林："知道了！"

### 14. 天一阁
春宁、大民他们从范青的雕像旁走过。
他们在藏书阁前听解说员讲解着藏书阁前石山里，那段过去不许女人进阁的故事。
大民："历史上的男尊女卑是错的！过去女孩子是不准许上这儿来的！"
春宁："我知道，这差不多是中国最大的一个藏书阁，是知识殿堂的象征！我们女人走了几千年，才拥有了可以和男人并肩走到这里来的权力！书本本来是知识，可是过去女人连享受知识的权利也没有！因为知识给了男人，男人可以做官！几千年，偶尔出现李清照、唐婉儿那样寥若晨星的女词人，大多的女才子都被淹没了，没有她们施展才华的机会！想想，这很悲哀！是历史的悲哀！我看应该让小明上这来一趟，回去准能写出一首如泣如诉的诗来！"
大民："今天的阳光很好，我在这儿给你照张相！"
春宁："好！这很有必要！"
在大民按动快门的时候，春宁灿烂的微笑定格在天一阁前。

### 15. 公司办公区
胡一林和常华走了进来。
屋内很多地方空空无人，只有常秀在一个角落里坐着。
常华："姐，人呢？！"
常秀："还找什么人？我不是人吗？"

常华:"我是说公司的人。"
常秀:"你糊涂了?今天不是放一天假吗!"
常华:"放假?啊,对了!是放假!你看我都过糊涂了!连今天放假都忘了!哎,可是既然放假,怎么又让我们两个来上班?"
常秀:"你们两个除外,不能放假!你们听我的,就上班!看见你们来,哪怕是就坐在这儿,我心里能舒服点儿!"
江浙一推门,走了进来,他看见了胡一林和常华:"你们来了?"
常华笑得很尴尬:"我说姐夫,我们今儿个来,可不是我们自己要回来的,是常秀副总经理三顾茅庐把我们请回来的!"
江浙:"我知道!这儿没有外人,我得说心里话,小华回来,可以!一林回来,我不同意!可我保留意见!"
常秀:"公司的工作得正常运行,没有一林和小华,不行!一林的车钥匙和办公室的钥匙怎么办?"
江浙:"公司已经封存了!先不能动!"
常华:"姐夫!我们直接就是归我姐领导,至于你们老总之间有啥意见,别当着我们面说,我们也不想听!"
江浙没再说什么,转身走了!
常秀:"你们就听我的!一林就先和小华坐在一起!车和办公室的钥匙我慢慢要!"

### 16. 街市上
晓梅从一家服装店里走出来,又踅身进了另外一家服装店。
她拿起货架子上的一件衣裳,在身上比量着。
售货员过来说:"小姐,你如果看中了这款式,可以到试衣室里去试试!"
晓梅:"试衣室?在哪儿?"
售货员一指:"这边!"
晓梅:"哦,是这里呀!我可以进去了吧?!"
售货员:"可以!"
晓梅进去了,不一会儿穿着新衣裳走了出来。
售货员帮她抻着衣裳,说:"不错!你穿这件衣裳挺好看!"
晓梅照着镜子说:"真的呀?!我怎么觉得太瘦了?"
售货员:"嗨,现在买衣裳,买瘦不买肥,买瘦的,逼着自己减减肥,人太胖了多难看!"
晓梅:"这么说,这件衣裳我就买下了?"
售货员边说"没错!"边帮着把她的旧衣裳包好,装进一个塑料袋里,边说:"你就穿着吧!挺好看的!我可给你开票了!"
晓梅一副美滋滋的样儿!她拎着那包旧衣裳,走在街市的人流里,她的身板好像挺得很直!

### 17. 公司办公区
只有常华和胡一林在。
常华:"差不多,咱俩也该走了!人家都放假,咱们还像小蜜蜂一样,在这儿嗡嗡嗡地坚守岗位!算了吧!给谁辛苦呢?!走,咱们也走!回家!"
胡一林:"你先回吧,我还真有点儿事儿!"

常华:"有事儿?是不是和早上那个电话有关?!我可跟你说,你要是再跟那个姓黄的来往,我可跟你没完!"

胡一林:"小华,早上你不是说过了!我怎么会不听你的话呢?!放心,我不会和他再有什么来往。我是有点儿别的事儿,你先走吧啊!"

常华:"那我自己打的走了?!"说着推门走了。

胡一林抄起电话,拨通:"喂,是小王吗?你帮我找一下阿菊,请她接个电话!哎哎哎,好!……"

### 18. 三江入海口

春宁和大民依偎在一个长椅上。

他们向海天一处望着。

春宁:"看,这儿修得多好,我小时候,这儿还都是一片江滩和离离荒草,可今天建设得多美呀!我还听说,咱们市到上海的跨海大桥已经开工了,到时候走大桥的高速,四十多分钟可以到达上海市了,早上去,中午可以在豫园或者黄河路那边吃饭,晚上坐车又回来了,这跟一个市里差不多!方便极了!"

大民:"那是!小时候,听我爷爷说,上海最早的商帮,差不多都是咱宁波去的!以前上海人来咱这,说是来到了乡下,可现在再来到咱这儿,都说感觉还像在上海市里一样!"

春宁:"过去咱们市里是打造月湖文化,现在的提法儿是:走出月湖时代,走向三江时代!这月湖还是个内湖,可三江却既是内河,又和大海相连!有意思!"

大民:"咱们是不是说跑题了?市里的大事儿用不着咱草民操心!哎,春宁,可不可以问你个不该问的问题?"

春宁:"什么问题?"

大民:"昨天晚上,在月湖边上,和你握手的那个人是谁?!"

春宁:"啊,你问他是谁呀?!"

大民看着春宁。

春宁:"怎么?吃醋了?!"

大民:"没有,今早上没吃饭,胃肠有点儿反酸!"

春宁笑笑,递过一块山楂钱:"给你,那个人是谁,你问问夏波和晓梅吧,她们都知道他是谁!"

大民听了,没再吭声。

### 19. 某茶馆包房内

茶馆外,已是夜灯初上。

胡一林和阿菊坐在一个包房里吃着茶饭。

阿菊:"胡主任,干脆我叫你胡大哥吧!这是你叫我出来吃饭,我就来了,换了别人,我现在这个样儿,肯定是不会出来的!"

胡一林笑了:"不好意思!上次约你出来,却出了事儿!可这顿饭,我是迟早要请的!我知道,阿菊小姐能来,是在给我胡某人面子!"

阿菊:"胡主任说哪里的话呢!我给你面子,那也是因为你先给了我面子!你给我送的钱,我至今没想明白,到底是啥意思?!"

胡一林笑得有些不自在:"阿菊,就是当大哥的一点儿心意!没什么!"

阿菊:"胡主任,你为什么想要单独请我吃饭?!"

胡一林："你和那几个女孩子不同，你很解人意，也很懂事！"

阿菊："胡主任，我被打被抢，你认为与黄总有没有关系？！"

胡一林："我看没有！那天的事儿出了以后，黄总心里一直很不高兴，他一直在查是怎么回事儿，是不是有人对你动了黑手。他说他要是查清了谁跟你动的手，绝饶不了他们！"

阿菊一听，突然笑了："胡大哥！你编的这套假话骗鬼去吧！"

胡一林一惊："阿菊，你说这话什么意思？！"

阿菊："我怎么挨的打，我心里明白，你心里也明白。这是姓黄的一招。他一会儿跟我来软的，一会儿跟我动硬的，就是为了一件事儿！想把我弄到手！我阿菊是谁？是小青年不假，可我也老社会了！"

胡一林一脸惊慌的神色："你是说抢你打你，是黄总指使的？！"

阿菊悠然地点燃了一支烟："我是他叫你调出去的，我也是他指使人打的，这钱也是他送你，你又送我的！我的胡大哥，你跟我就别再演戏了！"

胡一林对阿菊说："阿菊，你别这么说！既然你管我叫了声胡大哥，大哥就不能把你往火坑里推！你说黄总指使人打了你，我不知道，可这钱确实是我送的，其实男人手里有钱，啥样的女人找不着？可是，人家就看中了你！这些天，他想你都想得快得病了！你信我的话吗？"

阿菊笑着："当然了，我刚才说的只是一种假设！我的胡大哥，我阿菊心眼儿慢点儿，可是不笨！你给我送五百块钱，就是说我被打与你有关，你心里虚得很！"

胡一林："看看，好心是怎么变成驴肝肺的？！就是这么变成驴肝肺的！你胡大哥我对你可是一片冰心在玉壶哇！天在上，地在下，还用我发什么誓吗？你被打的事儿原来不但我不知道，连黄总都不知道！你想，他心里既然那么放不下你，怎么又会指使人打你呢？你阿菊是个聪明人儿，你想想这个理儿？！"

阿菊哼了一声："他姓黄的会不知道？说到大天去我也不会信！今天在家没事儿，这个事儿的前前后后，我可是想了一天了！"

胡一林："阿菊呀，我说你怎么还这么说话呢？！人说话，不怕别的，就怕出口伤人！我敢拿胡大哥的人格担保，这事儿真的没有黄总的事儿！信不信由你！"

阿菊想想，说："胡大哥既是这么说，我阿菊也不能说信，或者不信！可你得让黄总帮我找到那几个打我的人，不然，我不会信你，更不会信黄总！"

胡一林："哎呀，那可能就是几个酒鬼！晚上喝多了！出来闹事儿，城市里的人浩如烟海，打你的人又没个记号，你让黄总上哪儿给你找去？其实，我那天找你出来，也是扯个托儿，是黄总想见你，可又不好意思，只好让我打电话！可事情巧就巧在我找你出来，就这么阴差阳错地出了事儿！"

阿菊："胡大哥，你故事编得不错呀，以前真没发现，你还有编故事的本事呢！"

胡一林："我撒一句谎，天打五雷轰！"

阿菊吐口烟气说："是吗？"

（第八集完）

## 第九集

**1. 公司写字楼楼口**

院内，灯光悠然地亮着。

晓梅一身新装束，焕然一新地从那边走来！

哦，俨然一个很城市化的女孩儿，乡下姑娘的影子，似乎在晓梅身上荡然无存了。

当她走到楼门口时，保安小王从那边儿挺远的地方叫住了她："哎，小姐，我们公司今天放假，你找谁呀？！"

晓梅看见了小王："什么你找谁呀？是我呀！"

小王看了半天，也许灯光不是很亮，他还是没有看出来："你是谁呀？"

晓梅大声地："保安员小王同志！你眼神不好哇，怎么连我都认不出来了？我是晓梅呀！"

小王一惊："啊？你是晓梅？！我怎么看花眼了？你是晓梅？！哎呀！我刚才是真的没看出来是你哎！哎，晓梅，你这一打扮，打扮得好漂亮啊！好像换了个人似的！从那边的绿草坪边儿上走来，像一只好看的蝴蝶飞过来了！我发誓：没人能看出来是你！"

晓梅："嘿嘿！怎么样？人是衣裳马是鞍！咱乡下姑娘，一打扮，虽说没有春宁姐她们漂亮，可也不显得太土了吧？"

小王："你说得对！人是衣裳马是鞍哪，你看看，你这一换这身衣裳，整个人儿都像变了个人儿似的，显得你好看得太多了！打个比方吧，原先你像是朵野菊花，现在呢，像像像那个……像那个家里养的菊花了！哎，晓梅，你的脸儿要是再白点儿，那就更带劲儿了！"

晓梅："脸白不白，关你什么事儿？脸黑点儿，是健康！行了，看够了？！交钱！"

小王："交什么钱哪？"

晓梅："观赏费呀！你是第一个看见我穿新衣裳的人呀！不想交哇？那对不起，我可走了！我这身打扮可不是给你看的！"

小王说笑着："不是给我看的，可我也看了！谁叫你从这门口走来？有能耐你像鸟儿似的从窗子飞进去呀！我也不看了，反正看完了！"

晓梅笑了："嘿嘿，逗你玩呢！"走了！

小王看她的目光有些异样。

**2. 某茶馆包间**

胡一林："阿菊，一个女孩子，你是很讨人喜欢的！你很现实，你不像春宁、夏波那么能装！"

阿菊："她们是装吗？不是！她们都是受过高等教育的人，那是人家的文化层次和我不一样！这么说吧，别看我和她们同居一室，做着一样的工作，可她们和我在社会上不是一个层次上的人！"

胡一林递给了她一支烟，又给阿菊点燃。

阿菊吐着烟圈儿说："春宁和夏波都很幸福，她们都是有男孩儿疼的女孩儿！"

胡一林："不不不！我不这么看，那个耿大民和李小明，两个小白脸子，他们算什么真正男人？哪个真正成熟的女孩儿会喜欢他们？女孩儿二十岁是花季，男人四十岁是花季！四十岁往上的男人才有一种成熟美！这个年龄段的男人，可以说是历尽沧桑，事业有成，感情储备也十分丰厚！要比大民、小明不知成熟多少倍，有男人气得多！女人找男人干什么？享受生活呀！找个男人为了受罪？谁会那么傻？！"

阿菊："如果我再活一回，我可能就那么傻！耿大民和李小明他们俩中的一个爱我，我肯定会真心地爱他！可是今生今世我和他们无缘了！人生没有再活一回的机会！"

胡一林："是，是没有再活一次的机会，可是要珍惜现在活着的机会！"

阿菊："胡主任，你这话是什么意思？我可不敢和你好，你们家那个小辣椒是出了名的！打遍天下无敌手！"

胡一林："你别误会！我不是说我要和你好，而是说你今后要找个成熟一些的好男人！女孩子家嘛，总不能老是一个人过日子，那多寂寞！"

### 3. 公司女宿舍
窗口，晓梅探出头来，和窗下的保安员小王说话："哎，小王！阿菊姐呢？"
小王在楼下听得不是很清："你说啥？"
晓梅一字一顿地："我问你，阿菊姐上哪儿去了？"
小王："啊，你是说阿菊呀！那阵子胡主任又来电话了，找她出去吃饭了！"
晓梅："啊？！这么大的事儿，公司江总知道吗？"
小王："没啥大事儿，天没黑的时候就走了！我看天还大亮的，也就没跟江总他们汇报！"
晓梅："你这傻帽儿！那时天大亮的，现在不天黑了吗？阿菊姐要是再有个一差二错，你吃不了得兜着走！快去报告江总！"
小王："我先给阿菊打个电话，她的手机号我留了，知道她在哪儿，再给江总汇个报吧！"

### 4. 某茶楼包间
胡一林："阿菊，你看黄总那个人怎么样？"
阿菊："不了解！"
胡一林："你不了解黄总，可那黄总可是看上你了！"
阿菊笑笑："人家是老板，我是个打工妹，人家怎么会看上我呢！"
胡一林："不开玩笑，黄总说了，房子、车子、票子，他都给你准备好了，就等你一句话！"
阿菊："什么话？！"
胡一林："可不可以和他认真处处？！"
阿菊吐了口烟说："我阿菊不会爱他那样的男人！其实我心里爱的是什么样人，我心里最清楚！可我心里爱的人，不会爱我阿菊这样的女人了，我也许不再值得好男人爱。可是身为女人，总爱想入非非，还是想着盼着自己的爱情生活也能跟别人一样好！"说着，眼里有了泪！
胡一林："阿菊，你别哭，别老想着那些山重水复没道走的事，也想想可能还有柳暗花明的事嘛！眼前这不摆着一条光溜溜儿的大道吗？"
阿菊仍在哽咽！
包房的里间的隔门吱呀一声开了，黄总居然走了出来："阿菊！听说上回因为我让你到茶楼来吃饭，半道上你还挨了打！让你受委屈了！我黄某人得对你说声对不起！"
阿菊止住眼泪："是你？你怎么会来这儿？"
黄总："我怎么就不能来这儿？！我听说，胡一林先生和阿菊小姐在这儿，就来了！"
阿菊呢，流过泪的脸上，露出一丝冰冷的笑！
胡一林很知趣的样子："黄总，你和阿菊再谈谈！阿菊，胡大哥还有些事，就先走一步了！"
阿菊站起来："胡主任，你不能走！我是你叫出来的，你要走的话，我也走！"
胡一林进退维谷地："这个，我在这儿，你们谈事情怕不方便吧？！"
阿菊："没什么不方便的！有什么不方便的？没有背着你的事儿！你不能走！"
胡一林："黄总，阿菊不放我走，你看？"

黄总："那就坐嘛，干吗非要走呢，大家一起聊聊，挺好的嘛！"
胡一林复又坐下。
阿菊，把脚搭在茶几上，吸着烟。

5. 大街上
车窗外是流动的街灯！
江浙正在开车。
手机响了。
江浙缓缓地把车停在路边，接通电话："对，我是江浙！嗯，阿菊现在和谁在一起？胡和黄，在什么地方？嗯，月湖茶楼大包间！啊，我知道了！"
他合上手机，拧着眉头沉思片刻，马上掉转车头，开走了！

6. 公司女宿舍
春宁和大民走了进来。
晓梅还在试衣裳！
春宁眼睛一亮："哟，晓梅！真漂亮啊！"
大民说："漂亮！"
晓梅笑了："真的呀？大民哥是不轻易夸人的！"
春宁："哎，晓梅，阿菊呢？"
晓梅："保安员小王说阿菊又叫胡一林找出去吃饭了！"
春宁："公司领导知道吗？"
晓梅："我已提醒小王报告江总了！"
春宁："啊，那就好！晚梅，你吃饭了吗？"
晓梅："光顾着试衣服了，没呢！"
春宁从床下拿出方便面说："泡上三大碗，咱们一人一碗！"
晓梅放下衣服："我来，我来！"说着，动手撕方便面盒上的塑料纸："老吃春宁姐的方便面，不好意思！"
春宁："吃个方便面还这么客气，不知你吃得惯不？我和大民都习惯了！"
晓梅："还行！"

7. 常华家楼下
江浙的车停在这儿。
他在车里打电话："小华，请你马上下楼，我在楼下等你！"
听筒里的声音："知道了！"

8. 一家回转寿司店
小明和夏波正坐在一起吃寿司。
小明的身边靠着画板。
夏波："嗯，好吃！我早就想让你请我撮一顿寿司了！这些三文鱼、北极贝、鱿鱼的刺身，蘸着芥末的味道就是别具一格！"
小明笑着说："你呀，就是嘴太馋，凡是好吃的东西你没有不想吃的！穷人长个富身子，老想花钱吃好的！"
夏波："这是啥话？花钱请我吃顿饭，不高兴啊？！"

小明："怎么会不高兴？高兴！不过……"

夏波："不过什么？"

小明："我觉得咱俩没有大民和春宁他们俩会节省着花钱！我看他们每月开了支，也不大把花钱！会细水长流！"

夏波："会啥细水长流哇？春宁姐的钱是没花，可是你以为她省下了？"

小明："那到了哪儿去了？"

看夏波："你真的不知道？"

小明："不知道！"

夏波："每月都寄给大西北山区里的小学校一些钱，助学了！"

小明："是吗？这很值呀，春宁做得很值！"

夏波："值什么呀？自己节衣缩食，闹个肚子亏空，把钱都给那些不认识的孩子邮去了！这不是傻吗？！"

小明："你说这话不对！这些孩子中可能就有未来的大学生和科学家呀！"

夏波："也许有宇宙科学家！可人家谁知道你呀？知道有个叫春宁的打工妹给他们寄过钱？帮助过他们？笑话！我可不那么认为！"

小明："他们可能不知道！帮助过他们的人也可能认为没必要让他们知道！但我认为：这种帮助是必要和高尚的！"

夏波："高尚？高尚值多少钱一斤？现在的人，很看重萨特的存在主义！谁会看重精神？"

小明："萨特的存在主义是西方哲学，并不一定像你想的就那么适合我们中国。"

夏波："自己挣钱自己吃，自己穿，这有错吗？"

小明："没错！可人还是社会的人，我们社会的人际关系，就应该充满着亲切和温暖！在这样的国度里生活，人才不能活得太自私！"

夏波："可咱们周围的年轻人，没有多少人不太自我！"

小明："不像你那么太自我的人不少，只是你缺少发现！"

夏波："我发现谁？发现你？"

小明："我没想到春宁也在捐资助学，这个事儿我也做了，而且是现在正做着的事儿！"

夏波："你？"

小明："是我！"

夏波："我不信，你没说过！"

小明："我没说过，可是我做了！"

夏波："真的？！"

小明："真的！"

夏波："那看来我得对你刮目相看了！"

小明："不用，我还是我！"

夏波用仿佛有些陌生的眼神看着小明："没想到你这个浪漫诗人，也做了这么现实的事！"

小明："浪漫是透着理想主义芬芳的鲜花！现实是这鲜花的土壤！浪漫离不开现实！人，思想里的理想之灯不能泯灭，现实的土壤也不能脱离！夏波，你不能把浪漫看成我性格的全部，我也有另一个层面的东西，正在我性格中生长：脚踏实地！"

夏波："什么时候变成这样的？"

小明："大上周，春宁给了我一份报纸，上面登载了大西北贫困山村孩子们就学难的问题，对我触动很大！"
　　夏波："那份报纸还在吗？"
　　小明："在！"
　　夏波："我也想看看！"
　　小明颔首："这才像我女朋友说的话，我爱听！"

### 9. 车里
　　常华："你要拉我去哪儿？"
　　江浙开着车："到了地方，你自然就知道了！胡一林在家吗？"
　　常华："没有！"
　　江浙："他去了哪儿？"
　　常华："没说，只说有点儿事儿，要出去一下！"
　　江浙："他向你保证说以后不再和姓黄的联系了吗？"
　　常华："他上哪去了我说不准！但我可以肯定地说：他不会和那姓黄的在一起！"
　　江浙："嗯，你肯定？！"
　　常华："肯定！你知道他去了哪儿？"
　　江浙没再吭声。
　　车停在了公司写字楼下。
　　江浙："小华，给你姐打个电话，请她下楼！"
　　常华一脸疑惑地打了电话："姐呀，你下楼，我在楼下等你！"
　　听筒里常秀的声音："嗯，好！"

### 10. 某豪华茶馆包间
　　阿菊一脸复杂的神情在吸着烟。
　　黄总看着她那副拒人千里之外的样子，没有马上敢对她动手动脚，而是显得有些客气地坐在了她的身边，也神态悠然地点燃了一支烟。
　　阿菊神情复杂地望着窗外："风景依旧，人是其人，可却人不同心，曲不同调了！是不是啊，老谋深算的黄总？！"
　　黄总笑笑："哎！话还是不能那么说嘛！风景还是原来的风景，地方还是原来的地方！人呢，也都是原来的人，只是心里有了一点点小小的误会！啊，不要紧，彼此坐在一起说开了就好嘛！"
　　阿菊："什么？误会？你指派人对我大打出手，你以为我不知道吗？考虑我所在公司的业务和你帮我们出钱搞展览的那点儿关系，我没声张！可是，你不要以为我不声张就是没有那回事儿。我就是傻也不至于傻到那个份上！你姓黄的，也不要认为我阿菊软弱可欺。我可要告诉你，我阿菊可是一个可以真正变成老虎的女人！老虎是可以一口一口吃掉你的，而且未必吐骨头！"
　　胡一林向黄丢着眼色，向前推了推果盘！
　　黄总也向前推了推果盘："来，吃一点儿葡萄干儿，这个葡萄干儿里没籽儿，不用往外吐什么！阿菊！我老黄，其实就是这无籽儿的葡萄干儿，可是被人当成了有籽儿的葡萄了！"
　　阿菊紧逼地："你还在骗！我误会你了？那不可能！你说，是不是他姓胡的在中间穿线儿，里勾外连的，他把我以吃饭名义调出来，你安排人对我下的手？！哼，你们两个是一根绳上的两个骗子，这是再清楚不过了！"

黄总:"古往今来，总是有些冤案，怎么形成的？就是这么形成的！你可以问一林！你被打的事和我有关系吗？"
　　胡一林:"冲天说话，没关系！真的没关系！阿菊，你可不能冤枉黄大哥呀！"
　　黄总:"阿菊，没关系归没关系，可话又得分两头说，你阿菊挨了打，遭了抢，不冲我们发发脾气又冲谁发呢？所以，你阿菊怨我也好，骂我也好，甚至打我几巴掌也好，我都认，我都不会怪你！因为你确实挨了打，心里有气！有气你不发出来，要生病的！谁叫我是喜欢你阿菊的男人呢！"
　　阿菊:"你敢说他们打我不是你们的意思？！"
　　黄总:"敢说！真不是我的意思，我真的是不知道这件事，也不知道打你的人是谁？我有什么不敢说的！如果是别人怪我也就罢了，可是怪我的人，是你阿菊，是我心里很在意的人！今天我让胡一林把你请出来吃饭，给你压压惊！这是我的真实意思！也是不想让两个朋友之间存在不该存在的芥蒂！我想阿菊，你是个有血有肉，有情有义的明白人，不会不明白我的这份儿苦心吧？！"
　　阿菊:"可是在时间上说，真是太巧合了，正好下午我们江总带我们去见你，我看你对我一脸不高兴，第二天晚上就发生了事儿！天底下有这么巧合的事儿？！"
　　黄总:"哈哈，我想大概我们也用不着坐在这里解释误会了！有些话越解释越复杂！咱们说点儿别的好不好？！阿菊，你说，你为了把我们公司的钱弄到你们公司去，是不是骗了我呢？"

　　**11. 车上**
　　江浙开着车。
　　常华、常秀都坐在车上。
　　常秀:"这是要到哪儿去？"
　　常华给她丢了个眼色！
　　江浙:"既来之则安之嘛，一会儿到了地方，你们自然会知道是什么地方！"

　　**12. 公司女宿舍**
　　春宁、夏波、晓梅、大民、小明都在这里。
　　春宁:"阿菊怎么吃了豆子，还不知豆腥味儿？她怎么又跟胡一林出去了？"
　　夏波有些惊讶地:"她又跟胡一林出去了？她和姓胡的有什么猫腻儿？走动得这么勤？"
　　春宁:"我看不是她和胡一林有什么猫腻儿，是胡一林对她想整什么猫腻儿！现在看，胡一林那边儿吸引力还挺大，大民、小明，你们说，咱们得怎么帮助帮助阿菊？"
　　小明:"阿菊这个人不像一般女孩子，人生经历比我们复杂，想让她的思想一下子拐到咱们想的正道上来，也难！"
　　春宁拿出那听课证什么的，一边递给晓梅一边说:"我想让她和晓梅一起去读读业大，可她不想去。我想我们是不是有时间都多和她接触接触，多谈谈心，把我们的人生价值观念、道德观念什么的多向她灌输灌输！阿菊不会听我们讲大道理，但她会接受耳濡目染的东西，会接受我们不断通过接触渠道传递给她的各种信息！这些对于她来说都是重要的！凡是不健康的东西，我们想要她不做的，我们首先要做好的典范！对她，我们还是要对她身上积极的东西多竖大拇指！让她得到自尊！自爱！之后才是自省和自立！"
　　小明:"是是是，我们不是开会，其实上这比开会都强，是商量如何帮助教育阿菊的一个会！春宁讲的，我举双手赞成！"

春宁："阿菊和我们是一样的青年人，如果她从我们身边沦落了，那就是我们的耻辱！对吗？"
大民："当然！"
夏波："小明，把那份报纸给我找来，我要看！"
小明起身："好，我这就去给你取，看完了，你还给春宁姐就行！"

### 13. 某茶楼包间
阿菊："周瑜打黄盖，一个愿打一个愿挨，我怎么是骗你呢？"
黄总："你是不是骗了我的感情？你对我是有过感情许诺的！"
阿菊："是吗？忘了！"
黄总笑了："忘了？你不会忘得这么快吧？！我可是一直相信：你阿菊会是我感情世界铁锅里煮熟的鸭子，飞不了！阿菊，你应该相信我，我一定要帮你找找打你的人，你心里这个气，我黄某人会帮你撒出去的！"
阿菊吐了口烟气："你说的这话，可是当真！"
黄总："你可信可不信！但我却是要这样做的！"
阿菊："如果你真帮我找到了打我抢我的人，那我是会认真考虑今后你我的关系的！"
黄总："可是，我尽了心费了力，人还没找到，你也要理解！"
阿菊看着黄总，沉默地想着心事，没有吭声，眼里渐渐有了泪花："他们一伙男人，对我拳打脚踢，我一个小女子，如何抵挡得住他们！我被他们打惨了，晚上躺在床上，一翻身，连骨头带肉一起疼！项链和手表都被他们抢走了！"说着眼泪流了下来！
黄总掏出一块丝绸缎手绢，递给阿菊："啊，就是你上回和我见面戴的那个项链和手表，我知道，那也不是什么好玩意儿！看看，这是什么？"说完，从衣兜里掏出来一条钻石项链和一块金表。
阿菊有些惊讶："给我的？"
黄总："那是当然！来，戴上试试！"
阿菊："不要了吧？我不想无功受禄！"
胡一林："阿菊，什么叫无功受禄？黄总给你，你还不要？黄总的一点儿心意！"
黄总："来来来，戴上！"

### 14. 某茶楼外
江浙的车停在了这里。
江浙边拔车钥匙，边说："下车！都下车！"
常秀没好气地嘟哝着："月湖茶楼，上这儿来干什么？这儿的茶饭我早不想吃了！"
江浙："我带你来这儿，自有来这儿的道理！想请你们看一道风景！"
常秀不解地："看风景？这儿有什么风景？"
江浙："印证我们的第六感觉是否准确的风景！走！"

### 15. 某茶楼包间
阿菊真的戴上了手表，又戴上了项链。
黄张着大嘴笑道："好，漂亮！"说着，在阿菊的脸上亲了一口。
阿菊半推半就地："哎呀，你们男人总是这么心急！"
黄总又假意骂道："你这个胡一林，也真是的，我让你请阿菊出来，你开着方便车，也不说去接接阿菊，反而黑抹糊儿的，让阿菊一个人来！要说有责任，你胡一林是第一责任者！"

胡一林赔笑说："是是是，可以这么说！"

阿菊没再吭声，只是拿眼睛瞟胡一林。

黄总要用手臂去搂阿菊，却又被阿菊推开："人家说了，你要帮人家查打我的人呢！"

黄总："我说了一定查的嘛！"

阿菊和黄总的手，粘在一起了。

黄总淫秽地一笑，摸着阿菊的手说："我就说，小阿菊就是我感情世界铁锅里煮熟的鸭子，飞不了么！"

阿菊勉强笑笑："你才是煮熟的鸭子呢！"

黄总："好好，我是我是！"

### 16. 女宿舍

夏波躺在床头看着报纸。

晓梅往脸上涂着增白粉蜜，边说："春宁姐，读业大的事儿，我跟我二舅说了，他高兴得都乐出声了！说好好好，但是一定不能让春宁替你交钱，我的学费他承担！春宁姐，你替我交的钱，我得给你！"

春宁："说过的话，做过的事，不再提了好不好？"

夏波拍着报纸说："哎呀！中国改革开放二十多年了，我以为中国的农村早就都小康了呢，看来还是有些困难的地方，困难的还挺严重呢！没想到，还有这么困难的地方！"

春宁："看看吧，还有些地方就是这么困难！我们这些城里长大的孩子，都是在爸爸妈妈呵护下长大，无忧无虑惯了，以为生活的阳光到处都是这么美好！晓梅，说起来，你别笑我！拿我来说，我十五岁那年，学校下乡支农，我才第一次看见了长地里的玉米、高粱、水稻！第一次见到可以用井把可以压出水来的水井！看着压出来的水，我非常奇怪：井里的水是从哪儿来的呢？农民叔叔说，水是从地下来的，地下有水！我才知道了水不光是从自来水管里流出来的！"

晓梅忍俊不禁。

春宁："我说的这些都是什么？这就是我们在城里长大的孩子和在乡下长大的孩子差别！我们需要更多地了解社会！"

### 17. 某茶楼包间

敲门声。

服务员推门进来："有客人找你们！"

门口，进来了江浙、常秀和常华！

胡一林首先惊得站了起来！

黄总显得老到地："啊，江总，你怎么来了？坐吧？"

江总："不了！我们到这儿来吃饭，听说黄总在这儿，就过来看看！"

常秀瞪着满是惊讶的眼睛。

阿菊站起来，掐灭手烟说："江总，快要开展览会了，黄总想对他们的展位提出点儿要求，约我和胡主任出来吃点儿茶饭！"

江浙："哦，你们谈，你们谈！"

常华紧盯着胡一林，那是有些充血的眼睛，她突然吼了起来："胡一林，你给我回家去！"
　　胡一林赶紧说："黄总，阿菊，你们谈！我就先走一步了！"说着，赶紧走了出去！
　　江浙："黄总，我也先走一步了！"
　　黄总："慢走！"

### 18．茶楼大厅里

　　常华抓住胡一林的衣领，一个巴掌抡过去！啪！好响的一个耳光！整个大厅的人都在往这边看！
　　胡一林捂着脸，说："有什么事儿回家说不行，干吗在这儿就打人？"
　　常华气得直喘："我就打你，你这个不要脸的东西！"说着，又要撑着胡一林打！
　　胡一林在大厅里闪躲着！
　　常秀拉着架："行了行了！小华！当面教子，背后教夫！这是什么地方？公共场合！算了算了！都回家再说吧！"
　　常华："他真气死我了！"
　　胡一林："姐呀，你可和我一起回家吧，不然今天我就是大难临头了！"
　　常秀看了胡一眼，没吭声，推着常华向外走！
　　胡一林走到江浙跟前："你明知道我在这儿，还拉她们来？这回你看着高兴了？"
　　江浙："我想用纸包住火，所以，火烧了你的手！"
　　胡一林一边向外走，一边自言自语："还是连襟儿呢！这下子可把我给整到坑里去了！"
　　江浙盯着胡一林的背影！

### 19．茶楼外

　　常秀叫了一辆出租车。
　　常华说："告诉他，不许回家！"
　　胡一林站在那里听着，没敢上车。
　　常秀把常华推上了车。
　　出租车在胡的面前开走了！

### 20．茶楼包间里

　　阿菊站起了身："黄总，胡主任走了，我也要走了！今天先到这吧，改天再会！"
　　黄总只好说："也好，改天再会！"
　　阿菊走了出去。
　　黄总却往后一仰，靠在椅子上，点燃了一支烟，狠命地抽着！

### 21．茶楼大厅

　　阿菊看见江浙坐在那里，就走了过来："江总！"
　　江浙："我在这儿等你！"
　　阿菊："我想到了！"
　　江浙："车在门口，上车吧！"

### 22．胡一林家

　　常秀和常华走了进来。

常华一下子躺在床上："姐呀，这个胡一林可真是气死我了，他口口声声说和姓黄的不再来往，睁着眼睛跟我说瞎话，可真是气死我了！"

常秀："我也没想到，他会和他在一起！看来你姐夫说你们家胡一林的话是对的！"

常华："说的就是呀！在车上姐夫还问我胡一林在哪儿呢，我还跟他说，跟谁在一起，也不会跟黄在一起！我的脸，都叫胡一林给我丢尽了！"说着哭了起来。

常秀："事已至此，到什么时候说什么话，就别生这么大气了，看气坏了身子！"

### 23. 茶楼外

江浙和阿菊上了车。

胡一林站在马路边来回踱步。

江浙："阿菊，今天晚上，我请你吃饭！"

阿菊："好啊，江总的饭，我一定要吃！"

车开走了！

胡一林看江浙的车子开走了，忙跫身进了茶楼。

### 24. 茶楼包间里

胡一林哭丧着脸儿走了进来："完了，大哥，我无家可归了！"

（第九集完）

## 第十集

### 1. 某茶楼包间内

黄总的笑里带有一丝轻蔑："就这点儿小风雨，一个大男人，堂堂的胡大主任，就经受不住了？就值得你又返回来，哭丧着脸儿对我说，我无家可归了？！无家可归，那是因为你太熊，是因为你叫那个小辣椒给欺负住了！我就不信，你一个五尺男儿，就那么怕她？！文的不行就武的，你没她胳膊粗力气大？"

胡一林低气地说："不行啊，我们家那娘儿们，是出了名的厉害！小辣椒是什么意思？辣得你受不了！我和她过了这么多年，那是着实厉害呀！她刚才说了不让我回家，原因是她说了不让我接触你，我也下了保证！可又和你在了一起！"

黄总："我和她只有一面相识，她怎么就能对我有这么大的成见？！"

胡一林："黄大哥在社会上是有头有脸儿的人，她常华不会没有耳闻！她不让我和您接触，是怕我与阿菊被打的事情有瓜葛！"

黄总："这个女人，头发长见识短！和我有瓜葛怎么了？别说阿菊被打的事鬼也查不出来是我们干的，就是真的查出来了，你一林老弟想想，有你黄大哥摆不平的事儿吗？"

胡一林："那是那是！我们家那位因为我接触了你，又和阿菊在一起，江浙这个家伙又把常秀、常华全都拉了来，来了个现场大曝光，瓮中捉……那个什么……不对，是捉人，所以我完了！"

黄总笑笑："别一口一个我完了，我无家可归了！一个男人家说出这种话来，很没阳刚之气！你把那小腰板儿给我挺起来！男子汉就该咬钉嚼铁的，做事儿得有钢条！你手里有钥匙，门可以开吧？你就回去了，跟她硬气点儿，看她敢把你怎么的？我不相信她敢把你眼珠子抠出来当泡儿踩？！你和我在一起怎么了？在一起就不行？这个理儿在哪儿写着！我跟你说，有的事，你不能承认！没有的事儿，你更不能承认！"

胡一林："可是我已经向她承认了，阿菊被打与我有关！"

黄总："错就错在这里！你真是个软骨头！所以你才有今天这个下场！"

胡一林："事已至此，大哥，你说我该怎么办吧？"
黄总："怎么办？你自己的事儿你自己没办法，我有什么办法？你自己的梦自己圆吧！"
胡一林："大哥，小弟有今天这么个处境，可都是为了大哥您哪，您不能坐视不管哪！"
黄总："你是为了我吗？为了我啥了？是阿菊到了我的手了，还是我得到你什么好处了？可你呢？你是钱到了手了！你是为了钱！你为我做什么了？话说白了，什么都没做！看在多年老同学的面子上，我不能那么小气，马上跟你翻脸要钱，可是你小子心里得明白，你欠我的！另外，我还得跟你说句牙外边的话，你小子要是跟我玩阴的，和那江浙一起算计我，在我面前演苦肉计，你知道，我黄某人也不是白给的！"
胡一林："哎哟，我现在算知道什么叫猪八戒照镜子，里外不是人了，我胡一林就去当这损角儿！我说什么好呢，人哪，就是不能把心扒给别人看看，要是能，我现在就扒给你看看，对老同学，我可是有颗活蹦乱跳，通红通红的心啊！"
黄总一笑："好了好了，我也是跟你说着玩的，你不要太认真！但是，可但是，那个阿菊的事，还是要继续做下去，不能让下了锅的鸭子又插翅膀飞喽！"
胡一林赔着笑，涎着脸说："我拿了你的钱，就得看你的脸！这事儿我肯定是得帮着办，可是，能不能把阿菊弄到手，还得靠您黄总的本事大小，您也不能把这事儿都推到我身上！"
黄总："那是当然，我明白我该做什么，也知道你是否尽了心，不过你小子是条鲇鱼，一抓一滑，我知道你的底细！可你知道我怎么对你吗？我不会用手抓你，我是要用一个钩子，金钩子！钩住你的腮帮子，钩住你的魂儿！知道吧？"
胡一林："老同学就是没你阔绰，我手头紧，不然你说我咋会帮你干这个，好像有点儿给你拉皮条的味道。"
黄总："你这话说得可不对！我黄某是单身男人一个，我找她阿菊不是为了嫖，而是谈朋友，知道吗？！"
胡一林："可你那朋友谈得太多了，哪个女人不是玩几天就甩？你说这话我信不实！"
黄总："男人，就是像个男人样儿地活着！我黄某不会像你似的弄个小辣椒管着！"
胡一林："现在说这都没用了，这不都是船到江心补漏迟了吗？"
黄总看看胡一林："你呀，就是活得窝囊！"

### 2. 另一处茶楼内

江浙和阿菊喝着茶说着话。
江浙："阿菊，你不是一个很复杂的人，社会联系面也不宽。这场有预谋的打人事件，是谁干的，我想你心里一定知道个八九不离十，如果你认为是与姓黄的他们有关，你又和他们搅在一起，是什么意思？"
阿菊："不入虎穴，焉得虎子！"
江浙："你可要闪开点儿身子，那个黄是个有很深社会背景的人！"
阿菊："我不怕！这个事我是非得弄个水落石出不可！"
江浙："可你在弄清的过程中，不要一失足成千古恨！"
阿菊："不会的，江总，你可以放心，不会的，我阿菊会把握这个分寸！"
江浙："公司该说的话都跟你说了，怎么做就凭你自己了！公司不希望看到在你的身上再有不好的事情发生！好不好呢？！"

阿菊："我是一个疾恶如仇的女人，我的养父被我送进了监狱！也是个知恩必报的女人，养父也对我有过一些恩情，毕竟把我带到这么大，我挣的钱，也给他往监狱里送过！你看，人，有时心态就是这么矛盾！这次我被打，公司里有人提出要炒我，我知道！可公司不但没炒我，还关心我，我心里明白！公司对我的这份恩情，我阿菊不会忘，也会想办法报答！"

江浙："你说错了，阿菊，你是公司的员工，为公司做了工作，公司关心你爱护你都是应该的！来！"说着也举起了茶杯。

3. 公司女宿舍

夏波躺在床上，手里仍拿着那份报纸，把报纸递给春宁说："春宁姐，给！"

春宁接过来，放在床头。

夏波伸了个懒腰说："这张报纸里讲的事儿是真的，我信了！可是我对你们寄钱的做法是否合适，仍持疑问！画个大问号！"

春宁："这是一种自愿行为，没有人要求每个人都这样做！"

夏波："你们寄给他们的钱，是你们自己挣的钱，自己挣的钱自己花，这是很正常的！为什么要寄给他们，他们可以不劳而获？"

春宁笑了："我再说一遍，这是一种自愿的行为，是我们自发地对贫困地区人民的捐助！是位卑未敢忘忧国！他们得到我们的捐助，不是不劳而获，而是接受了来自这个社会的一份温暖，一份真情，一种精神！"

夏波："春宁姐，我不反对也无权反对你们对贫困地区学生的资助！你们资助也许是高尚的，可是我不想资助。自食其力，我理解也同样是高尚的，因为我虽然没帮别人，可我也没用别人资助我！"

春宁："夏波，你这种说法，也不算有什么错！可是你平时花钱太随意，手脚太大，也得注意点儿！钱，是挣来的，不是大风刮来的！要珍惜着花，没错吧？"

夏波："挣钱不花留着干啥？你不花我不花，那商品经济的流通环节怎么进行？我们学的政治经济学，商品经济主要靠消费者的消费来拉动！消费了，就是促进了生产、流通、再生产、再流通的良性循环链儿！你不是链式反应吗？这也是链式反应，消费了，其实也是贡献了！最起码对国家经济发展做贡献了！"

春宁："就你自己消费是消费，勤俭一些，给爸妈消费或给贫困地区的学生消费就不是消费？把钱存银行里，国家利用这笔钱聚沙成塔，聚滴成海可以做许多大事，这都不好，就自己花光了好？浪费是消费吗？什么理论？！"

夏波："一个人有一个人的生活方式，从小到大，我就是这么过来的！我看中了市场上的什么东西，买不到手，就心难受！比如看中一双鞋，买来我可能不穿或穿不了几回，可我不能不买！我不想干涉你们，你们也别影响我。我不会像你们那样自己过清贫日子，把钱寄给别人，我没那么高尚的情操！我只想自己过自己的安定的日子！舒舒服服地就得！"

春宁笑了："夏波，你也是读过大学的人，你是知道的，人对人的影响是不可抗拒的！"

夏波："我只想活成很自我的那种！这是我的天然生态！"

春宁："对，是天然生态！我们这个社会一些独生子女的典型思维方式和生活方式！"

夏波："错了吗？我不觉得！"

春宁笑笑："你要觉得，你就不会错了！"

### 4. 街头

胡一林踟蹰街头。

他紧蹙的眉头和散乱的步子。

他吸着烟。

烟雾,像他挥之不去的纷乱的思绪!

### 5. 胡一林家

常秀在劝常华:"小华!你跟姐说实话,胡一林与阿菊被打的事儿到底有没有关系?!"

常华哭泣着说:"姐呀,别说了,啥也别说了!有没有关系,傻人也能看出来!事到如今,我不能不对姐你说实话了,我们家那胡一林是拿了人家姓黄的钱,把阿菊给叫出去的,阿菊才被打被抢的!"

常秀一惊:"啊?真有这事儿呀?论说你们家一林也不至于因为点儿钱,就做这种事儿呀?"

常华:"你是不知道哇,他见了钱,就像苍蝇见了血,比啥都亲!要不,我姐夫从阿菊出了事后就一直盯上他了?我姐夫看他其实没有看错!"

常秀:"这么说,为了胡一林,我对你姐夫那么要态度,也都是错了?!"

常华:"良心话,是错了,可你不都是为了你这个妹妹么!"

常秀若有所思:"想不到,我真没想到,一林会干这种事儿!"

常华:"为了那几个臭钱,啥是多?才五千块!值吗?太不值了!违法呀!"

常秀:"我看不在钱多钱少,是这种事压根儿就不能干!一林干这事儿,是跟着法律在玩猫捉老鼠的游戏!高压线上走钢丝!危险得很!"

常华:"谁说不是?我上火着急发脾气,不都因为这个吗?!"

常秀:"我看,这事儿先别当你姐夫说了,说了,就是火上浇油,不但你脸没地方放,这几天因为偏向你们,我跟他又是雷又是闪的,说出来,我的脸也没地方放!"

常华:"姐,脸不脸的我都没多寻思,我是想,我姐夫要是真知道了,那都能领着阿菊上法院去告他们,姓黄的怎样咱不管,一林可就得牵连进去,整不好一林就得进去!那你这个妹妹在公司里可就真的干不了啦!"

常秀:"至少暂时是不能说,走一步看一步吧,到什么山就唱什么歌吧!一林呢,你不能让他流浪在外吧?一散,他就真给你成了散仙了!他要是和那姓黄的老搞到一起,也是个麻烦事儿!"

常华:"姐,你别以为他真能跟姓黄的搞到一起去!那姓黄的在骨子里根本看不起他,只是利用他!像驴呀马呀牛呀似的使唤他!"

常秀:"叫他回来吧,天可不早了!"

常华擦拭着泪水说:"姐呀,今天我就是看你这个面子,不给谁面子,也得给姐你这个面子!"

常秀:"回来了,你就别和他打了,三更半夜的叫邻居笑话!"

常华:"姐,一会儿你就回吧!我家里这出戏,我们自己唱!"

常秀:"我给一林打个电话就走!"说着就摸电话。

### 6. 某饭店

江浙对阿菊说:"一个女孩子家,还是要自尊自爱!守身如玉!"

阿菊笑着说："你是块玉，你守身如玉！你要不是块玉呢？守什么呢？是泥是土也值得守吗？"

江浙："阿菊，你的事我多少知道一些，残破的玉，就不是玉了吗？是石头？！我看，残破的玉也是玉，而且是更该守好、不让它再残破的玉！人的操守，其实有物质的也有精神的，精神的纯洁是人最无瑕的玉！这块玉，应该在你的心里、血管里和骨肉里！"

阿菊："哈哈！江总！你说得对不对？可能都对，可是我真的有些听不懂。你说得太深了，我文化水平浅，你不是不知道，你不能怪我！你有点对牛弹琴了！你说的我真的是听不大懂，只明白个基本意思！我这个人，在情商方面开化早，可在智商方面是头笨牛！一头大笨牛！"

江浙："明白个基本意思就好！阿菊，我听说晓梅都报名读业大了，你为什么不去？"

阿菊："你看我这样的一头笨牛，还用得着去学知识吗？论长相我不照别人差，论公关我也有自己的一套，我敢说，我不用学什么，早睡点儿，晚起点儿，完成公司交给的任务，也比别人轻松加愉快！"

江浙："人无远虑必有近忧，我看你是人无近虑必有远忧！现在你靠着自己年轻，吃几年青春饭可以，可是你能老年轻吗？青春的花凋谢了呢？人老珠黄了呢？你靠什么实现自己的社会价值？我看你得靠知识，靠能力！人的魅力之花，只有栽种在智慧的土壤上，才可能开得久长！你，应该给自己找一块学知识的地方！"

阿菊："有首歌唱得好，有花堪折直须折，莫待无花空折枝！青春的花我阿菊还是要折的！"

江浙："可以折！但折得要值得，折得要艺术，花期本来可以延长，不能折了青春的花，就过了青春期，就都是枯枯的树枝了，再无花可折了！那是人生的悲剧，我不希望我们公司的阿菊，会是那样的悲剧中人！"

阿菊："我又有些听不懂了，我的文化浅，抱歉！"

### 7. 胡一林家

常秀已经走了。

常华躺在床上生气。

胡一林蹑手蹑脚地开了门，向里望望，悄悄地走了进来！

常华听见他走了进来，躺在那里没吭声！

胡一林没敢开灯，悄悄地躺在了沙发上，闭上了眼睛，假寐。

灯，突然亮了。

常华站在沙发头上，吼道："胡一林！你给我起来！"

胡一林揉揉眼睛："干啥？"

常华："你回了家，眯到这儿就算完了？"

胡一林眯着眼睛："我有点儿乏了，累了，困了，想睡会儿！"

常华："你乏了累了困了？！你把眼睛给我睁开，站起来！"

胡不很情愿地："我站不起来了！"

常华："好你个胡一林，你跟我要上赖皮了！"她扯起胡一林的耳朵："起来！你给我起来！"

胡一林疼得直咧嘴："哎哟，一会儿把耳朵给拧掉了，我起来还不行吗？"他站了起来。

常华："我问你，为啥跟我撒谎？"

胡一林："人家知道错了！"

常华："错了？尿壶镶个金边儿，你就是嘴儿好！上回你也认了错，可你背着我又出去和那姓黄的鬼混！你还有个脸！我没法相信你的话！"

胡一林："人家是错了，一千一万个都错了！"

常华："你错了！你叫人家姐夫给你堵了个正着！你不承认错能行吗？！不但你的工作保不了啦，你叫我在姐夫面前怎么做人？你叫我姐在我姐夫面前怎么做人？这事儿要在公司传开了，我和姐今后在公司的工作还怎么干？你说，今天这事儿怎么办？"

胡一林："你说吧！"

常华："你自己犯的错，你知道轻重，你说怎么办？"

胡一林："罚吧！"

常华："怎么罚？"

胡一林："你说吧！"

常华："怎么罚能真正有记性？！"

胡一林："随你！"

常华："问你呢！"

胡一林："据我所知，最残酷的处罚，莫过于坐老虎凳和钉竹签子了，我想你还不至于对我那样吧？！"

常华："那你说怎么办？"

胡一林："简便易行，不用什么工具最好。"

常华："那你就自己打自己耳光！打到天亮！"

胡一林："我抗议，这太虐待了吧！家庭暴力！"

常华："这叫教育你！你自己说打到什么时候？"

胡一林："打到你困了的时候！行吧！"

常华："行！你打吧，我告诉你，你打到明天中午，我也不会困！"

胡一林："那我可就惨了！"

常华："打！"

胡一林："我打！"说着，打起了自己的耳光！

常华："使点儿劲儿打！"

胡一林哭丧着脸儿说："敢情你不疼了！真是看热闹的不怕乱子大呀！这么大劲儿，就不小了！"

常华："打，少废话！"

胡一林只好打了起来。

常华一副愠怒的神色！

**8. 公司总经理办公室**

江浙走了进来。

常秀走了出来，给江浙倒了一杯水。

江浙："哎，太阳怎么从西边出来了？你可是给我下过通牒的呀！冷战结束了？！"

常秀用梳子梳着头："今天的事儿我也看到了，我在想，在这件事上，可能是我错了！"

江浙："哦，好好好，结婚这么多年，我第一次听到你说：可能是自己错了！进步，一个大进步！"

常秀："以前，我没什么错，所以也没认过错！要是真有错，我常秀从不胡搅蛮缠，我服从道理！"

江浙："好，居家过日子，家里是要有个和谐的气氛！不要老发生战争，热战、冷战，接连不断，占去男人女人的很多精力，内耗太大，自相残杀，没有意义！影响工作，冲淡感情，很不值得！好在我们结婚以来很少吵架，这次也是个例外！公司的事和家里的事没分开嘛！好，事情过去了，烟消云散！"

常秀："江浙，你也别把事情想得那么简单！胡一林不来公司上班，我没意见，可是阿菊一定要留在公司里吗？"

江浙："我早说过，炒人家的理由不充分！"

常秀："这个小妖精，是个惹祸精！不少事情都是由她引起，古话说，风起于青萍之末！我看风没来之前，莫不如先把草割了！风头来了，咱这儿没草了，风儿在我们这儿起不了！它乐意从哪儿起就哪儿起，和我们无关了！"

江浙："有的人吃饭噎住了，大家就都不吃饭？！我不能因噎废食！何况，出的一些事，并不是阿菊的错！我觉得阿菊，是可以教育好的年轻人，这是一棵小树，我们得勤修枝打杈，还要多给她一些阳光和雨水！"

常秀："她在公司里已经够灿烂的了！你还要给她阳光？她在社会上已经够滋润的了，你还要给她雨水？江浙，我可跟你说下，你不听我的话，有一天，她要惹出大乱子来，可能有你后悔那天儿！"

江浙："她能惹出什么大乱子？"

常秀："那个姓黄的和她还有来往！姓黄的是什么人你知道！那是个什么事儿都可以做出来的人！我想你知道！"

江浙："邪不压正！我不会怕那个姓黄的！哎，今天晚上还让我睡沙发么，睡得腰疼！"

常秀："你乐意睡哪儿就睡哪儿，在这个家，谁管得了你的事儿？！"她借这样一句话，给双方都下个台阶，一转身，进屋了。

江浙呢，淡淡一笑。

### 9. 公司男宿舍

灯光下。

大民一边画着春宁的肖像，一边对小明说："诗人！看来夏波的工作，你还得做，别老带着她出去吃啊喝啊，让她少花点儿钱，消费是有必要的消费，不是浪费！年轻人要学会生活，应该懂得这些！"

小明："大民，在咱们公司的年轻人里边什么人的工作最难做？有人肯定说是阿菊！其实不然！阿菊是一个另类型的青年，什么事儿都能表现在面上！你抓得见看得着！其实，工作最难做的是夏波！夏波这种女孩儿，在社会上是一种普遍性的人！从小娇生惯养的，以我为中心惯了，还有文化程度，做事自省得很，孰对孰错，心里明白着呢，可是错了，也不想用行动来改正，就是不自立！她们还非常自信，认为自己没有不能干的事，眼高手低，评说别人头头是道，对待自己马马虎虎！自信又不想自强！麻烦就出在这个地方！她们不显山不露水儿，你不好抓她的心理！是最容易被忽视的缺少社会教育的群体！夏波她看不懂自己现在的弱点，就像我以前看不懂自己的不切实际的浪漫一样！"

大民："是，你说的是！对夏波，只有你最亲近，你得慢慢帮她，使她也成熟起来！"

小明："啊！任务艰巨！路漫漫其修远兮，吾将上下而求索！"

### 10. 胡一林家

　　胡一林打着自己耳光："媳妇，杀人不过头点地，现在北京时间已经是午夜一点，差不多了吧，手都打麻了，脸也打木了，我也憋不住尿了！再打下去，可就尿在裤兜子里了！"

　　常华："我告诉你，你打到天亮，我也不解气！"

　　胡一林："那我给你跪下磕两个怎么样？"

　　常华："你说，你今后怎么办？！"

　　胡一林："改好！一定改好！"

　　常华："你是说话呢，还是放屁呢？"

　　胡一林："说话，是说话！我的好媳妇，你可饶了我吧，老这么打下去。楼上楼下的听见咱家里不消停也不好，知道的，说你有正事儿，在管教丈夫，不知道的寻思这是干啥呢？半夜三更的，是学打乒乓球，还是练呱哒板儿呢呀？！"

　　常华："行了，你别说了！打今儿个起，你睡沙发呀！明儿个开始在家洗衣服做饭拖地买菜，没工作了么，做个家庭妇男！"

　　胡一林："一定，一定做好！让上趟卫生间吧？哎呀，可憋坏了！"说着，走开了！

### 11. 女宿舍

　　早晨。

　　晓梅和春宁、夏波都起来了，只有阿菊还在赖床。

　　晓梅拿着镜子照着脸，问夏波："夏波姐，你说怎么才能快点儿把脸儿弄白，能不能帮我出个主意！我是真的没少抹增白粉蜜！晚上有时候都糊到脸上不洗，可是这脸也没见怎么白呀？！"

　　夏波："嗯，那你也不能一口吃个胖子，那也得慢慢来！"

　　晓梅："春宁姐，你往脸上抹的那个，给我看看，我明天好去买！"

　　春宁递给她。

　　晓梅把一瓶护肤霜拿在手里，看着，说："这个牌子的，我昨儿在商场见了，春宁姐，这玩意儿怎么用啊？"

　　春宁："一般的雪花膏，搽上就行了！"

　　晓梅："我也搽点儿试试！"说完，对着镜子，开始把护肤霜往脸上搽！一点儿，两点儿，三点儿，镜子里的晓梅有点儿面目皆非了。晓梅觉得自己有些好笑，就冲着镜子乐了！

　　春宁过来说："晓梅，别搽得太厚，涂上点儿就行了！皮肤白，是一种美，黑点儿，也是一种美！不一定白就是好！"

　　晓梅："可是我还是想白一些！"

　　春宁："为什么？"

　　晓梅："总觉得白，显得人高贵！"

　　春宁："这个晓梅，一肚子歪论！人高不高贵，不在黑白上，在于你的素质上！"

　　晓梅："春宁姐，照你这么说，我上了业大以后提高了素质，就不用再抹增白粉蜜了？就美了？！"

　　春宁："两码事儿，你提高了素质，人一定更美！你抹不抹增白粉蜜，你也更美了！"

　　晓梅："真的呀！那看来这个业大非得读好它不可呢！"

　　春宁笑了，此意并非全都彼意地说："是，为了人更美，这个业大值得好好读！"

夏波："春宁姐，你注意没有？咱们这屋四个女孩，名字叫得都挺有意思！你是春宁的春！我是夏波的夏，阿菊不犯秋字，可菊花是秋天的仙子，晓梅也不犯冬，可梅花香自苦寒来，还是和冬天有关！你们看，春夏秋冬咱们都占了，正好是一年四季！你们说怎么能巧到这个份儿上！原来晓梅没来的时候，我就想春夏加个阿菊，就差个冬天里的花了，没承想就来了个冬天里的花，晓梅！"

晓梅："夏波姐，经你一说，还真是这么回事儿，真是哎！真是巧了！"

夏波："巧事多了，那屋呢？有个大民，就有个小明！可是，男宿舍还空着两张床，要是再来两个叫什么多的，什么少的，就成了大小多少了！"

春宁故意拿话逗她们："这四个女孩里呢！谁占的季节最好哇？夏波！女孩子就是花，夏天里的花是最繁盛的！阿菊占得也不错，秋天，收获的季节，堂皇大菊悠然开放！晓梅呢，别看占的天时是冬天，可冬天里的梅花，领新标异，寒香透骨！"

夏波："春宁姐，你也别光说我们，你占的是春时，春天的花，是从严冬的土地上走过来的花，跟春光一样，很美好的！"

春宁："春天里的花好不好？也好，可根子是苦的！经历的辛苦太多！从冬天走过来，很不容易！"

### 12. 公司宿舍走廊和洗漱间

大民和小明正在洗漱间洗漱。

春宁刚端着洗脸盆儿进到洗漱间来。

保安员小王就跑了过来："春宁姐，一位叫海涛的人请你接电话！"

春宁放下脸盆儿，向楼道的那端快步走去！

走廊那头传来春宁的声音："喂，海涛总经理，是我！"

洗漱间里，小明"嘘"了一声。

大民把水龙头也关掉了，洗漱间里只有走廊春宁的声音！

春宁："嗯，嗯，嗯，那好，好好好！我撂了！"

小明："大民，姓海的就是那天在月湖边上和春宁握手的那位！得，属蚊子的，叮上了！电话打这儿来了！有一首诗说得好：女人的心啊，就是天上的云，来一阵风，就会……呼的一下……"突然不说了。

大民一边刷牙，一边拐了小明一腿："净瞎咧咧！"

春宁进来，看见大民在刷牙，拿过大民的毛巾："你看你邋遢的，这毛巾得一天洗一次，要不全是一股汗酸味儿！"说着，就给大民洗起了毛巾。

大民："刚才的电话怎么这么早就打来了？"

春宁："一家公司的海总，就是上次在月湖公园碰的那位，让我们上午去签协议！"

大民："哦，这个总经理挺有意思，签协议，一般要你们找他们，可这个人却主动来找你们！"

春宁："懂做生意的人，都会这样做！展览会是啥？是对自己的产品进行包装宣传，扩大产品和企业的知名度的机会，海涛是从海外归来的人，懂生意经！"

大民看看春宁，接过她洗好的毛巾，往肩上一搭，哼着小曲儿走了。

小明："春宁，姓海的那小子，是不是看上你？"

春宁顿了一下脸盆："往那边去，别崩你身上水！乱说！"

小明："春宁，今天我可能是乱说，明天是不是可能就会变成小说呀？！"

春宁严峻地看着小明："还变成诗呢！那是你！"

小明笑笑："不变好，我不希望你变！"说完，走了。

### 13. 总经理办公室

常秀坐在一边。

常华在和江浙谈话："姐夫！我们是本公司的职工，又都是部门主任，胡一林做了不应该做的事，公司炒了他，应该！我认了！昨天的事儿使我像从梦里醒来一样，你不领我和我姐去那里，我永远被他胡一林蒙在鼓里！原来我和我姐都说了不少向着胡一林的话，我是我姐的亲妹，胡一林是我男人，这都是最近的亲属了，有了事儿不向着点儿可能吗？我想姐夫你能理解！不知者不为怪，姐夫你大人大量，也就别跟我们计较了！我有错！"

江浙："胡一林这样的人，公司是坚决不能用了，可是咱们作为亲属，还可以来回走动！但是我不希望他和姓黄的来往密切！你得管住他，不能让他马放南山，散仙一个！我们不希望有些违法的事儿将来涉及他！他在这儿下了岗，作为姐姐、姐夫，不能看着你们家有什么困难不管，必要时该接济你们，我们不会袖手旁观！你呢，该工作工作，正常上班！好吧？！你姐的事儿对和错，就不用你说了！我们两个人的事，已经解决完了！"

常华："姐！那我和我姐夫就说到这儿了，我走了！"

常秀："你走吧，业务部的工作，你还得好好抓！离展览会正式召开的日子越来越近了！"

常华"嗯"了一声出去了！

常秀叹了口气："谁能想到胡一林当面一套、背后一套，是这么一个人呢？！真愁人！"

### 14. 胡一林家

胡一林一边擦地，一边自言自语地骂道："他妈的！这哪是媳妇哇？简直一个母老虎哇！"他摸摸脸，自我劝慰道："一林，不疼啊，权当是给自己按摩了啊！"

他的拖布碰倒了一个洋娃娃！

他使劲儿地用拖布捅翻那个布娃娃："好哇！你个常华的小帮凶！我拖地你也敢来捣乱！告诉你，在这个家里，我是二把手你是三把手！怎么你不服？看我怎么治你！"他抡起布娃娃就往地上摔，一边摔一边吼："他妈的，看老子不行，你也来欺负我，我打死你我！"

布娃娃被摔在那里。

胡一林发泄够了，拄着拖布哭了起来："她招我惹我啥了？我一个大活人，跟一个布娃娃较什么劲儿呢？我活得还有什么劲儿呢！"

### 15. 公司女宿舍

阿菊枕边的手机响了！

阿菊接电话："喂，我是阿菊！嗯，黄总，我还没起来呢！嗯，等一会儿我给你打电话吧！好吧？！"

（第十集完）

第十一集

### 1. 公司写字楼门口

春宁、夏波、晓梅、大民和小明一起往小区外走。

夏波和小明走在一起，对小明说："今天晚上，咱们出去呀？"

小明："去哪儿？"
夏波："吃完饭了去蹦迪！"
小明："公司布展从今天开始，工作会很累！迪是肯定蹦不了啦！"
夏波："那去网吧？"
小明："上网聊天？我没那闲心，现在正事还忙不过来呢！"
夏波："要不去酒吧，我请你喝酒！"
小明："又要你破费，算了，在宿舍看看书，画画什么的，比什么都好！"
夏波斜了小明一眼，一脸不高兴，快步向前走了，不再理小明。
小明看着夏波的背影，向前追了几步，可夏波却走得更快了。
小明的步子只好缓下来，他的眼神里充满了一种忧虑！

2. 公司业务部办公区
常华很不高兴地坐在那里。
她拨通了家里的电话，声音严厉，但并不很大："喂，你听着，在家里老老实实地给我待着，不许出去！"
话筒里胡的声音："那，我一会儿还得出去买点儿菜不是？！"
常华："菜不用你买！中午我回去就买了！"
胡一林："犯人还有个放风的时间吧？！你也不能太限制我那人身自由了吧？！"
常华："对你这号人就得这么个治法！要想不受限制，你就离开这个家！"说完，放下电话！

3. 公司女宿舍
窗台上，四盆花儿在阳光下，显得明丽多姿！
阿菊正拿吹风机吹头发！
手机又响了起来！
她关掉吹风机，接通了手机："嗯，正吹头发呢！嗯，茶楼行，金山大厦我不去！为什么？不为什么？有事还是到茶楼谈吧？你说呢？黄总！那就还是到茶楼吧！"
有人敲门。
阿菊一开门："哟！是你！"
来的人，是保安员小王。
小王拎着一袋水果："阿菊，我看见他们都出去了，特意给你买了水果送来！不然让他们看见怪不好意思的！"
阿菊："小王，我说过了，你别再对我动心思了，没用！"
小王笑了："只要你吃了，乐意吃，我就高兴！"
阿菊："小王，我知道你的工资不高，你买这么多水果干啥？"
小王："这话怎么说呢？！我知道我配不上你，你长得漂亮，心肯定高到天上去了！可是我就是心里老想着你，一见到你就高兴！就这！说是要和你怎么样，也不是，就是乐意让你高兴！"
阿菊笑笑说："啊，乐意让我高兴好！生活总是乐比悲好！小王，我阿菊哪点真的那么招你喜欢？！"
小王："你有别人身上没有那种妩媚呀悲凉呀的一些东西！反正我也说不好！反正就是喜欢！哪儿都喜欢！"
阿菊："小王，你把那水果拎回去吧！"

小王："为啥？！"
　　阿菊："你买的那水果，我都不爱吃！"
　　小王有点儿急了，额头有汗珠子渗透出来："那可不行！这水果我说啥也不能拎回去，就是放你这儿烂了，我也认，这是我的一点儿心意呀！"
　　阿菊叹了一口气，说："你呀，不会看人！"
　　小王有些拘谨地："阿菊，我走了！"说着，退了出去。
　　阿菊呢，却叫他道："你回来！"
　　他站在门外，抹了把额头的汗："阿菊，你有事？！"
　　阿菊："我告诉你，有一个人你可以追，而且有很大的可能追成！"
　　小王："你说的是谁？"
　　阿菊："晓梅！"
　　小王："晓梅我也想过，原来还有点儿瞧不起她，觉得她是一个乡下姑娘，可是昨天听说她要去读业大了，此一时非彼一时，人家成了一个大学生，身价高了，那人家还能看上我一个保安员吗？"
　　阿菊："我看有可能！你要是真能相中她，有时间我给你敲敲边鼓！"
　　小王："阿菊，你看我和她行吗？"
　　阿菊："差不多！"

### 4．胡一林家
　　胡的手机响起，他接通了说："喂，啊，是我！是我！哎呀，惨遭小辣椒的折磨呀，总算熬过来了！现在已彻底地沦为家庭妇男！不行啊，出不去！这娘儿们时不时地就来个电话，又查岗又查哨的，我是哪儿也去不了啦！黄大哥！兄弟的工作，你还得帮着想想法子！好不好？老弟就这个事儿求你了，老同学嘛，不然我这么下去，不叫小辣椒管死，也得憋屈死！好好，那就谢了！"放下电话，他又骂道："他妈的，这个姓黄的，还老同学呢！也真是二分钱买个小猪羔，贵贱不说，他真不是个东西！把我坑到现在，他就想甩手不管了！哼，他也想得太讨巧了！我胡一林傻也傻不到那份上！还跑了他个姓黄的了？！黏黏糊糊我也得黏上他！"

### 5．街头
　　春宁、夏波、晓梅擎着花雨伞，像三朵美丽的花！
　　她们在街道旁的人行路上走着。
　　夏波的心情不是很好！
　　晓梅往前一指："哎，你们看，几天没见，这儿又起来一幢高楼！"
　　春宁："晓梅，你现在可像个地道的城市人儿了，连哪儿有点儿变化都看得出来了！"
　　晓梅笑笑说："城市人儿？我可不敢当！你们觉得我是，可我自己觉得还差不少呢！穿的衣裳是变了，可脸色还是没变过来呢！"
　　春宁："还在说脸的事儿呀！看来这脸黑脸白成了你一块心病了！晓梅，我说了几次了，我再说最后一次：你别老把这事儿当成一回事儿！"
　　晓梅："春宁姐，其实我是最信你的话的！可是你想啊，那次咱们一起去那公司，那个保安那么拦住我，不让我进，不就是看着我脸黑吗？还看着我的脸嘿嘿笑，说什么太阳离我比你们近，谁的心里受得了哇？我是从乡下来的不假，可我也有自尊心哪！"
　　春宁："晓梅，注意力转移一下，别老记着这件事儿就好了！哎，今晚业大开课了吧？！"
　　晓梅："嗯！"
　　春宁："好好学吧！"
　　晓梅："那是一定！"
　　春宁对在夏波："哎，你怎么不高兴？"
　　夏波掩饰地："没有哇！"
　　春宁："还没有呢，脸快拉得有二里地长了！是不是和小明生气了？"
　　夏波掩饰道："啊，没事儿！"

### 6. 布展现场
　　现场人员进料，显得十分繁忙。
　　小明一屁股坐在料堆上："哎呀，可累死了，喘口气！"
　　大民也坐在了那里。
　　小明递给大民一瓶矿泉水："来，莲花山瀑布的矿泉水，有点儿甜丝丝的！"
　　大民接过来，喝了一口："今天料差不多进全了，明天就得全面开工了！那时候，工人24小时倒班儿，咱们两个设计师也就别想消停了！"
　　小明："工作累点儿倒不怕，我这个人怕的就是心累！"
　　大民："怎么了？啊，你是说你和夏波的事儿？"
　　小明："夏波又找我今晚去蹦迪斯科，我说没意思！她又说那就去网吧，我也说没意思！她又想找我去酒吧！我是怕浪费时间又花钱，就说不想去！夏波就跟我不高兴了！"
　　大民："过去你顺着她顺惯了，一下子不想顺着她，她就不高兴，这很自然！"
　　小明："嗨！好端端的天空，突然出现了一片乌云！那乌云借风儿飘了过来，天空居然起了雷声！哦，暴风雨啊，来得更猛烈些吧！"
　　大民："你是海燕！是吗？我的小明诗人？！"
　　小明："啊，左右不平衡的载物，是骆驼的痛苦，可能生变的爱情，是精神的痛苦！我的大民哥正与春宁在热恋之中，却从那大海上空云彩的缝隙中奔过来一个白马王子，海涛！海面起伏的海涛啊！天上掉下来的海总经理！"
　　大民笑了："是你的，别人夺不走，不是你的，想要要不来！来，起来，干活儿！"
　　小明："行，心大！嗨，这哥俩儿都有难心事儿！"
　　大民："你有我没有！好事儿怎么不带上我？

### 7. 海涛总经理办公室
　　春宁、夏波、晓梅走了进来。
　　一位年轻漂亮的小姐，正在那里等待她们："哦，是江浙展览公司春宁小姐吧？我们海总出去开会了，他把事情交代给我了，我是她的秘书，协议书他已经签完了，你们把这个拿回公司，你们老总签了字，盖完章，或者你们拿回来，或者我们去取，之后，我们这边就可以把钱马上打过去了！"
　　夏波看着那位女秘书，有点儿被她的漂亮征服了，目不转睛地看着她。
　　春宁看了一眼那位女秘书说："那好！"

### 8. 大街上
　　春宁和夏波、晓梅擎着花伞走在大街上。
　　夏波："春宁姐，你看人家海涛总经理办事就是有股痛快劲儿！也真是干净利落，你

· 99 ·

看，协议说签就签了！也没用咱们左一趟啊右一趟地疯跑，人家开会，约好的事儿交给秘书办了！人家是把这个事儿当成了自己的事儿！还没什么架子，说话也好听，一看就是个干事业的人！我就喜欢这样的男人！"

春宁："怎的？你看中人家了？！你这家伙是这山望着那山高，得陇望蜀，小明人多好哇！"

夏波："说谁呢？人家海总会看上我呀？！我连想都没敢想！我想海涛在咱们几个中间真正看中的人是你！你看他看你的眼神儿，有电！哎，春宁姐，我要是你，我就跟海涛总经理好，把耿大民一甩，安排给别人，完事儿！"

春宁："好！好！你这个主意出得好，俗话说：人往高处走，水往低处流嘛！"

晓梅："呀！春宁姐，你真要变心哪？！"

春宁冲着晓梅说话，却是说给夏波听："要变心！就是要变心！你春宁姐就是那种一个蹦迪斯科或泡吧没满足，就要小性子，要变心的人！"

夏波："得！我能听明白！你这是用反话正着说我呢！你少说我！不过，春宁姐，我说真心话，海涛总经理真是够优秀的！"

春宁："社会上优秀的男人多了！有的人原来不够优秀，后来变得优秀了！有的人原来就优秀，后来更优秀了！男人不怕不优秀，怕的是不想优秀！依我说，想优秀的男人就是好男人！大民、小明都是这样的人！其实，社会上有不少企业家，都是这种很有文化又很有头脑的人！他们中间有些人很了不起！企业家里出明星！女孩子家不能见一个爱一个吧？！见一个爱一个，那不是爱！咱们几个，可能就是你夏波行，有精力，老秤，一星管二，能爱得过来！"

夏波打了春宁一下："你要死啊你呀！小明跟我较劲，你说话也不顺茬儿！"

晓梅："两位姐姐！这些人可都是大亨啊，有钱，有车，有别墅，当然还要有漂亮女人！就凭你们俩这个头儿和长相，想找他们，傍个大款，有条件！不像我，土里土气的！"

春宁："人和人不一样，不是大亨都奢侈，你们是没见过廉洁的大亨！"

晓梅："春宁姐，你见过廉洁的大亨吗？他们什么样？"

春宁："见过，我真的见过，有的亿万富翁，他的生活很简朴，不仅自己不奢侈，也不准自己的孩子奢侈，他的孩子也和我们一样在社会上打工。"

晓梅："那是为什么？现在不少当父母的，不都是给儿女积累些钱，生怕儿女困难着，吃着什么苦的？"

春宁：所以呀，很多儿女靠吃老子饭，啃老，就不思进取，骨子里就天生的缺钙！缺少艰苦磨炼和艰难创业的思想意志的钙！咱们窗台上那四盆花，如果老放在屋里，老不见风雨行吗？那就会太娇嫩，来了一阵风，茎啊叶啊，就会被吹折！"

晓梅："春宁姐，我知道你是怎么看海涛总经理的啦。哎，你们说他办公室那个女秘书那么漂亮，会不会是他的小蜜呀？"

春宁意味深长地笑笑，没回答夏波的问题。

夏波看了晓梅一眼，说："晓梅，论说你二舅也是个大亨了，他有没有小蜜呀？！"

晓梅："他？我二舅？他倒也算个大亨，可他是个乡镇企业家，乡镇里很少有大蜜小蜜这些事儿！"

夏波笑笑说："所以呀，不能说有钱的人都好，也不能说有钱的人都不好！得因人而异！"

春宁："夏波，你别没正经，闲着说话，可不能把晓梅的二舅扯进去！"

夏波："那怎么是扯进去呢？晓梅这不是提起这个事儿来了吗？"

晓梅笑着说："没关系，不说不笑不热闹嘛，我没那么多说道哎，夏波姐，你说那个女秘书怎么会长得那么漂亮呢？不胖不瘦，眉清目秀，不多骨头不多肉的！"

春宁："漂不漂亮的关咱啥事儿？！她长得跟天仙一样，和咱有啥关系！咱还是做好咱的事儿，当好咱的展览小姐吧！"

晓梅："春宁姐，那天我在月湖边上，看见那海总对你挺热情的，我就寻思：他要是和你站在一起，那可真是天配的一对，地成的一双！"

夏波："晓梅，人家春宁姐的男朋友可是大民哥啊！"

晓梅："我只是这么说说，说还不让说呀？大民哥好是好，可是要是把他和海总放到一个秤上来称称，那我觉得还是海总好！大民哥从长相上，风度上，给人的感觉上还是照海总差点儿！"

春宁笑了："你说的是心里想的实话，可是女孩子找男朋友，并不是说条件越高就越合适，主要在你自己想找一个什么样的意中人！在你自己想选择一个什么样的人，选择产生美！"

晓梅："嗯，哎，春宁姐，我可不可以问你们一个问题？！"

春宁："什么问题？！"

晓梅："问完了，你们可别笑我！"

春宁："那不会！我们当姐姐的怎么会笑你呢！"

晓梅："尤其是夏波姐不能笑我！"

夏波："哎呀，要说你就快说，不说就算了，别卖关子！"

晓梅："我是想问问你们……"说着，吞吞吐吐地又说不出来了！

夏波："哎呀，你可闹死我的中国心了，不说算了！"

晓梅急得够呛："哎呀，不行！心快蹦出来了！"说着，捂着肚子蹲下来了。

春宁："哎，晓梅，你这是怎么了？"

晓梅："我小时就有这毛病，一着急就想撒尿！"

夏波："行了，你可快去吧！你可要闹死我了！"

晓梅向着附近一处有卫生间的地方跑去。

夏波："哎，春宁姐，你说这晓梅要问咱们什么问题？"

春宁："不好说，但我猜，好像不是女孩子张嘴就好问的问题！"

夏波："如果边上有男人，她紧张紧张行也，可只有我们两个，而且都是她的姐姐！当我们俩不好说的能是什么话呢？！"

春宁："别猜了，到她说的时候，你不就知道了！"

### 9. 某茶楼包间

黄总已经坐在了这里，他，似乎悠闲地吸着烟。

阿菊进来，坐下说："黄总，这么早就找我，有什么好事儿说给我吗？！"

黄总："好事儿？你想听什么好事儿？"

阿菊："我被打的事，你说要帮我追查的，你答应过我的！"

黄总："是啊，我是说过这话！"

阿菊："那我想问问黄总，现在查出什么眉目了吗？"

黄总："阿菊，有些事儿那得慢慢来，心急吃不了热豆腐！你吃急了，非要吃，那就会烫了嘴、舌头和嗓子！你不是问我有没有什么好事儿吗？告诉你：有！我这有一件东西，想给你看！"

阿菊："是送给我的？"

黄总："如果你想要的话，也一定可以！"
阿菊："什么东西？"
黄总从皮包里拎出一把钥匙："就是它！"
阿菊："这是？"
黄总："我别墅的开门钥匙！"
阿菊："这是什么意思？"
黄总："我的意思说起来很简单，我想让你做我别墅的女主人！"
阿菊："如果是这样，我想，我现在就拿这把钥匙还有些为时过早吧！"
黄总："为什么？"
阿菊："我这个人做事很讲方寸，这别墅的价值我很明白！黄总是开了大价钱给我的！可我阿菊从来是无功不受这么大的棒禄的！你方才说得很对，心急吃不了热豆腐！你非要吃，吃急了，那就会烫坏了嘴、舌头和嗓子！"
黄总："你想什么时候要这把钥匙？"
阿菊："我认为适宜的时候！"
黄总："阿菊！我原来把你看简单了，你是一个叫男人很难把握的女人！换句话说，你好像有些狡猾！"
阿菊点燃一支烟："不敢！黄总是老社会了！我还是黄嘴丫儿没褪尽的雏儿！谈得上什么狡猾呀？！笑谈！"
黄总："想拿点儿钱花吗？"
阿菊："如果方便，我不反对！"
黄总把一沓钱扔给她！
阿菊把钱揣了起来："这点儿小钱，是黄总的心意，我不收反而是不好的！"说着，点燃了一支烟，吸了起来。

10. 街上
春宁和夏波等在那里。
晓梅风风火火地跑了回来。
夏波："哎呀，你可回来了，好吧，我们走！"
春宁："晓梅，你不是有话要问我们？"
晓梅："上趟洗手间，把问题给跑忘了！这样吧，这个问题留下来，以后等我想起来再说！"
夏波："晓梅，我可跟你说下，在我夏波跟前，你以后少整这事儿！有些话，要说就说个痛快，不说，就别说！别说了半截儿，又缩了回去，让我们猜闷儿哪？！这种事儿，我最烦！"
晓梅："那人家也不是不说，人家真的是忘了嘛！"
夏波："我看你是故意忘的！"
晓梅看看夏波，没再吭声！
春宁："好了好了，人家晓梅不想说就不说了！咱们说点儿别的，比如说说小明啊、天气呀什么的！"
夏波："你还是跟我少提他，我都烦死他了！"
春宁："真的呀？可你一看他的眼神，怎么老愣神儿？"
夏波："春宁姐，你看大民哥的眼神儿才老愣神儿呢！"
春宁："那就对了，我冲他愣神儿，是因为我爱他！可你呢？是怎么回事儿？"

夏波假意和春宁厮打："你不说不行啊，春宁姐，你要死呀！"

## 11. 商场
阿菊在买衣服，拿着高档的衣服挑来挑去。
她把一件衣裳放在自己身上比量着，问服务员："我穿这件衣裳，你感觉怎么样？"
服务员："好好好，当然好！这件衣裳从颜色到款式简直就像给你订做的！真的，您穿上是太合适了！"
阿菊："好吧，信你的，开个票，买下了！"
服务员："一瞅小姐您就是个款儿，出手大方，一出手买这么多衣裳！我最佩服有钱的人！"
阿菊看看她，没吭声，但脸上却流露出几许满足感。

## 12. 展览公司总经理办公室
常秀走了进来，她把一纸协议放在了江浙面前："哎，又来了一份协议，春宁她们跑回来的，三十万元，要你签个字！"
江浙看了看协议："这都是现成的协议，我可以签！"说着，掏笔就签了字。
他抬头问常秀："小华的情绪怎么样？！"
常秀爱搭不理地："人家没在，出去了，其他什么我不知道！也不想知道太多！"
江浙瞅瞅常秀："我知道因为我伤着了他们，你内心一直对我有些想法的影子还没有完全驱散，我知道，你和常华从小就没了爹妈，一起长大不容易，当姐的事事都想着关照妹妹，这可以理解！人，毕竟不是草木，毕竟有感情！这我也能理解！要不要找他们吃顿饭？"
常秀："人家会来吗？除非你说让胡一林回来工作，但我想这是不可能的了！所以这些事，我不想多说，也不想多想了，一想脑袋有啤酒桶那么大！我想好了，在公司里我就干我自己的活儿，多余的一句话，我不想说！多余的一点儿事儿，我也不想管！"
江浙闭上眼睛，向后一仰："这是你常秀吗？嘴上你能这么说，实际上你做不到！你是个操心不经老的人，这我知道！这协议，你拿走吧！"
常秀拿着协议走了。

## 13. 公司写字楼门口
晓梅背着新书包，乐颠颠地从外边走过来！她嘴里哼着什么歌。
小王在楼门口站着："哎，晓梅！听说上业大上学去了？"
晓梅："啊，有这事儿！"
小王："晓梅，我看着你变化怎么这么大呢？论说你进城没多长时间哪，比我晚多了，可你进步快！"
晓梅："小王，你想不想去读业大？"
小王："想是想过，可我这个工作性质和你们不一样，脱离不开！想也是白想！那就不如不想了！不比你晓梅，心想事成！"
晓梅："我进屋了啊！"

## 14. 公司男宿舍
大民在画春宁的肖像，对小明说："哎，大诗人！夏波干什么去了？"
小明："出去了，不知道上哪儿了！大民哥，今天，我突然感觉到一个问题！"

大民："什么问题？"
小明："我和夏波的感情不如你和春宁成熟！"
大民："别刚碰着点儿小问题，就诗人的形象思维，浮想联翩！"
小明："我真的在想，我找夏波这样一个花钱如流水，不懂得节制的女孩子，将来怎么过日子？"
大民："你不相信夏波会变化吗？"
小明："她是一匹跑起来，还想狂奔的马，想要刹车，难！"
大民："是难！谁的变化不难？我刚毕业的时候，喜欢夸夸其谈，谈起美术来，引经据典，口若悬河，不知道天多高地多厚！以为学过的课本上的知识都是自己的自身本事，学了毕加索，身价就和毕加索拉齐；学了凡·高，就与凡·高齐名！其实这是一种愚昧！我们学的是人家创造的成果，我们创造什么了？一无所有！走入社会后，慢慢品味，慢慢琢磨，才慢慢找到了我自己！这不难吗？很难！你呢？由一个浪漫的李小明变成了今天这个比较脚踏实地的李小明，思想的躯壳来了一次蜕变，你不难吗？也难！所以，我们不能怕夏波的难！她的思想阵痛要有个过程，我们要耐心等待！"
小明："哦，长长的站台，慢慢地等待！她二十来年的生活习惯和思维定式，想一下子扳过来太难了！"
大民："那就慢慢来嘛！"
小明："我得拿出多少精力来应付这些事儿？"
大民："小明，这也是一种责任！"
小明："大民哥，我把那屋晓梅请过来画个速写怎么样？"
大民："要问晓梅。"

### 15. 某酒吧
夏波在那儿自饮自酌。
她微微有些醉意了。
夏波："小姐，再来一杯威士忌，加柠檬和冰！"

### 16. 公司女宿舍
晓梅在床上摆弄着新书说："春宁姐，夏波姐人是好人，可我怕她嘴不严，所以我心里想个问题，没敢当她的面儿问！"
春宁："啊，那个问题，你又想起来了又要问了？"
晓梅："我信得过你！我想单独问你！"
春宁："什么事儿？"
晓梅脸有点涨红了："就是那个什么……我在业大班上要是遇到好的男同学，我可不可以跟他处处？"
春宁："啊，是这个问题呀，我看不能说不可以！可是，晓梅，看人可要看准，处男朋友这不是一天两天的事儿，别上了学，就匆匆忙忙地谈恋爱，不仅谈不好恋爱，还会影响学习！"
晓梅："春宁姐，你放心，我知道了！"

### 17. 公司总经理办公室
常秀走了进来，她无精打采地看了江浙一眼，坐在了沙发上，拿起一张报纸，假意来读，借以掩盖自己矛盾的心情。

江浙看了常秀一眼："呀，太阳又从西边出来的时候，你也看上报纸了！"

常秀："我怎么就不能看报纸？我看报纸也是正常的，你以为就你一个人会看报纸？！别人的眼睛都不管用？"

江浙："别做样子了，心里又有什么事儿装不下了，说吧？！"

常秀："你怎么知道我心里有事儿？我心里就是没事儿！说啥？！没啥说的！"

江浙："好好好，没事儿！你没事儿，我有事儿要跟你说！"

常秀把报纸扔到一边，躺在沙发上心事重重地："什么事儿？！"

江浙："这一段时间业务部成效显著，钱，先后进账！我先前和你说过，应该给业务员们加薪！"

常秀忽地坐了起来："业务员做的事，是她们分内的事，有什么必要加薪？！"

江浙："市场竞争日甚一日，咱们公司想要立于不败之地靠什么？靠人才！拢住人才靠什么？除了宽松的工作条件，还要有一定的物质利益跟上！这是必须的！"

常秀："加薪？还给她们加薪？！你知道吗？春宁她们又鼓捣晓梅去上什么业大了！"

江浙："晓梅上业大，这是好事儿啊！"

常秀："什么好事？当业务员的就得做好本职工作，学习不影响工作？再者说了，一个女孩子家，晚上在外边来来回回的，一旦出点儿什么事儿怎么办？"

江浙："有什么事儿出的？！"

常秀："阿菊不是出了事儿！这个春宁啊，净吹喇叭扬脖起高调！晓梅要是出点儿啥事儿责任就在她！"

江浙："我看不会有什么事儿！我还打算找春宁她们谈，让她们做阿菊的工作，让她也去业大学习呢！"

常秀："对春宁她们，你就宠吧，惯吧！晓梅进了城，上什么学？我们公司不是幼儿园！也不是学校的后勤基地！我们的员工是要全心全意地为公司做事，不能分心分精力！"

江浙："对这个事，我和你的看法有所不同！晓梅学了知识，提高的不是咱公司员工的素质吗？这笔账你怎么算？

常秀："咱们这个公司啊，人不多，事不少，尤其新鲜事儿不少！给她们加薪的问题，我看应该等等！"

江浙："为什么要等？现在正是需要鼓舞大家士气的时候！"

常秀："我还是主管财务的副总，要加薪，先辞了我！"

江浙看着常秀，久久地没说出话来！

### 18. 胡一林家

常华："说，你在家这一天，都干啥了？"

胡一林："你这不都看见了吗？地擦得锃亮！桌子椅子柜子都擦了！"

常华："衣服洗了吗？"

胡一林："洗了，那不都在阳台晾着呢吗？"

常华走到阳台上，看看，把衣服都拿下来，扔给胡一林说："这就是你洗的衣服哇？洗净了吗？糊弄鬼哪？给我重洗！"

胡一林接过衣服："哎，重洗！"赶紧把衣服扔进洗衣机！

### 19. 写字楼门口

阿菊从一辆出租车上下来，拎了一大堆衣裳！

保安员小王站在那里，脸上不是那么热情，声音却有些高："哎哟，阿菊！这是傍上大款了？！花钱手也宽绰了！买了这么多衣裳啊！这得多少钱啊？！"

阿菊："不会说话，就别说！别看着人家花点儿钱，就眼热！"说着不理小王了，径直走上楼梯。

小王拿一种异样的眼神看着她！

### 20. 公司男宿舍

小明正在给晓梅画素描："头再仰起一点点，哎，好！"

晓梅："画个像这么累人呀！早知道这样我可是不画了，一说画个速写像，我还寻思几笔就成，当个乐景呢！"

小明："别说话，别动！"

晓梅只好板住身子。

大民呢，还在那里描春宁的肖像！

其实，夏波早已站在门外了！

大民忽然看到了她，停下画笔："哎，夏波，请进！快请进！"

夏波带几分醉意地对着小明说："我——来了！"

可小明却没有抬头，仍在画着："啊，啊，坐，你坐啊，我这正忙着！"

夏波看了一眼小明，扭身就走！她像旋风一样出去了！

大民和晓梅一惊！

### 21. 公司女宿舍

阿菊正在拾掇衣服，华丽的衣裳，摆得哪儿都是！

夏波跑了进来，趴在床上，无声地淌着眼泪！

阿菊用异样的目光看着她。

### 22. 男宿舍

大民："风起于青萍之末！我看天气要起风啊！"

小明："没喝酒，却说醉话，外面晴空朗月，树枝不摇，哪来的风呢？"

大民："有的风起于天地，有的风起于人心！"

小明："大民哥，你又发神经！"

大民："我的大诗人！你没想到吧？夏波准在那屋哭呢！"

小明："哭？哭什么？"

晓梅："大民哥，夏波姐哭不会是因为我吧？！要是那样，这个画我可不画了！"

小明："别动！"

晓梅突地站了起来："别动别动！我非动不可！"她站了起来，撕扯着那画："我可不画了，不画了！"

小明一脸沮丧，拍着腿说："哎呀，你怎么能撕了我的画哎！"

晓梅："就撕，就撕！"说着，跑了出去！

她沿着楼道，一直向外边跑去。

小明："大民哥，你这不是成心坑我吗？我的画还没画上一半，模特就跑了！鸡飞了，蛋打了，画撕了！你是成心跟我过不去呀！"

大民："大诗人，请你息怒！我提醒你，不要因为一张速写画，激化了你和夏波没有必要的矛盾吧？！夏波虽然不会怀疑你对晓梅有什么意思！但女孩子都有自尊心！她是你的女朋友，你干吗画别人不画她？！"

小明："哎呀，就是画张速写，情况怎么会如此复杂！真是叫我头疼！"

大民："说真的，夏波反应如此强烈，我也是始料不及！"

### 23. 写字楼门口

晓梅跑了出来，蹲在离小王不远的地方哭泣。

小王很快走了过来："哎，晓梅，你这是怎么了？谁欺负你了？"

晓梅呢，也不答话，却哭得更欢了！

小王也蹲下身来，从兜里掏出块手帕，要给晓梅揩泪，晓梅却摇头不肯！

小王却硬把手帕塞到了晓梅手里！

晓梅有些奇怪，抹把眼泪说："你这是干什么？！"

小王："我是看你受了什么委屈，心疼你哩！"

晓梅很吃惊地："你心疼我？！"

小王："嗯！是真的！真的是心疼你哎！"

晓梅奇怪地："你的心里怎么会有我呢？你不是喜欢阿菊吗？"

小王："那情况不都是变化的吗？"

晓梅看着小王，脸红了！"

### 24. 女宿舍

敲门声。

春宁喊："进来！"

小明和大民走了进来。

大民："外边的月亮这么好，咱们出去走走！"

春宁给小明使了个眼色！

小明心领神会："我刚才手里画着晓梅的像，心里还在想着：夏波在干什么呢？怎么还不回来？！"

夏波忽地坐起："你别来花言巧语！我不听！不想听！"

小明："夏波！那天在莲花山，有你站在我身边，画就画得特别好，今儿个你不在我身边，画就是没画好！这不是真的么！"

大民："夏波！听哥话！下床！咱们一起出去走走！"

夏波不作声。

春宁扯起夏波说："走！"

夏波半推半就地起了身。

他们向门外走去。

### 25. 小区草地

大民、春宁、小明他们在草地上坐着，说着什么！

晓梅和夏波坐在一条长椅子上说着什么。

夏波还是有些醉态的不很高兴的神色。

小王向晓梅这边定定地望着。

### 26. 女宿舍窗口

阿菊手里拿着一团衣裳，倚窗探望。

她见大民和春宁，小明和夏波、晓梅都坐在那儿。

她有些酸楚地笑了！

（第十一集完）

## 第十二集
### 1. 公司女宿舍窗口

突然，阿菊的手机响了！她拿过手机，看了看号码，没接，一顺手扔在了床上，可手机仍在继续响着！

她实在无奈，接通了手机。

手机里传出黄总的声音："哎，阿菊，怎么不接我的电话？"

阿菊解释说："我刚去了洗手间，没有听见嘛！"

手机里黄总的声音："过来吧，我在别墅等着你呢！"

阿菊眼睛闪烁着一种睿智的光亮："哎呀，人家今天上街走了一天了，浑身连骨头带肉都疼得很呢！"

黄总："看来，我等你阿菊来我这里，是得等白了少年头，望山跑死马了？！"

没等阿菊再说话，黄总已挂了手机！

阿菊看了看手机，心事重重地坐在了床边上。

### 2. 公司写字楼门口

大民和春宁、小明他们都在草地上。

小明说："业务部的业务员们做了这么大的贡献，给公司这个展览会今儿个几十万明儿个几十万的，拉来了多少钱哪？！咱们搞的展览会设计方案，客户和江总也都满意，按照道理说，公司应该考虑给大家提提薪水和多发点儿奖金了！"

大民："当老板的都是为了赚钱，可老板和老板不一样！开明的老板，是该给大家的部分给大家，自己也赚，大家也赚，不开明的老板是自己赚着大钱，对员工们还一个劲儿抠门儿，那样，维持了一时，维持不了长久，长此以往，哪个员工还有积极性？！"

春宁："论说江总不是那种不开明的老板，这个问题，他也不会想不到，公司里哄哄涨薪水和多发奖金的事儿也有一阵子了，这个问题一直没动，我看原因不在江总那儿！"

小明："公司就那么两个人儿，都是江总的家里人儿，不在他那儿在哪儿？"

春宁："你别忘了，常副总是江总的妻子！她可是主管财务的副总，这个问题她要横竖不同意，江总能怎么办？！"

大民："是啊，有不少很有发展前途的公司，都是这么干黄的！夫妻店儿，家族式管理！有效益的不奖，没贡献的不罚，这不光是涉及公司员工的利益问题，这对公司未来的发展来说不利，不是好事儿！"

小明："春宁姐，咱们这里你是大姐大，说话也有分量，你能不能直接找江总把这个问题反映一下，就说大家都有这个意见！公司如果效益不好，这个问题我们就不说了，现在是公司挣了大钱了，应该考虑考虑我们员工的利益！"

春宁："来公司两年多了，我从没有因为钱的问题与公司有过任何对话。工薪涨就涨，不涨就不涨；奖金给发就发，不给就不要！过去的年代里，人们认为蔑视金钱是伟大的，当今的年代里，人们认为正当地追求财富也是伟大的！你们刚才说这个问题，不光是我们员工得多得少的问题，还关系到公司怎么留住人才，怎么发展的问题，那我想，我可以和江总或者常副总谈谈，算是提合理化建议嘛！"

小王在楼口冲这边儿喊："春宁姐！你的电话！"

春宁立起身："哎！听见了！"一边答应一边向楼内走去。

小明看着春宁的背影说："大民哥，闹不好又是那个叫海涛的人打来的电话！"

大民往草地上一躺："任何公民都有打电话的自由！"

### 3. 胡一林家

胡一林说："衣服都洗好了，看这回行不行？"

常华一转脸儿，没吭声。

胡一林低声说："哎，请你看看，怎么你没听见呀？"

常华拉着脸子说："我不看了，也不想看！"

胡一林："我说当家的呀，我一个男人，这样长此下去怎么行啊？洗衣服做饭，刷锅洗碗，围着锅台和洗衣机转！这也不是一个男人干的事儿呀？！我打算明天上劳务市场找事儿做去！不然在家就憋死了！"

常华往床上一躺，拉上被子，没好气地说："你上劳务市场找事做去？你能做个啥？谁会用你？！"

胡一林："那不一定！真说的呢！堂堂的胡一林，怎么说也当过一回行政办公室的主任哪！我会没活儿做？天底下的活计有的是，慢慢找，总能找到适合我做的！"

常华："我不信你能找到什么好工作！我可把话说下，你去可是去，要是再和那姓黄的胡扯到一起，你就别再进这个家门！"

胡一林乐了："哎，那是当然！"一转身，哼着小曲往沙发上铺被子，自言自语地说："哎，关在笼子里的小鸟儿，明天终于要出飞了！这一天，可他妈的憋屈坏了！闹心哪！"

### 4. 公司宿舍走廊

春宁在接电话："喂，是海总啊，是是是，协议签过了，下午给你们送过去了！啊，钱款，下班前打过来了！哦，支票在你手里！你在哪里？月湖酒吧？多去几个人？请我们一起喝酒？那我把我们公司这次展览会的广告设计师带去，一起商量商量好吗？好！什么时候？现在？！好，知道了！"

春宁挂上电话。

### 5. 公司总经理办公室

江浙把一份单子交给常秀："这是给公司员工加薪和补发奖金的单子，你看看吧，有没有问题，有问题提出来，没问题，照这个执行！"

常秀接过来说："我说过不同意！难道员工的工薪一定要加，奖金一定要多发吗？"

江浙："是的！这事已经没有必要再商量！一线员工为公司做了这么大的贡献，如果我们无动于衷，那我们还是有人情味儿的老板吗？为了市场竞争、公司留住人才和本公司的生存发展的需要，我们一定要这么做！"

常秀："你是总经理，你做这件事我有意见，但是我可以保留！但我要问你，你这张加薪和发奖金的单子上怎么没有小华的名字？"

江浙："啊，是没有她！你听我给解释！常华是业务部的主任不假，可她只是个管理者，这次加薪和补发奖金主要是对一线的员工。她的主要问题是袒护本来有问题的胡一林，还以不上班来要挟公司，所以我考虑这次加薪和发奖金对她不予考虑！"

常秀把单子往桌子上一摔:"你直接对财会室交办吧!我认为你这个单子不合适!"
江浙:"你看哪儿不合适,可以提吗?"
常秀:"我不提!我辞职!你同不同意我都辞职!"
江浙一笑:"哈,又要辞职呀?好吧,你先别生那么大的气嘛!为了公司这次加薪和发奖金做得顺利,我可以先对财会室说话!"
常秀几乎要喊了起来:"你这个单子一公布,小华受得了吗?她那个脸儿往哪儿搁?你这不是明着发钱,暗着赶人家走吗?!好吧!家里人都出来了,这个公司就你一个人干吧!"
江浙:"常秀,我希望你冷静些!"
常秀:"我无法冷静!你自己在这里冷静吧!"说罢,摔门走了。
江浙神情复杂的脸!

### 6. 公司楼外的草地上
春宁从楼里走了过来:"哎,海涛总经理来电话了,要请大家去喝酒!"
大民和小明都坐着没动!
春宁对夏波和晓梅说:"你们去吗?"
夏波用手掐着眉头说:"我今儿个刚喝了酒了,头还有儿疼,不想再喝了!"
晓梅:"春宁姐,老师留了课外读书的作业,我就不去了!"
小明看夏波不去,就说:"我也不去了,你和大民哥去吧!"
大民:"我还去吗?"
春宁瞪了他一眼说:"你不去?你有什么理由不去?你必须去!"
大民站起身说:"那好,我去吧!"
春宁对大家说:"你们不去,我们可走了,今天这顿酒算我欠你们的,哪天有时间,我再请你们!"说完,和大民走了。

### 7. 公司女宿舍
晓梅的床头,已支上了一盏台灯!
晓梅在灯光下看书。
她一副全神贯注的样子!
躺在床上的阿菊侧过身来,看看晓梅:"哎呀,晓梅,这业大你说学还真就学上了?"
晓梅:"阿菊姐,你要是也去学多好,咱俩儿还是个伴儿!"
阿菊:"你知道,我是个散惯了、闲惯了的人,一想起还要学习,觉得那蛮可怕的!那个紧张生活,我过不了,再说公司还有公司的事!"
晓梅:"去读业大的,我看多大年纪的人都有,不光是年轻人,有一位满头白发的人,有六七十岁了,也和我一个班!"
阿菊:"还有这事儿?不是你看花眼了?"
晓梅:"我的两只眼睛,来公司的时候检查过,视觉很好,没花!"
阿菊:"那么大岁数的人也去读业大?这世道也真是变化得快!这么大岁数的人,还读书干啥?"
晓梅:"人家有人家的志向!阿菊姐,我不能跟你唠了!我得看书了!"说着,不再说话,只顾看书了。
阿菊看看她,想着心事!

笃笃的敲门声。
阿菊："进！"
门开了！
门口站着江浙。
阿菊坐了起来："哎哟，是江总，请进！"
江浙站在门口："进就不进了，晓梅的业大读上了？"
晓梅站起来说："嗯！"
江浙："晓梅，你上学交款的发票呢？"
晓梅："都在春宁姐那儿呢，钱都是她为我交的！"
江浙："告诉她，明天都拿到我那儿签字，到财会报了！"
晓梅："嗯，知道了！"
江浙示意道："快坐下看你的书吧，别影响你！我不是来找你的，我是来找阿菊的！"
阿菊："找我？"
阿菊穿着那身长睡衣，下了地，走到了门外。
江浙："阿菊，你看到晓梅上业大了吧？这件事儿你是怎么考虑的？"
阿菊："我没怎么考虑呀！"
江浙："阿菊，全公司没读过大学的，原来只有你和晓梅，这回晓梅上了业大，再毕了业，那可就剩你一个人了！"
阿菊："江总，你的意思是想让我也去读业大？"
江浙："如果你也能去，公司愿意从职工培训费中拿出钱来，给你交学费。"
阿菊："江总啊，我不是差在钱上，我是差在不想学上！"
江浙："阿菊呀，当今社会是个知识爆炸的年代，没有知识的人将来不会有发展的空间，早晚要被淘汰！我看你是早学晚学都得学，晚学不如早学！"
阿菊："江总，上学读书，我本来认为那都是很遥远的事儿了！这辈子和我无缘了，没想到现在又有人提起，而且提出这个问题的人还是你江总，那我就考虑考虑吧！"
江浙："阿菊，公司以后对员工也有文化程度要求，不是大学生，我们原则上不要！"
阿菊："明白了，我考虑一下，再给你答复，好吧！"
江浙："好！我来，就是找你说这个事儿！好了，我走了！"
江浙走了。
阿菊看着江浙的背影，若有所思！

### 8. 小区内草坪

小明和夏波在散步。
小明："自己出去喝酒了？"
夏波仍是不高兴地："啊！"
小明："喝得痛快吗？"
夏波："痛快，当然痛快！"
小明："花了多少钱？"
夏波："我说你这人怎么这么没劲儿哪？问这话干什么？我又没花你的钱，你管得着吗？我自己挣的钱，乐意花多少钱，就花多少钱！这回我可是看明白了，我还没花你的钱呢，我要是花你的钱，那就更不得了啦！还不得把我吃喽？！"

小明："这个月的工资，这几天造得怎么样了？快进去一半了吧？"
夏波："乐意！你管不着！"
小明："夏波，你太任性！"
夏波："我乐意！"
小明："夏波，这一段时间以来，你觉没觉出我有什么变化？"
夏波："我没觉得，你不还是你吗？！个儿没见长，脸没见胖！"
小明："是的，我是还是我，可我看问题的方式方法不一样了！原来我对你大手大脚地花点儿钱，生活得过于以自我为中心，没觉得是什么毛病，可现在我不这么想了！"
夏波："你是说我这个人不好？！"
小明："我不是说你这个人不好，是说你身上这些毛病不好！你要听明白我说的话！"
夏波："我自己身上有没有毛病我自己知道，不用别人说东道西！"
小明："夏波，我是你最亲近的朋友，你得听我对你说的实话！我们都是独生子女，生下来，我们周围的环境是什么？是父母的呵护，亲属的疼爱，优越的生活，要什么给什么，几乎到处是阳光，到处是鲜花！生活充满坦途！这些丰厚的物质条件，养成了我们的任性，自我，经不起磨难，花钱如流水，脆弱得如不见阳光的花的嫩茎儿！你呢，还是个女孩子，我呢？是个男孩子，在重男轻女的观念，在我们社会还有一定市场的时候，我从小到大，成长的环境，你更可想而知了！"
夏波："你跟我说这些，我知道你是什么意思？"
小明："什么意思？"
夏波："你不就是希望我像春宁那么生活吗？那我告诉你，我不会那么生活！"
小明："为什么？"
夏波："我有钱，乐意吃乐意花！是对的！她没钱，节省着吃节省着花，也是对的！"
小明："我说夏波呀，你说春宁没钱？"
夏波："经济上，她不比我宽裕！"
小明："话顶到这儿了，我实话跟你说了吧！人家春宁是不让说，不露富，人家的爸爸是亿万富翁啊！"
夏波一惊："不会吧？你吓唬我呢？你从哪儿听来的？"
小明："大民亲口告诉我的，会有错吗？他不让我对周围任何人说！可是我对你说了！"
夏波："那我就不解了，春宁的爸爸既然那么有钱，为什么要让自己的女儿到民营企业中来打工？为什么不让她出国或者像海涛一样当个总经理呢？"
小明："这就是不同的父母对儿女的教育方式不同！按说春宁的条件要比我们都优越，可是人家是怎么生活的？俭朴，非常的俭朴！"
夏波："呀！对，我想起来了，海涛好像也说过，春宁有个很有背景的家庭！"
小明："对比春宁，咱们还不应该知道自己怎么花钱，怎么节省吗？"
夏波想了想，说："小明，你别说了，你这一说，我忽然明白我应该怎么做了！走！"
小明："干什么去？"
夏波："上小卖部！"
小明："还要买呀？"
夏波："走吧，你！"

### 9. 月湖酒吧

海涛和那位漂亮的女秘书坐在那里。

大民和春宁走了进来。

海涛他们站起来和他们握手!

海涛:"春宁!这是我们公司的秘书阿囡!"

春宁:"海总!这是我的男朋友也是公司展览会的广告设计师耿大民!"

他们互相让座!

阿囡把一张支票递给春宁:"这是支票,海总请您收好!"

春宁接过支票,看看,揣进兜内。

海涛端起一杯酒来:"来,大民!我和春宁是校友,可咱们还是第一次坐到一起,来,喝一杯!"

大民也举起杯来!

他们一饮而尽!

海涛说:"大民,你找我这个老同学做朋友,很是有眼光!春宁在学校学习时,就不是一般的人呀,难得的高才生!你能与春宁做朋友让我很是嫉妒!"

春宁:"我可没海总说得那么好!来,阿囡,咱们两个喝一杯!"

阿囡举杯。

大民:"海总一表人才,论能力论社会地位都比我高。你一定会找到称心的女孩子做朋友!"说完瞟了阿囡一眼。

阿囡脸微红,有些难为情。

### 10. 小区门口

小明扛着两箱方便面和夏波往小区的院落里走着!

小明:"夏波,干吗一买就买两箱方便面?你可不要从一个极端又跳到另外一个极端哪,说大手大脚,就往死里大手大脚,说节省了就往死里节省!这个方便面吃多了,可别吃出胃病来呀?!"

夏波:"其实,咱们公司里的人,谁也没有我能节省日子,你知道我每到月底手没钱了,过得很节省的!从现在起咱天天当月底不就完了?!我一天可以吃三顿方便面,让她们看看,她们谁有我节俭?!"

小明:"那也没必要!说节省花钱,是说该花的花,不该花的就不花!你不要走极端哪!"

### 11. 公司女宿舍

早晨,这是一个金色的早晨。

窗口的四盆花儿,沐浴着阳光。

夏波已经起来了,在拖着地。

春宁:"哎,太阳从西边爬上来了!夏波!你这个大懒虫,今儿个早晨这是吃了什么药了?这么精神?还买了两箱子方便面放这儿,你这是要干什么?"

夏波:"干啥?不干啥!春宁姐,打今儿起,我夏波正式宣布:向懒和馋,还有花钱大手大脚告别了!请你们对我刮目相看的同时,也对我实行监督!"

春宁笑了:"别心血来潮,十分钟的热情!"

夏波:"不吃麻花,你就看咱的这股劲儿!我夏波说不做是不做,说做,黄河泰山挡不了！"

### 12. 公司办公区
告示板上，赫然贴着那纸加薪和补发奖金的告示！
大家都在围着看。
夏波小声对春宁说："哎，没有常华主任名字啊！"
常华呢，正在桌子上写着什么，写好了，她站起来走了。
常华的桌面上放着一张请假条！
春宁对夏波说："夏波！今天又发工资，又发奖金，为了祝贺你的进步，也防止你净吃方便面弄坏了胃，晚上我请你们吃饭！"
夏波一本正经地："哎，可不要破费呀！乱花钱可是不好的！"
春宁："就算是我和大民请你和小明，请定了！"

### 13. 胡一林家
胡一林穿好了衣服正要往外走。
常华开门进来了！
胡一林："呀，你不是上班去了嘛，怎么又回来了呢？！"
常华："这公司的工作没法干，也干不了啦！"
胡一林："怎么的了？出啥事儿了？"
常华："全公司的人差不多都加了薪，补发了奖金，可就没有我的份儿！这不是有意挤对人吗？那么多双眼睛看着我，那么多张嘴说着我，我可受不了那个气！我写了个请假条，扔桌子上，我就回来了！"
胡一林："这个江浙这是要干啥呀？他把我整出来也就得了呗，怎么又整到你头上了？他有完没完这是！"
常华："你先别怨人家，我看哪，这都是脚上的泡儿，咱们自己走出来的！先前你不惹出那些事儿，怎么能走到今天这地步？你要出去干啥去？"
胡一林："昨天不是说了，出去找事儿做？！"
常华："要找，连我也一块儿找吧，我在公司也干不了啦！"
胡一林："啊，那我先出去蹚蹚路子，具体怎么整，咱们再商量！"
常华躺在了沙发上。
胡一林："哎，你也别上火，天无绝人之路！我走了啊！"

### 14. 胡一林家门外
胡一林阴阴地笑着，自顾自地说："她过去是张口闭口她姐夫好！这回我看她还说不说她姐夫好了！"

### 15. 劳务市场
熙熙攘攘的人群。
胡一林挤到一个报名处前："哎，我要报个名！"
一名工作人员："先填个表！"
胡一林伸出两个指头："两张！"
胡接过工作人员递过来的表，坐在一处填写起来！

### 16. 某邮局

夏波和小明在这里。

小明在写汇款单。

夏波在说："大谷乡李家村小学校。一百元！"

小明："这个月我邮了，下个月，咱们一起寄！"

### 17. 劳务市场

那名工作人员接过胡一林递过来的表："你们想做点儿什么工作？"

胡一林："那还用问吗？干净点儿的！轻巧儿点！挣钱多点儿的！"

那名工作人员："看你们这文化程度也不高，专长也没啥专长，到浴池按脚去不去？"

胡一林："干不了！"

那名工作人员："那就得等等看了！"

胡一林头也没回，呸地吐了口唾沫，转身走了！

### 18. 胡一林家

常秀和常华正在说话。

常秀："小华呀，你说你姐夫这一阵子是怎么的了？是傻了还是疯了？怎么涨工资就差你一个人的呢？！为这事生气，公司的那个副总我也不干了！除非他把你的工资涨上了，该给发的钱都给发喽！否则我是不干了！这一上午，我这心里就一阵儿一阵儿地犯堵！中午饭也气得没吃，就跑你这来了！"

常华："这些年，我们在公司里干得怎么样？姐你心里有数，我不想多说了！工资他乐意涨就涨，不乐意涨就别涨！不看别的，看他是我姐夫，你是我姐姐！我们不能再闹闹腾腾地让别人看热闹！姐呀，论说这些年，你和我姐夫也没少照顾我们，你也别因为我家的这点儿事儿，老跟我姐夫闹了！让着他，能怎的！"

常华："小华，你越说这话，我听着越来气！那你是我的妹妹就不是他的妹妹了？！"

### 19. 某茶楼包间

胡一林在和黄总说话："完了，我的工作被江浙给撅了！我老婆常华的工作，也叫江浙给撅了！今天我到劳务市场去了，人家问我按不按脚？我胡某人是白领阶层的人，冻死迎风站，说啥也不能干那活儿呀！大哥，你快点儿帮小弟想个办法吧！"

黄总："活人不会叫尿憋死吧？！现在市场经济这么活跃，你只要伸伸手，就饿不着！"

胡一林："兄弟的手是刚从那个公司里撤下来，再往哪儿伸，一时想不好哇！"

黄总："要我说呀！你们原来干哪行，现在还干哪行！"

胡一林："可是人家不让咱们干了？！"

黄总："人家不让干，你们不会自己干吗？市里的展览公司也不只有他江浙一家！"

胡一林："工作都是轻车熟路，可是注册的资金，小弟拿不起呀！"

黄总："我可以帮你想办法！你们的公司成立了，拉过些业务员来，在业务上就和他江浙的公司对着干！看谁能整过谁？！"

胡一林乐了："别说，黄总，你出的主意真是个主意！我怎么就没敢往这上想呢！"

### 20. 某小饭店

春宁给大民、小明、夏波倒着葡萄酒，说："小明，昨天晚上，你还提议让我向公司提合理化建议，可是，我还没见到公司领导面呢，薪水加了，奖金也多发了，这样的公司，真是充满了阳光！小明，你还想说啥？！"

大民："公司对于一个打工者来说，是他们生活的一个港湾！这里的每一缕阳光，都会使打工者感到温暖！"

小明："葡萄美酒夜光杯，欲饮琵琶马上催。醉卧沙场君莫笑，古人征战几人回？！我们今天这杯酒，不光是庆祝夏波的进步，也不光是庆祝公司给我射来的阳光！我说，这是一杯打工者生活的酒！男人要喝出人生的豪气来，女人要喝出人生的滋味儿来！来！大民！人生没有几回搏，今儿个咱们搏了！"

大民："这杯酒喝了可以，可搏了，不能是和喝酒搏了！我看是在以后的人生道路上搏了！"

春宁也举起杯子来："我们今天给别人打工，明天，我们也要当企业家！"

李小明："对对！我们也要当企业家！"

四只杯子碰到了一起！

### 21. 某茶楼包间

胡一林在和黄总喝酒。

胡一林已经有些不能自己了："来，大哥！谢谢你给老弟指出一条明路！大哥对小弟真的是有知遇之恩哪！"

黄总："哎，别说酒话！等你的公司成立了，别忘了给哥找个漂亮妞儿！"

胡一林："哎，那是没得话说，只要是有！"

### 22. 某小饭店

春宁："光说拼搏不行，光说要当企业家也不行！咱们得实际想想，如果我们屋里的四个女孩子积蓄一些钱，按每人三万元一股的话，合起来，就能办一个很不错的民营鲜花店。据我调查，开鲜花店很时尚，也很赚钱！夏波，这样的话，我们每个人还得积蓄多少钱？"

夏波："那我可就惨了！我的手里没钱！不过我可以写信向家里先要，挣了钱再还给家里！"

春宁："现在我们四个女孩儿的业余时间还有不少空闲！我们可以做些钟点工，比如搞搞家教或找一些适合我们的工作，这样，我们就可以加快实现当企业家的步伐！"

### 23. 深夜的大街上

胡一林醉态万方地走在路旁。

他一边走着一边唱唱咧咧地："我哭了，因为我难过，我难过，有谁来安慰我？自从工作离开了我，那寂寞就伴着我！"

他一边唱，一边打着酒嗝儿。

那边，大民、小明、春宁、春波架着肩膀，在大街上走着。

大民领唱："啦啦啦，啦啦啦，我们要当企业家，啦啦啦，啦啦啦！"

大家合唱："我们要当企业家！"

胡一林看见了，自语道："谁喝多了？我没喝多！他们这才是喝多了，喝多了呢！你们这些小年轻都当了企业家，那企业家还干啥去？！嘿嘿！做梦吃糖块，想得甜！"

### 24. 公司总经理办公室

江浙一边擦拭着桌子，一边对常秀说："你消消气，能不能听我把话说完？这些年咱们没拿小华他们两口子当亲属吗？给他们的钱啊物啊还少吗？可是换来了什么？胡一林一解职，问题全暴露出来了：这个人开个车子，今儿个报修理费，明儿个报汽油费，要是按他报的那些汽油费算，一年车子能绕地球跑一圈儿多了，可实际呢？他连五分之一都没跑上！那些汽油都哪去了？他喝了？不能！是他找熟人开的票子，骗公司的钱花！既然是自己的亲属，为什么做这种事？财会人员看他是咱们亲属，不敢说！可他就越做胆越大！一次汽车修理费他竟然报了两万多元，这是一个多么大的窟窿你知道吗？作为我们的亲属，我们又对他那么信任，应该这么做吗？！"

常秀听了："这些如果都有真凭实据，我没话说！"

江浙："我告诉你吧，字字句句都是真的！"

常秀愣住了！

### 25. 胡一林家

常华还没睡。

胡一林走了进来。

常华看看他，没吭声！

胡一林："哎呀，老婆子，人不该死总有救！正所谓山重水复疑无路，柳暗花明又一村哪！"

常华："你别属鸭子的，乱踮了！你的工作有着落了？"

胡一林："不光我的工作有着落了，你的工作也有着落了？"

常华："什么意思？"

胡一林："咱们自己挑头办一个展览公司！"

常华："你有那能耐？"

胡一林："都是一样的人，咱也不照他们缺胳膊少腿儿，他们能办，咱怎么不能办？！"

常华："你办展览公司，房子从哪儿来？注册资金从哪儿来？我们不能画饼充饥吧？！"

胡一林一笑，把脱下的衣服往床上一放："老婆子，你就看着吧！这些年你净趴门缝儿看人，一直瞧扁了我了！我是被锁在烟雾中的江上奇峰，这回我就偶尔露一次峥嵘给你看看！"

（第十二集完）

## 第十三集

### 1. 胡一林家

常华说："露个峥嵘可以，真露好了，我也高兴！可就怕露不好，丢了脸面，那可就露的不是峥嵘，而是露了丑了！"

胡一林："你吧，还是先别说这些丧气话！对这个事儿，我有我的想法！我就不信，江浙，凭他那小样儿，展览公司他能办起来，咱为啥就不能办？！"

常华："这可不是吹气球，吹气呢！你工作没了，我再辞了职，结果，展览公司再整到空地上去，这可是关系到咱家的生计，这可不是说着玩的呀？！"

胡一林："听我的，你就辞职得了！人在屋檐儿下，不得不低头，给人拿鞋拔子提鞋的滋味儿不好受！展览公司主要工作在业务部，业务部的工作不都是你一手抓的吗？离了你，他们玩不转！咱们却可以玩得转了！你辞职，损失的是他们，辞！坚决辞！不能犹豫了！"

常华："你说的是不是这么回事儿，好像是，又好像不是！公司的主要业务在展览部不假，我是这个展览部的主任也不假，可说实话，那真正干事儿的，能把事儿干成的，还是那些业务员！咱们成立展览公司，即便资金问题解决了，这些人才从哪儿来？"

胡一林："先从江浙的公司往外挖呀！江浙公司每月给他们底薪一千五，咱们就给他们一千六！把人都给它挖过来！像挖地道似的，给它把人挖空！他江浙公司慢慢地就得坍塌！"

常华："可公司里的员工都刚涨了工资，得了奖金，怕人家不肯出来呀！再说了，那毕竟是我姐他们开的公司，人家也没少照顾咱，咱们在公司里好处也没少得，要是真干展览公司，那就干自己的，也不一定非要把人家整黄！"

胡一林："老婆呀！你这都是些什么见解？妇人之见！他们涨工资发奖金，咱们就不会更多地发？重赏之下必有勇夫！这不会有问题！咱们和他们这是啥？这是竞争！你干了展览公司，就和人家同行是冤家！你不整垮人家，人家就会挤垮你！竞争还能讲什么感情？你可真能跟我开国际玩笑！"

常华："哎呀，人和人之间，叫钱怎么整得这么陌生啊？！"

**2. 公司总经理办公室**

江浙："听了我刚才说的情况，你是什么感觉？你还想为胡一林说点儿什么吗？"

常秀默然："我不是仙儿，也没有透视眼，谁知道他胡一林一副老实巴交的样子，背着我们竟做出这些事儿来！不是你说的，我真的不会相信！"

江浙："一副老实巴交的样儿，可以骗得很多人的同情，可以在很多人心目中赢得一定的市场。这不怪你，中国人很多人看人都这么看！冲他给个笑脸儿的都是好人，人家脸色一冷漠，他就认为那人对他不好，或者冷落了他！这叫什么，这叫我们这个民族看人看事情的直观心理！这不是一种先进的民族心理！所以呀，凡是在有人群的地方，唱红脸的戏好唱，唱黑脸的戏难唱！本来一个公司，一把手唱黑脸就够难的了，可是唱红脸的二把手还要在中间掺和事儿，那一把手就更难了！"

常秀："我已经辞了，我不再是这个公司的二把手了！"

江浙："在这种时候，我最需要你支持的时候，最不该打退堂鼓的就是你！胡一林有问题，咱同意他下岗是对的！小华没涨上工资，没得着奖金，你得做小华工作，说服她，让她好好为公司工作，可是你呢，颠倒过来了，完全做颠倒了！和他们一起跟我闹！弄得我这个总经理前院后院都失火！现在，公司正处于召开展览会的攻坚阶段，可我得拿出一半以上的精力来解决家里问题！这是一种很不必要的内耗！很不正常！我感觉很累！"

常秀："前院后院是失了火！可是怨谁？你给那帮小年轻都涨了工资，多发了奖金。单单不给小华涨工资发奖金，这小华的脸面能受得了吗？这其实等于对她说了句潜台词：公司撵她往外走！他们家一共两人在咱公司，一个下了岗，如果再下一个，他们家怎么生活？小华是我妹妹，她的事儿，我能不考虑吗？面对着这些，如果我无动于衷，那还是我吗？"

江浙："如果因为公司正常的工作，小华真要不干了，我认为也没什么！作为姐夫，我可以说这样一句话，任何时候，我不能看着他们有困难了不帮忙。过去没有过，今后也不会！"

常秀："你说这话，我都信！可是你没把人留住，人都走了，你给人家搬座金山去，人家还会说你好哇？！"

江浙："我不用他们说我好，也从来没指望他们说我好！我只求良心上过得去！在公司里不分亲疏，赏罚分明！"

常秀闭上眼睛，往沙发上一靠，掐着眉心说："我知道你这个总经理当得难，可你也得体谅体谅我，我也有我的难处！"

江浙："常秀哇，你别以为我就想着大义灭亲，可他们一个劲儿往你枪口上撞，如果你是我，你有什么办法呀？！"

### 3. 胡一林家
灯光熄了。
胡一林已发出了鼾声！
常华睡不着，她在那里瞪着眼睛想心事。

### 4. 公司女宿舍
阿菊已经睡下了。
晓梅床头的灯还在亮着！
阿菊突然说："晓梅，你怎么还在看书？弄得灯光亮亮堂堂的直晃眼睛，让人家睡不实！"

晓梅立即用一张报纸遮住了灯光："对不起，阿菊姐，我只顾看书了！没注意这儿！"

阿菊："你上了业大，以后天天要这么看书，不注意这些事儿哪行？哎呀，这些事儿也得提醒你，真累！"说着转过身去睡了！

晓梅用报纸把灯光挡好，又接着看书了。

### 5. 公司办公区
告示板上赫然写着："公司全体员工，从即日起都投入布展现场。业务员不再从事出外招揽展览会参展客商工作。"

夏波对小明说："呀哎，小明！看见告示板上的告示了吧？打今儿起，我们就和你们一起上布展现场去工作了！"

小明："你们那面的工作结束了，布展现场真的缺人手！"

### 6. 公司总经理办公室
上午。
阿菊敲门。
江浙的声音："进来！"
阿菊走了进来，抬一把椅子坐下："江总，我来找你说说昨天晚上，你给我说的那件事儿！"

江浙："想好了？"
阿菊："想好了是想好了，业大我可以上，可是我有难处！"
江浙："嗯，说！"
阿菊："上业大上课，并不是学完了课程，就可以毕业。要通过国家的统一考试，才可以拿到毕业证！实话说，高中的课程，我差不多忘光了，去上业大，那么深的课本，我怕学不懂！如果考试老不及格，那就会拉长学习的年限，会给公司增加经济负担！"

江浙："不怕！公司不怕这一点点儿的经济负担！只要你肯去学！"

阿菊："我怕学成一个白胡子工程！"

江浙："不怕！也不会！如果你真的想学，你可以像晓梅一样，也报经济学专业，你有不懂的地方，我可以给你讲一讲！另外，你也可以问问春宁、夏波，她们都是读过大学的人，专业也和你对口！"

阿菊："那我就去试试？"

江浙："我看行！阿菊，说完这句话，我得祝贺你！"

阿菊："祝贺我啥？"

江浙："在生活的路上，你又向前迈了一步！"

阿菊："哎呀，八字还没一撇呢，你可别这么说！"

江浙："那一会儿我就派人给你报名，今晚上咱们就去听课好吧？"

阿菊一惊："今晚上就要去听课呀？！"

江浙："没想到？！"

阿菊："来得太快了！完！学习的小夹板真套上了！"

江浙："年轻人，没有压力轻飘飘！"

### 7. 胡一林家

常华对胡一林说："你昨晚说的事儿，我想了一下，为了稳妥起见，我还是不要立马就从公司辞职，我先打个病假条，把事儿放到那，等咱们的公司真的有眉目了，再辞职也不迟！这样稳妥！其实辞职，那就是一句话的事儿！"

胡一林："听这话头儿，你还是对我办这事儿信不实呀，信不实也好！我不强求你！你不愿意现在辞职，就别辞！不过你睁大眼睛瞅着，看你老公怎么把这个事儿从头到尾地给你运作起来！怎么干出名堂来！"

常华："你真能运作起来了我高兴，可别整得干打雷，不下雨！轰轰隆隆地满天响，没做成啥事儿！像角瓜地里的谎花儿，花儿开得挺灿烂，就是不结果！"

胡一林："老婆子，你就瞧好吧！哎，拿点儿钱！"

常华："干啥？"

胡一林："办成立公司的事儿，兜里一点儿钱没有行吗？"

常华："你干正事儿，给你拿点儿钱是行，可是你得紧着手花！该花的花，不该花的别花！"

胡一林："我啥时候乱花过钱呢！都干啥了，我给你记个账还不行吗？"

### 8. 公司男宿舍

中午。

夏波和小明在这里。

桌子上泡着两碗方便面。

小明："夏波，这回工资奖金都没少发，你的钱没再从兜里想着往外蹦吧？！"

夏波："钱哪，存银行了，入库了！"

小明："你这个弯子转得挺急，大中午的也要吃方便面，公司的工作餐比这贵不了多少！"

夏波："这不是贵不贵多少的问题！你知道啥？这叫苦其心志，劳其筋骨，饿其体肤！故意给自己设计的一条成功之路！"

小明："你有这种想法，我很高兴，可同时又有一种担心！"
夏波："担心我啥？"
小明："担心你从一个极端跳到另外一个极端，想做的事，反而坚持不了长久，做不成！"
夏波掀开方便面的盖儿说："做成做不成，走着瞧！"
小明："你真的不馋寿司、必胜客、肯德基了？"
夏波吃了口方便面，说："哎，别提那些，这，就是寿司！这就是必胜客！这就是肯德基！来，吃！"
小明："嗓子眼里的馋虫不爬了？"
夏波："去！老实儿吃你的饭得了！"
小明："行，你行！为了你这个劲儿！陪着你吃方便面！我认了！"
大民和春宁拿着盛满饭菜的饭盒儿走了进来！
春宁："哟！夏波，大中午的，你怎么又吃上方便面了？来，我们这儿有饭有菜，大家一起掺着吃！"说着摊开了饭盒。
夏波："哎哎哎，你们吃你们的呀！我可是就吃这呀！"说着把方便面盒端了起来，自己吃着！

### 9. 公司办公区
常秀坐在常华的位置上，看着桌子上的东西，想着心事。
门开了，常华走了进来！
常秀有些喜出望外："小华，是你，你来了？我就寻思着你还能来上班！"
常秀不理不睬地："姐！我今儿个来，不是来上班来了，我是来取医疗本，想到医院去看看病！"
常秀："看病？！你怎么了？"
常华："姐，我是真的有病了，这脑袋里边抽筋儿似的疼！像是长了个什么东西似的！直想撞墙！"
常秀："别乱想，怎么好模样地就会长了什么东西呢？！"
常华："不行，我得去医院检查检查！"
常秀："去看看对，但也别太紧张了！用不用姐陪你去？"
常华："不用！我能走能撂的，就是头疼！"
常华用钥匙打开了抽屉。
常秀："小华，检查有了结果，一定早点告诉姐一声！省着姐惦记你！"

### 10. 公司男宿舍
大民、春宁、小明、夏波都在吃饭！
春宁："哎，今天上午，公司里又传出了个好消息！江总做通了阿菊的工作，阿菊同意去读业大了！"
大民："真的呀？阿菊能同意去读业大？这可是天上掉下来的大好事儿！不容易！真的不容易！"
春宁："人，都在往高处走嘛！人家晓梅、阿菊都往前走了，咱们更得往前走！大家在昨晚吃饭时说的那些话，还是不能忘了，从今儿晚上起，我们除了在自己公司打工之外，还要利用业余时间，再找一份事儿干，等赚到一定数量的钱，我们就自己开个小股份公司或者店铺！说说，每个人的第二职业是什么？"

大民："我和小明的事儿联系妥了，一家电脑三维动画公司，请我们去帮着做三维动画！！"
春宁："我和夏波的工作，还没有最后落实下来，我们想到街头打个招牌，做家教！行就行，不行再说！"

### 11. 医院门诊

常华走了进来："哎，秀丽！"
被叫作秀丽的女医生："哟，是常华呀，老同学，可是有年头儿没见了！同学聚会的时候，你总是参加不上，都知道你是个大忙人儿，今儿个怎么有空儿到我这儿来了？"
常华："找你给我看看病！"
秀丽："怎么了？"
常华："说怎么了，其实也没怎么！说没怎么，其实还是真有点儿怎么了！"
秀丽："这是怎么回事？你能不能说清楚一点儿，到底怎么了？你哪儿不好？"
常华："跟公司里的人说是头疼，像是得了脑瘤了一样！可跟你我得说实话！没啥大病，就是心里不得劲儿，不舒服，不愉快，想泡些日子病号！"
秀丽："啊，我明白了！心里因为啥不得劲儿？！"
常华："我们家的那口子，不争气呀，和我都在我姐家的公司里干，可是仗着亲属关系老耍驴，说嫌工资给少，说啥不干了，非得要自己出去挑头儿干！弄得我一股肠子八下扯不说，他能不能干翻了车还不好说！你说我能不为这些事儿窝心吗？！"
秀丽："哎呀，凡事你得往宽处想！山重水复疑无路，柳暗花明还又一村呢！你没听一首歌里唱啊，不要烦恼不要忧伤，生活本来就这样，没有冬雪就没有春光，没有坎坷就没有坦荡，哎，还说拐弯的地方是太阳！所以呀，凡事得要想得开！"
常华："歌是那么唱，可生活不是歌，谁摊上这些事，谁也搁不下！"
秀丽："说吧，我能帮你什么忙？！"
常华："没什么，开个诊断书，说是医疗观察，先要休息十天，就行了！我们休息是要扣除工资的，要不是太闹心，我是不会休的！"
秀丽："这好办！这个诊断一般来说我们医生是不可以随便开的，可是老同学来了，破个例，也在情理之中！我给你开了，十天够了？"
常华："够了！"
秀丽："给！"
常华接过诊断书："谢了。"
秀丽："客气！"
常华走了。

### 12. 公司总经理办公室

江浙问常秀："小华来上班了吗？"
常秀："来了，可是她说有病了，脑袋疼得快两瓣儿了！怕长什么东西，就请假到医院看病去了！"
江浙长叹一声："她的病这么看，怕是看不好！"
常秀："什么意思？"
江浙："真药治不了假病！"

### 13. 公司写字楼门口

常华把病假条递给保安员小王。

小王看看："常主任，我是保安员，不是收发员，你把这个给我，叫我送给老总合适吗？"

常华："我说让你送你就送，啰唆个啥？我身体不好，上不去楼了！"

小王接过病假条："行吧，那我就给你送去！"

常华转身走了。

### 14. 布展现场

大民和小明指挥着工人们在工作。

春宁、夏波、晓梅都是一身工装，在扛着木方和各类板材，都忙得满头是汗！

人们互相递着矿泉水和毛巾！

阿菊坐在那儿喝着矿泉水说："这哪是女人干的活儿？快累死了，我可真坚持不了啦！"

夏波："你坚持不了啦？我特想坚持！这几天我正想找这活找不着呢！这叫啥？这叫锻炼！"

晓梅喝口矿泉水，说："咱们展览公司要天天干这活儿么，我乐意，我这一身劲儿正愁没地方使呢！痛快！"她那红润的小脸儿上已经有了汗水流下的痕迹，那个样子很可爱。

春宁看着晓梅，笑了："这回英雄可找到用武之地了！"

展览会大厅门口。黄总他们一帮人走了进来。

### 15. 公司总经理办公室

保安员小王把病假条递给常秀。

常秀接过病假条一惊："呀！小华怕是真的有病了？！"她马上抄起电话，拨通了常华的手机。

手机那边传来常华有些微弱的声音："喂……"

常秀："小华，你真的是病了？！姐可是急死了！你在哪儿呢？到家没？！到了家，好好躺着，姐一会儿就去看你啊！"

她放下电话，对江浙说："小华看来是真的是有病了，你去不去看看？"

江浙："真的病了？怎么没解雇胡一林之前好人儿一个，一解雇胡一林，马上就来病了呢？要不，你先去看看，要是真的病了，我再忙，也得过去看看！"

常秀："这是医院开的！怎么会有错！"说着，就急急匆匆地向外走去。

### 16. 胡一林家

常华对正在擦地的胡一林说："姐一会要来，我是病了，不知道你病没病？！"

胡一林眨眨眼睛："哎呀，我也是病了的！而且比你病得还要重哎！"说着，一扔拖布，就躺在了床上哼哼起来。

常华："别哼哼，人家还没来呢，你哼哼个啥？"

胡一林："我不寻思先演习一下吗？看装得像不像，别露了馅儿！哎，老婆，我们为什么要装病？是不是要给姐演一出苦肉计，好让姐同情咱们，让她和那江浙对着干？！好了，我明白了！这就是说，我们人虽然离开了公司，可也不能让江浙消停！得让江浙知道，离开了我们，他的日子难过！"

敲门声!

胡一林:"哎,她来了!"说着,急忙往床上躺。

胡一林已在床上盖着被子,哼哼起来。

常华捂着头,下床开了门!

一个拎着包的男人,手拎着一把菜刀:"大姐,你家要不要买菜刀?我这可是驰名天下的名牌菜刀哇!"

常华边关门边说:"不要不要!真是的,赶这当口来卖什么菜刀呢?可吓死我了!"

这时,又有人敲门。

常华冲门喊:"我们不要!说了不要,还敲什么门!"

门外却传来常秀的声音:"小华,是我呀!"

常华打开门:"哎呀,是姐呀,刚才来了个卖菜刀的,我寻思他还没走呢!"

常秀拎着一袋子水果,出现在门口!

常秀看着常华说:"这怎么是说病就病了呢?一林呢?"

常华没吭声。

常秀:"怎么你有病了,他也不在家照顾照顾你呀?他从公司也下来了,又没什么事儿了,还上外边儿疯跑什么去呀?!别说没什么大事儿,就是有什么事儿,还能大过你有病的事儿呀?!"

常华看看常秀:"哎呀姐,我们家一林从公司下来,一股火,也病在那儿了!那不正躺在被窝子里哼哼呢吗?他还能上哪儿跑去?这么个大男人没了工作,他还有脸上外头跑去呀?窝囊都窝囊死他了!完了,整个一个人都散架子了!"

常秀走进屋去,见胡一林正捂着大被,在那里哼哼,她的眉头一蹙:"这两个人病了一对,还都在家里泡啥?一林怎么不上医院去看看?!"

常华愁眉不展地:"姐呀,一林的病是一股火的事儿!急火攻心哪!我寻思先吃点儿药看看!钱,能省就省两个!"

常秀见常华唏嘘饮泣,也觉得有些黯然,脸儿愁苦着,半晌儿才说:"小华,一林确实有毛病!可就是一林再有毛病,你姐我也不乐意让他下岗!一林呢,你说你明着暗着的老跟那姓黄的混个啥?是,他有钱,可公司给你们的钱还不够花吗?他用得着非跟那样的人儿来往吗?要说不明白,你姐我就是对这些事儿不明白!如果你时时事事儿都做得好,你姐夫会把你怎么样?!那阿菊头些日子挨了顿打,谁干的?是你胡一林替姓黄的叫出去的!这个事里有一林的事儿!我是没敢跟你姐夫吐实情,他要是知道了这事儿,不得炸翻了天?!你胡一林还能消停地在家待着,法院早传你了!所以一林下岗,也是自己作的!"

胡一林一撩被子坐了起来:"听姐你这话头儿,那毛病还不都是我的了吗?是,我是有毛病!我不该把公司当成家,起五更爬半夜地给这个出车,给那个办事儿!我不该把姐姐、姐夫的事儿当成自己的事儿!什么事儿都想在前面,办在头里!我呀,早知道有今天,我当初像老驴老马那么干干啥?我呀,纯粹是去了王八犊子那角哇!"说着,扇起了自己的耳光,眼里竟扑簌簌掉下眼泪来!

常秀看看,想了想又说:"一林!话说到这当口上,我有话要问你,你去年一年报了多少汽油费?!"

一林梗着脖子:"姐,你怎么又问起这话来了?!那汽油都是公司用车使的呀!哎哟,我头疼哎,疼得都快不行了!我可不想跟你说这些事儿了!"

常秀:"小华,一林去年一年光报的汽油费,就够绕地球一圈多了!他怎么会报出那么多的汽油费?!"

常华："有这事儿吗？"
常秀："有！肯定是有！"
又有人敲门。
常秀开了门。
进来的人，竟是江浙！

### 17. 布展现场
黄总："不行不行！我们这个展位不能放在这里！"
大民拿着图纸说："黄总，按照咱们双方签的合同，这个展位的大小方位应该都没有问题呀？！"
黄总："这是什么话？你是干什么的？你一个小白人儿，怎么可以这样跟我说话？你说没问题就没问题了？我觉得有问题就是有问题！我是谁？我是你们展览公司的客商！客商是谁？客商就是你们的上帝，上帝是谁？换句话说，我就是你们的爹，是你们的爷爷！把你们老总找来！"
大民急了："你说话放尊重些！说是我们的上帝，我们承认！说是我们的爹和爷爷，你说错了！谁是谁的爹和爷爷呀？！"
黄总："你个乳臭未干的小毛孩子，还敢跟我犟嘴？我就是你爹和爷爷了，看你能怎么着？！"
大民怼道："你是我爹和爷爷？你还是回家当你自己的爹和爷爷去吧！"
春宁、小明、夏波、晓梅都上来拉大民。
大民气得脸儿红红！

### 18. 胡一林家
江浙把一万元钱放在胡的跟前："有病就马上去看病，你不是公司的职员了，可还是我的妹夫！公司的职员还真没这待遇！你从公司出来了，上的什么火？你们家不用愁钱啊用的什么的，一个是小华还在公司，她的工资也不低！再就是你们真有个什么难处，我和你姐能看着不管吗？！所以说，用不着上火着急什么的！"
胡一林突然把钱摔给江浙："这钱你拿走，我们不用你可怜！"
常华头上缠着毛巾，匆忙过来冲胡一林说："姐夫来看你了，你懂不懂个事儿？你这是怎么跟姐夫说话呢？"说着，把一万元钱拿起来说："姐夫给咱们钱还给出错来了，你挺大个人，知不知道好歹？！"
胡一林反话正说地："嗯，是我不知道好歹！对，我不知道好歹呀！我是三岁两岁的小孩子，给一块糖块儿也得乐！"说着，躺下了，盖上被子不再吭声！
江浙笑了："好，小华，公司那边的布展现场还有好多事儿，我约了几个客商过来看看，我不能把人家晾到哪儿，我得赶过去看看，你姐呢，愿意在这多待会儿，那就多待会儿，我得走了！"
常华："姐夫，你能来看一林，那可是谢谢你了！哪天我让一林找你赔不是！他现在有病，心急，你别跟他一样的！"
江浙笑着说："人家有病，可以理解！公司让他下岗归下岗，可家里的亲属关系断不了，他还是我妹夫！"
常秀："我也不待了，正好坐你姐夫的车一起走！"
常华："姐，你也走哇？"
常秀："有事儿再给我打电话！"

常华:"那你们慢走吧,看我的病能不能见好吧,如果能好,再说我上班的事儿!"
常秀跟江浙走了出去。

19. 布展现场
黄总对手下人说:"你们上去,给我打这个小子!"
黄的手下正要动手。
阿菊走了上来:"慢着!哟,是黄总来了呀!"
黄总:"怎么?你也在这儿?!"
阿菊燃着了香烟,也递给黄总一支:"黄总,他是我们公司的布展设计师,你们对展位有什么意见,跟他说不着!得冲着我一个人说话!"
阿菊注意到了黄总一个手下人的耳朵上有伤,好像是她被抢时被她咬伤过的耳朵!
黄总吐了口烟雾说:"跟谁说话,这个展位我也不同意!"
阿菊不动声色地:"黄总,你不要生气嘛!你看中的这个展位,我们已经分给别的公司了,人家出的价钱也和你们一样的!"
黄总:"既然是出的一样的价钱,那么,为什么他们可以占这个展位,我们就不能占?!"
阿菊:"不是你们不能占,你们这个展位是你们看了图纸,自己要的!"
黄总:"是我们要的,不合适也可以换吗!"
阿菊:"黄总,现在这个展位,已经是别的公司的了,我们也早在这儿动了工,这些立起来的东西都是钱哪!"
黄总:"屁钱?!拆了!这点儿钱儿我们另外付!总之,我们要这块地方!我们的展位就定在这儿了,不能变,变了,我们就要撤展!我黄某人的公司就要和你公司打官司!让你们赔偿我们的损失!告诉你们老总,就说这是我黄某人说的!"
阿菊:"黄总,我想这个面子你能给我吧!你们不要就这个展位再纠缠下去!如果你们公司真是非得要这块地方,那我们也得跟那家公司商量商量,人家也是知道这个展位是他们公司的,变了,那得人家同意才好!"
黄总:"阿菊,我不是不给你面子,这是公对公的事儿!参加展览会的钱,我们不能白花,我们要的是展览会的效益!"
阿菊指着黄总那位耳朵受了伤的手下人说:"黄总,你的这位小兄弟叫什么名字?"
黄总:"什么事儿?"
阿菊:"他的耳朵可是受过伤啊,是被人咬过呀!"
黄总:"谁知道是耗子咬的还是猫咬的?哎,阿菊,跟我一起走吧,上我的车,咱们一起找个地方喝点冷饮!"
阿菊:"喝冷饮,我就不去了!一会儿公司的江总还要来,你们的想法,我还要向他做个汇报!"
黄总:"阿菊,今天不是看你的面子,我是绝对饶不了那小子!"说完大摇大摆地走了。
大民死死地盯着黄总那些人的背影:"有两个破钱儿,烧包烧得快不知道自己是谁了?!德行!"
晓梅:"大民哥,你可不要跟他们这样的人生气,不值得!"

20. 胡一林家
胡一林忽地撩开被子说:"他妈的,可他妈的热死了!没病也捂出病来了!老婆子,你看我装得还算像吧？他们没看漏吧？"

常华："你这家伙干别的不行，装相装得还满行！我早知道，你有表演才能！"

胡一林听话音有点儿不对味儿："我有表演才能？嘿嘿，那要是有哇，也是你教出来的，你装得更像，脑袋上还扎个白毛巾，嘿嘿，真是装相的老师！"

常华厉声说："你才是装相呢！我是真病了！我头疼！"

胡一林："我知道你是怎么回事儿，瞒得了别人你还瞒得了我？你准是又去医院找你那个老同学了吧？找了她，那病假条，不是想怎么开怎么开呀？！你要说是真有病了，那咱们就上别的医院查查去！"

常华："用不着你在这儿显快嘴儿！我就是有病，怎么了？！别的不说，我一说有病！他就得给我送来一万块钱！他不是不给我加薪发奖金吗？这回怎么样？我还赚了！"

胡一林："那钱是给你一个人的吗？那是给咱们俩的！"

常华："人家事先不知道你有病啊！送钱是冲我！"

胡一林："你也别认为给你送点儿钱儿就是好事儿！整不好，这是江浙玩的猫哭耗子的游戏！"

常华："什么意思？"

胡一林："整不好，这一万块钱就是通知你下岗的最后一道手续！"

常华："你也别把人家往哪儿想！人家没你那一肚子花花肠子！"

胡一林："不是我把他们往哪儿想！走着看吧，看咱们谁说的对！"说完，下地穿衣裳。

常华："你要干啥去？"

胡一林："快要憋死了！我得出去透透风！"

常华："透透风是透透风，别让我姐他们看见了，不然有些话就不好说了！"

胡一林："这我知道，你丈夫还没蠢到那个份儿上！"说着开门走了。

## 21. 大街上

江浙开车拉着常秀奔驰在大街上。

常秀对江浙说："你呀，是给了人家钱，人家不会说你好！我呢？是猪八戒照镜子，里外都不好做人哪！先前你不给人家涨工资和发奖金，这一下子给得更多！"

江浙："公司是公司的事，亲属是亲属的事！这是两条线，不能拧在一起，得分别对待！给他们的钱是从亲属的角度照顾他们，那不是加的工薪，也不是奖金！"

常华："那不都是钱吗？"

江浙："钱和钱的内涵不一样！"

常秀："我问了胡一林汽油费的事儿，他递不上报单，推说头疼！虽然我没好再深问，但我看明白了他这个人！"

江浙看了一眼常秀："看明白了，你又能拿他怎么样？公司已经解雇他了！他还得是你妹夫！"

常秀一副很累的样子，长叹了一口气，说："我听小华说，胡一林到劳务市场找事儿做了，可是没找着，人家看了他那文化程度，又没业务专长，只是说可以推荐他去浴池按脚！"

江浙："按脚怎么了？你还是大学生呢，咱们创业初期不也按过脚？按脚也是一门专业，他胡一林要真能把脚按好了就不错！"

常秀："可是他嫌那活儿不好做，没去！"

江浙："去，他也不定就干得好！我早就说，让他们俩儿学点儿知识学点专业技能，可是人家依仗着在咱们公司里做事，我的话都当了耳旁风！这回好，也是让他胡一林明白明白，没有一技之长，在当今社会上根本无法立足！这两个人哪，一身依赖性，自身生存和发展能力太差！我一直在想，我们一直照顾他们，是不是一个错误？！看看咱们公司里的这几名大学生，哪个生存和发展能力不比他们强！"

车子，向前驶去！

繁华的街市，在车窗上闪过！

### 22. 另外的大街上

黄总开着那辆车也在行驶。

黄总对他伤了耳朵的那位手下人说："你这个人，很没眉眼儿！你的耳朵完全地暴露在了阿菊的眼前！"

那个手下人说："大哥，我耳朵伤了，就一定是她咬的呀？我就一定是打她抢她的人？耳朵伤的事儿可多了！大哥，你真的别在意这点小事儿！万一有了事儿，我一人做事一人担！"

黄总："我怕的就是你担不起！在阿菊这条小河沟子里翻了大船！"

（第十三集完）

## 第十四集

### 1. 布展现场

阿菊："海总！很不好意思，事到如今，这事儿就得请您帮帮我们的忙了！"

海涛看了一眼阿菊，对春宁说："春宁，你们公司有了困难，我们作为客户的应该帮忙，大家都是合作伙伴嘛！如果把我们公司的展位调到这边，把那块儿给他们倒出来，我看并不是不可以！都在展览大厅里，展位横差竖差也差不到哪儿去！可是在设计上，这个堵头，还是要和这边连成一体好，把展位设计成回廊状，声光电都要好一些，这样既成了顾客的必由之路，又可以扩大展位面积！"

大民："海总，这从理论上说是可以的，可是这样做，我们公司的投入成本就要增加了一些，你知道，我们是下面的具体工作人员，这些事，要向我们老总汇报后才能定。"

海涛："增加的成本部分，你们搞出个明细来，我们公司可以承担！因为这也等于是为我们公司做事吗！"

江浙和常华走了过来，他问："什么事儿？又要海总他们公司承担？"

大民解释说："江总，是这么回事儿……"

### 2. 街头

胡一林在打手机："大哥！小弟那个展览公司可张罗开了！房子也都租下了！马上要装修了，大哥答应小弟的资金支持，不会落空吧？啊，我知道不会落空，只是我那媳妇她老不放心！大哥，你说了这话，我心里就有底了！谢了啊！"

他揣好了手机，从兜里掏出一百块钱，自言自语道："他妈的！这回咱胡一林也要当老板了，先他妈的享受享受！"说着，走到一个烟摊前："给我来一盒好烟！"

烟贩收好了他的钱，把零钱和烟一起递过来："哎呀，大兄弟，你没少在我这儿买烟，以前净买一般的抽，今儿个买好烟了，怎的？这是发财了？"

胡一林洋洋自得地："没啥，就是当了个小公司的总经理！"

烟贩："总经理？呀！那可是不小的官儿了！我说要不怎改抽好烟了呢！这个烟，一般人抽不起！来我这儿买这烟抽的，都是有头有脸的人！"

胡一林笑笑，打开烟盒抽上了："嗯，这烟还是好抽！是真的！打今往后，我就在你这儿买这个烟抽了！"

烟贩："你放心！我这儿的烟没假！我敢说抽出一盒假的来，我赔十盒！咱上货得来路正啊！你要抽只管来我这儿买！"

### 3. 布展现场

江浙："海涛总经理，本来你们的展位定了，可你又帮我们的忙，同意换了展位，这已经很对不起了！装展位要增加的钱，我们公司拿，你们不但不能再拿一分钱！我还要跟你们说声谢谢！"

海涛笑了："好你个江总，果然是个经营好手！行！我们是长期的合作伙伴，彼此都不差这几个钱！那就按照你说的办吧！"

门外一辆大卡车停了下来！

晓梅的二舅和几个抬盆景的人走了进来！

江浙迎上去："哟哟！晓梅的二舅来了！"

阿菊的眼神立马向这边移了过来！

海涛跟江浙打招呼："那好，你们忙，我们先走了！"

他走到春宁跟前，说："老校友！辛苦了！"

春宁笑着说："我们公司一到了这个时候，就这样！"

海涛说："那好，我们走了！"

春宁："您慢走！"

大民远远地注视着这边的一切！

晓梅的二舅在和江浙说话。

他带来的人，已经把两盆盆景搬了进来。

哦，好漂亮的盆景啊！

晓梅的二舅对江浙说："这两盆盆景，放到我们展位上，既是做了盆景的广告，也给我们的展位壮壮声色！"

江浙："好，这个盆景好！你对你们这个展位这么布置还满意吧？"

晓梅的二舅："满意！有什么不满意的！协议都是签了的！满意！"

江浙："哎，晓梅这孩子变化可是不小，去读业大了！"

晓梅的二舅说："我都听说了！江浙，你这个总经理当得够料！对年轻人的教育上有一套！看来我们乡镇企业在人才培养上也得走这条路！让所有的人都有接受新知识和受教育的机会！"

江浙："今儿个就住下吧，住我们公司里！"

晓梅的二舅："不了！一大堆事儿呢！我们就回了！"

晓梅："二舅，你这就走哇？！"

阿菊对夏波说："你看人家可是做大事的人，还一点儿也不狂！"

二舅打兜里掏出点儿钱："哎，晓梅，上了业大，可要好好学习，争取门门儿考个好成绩！这点儿钱，你留着，又工作又学习的，别把身体整垮了，适当补补！"

晓梅一推钱说："二舅，你不用给我钱，我已经挣钱了，够我自己花的了！"

晓梅的二舅："呀，真不要哇？！"

晓梅："真不要！"

晓梅的二舅乐了："江总，你们是用什么办法教育的，晓梅像个大人了！临来的时候，我给拿了两千块钱还嫌少呢！到底拿了三千元，嘴才不再挂油瓶！"

江浙笑着说:"都是春宁她们带的!与我没什么大关系!"

晓梅的二舅:"我知道,你们这有个利于年轻人成长的大环境!好了,都回吧!"说完走了。

### 4. 大街上

江浙开着车。

车里,常秀对江浙说:"这个黄总也是真要命,合同签完了,又反过来推翻,不是海涛他们公司同意换了地方,这事儿今天可就麻烦了!"

江浙:"我听说了,那个姓黄的来挑展位,闹了一阵子走了!其实,他挑那个展位也不见得就好到哪儿去,他姓黄的是能找点儿咱们麻烦,绝会不找的!找了,看着咱们难受,他高兴!"

常秀:"我听说耿大民差点儿和那姓黄的干起来!那姓黄的骂了耿大民!"

江浙:"一个经商的人,不管干的事情大小,都得讲德行!姓黄的就不像晓梅她二舅和海涛那种有德行的人!"

常秀:"可你也得说说耿大民,不能让他跟客户吵架!"

江浙:"耿大民那小伙子我知道他!性格绵善得很!一定是姓黄的说了很不讲理的话!对这件事儿,我不鼓励,可也不能批评!"

常秀:"反正一遇到这些年轻人的事儿,你就像老母鸡孵小鸡一样,护护护!"

江浙:"可不护小鸡崽儿的老母鸡,也不是个好长辈!"

### 5. 布展现场内外

大民冲大家伙喊:"哎哎,今儿个就到这儿了,下班了!"

春宁、夏波、阿菊、晓梅、小明都高兴得喊了起来:"哎!下班了!"

人们都往门外走。

大民、小明、春宁、春波几个一起走出门外,向一个方向走。

晓梅见了喊:"哎,你们干什么去?!"

春宁说:"晓梅,我们还有些事儿,晚上你和阿菊不是有课嘛,你们就先回吧!"

晓梅见了,有些奇怪地对阿菊说:"他们四个,这是要干啥去?"

阿菊说:"人家有人家的行动!走!咱们赶快回公司吃饭,吃完饭赶快收拾东西,准备去上课!"

晓梅:"阿菊姐,你也同意上业大了,我可有个伴儿了!"

阿菊:"我同意是同意了,可现在就有点儿后悔了!我怎么能同意又上学去呢?我这不是傻了!真的不想去,可泼出的水,又收不回来了!"

晓梅:"阿菊姐,咱们一起去上学,多好哇!"

阿菊:"你好,我不好!一想着又要学习的事儿,就脑袋疼!"

那边,春宁说:"好了啊,咱们打现在起,就分头行动了,好不好?"

小明:"好,我和大民两个就奔电脑公司那边去了!大民哥,走!"

大民却停了一会儿:"春宁,你和夏波不管在不在一起,忙完了,我和小明这儿都有手机,打个电话来,我们好去接你们!不然你们女孩子走夜道,不是很方便!"

夏波说:"没事儿,咱们市里这方面没什么事儿,挺安全的,只是阿菊出过一次事儿,让你们有点儿一朝被蛇咬,十年怕井绳!"

大民:"还是给我们打个电话吧,接一下也不费什么事儿!"

夏波拉着长声说:"行!大男子主义!"她挽着春宁的胳膊说:"看没看见?那个大

民哪！关心你，心细得像头发丝儿似的！"

**6. 公司写字楼门前**

阿菊和晓梅走了回来。

小王笑着说："嘿，你们回来了？"

阿菊问："哎，小王，最近怎么不上我那儿玩去了？"

小王："嘿嘿！没事儿，嘿嘿，没事儿！"却冲晓梅偷偷摆了一下手。

阿菊其实是看到了，说："我看不是没事儿，是有事儿！是不是和我们晓梅黏糊上了？！"

小王："没有，没有，不信你问晓梅！"

阿菊："你们两个人的事，有事也是攻守同盟，我问晓梅能问出来呀？我可跟你说下！你跟晓梅黏糊是黏糊，可我们晓梅，那可是个黄花闺女，你不兴动我们晓梅身上一根毫毛！不然，要是让我知道了，我可饶不了你！"

小王："阿菊，你想哪儿去了？我姓王的能么么不是人吗？！"

阿菊："小王，话呢，我就说到这儿为止！是轻是重，你自己掂量吧！"

说着，阿菊进屋了！

晓梅却站在了那儿。

小王："晓梅，咱俩这点儿事儿，八字还没一撇呢，怎么阿菊就知道了呢？！"

晓梅："我怎么知道！"

小王说："要不人家就说了，要想人不知，除非己莫为！没有不透风的墙！"

晓梅："什么己莫为？我可没跟你有啥事儿！"

小王："你是跟我没啥事儿，可我那不是跟你有事儿吗？！我那不都跟你说了，人家心里有你了不是吗？怎的？不接受哇？！"

晓梅："我对你还并不太了解。"

小王："那这不让你慢慢了解呢吗？谁也没让你立马表态呀？！哎，今晚给个表现机会行不行？我今儿个晚上下班早，可不可以到业大课堂门口去接你？"

晓梅："不行！"

小王："为啥？！给个机会都不行啊！就打着上大学了呗，也不至于这么牛吧？！"

晓梅："今晚上，江总要去的！"

小王吐了一下舌头说："妈呀！亏得问了一句，不然，差点儿没整出冒失事儿来！"

**7. 街头**

天桥处。

春宁和夏波手里拿个"家教"的纸牌，靠着天桥的栏杆。

过往的行人！

天桥下匆匆的车流！

春宁和夏波焦急的眼神！

人们注视她们的眼神！

**8. 公司办公楼下和大街上**

江浙的车，停在了这里。

阿菊和晓梅上了车。

车驶出了小区。

大街上。
车里，阿菊对江浙说："江总，今天在布展现场，我有了个重大发现！"
江浙："嗯？什么事？"
阿菊："黄总那个手下的人，耳朵受了伤，正是我那天咬伤的那只耳朵！"
江浙："你能肯定吗？"
阿菊："凭我的直觉，肯定！"
江浙："这说明两个问题：一、你的被打被抢，确是黄总他们所为无疑！二、胡一林确实是他们的帮凶无疑！"
阿菊："我准备跟姓黄的摊牌，让他把人交出来，你看行吗？！"
江浙："事情不会那么简单！他姓黄的是不会交人的，你要先考虑好自己的安全！这个事儿既然有了头绪，就不要再着急了，我们一起想想办法，好吧？！"
阿菊听了，没吭声，低头看看手，手上的伤还没有痊愈！
她有些充血的眼睛！

9. 街头

天桥处。
来来往往的人流。
春宁和夏波还等在那里。
夏波说："春宁姐，我突然觉得我做家教不合适！"
春宁："为什么？"
夏波："虽然我也是大学毕了业的，可我比不了你那名牌大学，我是个业大毕业生，我的毕业成绩都不是很高的，我不能为了自己挣钱，糊里糊涂地教人家，误人子弟呀！"
春宁："你这么想也对！可那你想去干啥？"
夏波："我想去一些饭店看看，干点儿杂活儿！"
春宁："干那个，可累呀，你能吃得消？"
夏波："我就是想找点脏活儿累活儿干干，我这个人啊，从小到大太娇气！缺少这方面的锻炼！"
春宁："这么说，那倒也是好事儿！你找到事做也好，没找到事做也好，只是别忘了和小明联系！"
夏波："那是！我走了？！"
春宁："你走吧！"
夏波走了，消失在人流里。
春宁，一个人，还在那里拿着"家教"的纸牌子，站在那里。
来来往往的人流啊！
天桥那边，太阳正在西沉！
胡一林从人流中走了过来，他发现了春宁，怀疑是自己看错了人，揉揉眼睛说："哎，这不是春宁吗？你怎么在这儿？"
春宁："想多做点儿事儿！"
胡一林："怎么？你不在江浙展览公司干了？"
春宁看看他没吭声。
胡一林："哎呀，江浙展览公司真是完蛋了，连你这样的人才都留不住！像我这样的，留不留倒无所谓了，可像你春宁这样的人才，天上难找，地上难寻！也没留住？！"
春宁："我现在是在业余时间，是想出来做做家教。"

胡一林："春宁！实不相瞒，我们也准备成立一个展览公司，叫环球展览公司！若不嫌弃，我们愿意高薪聘请你们这些业务员，到我们这儿来工作！"

　　春宁笑了："我还是江浙展览公司的人，我现在出来是自谋第二职业！不存在到另外一个展览公司谋求工作的事儿！"

　　胡一林一脸尴尬："啊，是这样啊！哎呀，看这天色也不早了，你这第二职业也不好求哇，要不要我请你吃点儿饭？"

　　春宁："不用了，谢谢！"

　　胡一林："好，那咱们就回见？！"说完，走了。

　　春宁看看他的背影，淡然一笑，又举起了手里的纸牌子。

### 10. 业大课堂

　　阿菊和晓梅正在这里上课。

　　老师在讲着："商品用W来表示，W叫作达不溜！资本用G来表示，G叫作计！"

　　晓梅往本子上记着什么。

　　阿菊呢，却一个劲儿地打着哈欠，对晓梅说："什么达不溜，就是倒过来的麦当劳店标！什么计，就是半拉乒乓球拍子！"

　　门外的窗口上，是江浙那双深沉的眼睛！

### 11. 街头

　　天桥处。

　　没有了行人。

　　只有春宁一个人，来回走在天桥上。

　　天桥下是街灯，人车稀少。

### 12. 月湖茶楼

　　夏波在汗流浃背地拖着地！

### 13. 某电脑公司

　　大民和小明在电脑前设计着什么。

　　大民对小明说："我伟大的浪漫主义诗人！这回咱们设计的生杀大权掌握在你自己手里了！你是用印象派呀，抽象派呀，魔幻现实主义呀，象征主义呀，还是荒诞派呀，就你自己说了算了！"

　　小明："没有生杀大权，就觉得自己怀才不遇！有了生杀大权在手，才知道这里的分量，不能轻易决定，咱不能把设计的东西当成试验品呀！用老话说，这叫啥？这叫不当家不知柴米贵！"

　　大民："好，浪漫主义在艺术上对现实的回归！就像钢水变成钢锭一样，一个撑竿跳，从液体跳向固体！量的升华，质的跨越！

　　小明："好，充满激情的好诗！谁是大诗人？你耿大民！"

　　大民："不敢！守着诗人，有了点儿浪漫情怀，只是我追求抒情与激情的统一！不是缺少激情的苍白的抒情而已！"

　　小明："话不必直说，我们这一代人，缺少的是一种迸发性，火山一样的迸发性，那种迸发性的力量与激情！"

### 14. 月湖茶楼包间

胡一林仍是闷闷不乐："大哥！你设身处地，站在我这个角度想想啊，一个男人为了朋友把工作丢了，在家里还能直起腰来吗？！这口气难咽不说，那乱七八糟的话儿你就听吧，那女人嘴里全能说出来！你烦听啥，她偏说啥！一顿饭没等吃呢，她能给你气饱了！男人哪，没了工作就是没了钱，没了钱，在家里就成了孙子！要不是你黄大哥帮我，我是个啥？啥也不是了！"

黄总笑了："这叫啥？这叫你们过去胆小不得将军坐！这回，你们的展览公司一办起来，依照常华那能力，还有我们这些老客户支持你们，还愁办不火吗？用你们的公司挤垮他们的公司！这，就得看看胡一林的能耐了！"

胡一林顿时来了精神，他递上一支香烟说："大哥，开办资金，迫在眉睫！大哥的钱先借给小弟用一下，公司手续一完，钱立马奉还！"

黄总接过烟："呀？改抽这么好的烟了？"

胡一林："小弟孝敬您的！"

黄总："你说的事儿，不是不可以，你们两口子办事儿，我也不是信不着！可是……"

胡一林："大哥，你这是有话没说完哪？！"

黄总淫秽地一笑："阿菊是一条很滑的泥鳅！我很难抓到手。你们公司那两个妞儿怎么样？"

胡一林："我说过的，不好办！"

黄总："有钱能使鬼推磨！你大哥我可是有的是钱！"

胡一林："大哥，现今这女孩子，心思很难猜！并不都是见钱眼开！真的就是有的人清高不拿钱当回事儿！你把钱摞得山一样高，她睬都不睬！好像那钱是土，是粪，是他妈的垃圾！"

黄总："听你这口风，你给大哥找妞儿的事儿，是泡汤了？！"

胡一林："我没那么说！我只是说有些难！那个春宁你根本就别指望，那个夏波虽然有点儿懒和馋，可死倔！我也只能说慢慢试试看！"

黄总："当年西门庆把潘金莲弄到手难不难？可是有王婆全力帮忙，那不也是成了！所以这个王婆呀是真心帮忙还是假意帮忙，十分重要！你姓胡的看来也不傻，你是既想让我帮你垫资办公司，又不想真心帮我这个忙！你小子有一套哇你！"

胡一林："哪里哪里？这个忙，我怎么会不想帮呢？你黄大哥既然非得要拿我这只鸭子上架，那怎么办？那是刀山，是火海，我胡一林也得往上冲了！"

黄总："有个事儿，我还得告诉你，今天在现场，阿菊这鬼精灵，可是盯上了那天晚上，被她咬伤了耳朵的那个我的手下人了！"

胡一林："这么说，阿菊已经知道，是你的人打了她？"

黄总："所以，你和我还是一根线拴在一起的蚂蚱！你也跑不了，我也蹦不了！只好同舟共济了！"

胡一林："小弟明白！大哥的钱什么时候能帮我到位？"

黄总："我的事你都办不明白，可找我的事儿你紧着催！你这个人啊，太那个！"

胡一林抽口烟，只得赔着笑。

### 15. 街头

天桥上，春宁还在来回踱步。

天桥的一头，摇摇晃晃走上来一位醉汉。

春宁有些惊慌地看着他。

那醉汉摇摇晃晃地走上天桥:"呀,这儿有这么个漂亮妞儿等着我呢!妞儿,我不要什么家教,我只想找你睡觉!"说着,就朝春宁奔了过来!

春宁见状,向天桥下跑去!

那个醉汉站在春宁后边大笑:"妞儿!跑什么跑?!你!回来!我要和你睡觉!"他一边说,一边打着酒嗝儿,摇摇晃晃地往前走。

春宁跑下了天桥。

她有些惊恐的神色,快速地踅进了一家鲜花店!

### 16. 公司女宿舍

阿菊和晓梅在屋里。

晓梅在用报纸挡着灯光看书!

阿菊一边往脸上抹着什么化妆品,一边说:"行了,晓梅,你把那报纸撤了吧,打今儿起,我也别想睡懒觉了,我也得看书了,咱们一起遭罪吧!"

敲门声!

阿菊:"进!"

江浙抱着一摞子新书,走了进来:"阿菊,晓梅!这是公司给你们买的一些课外辅导读物,一人一套!"

阿菊看着书说:"哎呀,我的天爷,这么厚一摞子,猴年马月能看完哪!"

江浙:"怎么?你还嫌多了?我可告诉你,书到用时方恨少!阿菊,今天晚上的课,你听得怎么样?"

阿菊:"实话说,不怎么样!"

江浙:"都哪些没听懂?"

阿菊:"不是哪些没听懂!是全都听不懂!整个一个听天书的感觉!鸭子听雷!我在考虑我明天还要不要去!"

江浙:"阿菊!你不能这么想,在人生的路上,有时要迈出关键的一步很难,但是你要坚持,要挺住!咬牙迈出去!就是曙光!"

阿菊:"你是在给我唱妹妹你大胆地往前走吧?!可我还是想着星星最好还是那颗星星!"

江浙:"星星还是那颗星星,可乌鸡却变成了彩凤凰了!我看你是万事开头难啊!来,我给你把今天晚上的课的内容,帮你从头到尾捋捋!"说着,坐了下来,打开了一本教材!

阿菊:"哎呀,江总亲自给我当老师,太不好意思了!"说着,给江浙倒了杯水:"您喝水!"

晓梅放下书本:"我也听听!"

江浙:"经济学的名词,其实很好懂,和我们的日常生活都有联系!"

阿菊:"货币不就是钱吗!"

江浙:"货币是钱,可钱不光是货币!"

阿菊:"不懂!"

江浙:"钱还是资本!货币是在市场上流通的钱,就是你买东西花的钱!可资本呢,是投入生产、流通、再生产循环运营中可以增值的钱!"

小区的夜,很静!

公司女宿舍的窗口,投射出灿烂灯光!

### 17. 那家鲜花店

一位老板娘模样的年轻女性看见春宁气喘吁吁的，就问："这位小妹，你这是怎么了？"

春宁回头向门外看看，说："一个醉鬼，在天桥上追我！"

老板娘："别怕！你坐！到了这里，他就是追来，也不敢把你怎么样！我出去看看！"说着，推门向外望了一眼："没事了，那个家伙晃晃悠悠地走过去了！这位小妹，今儿傍晚时候，我就老远望见你在天桥那儿，怎么这么晚了，你还在天桥上，你要干吗？"

春宁："我只是想找一份家教的事儿做做！"

老板娘："看你一身文文气气的，这么敬业呀！你是什么文化？"

春宁："大学，大学毕业！"

老板娘："嗯！现在谁招聘个人啊，首先看你文化！文化不过关，不好用！小妹，你懂不懂插花艺术？"

春宁："不懂，但我可以学，我有个男朋友是搞美术的！"

老板娘："哦，那好，到我这个店来做做钟点儿工怎么样？我这缺插花工！"

春宁："我可以试试！"

老板娘："好，头几天你先练练手，等你成手了，那咱们再论报酬！"

春宁："好，这是当然好！我得谢谢你了！"

老板娘："话别那么说，我这个人很是相信缘分！天桥下这么多店，你怎么就跑到我家来了？！这是咱们姐妹儿有缘分！"

### 18. 月湖茶楼

夏波还在汗流浃背地拖地。

突然有人用皮鞋踩住了拖布！

夏波抬头一看，是胡一林："哟，怎么是你？"

胡一林："傍晚我看见春宁在天桥上打个家教的牌子，说是要谋第二职业！你夏波在这儿又是在干啥？也是在谋第二职业吗？"

夏波："是！也是！请你抬抬脚，我别弄脏了你的鞋子！"

胡一林："夏波！为了两个钱，干这又脏又累的活儿值吗？光光溜溜挣钱的道儿，有的是，你不想做吗？"

夏波："没想过！"

胡一林："用不用我给你指条明路？！"

夏波："好哇，但是得适合我做才行！"

胡一林："女孩子家要挣钱比男人好挣！"

夏波："什么意思？！"说完，使劲儿地拖起地来！

胡一林见了，一笑："什么意思？非常非常的有意思！夏波，今儿个你忙，也不太方便谈，哪天我请你吃顿饭，详细说说怎么样？"

夏波："请我吃饭呀？好哇！"

胡一林："那咱们可就一言为定了，哪天我请你！"说完走了！

夏波看着他的背影，轻蔑地一笑。

### 19. 公司女宿舍

江浙对阿菊说:"你在车上跟我说的事儿,我想过了,你可以先跟黄谈一次,直接说破,向他要那个人,看看他什么反应。"

阿菊:"我自己去吗?"

江浙:"当然不是!"

阿菊:"谁和我一起去?"

江浙:"我!"

### 20. 胡一林家

胡一林对常华说:"哎哎,老婆子,今天我可是发现了新大陆了!"

常华:"别说没用的,注册资金运作怎样了?"

胡一林:"这不正在运作之中吗!我是要跟你说个别的事儿!"

常华:"别的事儿我不想听!我可不像你正事不足,闲事有余!"

胡一林:"看看,这话怎么能这么说呢?没等听人家说啥呢,就说人家是闲事儿有余,这也太伤人家的自尊了吧!"

常华:"我不相信你说的那事儿,是什么正经事儿!"

胡一林:"你猜猜,我在街头碰着谁啦?"

常华:"谁呀?"

胡一林:"你猜猜!你使劲儿猜!"

常华:"哎呀,你别神神叨叨的!我能猜出来还用你说呀?!"

胡一林:"是春宁和夏波!"

常华:"她们在那儿干啥?"

胡一林:"春宁手里拿了块写着'家教'的纸牌子,说是要谋第二职业!夏波拎着个拖把在拖地,说是已经干上了第二职业!"

常华:"春宁和夏波?你亲眼看见的?"

胡一林:"本人亲眼所见!"

常华:"我这一不上班,公司的事儿是一点儿不知道了,她春宁和夏波,怎么突然又干上这事儿了?!"

胡一林:"我要说的问题就在这里!这是啥?这是在天空上,唰!给我们打出的两颗绿色信号弹!说明江浙展览公司的人并不安心那里的工作,说明我们公司去挖人才很有空间和希望!说明我们原来想的事情很可能变为现实!你说是不是吧?!"

常华:"你说的可能是。可是,这些年轻人背着公司,又出去谋第二职业,这不好,管怎么说那也是我姐家的公司呀!我得跟我姐说说!"

胡一林:"你看你看,不能跟你说个事儿,说了事儿,你就老太太穿毡袜,毛脚了!那江浙展览公司办黄了和你有啥关系?"

常华:"有没有啥关系我不管!在我姐和那帮小年轻之间,我不知道该向着谁?我缺心眼儿是怎的?那阵子谁给咱送钱来了?还不是我姐夫!"

胡一林:"好,你愿意说你说去,要不人家就说了,小姨子对姐夫就是亲,打断骨头连着筋!"

常华:"别说屁话!三天给你个好脸,你又有点儿嘚瑟起来了是吧?!"

胡一林立马噤声了!

## 21. 大街旁

大民和春宁依偎着，在向前走。

大民："我今天挣了五十块钱，如果每天都能这样，一个月我们可以多收入一千多元，一年下来呢，那就是一万多块！加上你我在公司的效益工资，很快，就可以跟大家合起来做小本生意了！那时候，滚雪球的资本运营活动就真正开始了！你呢，也可以做个老板娘了！"

春宁："那得看谁是老板了？"

大民："这还用问哪？当然是海涛了！"

春宁："浑！净说浑话！"

大民："你希望是谁？"

春宁说："是我自己！"

大民有些愕然："真是你自己，不是我呀？"

春宁："每个人都想实现自己，我不会把自己的经济命运系在任何一个人的战车上！"

大民："好好好，我略输文采，稍逊风骚！"

## 22. 公司总经理办公室

里屋。

江浙和常秀躺在了床上。

常秀："小华那阵儿打来电话，说胡一林在街头看见春宁拿块纸牌子，在找'家教'的第二职业！夏波呢，在月湖茶楼拖地呢！"

江浙："嗯？有这事儿？"

常秀："胡一林亲眼所见！你说，公司给他们该涨的工资涨了！该发的奖金发了！他们又扯出这景，这是怎么回事儿？"

江浙没吱声，他在默默地想问题。

常秀："公司和他们每个人都是有合同的！他们有谁违反了，要处罚！"

江浙："公司和他们是有合同，可那合同不是卖身契！这件事使我发现了一个问题！"

常秀："什么问题？"

江浙："在这些年轻人身上还有不少能力的矿藏我们没有开发！他们身上的能力潜能，可能还没有被我们发现！"

常秀："我看，如果查实春宁、夏波出去搞第二职业是真的，应该立即制止，应该处罚！如果不听公司招呼，依旧执意违反，那就不能客气了！"

（第十四集完）

## 第十五集

### 1. 公司总经理办公室

江浙从床上半坐起来说："别把这个问题看得那么严重。年轻人精力旺盛，春宁和夏波是在完成公司工作以外的时间出去做事，人家也没影响公司里的工作，把这个问题看得那么严重干吗？依我看，她们都是好孩子！将心比自心地说话，要是咱们家的男孩子大学毕了业，也在别人家公司打工，白天干完了活儿，晚上还能出去做一份别的事儿，我就满意死了，就得说我这儿子是个好家伙！有一股子精气神儿！"

常秀："看来，公司里的事儿，我是不能说句话了，我说话一碰着点儿那些年轻人，你就横扒拉竖挡着，就是一个护护护！阿菊和晓梅去读业大，你说是为了提高咱们公司员工的文化素质，报销学费，用车接送，我没反对吧？！可春宁和夏波外出打工的问题，和她们俩的问题，性质不一样！我还是这个公司的副总吧？业务部还归我分管吧？以前那个春宁顶撞我，你出面说话，说是要留住人才，我忍了，那口气咽了！可这次不行，再是人才，也不能一脚门里，一脚门外地在咱们公司做事！人才没有了可以再培养，公司需要一心一意为公司做事儿的人！"

江浙："这个事你要处理可以，可是必须向我通报情况，你要得到我的同意，才能公布处理结果！"

常秀："那要看我高兴不高兴！"

江浙："这可不是跟你说笑话，这是公司的纪律！"

常秀："我还要亲自调查，查实了再说！"

江浙："好好好，调查好！哎，我想告诉你一个你可能不一定感到意外的消息！"

常秀："什么事？"

江浙："阿菊被打可以肯定是那个姓黄的所为，胡一林也和此事有所牵连！"

常秀："何以见得？"

江浙："今天，姓黄的带着他的手下人到了布展现场，他一个手下的人，被阿菊认出来了！"

常秀："是吗？"

江浙："意外吗？"

常秀："这事儿怎么这么巧？"

江浙："这就叫无巧不成书哇！"

常秀叹了口气："阿菊打算怎么办？"

江浙："找姓黄的摊牌要那个人，上法庭！"

常秀："那她这一告，胡一林不也得进去呀？！"

江浙："他自己搬起的石头必然砸自己的脚！自作自受！"

常秀："话说到这儿，我也就实话实说了，其实，胡一林和这事儿有牵连，我早就知道啦！"

江浙："嗯？！怎么回事儿？"

常秀："小华都对我说了，胡一林收了那姓黄的五千块钱，就替人家做了这事儿！"

江浙："卑鄙！贪财贪到了这个地步！这种事儿，你既然早就知道，为什么不早跟我说？！"

常秀："早告诉了你，你早就炸了！怎么保护胡一林？"

江浙披着衣服下了地，在地上转着圈儿，生气地说："啊，这你就能保护胡一林啦？常秀哇常秀，我跟你过了半辈子了，我真没看明白你，公司里这么大的事儿，你竟瞒着我！"

常秀："不是有意瞒你，这不是涉及咱妹夫胡一林吗？他是小华的丈夫，咱就一点儿不考虑？再说公司，也把胡一林解雇了！"

江浙："你告诉他，赶快找有关部门把事儿说清楚！那五千块钱给姓黄的退回去！丢人！"

常秀："他收了那姓黄的钱，还好退吗？"

江浙："有什么不好退的？你们都不去退，我去退！"

常秀："他是一锅生米，已经煮成熟饭了！再变成地里的庄稼，那可能吗？事儿他已经给人家办了，你让他去退钱，这一退，不就等于向姓黄的说：我和你没关系了，你的事儿你自己抖落吧！那姓黄的是啥人？他能饶了胡一林？"

江浙："如果怕打草惊蛇，那就先向公安部门说清楚！"

常秀："我做做工作试试吧！"

江浙："别，明天下午四点，我请小华他们俩吃饭！连着说说这事儿，晚上我还要送阿菊、晓梅她们去上课！"

### 2. 公司女宿舍

早晨。

阳光，洒在窗台上！春宁用一个小喷壶在浇花！

晓梅已经起来了，坐在床头看书！

阳光，在水灵灵的花叶上闪烁！

阿菊似乎还在睡着。

夏波躺在床上，枕头却跑到了腰下！她对春宁说："哎哟，这么早你就起来了，我也想起来！可是不行，腰太疼，就像要折了一样！"

春宁："我就说你，苦其心志，劳其筋骨，饿其体肤，也得悠着点儿来呀，非要一口吃个胖子！怎么样？累趴下了吧？！"

夏波："你才累趴下了呢！一！二！三！"她奋力喊着，起了一下，没起来，又躺那儿了："春宁姐，你拉我一把吧！"

春宁："别我拉你一把了，你翻过身去，我给你捶几下腰吧！"

夏波："哎哎，好！这是个好主意！"

晓梅放下书本，走过来说："若论捶腰，这是我的活儿，我手有劲儿！来！"说着往手上啐了口唾沫！

夏波叫了起来："晓梅，你可轻着点儿用劲儿！我这腰，娇嫩！"

春宁："晓梅，你和阿菊上业大，学得怎么样？"

晓梅一边给夏波捶腰，一边说："这个劲儿怎么样？"

夏波："还行！"

晓梅又对春宁说："春宁姐，一开始坐在课堂上，听得似懂非懂，云山雾罩似的！通过看了一些书，江总也过来讲，现在我是学出点门道儿来了，只是一点点儿！"

春宁问晓梅："阿菊呢！"

阿菊突然说："阿菊呀，阿菊就是四百斤的水桶，提溜不起来了，有点儿朽木不可雕也！"

春宁说："你是啥朽木？你是正往高长着的小树！"

阿菊："还小树呢！昨晚睡觉前装了一脑袋瓜子什么商品呀，货币呀，资本哪，市场经济呀，一闭眼睛就是这些名词，做梦都梦见，黑乎乎的方块字像那大石头似的往我身上砸！吓醒了脑瓜门儿上全是汗！今儿早晨脑袋还胀乎乎的呢！我阿菊学这个业大是误入歧途了！这一门课还没怎么样呢，就造成这样了，那还有不少门课呢！大鼻子他爹——老鼻子了！我读这个业大，肯定是一场马拉松了，也可能头发白了，才能毕业！晓梅那个认学劲儿，我比不了，她得拉我一大圈儿带拐弯儿！"

春宁："马拉松也好，近程快跑也好，你只要是学了，那你就是得了！一定就比不学强！"

阿菊："啊，我的面前，有一只美丽的希望的小鸟在飞！像是很可爱的一只小鸟，还一直唱着歌儿！你费了九牛二虎之力去扑它，它忽闪一下翅膀，又往前飞了！业大毕业，对我来说，就是这样一只美丽的小鸟！扑还扑不着，不扑呢，还觉得这只小鸟挺好看！"

春宁："阿菊，我看你的智商挺高！你只要稍微开发一下，你就不得了！你肯定能学好！"

阿菊："是吗？你真的看我是这块料啊？别逗我乐子了，说点儿实话！"

春宁："天底下的事儿，都是学而知之，没有生而知之的！你肯学就是那块料，但是你要是不学，你就不是那块料！"

阿菊起来了："那看来我就得和晓梅较劲儿了，看看谁能更是这块料了呗！"

晓梅一边给夏波揉着腰，一边说："我愿意和阿菊姐来个学习竞赛！赢了高兴，败了也高兴！"

阿菊："晓梅，你可别认为你阿菊姐就是软泥巴捏的，我要真学起来，你还不一定是对手呢！"

晓梅："不是你的对手好，你学得好，我高兴！"

夏波一翻身起来了："晓梅！你的手真有劲儿，按得我挺舒服！往后每天早晨我起不来床，可就靠你了！你就是我的专职按摩师了！"

晓梅晃晃手腕子说："这点儿事，小菜一碟！"

### 3. 胡一林家

常华对胡一林说："刚才姐来电话了，说今儿个下午四点，他们两口子在月湖茶楼，请咱们吃饭！"

胡一林："什么意思？鸿门宴哪！"

常华："念着是我姐来的电话，念着姐夫还给咱们送来一万块钱！人家又是请咱吃饭，咱们得去！"

胡一林："你说去，那就是去吧！可是说心里话，我真不稀得吃他们这顿饭！等咱们公司成立后，钱像钱塘江涨大潮一样！哗哗地来！钱摞成了摞，过了三伏天，都得搁人倒垛！早晨光吃油条喝豆浆，那都可以吃半根儿扔半根儿！喝一碗扔一碗！那咱要想吃燕窝儿，都不吃鱼翅儿！吃龙虾不到这么粗的都不吃！"比画碗口粗细。

常华："行了，别舌头不在嘴里了！唱你的致富畅想曲了！我不想听！我只想见着实的！"

### 4. 布展现场

时近中午。

夏波和小明在往外走！

大民、春宁、阿菊、晓梅也在往外走！

夏波："小明！今儿个中午我不想休息了！"

小明："干啥？"

夏波："回公司吃完饭，你跟我去逛逛商场！"

小明："中午才一个小时的休息时间，你这么急着上商场干啥？有事儿呀？"

夏波："这话说的，没事儿找你逛商场干吗？！昨天晚上在饭店拖地时，我忽然想起妈妈爸爸在家拖地的情景！长这么大，我在家还没拖过地呢！他们养我这么大，不容易！可我挣了钱，还没给他们买过一个针头线脑儿呢！这个月，咱们的工资奖金不少，我也没怎么花，我得给他们买两件好衣服寄去！你是搞美术的，去给我当当参谋，看你眼光怎么样？！"

小明很受感动："啊，这好！我陪你去！挑个衣服样式，颜色啥的，我还算明白！夏波，你有这个想法很好，你知道疼你爸爸妈妈了，说明你长大了！你懂事儿了！"

夏波："真的呀？我做了这么件小事儿，就惹来你这么一堆表扬话呀？"
小明："你可别认为这是小事儿，这样的小事儿可不小！"

### 5. 公司男宿舍

大民一边吃着饭，一边给春宁讲："我没搞过插花，可这都属于美术造型艺术！可以触类旁通！插花，首先要在脑子里想好整个的花形。而后，根据顾客的要求，看人家是要明快淡雅的，还是要火爆热烈的，等等，确定好花的主体色调！定下了主体色调，就可以根据色调选花了！注意！红有多少种红！黄有多少种黄！白有多少种白！插花时要注意色彩层次！为了看着有层次，花形肯定要前低后高，那么，往花泥上插花时，就要注意花茎的长短！我说这些，都是最基本的！你可以做着试试！"

春宁："你说的这些，我是听明白了！就看今天晚上我做得怎么样了！我有信心可以做好！"

大民："根据我的感觉，你一定行！"

春宁笑了，目光很明媚："你这么信得过我吗？！"

大民："超过相信我自己！"

春宁甜美一笑！

### 6. 商场里

夏波和小明在一处卖衬衣的柜台前挑着衣服。

夏波说："好了，依你说的，这件就给我爸了，你看给我妈买哪件合适？"

小明："我看这件衬衣，从色调上和年龄感上看，你妈妈穿准行！"

夏波："嗯，有眼力！行！你不挑一件？"

小明："我有穿的！买这干吗？"

夏波："别抠门儿！你那衬衣的袖口都快麻花了！我送你一件！"

小明："不不不！这个钱不能花！给老人买就是给老人买，比给我买强多了！赶快交钱，到邮局邮了！我这衬衣好着呢！"

夏波拿着票据走向了收银台！

### 7. 月湖茶楼包间

江浙、常秀、胡一林、常华正在这吃饭。

江浙："今儿个，咱们自己家里人在一起随便吃顿饭，好长时间没在一起聚了！顺便也在一起说点儿事！"

常秀："有些事儿吃完饭再说吧！现在别说了！"

江浙："因为也没外人，还是边吃边说好！吃吃吃，你们吃！"

胡一林自己倒了一杯酒，尝了一口："这个酒不错！"说着顿了一下筷子，开始夹菜。

常华呢，一直没动筷子："姐夫，你有什么事儿要说，你说吧！"

江浙看着胡一林说："一林哪，你那个事露了！"

胡一林一惊："什么事儿？"

江浙："你帮着黄做的那件事儿！"

胡一林故意装相："我帮着黄做的哪件事儿？那是哪件事儿呀？不知道！没感觉！"

江浙："都是自己家里人，你还装！你收了人家五千块钱，帮人家把阿菊叫出去的那件事儿！"

胡一林："我收了人家五千块钱？帮着把阿菊叫出去的事？没有哇？我不知道！"

江浙："你可以嘴硬，但是有事实在！"

常华一脸不安！

常秀说："一林，你别一口一个没有，两口一个没有的了！人家阿菊已经把姓黄的那个打她的手下人，给认出来了！"

胡一林："认不认出来和我无关！我找阿菊是出来吃饭。碰巧她被打了，那我有什么办法？又不是我打的她？！我碰过她一手指头吗？没有！"

江浙："我想告诉你，阿菊肯定要告那抢劫伤人的人，这里有没有你什么事儿，你心里清楚！作为亲属，出于为你负责角度考虑，我得提醒你，你知道抢劫伤人罪犯的同谋是什么概念吗？！我不是吓唬你，你的出路只有一条，及早去公安部门交代，争取宽大处理，越早越主动，越主动就越好！"

胡一林："行了，你别拿话吓唬我，我也不是三岁两岁小孩子！别说我没什么事儿，就是有什么事儿，那也都是姓黄的他的事儿，姓黄的是什么人你知道，没有他拿钱摆不平的事儿！所以，我的事儿不用你操心，咱们打今儿往后，彼此最好是各人自扫门前雪，莫管他人瓦上霜了！好吧？！"

江浙："我不信他姓黄的有这能耐，用钱就能把黑变成白！你胡一林的事儿我不能不管！因为你是小华的丈夫，我和你姐的妹夫！"

胡一林："你还知道这儿？！你要管我，我能从你当总经理的公司出来吗？这可是你熊瞎子打立正，一手遮天的公司啊！"

江浙："你自己要辞职的吗！"

胡一林："可是你们留了吗？作为姐夫，你说过一句留我的话了吗？"

江浙："没有！也不该说！因为你已经到了犯罪的边缘地带！因为你对本公司做过一些相当不妥的事！"

胡一林腾地站了起来："我做的事，都是不妥的行了吧？！在公司里，我受你们管制，可现在我不是你们公司的人了！我不受你们这一套了！想管就管，想训就训，我不受你们这个了！"

江浙："你不在我们公司，可你还是我们的亲属！"

胡一林笑道："亲属？是亲属！可在我心目中你是啥样的姐夫，你心里明白！我实话说给你们！小华也不在你们公司干了！她现在就正式辞职！我们环球展览公司已经成立了！我胡一林也和你一样，是公司的总经理！今后咱们的关系，就是公司对公司的竞争关系！同行是冤家，我也是有身份的人啦，你跟我说话，也得客气着点儿！"

江浙和常秀都有些听愣了。

常秀："小华，你真的要辞职呀？真的不在姐这个公司干了？怎么又整出这么一回事来？还环球展览公司？叫银河系、宇宙啥的比这名字不更大？！"

胡一林："叫啥名，那是我们的权利！"

常华："姐呀！咱们在一起，老有事儿，要不人家说亲戚都是远来香呢！我看咱们之间，是早分手晚分手都得分手，那就晚分手不如早分手了！是吧？"

常秀撩起一块手帕，拭着眼泪："小华，姐不想让你走！"

常华也有几分伤感地看着她姐！

胡一林："好，这顿饭吃得好！该说的话，也都说了！常华，咱们走！"

常华抓着常秀的手，缓缓站了起来。

胡又倒了一杯酒，对江浙说："来！为了咱们分手，为了你们多了个竞争对手，干杯！"

江浙扯过一个大碗来，咕嘟嘟倒满了酒！端起来说："我接受你的一切挑战！"说完一仰脖子，喝了！

### 8. 月湖茶楼外
胡一林和常华上了一辆出租车！
出租车驶走了！

### 9. 茶楼包间里
常秀说："我没想到胡一林会这样，也没想到小华会辞职，更没想到他们也要成立展览公司，还当面叫号，要跟我们竞争！这些，我都没想到！眼前的事，好像一场梦！"

江浙："我想到了，我们这种家族式管理的民营公司，早晚有一天，要走到这条路上！可是没有想到来得这么快！也好，长痛不如短痛！哎，你还愣着干什么？怎么不吃饭？"

常秀："我还哪有心思吃饭？一肚子火，上火都上饱了！"

江浙："你呀，就是柔肠百转！我想：今天对于我们展览公司来说，也算是有历史意义的一天！来，咱们俩，喝一杯！"

常秀："什么有历史意义的一天哪？不就是小华也辞职了吗？"

江浙："今后我们公司用中层干部，可以招贤纳士了，用不着一定任人唯亲了吧？！"

常秀苦笑道："只怕是你想用人家，人家不买你的账了！"

江浙："你睁开眼睛看着，你看他们的展览公司办成啥样！一个没有知识，又缺少良知的人，会成就什么大事？！"

常秀："这么说，你是一碗凉水，把他们看到底了？！"

江浙："可以这么说！"

常秀："你有什么依据？"

江浙："当今社会人才的发展规律！"

### 10. 胡一林家
常华："就怨你，嘴没个把门儿的！这么早把我要辞职的事儿说了干吗？我还没想辞职呢！我想看看再说！"

胡一林："怨我啥？现在说了还早吗？让他们知道知道，别以为离了他们我们就不能活！告诉他们，我们会活得比他们还好！就早点儿告诉他们，别拿着窝头不当干粮！"

常华："我听了，其实姐夫说你的话是好心！"

胡一林："收起他那份好心吧，我不接受！"

常华："如果姓黄的事儿真牵扯到你，你怎么办？"

胡一林："那年东北从天上轰轰隆隆掉下块大石头来，好多吨重一块大陨石！你不会担心哪天走道有块大石头砸到你头上吧？！真是，要是那么想，啥事儿都不用干了！先在地下一百米深挖个防空洞躲起来，喊，用得着吗！"

常华："反正你得闪开点儿身子，别再和那姓黄的勾搭！"

胡一林："我说媳妇呀，那明人不说暗话！我不跟那姓黄的来往行吗？有钱的人堆儿里我认识谁？谁肯借给我钱？！"

常华："闹了半天，你是在和他有来往啊？我提溜儿耳根子告诉过你，你怎么这么没记性？！"

胡一林："老婆子，你听我说！咱们要干的是咱们自己的公司，谁借咱们钱不是借呢？借谁的咱们不得还呢？朝谁借不是借呢？！把咱们自己的事儿做成了是关键！黄总借给咱们的钱，那也不是妖不是魔的，你怕个啥？！"
　　常华："借钱的事儿，你就打算了他这一份儿？"
　　胡一林："是！就这一份儿！"
　　常华："那如果不朝他借，那还就真的影响咱们的事儿了？！"
　　胡一林："所以，是非和他姓黄的来往不可！他愿意借，咱愿意用，那还有啥说？！"
　　常华："今天吃饭的时候，我有一种感觉，觉得我们是在孤注一掷！"
　　胡一林："没错！人生有的时候就是要孤注一掷！"
　　常华："如果不成功呢？没有退路！"
　　胡一林："自古华山一条路！"

### 11. 月湖茶楼
　　夏波汗流浃背地挥动拖布拖着地面。
　　拖布头儿与一双女人皮鞋的鞋尖碰到了一起。
　　夏波抹了一把淌汗的脸和额前的刘海儿，刚抬头说："对不起……"可却被眼前出现的人给愣住了！
　　眼前，是江浙和常秀！
　　夏波："啊，是江总！常副总！是你们？！"
　　常秀冷冷地说："是我们！你们出来打工，跟谁说了？！"
　　夏波拄着拖布杆儿说："跟谁也没说，我们寻思这是业余时间，是我们的自由时间！"
　　常秀："那个春宁呢？！"
　　夏波："她在一家鲜花店，做钟点工！"
　　常秀："公司给你们涨了工资，又多发了奖金，你们为什么还要这样做？这太有损公司形象了！"
　　夏波："我们出来没有说，我们在展览公司做事！"
　　常秀："没说也不行！你们就差这点儿钱吗？！"
　　夏波："是钱的事儿，我们是想着多挣点儿钱！可又不全是钱的事儿，我们还要锻炼自己！"
　　江浙在一旁，一直用眼睛看着夏波，没有吭声！
　　常秀："公司还有谁出来？"
　　夏波："你问他们自己吧！"
　　常秀："哦，嘴还挺硬！你告诉春宁，明天一早，我就找你们两位谈话！"说完走了。
　　江浙看看夏波，目光里是和蔼和同情，也走了。
　　夏波看了一眼他们的背影，又开始拖地了！

### 12. 天桥
　　天桥上的太阳又西沉了！
　　天桥下夕阳余晖里的人流车河！

### 13. 鲜花店里

春宁在忙着插花。

老板娘看着，问："哟！春宁，你还说你不会插，真是够谦虚的！看来你不但会插，你以前一定还是专门学过的，是吧？干得满精到的！"

春宁脸儿有些红了，笑了："不是谦虚，以前真的是没干过的！请你多多指教！"

老板娘诧异地问："你还说没干过？真的呀？"

春宁："是真的！"

老板娘："不会吧？如果真没干过，你把花插成这样，那我就得说，你这小妹心太灵秀，手太仙落！看起来，有文化的人和没文化的人就是不一样！你看看，一样的花，到了你手里，就插得这么美！我得让店里其他人也跟着你学学！"

春宁笑了："大姐，我也是试着插，我教人家什么呀？！我插的花，只要您能满意，我天天晚上都来您这做钟点儿工就行！"

老板娘："现在我就可以表态，没问题！"

### 14. 公司办公楼楼下

江浙的车，停在那里。

晓梅和阿菊下了楼来！

小王拿眼睛望着晓梅。

阿菊和晓梅上了车。

车开动了！

车里，阿菊说："江总，你一天到晚有那么多大事儿要忙，还来送我们！"

江浙："什么是大事儿？你们上业大，就是公司的大事儿！我这几天晚上正好有时间！正好把你们两位扶上马，送一程！"

阿菊："真是！这要是学不好，还真觉得对不住公司呢！"

### 15. 某鲜花店

春宁还在插花。

海涛西装革履地走了进来。

春宁一回头，看到了他！

海涛："春宁？怎么会是你？你怎么会在这儿？你怎么又到这儿来了？"

春宁一笑："钟点儿工！能多挣几个就是几个，我们这些打工阶层，这是最原始的资本积累阶段！"

海涛："春宁，我知道，你的家庭在经济上是很有实力的！你为什么偏要做这个？！"

春宁："我不想寄生在家庭的羽翼下！爸爸妈妈也不许我那样做！我的人生价值，在于自我实现！"

海涛听了这番话，心有所动："春宁，你是个高才生，你做这个，是大材小用了！如果你就想是这么一种生存方式，我也不反对，我想听你一句话，要不要到我的公司里去做？做一些你合适的工作，而且工薪也不低！"

春宁笑笑说："海总，你说的话，都是好意！可我这个人一旦要做上了一件事儿，就不想见异思迁，非要做到底不行！"

海涛："也好！不过你记着，我们公司的大门随时对你这个人才敞开着！"

春宁："谢谢！海总，你到这来是——"

海涛："老父亲的生日，特地来买束鲜花！"
春宁："啊，来，我来帮你选！"说着，帮海涛选着鲜花！

### 16. 某电脑公司
大民和小明正在电脑前设计着什么。
一位女员工陪着一位老板模样的人走了过来："两位！这位是公司的老总，想约你们谈谈！"
大民："什么时候？"
女员工："现在！"
大民："我们手头上正忙着活儿，就坐这儿说好吧？"
那位老总："好好好，在哪儿谈都行，只要你们有时间！"
大民："这位老总，您有什么事儿？"
那位老总："二位搞的电脑动画设计，我都看了！确实是一流的水平！我过来是想向二位讨教，我们公司用什么样的薪水，才可聘请你们二位来我们公司？！"
大民笑了："我们两个，是两只狗！"
那位老总："什么意思？"
大民："不是猫！"
那位老总："哦？！"
小明："他是打了个比方，不一定很恰当的比方！狗很忠实，在自己的家里，宁可饿着点儿，打也不走！不像猫，哪儿有吃的就上哪儿去了！不忠实自己的家！"
那位老总："佩服！两位不仅业务精道，人品也好！真是人才难得啊！"

### 17. 公司楼下草坪旁
草坪旁的灯光悠然亮着。
长椅上，坐着常秀！
她一副愁肠百结的样子！
风儿抖着她的头发，像她理不清的思绪！

### 18. 大街旁
深夜的街灯，照着人车稀少的大街。
小明和夏波依偎着，走着路。
夏波："今天我正在拖地，被江总和常副总看见了！"
小明："看见了怕什么？我们做第二职业，也是正当的行为！"
夏波："可是常副总变了脸子，说是明天一上班，就要找我和春宁姐谈话！怪吓人的！"
小明："谈话那就谈话嘛！怕什么？我们也没有什么错误！"
夏波："她会不会提出不让我们再做第二职业了？！"
小明："可能，很可能！"
夏波："那我们怎么办？"
小明："没什么怎么办的，问题很简单！"
夏波："你是说不做了？"
小明："那怎么可能？做！而且要坚持做到底！"
夏波："其实我的心里也是这么想！可常副总要不同意怎么办？"

小明："只有一条路，据理力争！"
夏波："争不过呢？"
小明："宁可玉碎！"
夏波："不要瓦全？！"
小明："对！夏波，说心里话，近些天来，我是从内心开始欣赏你了！"
夏波："我又不是画，有啥值得你欣赏的？！"
小明："不，你是画！你是一幅流动的风景画！"
夏波有些不好意思起来："诗人的诗兴又发了！我知道你说的意思，是说我由懒变勤快了，由馋变不馋了，由乱花钱到不乱花钱了，由脆弱变得坚强了些！是吧？"
小明："没错！所以你这道流动的风景变得更美了！"
夏波："风景变得再美，也得有人会欣赏！"
小明："我相信我会！"

### 19. 公司总经理办公室
常秀和江浙躺在床上。
里屋，常秀对江浙说："夏波和春宁外出打工，被我们亲眼看见！她们的事儿，你说怎么处理？！"
江浙正在看着材料，说："你不是要先找她们谈话吗？谈完了话，咱们再商量这事儿不好吗？！"
常秀："你不表态，那就先只好这样了！"说完撩了一下被子，扭过身去！
江浙笑着看了她一眼，仍在看材料。

### 20. 公司业务部办公区
只有常秀、春宁、夏波三个人。
常秀："公司有公司的规矩，公司里的人，不能一脚门里一脚门外，不能脚踩两只船！从现在起，你们不能再出去打工！业余时间出去，也要请假！"
春宁："常副总！你说的这些话，很难让人心悦诚服！"
常秀："为什么？"
春宁："除了感到权力的大棒在眼前乱舞，感觉不到你说了什么有道理的有权威性的话！"
常秀："什么是有道理？管理你们就是道理！什么是有权威性？有权力就是有权威性！"
春宁笑了！
常秀："你笑什么？"
春宁："这是你对道理和权威性的理解！我听说，常副总，你在大学时，原本也是一名高才生，不知怎么在岁月的流逝中，会变得如此世俗？！"
常秀："我世俗？你有什么权力对我这样说话！"
春宁："我是一个公民，你也是一个公民，平等对平等地说话！"
常秀："春宁，我知道你骨子里的傲气有多高多大！你顶撞我也不是第一次了！我要提醒你，这是在江浙展览公司！你要考虑清楚顶撞我的后果！"
春宁："如果我们之间的正常对话，也算顶撞，那我们就无话可说了！"
常秀："从今天开始，不许你们再出去，你们做得到吗？！"
春宁和夏波都没吭声！

常秀:"说话!"
　　春宁:"我的回答,可能令你失望!做不到!"
　　常秀:"好好好,做不到好,春宁!你看是公司整得过你,还是你别得过公司!夏波,你呢?!"
　　夏波:"春宁姐都说了,还问我干吗?!"
　　常秀:"好吧!你们俩可以把我的话当成耳旁风!可以!只是不要把公司对你们的处理时,怪我们无情就行!"
　　春宁:"公司如果因为我们干第二职业的事儿,这么对待我们,公司怎么处理,我们都认了!"
　　常秀:"好,这可是你说的!"
　　春宁:"是,是我说的!"
　　(第十五集完)

## 第十六集
### 1. 公司业务部工作区
　　常秀对春宁和夏波说:"你们两个今天上午先停止工作,给我写检讨!每个人低于一千字不行啊!"
　　春宁说:"每个人写两千字也行,可我们错在哪儿了?"
　　常秀:"错在哪儿了?这还用得着我说吗?你们自己想想!外出打工不是错吗?顶撞领导不是错吗?还有,有错不认错不是错吗?还用得着我一一点给你们吗?"
　　春宁:"常副总,这个检讨我们写不了!"
　　常秀:"为什么写不了?!"
　　春宁:"我们认为业余时间外出打工是一种很正常的行为,是国家每个公民的人身自由!你说我们顶撞了你,我们认为只是和你理论理论道理,说说话就是有错吗?你说我们有错不认错,可我们觉得没有错,那怎么认这个错呢?!"
　　常秀:"如果你们不想写这个检讨也可以!那你们就写另外一份东西!"
　　春宁:"还让我们写什么?"
　　常秀:"辞职书!"
　　春宁:"常副总,你也太霸道了吧?我们也没什么错误,你就逼着我们辞职?!你是不是做得太过分了?"
　　常秀:"过不过分,我也用不着你说!检讨书不能写,辞职书总会写吧?!"
　　大民、小明、晓梅、阿菊走了进来。
　　大民:"常副总!要说外出打工,也有我和小明的份儿!要说写辞职书,我们也得写,您干脆把我们也一块辞了,得了吧?!"
　　常秀:"怎么?你们想拉帮结伙地给我出难题呀?!耿大民!现在是筹备展览会的关键时刻!你是负责展览会设计的关键人物!你休想用撂挑子来要挟我!我告诉你,展览会的筹备工作要是出了什么问题,你是要负责任的!这里边的经济责任有多大,不用我说,你心里也明白!"
　　大民:"在这个公司工作,该负的责任我负!可如果你同意我不在这个公司工作了,还要我负什么责任吗?"
　　常秀几乎喊了起来:"不同意!我不会同意你耿大民辞职的!人都辞光了,你也走不了!"
　　大民:"可是我们也外出打工了!"

常秀："写检讨！你和李小明写检讨，并保证今后不再出去就行了！"
大民："常副总，这个检讨，我们是不会写的，因为我们没错！我们也保证不了今后不出去打工，所以怎么处理我们悉听尊便！"
常秀："怎么的？我还领导不了你们了呢！"
阿菊走过来，对常秀说："常副总，有什么问题说什么问题，你生这么大的气干吗？哎哎，你们几位先到那边屋子里去坐坐！别都在这儿，让常副总消消气儿！"
大民、小明和春宁、夏波，到另外的屋子里去了！
这边，只有常秀、阿菊和晓梅。
晓梅嗫嚅地说："常副总，晓梅求你了，不要让他们辞职了，行吗？他们都是多好的人哪！再说给咱们公司也做过不少贡献呢！"
常秀："你觉得他们好，那是你！我可没感觉出来他们像你说得那么好！"
阿菊笑着，给常秀倒了杯水说："消消气，消消气！气大伤身！常副总！人一生了气，什么话都兴说出来！要不人家说酒色财气四堵墙，世人皆在里面藏，若能跳得墙身外，不是神仙寿必长呢！你看你，大上午的生什么气呀？！他们不等于是你自己的孩子吗？"
常秀："我没有他们这样的孩子！你和晓梅去上业大去了，你们是不知道，他们在我们公司里做事，却又外出打工，这是什么行为？批评制止他们不对吗？尤其那个春宁，顶撞我不是一次两次了？这样的人儿，我不治他们行吗？小尾巴已经翘上天了！"
阿菊："嗨嗨！公司里的人能都辞了吗？辞了还靠谁来做事？春宁、夏波、大民、小明能力都比我和晓梅强！我们也想出去，可是干啥？没人要咱，能力不行！你这强将手下，净是我们这些弱兵哪行？"
常秀："阿菊，你这是劝我呢，还是气我呢？我不用你来当说客！边上待着去！"
晓梅："常副总，你念着我二舅还是你们的客户，还给咱们公司投过钱；你念着他们对公司做过很多贡献，你就给个面子，放他们一马吧！"
常秀："晓梅，这里头的事，你别掺和，你不懂！"
晓梅："我把话都说到这份儿上了，你还不肯给我个面子？"
常秀："我说过了，这里头的事儿你不懂！"
晓梅："我不懂？我懂！春宁姐他们没错，是你常副总错了！"
常秀："晓梅，你这是怎么说话呢？一个黄嘴丫儿没褪尽的小毛孩子，也敢跟我这么说话？！今早上你是吃辣椒，还是吃大蒜了，嘴这么冲！"
晓梅："有理走遍天下，无理寸步难行！"
常秀拍案而起，吼道："就我没理！都是你们有理行了吧？！"说完，她旋风似的走了！
晓梅哭了，说："常副总，她怎么这么不让人说话呀！"
阿菊递给晓梅一张纸巾，说："哎呀，别哭了，跟这种蛮横的人，你犯不上！"

## 2. 另外的屋子里

夏波说："没什么，大不了就是都辞职嘛！怀里搂座青山在，不愁没柴烧！我们谁，都不会在这一家公司干到老吧？再说了，树挪死，人挪活！这是老话！"
小明："要走大家一起走，要留大家一起留！"
春宁："大家先别这么想，外出打工的事，主要因我而起，要辞就辞我一个人好了！现在公司正处于展览会筹备的关键时期，即便是常副总让我们都辞职，我们就能扔下这里的工作，都走人吗？人过留名，雁过留声，这里毕竟是我们工作过的地方！我们不能那么做！"

　　大民："春宁说得对！我们是不能马上离开，这等于是拆公司的台！我们还是得去工作！"

　　夏波说："你们先去布展现场吧，那里的工人肯定等着你们呢！我和春宁姐就不能去了，得等候常副总发落！"

　　春宁："要我说呀，咱们给常副总留个条，都到现场去，该干什么干什么！有事儿她会找咱们的！"

　　大民："也好，招呼着阿菊和晓梅，走！"

　　说着，大家走了！

　　小明把衣服往肩膀上一甩："啊，让暴风雨来得更猛烈些吧，我们是黑色的闪电！啊！海燕！"

### 3. 公司总经理办公室

外屋。

　　江浙对常秀说："脸子，怎么拉拉得这么长？"

　　常秀："这些小年轻的，都叫你惯成什么样了？你说一句，他们有八句等着！尤其那个春宁，顶撞我不当一回事，成了家常便饭了！这回我就非要杀鸡给猴看，先辞了她再说！不辞了她，我就刹不住公司职员外出打工的风！"

　　江浙："春宁是什么样的人？你以为是足球，谁见谁都踢一脚哇？那是人才，是谁见谁抢的橄榄球！是品质好业务强干什么都能拿得起来放得下的人！是走到哪儿都能干好工作的人！是走到哪儿都不用别人为她担心的人！你放心，如果你真辞了春宁，你就是放走了个好人才，她会有比我们公司条件好得多的单位聘用她！"

　　常秀："你不用长她的志气，灭我的威风！你就那么肯定？"

　　江浙："我敢肯定！"

　　常秀久久地看着江浙："可我不信！"

　　江浙："你不信，可以走着瞧！"

### 4. 胡一林家

　　胡一林："老婆子，今儿个得动钱儿了！"

　　常华："干啥？"

　　胡一林："干啥？！这话问的？那房子租了，不能不装修啊！"

　　常华："那姓黄的钱，啥时候能到位哇？"

　　胡一林："那是借给咱们公司注册的钱，跟咱们的房屋装修没关系！快点儿拿钱吧你呀！"

　　常华："房屋装修，得用多少钱？"

　　胡一林："一巴掌吧？"

　　常华："啊，五万元？那么多呀？"

　　胡一林："五万元还多呀？想赚大钱，你就不能心疼小钱！舍不出孩子，你就套不着狼！"

　　常华拿出存折说："这是个五万块钱的存折，你拿去吧，家里还有多少钱，你也知道，现在咱们两个都在家，钱，是只出不进了！你就掂量着点儿花吧！"

　　胡一林："掂量花？买建材都是我亲自到市场去看货，亲自讲价，我还怎么掂量花呀？！"

常华："我没说你没掂量花，我是说你要注意掂量花！你现在抽什么烟呢？"
胡一林："原来抽的啥，现在还抽的啥！"
常华："我洗衣服，可从你兜里翻出烟盒了！你可不能抽那么贵的烟啊！"
胡一林："哎呀，我的脑袋进水了？我怎么会买那么贵的烟呢？那不都是人家黄总给的嘛！"
常华看了他一眼，没吭声！

**5. 公司总经理办公室**
江浙："哎，财会人员跟你说了没有？小华在公司的账上有很多不该报的都报了。什么他们家里的电器，乱七八糟的单据，统计统计多少钱？五万多元！过去他们在公司里，人家财会人员碍着咱们是亲属，不好说！不敢惹她！你不在公司，常华经常代表你签字！你这个管财务的副总知道吗？"
常秀瞪大了眼睛："怎么会有这事儿？"
江浙把面前的一堆单子推到常秀面前："你看看吧，自己看！签字人常秀，可又加个常华代！钱怎么长腿儿跑了？就这么长腿儿跑的！"
常秀看着那些条子，眉头锁成了一个大疙瘩，说："小华怎么会也背着我干这种事儿？！我得找她！"说着就要抓电话。
江浙却按住了电话："不必了！这是啥？这是花钱买来的教训！那钱，他们得就得了，就算我们帮他们了！不好吗？！"
常秀："帮是帮他们，这些年少帮他们了吗？可这算什么？这是越权批条子，对我取而代之了，这怎么行？这笔账还是要算！不算，也要把事情说明白！"
江浙："这是你们姐妹之间的事，板桥老先生是怎么说的？聪明难，糊涂难，由聪明而转入糊涂更难，进一招，退一步，由此心安！"
常秀："什么意思？让我装糊涂？"
江浙："人家现在都已经不在公司了，我们还有必要那么认真吗？"
常秀："唉！亲情啊，人格呀，有时都叫这钱给弄坏了！"
江浙："现在他们是辞了职，要是不辞职在公司一直干下去呢？还会出多少问题？你想到过吗？！"
常秀："我想不到，真的想不到！"
江浙："跟你说个故事吧，有一个不算小的饭店的老板，想找一位到市场帮他买菜的人，别人推荐了好几个忠诚老实人，他都有些信不着，因为市场买菜都是打白条子，他怕别人贪污，最后用了自己的小舅子！五年以后，饭店办不下去了，这位老板亏损了！可他的小舅子却盖起一栋楼房，开起了饭店！这叫啥？这叫家贼难防！"
常秀："让他们到咱们公司来工作，我真的后悔，不如当初不让他们来，每月给他们些钱得了！那样，反倒清静了！"

**6. 街头**
那烟摊处。
胡一林大摇大摆地走了过来："买烟！"
烟贩："还是买上次那种好烟？"
胡一林："废话，这还用问吗？！"
烟贩收好钱，把零钱和烟递了过来！
胡一林打开烟盒，拿出一支烟来抽着，一边吐着烟圈儿，一边自言自语地说："掂量着花？让她去掂量着吧！胡一林可是要当老板的人喽，得学会享福！"说着走了。

烟贩："您走好哇！"

胡一林又自言自语地说："听着没？你有钱，抽个好烟，连烟贩子对你都客气！"

### 7. 公司总经理办公室

江浙正在看材料。

常秀进来了，把一张纸条拍在江浙桌子上："你看看吧！我叫春宁和夏波停止工作写检讨，可她们却去了布展现场！"

江浙看看那张条子："人家去了布展现场，是去工作了，去工作了这不能算什么大错！另外，人家在这条子上不是说了吗？有事儿到现场找她们么。"

常秀："完全整反盘子了！谁是领导？谁听谁的？"

江浙："常秀，要我说，现在是展览会筹备的关键时刻，有些事儿能不能冷静点儿，往下压一压？！往下放一放？"

常秀："压一压，放一放。我这口气难咽！别人都可以过去，唯独这个春宁不行！辞！坚决辞！我问你，你到底什么意见？！"

江浙："态度这么坚决呀？！"

常秀："你要不同意辞了她春宁，我不是做不做这个公司的副总的问题，是不当你的媳妇了！就和你离婚！"

江浙："别把话说得那么严重好不好？"

常秀："就这么严重！我跟春宁冰火不同炉，你连个意见都没有，我还和你过个什么劲儿？！你说，你是啥态度！"

江浙："如果从咱们公司要留住人才的角度，我不同意！可要从春宁自身发展的角度，我同意！"

常秀："你是说我们公司限制她发展了？"

江浙："应该是！"

常秀："那就天高任鸟飞，海阔凭鱼跃吧！她自由了！"

江浙："公司那几个人还要在业余时间出去打工，你怎么办？"

常秀："我先敲山震虎，掐了春宁这个事情头，我不信别人还敢那么做！"

江浙："事情可能没那么简单！"

常秀："你有什么好主意？！"

江浙："要我说，也不一定非要春宁辞职，他们出去打工可以，只要不影响公司的工作就行！"

常秀："你这又是和事佬的话！我不愿听！这个春宁我炒定了！"

江浙："那我和春宁谈一次话吧？"

常秀："随便你，可你必须得通知她，她被炒了！"

### 8. 公司男宿舍

春宁、大民、夏波、小明在吃饭！

春宁："夏波，这回不老吃方便面了？"

夏波笑着说："适可而止，也得换换样了！不然身体受不了！"

春宁："对！节省是长期的事儿，得长流水不断线，不能只拼个一朝一夕，还把身体拼垮了！"

夏波："这我知道，人家说，身体是个1，其他的事业呀，家庭啊，钱啊啥的都是零，有1在，零都有价值，没1在，零就是个零！所以身体特别重要！"
　　敲门声！
　　大民："进！"
　　保安员小王走了进来："春宁姐，一会儿吃完饭，江总让你去他办公室谈话！"
　　春宁："知道了！"
　　夏波问："有没有我的事儿？"
　　小王："没说要找你！"说完走了。
　　夏波："春宁姐，看起来那常副总，是真跟你较上劲儿了！"
　　春宁笑笑："这是一场躲不过去的风雨！"
　　小王又敲门后进来说："夏波，你的电话！"
　　夏波放下手里的饭勺子，说："找我？"
　　小王颔首。
　　夏波走了出去。

### 9. 公司宿舍走廊
　　夏波在接电话："喂，是我！谁？啊，知道！请我吃饭？在哪儿？月湖茶楼，那好哇！只是要晚一点儿！我在哪儿打工，下了班吧！好好好！"
　　说完，放下电话向男宿舍里走去。

### 10. 公司男宿舍
　　夏波走了进来："说太阳能从西边爬上来，真就从西边爬上来了！胡一林要请我夏波吃饭！哇！比天大的消息！"
　　大民："这可不见得是什么好事！"
　　小明："你答应他了？！"
　　夏波："吃请，是好事，为什么不答应！"
　　小明："阿菊那次出去，也是他打来电话，说请吃饭，结果半路上被打被抢了！"
　　夏波："我没那么傻！你以为吃请我会一个人去呀？你们三个都得陪着我！今晚十点半，月湖茶楼见，听好喽，不见不散啊！"

### 11. 公司女宿舍
　　阿菊和晓梅都在吃着饭。
　　阿菊说："晓梅，你说今晚上上课，我还去吗？"
　　晓梅："去呀，一定要去的，为什么不去呢？"
　　阿菊："说心里话，我真的是不想学了，怎么活都是一辈子，学这玩意儿干啥？太累！"
　　晓梅："阿菊姐，人都是有心的，你得坚持呀！你看江总，还有春宁姐她们，都这么支持鼓励咱，咱不好好学，哪能对得起人家呀？！"
　　阿菊："我也就是差在这儿，要不然我是真不学了！哎呀，看来，还得咬牙坚持呀！毁了！"
　　小王在门外叫："阿菊！"
　　阿菊拉开门："什么事？"
　　小王："江总来电话了，说让你先跟姓黄的联系一下，下午，他要和你一起找那位姓黄的办事！"

阿菊："知道了！你不进来坐会儿？"说着拿眼瞟了晓梅一眼。
小王定定地看着晓梅。
晓梅瞥了小王一眼说："我没事儿，你吃饭了吗？"
小王："吃了一半，一会儿这事儿，一会儿那事儿的！"
晓梅："那你快去吃饭吧！"
小王："好嘞！"

### 12. 公司总经理办公室

江浙和春宁对坐在那里。

江浙："春宁，你知道，让你离开公司不是我的意见！咱们这个公司，一直是家族式的管理方式，开始时，我还没意识到这是个错误！现在看来，这是一个非常严重的错误！这个非常严重的错误的直接责任人就是我！现在胡一林和常华不在公司了，家族式的管理又转换成了家庭式的管理，问题就出在常秀这个人身上了！她常把一个简单的问题弄得很复杂！她的管理方式，不利于年轻人接受，她的思维方式和你们存在着代沟！换句话说，公司的环境虽有一定改善，但还不十分有利于年轻人成长！你得罪了常副总，她就要枪打你这只出头鸟！非要辞了你不行！如果是我的一般副手，不是我的妻子，我可以炒了她，留下你！可她偏偏是我的妻子，我明明知道她做得不对，却又制止不了！制止了，就要以分裂家庭来做代价！这个时候，我自己也很无奈！由于这个公司的家庭式管理的错误，直接导致了今天没有留住你这个人才！可以预见，这种家庭式的管理在中国的大地上早晚要结束，但这需要时间！为了你今后更好地发展，我想，把你推荐到一个公司去，就是海涛他们公司，现在他们公司做得不错，也缺你这方面的人才，你看怎么样？"

春宁："海涛总经理，我认识，我们还有一层老校友的关系，就不用江总费心了！要去我可以直接去找他！"

江浙："也好，那我代表本公司对你说声对不起了，以后有事我们能帮上忙的，可以吱声！"

春宁："谢谢，江总，你对我们年轻人的成长付出了很多心血，我真的谢谢你！"说着，站了起来，向江浙伸出了手。

江浙握着春宁的手说："好吧，再见！我真心地祝你今后比以前更好！"

春宁："谢谢！"她向外面走去。

### 13. 公司业务部办公区

常秀一个人坐在常华的位置上，她在想着很沉的心事。

春宁走了进来："常副总，你好！"
常秀看看她，没吭声！
春宁开始收拾自己桌子里的东西！
常秀走了过来："你，这是要走了？！"
春宁："是！"
常秀："公司辞了你，你对我一定有意见吧？"
春宁："是！"
常秀："可以说说吗？"
春宁："没必要了，我只想说一句话！"
常秀："什么话？"
春宁："江浙展览公司应该尽早结束这种家庭式的管理方式！"

常秀："这是我们自己家的事，不用你多说了！"
春宁："可我一定要说，为了这个展览公司今后在激烈的竞争中，能够生存发展下去，我真的希望你能够辞职！你不辞职，又不改变你的思维模式和管理方式，将来遭罪的是这个公司！"
常秀："我也送给你一句话！"
春宁："愿闻其详！"
常秀："年轻人！今后不管做什么，要听老板的话！"
春宁："老板说得对的，我肯定听！"
常秀："你不听，那吃亏的就是你！"
春宁收拾好了东西，拎起来说："有人说：人在屋檐下，不得不低头。可是我不想在屋檐下低头，我宁可给真理下跪！常副总，那就再见了！"
常秀："这边你还有什么事？"
春宁："没什么事了，只是我在没有新的住处前，还得在贵公司借宿！"
常秀："那要交床板费！"
春宁："那是！那也谢谢了！"说着，走了。边走边对自己说："哎，解放喽！下午可以逛逛街了！"
常秀看着春宁的背影，走到她之前的桌子旁，看着，脸上的表情十分复杂！

### 14. 展览会布展现场

工程已经有了些规模。
小明对大民说："哎，春宁的事，你看公司会怎么处理？"
大民："江总和常副总的意见不会一致！可是这次，那常副总是铁了心要炒春宁！江总能否顶得住，不好说！不过也没什么，大不了就是不干了！这次展览会过后，我也不在这儿干了！另外找地方！"
小明："我和夏波也是这样想！最好，我们还在一起！"
大民："但愿如此！"

### 15. 黄总的公司

黄总的办公室。
黄总半躺在沙发椅上抽着烟。
江浙和阿菊在这里坐着。
江浙对黄总说："黄总，今天我们来，主要是阿菊有件事，要问问你。"
黄总："什么事？"
阿菊："我想和你那个伤了耳朵的手下人，见个面！"
黄总故作不知："伤了耳朵？谁伤了耳朵？"
阿菊："那天你带到展览会布展现场那个人！"
黄总："他叫什么名字啊？我手下的人很多，你不说出名字来，我哪能记得住哪个是哪个呀？怎么帮你找哇？！"
江浙："黄总，据阿菊说，这个人就是打她抢她的人！他那耳朵就是阿菊咬伤的！因此，我们要找你了解这方面的情况！"
黄总："不是我不介绍情况，是我根本不知道你们说的人是谁？！另外阿菊的说法也没有什么根据！我手下的人，怎么会参与打阿菊抢阿菊呢？！我和阿菊又是朋友，这不是笑谈吗？！"

江浙："我想，黄总肯定知道那个人是谁？你带到布展现场的手下人，你怎么会忘呢？您是故意打糊涂语儿，故意说忘了！不想说出来这个人！"

黄总："我这个脑子，可比不了你江总，我是个臭脑子！我是记不住这些人的！"

阿菊："这个人既然是黄总公司的人，那黄总你就一定能帮我找到！"

黄总："你非要找他干吗？！"

阿菊："送他上法庭！"

黄总："笑话！我手下的人，是你说送就送的？开玩笑！"

江浙："黄总！阿菊被抢劫又被打伤，这是一起严重的刑事犯罪案件！黄总不想做个包庇罪犯的人吧？"

黄总："谁是罪犯？我不知道！"

阿菊："就是我刚才说到的那个人！"

黄总："口说无凭，你拿得出证据来吗？！血口喷人可不好！"

阿菊："他的耳朵就是证据！"

黄总："他的耳朵在哪儿？在哪儿？！你拿不出来证据吗！"

阿菊："无论如何，我都要找到他！"

黄总："有本事，你去找，可我这儿可没有这个人！我总不能给你们生出一个来吧？二位，找我还有其他的事吗？"

江浙："没有！"

黄总："那就恕不奉陪了！"说着站了起来，要走！

江浙："黄总！打扰了！找不到阿菊说的那个人，我们还会来的！可再来，就不一定是我们两个人来了！"

黄总："什么意思？"

江浙："肯定有公安人员一起来！"

黄总："好哇！来吧！让他们来！我们一没违法，二没犯罪，我们怕什么？我不信他们能把我怎么样？"说着，头也不回地走了！

江浙和阿菊也只好走了出来！

16. 大街上

车里。

阿菊问江浙："这个事怎么办？"

江浙："上法庭告他们！这件事还有个知情人！"

阿菊："谁？"

江浙："胡一林！"

阿菊："我已经看明白他了！他不会站在我的立场说话！"

江浙："可他是个活证据！你可以找他谈谈！明着告诉他，你要上法院去告，把这些利害关系跟他说清楚！看他持什么态度再说！"

阿菊："也好！江总，公司为什么要炒了春宁呢？这是一个失误！"

江浙："是一个失误！是我们公司这种家庭式管理付出的代价！"

阿菊："依照你的能力，你完全可以制止这种代价的付出！"

江浙："你说得都对！可是我没能制止！"

阿菊："这是你的失职！"

江浙："作为公司的总经理，我是失职！作为社会的一员，从年轻人的发展的角度看，我是尽职！"

阿菊:"什么意思?"

江浙:"春宁这样的人才,在咱们公司受到打击限制,那就到一个宽松一些的环境中去嘛!那就更有利于她的发展!春宁这次离开公司,是公司的损失,不是她个人的损失!从中,我也得出两个结论!"

阿菊:"说得别太深,看我听不懂!"

江浙:"不深!一是公司不正当的家庭管理模式一定会消亡!二是金子在哪里都会发光!"

阿菊:"嗯,春宁姐可是金子!我不担心她的未来!"

### 17. 大街上

繁华的街市。

人们多彩的衣着。

街头跳动的阳光。

春宁那美丽的身影和款款的脚步。

她在逛街。

一辆轿车,停在了她的身边:"春宁!"

春宁:"哟,是海总!"

海涛:"今儿个,怎么这么闲?!"

春宁:"怎么跟你说呢?事情可能让你说着了!"

海涛:"啊!我明白了,是好事!正好我要回公司,方便的话,到我们公司坐坐?"

春宁:"不会影响你吗?!"

海涛:"不会,上车吧!"

春宁拉开车门,上了车!

### 18. 海涛的车里

海涛放着音乐。

海涛和春宁都默默地听着。

哦,贝多芬的"命运交响曲"!

### 19. 海涛办公室

海涛:"你就不要犹豫了,明天一早,干脆就到我们公司来上班,我们公司真的是很缺你这样的人才,我看你适合在公司经营办公室工作,这样,你可以帮我很多!业余时间,你愿意到鲜花店去插花,你就去,本公司给你开绿灯!你看行吗?!"

春宁:"可以,那您先忙!"

海涛站了起来:"你那个男朋友也很棒,如果他愿意到我们这里来,我们也举双手欢迎!"

春宁:"他的事,以后再说吧!"

### 20. 公司办公楼下

江浙的车,停在了那儿。

阿菊和晓梅从楼上走了下来!

她们上了车!

### 21. 月湖茶楼

晚上。

夏波在收拾餐具。

胡一林走了进来。

一位服务员迎了上去。

### 22. 鲜花店门口

街灯，放射着美丽的光晕！

大民、小明等在门口。

春宁走了出来。

大民看看表说："姓胡的要请夏波吃饭，我怕他是不怀好意，对这种人，咱们该防还得防！所以咱们得去！"

春宁："那是！"

### 23. 月湖茶楼包房内

胡一林和夏波已然落座。

胡一林递过菜谱："点菜！想吃什么就点什么！"

夏波拿着菜谱："说起来，您也是欠了我们几个一顿饭，上次，您只是请了阿菊一个人！"

胡一林："好饭不怕晚嘛！您随意点！"

夏波："标准呢？"

胡一林："没标准！想吃啥点啥，这就是标准！"

夏波："那我可就放手点了！"

胡一林："点点点！您想吃什么就点什么！夏波，我知道你是个馋丫头！今后你只要有空儿肯赏光，我随时奉陪！"

### 24. 大街旁

大民、春宁、小明几个人在走着。

小明问："春宁，公司真炒了你了？"

春宁："嗯！"

小明："那你今后的工作怎么办？"

春宁："明天早上去上班！"

大民："去哪儿？"

春宁："海涛的那个公司，已经谈好了！还问你去不去呢？！"

大民："去那儿好！可我现在不能去！"

春宁："他们公司的宿舍现在没有空位，所以我还得住在这边！"

小明："好！这样，我们每天都能看到春宁姐！"

### 25. 月湖茶楼包间

服务员已经上了一桌子菜。

夏波："哎哟，要了这么多菜呀，让您破费了！"

胡一林："哪里哪里！吃吧！"

夏波："等一下，先等一下，这么多菜，咱们两个人吃，哪能吃得了哇！太浪费了，干脆叫几个人来吧！"

胡一林："我看，就不必了吧！"

夏波："就咱两个人，不热闹不说，也都浪费了，我叫几个人来！"

这时，门却开了！

春宁、大民和小明走了进来！

大民："哈哈！胡大主任！怎么请客，净请女孩儿，怎么不说也叫上我们？"

胡一林一脸尴尬："啊，我这不是正让夏波给你们打电话呢嘛！"

夏波："是是是，胡主任正让我给你们打电话呢，他就是实心实意要请你们吃一顿饭，要不，能要这么多菜吗？是不是胡主任？！"

胡一林："我现在已经不是什么主任了！本人现在是环球展览公司的总经理！"

夏波："呀，当老总了！这就更应该请我们撮一顿了！来，咱大家伙尽情地吃，尽兴地喝呀！胡总请客，饭菜就是香啊！"

胡的表情，十分懊丧！

（第十六集完）

## 第十七集

### 1. 大街旁

夜深人静。

大民、春宁、小明、夏波四个人在走着。

春宁看着夏波吃吃地笑。

夏波问："春宁，你一个劲儿笑，你笑啥？"

春宁："想想，也真招乐！你夏波也真是逗！胡一林这只老家贼没斗过你这只小家雀儿！这回，他可算栽到你的手里了！"

大民："他的钱花了，当了冤大头儿了，我们也都美餐了一顿，可是没有人会领他的情！"

小明："这顿饭，就我吃得不算太好，心里一直横七竖八的！我一直在琢磨，当时胡一林说是请阿菊吃饭，结果出了事儿！这次他又是单请夏波吃饭，这小子安的什么心呢？"

夏波："管他安的什么心呢？反正饭是吃了！冤大头让他当了！他就是下什么套子，咱贵贱不上套！他能怎的？！"

小明："上次出了事儿，咱们得防他！要想防他，必须得知己知彼。胡一林请夏波吃这顿饭到底是啥意思，咱们得知道！"

大民："会不会是他那个什么环球展览公司要招人哪？"

春宁："如果他只是出于这个目的，就没什么事儿了，咱不去就完了。可是就怕他还有别的目的，甚至是不可告人的目的！如果他有那样的目的，咱可不得不防！"

小明："夏波，你不能单独和他出去呀！"

夏波嗔怪地："出去？我是傻子？这种话也用得着你来提醒？！我是一岁两岁小孩子呀？！他姓胡的想得倒美，在我这儿，不好使！"

春宁："因为业余时间打工，我被公司辞退了，你们几个明天晚上还出来打工吗？"

小明："当然打！我们现在就向公司提交辞职书，等公司这次展览会一完，咱们就走人！"

大民："我同意这个想法！事到如今，已经不是单纯的外出打不打工的问题了，是我们的正当权益能不能得到尊重的问题！所以，我支持小明的想法！"

春宁："我惹恼了那位常副总，我想你们早晚要出来，能不惹恼了她，就先别再惹恼了她！"

夏波："那不一定！她让你躲不过去的话，该惹还是要惹！"

### 2. 月湖茶楼包间内

胡一林守着一桌子残羹剩饭，自言自语地说："他妈的，没打着狐狸，反叫狐狸咬了一口！心思白费，钱白花了！真他妈的败兴！"

这时，黄总推门走了进来。

他看着一桌子残羹剩饭，问胡一林："这是多少人在这儿吃饭呐？你说的那个妞儿呢？！"

胡一林苦笑道："妞儿？早跑了！这是一条比阿菊更滑更难上手的泥鳅鱼！"

黄总感觉有些大煞风景地说："嗨嗨，我就知道你这个人办不成什么大事！"

胡一林："话也别那么说，这些个事儿，你也得看到，一是小弟尽力了，二是你也得有耐心，等着放长线钓大鱼！"

黄总："放长线儿钓大鱼？就怕是放了长线，线长到了天边海角，可到头来连条小泥鳅鱼也钓不着哇！"

胡一林："大哥，你别急嘛，我那公司成立了，还愁没有妞儿吗？如果有妞儿，还会忘了孝敬您吗？！"

黄总："你那个公司，还是个口头上的公司吧？"

胡一林："那怎么会呢？房子租下了，装修开始了，就差大哥的那笔注册资金了！"

黄总："其实，你要借用的注册资金，我可以马上借给你！"

胡一林："那敢情好，小弟对此一直深信不疑！就等着大哥发这句话呢！"

黄总："可是，我得有个条件！"

胡一林："条件？只要是小弟能办到的，你提吧！"

黄总："提这个条件，我得有言在先！你办得到就办得到，你办不到，我也不会勉强你办到！只是你要办不到，就不要在我面前再提起什么借钱的事儿了！"

胡一林："大哥这是叫我的号儿哇！看大哥要小弟办什么事儿吧？"

黄总："今天下午，江浙和那阿菊找到我公司去了，阿菊说她认出了抢她打她的人，就是我们公司的人！还说要告上法庭！"

胡一林："啊，阿菊真要告哇？！我们可以死不承认哪！再说大哥你在社会上是很有活动能力的人呀！"

黄总："可她如果真告上法庭，对你对我都没什么好处！所以，要中止她的告状行动！"

胡一林："怎么中止？！"

黄总："你当然是要用你可能使用的一切手段喽！"

胡一林："黄总的意思是……"

黄总："我的话意思已经说得很明白，还用说得再明白吗？"

胡一林："啊，我知道了，黄总是要对她那个意思！"

黄总："我的话没什么意思，这都是你理解的意思！"

胡一林："可是这个阿菊，可是黄总心仪已久的人啊！"

黄总："人啊，得到什么山唱什么歌！昨天的老皇历，今天就翻不得！"

胡一林："看来，大哥是铁了心了？！"

黄总："不不不！我的心肠从来都是肉长的，只不过比别人的多了一把刀！"

胡一林额头有些冒汗了："大哥，这件事你说得太突然，容我想想看！想想看！"

### 3. 胡一林家

胡一林进了屋。

常华穿着睡衣从里屋迎了出来："你回来了？！房子装修上没什么问题吧？"

胡一林一下子栽在了沙发上："房子装修是没问题呀，可姓黄的借款上出了问题了！"

常华："啊？他不是答应过咱们啦？说好的事怎么会出问题呢？！"

胡一林："他是答应过，可真到了叫真章儿的时候，他又跟我摊了牌！"

常华："摊牌？咱怕他啥？！"

胡一林："不是怕他啥，是他提出了个要求，说我要办不到，他就不会借给咱们钱！"

常华："什么要求？只要是咱能做的，咱就答应他！"

胡一林："可是，咱们真的做不了！"

常华："什么事呀？这么难？！"

胡一林："这可是人命关天的事儿呀！"

常华："啊？！借他点儿钱，怎么还牵连到人命关天这么大的事儿？！"

胡一林："那阿菊认出了黄手下的人，就是打她抢她的人，要把黄他们告上法庭，现在黄是狗急跳墙了！"

常华："你不说他有能耐吗？屁！他让你干啥吧？！"

胡一林："让我灭了那个阿菊！我能干吗？这是杀人罪呀？！"

常华："这还用说，这事不能干！你跟着他错了一回了，不能再错第二回！依我说，简单！钱咱不借了，大不了展览公司不办了，咱也不能去杀人，去当凶手！"

胡一林："我看也是，我从小到大连个小鸡儿都没杀过，我怎么能去杀阿菊呀！我下不了那个手哇！"

常华："你下不了那个手对！说明你还是有人味儿的人！你也得注意点自己的安全，别让他们再收拾了你！"

胡一林："我想，现在那倒还不至于！只不过是姓黄的这小子可把我坑到家了啦！我胡一林是毁到了他手了！整得我上不着天，下不着地儿，左右为难哪！"

常华："你难啥？事情到了这个份上，我就不能逼你了！我知道再逼你，你就得走上绝路！你走上绝路，对我有什么好处？我呀，早就说你，你少和他来往，可你就不信！怎么样，上了他的当了吧？不过，我看你现在警觉还不算晚，要是再跟着他走下去，那可是有掉脑袋的危险！"

### 4. 公司男宿舍

早上。

小明刚洗脸刷牙回来。

夏波就拿着一封信走了进来："小明，我家来信了！"

小明接过来："可以给我看看吗？

夏波："虎！拿过来不就是给你看的吗？！"

小明展开信："啊，信是这样写的：亲爱的女儿小波：爸爸妈妈收到了你寄来的衬衣，高兴得不得了，我们两个都说：你长大了，你懂事了！这怎么这么像我说过的话？！"

夏波嗔怪地："去！"

小明接着念道："这说明你心里有爸爸妈妈了！爸爸妈妈没白疼你爱你，没白养你这么大！爸爸含着眼泪说：你寄来的衬衣，他舍不得穿，他要放在那儿看着，看着它就像看见女儿对他的一片孝心！衬衣是新的，女儿的这片心思也就永远是新的！"

夏波："我要写信告诉我爸爸，这衬衣他该穿就穿，穿旧了我再给他买新的！"

小明："没错！到时候，我还和你一起到商店给他们挑衬衣！"

### 5. 公司办公楼下

焕然一新的春宁，走出楼门口。

保安员小王："春宁姐，听说您今天到新的单位上班了！"

春宁："啊！"

保安员小王："春宁姐，你是有能力的人！到哪儿都能干得好！"

春宁："小王，你真会说话！"

小王："我说的可都是真话！春宁姐，您慢走！"

春宁点头，往小区外走去！

### 6. 公司总经理办公室

常秀隔着窗户，看见了春宁的背影："哎，那不是春宁吗？"

江浙闻声，一边刷着牙，一边过来看："嗯，不错，是春宁！"

常秀："这么早，她穿得干干净净的干什么去呀？"

江浙："这话问的，人家去上班呀！"

常秀："去上班？这么快她就找着工作了？"

江浙："我不是跟你说了么，人家春宁不愁工作！怎么样？你看着了吧？人家不是非得靠你这一亩三分地里种庄稼！"

常秀："你说，现在这些小青年，也真是有两下子，昨天在这儿辞了职，今天又到别处上了班啊！真没想到！"

江浙："在这个问题上你输了吧？！"

敲门声。

江浙："进！"

大民、小明和夏波走了进来。

大民对江浙说："江总！这是我们三个人的辞职书！"

常秀："什么？你们都要辞职？不行，你们不能辞职！"

夏波："我们业余时间还要外出打工！公司既然不允许，那我们就辞职！"

常秀几乎喊了起来："我已经跟你们说过了，公司的展览会筹备正在关键阶段，你们不能在这个时候辞职！"

大民："是的！我们在这个时候辞职，却不会在这个时候走人！我们现在提出辞职，是为了给公司一个充足的时间，再物色合适的人选，接替我们的业务工作！我们不马上走人，是因为公司这一阶段的工作还没有完，我们不会中途退出，我们不想也不能给我们工作过的公司，造成一丝一毫的经济损失！"

江浙一脸沉重："嗯，辞职书放这儿吧！我知道了！"

大民："江总，那我们就先走了！"

江浙："好吧！"

大民、小明、夏波走了出去。
常秀愣在了那里。
江浙："看看吧，这些人才呀，不用你炒人家，是人家开始炒咱们了！"
常秀："炒了一个春宁，我以为就会镇住了其他人，没想到，会带起这么一个连锁反应，他们都要辞职！"
江浙："你不是说人才有的是吗？能代替大民、小明的人才上哪去找？找这个人才的任务就交给你了！找不来，那公司的下一步工作就要受到很大的影响！这个责任你负！"
常秀："话还不能说死，我只能说：找找看吧！"
江浙："业务部现在其实只剩下阿菊和晓梅两个人了，她们如果不读业大，我们公司员工的素质现在会低到什么程度，可想而知！"
常秀："那阿菊，还真的要打官司吗？"
江浙："真的！今天上午，我告诉她去找胡一林谈话，看胡一林是个什么态度！你能不能做做小华的工作？"
常秀："干什么？"
江浙："让她做胡一林的工作，尽早到公安部门说清问题，并且给阿菊做个证人？"
常秀："让胡一林给阿菊做证人？"
江浙："对！他可以揭发姓黄的给了他五千块钱！说清楚他收了这五千块钱，给黄办了什么事儿！"
常秀默然无语，想了一会儿说："胡一林从我们公司下了岗，这就够一说了，难道我们还要把他送进监狱？！"
江浙："你的话正好说反了！我正是为了他不进监狱，才要这么做！"

### 7. 海涛办公室
春宁走了进来。
海涛看了一眼说："哦，你来上班了！"
春宁莞尔一笑："这是今天刚打印出来的公司文件！"
海涛："好，放这吧！还习惯吧？"
春宁："很好！"说完，转身退了出去。
海涛欣赏地看着春宁的背影。

### 8. 胡一林家
常华："那姓黄的小子把咱坑了，注册公司的钱没了，这公司还办个啥了？是不是房子装修也得停下来呀？！"
胡一林："傻女人，那要是停下来，那房子破破烂烂地谁还能用？！"
常华："要不，那房子给房主退回去吧？"
胡一林："协议都跟人家签了，租用两年，你退了行吗？"
常华："那可怎么办？"
胡一林："我是指着姓黄的这只破鞋，扎了脚了！现在看，咱们只好把房子装修好，再做房屋转让了！咱们转手再往外租！"
常华："要是租不出去呢？"
胡一林："那就是手捧个刺猬，捧着扎手，扔还扔不了！两年干赔！"
常华："妈呀！咱俩没了工作，还得月月往里搭钱，这可麻烦了！"
胡一林的手机不断地响，被他一遍一遍地掐断！

常华："谁的电话，一遍一遍地打来，你不接？"
胡一林："姓黄的电话，我能接吗？就是不能接！"
常华："对，你可别和他再来往了！那是人吗？不是人！"
胡一林的手机又响了，胡一林刚要掐断，却又接了起来："啊，是我！啊，是阿菊呀，找我什么事儿？能不能在电话里说？啊，非要见面谈！那你说在哪儿呢？啊，在我家附近！啊，我家楼下有个小茶馆，咱们到那儿吧！行！"说完，穿鞋就要往外走："阿菊找我要说点儿事儿！我去去就回！"
常华没说什么，家里的电话却响了起来。
常华接了起来："啊，姐呀！啊，一会儿我要上装修的房子那儿去！你也要去呀？那我告诉你怎么走！"

### 9. 黄总办公室

黄总对那个伤了耳朵的手下说："胡一林这小子，是脚底板子抹油，要溜！我打了他几遍手机他都不接电话！看来，这小子是指望不上啦！"
伤了耳朵的那位手下人："黄总！您尽管放心，这几天我一直在查看阿菊那边的动静。江浙那小子是天天晚上送阿菊上业大学习，车接车送的，没空儿下手！我想要下手，也只能找机会！我一定把阿菊的嘴封喽，不让黄总受牵连！"
黄总："好！无毒不丈夫！给她造成个死口，看还有谁告状！"

### 10. 一闲置房间内

常华对装修公司的人说："墙壁简单地刮刮涂料就可以了！地上打复合地板，天花板呢，要吊顶的，做好了图纸给我看！"
正说着，常秀走了进来！
常华："姐，你来了。"
常秀："有一句诗说得好：落红不是无情物，化作春泥更护花！在你眼里，姐姐已是昨天的落英，对你来说，已没有了往日的艳丽，没有了艳丽相对来说也就等于失去了光彩！可是姐姐，还是亲姐姐，妹妹还是亲妹妹！你要在这儿开公司，当姐的能不过来看看吗？"
常华："你看，空空荡荡的，什么也没有，连个坐的地方也没有！"
常秀："都是自己家人客气个啥？"
常华对装修公司的人说："就这样吧，你们先干着！"
那人："好吧！"
常华："姐呀，说是办公司呀，看花容易绣花难！过去在公司里混着，背靠大树好乘凉，觉得什么事儿都挺简单的，可真轮到自己干起来，真是够喝一壶的！你看，到房屋中介挂号要租房子，有合适的房子价钱又不合适，有价钱合适的了，房子地点又不合适！好不容易，地点价钱都谈下来了，这又得要装修！谈合同，跑材料，装修开始了，展览公司的注册资金又出了问题！这心，我都操碎了！"
常秀笑笑："不当家不知柴米贵，这是真的！话说到这儿了，姐问你个事儿，你在那边的时候，以我的名义，代签了好几万元的报销条子是怎么回事？"
常华："啊，都是你没在家的时候，手下的人急着报销我才代签的！我是怕影响工作呀！"
常秀："可报销你们家的家用电器也是怕影响工作吗？这事儿你姐夫全查出来了，不让我说，可我们是亲姐妹，这话我不想压在肚子里！这些事都是过去的事了，论说你是展览部主任，管不着财务上的事，你也不和我打个招呼，抬手就签，公司的几万块钱，就那么长着翅膀飞了，我这个管财会的副总经理还在云中散步、雾里看花呢！今儿个你自己开公司了，你应该提防你的手下人会不会有人对你也这么做！"

常华："那不会，这儿没有自己家里人！如果有自己家里人，有一点儿违规的事我也能理解，这叫肥水没流外人田！"

常秀："小华，这几年，哪年姐没背着你姐夫给你们家钱？！姐给你们的还少吗？我给你们那么多，你还用得着背着我再咬公司一口吗？"

常华："原来以为姐的公司就是自己家的公司，花钱买东西能报就报了，没拿姐家的公司当外人家的公司，话又说回来了，是外家的公司，人家能同意我签发票？我签了人家能认可吗？人家认为姐姐妹妹都是一家的，是多个脑袋差个字，是一个人差不多！这事，如果姐非要说一说的话，我唯一的毛病就是，没拿自己当外人！"

常秀有些生气了："行了，我不想和你说了，有些事你自己想吧，想明白了，就再找我说说，想不明白，你就想一辈子吧！"

常华："想啥？我什么也不想了，姐愿意怎想就怎想吧！"

常秀："小华，我问你个事儿！胡一林能不能到公安机关投案自首？！"

常华："啊？男人家的事，我怎么好说！"

常秀："小华，我可跟你说啊，胡一林的问题可不是小事儿，你得有正事儿！别到后来后悔，世界上可没有后悔药可买！"

### 11．小茶馆

胡一林和阿菊坐在那里，一人手里一杯清茶。

胡一林："阿菊！我真的是很对不起你，一时财迷心窍儿，做了对不起你的事儿！说是请你出去吃饭，其实确实是黄下的圈套！你挨了抢，又挨了打！我不知道对你说什么，才能得到你的原谅？！"

阿菊："你得不得到我的原谅其实并不重要，关键是你要得到执法机关的原谅！"

胡一林："阿菊，事到如今，我没有别的所求，只求能渡过这关，今后过个安稳日子了！"

阿菊："如果你真是这样想，那就和我一起到公安机关去说明情况！"

胡一林："你给我点时间，让我再想想行不行？其实，你阿菊不要认为我什么事儿都对不起你，那过去我是对不起你了，可现在最对得起你的，就是我！"

阿菊："嗯？"

胡一林小声地："姓黄的为了怕东窗事发，想以借给我公司的注册资金为代价，让我灭了你，你说，我能干吗？所以，阿菊，你可要事事小心哪！"

阿菊："姓黄的真想这么干？我知道了！胡大哥，我可以等你想一想，但我不能长久地等下去，给我个时间期限，要我等你到什么时候？"

胡一林："等我想好了，给你打电话，行吧？！"

阿菊："可以是可以，但我不能无限期地等待！"

胡一林："那是，那是！一定很快，很快！"

### 12．鲜花店

透过鲜花店的玻璃窗，能看到天桥附近那片明亮的灯光。

春宁在插着花。

一顾客："这个花儿多少钱？"

老板娘："你看中了，就给一百五十元吧！"
　　那顾客："我要了！"说着付了钱。

### 13. 某电脑公司
　　大民和小明在那里专心致志地做着电脑动画。

### 14. 月湖茶楼
　　夏波在汗流浃背地收拾着桌子上的碗筷。

### 15. 鲜花店
　　老板娘："小妹，这些鲜花，要不是你插成这样，散着卖，三分之一的价钱也卖不上！什么是搂钱的笆子，聚钱的匣子？你的巧手就是！"
　　春宁："大姐，你可别这么说，插花，我这还是学习阶段！"
　　老板娘："咱们这个店铺，地点儿好，门脸好，进货渠道好，来买花的顾客也多！可过去就是缺你这么个张飞卖老虎钳子，人硬货也咬手的人！要是你打早就到了我们这个店，你大姐这一年不知要多赚多少钱呢？"

### 16. 业大门口
　　街灯明亮。
　　放了学的阿菊和晓梅走出校门。
　　江浙的轿车停在路边。
　　她们上了车。
　　车开走了。
　　后边，有一辆没有牌照的黑色轿车跟着他们，那个伤了耳朵的人在车里注视着他们！
　　江浙在反光镜中也看到了他们！

### 17. 公司女宿舍
　　窗台上的四盆花，在夜风中不安地摇晃着。
　　阿菊在屋里走来走去。
　　晓梅在看着书："阿菊姐，课也听了，书，你还看不明白吗？"
　　阿菊："书是多少看明白些了，可公司里的事儿，我倒有点儿弄不明白了！你也听说了吧？公司辞了春宁，大民、小明、夏波也都交了辞职书！"
　　晓梅："这些人将来都不在公司做了，公司这么多的工作谁来做？说心里话，我真的不想让他们走！"
　　阿菊："人熟为宝，我也是！"阿菊来到窗台边："如果这个屋子里只留下了我和你，就像窗台上这四盆花，如果搬走了两盆，我会觉得少了很多东西，我会觉得有些寂寞！"她拿过一盆花闻闻说："我生活的世界里，不想少了春宁和夏波！我们四个人，四枝花，是当代生活中的命运四重奏！"
　　晓梅："我也有同感！跟春宁姐在一起，你会觉得是和阳光走在一起！我看我们可以跟春宁姐说说，让她再带上我们！"
　　阿菊："晓梅，说心里话，今天，我第一次感觉到了生存的危机感！像春宁这样比我们有能力的人都被炒了！现实很残酷！想想，江总让我去学习是对的！不然，像我这样的人，如果出了这个公司，再想找个称心工作，难！"

晓梅："阿菊姐，你还说你，我不更是吗？是麻袋片子绣花呀！咱的底子不好咱知道！怎么办？要想把工作的花绣好，只有一个招，拿文化的细丝绸换没文化的粗麻袋！"

阿菊："可是你说我以前招不招笑？老把粗麻袋当细丝绸呢？！"

春宁和夏波走了进来。

晓梅忙下地从床下给春宁拿洗脸盆儿。

春宁："晓梅，不用，我自己来！"

晓梅："别客气了，春宁姐都上别的公司上班了，说不定哪天倏的一下像鸟儿一样飞走了，再见个面都难！"

春宁："晓梅，别说得那么可怜！我一时半会儿还走不了！"

晓梅："春宁姐，我晓梅就是不是大学生，我要是大学生，让你走哪儿带着我到哪儿，别想甩掉我！"

春宁："晓梅，我说过了，将来我们几个女孩，还要集中资本金，合股开个鲜花店！到那时候，我们不又可以天天在一起工作了？！"

晓梅："那敢情好，我没钱，先找我二舅借钱，也要入这个股！"

### 18. 胡一林家

胡一林咧着嘴说："照你这么说，我就真得和阿菊一起去了？"

常华："你今儿个吵吵开展览公司，明儿个吵吵要当老板！我就知道你是叫唤鸟儿没肉吃！现在租的房子烂到手里了，鸡飞了，蛋打了，我不想再把这个人也搭进去！你和那个阿菊一起去吧！把你做过的事都一五一十地说清楚，要是政府谅解咱了，咱就一心无挂地过个太平日子了，我也认了！"

胡一林："那要是不谅解咱怎么办？"

常华："怎么办？政府怎么处理怎么办！"

胡一林苦着脸："那我可就惨了！"

常华："你不找政府交代，那会更惨！"

胡一林："这都是我自己找的呀！自己走出的脚上泡儿！自己点的火苗儿把自己烧哇！我跟阿菊是先上派出所还是先上法庭啊？"

常华："法盲！阿菊需要你先跟着上哪儿，你就先跟着上哪儿！"

### 19. 某公安派出所门前

胡一林在门口踱步。

不时地看看表，自言自语道："这个阿菊怎么还不来呢？！"

这时一辆出租车停下了。

车上下来了阿菊！

阿菊和胡一林走进了派出所。

胡一林说："我说阿菊呀，你可得照看着我点儿，我怎么觉得脊梁骨直冒凉风，还有点儿要憋不住尿了呢！"

阿菊："你也别太紧张！该怎么讲，就一五一十地讲！"

派出所门外对过的马路上，停着那辆黑色轿车。

车里坐着那个伤了耳朵的人！

他在打电话："黄总，胡一林和阿菊一起进了派出所！嗯！明白！"

### 20. 公司总经理办公室
江浙对常秀说："胡一林跟阿菊去了？"
常秀："去了！也不知道是怎么个结果，我这正惦记着呢！"
江浙笑了："能是怎么个结果？胡一林能迈出这一步来很不容易！表现好了，肯定会得到从宽处理！"
常秀："要是那样可就好了！小华好好一个家，可别整散了！"
江浙："如果他不去自首，我看那就有散的危险！"

### 21. 某派出所门前
两名民警送阿菊和胡一林出来。
胡一林含着眼泪，握着公安民警的手说："谢谢了，给我重新做人的机会！"
胡一林转过头又对阿菊含着眼泪说："没打我，没骂我，我没想到他们能这么对待我！"
他们刚走到马路边，突然，那辆黑色的轿车，飞速驶来！
胡一林一拉阿菊，喊了声："当心！"
车已到了眼前，他们都被车撞倒在路边，他们的腿部都受了伤！
轿车从他们的身边驶过去！
那辆黑色轿车还要掉头回来再撞。
枪声！民警在鸣枪示警！
那辆黑色轿车开跑了。
摩托车！两辆民警的摩托车向那辆黑色的轿车追去！
有民警搀扶胡一林和阿菊上了一辆出租车！

### 22. 医院门前
那辆出租车驶了过来！
有医务人员抬着担架，把阿菊和胡一林抬进了医院！

### 23. 黄总别墅
黄总对着手机："废物！废物！做这么一点儿事儿都做不明白！"
他合上手机，在房间里走来走去。

### 24. 医院急诊病房
胡一林和阿菊分别躺在医院的床上！
他们的腿和脚，都打上了石膏和绷带！
江浙、常秀、常华已都在这里！
大民、小明、夏波和晓梅匆匆走了进来！
大民他们围在阿菊的床前急切地问："阿菊，你怎么样啊？"
阿菊有些苍白的脸上挤出几丝笑意："小腿骨折！没大事儿！"
大民："阿菊，公安人员已经把撞伤你们的那个人抓到了！"
阿菊微笑："嗯！太好了！"
胡一林在那边说："这些公安人员真行！没跑了那小子！"

### 25. 鲜花店
春宁精心地挑选着鲜花。
两束鲜花拿在了她的手里。
她走出了鲜花店。
大街旁，拿着鲜花，匆匆走着的她！

### 26. 医院急诊室病房
夏波和晓梅正守在阿菊床前。
常秀、常华照顾着胡一林。
这时，春宁拿着两束鲜花走了进来。
她把一束鲜花放在了胡一林床头。
另一束鲜花，放在了阿菊的身旁，春宁抓住阿菊的手，有些激动。
阿菊，说不清是难过还是高兴，泪水夺眶而出！
胡一林躺在那里，拿着那束鲜花闻着："哟！这么香的鲜花，是给我的？！"
（第十七集完）

## 第十八集
### 1. 黄总公司的门前
两辆警车停在那里，警灯闪烁！
黄总一脸沮丧，双手戴着手铐，被民警押了出来。
他们上了警车。
警车开走了。

### 2. 医院病房
春宁送来的两束花，已被插在花瓶里，放在了窗台上。
阳光下的鲜花，很灿烂，很美！它的身后是城市的风景！
胡一林和阿菊邻床。
阿菊吊着脚，躺在那里。
阿菊："胡大哥，说起来，真要感谢您呢！要不是你在那时候拉了我一把，说不定我会被那车撞成什么样子？！还说不定就没了命呢！"
胡一林："哎，那个时候可是真危险哎，那辆车像疯了一样！直奔咱俩就冲过来了！我也不知怎的，就拉了你一把！那车嗖的一下从咱俩腿上轧过去了！要不是民警来得及时，那车要掉过头来再撞，那咱俩可就都惨了！拉了你一把，我心里想是做对了，可看见你受的伤比我重，我还是心里有点儿不得劲儿！你是骨头受了伤，我呢，骨头伤得不算重，主要是皮肉伤！"
阿菊："上回你叫我出去上月湖茶楼，我那次受的是皮肉伤，可是心也受了伤！这回虽然伤到了骨头，可心没受伤！心里头好像还有不少高兴事儿似的，像窗台上的花一样，美滋滋儿的！"
胡一林："这回，我受的伤是比你轻，可在人生这条路上，摔的这个跟头儿可不轻啊！我是差一丁点儿就摔到犯罪的泥坑里去呀！好在还不错，我遇着好人了，有你们拉帮，我才趴拉趴拉又上岸了。要说感谢，你们拉我这把拉得实在是太关键了，我得感谢你们哩！"
阿菊："胡大哥，我虽然叫你一声大哥，可咱们基本是两代人，经过这件事，你也得好好想想了，今后的路该要怎么个走法？！"

　　胡一林："嗯，你阿菊说的是！我以前活得是够糊涂了！腿好了以后，我也不再想着当什么总经理了。凭我这点儿文化水儿，就干点儿力所能及的就行！人哪，太过高估了自己不行！神舟飞船上了天，是人造的不假，可不是我这样的人造的！我就是用纸糊个灯笼，送天上去，还不见得飞起来飞不起来呢！阿菊，我听说你也上了业大了，你年轻，你就好好学吧！你有前途！你胡大哥我，这辈子一在别人面前说个话，都是嘴硬心虚，老觉着自己直不起腰来！怎的？肚子里没钢条，嘴上的词也甩不硬！"

　　阿菊："嗯，以前，我是最烦学习了！经过公司里发生的这些前前后后的事儿，我是看明白了，人没知识文化，将来在社会上无法立足！现在教育这么发达，人才遍地，哪个公司瞎了眼，会用你没能力的人？"

　　有护士引导两名民警进来。

　　胡一林刚要坐起来："哟，是你们来了，快请坐！"

　　民警劝阻道："您不方便，别动，我们自己坐下就是了，我们来主要是把那辆车撞你们的情况，做个笔录！"

　　另一位民警："这位是阿菊吧！那位黄总，已经被逮捕了！"

　　胡一林张着大嘴："啊？！他不是说在社会上很有门路吗？"

　　民警："他的门子再大，也没有法大！"

　　胡一林："姓黄的走到今天，也是作到头了！这个人，从小爹妈没得早，爷爷奶奶带大了他，凡事宠着他护着他，调皮捣蛋的事儿没少干！论说学校是读到了高中，可高中课没好好上！跟我一样，没受过多少教育，活得浑哪！"

　　民警对阿菊："阿菊，你先说说吧！"

**3. 公司总经理办公室**

　　常秀对江浙说："胡一林的事，也是真多亏了你左三番右二次地说，不然他还不得真的就跟着姓黄的一堆儿进去呀！他要是真进去了，那小华那个家还叫个家吗？日子早就过散花儿了！"

　　江浙："不要给我评功摆好，他去自首，没进去，我看就是好！"

　　常秀："经过这个事儿，小华他们办公司的事儿也撂那儿了。注册资金没有了，公司还办得起来吗？小华跟我说了，话里话外好像有想朝咱们借钱的意思！"

　　江浙："不会吧？对这个事儿你怎么想？"

　　常秀："我看不能借！他们俩办公司还不赔个底朝天？借了他们钱，也是有去无回！"

　　江浙："可是人，不能太无情！谁叫我们是他们的亲戚了呢？！我看，展览公司这个注册资金是不能借，因为他们真的干不起来！可是他们真的要干个力所能及的小买卖啥的，我们还真得帮忙！但这个忙怎么帮，帮到什么程度，我们要商量！比如，把给他们的钱，说成是借给他们的，让他们有还钱的压力！另外，帮忙也不能总帮，总帮他们就不懂得自立！他们都是四十来岁的人啦，得给他们一个自我发展的空间，让他们重新认识一下自己，这没什么不好！你这个当姐的，也别只知道照顾他们，却不知道如何帮助他们创家立业！"

　　常秀："要不说浇花要浇根，打蛇打三寸呢！我过去帮他们是东一榔头西一棒子，没帮到正地方！今后这方面我也真得注意！帮人帮不到正地方等于白帮！"

### 4. 海涛办公室

春宁过来取文件。

海涛："春宁，你准备一下，明天，你要和我一起接待一位外埠的亿万富商。这位富商来我们市一次很不容易，想和他见面的人很多，这几天日程一直排得满满的。可是他还是接受了我们公司的邀请，特别同意来我们公司坐坐，谈谈合作项目。这对于我们公司来说，是一件很荣幸也很重要的事，你负责经营这一块，办事得体，也能代表公司形象！你很合适！"

春宁笑着说："知道了！"

海涛："下班以后，我请你吃顿便饭，好吗？！"

春宁笑笑："好的！我请你吧？"

海涛："NO！NO！"

### 5. 一家茶饭庄里

傍晚。

透过窗子，可见茶馆外夕阳余晖中的街景。

大厅里。

海涛和春宁对坐在那里，桌子上摆着简单的茶饭。

春宁对海涛说："你问我们为什么在公司工作时间之外，还要出来打工？其实也没有太多的想法。就是想通过自己的两只手和这个脑子里的智慧再多挣点钱！你海涛总是走了一条在父辈的财富基础上进一步发展的路！我呢，我是想：父辈的财富再多，可那是父辈创造的结果，用它证明不了我自己人生的价值！其实我们这一代人，有相当一部分是躺在优越的父辈财富堆上的精神弱势群体！我们不自强，怎么接这个班？我们民族未来的大厦谁来当顶梁柱？所以，大学毕业，爸爸妈妈和我商量，选择了从社会底层做起的这条道路！我就过起了平凡的打工生活，我觉得这样对我来说人生会丰富许多！"

海涛："你家和你的想法都好！我就缺了这一课！"

春宁："大千世界，人流如潮，人的活法儿色彩纷呈，不可能都走一样的路！我只是要找到适合我的活法！你呢，你自己选择！"说着端起杯来！

海涛说："有意思，你对自己的人生设计得很有意思！来，我们以茶代酒！"

春宁："人生百味，苦辣酸甜俱全。茶为苦茗，今天我们以一味苦茶代人生百味，可谓是百味俱全，这杯茶，很有味道！"说着，和海涛碰了杯。

海涛："听了你的话，我真的在想，我的人生之路该怎么走？站在父辈财富肩膀上的人，会不会是使这些财富没落的人？！"

他们两个人都呷了一大口茶！

海涛喝呛了，轻轻咳了几声。

海涛："这些年，对我思想影响最深的人和事共有两个，一个是大学毕业，我就到了国外，外国的文化对我的思想来说冲击很大，这对我的人生来说有一定影响！再就是这次见到了你，看到了你今天的所作所为，令我惊讶！你知道，我是个心气很高，最不喜欢听别人对我说东道西的人，是个只想凭着自我感觉生存的人！可我听了你的话觉得很受启发！"

春宁："你实话说，让我到你们公司工作，工作需要是真的，但有没有一种居高临下施舍的味道？！"

海涛："这个，我敢说并没有！"

春宁："我不会接受任何人的施舍，无论是物质上的还是精神上的！"

海涛："春宁，说心里话，你如果没有男朋友，我会去追你！你有男朋友了，而且他很出色，我会尊重这个事实！坐在这里，此刻，我觉得你比我活得充实和富有！在人生和爱情方面，你才是真正富有的拥有者！而我显得一贫如洗！你是站在很高的一片精神高地上跟我说话！我想，今天我们的谈话，可能会影响我以后的人生道路！"

　　春宁笑了："没有那么重要吧？！各人有各人的活法，我只是想这么活，我很尊重别人的活法！"

### 6. 医院病房

　　阳光在窗台上跳跃！

　　那两束花却没了！

　　胡一林和阿菊睡过的床上，整齐地摆放着病号服。

### 7. 公司女宿舍

　　夏波和晓梅搀扶着阿菊走了进来。

　　阿菊用一只胳臂拄着拐杖！

　　阿菊高兴地："啊，又闻到宿舍里的味道了，这是一种很平和的味道！比医院里的空气好多了，那儿的空气里总有股消毒水味儿！"她拄着拐杖走到窗台前，看着那四盆花："我这么长时间没在宿舍了，我的花也都是你们照顾的，长得蛮好呢！"

　　晓梅："我们几个轮流给它们浇水！"

　　夏波："晓梅浇得最勤！她侍弄你阿菊的那盆花最精心了，就差着搂在被窝里了！"

　　晓梅笑眉展眼地："同班同学嘛！"

　　阿菊："晓梅，你告诉江总，晚上我要到业大去上课！"

　　晓梅："阿菊姐，你的腿还没全好呢！"

　　阿菊："腿有病，脑子不是没病吗？出院了，拄着拐杖也能走路了，我得去上课，不然落的课太多，我就跟不上了！你再学得好点儿，我怎么撑？"

### 8. 胡一林家

　　胡一林坐在沙发上拍着腿说："管怎么说，腿是好了。我这么大岁数了，也不用指着腿脚好再找对象呢！老婆子，我不求别的，只求你看我顺眼就行了！"

　　常华："行吧，一个大活人没进监狱比啥都强！经过这些事，你还做不做总经理梦了？别以为人家江浙能干，你也能干，你不是那块料！自己知道不？！"

　　胡一林："总经理是当不了啦，可我这也出院了，老这么待着可不行！咱俩得合计合计，干点正事儿！"

　　常华："租的那房子，是装修完了，二手转让，也上房屋中介登记了，可人家还没给咱回信儿呢！"

　　胡一林："我看你先给我买台三轮车吧！"

　　常华："三轮车？你要干啥？"

　　胡一林："干啥？骑个三轮车倒腾点儿菜呗！挣两个总比不挣强！"

　　常华："过去一个开面包车的，现在骑上三轮车了，碰上熟人怎么说？"

　　胡一林："哎呀，人在基本的生存条件没有保障的时候，还要什么面子？碰着熟人怎么说，实话实说，本来咱就这么大能耐，咱也就该干这么大的事儿！"

　　常华："没想到，经过这些事儿，你倒真想得开了！一个女人家，跟着男人过日子，不管穷过、富过，只要过得踏实就行！三轮车，我同意买！"

胡一林："这回我骑个三轮车，一天两趟，来往于城市和郊区之间，省心落意儿的，晚上把挣的钱给你拿回家，你还能过得不踏实，你都得踏实死了！"

常华："好，咱们一会儿就上街！"

胡一林："好哇！走！"

### 9. 海涛公司贵宾接待室

一位富商，坐在贵宾室里。

海涛正在和他说着话："总裁先生，您能够光临我们这个小公司，真是难得得很！真是令我们公司蓬荜生辉呀，如果能和您的集团合作，那对于我们这种小公司来说，无疑是幸事！"

春宁不动声色地坐在那里，记录着两个人的谈话。

那位富商说："生意可以做！你们公司的声誉过去是不错的，我多少有些耳闻，那是你父亲做老总的时候！你当了老总以后，这个公司会做得怎么样，我还要看！我做生意，要看对方公司的声誉，还要看对方公司老总的人品！我看我们之间可以先试着做！"

海涛："那好，那实在是再好不过了！总裁先生给了我们公司一个合作的机会，这是对我们的鼓励，我们不会错过这个机遇，我们会让总裁先生看到你的合作方会把该做的事情做得很好！"

总裁先生："我不仅要看你们说的什么，重要的是看你们做的什么。生意上的事，具体的，你跟我手下的人去谈。我今天来，就是想要到你们公司来看一看！"

海涛："总裁先生想看什么，就只管说！"

总裁先生笑着说："不用了，其实想看的我已经看到了！"说着就站起身来！

海涛陪着那位富商往外走。

总裁先生指着春宁说："啊，到她们办公的地方看一看！"

他们走进了经营办公室。

海涛："这就是我们公司的经营办公室，这就是春宁小姐的座位！"

总裁先生摸摸桌面下的椅子："嗯，椅子上还要有个小坐垫儿才好！"

海涛有些奇怪地看看总裁先生："看来这是本公司工作方面的一个疏漏！"

总裁先生笑了："哦，我不是那个意思！不是！椅子垫也可以个人自己买一个嘛！"说完，看了一眼春宁，出去了。

海涛跟了出去。

春宁对总裁先生说："您住在哪个酒店哪个房间？留一下电话，有事我们好联系！"

总裁先生："啊，月湖大酒店五楼的总统套房。"

海涛却扯了一下春宁的衣裳角儿："总裁先生，问您这个问题，不好意思了！"

总裁先生笑了："啊，没事，没事！有时间你们可以到我那里坐坐嘛！"

海涛："我肯定是要去拜访的，因为咱们还有生意要谈！"

总裁先生："好！忙，也是手下人忙，我忙不到哪儿去！"

门前，总裁先生上了车。

海涛和春宁在挥手告别。

轿车开走了。

海涛回头对春宁说："春宁，总裁先生住在哪里这个问题应该我问，你问有些不合适！"

春宁笑笑，没有吭声。

10. 大街

中午。

胡一林骑着辆崭新的三轮车，车上坐着常华。

胡一林嘴里哼着小曲儿。

常华坐在三轮车上，用手抚摸着车子说："唉，人啊，真像变戏法儿似的。三十年河东，三十年河西！过去坐面包车都嫌硌屁股，现在坐这三轮车，还觉得挺风光！"

胡一林："真说的呢！这三轮车叫啥？这叫小贩的吉普，不用电不用油，两脚一蹬嗖嗖嗖！穿大街走小巷，拐弯抹角都便当！"

常华："照你这么说，这车还都赶上神仙车了呢！"

胡一林："那你寻思啥呢？坐我的车，你也就跟神仙差不多！"

常华："哎，车子手续啥的办完了，你不往家走，噌噌噌地还要往哪儿骑呀？顺着大街逛风景呢？！"

胡一林："还往哪儿骑？！回家干啥去呀，你看我，我看你的！这么多年还没看够哇？！"

常华："那你要上哪儿去？"

胡一林："直奔郊区菜市场！"

常华："啊？你那腿能行啊？！"

胡一林："行不行能怎的？累折了再接呗！你坐好了！"说着，飞快地骑了起来！

常华："你慢着点儿！"

胡一林："我倒想慢着点儿，慢着点儿能挣着钱吗？！"

三轮车驶向了远处！

11. 月湖大酒店套房内

总裁先生正在看报，海涛和春宁走了进来。

海涛："总裁先生，打扰了！我们来找您谈谈事。"

总裁先生笑了，指着春宁说："要谈，你就跟她谈吧？"

海涛莫名其妙："总裁先生，你是不是认错人啦？这是我们公司的春宁啊！"

总裁先生："她什么时候到你们公司工作的呀？"

海涛："时间不长！"

总裁先生："这不就得了！海总，这个春宁，就是我的闺女！她就是我这个集团公司的副总裁！只是挂了职，一直没到任！"

海涛："您就是春宁的父亲？"

总裁先生笑道："父亲就是父亲，女儿就是女儿，这个不会有假的！"

海涛一脸惊讶："春宁，我怎么也没想到总裁先生就是您的父亲，而且您竟然也是这个大公司的副总裁！"

总裁先生："她现在是这个公司的副总裁，而且将来一定会接我的班，做这个总裁！但是，她在社会实践这块儿不给我交一份合格的答卷，我这个总裁的班是不会交给她的！"

海涛："总裁这么说，是否认为我父亲对我的班交得有些早了点儿！"

总裁："我说还要看，就是这个意思！海总，随着社会的发展，像我和你父亲这样大富、中富、小富的人都会多起来，将来会充斥整个社会！我们这一代人要退出历史舞台之前，把班儿交给谁？一般来说，肯定是自己的子女，可我们的子女素质怎么样？是个败家子儿怎么办？那就不是一个公司兴亡成败的问题了，往大一点儿说，这样的接班一多起来，那就涉及一个民族未来的兴亡成败！所以，我和春宁的班儿，才没有马上交接，我想让她知道了创业的艰难之后再接班，才会珍惜老一辈创下的家业，才能当好这个家！才能站在巨人的肩膀上成为更伟大的巨人！"

　　海涛："总裁先生不仅是一位经商里手，也是一位教子有方，有战略眼光的人！"
　　总裁："有些事儿，你和春宁谈吧，我在这儿听着！"
　　春宁："爸！我现在是海总公司的员工，我代表和维护的是海总公司的利益！对你所在公司的情况，我不了解情况，因此，今天的谈判应该在咱们之间进行！"
　　总裁："好好好！说得好！我就是要有意试试你春宁能不能摆正这个关系！行，不错！好吧，你们说吧！"

### 12. 江浙公司总经理办公室

　　江浙对常秀说："我们这次展览会再过几天就开幕了，这次我们请来了一个大公司的总裁先生，来参加我们的展览会。我很想利用这个机会，以股份制的形式，加入他们经济实力雄厚的大型集团公司，这样，在未来市场经济的风浪中，我们这个小公司就不是一个易翻船的小舢板，而是一只和很大很大的船结为一体的船！使我们不至于在商海中翻船！"

　　常秀："加入了集团，我们还有独立的经营权吗？"
　　江浙："条件要谈！"
　　常秀："反正经营盖了保险盖儿的公司，当然比不盖保险盖儿的要好！"
　　江浙："哎，展览会一结束，大民、小明、夏波都要走，接替他们的人才，你物色怎么样了？"
　　常秀："怎么？他们都真的要走哇？我以为也就是说说而已，他们动真格的？"
　　江浙："商场如战场，战场无戏言！你以为人家跟你说着玩的？那些辞职书能是随便写的吗？！"
　　常秀："可我这冷手抓热馒头，让我上哪儿马上找着人来顶得上他们？"
　　江浙："所以呀，你是不是要想想，公司现在这个局面是怎么造成的？直接的原因是什么？你有哪些责任？为什么会出现这些问题？你的管理方法和思想方法有什么问题？如何改正？"
　　常秀低着头："把你的想法都说完！"
　　江浙："胡一林、常华在，咱们这个公司基本是家族式的管理！他们走了，咱们基本是家庭式的管理！"
　　常秀："你是说家庭式的管理不好？"
　　江浙："在人的素质，家庭成员的素质达不到现代化管理水平，这就会出问题！"
　　常秀："我该怎么办？"
　　江浙："要么，去读经济管理专业的研究生，要么辞职！"
　　常秀："辞职我干什么去呀？读研我的年龄太大了吧？！"
　　江浙："你大？有六七十岁的人，还在和阿菊晓梅一起读本科！"

### 13. 菜市场

　　下午。
　　胡一林骑着三轮车，拉着菜和常华，从那边驶了过来。
　　胡一林吆喊着："哎，新鲜菜，新鲜菜啊！"
　　市场上的摊贩们："哎，骑三轮的，快点儿到我们这个摊床上来！"

胡一林："别争别抢，保证都有份！"

### 14. 展览会布展
现场布展已经就绪。

大厅门关着，静静的。

只有大民和小明坐在地上！

大民望布置好的大厅说："万事俱备，只欠东风了，就等着开台锣鼓了！哎，诗人，这里静静的，作首诗吧！"

小明看看整洁的大厅，说："嗯，是该作首诗！啊，这里一切都静静的，像阳光在静静抚摸平静的海面！海燕，只有两只海燕，栖息在浅浅的海滩，啊，浪花，吻着它们的脚面！翅膀和汗水，都已在海面化作了帆船！那洁白色的帆船哟，鼓胀的帆篷，是它们的信念！直直的桅杆哟，是它们立于天地间的伟岸！怎么样？"

大民："还行！结尾应该往咱们这个大厅扣一扣！"

小明："我这儿没完呢，啊，我们的展览会，驶在商海里的船！"

大民："有些白！"

小明："那没办法！诗不白，别人听不懂！"

### 15. 菜市场
下午。

胡一林、常华正汗津津地从三轮车上往屋子里倒腾菜。

秀丽看见了常华："哎，常华！"

常华一脸尴尬："哎，秀丽，老同学！你这是……"

秀丽："今儿个休班，到菜市场来买点儿菜！你们怎么也在这儿？过去没在这个菜市场看见过你们呀？！"

常华放下手里的菜说："嗨嗨嗨！我们都从原来的公司下岗了！这不，没什么干的，倒腾点儿菜！哎，这菜可新鲜，黄瓜都是顶花带刺儿的！芥蓝嫩嫩交绿儿的！给你拿点儿！"

秀丽推说："哎，可别！你们大老远的倒腾过来，不容易！"

常华："这说哪去了，咱们谁跟谁？那我上回开病假条不是还找的你吗？"

秀丽："我那是举手之劳，你以后要是有事儿，就吱声！"

常华："这回下了岗，没地方请假了，要请，也是自己跟自己请假了！"

### 16. 展览会布展现场
小明："哎，大民，听说春宁姐的爸爸来了，也要来参加咱们这个展览会的开幕式！"

大民："知道！"

小明："哇！亿万富翁啊！"

大民笑了："我不看重那些，亿不亿万富翁的和我没关系！"

小明说："那不对呀！你将来是有了个富翁的老泰山啊！他们家的钱还不都是给春宁和你的钱哪？将来你有了钱，也成了富翁，是不是就可以享清福了！"

大民："我不那么想！我从来没指望从女朋友那里得到什么！我也不想接受人家对我的恩赐！一个男人，不能靠别人创造的财富生活，更不能靠女人养活！不管他们家多有钱，我耿大民还是耿大民，我还是要过我自己的俭朴生活，鞋子破了，我照样会去补！"

小明："大民哥，现在还有几个人去补鞋子？你的消费观念是不是太落后了？"
大民："人在创造财富上得向前看，在消费财富上，我永远是向后看的人！"

### 17. 公司女宿舍

阿菊拿着书本："晓梅，把我这些日子落的课程的内容，都给姐画画！我得多看看！"

晓梅："我早就给你准备好了，一张纸的清单，多少页多少页都给你写明白了，省着往书上画，看弄脏了书！你看，都在这儿呢！"

阿菊："晓梅呀，读书把你都读精了！我就没想到，用一张纸都能记下来！"

晓梅："这算不了啥？"

夏波一边拖着地一边说："两位！你们跟春宁说要跟着我们走，春宁说了，如果公司同意你们辞职，咱们就合股成立一个鲜花店！有钱的多入，没钱的少入，按股分红，这也体现了国家新的分配制度了嘛！"

晓梅："我说过了，我一定占四分之一的股份！没钱我可以先借，挣了钱再还！"

阿菊："几万块钱，我没问题！人，在一起干事业，求个顺心，对撇子！"

夏波："如果你们都没意见！春宁就叫咱们开始租房子了！"

阿菊："租房子？是不是临街的门市房就行？"

夏波："得是在一处客流量大的地方，在商业繁华区！"

阿菊："那胡一林家不是租了套房子，要办公司没办起来，现在正在往外转租呢吗？"

夏波："租他们家那房？我可懒得和胡一林那人打交道！"

阿菊："哎，夏波，话你也别那么说，人隔三日，就得刮目相看，人家胡一林不是正在改好嘛！只要是房子咱们看着合适，他们的租价也合理，不就行了？！"

夏波："有你阿菊这句话，那咱们就找他们看看房！"

### 18. 街市上

下午。

胡一林骑着三轮车，车上坐着常华。

胡一林说："老婆子，跑这一趟，累点儿是累点儿，可咱是挣着钱了！五十多块呀！一天跑两趟，那不就是一百多块？！嗨嗨，你还愁啥有工作没工作的，现在你只要动弹动弹，那不到处都是来钱道儿吗？"

常华："看来咱也只好干这了！我也和你一起干这个吧！要不整天在家待着，也闲得慌！"

胡一林："自打到你姐、你姐夫那公司那个时候往这儿数，咱真正靠自己的能力挣钱，那就是今儿个了，今儿个咱是不是得庆祝一下？"

常华："怎么个庆祝法？"

胡一林："这五十块钱，找个饭馆，咱把它消灭喽！"

常华："你说去，那咱就去吧！"

### 19. 公司办公楼外

傍晚。

江浙的轿车停在那里。

晓梅和小王扶着阿菊从楼里走出来。

阿菊拄着拐杖和晓梅上了车。

车里，阿菊对江浙说："江总！如果我和晓梅也提出要从咱公司辞职，你不会感到意外吧？"

江浙开着车："这个？有些意外！"

阿菊："我们六个人准备集资入股，办个鲜花店！"

江浙："股份制的方式要比我们这个家庭式的独资管理方式进步得多！"

阿菊："可是挺对不起你的，你对我们那么好，帮我们交学费，接送我们上下学，白瞎了你对我们的心思了！"

江浙："话别那么说，人才是社会的人才！不能私家独属！"

### 20．公司宿舍走廊

夏波在叫小王："小王，你过来，委派你个重要任务！"

小王紧跑快颠地奔了过来："啥事儿？"

夏波："你找一下胡一林的手机电话！"

小王往电话桌子的墙上一指："这有！"

### 21．某小饭店

胡一林正在给常华夹菜："哎，自己的劳动成果，吃着就是香！来，吃！"

常华："别忙活人了，我自己来！胡一林，我问你句话。"

胡一林抿了一口酒说："说！"

常华："咱们从公司下来，钱没过去挣得多了，工作条件没过去好了，你的腿脚也落了点儿残疾，可今天心里怎么觉着敞亮不少呢？！"

胡一林又抿了一口酒说："这叫啥？这叫自食其力了！以前咱们也吃饭，可那像寄生虫似的！没劲儿！"

胡的手机忽然响了。

胡接了起来："嗯？小王？哪个小王？啊，保安员小王啊？什么事？啊，啊，可以！可以！明天上午联系吧！"

常华："保安员小王找你有什么事儿？"

胡一林："不是小王找我有事，是春宁、夏波、大民、小明、阿菊、晓梅他们要联合办一个鲜花店，想看看咱们要往外转租的那个房子！"

常华："把房子转租给他们？"

胡一林："现在不是咱们同不同意转租，是人家能不能看中的事儿！那要能转租出去，不正好，省着窝在手上闹心！"

常华长叹了口气："嗨，没想到咱俩闹到今天这个地步，咱们干不起来的事，倒叫那些小青年给干起来了！"

胡一林："这个，还别不服！我还有一个爆炸性的新闻没说给你呢！"

常华："什么新闻？"

胡一林："春宁的爸爸是个亿万富翁！春宁是她父亲那个大公司的副总裁！"

常华不可置信地："得了！你是不是喝了两盅酒，说梦话呢！"

胡一林："告诉你没啥，千真万确！"

常华张着大嘴："真的呀？"

（第十八集完）

**第十九集**
**1. 公司女宿舍**
晚上。
阿菊拄着拐杖对晓梅说："给公司的辞职书他们写了，咱们也写！现在看哪，人，敢于走出自己熟悉的地方，不断去开拓一片新天地，也是人在不断地向自我挑战，和有自信心和能力的表示！那些天，听说他们要走，我睡不着觉，心想：这个屋子就剩下咱们俩那多孤单！窗台上的四盆花，放在一起是一道风景！如果就剩下两盆，看着多不得劲儿！不觉得缺点啥吗？这回好，咱们也有地方去了，而且是和她们一起去了有自己股份的鲜花店！展览会开过咱也走！谁还想在这儿看那常副总的脸子？！总让你心里沉沉的！谁受得了？晓梅，你写！"
晓梅："写啥呀？是不是找他们几个的辞职书借鉴一下！"
阿菊："借鉴啥呀？那么没出息呀？！管怎么说，那咱俩也是业大的大学生了呀！连个这么小玩意儿都写不了，那还不叫人家笑话！写，咱就自己写！"
晓梅："阿菊姐，要不就你写吧！"
阿菊眼睛一瞪："我说晓梅你这是怎么回事儿？没着我这儿拄着拐不方便吗？！"
晓梅："你那腿坏了也没影响到手哇！"
阿菊："没影响到手，那不是以前的情况影响到手了吗？"
晓梅："以前什么情况？那次被抢？"
阿菊："什么被抢！人家不是多少年没拿笔了嘛！"
晓梅："啊，是这么回事呀！阿菊姐，要我说，也别写太多，就写由于某种原因，我们也决定辞职。"
阿菊："对呀，干净利落！行！就这么写！你看就这么点事儿，有啥难的？！你写完了我签名！"

**2. 江浙公司总经理办公室**
晚上。
常秀："姓黄的给抓起来了，他们公司的展览还照展吗？"
江浙："当然照展！我听说他们公司已经安排新的总经理了！人家公司是咱们的客商，展的是展品，和姓黄的被抓没关系！"
常秀："这些天，我觉得心很累！从打胡一林出了点儿事儿后，一个事儿接着一个事儿，让人不省心！"
江浙："这叫啥？这叫山雨欲来风满楼！"
常秀："胡一林和小华走了，那几个该闹辞职的也闹完了，这风啊雨呀也就够多的了！还有什么山雨要来？"
江浙对常秀说："阿菊和晓梅也找我谈了，要辞职，这样我们的公司就没有业务员喽！就剩咱们两个光杆儿司令喽！"
常秀眉头一蹙："她们俩也要辞职？！她们俩跟着闹什么？是不是春宁他们故意鼓捣要拆咱们公司的台呀？！"
江浙："我看不是！"
常秀："那为什么常华管他们的时候，他们都没辞职，轮到我管，他们都要辞职？"
江浙："常华管的时候，她不会管，也不真管，她是撒手不管！员工们倒觉得有自由生存的空间！你呢，是不会管，可你乱管！所以管得是狼烟四起，员工们觉得在这里不自由，人家能不辞职吗？常华不管不对，你乱管也不对！"

常秀："你说的要来的山雨，就是阿菊和晓梅也要辞职？"

江浙："不不！这算什么山雨？她们的辞职，和大民他们的辞职一样，都是给我们刮来的风！"

常秀："这么说，还会有什么山雨？"

江浙："我在想：如果我们按照以前这种家庭式的管理方式走下去，那就养不住人才，没有人才的公司，在市场上我们就没有竞争力，没有竞争力的公司，在未来的市场中一定是死路一条！"

常秀："呀！问题这么严重？！你不是说，咱们的公司有可能要并入那个大的集团公司吗？"

江浙："是的，如果真的并入那个公司，公司的管理机制，就要由集团公司来决定！"

常秀说："我知道，你说的意思是，我可能要从这个副总的位置下岗。只要公司能保住，我下岗也可以！"

江浙："聪明！但你的下岗，不一定是永久地下岗，等你真正学会了管理公司的艺术，不但可以再上岗，比我强的时候，我自动下岗！"

常秀："你要并入的那个大集团的总裁，我怎么听小华说是春宁的爸爸呢？！"

江浙："嗯，正是！当然，我也是刚知道！如果并入成功，她爸爸就是我的老总！"

常秀："可我辞了春宁，春宁会不会记恨我，因为这个影响咱们公司向集团的并入？！"

江浙："你把春宁想狭隘了，她不会，绝对不会！"

常秀："那春宁有这么个有钱的老爹站在身后，为啥还要出来打工呢？"

江浙笑了："你想不明白了吧？这个问题你要想明白了，你也早就不当这个副总经理啦，早到别人家的公司去打工锻炼了！春宁是谁？春宁两年前就一直兼着这个大集团的副总裁！"

常秀惊讶不已："啊？怎么会是这样？！我一点儿也没看出来！"

江浙："真人不露相啊！你把一个大集团的副总裁从咱们一个小公司里炒了，你多能！"

常秀呆坐在那里："啊，真是看不透！"

### 3. 公司女宿舍

晚上。

阿菊拿着辞职书给春宁："哎，春宁姐，我们的命运可就又和你拴在一起了！你们能带着我和晓梅一起办鲜花店，这是高看我们了！我们也是攀上高枝儿了！"

春宁："什么攀高枝儿？咱们是合作伙伴，大家都是平等的！"

阿菊："你看，我们也写了辞职书！"

春宁看了一眼说："这是你们给公司的，我就不看了！哎，夏波，鲜花店的房子租怎么样了？"

夏波："明天上午去看！你当是谁家的房子呀？常华家的，是他们原来租了准备开公司的房子，后来公司干不了啦，房子窝在了手上，干赔，只好转租！"

春宁："转租，那房价怎么样？！"

夏波："价格可以谈，不过我觉得那地点还蛮不错！"

春宁："在哪儿？"

夏波："中心街的商业小区！"

春宁："那儿的地点是不错！常华和胡一林，都走了麦城，咱们不能袖手旁观，房价上差下差不了多少，就那么着，就认着咱们吃点儿亏了！这样咱们也算在他们有难处时，帮了他们一把，毕竟一起共过事嘛！夏波，这些事儿，你就得多跑跑了，房子的事儿，你就拍板儿定！"

夏波："嗯，知道了！"

### 4. 胡一林家楼下

胡一林一边缠着手里的一根小绳子，一边对常华说：今儿个上午，夏波要来看房子，你在家等她电话吧！我得走了！"

常华："别着急忙慌的，慢着点儿骑！"

胡一林："你放心吧！两脚蹬的这玩意儿，快还能快到哪儿去呢？！哎，常华，说心里话，咱这一下了岗，我怎觉得你对我比以前好了呢？！"

常华："咱们已经是落魄的凤凰不如鸡了，我们不能再互相看着不顺眼，扑腾着翅膀掐架！你为了这个家，跑远道儿倒腾菜也是累活儿，我得疼你，照顾你！不能错待你！"

胡一林嘿嘿一笑："早知这样，咱早下岗多好！"

常华："去！"

胡一林嘴里哼着小曲，骑着车子走了。

### 5. 临街的一处门市房

夏波和常华从里面走了进来。

常华："房子你也看了，花了好几万元新装修的，就是这个样！"

夏波："租给我们多少钱一个月？"

常华："三千块钱一个月！我除了付清房主的租金，还得收回点儿装修的钱，其实一分钱也没多挣你们，就是图不亏本儿了就行！不信，有些情况，你们可以找房主问，也可以找房屋中介公司打听！"

夏波："应该是这个价。"

常华："你们租了，接了下家，其实，就等于帮了我的忙了！不然，这房子扔这儿，啥事干不成，那不是净往里搭钱吗？"

夏波："昨天晚上，春宁姐还特意跟我说了，和你们谈房价，枪口要抬高一寸！都是老熟人嘛！"

常华："哎哟，那可就谢谢春宁了！咱们什么时候签协议？"

夏波："这就去吧！走！"

常华："这就把这个事儿谈成了？哎呀，我可高兴死了！夏波，这房子都成了我一块心病了！压得喘不过气来！这下子可好了！这个事办得这么圆满，多亏了你们哪！"说着，眼里有了泪水！

### 6. 月湖大酒店套房

总统套房里。

总裁先生、大民和春宁都坐在这里。

总裁先生拿着一张大民刚画完的人物速写，说："嗯，大民，你画我画得满像！"

大民："叔叔，给您画像，手都得紧张得有点发抖了！"

总裁先生："哎，怕什么？我也没长着红胡子蓝眼睛！大民，我这次来看了一下，你和春宁走的这条路是对的！人得懂得：吃苦是人生的财富，奋斗才有价值！我现在是财富的拥有者不假，可是我的父辈没有给我留下什么呀，全是靠自己的奋斗走过来的！我不希望我的女儿或者女婿是什么纨绔子弟，一身浮华，金玉其外，败絮其中！春宁毕业那年，我同意让她自己出来闯闯，为人父母的不能认为溺爱才是爱，举在头上怕吓着，含在嘴里怕化了！其实，对儿女的爱可以有多种方式，放到社会上摔打摔打没什么不好！"

春宁："爸！下一步我们几个人准备集资办一个鲜花店！这是个小的股份制形式，人人都是股东，人人都是鲜花店的主人！"

总裁先生："是个多大的鲜花店哪？资金够吗？太小了有竞争力吗？"

春宁："不大！但是属于我们自己的！资金一分钱不借，店小不怕，经营靠特色！一点儿一点儿地滚雪球式地往起发展！你无我有，你有我优，你优我廉，你廉我无！你看这个经营战略怎么样？我想总有一天，我们也会成为大鲜花店，大富有者！"

总裁先生："其实我手里的钱，你们一分钱不挣，也够你们花上一百年开外的了！你们谁能活一百年呢？可是你们不依靠这些，走自己的路，要闯闯，要发展！好！好！有这样的晚辈，我打心里往外高兴！"

敲门声。

春宁："请进！"

进来的人竟是江浙。

江浙："啊，总裁先生好！"又对大民、春宁说："你们都在呀！"

总裁先生："你好！我这当老爸的来了嘛，总要和孩子们见个面，拉拉家常！"说着起身和江浙握手："坐坐！"

春宁和大民也和江浙打着招呼："江总，你好！"

江浙和春宁的爸爸坐到了另一边。

江浙："总裁先生，我来是要找您谈件事！"

### 7. 大街上

一烟摊处。

胡一林骑着三轮车驶过。

那烟贩看见了他，喊道："哎，胡总！你这是要干什么去呀？骑三轮车锻炼呢？我这儿可给你留着好烟呢呀！"

胡一林远远地："喊谁胡总呢？你认错人了吧？！"

那烟贩揉揉眼睛，自言自语道："明明就是他，我怎么会认错人呢！那不就是胡总吗？他怎么蹬上三轮车了呢？"

胡一林骑着三轮车，自言自语："别扯了，有抽好烟的钱，还不用我这么汗巴流水地跑了呢！"

### 8. 月湖大酒店套房

总裁先生笑着对江浙说："咱们没见过面，可你的身边有我的嫡系！你们公司的情况我比较了解，你这个人我也了解！并入我们集团的事儿可以谈！"

江浙："总裁！我们这个公司，发展到今天，来自内部的困扰太大，这使我觉得依靠个人的力量，几乎无法摆脱这种困扰！"

总裁先生："江浙啊，你提出的这个问题不是困扰着你们一个公司啊，这是困扰着许多家庭式管理方式公司的问题呀！我们不是说所有的家庭式管理都不好，而是说有一部分不好！家族式的管理，问题还要好解决一些，亲戚也要照章办事嘛，不好可以不用嘛！这是一个可以消除困扰的方式！家庭式的管理你不好消除，而且一定会存在！老公做老总，老婆当副总，谁撑得走谁？再说，等有产阶层的老总们老了，财富和产业交给谁？肯定是自己的子女！家庭就是私有单位，财产是私有的，谁也没办法！唯一的办法就是培养好自己的家里人的管理能力！适合接好这个班儿才行！"

江浙："如果我们的公司并入了您的集团，我的妻子已经同意卸任，去读经济管理专业的研究生！"

总裁先生："啊？她的情况我知道，能做到这步，真的是很不容易！我佩服你！工作做得不错！"

江浙："这是我们公司并入贵集团的可行性报告，请您过目！"

总裁先生："嗯，结果如何，我们会很快给你答复！"

江浙："我真心希望，展览会开幕时，我们公司已经是贵集团的成员！"

### 9. 江浙公司女宿舍

总裁先生、江浙、大民、春宁、阿菊、晓梅都在这里。

总裁先生摸摸春宁床上的被褥："嗯，还是上大学时的那套吧？"

春宁："嗯！"

总裁疼爱地说："宁宁，你学会了独立生活，也学会了节俭。历览古今多少事，成由勤俭败由奢呀！宁宁，我这次来，江总跟我介绍了你的一些情况，看来你是长大了！老爹对你有些放心了。这两年要打个分的话，得给你打个满分！"

总裁先生站在窗前，看着四盆花，对江浙说："这些小花，都在花季，需要阳光，也更需要风雨！"

### 10. 月湖大酒店套房

总裁先生房间。

门口，海涛和先前那位负责接待的小姐走了过来。

海涛按响了门铃。

有人把他们让进了屋内。

总裁先生待海涛他们坐定后说："海总，你们起草的这份协议，我们都看了，也充分论证了一下，总体上来说，没问题，我在上面改了几个字，已经签了字！"

海涛接过协议看看说："好好！"

总裁先生："春宁是很同意这份协议的！这几天她总是在我耳边吹风！吹得我这个耳朵快要生茧子了！看来她对你们公司的事很负责任！"

海涛："啊，昨天，春宁在我们公司已经递交了辞呈，她说要和别人合股办一个鲜花店！我只能同意她的辞呈！"

总裁："我想，孩子一大了，就有他们自己的主意了！他们想做的事，就放开手让他们自己做吧！当老人的管多了，也是绳索！我们心里想的是：这也想为他办，那也想帮他忙，可是对人家来说是难以承受的爱！那不就跟绳索一样吗？海涛，你爸爸对你放不放手？"

海涛笑了。

### 11. 展览会现场

展厅门口张灯结彩！

夏波、晓梅喜气盈盈地在入门处发放展览会介绍。

大民和小明在展厅里来回奔忙！

阿菊拄着拐杖在展厅里走着看着。

展厅里人头攒动，展位上的色彩、灯光和展品琳琅满目！

江浙、总裁先生和一些领导模样的人，佩戴鲜花，站在礼仪小姐托着的红绸前。

江浙宣布：现在请市领导和我们集团总裁为展览会剪彩！

手起剪到，红绸飘然坠落！

一片掌声！

他们行走在展厅里。春宁、海涛、晓梅的二舅等跟在他们后边。

总裁先生问江浙："这个展览会的美术设计都是耿大民他们搞的？"

江浙："是啊，那两个年轻人看着不起眼，很是有两手呢！"

总裁先生看着，点点头："对这样的人才要留住！未来市场的竞争说到底是人才的竞争！"

江浙："嗯，我也是这么想的！可是他们已经打了辞职报告了！"

总裁先生："不行！人才不能外流！他们有什么要求可以提出来，但咱们不能把人才放走，放走了，就是我们的失误！必要时，我们可以一起找他们谈！"

### 12. 某小饭店

窗外已是灯火通明！

大民、小明、春宁、夏波、阿菊、晓梅在一张桌子上吃饭喝酒！

大民："展览会开得很成功！咱们心里也就一块石头落了地啦！来，庆祝一下，我请客！"

小明站了起来："喝酒我同意，可是，我不同意由大民请客！展览会开得成功，高兴应该是大家的事，我们这顿饭实行饭费AA制怎么样？！"

这时，总裁先生和江浙突然出现在他们面前。

总裁先生："谁也别AA制了，这顿饭我和江总请！"

大家都站起来让座。

江浙端起一杯酒："这杯酒我先代表总裁敬大家，确实辛苦了！来，干了！"

总裁先生端起一杯酒来："大民，小明，叔叔和你们俩喝一杯，江浙展览公司并入我们集团了，我看你们这两个人才不要走啦！你们能留下，就和我一起喝了这杯酒，不能留下，我就这么举着杯，等着你们！"

江浙也举起了杯！

大民看看小明，小明也看看大民，两个人坚定地举起杯来。

四个酒杯相碰，铿锵作响！

总裁先生喝了酒，放下酒杯说："好了，我的任务完成了，你们年轻人聚会，我和江总在这里碍事！春宁，你买单啊！"

春宁应了声。

总裁先生："江总，咱们走吧！"

江浙："好，走！"

大家都鼓起掌来。

### 13. 胡一林家

常秀走了进来："一林呢？"

常华："出去了！"

常秀："你可要看住他，不要让他离了王三，又伴个张五，可不能再接触不三不四的人！"

　　常华："经过这么大的事儿，他长记性了，不会了！"

　　常秀："你们就这么在家干待着呢呀？"

　　常华睨了一眼常秀说："那干什么去呀？"

　　常秀："你姐夫说，让我来找你们商量商量，看你们能不能做点儿小买卖？！"

　　常华："实话对你说了吧，我们买了辆三轮车，一林正从郊区往市里倒腾菜呢！"

　　常秀："他倒腾菜，你干啥？"

　　常华："我还真没什么事儿干呢。"

　　常秀："你就在菜市场租一个摊位，卖菜嘛！"

　　常华："想过了，可装修造进去五万块，一林腿坏了又花了不少，家里还有点儿钱，那也得预备个急用！一个大菜床子，摊位费一年就得一万多块！"

　　常秀递过一个存折："这是两万块钱，是你姐夫让我送来的，但不是给你们的，是借你们的！"

　　常华："哎，我知道，你们这是雨中送伞，雪里送炭！姐姐是好姐姐，姐夫也是好姐夫！以前，也确实是我们不好！"说罢，眼里噙了泪花！

　　常秀："今天我来，还想告诉你件事儿！"

　　常华噙着眼泪说："什么事？"

　　常秀："江浙展览公司已经并入大型公司集团了，我呢，已经从副总经理的岗位退了下来！"

　　常华："那你今后干点儿什么？"

　　常秀："先去学习！去读经济管理的研究生！等毕业了再说！"

　　常华："你都去学习了，那我可学点儿啥？"

　　常秀："你和一林也商量商量，能不能去业大读读书，考个成人大本，不也挺好吗？"

　　常华："反正我是悟出来了，人要想往高处走，不打文化翻身仗不行！真的不行！"

### 14. 某小饭店

　　小明："哎呀，没想到辞了江浙展览公司的职，绕了一小圈儿又回来了！总裁和江总亲自请咱回来！你说这咱能不回来吗？大民，整半天和你未来的老泰山整一个集团里了！来，为了这事，喝一杯！"

　　大民没动："你啥意思？我可是不想靠着大树，借什么阴凉！"

　　小明："没那意思！是说世界真小，人和人碰上这么容易！就是高兴的意思！"

　　大民端起杯来："这么说，我喝！"

　　春宁："哎，上次我们商量业余时间外出打工的事儿，也是在这个小店吧？！"

　　夏波："没错！就是这儿！"

　　春宁："这次是又扩大了两个人，阿菊和晓梅！咱们的夏波小姐已经把租房子的事跑成了，咱们也得重点商量商量办这个鲜花店的一些具体事儿了！"

　　阿菊："我看这个鲜花店，就由春宁当总经理，由她总管！"

　　夏波和晓梅说："同意！"

　　小明："谁当副总？"

　　阿菊："当然是夏波了！"

　　夏波："我可不行！别木匠多了盖歪歪房子！我这个副总经理就别当了，当个业务员蛮好的！"

春宁："哎，咱们今儿个可是个股东董事会呀，大民和小明是列席人员！其他人可都是董事！你们说总经理让我当，那我就当仁不让了，可当总经理的给自己得约法三章，得干在前边，享受在后边！工资不多拿，和大家一样，按照股份平等分红！"
　　晓梅："那可不行，你还是要多劳多得！"
　　春宁："算了！这个问题不争了！我这个总经理就算上任了，按我说的定吧！"
　　阿菊："我可得有言在先，如果我以后腿瘸了怎么办，干活儿不利索，大家不会烦我吧？！"
　　夏波："不会！"
　　春宁："夏波说得对！阿菊是咱们的姐妹，腿还没好，咱们得照顾好她！有些力气活儿不能让她干！哎，咱们的鲜花店还没个名，大家伙看叫什么好？小明是诗人，你给起个名吧！"
　　小明沉吟片刻："名字说来也是现成的！我看就叫时代鲜花店吧！"
　　大民："这个名字好！花开时代！好！"
　　春宁："同意叫这个名字的，举手！"
　　四个女孩儿，都把手举了起来。
　　春宁："花店的名字就先这么叫着，我看我和夏波、晓梅从明天起就都和原公司脱钩，开始跑花店执照和进货的事儿！"
　　晓梅："咱们店鲜花的来源，可以回我们老家找我二舅，那里的盆景啊鲜花啊，可以往这运！"
　　春宁："这是个来源！还有其他来源，我们都要和人家签合同！不能因为亲属关系占人家的便宜！"
　　小明："哎呀，肚子没吃饱呢！光听着你们开会了！"
　　大民张罗着："哎哎，要了这么多菜，吃吃！"
　　大家又都吃起饭来！
　　小明端起杯来："大民，展览会成功，她们的鲜花店又有谱了，来，咱们再干一杯！"
　　两个人碰杯，一饮而尽！

### 15. 大街上
路灯下。
　　大民他们六个人挽着臂膀，阿菊在边上挂着拐，一起向前走着。
　　他们在唱着："啦啦啦，我们要当企业家，啦啦啦，我们要当企业家！……"
　　迎面有一辆脚踏三轮车驶了过来，车上装着些蔬菜，骑车的人是胡一林！
　　他看见了大民他们，一低头快速骑了过去！
　　晓梅眼尖："哎，骑三轮的那不是胡主任吗？"就冲着骑车的人的背影喊："胡主任！"
　　那三轮车不但没停，反而骑得更快了！
　　大家停下来看，由于夜暗，都没看太清楚！
　　夏波："晓梅，你犯什么神经啊？哪儿来的胡主任哪？一个骑三轮车的人，怎么会是胡主任呢？你看走眼了吧你？！"
　　晓梅急了："我怎么会看走眼呢？明明是胡主任嘛！三轮车上还驮着菜呢！"
　　小明："可能真是他，下岗以后倒腾上菜了！"
　　夏波："我也相信晓梅不会看走眼的，那个人可能就是胡一林！他在这个公司不做了，他有什么能耐？骑三轮车驮点儿菜，也属正常！"
　　春宁、大民没说话，他们都在往远处望！
　　那里啊，是灯光与暗夜的交汇！

### 16. 小巷深处
　　暗淡的灯光从巷口投过来。
　　胡一林骑着三轮车，跌跌闪闪的影子。
　　他厚重的喘息声，和着自言自语："这些小年轻！说要当企业家，还真的就当上了企业家！要不人家就啦啦啦，啦啦啦地唱了，真叫他们啦啦上了！人家还真有那两下子！咱不行啊！"
　　车子猛地颠了一下，方向走偏！
　　他从车子上跳下来，用两腿夹住前面的车轱辘，校正着车轮的方向。
　　方向校正了，他又骑上走了！

### 17. 江浙公司女宿舍
　　新月，柔和的光，从窗口筛进来。
　　春宁躺在床上瞪着眼睛睡不着！
　　夏波撩开被子，下了床，开门出去了。
　　少顷，夏波又推开门回来了。
　　在走廊灯光的照射下，夏波看见躺在床上的春宁那双醒着的眼睛，她小声地说："哎，怎么还没睡？"
　　春宁："睡不着！"
　　夏波："怎么了？"
　　春宁："没说办鲜花店的事儿，我还没觉得什么，一说要办鲜花店的事儿，我真的睡不着了！"
　　夏波："人啊，应该每临大事有静气，别因为这点事儿睡不着！"
　　春宁："其实我不是因为办鲜花店的事儿睡不着！"
　　夏波："那是因为什么？"
　　春宁干脆坐了起来："夏波，刚才我往这床上一躺，心里就想，哎呀，在这间屋子里，在这张床上，我已睡了两年多了！两年多，我们由不熟悉到成了好朋友！我由一个刚出校门的学生变成了一个职员！两年多时间里，我们朝夕相处，情同姐妹，可是我们几个要离开这里了，这间屋子给我们留下了多少美好的记忆啊！想到这些，我就越发睡不着了！"
　　夏波："是啊，你这么一说，把我也给说精神了！我也睡不着了！哎，咱俩干脆起来看夜景吧！"
　　阿菊和晓梅睡得很沉。
　　月光，照着阿菊床头的那把拐杖！
　　春宁和夏波趴在了窗口。
　　四盆小花，在月色中很美的样子！
　　抬起头来，哦，天空中的月亮好大好圆啊！

### 18. 胡一林家楼下
　　胡一林在往车子上苫篷布。

常华从楼道里走了出来:"怎么这么晚才回来呀?我一直惦着,寻思道上出啥事了呢!"

胡一林说:"嘴说倒腾点儿菜能挣钱,是能挣着钱,可谁想到多装了点儿菜,半道上车轱辘就冒了炮呢!哎呀,推着这老沉的菜车,走了四五里地,真不容易呀!总算找着个补车胎的,好歹把车胎算补上了,可这到家也就晚了!"

常华帮他锁上车子:"快进屋吃饭吧!明儿早还得起早呢。"

胡一林:"五点,五点就得起来,把这些菜往菜店送!"

常华:"姐来了,借咱两万块租床子钱,明天咱也租个大点儿的菜床子!"

胡一林:"哎哟,那可敢情好,这等于咱们就是贩销一条龙了!"

常华:"还说让咱俩读业大的事呢!"

胡一林:"读业大?我没听错吧?"

常华:"真的!"

胡一林:"我小时候脑袋也没叫驴蹄子踢过,没叫门框子挤过,没叫门弓子抽过,没进过水,唉,我这么大岁数了,我学那玩意儿?!我宁可骑着三轮车累死,我也不学那玩意儿!"

常华:"以后再说吧,先进屋吃饭吧!"

### 19. 大街上
公共汽车站。

春宁、夏波、晓梅打着花伞,在挤公共汽车。

汽车车厢里的她们!

车在行驶!

春宁那张美丽的脸。

(第十九集完)

## 第二十集
### 1. 公司女宿舍
每个人的行李都打好了。

人们在向屋外搬东西!

阿菊拄着拐杖,端着洗脸盆,盆里还装着花,从走廊向外走。

春宁迎面走过来,要接她手里的东西说:"阿菊,你就别干了!在楼下看看堆儿就行了!"

阿菊却说:"别别,出不了大力,我还能出点儿小力!"说着,端着东西继续往前走。

春宁呢,和夏波、小王、晓梅都进了屋。

他们拿走了最后一些东西。

屋内只剩下空空的床板。

春宁是最后一个离开的,她背着一些东西,站在门口,良久,看着空落落的屋子。

少顷,她悄悄地掩上门,背着东西走了!

走廊里,是她逆光的剪影和咚咚的脚步声!

### 2. 时代鲜花店
春宁、夏波、阿菊、晓梅、小王在往里屋搬东西。

春宁说:"谁原来睡哪个位置,现在还睡哪个位置!把花儿还摆在窗台上!"

四盆花，又摆在了新的窗台上！
花儿的叶蕊，吻着阳光！
小王偷偷地和晓梅说："真舍不得你走！这回见你一面还不容易了呢！"
晓梅说："人，关系近不近，不在离得远近！在心！"
小王含情脉脉地看着晓梅说："反正你印在我心里了，你走到哪儿，我的心都跟着你！"
晓梅假意地嗔怪说："哎，好没脸皮！"
春宁和夏波一边走出来，一边说："咱们得抓紧收拾，一会儿花架子和一些花儿就到了！"

### 3. 菜市场
一个摊床前，常华正在卖菜！
秀丽又拎个小兜走了过来："常华！你这怎么又摆起个摊床子来？"
常华："说的是，倒菜卖菜，贩销一条龙了！秀丽，你买菜？"
秀丽："咱俩一个命运，医院竞争上岗，我也下岗了，冷丁儿下来，在家待不住，就出来转转！"
常华："哟，你也下岗了？那想干点儿啥？"
秀丽："正琢磨着能不能开个个人诊所呢！"
常华一边往一个塑料兜里装着菜，一边说："开个人诊所，责任可大！"
秀丽："那可是！我这个人在大锅饭里混，是个有名的马大哈！这回要真开诊所可不行了，再马大哈那就是糊弄自己了！凡事得细心点儿，尽到责任心，不违反章程，就没事儿！"
常华递过那兜菜！
秀丽："别，哪能老吃你的菜！"
常华："怎的？看我下岗了是不是？可咱这不又上岗了？这点儿菜没多少钱，拿着，以后说不定有个头疼脑热的，还得去找你呢！"
秀丽接过菜说："等我开业了，告诉你！"

### 4. 展览会现场
空空荡荡的展厅。
大民和小明坐在空地上。
小明对大民说："十几天前，我们还在检查这儿装得合不合适，那儿装得合不合适呢，一转眼，展览会开完了，客商们都走了，这展位也都拆了！说心里话，对我们的设计和组织施工出来的这些东西，我还没欣赏够呢，可是就没了，都撤了！"
大民也很有感慨地说："是啊，每次展览会都是这样，工作几个月，心里像一盆火炭儿似的，生怕误了时间，盼着展览会早日到来！展览会是盼来了，一晃就完了，马上就拆了几个月的心血和汗水汇集起来的成果，心里是难受！我们亲手建立起来的美好东西，又要亲手拆了它！心疼！可是细想想，也是得拆！人哪，在生活中就得不断建立新的，再把新的变成旧的拆了，再建立更新的，循环往复，这就是进步！"

### 5. 时代鲜花店
夜晚。
四盆花在月光下，很美很美的样子！

春宁、夏波、阿菊、晓梅都在

夏波往床上一躺说："哎哟，这个床躺着比宿舍的床宽绰舒服！"

春宁："这个床和那个床可不一样，那是公司的床，这是咱们每个人自己的床！"

晓梅："夏波姐，今儿个又搬东西又拾掇屋的，你累得够呛吧？用不用给你捏捏捶捶？"

夏波："你也累了，歇会吧！晓梅，你说我是不是有点儿锻炼出来了，干了这么多活儿，腰不疼了，怎的也不怎的，要是搁过去，这个床都得爬着上来！"

阿菊："夏波，你真是变了，变得像另外一个人儿了！"

夏波："谁没变？大家都变了！变，才是人生活进步的一个法则！"

阿菊拄着拐杖站了起来："晓梅，咱们得去上课去了吧？"

夏波腾地坐了起来："啊，忙了一天，累成这样，你们还要去上学？"

阿菊："好不容易，课都听顺了，落了课，看接不上茬儿！"

春宁："那你们怎么走哇？"

晓梅："从门口坐车，直达！"

春宁："晓梅，你可照顾好阿菊，别让她的腿啊脚啊挤着！要不我跟你们去吧！"

晓梅："不用不用！店里这么多事儿还没忙完，这点儿事，就交给我了！"说完，搀着阿菊走了出去！

春宁看着阿菊和晓梅的背影，对夏波说："咱们四个，都是独生子女，在一起，像不像亲姐妹？"

春宁："要我说呀，不是像亲姐妹！那就是亲姐妹！"

### 6. 胡一林家

常华在点钱，点完了，她对胡一林说："今儿个挣的钱不少，纯赚一百九十九元！"

胡一林："哦，这个数，吉利，九多！这是提醒我呀，今儿晚上要喝点儿酒！"

常华："等着吧，姐和姐夫那阵儿来电话说，一会儿来车接咱们，要找咱们上他们那儿去吃饭！"

胡一林："他们找咱吃饭要干啥呀？他们真有意思，还说让咱们上什么业大？咱这不上业大，钱不也没少挣吗？个人有个人的活法嘛！"

常华："人家说那话，也是好意，还不是为了咱们好？"

胡一林："告诉他们啊，我不学！就是给我交学费我也不学！人得知识，那还非得靠书本吗？社会不也是个大课堂嘛！"

### 7. 江浙公司总经理办公室

夜晚。

常秀、胡一林、常华在一起。

饭菜已经摆好了。

江浙从厨房走出来，解下围腰，坐下说："对，社会也是个大课堂！你们不想上业大，就别去了，但要学一些专业知识培训班什么的，人有了技能，就不愁没事情做！"

胡一林抿了一口酒说："你说这话，我乐意听！专业技能培训班，那咱是得学！比如说我要会粘车胎，我至于在车胎爆了以后，弓个老腰板子，一推四五里地吗？后来我看人家粘了，没啥呀，扒下车带来，往水里一摁，冒泡的地方就是……就是坏了的地方，弄块皮子，抹点胶水一粘，完事！你们说我要会这手，还用遭那罪吗？还用花那钱吗？所以，人是得一专三会八能！"

江浙："一林说得对！小华呀，别看都是近亲，姐姐好当，姐夫不好当！有些话，我说重了，你们不愿意听，我不是长辈！可说轻了呢，你们又不当回事儿！有些事也可能明着是好心，你们也可能当了坏意！今儿个，咱们就是家宴，唠唠心里话！"

常华："姐夫，那一阵子，心里恨不恨你，恨！可转过腔儿来一想，有些事儿不怨您呀，是我们的错！就不恨你了，真的不恨！"

江浙："不让你们恨不见得是好姐夫，得让你们爱，才是个好姐夫！看来我还得努力呀！"他给胡一林倒了一杯酒！

胡一林捏着酒杯说："姐夫，其实你是救了我了，这些年你也没少帮我们家，我们心里明白不明白，明白！但是，还是不能太那个夸奖你，以后这种小菜儿多炒点儿，不斤不厘儿地多找咱吃点喝点，那就对你更没意见了！"

常秀："这好办，就是你姐夫的炒菜手艺不太高明，你们不嫌弃就行！"

胡一林："姐你客气！这菜炒得还怎的？比饭店的也差不了多少嘛！"说着又抿了一口酒："这个酒好，喝着舒畅，热肠子！"

常秀看着，笑了！

### 8. 时代鲜花店

夜晚。

大民、小明都在这儿。他们帮着拾掇屋子。

夏波一边干着活儿，一边笑着对小明他们说："哎，我看你们还外出打啥工了，就到我们鲜花店来打工得了！"

小明："想得美！我们是靠高科技挣钱！我们白天完成好公司里的事，晚上还得上电脑公司打工！"又对春宁说："春宁姐，有一天，你回集团走马上任，实际接手那个副总裁，可别像常副总似的，看咱们像红眼儿豹似的，专掐我们的尖儿，那我们在你手下可就不好干了！"

春宁："我回不回去当那个副总裁，是以后的事儿，就是回去了，也不会么么做事！人哪，在没在基层干过，想法不一样！"

### 9. 江浙公司总经理办公室

早上。

江浙在看着报纸，见常秀在收拾书本什么的，问："你今天去上课？"

常秀："嗯！"

江浙："我开车送你！"

常秀："不了！咱家那台多少年没用的自行车，叫我找出来了，好久不用都生锈了，找人修了修，又像新的一样了，我就骑着去上课！咱们个人忙个人的！我不是公司的副总了，也就不坐那个车了！"

江浙："你不是公司的副总，还是我的妻子啊！妻子的待遇比公司副总高！"

常秀："我多少年没骑车子了，腿脚坐车都坐软了，从锻炼身体角度说，骑车子上下学，也是个锻炼！"

江浙："你要这么说，我支持！"

常秀："你要真想帮我，就在外边帮我联系一件事！"

江浙："什么事？"

常秀："看有合适的钟点工，适合我做的，课余时间，我也去打打工！"

江浙："常秀，你说的是真话？"

常秀看了他一眼说:"这还有啥假!"

江浙:"老婆子!你行!你的思想还没僵化!进步有行动!"

常秀:"冷静想想,我是有错,可是人谁没有过错?谁吃饭没掉过饭粒儿?有了错,咱把它改了不就得了!你看着,几年后的常秀,可能就是今天的春宁!我也不再寄生在你这个公司,我也拉出去,扯起一面旗来,和你比个高低!"

江浙:"好,有志者事竟成!咱们也别击掌为号了,拥个抱怎么样?"

常秀嗔怪地:"老夫老妻的闹啥?!"

江浙:"这你说得可不对!高粱老酒是越陈越醉人!夫妻还是老来香!"说着,拥住了常秀!

常秀拥在江浙的怀里说:"江浙,我今天终于找回了我多年丢失的一种感觉,大学时代,你和我谈恋爱的感觉!"

### 10. 时代鲜花店

夜晚。

春宁、夏波、阿菊和晓梅都躺在了床上。

阿菊和晓梅的床头都亮着用报纸挡着的灯光,她们在看着书。

春宁对夏波说:"累了一天了,你怎么还不睡?"

夏波:"换了个屋子换了张床,有点儿睡不着!"

春宁:"你有择床病!我没有!两年前搬进咱们宿舍那天就睡得呼呼的!"

夏波:"你才有择床病哩!我不是择床睡不着,是激动得睡不着!"

春宁:"激动啥哩?"

夏波:"你说咱们怎么说搬就搬出来了,而且从打工族,一下子就变成了个有点儿老板模样的股东了呢?!想想,有点儿像撑竿跳!"

春宁:"人生,就得这么不断跳跃,越跳越高!你记住我的话,你以后还会换地方!"

夏波:"还往哪儿换?"

春宁:"往老板娘的床上换,往小明的床上换!"

夏波过来捶了春宁一下子说:"哎呀,春宁姐,你要死呀!"

### 11. 公司男宿舍

大民和小明走了回来。

大民用钥匙开门。

小明:"大民,你感觉到了一种什么气息?"

大民:"很静!"

小明:"是啊,静静的!"

大民:"你这浪漫诗人,又有了失落感?!"

小明:"不是失落,是寂寞!"

大民:"那屋空了,咱们俩人也别太寂寞,站在走廊,来首诗吧!"

### 12. 公司宿舍走廊

小明在大声朗诵:"啊!静静的宿舍,空旷的走廊!沉默着没有一丝声响!可我们却听到了一种声音在回荡!啊,是音乐!是命运和生活的交响!静静的宿舍是空着泊位的港湾,空旷的走廊是一条下摆着渡船的大江!啊,寂寞中,宿舍和走廊,化作了广阔的地平线，地平线正拥起新生命的辉煌！"
　　掌声，大民的掌声！
　　走廊的墙壁，仿佛也在鼓掌！

### 13. 大街上
　　常秀穿着色彩鲜艳的服装，背着个大书包，骑着自行车。
　　她，像一朵浪花，融入自行车的人流车河里。
　　哦，这是一条多彩的河流啊！

### 14. 另外一条大街上
　　胡一林蹬着三轮车经过烟摊处。
　　烟贩招呼他："胡总！胡总！"
　　胡一林这次竟然停了下来！他下了车走到烟摊前。
　　烟贩："你看你看，我上回看着就是你胡总嘛，你怎么偏说着不是呢！我还怀疑我这眼睛真有毛病了呢！现在看来，我真的没看错！真是你胡总！"
　　胡一林："别胡总胡总地叫了！我姓胡，但不是总经理了！"
　　烟贩："怎的呢？"
　　胡一林："当那总经理，名好听，不挣钱！还是来点儿实惠的吧，蹬个小车子倒腾倒腾菜吧！"
　　烟贩："倒腾菜比当总经理挣钱？"
　　胡一林："那肯定！"
　　烟贩："那看来你是更有钱了，我这可没有更好的烟了！"
　　胡一林："哎呀，我也用不着跟你装了！抽什么好烟呀！以前那都是穷摆谱！本来抽不起，可是瘦驴拉硬屎，硬撑着脸儿装大！人哪，装不行，摆不行，还得是回归本色，像你似的，卖烟的就是卖烟的！我呢！就是个倒腾菜的，来，照着一两块钱一盒的，买盒烟！"
　　烟贩："啊啊，这位兄弟，你说得对！人的消费水平，是得量体裁衣，咱自己啥身板儿就穿啥衣服！有的衣服好，可套到咱身上不合适，紧巴巴的，遭罪！"说着拿了一盒烟递给胡一林。
　　胡一林接过烟，抽出一支烟点着，吸了一口说："嗯，这烟，对味儿！"
　　烟贩："这烟我这有，绝对正宗！你要抽就过来！"
　　胡一林点了一下头，蹬上车子走了。

### 15. 大桥下的那家鲜花店
　　春宁、夏波、晓梅走了进来！
　　那位老板娘："哎哟，是小妹来了？昨天晚上，我是左等右等，就寻思你能来呢，把天桥上走过来的好几个人，都差点儿当成你！没想你今儿来了！"
　　春宁："大姐，这是我们一个单位的同事，我们一起合资办了个鲜花店！"
　　那位女老板："哎哟，你们也办了鲜花店了，一准比我们做得好！你春宁是个能人！不过你这一走，我们这儿可挺折手，没人在插花上抵得上你！"
　　春宁："大姐，人家都说同行是冤家！可我说同行也可以是朋友，你这个店的插花我还帮着你做下去，一直到你们有人接替我为止！"
　　那位女老板："哎哟，那可再好不过了！干脆，我就跟着你学吧！你给我带会了，我再放了你这师傅！"

　　春宁："哪天，我请搞美术设计的人来专门给你讲讲，插花的造型问题！"

　　那位女老板："人家能来吗？请人家一次得多少钱？"

　　春宁："是我的朋友，不要钱！"

　　那位女老板："哎哟，那可敢情好！我说今儿早晨怎有只喜鹊在我家店前的树上叫呢，我一想准有好事儿！"

　　春宁："现在城市里环境好了，喜鹊啊什么鸟的，也都多了起来，以后会天天落在你家店前树上叫！"

　　那位女老板："那我不烦，我乐意让它叫，听着高兴！"

　　春宁："大姐，你这花的进货渠道，都是从哪儿进的？"

　　那位女老板："我自己家有个养花基地，产销一条龙！你们的花店要上花，就在我这儿上吧，保证货好价钱不高！"

　　春宁："那什么时候有时间，我们到你们那基地看看好不好？"

　　那位女老板："没问题！顺着中心街往东走，出了城四五里地儿就到！"

　　16. 菜市场门口

　　下午。

　　常秀把自行车停在了门口。

　　她走进了菜市场。

　　常华的菜摊前。

　　常华一边给顾客称菜，一边说："姐，你来了！"

　　常秀说："下了课，顺便到你这儿来看看！"

　　常华："正好来了不少鲜黄瓜，一会儿回去，拎点儿，我姐夫愿意吃这儿！"

　　常秀："小华，我在报纸上看到市里郊区正办塑料大棚蔬菜养植培训班，省里的农业专家授课，你们家一林是不是去学学？"

　　常华："姐，一林是想学专业技术，可你糊涂了？咱们是卖菜的，不是种菜的！"

　　常秀："是，我知道你是卖菜的！可咱们不能总卖菜不是？到乡下把农民要流转的承包地租下一块来，扣个塑料大棚，种植些蔬菜，那就是真正的产销一条龙，而不是贩销一条龙了！肯定比现在这么干来钱快！"

　　常华："姐，你还别说，你说的还真是个理，我跟我们家一林说说，叫他去培训班学学！"

　　常秀："这就对了！"

　　常华："姐，你那课听得怎样？"

　　常秀："挺好，不翻书不知道，一翻书吓一跳，原来就依仗自己是什么高才生，翻了书才知道，不少理论都发展变化了！看来，这个研究生是读对了！"

　　17. 鲜花基地

　　那位女老板、春宁、夏波、晓梅都在这儿。

　　春宁："大姐，养花的土地是怎么来的？"

　　那位女老板："从乡政府手里租来的！签了三十年的承包合同！"

　　春宁："这一个基地土地承包费要多少钱？"

　　那位女老板："六十万元。一年交两万元！"

　　春宁："大姐！你们的鲜花质量不错！我们店就从你们这里进货了。可是我们将来也想办个养花基地！"

那位女老板："要办，你信我话，就把我们边儿上这块土地承包下来。这地方的土质好，适合养花，我们也是考察了好多地方最后才到这儿来的！"

春宁笑了："大姐，你不怕我们挤了你的生意呀？"

那位女老板："我们这儿的鲜花，不是嫁不出去的丑闺女！是供不应求的花仙女！你们不来竞争，也有人和我们竞争，怕竞争的人那就别做买卖！"

春宁："大姐，我们刚做这儿，有冲劲儿，没经验！您还得多帮着指导指导！等我们的地和乡里真谈下来，要开始做了，说不定咱们还能合在一起，成立一个股份联合体呢！"

那位女老板："那敢情好！只要品种对头，咱不怕摊子大！我们不敢做太大，不是差在种花技术上，是差在没人懂管理上！"

春宁："我们这可好几个学经济管理的人才呢！"

那位女老板："那可好！"

春宁："大姐，说说花价吧！"

那位女老板："说啥说，我们店里的花卖的价，你都知道，按那个价，打个六折给你们！"

春宁："大姐是既痛快又实在！"

那位女老板："做生意的不实在行吗？骗人，骗得了初一，骗不了十五！"

春宁："我们订的货，怎么往城里运？"

那位女老板："我们每天都有车送！就是多一家少一家的事，送花免费！"

### 18. 江浙公司业务部工作区

江浙、大民、小明在这里。

江浙说："经请示集团同意，公司决定任命耿大民为公司副总经理，李小明为公司业务部主任。"

大民："我们都是业务员，之前没有管理经验，当领导不合适！"

小明："咱公司一共就咱们几个人了，都当领导，管谁去呀？！"

江浙："你们说没有管理经验，这可以慢慢学习！专业人才，管理专业人才，没毛病！咱们公司向社会招聘人才的工作已经开始，马上，就要有人进来。"

### 19. 大街上

春宁、夏波、晓梅走在大街上

晓梅："春宁姐，趁着咱们的鲜花店还没开业，抽个空儿，我也回趟家，找我二舅说说咱们可不可以代卖盆景的事儿！"

春宁："晓梅说的这个事儿不小，有空儿咱们一起去吧！"

晓梅："那更好了，不过我想把小王也带回村子去，让他和我们家里人也认识认识！"

夏波："哎哟，晓梅！找朋友最晚，动作最快，都相上门户了？！"

晓梅佯嗔道："夏波姐！一点儿没个当姐的样！说话净往别人肋骨上戳！让你连疼带痒的不舒服！"说着，轻轻打了夏波一下。

夏波："看来，咱也得向晓梅学习，哪天也领着小明回家看看老人！"

春宁："你想得倒美！美出鼻涕泡来了！你得跟我先跑养花基地土地的事儿，花店开业了，你做收银！"

夏波:"完！收银最把身子了，看来哪儿也去不了啦！"
春宁:"不过你们也别担心，本总经理不会那么没有人情味儿，国家法定的节假日时间，就是串休，也一定给你们休足！"
夏波笑了:"春宁，你那么认真干吗，我是说着玩的！"
晓梅:"春宁姐，你要是同意，那我可就给我二舅打电话要车了！"
春宁:"打吧，最好要个面包车，让阿菊也去，不然她一个人在家太闷了！"
晓梅:"好嘞！"

### 20. 通往乡下的路上
一辆白色的面包车在行驶。
阿菊坐在副驾驶的位置上。
春宁、夏波、晓梅和小王都坐在车上。
春宁:"我们几个可是第二次来晓梅的家乡了！"
晓梅:"小王是第一次！他根本想象不出来我们那里有多好！"
夏波:"打今开始，我们谁来的也不会有小王多了，小王一有空儿，给个汽车轱辘都能当风火轮儿，往这儿跑了！"
小王脸红红的。
晓梅:"夏波姐，人家小王不好意思，你老逗人家！你要再逗，以后我可要拿小明哥哥寻开心了？！"
夏波:"你这个晓梅呀，私心太重！怎么？小王是你朋友，就不许别人跟他开句玩笑了？要是怕，我看你趁早！把小王，左一层右一层地用金纸包起来，省着别人看，也省着别人跟他说话！尤其像我这样的人，别再哪一天把小王给拐跑喽！"
晓梅:"哎呀呀，闭嘴！人家不想听了！"

### 21. 乡镇企业的盆景园里
晓梅的二舅和春宁、夏波、阿菊都在看盆景。
春宁:"二舅，我们是小本生意，没钱先购后卖，只能是代卖，而后三七分成！"
晓梅的二舅笑了:"四六也行！"
春宁:"不不不！一起做生意就是伙伴，在一起要双赢！你们要盈利，我们赚我们该赚的钱！不然，这个合作就没有意义了！"
晓梅的二舅:"好！你这个说法好！你们先卖一段时间看看！"
春宁:"我们要签个协议！"
晓梅的二舅:"那是当然！"他看着阿菊拄着拐杖就问:"阿菊你的腿是怎么了？"
阿菊笑了，幽默地说:"叫狗咬了！"
晓梅的二舅:"嗯，城里也有伤人的狗？"
阿菊说:"有人群的地方，就有伤人的狗！"

### 22. 乡镇的街道上
小王和晓梅在并肩行走。
小王看着成排的居民住宅楼，称赞道:"晓梅，我真的没想到，你们乡镇会是这个模样！真的没想到，我觉得这里的生活，根本不照城里差！你跑到城里做啥？你应该回到这里来！"

晓梅："我以前认为城市生活是我梦想般的天堂！从乡下到城里寻了一圈梦，梦醒了，明白了：人，不论在乡下，还是在城里，都得要拼搏！都得要奋斗！"

路边有两个乡下妇女从一旁走过："哎呀，这不是晓梅么，俊了，人好像变了模样，论说咱也住了楼房了，可还是显得土气！晓梅去城里，真的把土气劲儿弄没了！哎，晓梅，这是你对象吧？"

晓梅笑了："我的男朋友！"

一位妇女："看看，晓梅去了几天城里说话就变洋气了，管对象不叫对象了，叫男朋友！"

另一位妇女："人，要说变化也真快！"

### 23. 时代鲜花店

屋子里已经装饰一新。

春宁、夏波、晓梅她们几个正在往架子上的花瓶里摆鲜花！

阿菊拄着拐杖在下边递鲜花。

春宁在架子下，她说："哎哎，花儿都分着颜色摆摆，好看！"

这时候，门开了，海涛和负责接待工作的那位小姐一起走了进来！

春宁："哟，海总，你们怎么来了？"

海涛："听说你们办的时代鲜花店明天就要开业了，我们赶紧来看看有什么帮得上忙的！"

春宁："忙得差不多了，没什么大事儿，你们两位坐！"

海涛："哎，我们俩可不是来坐着的！我们是来找活儿干的！"说着，就操起拖把拖起地来！

春宁制止道："哎哎，海总，这些活儿我们慢慢干，用不着你！您歇着！"

海涛指着那位同来的小姐："我们俩呀也商量好了，没事的时候就到你们儿来打工，我帮着你拖地呀，干点儿活什么的，她呢，就帮着你们摆弄那些鲜花！"

春宁："海总，你们这是在开天大的玩笑！我们这么个小店，哪能用起你们这么大的人物！"

海涛："春宁，你以为我是在跟你开玩笑哇？是真的！我们这个打工的，你们是用也得用，不用也得用！赖上你们了。不过你们也别担心，我们俩打的是义务工，在你们这儿分文不取！"

春宁："海总，你可把我说迷糊了，你到底是怎么个意思？！"

海涛："怎么个意思？就这么个意思！我出了学校门儿，就迈出了国门，打国外回来，就直接进了总经理办公室的门。看到了你，我想到了我，缺一课呀！从社会最底层奋起的这一课！"又指着他身边的小姐说："她呀，更是！"

春宁笑了："海总，人生的道路有千条万条，我们走先打工后发展的路，不一定你也要走这条路哇！"

海涛："你春宁是谁？是亿万富翁的女儿！你都能通过打工锤炼自己，我还有啥说的？春宁，我们不要钱归不要钱，到这打工就归你们管理了啊，你指挥我们干啥，我们就干啥！"

那位小姐已经开始向花架子上给晓梅递花了！

海涛向那小姐一努嘴："哎，我女朋友，行不行，给把把关！"

春宁微微一笑！

### 24. 时代鲜花店

门前，拱形彩门已然搭好！

花篮簇簇，彩球飘飘！

晓梅的二舅，鲜花店的那位女老板，都来参加庆典！

这时候，突然有一辆面包车开了过来。

车上下来了江浙、大民和小明，还有四个年轻的女孩儿！

春宁迎了过来！

江浙介绍说："这四位是咱们公司刚招聘来的员工，请你这个集团副总裁过过目！"

春宁："不在其位，不谋其政！不过我看这几个青年都蛮有朝气的！"

江浙："这叫啥？这叫长江后浪推前浪！"

春宁笑了："新人定比我们强！"

这时鞭炮炸响！

春宁、夏波、阿菊、晓梅的笑脸！和鲜花相叠化！

江浙、大民、小明、晓梅的二舅、那位女老板的笑脸，和鲜花相叠化！

四个新来女孩的笑脸啊，还有公司女宿舍窗口那四盆新的花儿！

哦！都在这缤纷的花雨里！

# 大山嫂

**人物**
大山嫂，女，32岁，龙爪村筑路队队长，农民。
大山，男，38岁，在驮队搞运输，后死于为修路工程驮运物资的途中。
二山，男，30岁，护林员、采参。
山妹，女，25岁，王家排行老三。农民、家务。
王老爷子，男，60多岁，大山、二山、山妹的爹，龙冬花的养父，农民，干驮队。
梁柱子，男，30岁，山妹的丈夫，先干驮队后修路。
梁老滑，男，60岁，梁柱子爹，种果树。
刘主任，男，54岁，龙爪村村主任。
刘大龙，男，30岁，刘主任儿子，个体淘金。
黑子，男，23岁，刘主任次子，农民（养鱼、修路）。
迎春，女，20岁，龙爪村教师兼筑路队的会计，黑子的对象。
夏春雨，男，23岁，市公路局技术员。
秦永顺，男，42岁，公路局工程师。
龙秀梅，女，22岁，龙冬花表妹。
路局长，男，45岁，市公路局局长。
巩段长，男，30岁，市公路局段长。

**时间**
90年代初期，春天。

**地点**
吉林省某山区龙爪村。

## 第一集

### 1. 砬子沟山道上　日　外

日落时分。
一支毛驴驮队悠闲地走在山道上。
毛驴脖子上戴着的串铃叮叮当当作响，仿佛一支古老又悠扬的歌。
近了，我们看清了驮队中的人，他们是穿着老羊皮袄、一脸岁月风霜的王老爷子，两个中年人王大山、柱子和年轻人黑子。
他们就那么走着，谁也不说话。
一个羊倌在唱，无伴奏，歌声俗而不糙，很有民风：

　　　　山里的日头有升也有落，
　　　　山里的石头它始终不唱歌，
　　　　山里人喊一嗓子老山跟着吼，
　　　　一年里头半年在那山道上过。

王老爷子："他娘的，看见山下边村子里烟囱冒烟了，走下山还得仨钟头！"王老爷子嘴里叼着烟袋杆上系着一枚古铜钱不停摇晃。

黑子："要不咋说望山跑死马呢！"
柱子："大山哥，嫂子快生了吧？"
大山："快了！"
柱子："那你还往外跑嘚瑟个啥？还不猫在家里伺候月子！"
大山："有二山和山妹在家呢！"
黑子："咳！哪有叫小叔子、小姑子伺候月子的！真能扯！"
王老爷子瞥了儿子一眼，脸色黯淡下来。
大山从上衣口袋里摸了点旱烟末放进卷烟纸上，轻轻卷着喇叭筒。

2. 龙爪村　傍晚　内
暮色中的村落，炊烟袅袅。二山背着枪朝村里走来，他是护林员。
怀有身孕的大山嫂正在院落里的锅灶边做饭。右手腕上的一只金属镯子在炉火的映照下闪着光。
二山走进院子："嫂子，你脸色咋这么不好？"
大山嫂挺个大肚子说："我的肚子丝丝拉拉地疼！"
二山："快别做饭了，回屋吧！"
大山嫂："你还不知道你哥他们，走了一天山道，回家就像饿痨似的，进了门儿，恨不得一口把饭吃到嘴里，不做好了等他们哪行！"
二山："行了，别做了，别做了！你快回屋吧！我来做！"
大山嫂："别价，别价，我这饭菜一锅出的事儿，再烧两把火就完事儿了！"
二山看看大山嫂，没再说话，伸手拾掇了一下锅灶上的东西，揩净手走出院子。
山妹在门口撞见了二山："二哥，干啥去？"
二山："山妹，正好你回来了，嫂子怕是要生了，我去找刘主任看看能不能请个接产的大夫。"
山妹："生孩子，出山请个接产的大夫，道上来回就得一天！请不了！山里女人生孩子，捞出来不就完了？！"
二山："你咋说话呢？"
山妹："我就这么说，咋的了？本来就是这回事嘛！"说完，转身往院里走："快点回来呀，锅台边上的事儿，我可整不好！"
二山看看她，忍住气，没再吱声，走了。

3. 龙爪村小学　黄昏　内
黑板上写着二年级、四年级、六年级的算术语文作业题……
几个年级的学生、年龄参差不齐地坐在简陋的教室里听着老师迎春布置作业。
迎春看了下桌上的马蹄表说："好了，各个班的同学一定把作业完成，下课了！"

4. 崎岖的山间小道　傍晚　外
学生们走出教室，各自踏上回家的山间小路，冒着炊烟的农舍错落有致地散落在山坡上。
迎春背着一个女孩，领着一个小男孩，穿过吊桥，在险峻的山道上攀登。
迎春登上山顶，俯瞰着晚霞沐浴下的山村，风光格外秀美。横跨大河的长长的狭窄的吊桥静静地悬在河水上边。

**5. 大山家　日　内**

大山嫂头上已冒出汗珠，她按着小腹，还在往灶里添柴。火光映着她张那美丽又坚毅的脸。

**6. 刘主任家**

刘主任正在炕上整理账目。

他的儿子刘大龙正帮着媳妇在灶前做饭。

二山急三火四地跑进屋来："刘主任，快帮着想个法子吧！"

刘主任闻言一愣："二山！出啥事儿了？这么急？"

二山："我嫂子满脑门子都是汗！怕是要生了，能不能从乡里请个接生的大夫来？"

刘主任一惊："什么？你嫂子要生了？不是说还有个把月才能生呢吗？怎么早产了？"

刘大龙和媳妇也过来搭腔。刘大龙说："日头都要落山了，十多里山道，别说从乡里卫生院请大夫，就是你爹你哥他们的驮队怕也赶不回来呀！"

刘主任急得直搓手："咱这憋死牛的山旮旯子，就怕有个天灾病业的，女人临产就更熬糟人啊，山上坟地里埋的一半都是路死鬼啊！"

教师迎春闯进屋里："怎么？你家嫂子要生了？"

二山："就是！这不来找主任帮着想辙呢吗？"

迎春说："哎呀！碰到这种事儿，村里能有啥辙！我看赶快找几个生过孩子的女人去帮帮忙！大龙嫂子，你也过去吧！"

大龙媳妇应声："我去！现在就去！"

刘主任也大步流星地跟着往外走。

刘大龙："爹，你去干啥？一个大老爷们儿也跟着插不上手哇！"

刘主任："说啥呢？我是村主任，村子里出了这么大的事儿，人命关天的，我在家待得住啊？"

**7. 梁老滑家　黄昏　外**

仓房里堆放着十几袋山楂，山妹正在挑选，山楂已经发霉腐烂，她急得直跺脚。

老公公梁老滑背捆刚泛青的柳条回来了，他每次回家总是划拉点东西，绝不空手而归，柴火、柳条、蘑菇、乌拉草等等，腰间缠着一条绳子，年轻时候绰号梁大划拉，如今老了人们只叫他梁老滑，梁老滑朝仓房看了一眼问道："柱子媳妇，你不做饭，在仓房里整啥呢？"

山妹火急火燎地："整啥呢！几百斤的大山楂全发霉烂了！"

梁老滑一惊："糊涂，咋会烂呢？这刚开春天也不热啊！"

山妹："我早说快点运出去卖了！你跟柱子就是不听！"

梁老滑："笑谈，咋不听呢！这不，叫柱子把木匠活都停了，也跟驮队往外忙活运山楂。可一头驴跑一趟来回得两天，也就是驮个百八十斤。再说这山楂也不好卖啊！"

刘主任领着二山、迎春、大龙媳妇以及几名中年妇女从梁家门前经过。刘主任喊着："山妹！你嫂子要早产了，你咋不去伺候伺候！"

二山严厉地："山妹你咋跑回来了？快回去！"

山妹不悦地："我没生过孩子也帮不上忙啊！"

"多去些人帮着想想法子！快点啊！"刘主任带人走了。

山妹："嘚瑟！怀第一胎那咱，她非要到市里筑路队当临时工，说是要学习什么修路的本事，将来修一条村里公路，净扯犊子，世上哪有老娘儿们修路的，末了把孩子嘚瑟掉了，这第二胎能不早产！我爹知道还不得急死！"

梁老滑："你嫂子可是个有心劲的娘儿们，别看她平时不吭不哈的。快去吧，她是你嫂子，别叫你爹挑我这个亲家的理！快去快回，我把编筐的条子割回来了，赶快编些筐装山货，别都给捂霉了。"

山妹不情愿地跟着走了。

### 8. 大山家　黄昏　内
屋里，几个妇女拥挤在炕旁。

大山嫂躺在炕上，脸和身子都抽搐着。

屋外，灶口处火苗已经蹿出来了，向柴捆处烧去。

几个妇女安慰着大山嫂，二山、大龙男人们在院子里急得大眼瞪小眼。

一大娘："大嫂是早产，这可咋办？！"

大龙媳妇："别急，急也没用，山里女人遇着这事儿也只能听天由命了！"

迎春哭了："婶，你是说……"

一大娘："没路！只能这么干靠！大山嫂要是闯过这关，也就是闯过去了，闯不过去，咱们也得认！就这！山里女人就这命！"

屋外，山妹走了过来："瞅瞅，柴火都燎荒了，你们也看不见？！"边说边用脚踩火。

大山嫂痛苦地长叹一声："唉！毛病都出在这条路上啊！搁别的村子这点事算个啥啊！"

大娘："他大山嫂子，这胎可得保住啊！你是三十出头的人了！"

屋外，刘主任："这老娘儿们生孩子是鬼门关，山里的娘儿们生孩子就更是难，要想闯过鬼门关，真就好比上刀山"。

山妹："我的村主任，都啥时候了，您就别白话了！"

众妇女束手无策。

大山嫂苦苦挣扎。

### 9. 山道上　黄昏　外
王老爷子、大山、柱子、黑子等围在火堆旁抽烟。

柱子："我说大山哥，嫂子这回坐住了胎还真不易呀！"

大山："嗯，跑完这趟山，我不能再跑了，得在家守着她，我三十多岁的人了，刚得了这么个孩子，得照顾照顾！"

柱子："盼是个男孩儿，还盼是个女孩咧？！"

大山："有个孩儿就行！那些年你哥我功夫没少费，好容易怀上了可你嫂子非要出山去修路挣钱，结果流产了！可不知怎么着，肚皮又鼓起来了！嘿嘿，甭管男孩女孩，是个孩儿就行咧！"

王老爷子："屁话！咋是有个孩儿就行哩？！肯定是个小子！"

### 10. 大山家　黄昏　外
屋里，院子里挤满了人，火上房似的七嘴八舌，纷纷议论着："咋样了？生下来没有？"

"是不是头朝下？""天啊！咋出那么多血啊！"

刘主任:"别瞎吵吵了,帮不上忙净添乱,屋里没事的人都出来吧。"
大娘聚精会神地准备接生。院里二山走来走去,大龙一转身走出院子。

### 11. 山道上　日　外
一个羊倌在唱:"山里的娘儿们山里的汉,山沟沟窝着个巴掌大的天,没路山道也是路,走了一年又一年……"
这歌声,在山野回荡……
王老爷子握着一把镰刀,不时把拦路树枝削掉,镰刀既是干活工具又像是心爱的玩物,爱不释手。

### 12. 大山家　傍晚　内
婴儿的啼哭声。
外屋,大娘两手血渍地走了出来:"孩子我是给她捞出来了,可还直淌血。"
二山:"婶呀,要不要紧呐?!"
大娘:"咋不要紧?!产后大流血要人命啊!"
迎春:"呀!那可咋办?"
屋里,山妹一边包着孩子一边对大山嫂说:"嫂子,是个小子!"
大山嫂苦苦地一笑。
二山捧着一双镶着小虎头的婴儿鞋送到大山嫂面前,轻轻放在床头,什么也没说,眼神复杂地看了一眼大山嫂,走了。
大山嫂接过小虎头鞋,动情地看看小叔子二山,她那痛苦疲惫不堪的脸上绽出了笑容。
大龙媳妇:"看人家这小叔子多疼嫂子!"
二山:"别扯淡了,快收拾下,等担架做好了,抬嫂子到乡卫生院去!"
大山嫂:"快拉倒吧,这驮道一个人走都玄乎,咋抬人哪?孩子生下来了,给老王家留个后,我就算完事了,别的就听天由命吧!"
二山:"那咋行呢!"
外边刘主任领着人抬着担架走进院子,他高喊着:"大山家里的,快上担架!用被子包严实点。"
大娘:"千万千万别受风受寒,没出月子的女人,受风非坐病不可。"
大山嫂仍在挣扎着推三阻四,但已被大家强行用被子裹住抬上了担架。
七八个小伙子,拿着手电筒马灯准备抬担架出山,二山抬头扛,身上还背着猎枪。
二山问抬担架的小伙子:"好了没有?"
抬担架小伙:"快蹽杠吧!"
"你躺好了,走——"二山打头把担架抬出了院子。迎春拿着大山嫂常用的物品同步出来:"伺候月子得要个女人,还是我去吧!"山妹低头没吱声。
"千万小心!走山道要小心!"刘主任等紧跟其后叮嘱着。

### 13. 吊桥上　傍晚　外
长长的狭窄的吊桥静静悬在空中,春天的河水发出叮咚的回响。
抬担架的一行人踏上了吊桥,悬空的吊桥顿时失去平衡,剧烈地摇晃起来。
桥上传出人们互相关照的喊声:"慢点!慢点走!小心!走桥中间!……"

### 14. 驮道　傍晚　外

弯曲险峻的驮道上，抬担架的几个小伙子艰难地走过来。不时换着人，脚下石头打滑，石头纷纷落进山崖下。

二山脚下一滑一个趔趄，他双膝跪在地上，艰难地支撑着。

大山嫂睁大了双眼凝视着身下的二山等抬担架的人，热泪夺眶而出。

### 15. 山道上　傍晚　外

驮队行进着。

黑子用胳臂肘拐了一下柱子："哎，前边好像有人！"

柱子看了看："哎，可不是咋的，有人！大山哥，前边有人！"

大山瞅瞅："哟，是抬人的！"说着，扔下手中的缰绳，向前跑去。

柱子、黑子也跟着跑。

王老爷子："抬个人，山里的常事儿，跑啥哩？！"

山道的那一边。几个人脸上汗水淋淋，气喘吁吁。

大山嫂："别抬了，别抬了！你们别抬了！"

二山擦把汗说："你再挺挺，死活也要把你抬出山，到乡里就有救了。"

大山嫂眼里泪汪汪。

大山等向这边跑来。

远处，听见人的说话声。

大山："抬的是谁？"

二山："哥！是嫂子！"

大山："咋的，咋的哩！"

二山："产后大流血呢！"

大山撩被看看："冬花，冬花，你不打紧吧？"

黑子、柱子也上了来。

大山："好！你们把驮牵回去，我们抬人！"

二山："几头破牲口，谁不认识是咱们几家的，扔山道上得了！嫂子人命关天的事儿，我们几个得跟着去！"

大山："好，快呀快走呀！走！"

王老爷子上来："生没生呢？男孩女孩？"

没人吭声。

王老爷子大声的："我问你们，是男孩女孩？！"

二山回答："男孩！"

王老爷子笑了："我说的嘛，肯定是个男孩！"

大山："来，快快，抬起来！"

二山："大哥，这么抬恐怕也不行！"

大山："这个山道上抬不出去的女人多了！不抬咋整？"

二山："不行！我们要的是嫂子的这条命！咱们不能沿着盘山道走！"

大山："你说咋走？！"

二山："顺山直下！"

大山："可山那边十几米高的石位子，咋个下法？"

二山："往下顺人，我们带了绳子了！"

大山："也只能是这么个法子了！不然人也得死在道上，就这么着了。"

王老爷子："大山，你们赶快去吧，我腿脚不利落就不去了，我把这些牲口弄回家！"二山横了王老爷子一眼。

**16. 羊肠道上　傍晚　外**
道路立陡立崖的。
一行人在艰难行进。

**17. 山顶石砬子边上　傍晚　外**
黑子站在石砬子往下一看："哎呀我的亲妈呀！这么高哇！往下顺人，一手把不住，就得摔成肉泥！"
迎春："别废话！黑子！有别人说的没有你说的！你得先下！"
黑子："迎春，你可是我没过门儿的媳妇，我要摔成个残废，你可得要我！"
大山："别！我先下吧！上边先留俩人！"说着，抓住绳子往下顺。
迎春："那还一根绳子呢，你也下！"
黑子："行！下吧！摔死拉倒，为了未过门的媳妇，我就宁可光荣了！"说着也下去了。
大山、黑子脚踩山岩往下下落着。
石砬子上的人，往下顺绳子。
二山："别看了，黑黢黢的，看也看不着！"
迎春："不是看，是听！他们下去，咱们能听着声！"
柱子看看迎春："谁的人，谁心里疼！"
迎春："别瞎说！我才不疼他哩！我是疼大山嫂！他不下去，大山嫂，还有救吗？"
柱子："那是，那是！"
石砬子下传来大山和黑子的喊声："我们下来了！"
大山："把绳子顺上去，把担架四角绑牢喽！顺下来！"
担架紧紧被绳子拴住，缓缓下到几十丈深的悬崖下，远远望去，像秋千在悬崖下悠荡，令人毛骨悚然。
山上山下的人用嘶哑的声音对喊着，声音在寂静的山谷中回荡。

**18. 山道上　傍晚　外**
王老爷子赶着牲口："驾！"掏出腰间的酒壶，嘬了两口："山道上扔过多少人，数数天上的星辰，女人扔的比男的多呀，山道姓阳更姓阴。"

**19. 龙爪村　晨　外**
晨光中的山村。
雄鸡鸣啼。
起得早的人家已开始挑水、劈柴。

**20. 乡卫生院　早　内**
金色的霞光层林尽染。
大山嫂静静躺在急诊室里接受治疗。
大山、二山、柱、黑子、迎春等被挡在了门外。
一位护士走出急诊室，大山、二山围上去打听着："大夫，人要紧吗？"

护士:"没生命危险了,就是流血太多,身体太弱,得输血。"

"输血?!咋个输法?"大山、二山焦急地望着护士离去。

### 21. 乡政府院 日 外

龙头乡政府的牌子异常耀眼。

乡镇政府大院,有几栋房子,一辆老式的破旧的吉普车开进院子,秦永顺和公路局局长、夏春雨、巩段长走下车。

赵镇长透过玻璃窗看见客人来了,匆匆走出办公室,后面跟着办公室的干部。

赵镇长笑脸相迎:"欢迎!欢迎!我一看这台吉普车就知道是公路局的路局长驾到!唔!(指秦)这位……咋有点面荒的……"

路局长:"这位是我们公路局的工程师秦永顺!那两位是巩段长、技术员小夏!"

赵镇长猛然省悟:"哦!想起来了,秦工程师早先在龙爪村插过队!"

秦永顺:"对对对!你是……"

赵镇长:"我是赵方啊!市里的知青,忘了?你对象那个长春知青王桂艺死了,是我领着人挖坟给入葬的!"

秦永顺:"想起来了!你外号叫赵小鬼儿!"

赵镇长开怀大笑:"都成赵老鬼喽!快!到办公室谈!(对身边人)中午安排一桌,要吃开江鱼!路局长来了,肯定跟修乡路有关,一定要招待好。"

宾主走进了乡长办公室。

### 22. 赵乡长办公室 日 内

宾主已坐定,赵镇长及工作人员为客人沏茶敬烟。

路局长:"我们这次来的目的,就是为了解决你们乡那两三个山村的道路问题,市委、市政府已经下决心了,今年要叫全市的农村村村通公路,村村有广播有电视……"

赵乡长兴奋异常:"太好了!路局长,我代表全乡的百姓先谢谢你们了!"

路局长:"你先别高兴得太早,这三个山村修路,工程量可大了!据史料记载,日本鬼子三次想修这条路全失败了。"

赵乡长:"那是!要开山劈岭么!光炸药也老鼻子了!"

路局长:"可当前市财政也很拮据,只能拿出一部分资金修路,咱们得发动村民自愿集点资,乡政府拿出一部分钱,来个国家、集体、个人三结合!"

赵乡长:"行!这个办法好!我们就是砸锅卖铁也要把这三个村的路修通了,没有路还谈啥奔小康!"

路局长:"准备在每个村成立筑路队,用上下结合的方式,具体的方案,就由秦工程师、巩段长和乡里村里共同商定。"

赵乡长:"太好了!来来,喝茶,抽烟啊!"

室内的气氛很热烈。

### 23. 山道上 日 外

日转星移(时间过渡)。大山嫂骑着驴,她丈夫大山牵着驴走在前边,后面跟着二山、迎春。

他们走至山顶,极目远眺,在灿烂的阳光映照下,群山茫茫。

迎春:"大山嫂,咱村什么时候能修上通往乡里的沙石路就方便多了。"

大山笑笑:"吹气呢!一座座大山像拦路虎似的,你们搬得动啊!再说你们到哪儿整修路的钱啊！"

几个人沉默了，继续朝前走着。

二山把背在肩上的枪拎在手里。

二山："大哥，你们先走，我去林子转转。"大山望着二山的背景叮嘱着："二山！别麻达了！"

迎春说："嘿！二山哥还挺仁义的，你看那天送大山嫂把他急得。"

大山听罢，有些不自在。

大山嫂赶快解释："我爹妈去世后把我交给了俺公爹，我从小就把老爷子当成自个的亲爹，把大山当成哥，把二山当成弟弟，一个锅里搅马勺一块长大的，处得都像亲兄妹亲姐弟一样！"

### 24. 王桂芝坟前　日　外

秦永顺拿着纸钱、白酒、供品在白桦林中寻找什么。

猛然发现了一座坟，他匆匆走到坟前，只见墓碑上写着：长春市下乡知青王桂芝同志之墓，一九七二年七月八日。

秦永顺心情极度沉痛，忏悔般跪在了坟前。

秦永顺在女友坟前摆上了供品，烧起了纸钱，将一杯杯酒敬洒在白桦林里，嘴里振振有词着："桂芝，今天是你的祭日，你离开我已经整整20年了，都是因为这条路不通，憋死牛的山道，误了多少人的命啊！"

### 25. 大山家　日　内

二山端着一盆鸡汤，还有煮熟的鸡蛋走进院来。

大山正在灶口前，奋力地吹着灶火，火苗不大，可烟气很浓，呛得他一劲儿咳嗽，揉眼睛。

二山："大哥，别捅咕那了！山鸡汤、鸡蛋我都做好了！"

大山："哪儿弄的。"

二山："我在护林房养了几只山鸡，挑个最大的给嫂子炖了。"

大山："二山，你嫂子住院这些日子，可把你忙活坏了，你嫂子这条命，是在石砬子道上捡来的，我和你嫂子没法谢你，真的没法谢你……"

二山："别说那些没用的，嫂子是谁？"他一种让人琢磨不透的口气，大山接过汤盆和鸡蛋。

屋里，大山嫂躺在炕上，看着二山和大山进来，脸上漾出一丝笑意。

王老爷子在屋外喊："大山！大山！"大山应了一声："哎！"走出门去。

屋外，大山："爹！"

王老爷子："大山呐！你媳妇的病也没事儿了，咱们的驮队还得走哇！"

大山一脸难色："爹，她还没出月子……"

王老爷子："男人嘛，得有正事儿，干大事儿，得拿得起放得下！咱山里人靠啥吃饭？靠种参卖山货不假，可还得拿四条驴腿，山货再多，运不出去，不也是白搭吗？这些年山货一年比一年多，可坏的烂的也多，咱家又多了张嘴，你这当爹的，得有正事儿。说吧，驮队啥时候走？"

大山："爹，这媳妇坐月子，男人不在身边伺候有点说不过去吧？"说完走进屋里。

大山爹："家里还有你妹子么，回头告诉她这些日子过来伺候她嫂子，外边的粗活叫二山干！"

屋内，大山嫂："大山，爹说得对，家里不用你操心，有山妹、二山，还有迎春，帮忙的人多了，你跟爹走吧。"大山沉默着没再说什么，回里屋，他抱起儿子亲昵着。

大山嫂："长得像谁？"大山亲亲孩子憨厚地笑笑："孩子太小眼下看不出像谁！"大山嫂："像你！大脑门子！"说完开心地笑着。

大山："生这孩子可让你遭老罪了！我又没在家，让你一个人……"

大山感到内疚，大山媳妇劝慰着丈夫："逢凶化吉，一咬牙总算闯过这一关了，可往后再也不能过这种日子了，得为咱们的后代子孙想想啊！我可不想把儿媳妇也扔在这山道上，我想打头修村里这10里地的山路，一半天我就上乡里去请缨，到时候你可得支持我啊！"

"嗯哪！我倒没啥，就怕咱爹……"大山未置可否地点点头，说完，向外屋撇撇嘴。

大山嫂忽然发现孩子尿在丈夫的身上！又呵呵地笑了起来："孩子尿你一身！快放下！"

大山抹了把身上的尿闻了闻："不骚！孩子的尿不埋汰，没事儿！"

望着丈夫的憨相，夫妻俩开心地笑着。

屋外的王老爷子抽着自在烟，手中的镰刀削着土豆皮，感到欣慰。

### 26. 刘主任家　日　内

刘主任从乡里开会回来，刘大龙、黑子、大龙媳妇一家人在吃饭。议论着修路事，最感兴趣的还是刘大龙。

刘大龙："爹，你今天去乡里开会是不是修路的事？"

刘主任："嗯哪！"

刘大龙："听说村里成立筑路队，由个人牵头修这十里山路。"

刘主任："你问这干啥？"

刘大龙："爹！要真是这样，这个队长我干了！"

刘主任："拉倒吧！你老实干你的淘金活吧！"

刘大龙："凭啥我不能干？"

刘主任："你懂得修路这套技术！"

刘大龙："修路有啥技术，现学都赶趟儿，爹，肥水不流外人田，这肥缺您可不能叫别人夺去！听说市里要投资三四十万元呢！"

刘主任："我可没这么大的权力！"

刘大龙："我去找乡长！"

迎春在进屋插话："找乡长也没用！"

大龙媳妇讨好着老人批评丈夫："爹不让干，你就别干了！修路又不是啥好活，打眼放炮、开山劈岭，万一死一口你担得起嘛！"

刘大龙："如今当队长做工程讲竞争，要搞招标，明儿个我就去找乡长去！"

### 27. 大山家　日　内

秦永顺来到大山家，王老爷子、大山、二山都不冷不热的。

大山嫂看了一眼秦永顺，活跃着气氛："秦工程师吃吧，也没啥新鲜玩意儿，都是些山货。"说着，拿出山核桃、松子、香烟、茶水。

秦永顺："大山嫂，别客气了，又不是外人，我插队的时候，二山才十多岁！大爷也就是四十多岁。"

王老爷子："嗯嗯"说着站起来出去了。

大山憨厚地："秦大哥今咋有空来到龙爪村来了？"
秦永顺："我是到村上和刘主任合计合计修咱村通往乡里的山道，顺便给桂芝烧点纸，也来看看大爷、大哥。"
大山什么也没说，蹲地下卷着烟。
秦永顺感觉到气氛不佳，看了一眼大山嫂。
大山嫂的目光和秦相对，有些躲闪。
大山嫂笑呵呵地调解着僵持的气氛："修路哇，那敢情好，我们山里人就盼望修通这条憋死牛的败家道呢！太好了，来，秦工程师吃东西，抽烟。二山，不还有只山鸡么，你麻溜把它炖上！"
二山冷冷地站起："嗯哪！"
屋里又沉寂下来，秦永顺看看大山嫂，感到很尴尬。

### 28. 山坡上　傍晚　外
一个羊倌在唱：
　　　　山里的娘儿们山里的汉，
　　　　山道九曲十八弯，
　　　　山葱山椒那个辣，
　　　　仰脸老婆低头汉。

### 29. 村街　傍晚　外
大山嫂送秦永顺出来，秦永顺："大山嫂，谢谢你的热情款待，你和刘主任再合计合计，修乡路，说道也不少。"
大山嫂："谢谢你的帮助，以后要真修上路，还真需要你多点拨，我爹和我那口子有啥招待不周的地方，你别往心里去。"
秦永顺："没啥，没啥，事都已过去了。"
两人分手，双方都有些不自然。

### 30. 河边　傍晚　外
山妹在秦永顺的后边一直跟着他，看秦永顺和大山嫂分手了，便放轻脚步好奇地跟到河边，当秦永顺点燃一支烟时才走过去搭讪着。
山妹："你叫秦永顺吧，我认识你。"
秦永顺："你是……"
山妹："我叫山妹，你在我们村插队的时候我就认识你，那时候我才七岁。"
秦永顺极力地回想着："山妹……"
山妹："我哥哥叫大山，我嫂子叫龙冬花！"
秦永顺："哦！龙冬花是你嫂子……"
山妹："你是到我们村来修路的吧？"
秦永顺："嗯。"
山妹运了运气，几次话到嘴边又咽了回去，转身走了。
秦永顺追上几步，山妹转回身，狠狠地："修不修路不关我的事，可你不许进我们老王家的门，人得长点记性。"说完转身走了。
"山妹，你等等……"秦永顺在后边快步追赶，二人先后踏上吊桥。

## 31. 乡政府　晨　外

乡政府办公大院。

太阳爬上了屋顶。

人们出出进进。

## 32. 乡长办公室　日　内

刘大龙来找赵乡长谈工程承包的事，要说的话也都说了，只等乡长一句话了。

刘大龙："赵乡长，要说的我都说了，如今不是讲竞争讲招标么，您就给我这次机会，我绝不给您丢脸，完不成修路任务，提着脑袋来见您！"

赵乡长不置可否地笑笑说："欢迎！如今就是讲竞争嘛，工程要招标，你完全可以参加竞选队长的活动！"

"那好！赵乡长，我啥也不说了，咱们是路遥知马力，日久见人心！好，你工作忙，我不再打扰了！啥时招标，您再通知我！"刘大龙走了，桌上留下个信封。

赵乡长早就注视着那个信封，他并没感到惊奇，顺手打开信封，里边装着厚厚一沓钞票，他会心地笑笑，刚要把信封揣进口袋。突然发现大山嫂出现在门口，脸色顿时紧张。

大山嫂睁大眼睛坦然地看着赵乡长。（淡出）

## 33. 刘主任家　日

（淡入）刘主任正在喂鸡。

刘大龙换了一身整洁的衣服，背着挎包准备出门："爹，我到乡里去一趟。"

刘主任："这些日子你总往乡里喋瑟啥？"

刘大龙："没啥事。"

刘主任："没啥事？来回十多里山路跑着玩呢？你小子心里的小九九我还不清楚？是不是你想牵头修村里的路？"

刘大龙气急败坏地把脚下的鸡食盆踢开："娘的！王八钻灶坑，憋气又窝火！"

刘主任："我早就告诉过你，不让你逞这个能！赵乡长批准了不算数，最后得和人家公路局商量，人家推举的是大山媳妇。"

刘大龙："那是她在公路局有人，就是当年在咱们村插队的那个姓秦的知青，我还不知道她那点底！"

刘大龙媳妇插话："可咱给乡长塞钱了，2000块呢！这不打水漂了！得想法子要回来！"

刘大龙瞪了媳妇一眼："女人家少管男人的事！"

刘主任："赶快到你淘金点上去看看，准备下招些人赶快开工吧！"

刘大龙："不行，败在这个娘儿们手里，这口气我咽不下去，咱们走着瞧！"刘大龙气呼呼地走了。

## 34. 山道上　日

驮队在行进。王老爷子又亮开嗓子。

大山："爹，昨晚上我一晚没睡！"

王老爷子："咋个没睡？！"

大山："我想现今山外跑的有火车、汽车，天上有飞机，可咱们老弄这毛驴驮队，山里的好东西这么多，一年年的瞎了多少？！"

王老爷子："想办法？想啥办法？！从古到今，山里货就是这么一点点儿往外驮的！"

想办法，多往外驮几趟山货就是办法！没别的办法！"

大山："政府说了要致富，得先修路，咱们是不是也得想想修路的辙了？"

王老爷子："那辙不用想！那辙是你想得了的？一座座老石头山，是你搬得动的？那辙得政府想！你想？你想有啥用？等于没想！爹给你这个脑瓜子，要想就想点儿有用的，想那没用的没用！"

王老爷子边走边用镰刀削去拦路的树枝。

### 35. 山家里　日

大山嫂对着镜子梳妆，换上了一件城里人已过时的服装，显得比平时靓丽了许多，但仍保持农民妇女的质朴本色。她又戴上了劳动时那对副袖，情绪格外的好。正好迎春进屋。

迎春："我的嫂子，这筑路队长还没上任就扮上了。"

大山嫂赶紧制止："别胡咧咧，能不能当上还不好说，再说我爹应不应还不一定，别破马张飞地造声势。"

迎春："呵！这衣服挺时髦的，可戴着套袖干啥，不般配，咋整也是屯迷糊。"

大山嫂："本来就是屯迷糊！可也说不准，屯迷糊还兴许干大事呢？"

迎春："你刚才说当队长的事要保密，可纸里包不住火啊，你马上就得筹备修路的事了，你能不抛头露面的？"

大山嫂："是啊！纸里包不住火啊！……早晚得跟老爷子挑明了，这事呀，该挺着就得挺着。"

### 36. 村街　傍晚

王老爷子、大山把驮回的货物从驴身上卸下，给村民们分发。王老爷子照着小本本上的记录大声念，大山发实物。

王老父子："王大民家的2斤白糖，老鲁家的5条肥皂、两袋洗衣粉！刘大鼻子家10尺花布，魏老婆子家胶水一瓶！学校的10盒粉笔！100本笔记本！……"

王老爷子大声喊着。

大山一件件分发着。

领到东西的人感激不尽，连声道谢。

王老爷子："各家各户卖山货的钱都记在我的小本本上了，吃完晚饭都到家里取，把小账都给结了！"

金色的夕阳沐浴着幽静的小山村。

### 37. 山家　晚

大山、二山、王老爷子围桌喝酒、吃饭，大山嫂忙活着上饭。

大山嫂："爹，这碗鸡蛋糕是给您蒸的，就热吃了，这盆子里的菜是山鸡炖土豆子，可香了，大山、二山，你们尝尝，这可是下酒的好菜哟。"

二山："嫂子，你也坐下吃吧！"

王老爷子："过来一块吃吧！"

大山嫂把一小簸箕热馒头、一碗大米饭放在桌上："吃吧，多吃菜少喝酒。"

大山嫂："爹！吃啊！看我干啥？"

王老爷子："大山媳妇你今天咋拾掇得这么利索？"

屋里人都抬头注视着大山嫂。

大山嫂紧张地笑笑："利索啥，再利索也是屋里屋外。"
二山："是不是有啥乐呵的事啊？"
大山嫂："我能有啥乐呵的事，待在这山沟里不把人憋死就烧高香了，还能有乐呵事！"
王老爷子："大山媳妇，咱家是个过日子的人家。不求富贵，但求平安，招三惹四的事，咱老王家人不干。"
大山嫂没吱声。
大山瞄了大山嫂一眼，又看了一看王老爷子。
王老爷："村里的人哄哄开了，说上边要修路让你牵头，大山媳妇这事你可要掂掂分量！"
大山嫂先是一怔，接着点点头承认了："对，我要去修路！要不咱这山里人啥时候能变个活法？"王老爷子沉默了，酒也不喝了。
王老爷子："那就叫大山、二山两棒劳力去修！干啥非得你去修路？"
大山劝着媳妇："听爹的话，别去修路了。"
大山嫂白了丈夫一眼，放下筷子，默默离开餐桌回到里屋。
王老爷子又对大山说："你去，把这事理跟她挑明喽。"
二山白了他爹一眼，自语着："去修自个家的路有啥不好的。"

## 38. 大山家　夜　内
夜晚，月光从窗外洒了进来。
婴儿偶尔的啼哭声。
大山嫂一边奶着孩子，一边跟大山说着话："不管谁反对，这路，我们就是铁了心要修了，不然的话不光山里女人没活路，山里人也别想着富！"
大山沉重的脸："你的心思我知道，可爹不同意！爹那么大岁数了，我不愿意让他跟着这事儿太操心！"
大山嫂："你说这话是啥意思？是不是爹让你来做我工作来了？不行！这路我就是修了！"
大山："唉！"
大山嫂："咋？你怕我们修不成？！"
大山："这路不光你们想修，村里人都想修！可是修不成！咱们不是神仙，一摇扇子吹口气，就能让大山搬家，天上掉下条路来！咱是人！咱没有三头六臂！干不了那么大的事儿！"
大山嫂："别说我们要弄炸药崩，就是用牙咬，我们也要咬出条路来！"
大山："啥？你们要捅咕炸药？"
大山嫂："干啥眼睛瞪那么大？捅咕炸药咋了？用它崩山，也不是用它炸人！"
大山："媳妇呀，那炸药是谁都能动得了的？！把人崩坏了咋办？"
大山嫂："人是活的，炸药是死的！活人能叫死物治了？我不信！"
大山："弄炸药，你们上哪儿弄炸药去？！"
大山嫂："乡长说了，炸药他帮着我们张罗！"
大山："你瞅瞅你们，事儿没干咋样，都快惊动土地神了！"
这时，屋外传来王老爷子的咳嗽声。
大山："爹这是叫我呢！"
大山嫂："你出去，跟他咋说？"

大山："兵来将挡，水来土掩，我出去啦！"
大山嫂看看大山的背影，没吭声。

### 39. 大山家院里
一座露天石碾旁。
王老爷子和大山坐在这里。
王老爷子："你那媳妇劝咋样了？！"
大山看看爹："正劝哩！"
王老爷子："嗯？！"
大山："您从小把她带大，您还不知道她的脾气！她要是跟你较上劲了！谁劝也没用！"
王老爷子："我说过了，咱们村这条山路不能修，再叫女人去修路，那还不大祸临头？找死呢？你可别不当回事了！闯下大祸你再哭天抹泪都晚了！"（淡出）

（第一集完）

第二集
### 1. 市公路局　日　内
秦永顺在与路局长谈工作，秦永顺："局长，你的好意我全懂，可是龙爪村的路我必须去修，合资的高速公路做起来确定是个大项目，但它没有修龙爪村的路让我心动，这些年来我在良心上欠着一笔账。"
路局长："这些情况我都知道，可我还想说明一点，修龙爪村的路，也不单单是还一笔情债，要光这么说那意义就太轻了，我们修路是为了配合区里的三年脱困的扶贫计划，你秦永顺是块好钢，好钢当然要用在刀刃上。"
秦永顺："我知道肩膀上的担子的分量，请局长放心，我会出色完成每一项任务。"

### 2. 梁老滑家　日　外
山妹正在院子里倒腾发霉的山楂，这使她感到心烦焦虑。
柱子从牲口房里牵出驴，扣上鞍子准备把山楂驮运出去。当他俯身检查质量时感到问题的严重。
柱子："我的娘啊！这山楂不快烂了吗？咋还往外运干啥？"
梁老滑："糊涂，能卖几个钱是几个钱。"
柱子："这不能卖钱，新鲜的都不值几个钱，这烂的还能……"
山妹狠狠把一袋子山楂扔在地上："娘个腿的，人要倒霉，喝口凉水都塞牙。"

### 3. 乡政府院里　日　内
乡长在送大山嫂和迎春出来："行，炸药的事儿，我来帮着你们跑！修路照实说是造福子孙后代的事儿！可我担心现在群众的承受能力！这样吧，我们乡里开个会研究一下，国家对老少边穷地区，有不少乡村公路的补贴政策，包括水泥、钢材、木材三大材料和炸药的补贴。我们也跟县里再请示一下，看县里财政能不能给予一些支持。"
大山嫂："那可谢谢你乡长了，你看你这么大的官，跟我们唠了这么半天嗑儿，真是谢谢了！"
乡长："再有，叫刘大龙当筑路队副队长的事你再考虑下，这个人还是挺能干的。好了，那就再见吧！"

大山嫂："好！我再考虑考虑。"
乡长："再见！"
迎春："嫂子这些天，孩子放村东头老刘婆子家行吗？"
大山嫂："行，刘二娘挺仔细的。"

4. 山道上　日　外
驮队在山道上悠闲地走着。
大山、柱子、二山、黑子在说着话，声音很小。
王老爷子狐疑地向这边看看。
他们几个仍在说着什么，见王老爷子回头看，又都不说了。
走着走着，王老爷子突然说："大山！你过来！"
大山一愣，向王老爷子走去。
王老爷子："昨晚的唠嗑唠透了没有？"
大山遮掩的："冬花说她再想想。"
王老爷子："大山，你小子大了，翅膀硬了，开始糊弄你爹了是吧？！"
大山脸上的神情很不自然："爹，你看你，说啥呢这是！"
王老爷子心情很压抑："大山！爹知道你还算个孝子！你娘没得早，你是我从小一把屎一把尿拉帮大的！有啥话有啥事儿，你可不能背着你爹！"
大山："爹！没事儿，没事儿！"
王老爷子："你小子也不用和你媳妇拉帮结伙地糊弄你爹，你爹还没傻到二五不知一十的份上！你跟爹说实话，你媳妇是不是出马一条枪。"
大山沉重地低下头。沉默了一会儿，说："爹，修路是好事儿，是为了子孙后代做的大好事。"
王老爷子："这有好好的路走着？修什么路？你爷爷那时候，你赶驮在这山里走走试试，土匪多得像牛毛！现今太太平平的，走这太平路，你爹我心里老知足了！娘儿们们说修路的事儿，你别听！骡马驾辕牛拉套，老娘们们当家瞎胡闹！老娘儿们修路，她们能修个啥路？别是让路给她们修喽！"
大山看看他爹没吱声。
王老爷子："你小子不用不吱声，我知道你肚子里有莠主意！算计啥呢？！算计你爹呢？！我跟你说，这路她们几个老娘儿们修不了！古往今来，比她们长得俊的长得丑的，啥样女人山沟子没见过，哪个张罗修路来了？！啊，到了你媳妇这，这羊群里就刺愣跳出个骆驼来，开啥玩笑！老娘儿们这玩意儿，你也得勤修理点儿，不能让她们在家里瞎炸翅儿！"
大山："爹，她们也就是先这么说说，能不能干起来还不一定呢！"
王老爷子："干起来？真干起来再想修理就晚了，那叫开弓没有回头箭！懂不懂？我的傻儿子！修路有政府，这事儿咱不能干！听见没有？回家你和你媳妇好好说，说完了，跟我言语一声！别让借壁邻右的人家说咱老王家没正形，养个疯娘儿们！"
大山没吭声！

4A、山道上　日　外
迎春和大山嫂走在山道上，迎春："嫂子，你家我二哥咋不找对象？"
大山嫂愣了一下："我也说不好。"
迎春："嫂子，你说这路咱能修得通吗？"
大山嫂："能，一定能。"

迎春："路要是通了，咱村的孩子，就能上乡里念书，没准能出息人。"

### 5. 大山家　傍晚　内
王老爷子、大山、二山从驮道上累了几天回到家，把牲口拴好后进屋。

屋里空无一人，也没有烧火，几只鸡在屋里吃食。

王老爷子见此景就来火了，故意扯着嗓子咕："屋里有人吗？！"

二山："嫂子上哪去了？我去找找。"

大山："别找了，我来烧火，先把干粮热上，再炖个菜……"

王老爷子："你会炖个屁！去！把你媳妇找回来！这还没修路呢就不顾家了！"

二山："爹，您消消气儿，备不住嫂子真有啥事呢！"

王老爷子："有啥事也不能耽误做饭啊！妇道人家得尽妇道！"

这时，大山嫂风风火火地赶回家，抬头看看老人的脸色，知道闯祸了，忙着刷锅点火。

二山从外边抱来柴火。

大山嫂："出去办点事，做饭晚了会儿，爹，您先喝着酒，这有咸鸭蛋、干豆腐。"

王老爷子："你干啥去了？"

大山嫂怔了片刻："我……我去乡里了。"

王老爷子："你去乡里干啥？"

大山嫂："乡长找我有事。"

王老爷子："你又不是村干部，乡长找你干啥？"

大山嫂："乡长找我……合计下修路的事。"

王老爷子："净扯犊子，修路的事找公路局的人，一个屯子里的女人知道啥。"

大山嫂："我不是在公路局筑路队干过两年么，多少也懂点修路上的事！（赶快岔开话题）我紧赶慢赶，没想到你们今天提前回家了。"

大山嫂已把咸鸭蛋、干豆腐、蒜、大葱大酱，酒瓶酒杯端上桌，并为老人、大山、二山温好了酒："爹，你们先喝着，这菜饭麻溜就好！"

二山："我下菜窖给你取白菜土豆！"

王老爷子瞪了二山一眼："你少嘚瑟！回头把山妹也叫回来，吃了饭开个会！"

大山嫂抬头看看老人，知道有麻烦了。

### 6. 山道上　夕阳西下
羊倌从山上往下赶羊，准备回村。歌声：

> 山里的日头有升也有落，
> 山里的石头一碰就唱歌，
> 山里人可嗓子冲天一声喊，
> 满山的石头顺山滚下坡。

### 7. 梁老滑家　傍晚　内
山妹在收拾碗筷，柱子在卷烟："大山嫂要牵头修路，听说上县里搬兵去了。"

山妹："不知道自己半斤八两的，前些日子公路局的那个姓秦的来过村里，让我给卷了。"

柱子："他和你嫂子到底有啥事？"

山妹："事不事的敲不准，反正他挑唆咱嫂子去修路队，我哥一个大胖小子没了，要不，现在该满地跑了。"

梁老滑编着筐，摇头说："你嫂子是显能格，修路，笑谈！谈何容易。她公爹最知道这修路是咋回事了，她要是能过了她老公公这关，就算她能。"

大山来了，冲着山妹："妹子，爹叫你来家一趟。"

### 8. 大山家院里　夜　外

大山、二山、大山嫂怀里抱着孩子和山妹都在碾道旁坐着。

王老爷子："开会不为别的，就为老大媳妇张罗修路这档子事儿！为啥要修路呢！嫌日子过够了！想折腾点儿事儿！我吃的咸盐比你们走的道儿都多！我的意见是咱们家别折腾这事儿！可是，家里开会都表个态，同意不同意的都得说说！老大你先说吧！"

大山："爹说了，咱们大家伙儿就说吧！"

王老爷子横了大山一眼。

大山看看妻子。

大山嫂不语。

大山："这么的吧，虽说商量的是她要修路的事儿，可同不同意，还是家里人说了算！大伙都说说！"

王老爷子不高兴的脸。

大山嫂："我说！一人做事一人当！是我张罗修路，不是让你们都去修路！当然了，爹要去，二山要去，山妹要加入，我们欢迎！我自己的事儿，就不用商量了，要商量就商量商量你们参加不参加吧！"

大山："爹，你看会这么开行吗？"

王老爷子："不行！吃老王家的饭，就得归老王家管！国有国法，家有家规，不能每个人想干啥，就干啥！老大媳妇张罗修路的事儿，得家里人商量了再定！"

大山："爹，你的意思是……"

王老爷子："挨个说说，同意不同意，我想听听！"

大山："二山子，你先说吧！"

二山："我说啥，打小到大，在咱老王家，我啥事说了算数过。"

大山弄了个窝脖。

大山嫂看了眼二山，二山把脸转了过去。

大山嫂知道二山心里的疙瘩。

山妹打圆场："爹说吧，咱家的事从来都是爹做主。"

王老爷子："这回让你做回主。"显然老爷子是想用用激将法。

山妹："爹，你知道，我这人生来性子软了巴塌的，是个顶没主意的！"

王老爷子："这回你替爹拿个主意。"

山妹："你看我说不好，你们非得让我说！那我就直说了，我不同意嫂子出去修路，爹，大哥、二哥三个大爷们在外边干活，家里没个女人看孩子做饭操持家务活咋行？"

大家伙又都沉默不语了。

王老爷子："都咋了？说话呀！"

大山："我说，爹先表个态吧，爹要是不同意我们家这口子修这个路，我呢，就做做她工作，啊……劝她，啊……"

王老爷子："劝什么劝！就是说不能干！就这么定了！我眼睛睁着一天，就得说了算一天！老大媳妇，你听见了吗？！"

大山嫂："话是听见了，可路我们还得张罗修！"

王老爷子:"为啥?!"
大山嫂:"为了要活命,活得滋润点儿,活好点儿!"
王老爷子:"大山,你瞅瞅你这媳妇,是人吗?简直是一头犟驴!驴!行了!这会我不开了!散!散!"

9. 大山家屋里　夜　内
大山和大山嫂躺在被窝里,可谁也没睡着。
大山长出了一口气。
大山嫂翻身看了看大山。
大山也看了看大山嫂。
大山长长地叹了一口气。
大山嫂:"你别长吁短叹的,我知道修这条路不是那么容易的事,可不修这条路,咱山里人就没活路!我知道,这条路修也难,不修也难!"
大山:"我是替你揪着心,乡里说支持,能支持到啥程度?光说帮你们买炸药,可买炸药的钱呢?修路不光是用炸药,还有其他的工具材料,都得用钱,钱咋办?"
大山嫂:"咱修的既然是奔活路走的道,就不能心疼钱!咱家不还是有点钱?!"
大山:"咱家那点儿钱咋能够?修条路,那是九牛一毛,再说,咱又添人进口了,儿子一点儿钱不花呀?你我这么多年的辛苦压下不说,花这些钱要让老爷子知道了,还不打死你!"
大山嫂:"我听广播里头播了,有首歌叫众人划桨开大船,我相信咱村的乡亲不会看笑话,我也相信政府能帮我。"
大山:"结婚这么多年,我啥事都听你的,我知道你是个有正主意的人!你这么想修路,那就修吧,家里的钱,你先花着,可当爹的面儿,我得给你唱反调,不能向着你,你得明白!我这做儿子的也难!"
大山嫂感动了:"大山,有你这番话,我也就知足了,我找的丈夫还中,和我一心!大山……"
大山搂过了大山嫂,夫妻依偎得更紧了。

10. 山道上　日　外
驮队走在山道上,柱子、大山打头,后跟众人。
王老爹跟刘主任谈话。
王老爹:"我们家的情况你全知底,三个大老爷们在外边干活,家里没个女人操持家,晚上回到家吃不上热乎饭冷锅冷灶的可咋过啊,这修路是男人干的活,咋能叫个老娘儿们干!再说我的孙子谁看,那可是我老王家的命根子!"
刘主任:"你的意思是不让你大儿媳妇牵头修路?"
王老爹:"嗯哪!"
刘主任:"可她自己跟乡里应承的,那能秃噜扣呢!"
王老爹:"你拦拦她,你是主任。"
刘主任:"这不行啊,老王大哥,咱村谁也没修过路,就你儿媳妇在筑路队干过,还指望她顶梁呢。"
王老爷子:"可别扯了,她懂啥修路啊!公路局有的是人懂修路!还显着她了。"
刘主任:"大哥,村民有修路的积极性是好事,咱这龙爪村能冒出个大山嫂,来个穆桂英挂帅,你得支持你儿媳妇啊!"

王老爷子和刘主任纠缠着一同往前走。
一个羊倌在唱：

> 山谷里响起歌声：
> 山里的娘儿们，山里的汉，
> 山里人眼望着一线，
> 山丁子树开花紫薇薇，
> 到老秋结果一串串。

随着歌声一组日出日落的镜头（十分风格化）。

### 11. 龙爪村的河边　日　外

一组时空变换的镜头。

黑子正和迎春在村口的山坡处说话："那么老高的砬子，你说下我也就下去了，为了大山嫂的一条命，我差点儿光荣了！这次驮队上乡我也没去，不为别的就问你一句话，咱们到底啥时候结婚，你该给我吐个准话了吧。"

迎春："别说得那么邪乎，说别人光荣了我信，你黑子是那么好光荣的？"

黑子："那是！虽说是没光荣，可你也应该给我个准信了，别让我一天，总像傻老婆等茶汉子似的！说！啥时候结婚？！"

迎春："你真想跟我结婚？！"

黑子："嗯！"

迎春："确实想跟我结婚？"

黑子："嗯！"

迎春："想让我给你个准信儿？"

黑子："嗯！"

迎春："我说实话？"

黑子："嗯！"

迎春："那我就实话告诉你，至少现在还没想！"

黑子："那你到底是咋回事儿呀？对我哪儿不满意呀？老是跟我初一支十五，十五支三十儿的，你这支的啥时候是头儿啊你！说吧，到底是咋回事儿？咱俩的事儿，实在要是不行，你要又相中别人了，说痛快话！一刀两断，我也图个利索！这你说像抓个大牛蛙似的，又捂着又盖着，又怕跑喽的，整的一天到晚十五个水桶打水，七上八下的，我这是图啥呢我这是！"

迎春："黑子！我可跟你说，兴你说屯话，可不兴你说浑话！"

黑子："咋的？又是我不对了？我说啥浑话了？！"

迎春："我啥时候说过不和你结婚了？"

黑子："那光说，不结！那不也是等于白说嘛！"

迎春："我啥时候说过不和你结婚了？"

黑子："咋的？又是我不对了？我说啥浑话了？！"

### 12. 大山家　内　日

大山嫂一个人在家翻看一本《公路工程概论》的书，在小本子上还抄了不少。

突然，书中夹着的一张照片掉在桌子上，这是在筑路工地她挑土筐时拍的，一件绒衣上印着"奖"字以及"筑路先锋"的字样，她的旁边站着看热闹的秦永顺。

照片使大山嫂陷入了对往事的回忆中。

当她听到院子的脚步时匆忙把照片收好。

来人正是刘大龙，背着个皮挎包。

刘大龙："嫂子一个人在家呢？"

大山嫂："对！他们爷俩都进山了，大龙兄弟坐。"

大山嫂为刘大龙沏上茶水，递上香烟："大龙兄弟今咋有空了？一定有事吧？"

刘大龙："我听说你爹不让你出来修路？"

大山嫂："也不能那么说，老人嘛，有老人的想法。"

刘大龙："听说村里要让你当队长，统领修路的事。"

大山嫂："当不当队长我不在乎，只要能把这憋死牛的山道修通，要是让我当呢，咱就一心一意地干好，别辜负了大家的心意。"

刘大龙："可这家里外头，你咋忙呢？"

大山嫂："多担待点呗，女人家，又是山里女人，抗造。"

刘大龙："嫂子，听兄弟说一句实在的话，凡事别逞能。"

大山嫂："大龙兄弟，你的意思是……"

刘大龙："嫂子，你看这样办行不？咱俩干的活换个个儿，咋样？"

大山嫂："换个个儿？咋个换法？"

刘大龙："就是说我替你去当筑路队队长。"

大山嫂："那我干啥！"

刘大龙："你当我金矿的老板。"

大山嫂摇摇头："我不懂你的意思。"

刘大龙把淘金点的房照、执照放在桌子上，还有2000块钱。

大山嫂瞄了一眼，明白了："你这不是换工，是收买，买个筑路队长？"

刘大龙："嫂子真精明。"

大山嫂："你咋下这么大赌注哇，你这不亏了吗？"

刘大龙："这事你不懂，你就说干不干吧！"

大山嫂："这筑路队长有捞头？"

刘大龙："那要看怎么干了。"

大山嫂："大兄弟啊！你要是这么个活法，嫂子可真为你捏把汗哪！龙爪村人世世代代盼这条路啊，如今国家好不容易给咱们投了修路的钱，你不说想法把钱花在正道上，把这条山路修好，这钱还没到手呢，你就琢磨上这几个钱了，这路能修好么！"

刘大龙："这路咋修你就不用管了，你赶快说，这几样东西你要不要！"

大山嫂："你给我座金山我也不要！你出去！出去！"

刘大龙："你看你，我这是一片好心啊！"

院里传来喊声："大山嫂，县里派来两个人搞测量的，中午到你家吃派饭。"

13. 村口小学校　日　外

迎春领着孩子们在做课外活动——老鹰抓小鸡。

秦永顺和小夏背着挎包从学校门前路过，小夏脖子上挎着照相机，长途跋涉已使他们很疲劳。他们对山村的学校以及朴实的孩子产生了兴趣，驻足门前观望。

秦永顺："插队的时候王桂芝在这个学校当校长，我还在这个学校代过一段课呢。"

小夏："那好啊！就在这你曾执教过的山村小学留个影吧。"

"好主意！"秦永顺摆了个姿势，小夏对焦距拍照！

### 14. 村街上　日　外
黑子兴奋地在村街上跑着。

### 15. 学校门口　日　外
小夏在给迎春和学生们照合影，他上前给迎春摆姿势。
黑子拿着一封信来找迎春，看见小夏在帮迎春摆姿势心里很不是滋味。
照完相了，迎春一再表示感谢，并要付照相钱，被谢绝，宾主互相道了声再见才分手。
黑子不悦地看着小夏、秦永顺离去。他问迎春："照相那小子是干啥的？穷嘚瑟！"
迎春："公路局的。来咱村帮助修路的技术员，谁的信？"
黑子："你的！"
迎春迅速拆开信，一目两行，很快看完信后，无比兴奋地跳跃着："太好了！"
黑子："咋的了？"
迎春："批准我参加成人高考了！"
黑子："考那玩意儿干啥？"
迎春："我要是能考上大学，我最大的愿望就实现了！"
黑子："你……你还是想离开这山沟啊？"
迎春："我就是不离开山沟，将来路通了，有了中学，我不提高自己的文化素质还能胜任教师工作吗？"
黑子低着头，一脸忧虑的神色，使迎春感到很可笑。

### 16. 大山家　日　内
大山嫂做好了家常饭，摆上酒杯招待秦永顺和小夏。
大山嫂："吃！别撂筷！没啥好吃的，山里的庄稼饭！秦哥再喝点酒吧！"
秦永顺情绪非常好："谢谢！谢谢！"
大山嫂："谁谢谁呀？俺们谢你还来不及呢？要不是为修路，你能和小夏兄弟跑到咱这犄角旮旯儿来呢！"
秦永顺："这话也不全对，修这条路，也是我心里的念想。"
大山嫂："念想归念想，路修通了，是为龙爪村人造福，这回，俺在筑路队学的手艺，派上用场了，秦哥，俺咋谢你都不为过！"
秦永顺轻松地笑笑："你今天是怎么了，咋客气了！"
大山嫂："你是俺们的恩人，我今天连喝三杯表示俺对恩人的一片心！"
大山嫂刚刚喝一杯酒的同时，王老爷子、大山、二山回来了，上边驮着仪器箱子，每人还扛着塔尺标、三脚架走进院子。
一见大山嫂和生人在家吃饭，都有些不愉快。
大山嫂有些慌张地向家人解释："哦！秦工程师和夏技术员来咱们村做施工前的进一步测量，村主任领到咱家吃派饭！"
秦永顺："大叔好！大山、二山辛苦了！"
大山嫂："咋这么早就回来了？"
二山："乡长叫我们把他们测量的用品先运回来。"
秦永顺："这太感谢了，大叔，一块吃吧！"
王老爷子脸色阴冷下来："我不饿，你们吃吧。"
大山怔怔地看着秦永顺，什么话也没有说，呆呆地站在原地，肩上扛着那个三脚架子。

### 17. 村委会门前　日　外
刘主任正在主持村民大会，全村的男女老少都到齐了。
主席台上坐着赵乡长、秦工程师、小夏及刘主任。王老爷子和两个儿子均来到会场。
刘主任："改革开放跨骏马，千年铁树开了花。公路就要通龙爪，全村百姓乐哈哈！龙爪村的路就要修了，干这么大的工程在咱们这还是头一次，所以一定要选个能干的筑路队队长。经过乡政府和村委会和公路局多次协调商量，最后正式任命了龙爪村筑路队队长的人选，下边请公路局工程师代表来宣布此决定！"
秦永顺从信封里取出命令，抬头看了下大山嫂，庄重宣布："经过与地方政府多次协商，最后批准龙爪村村民龙冬花同志担任龙爪村筑路队队长！"
全场群众响起热烈的掌声及欢呼声，大山嫂羞涩地低下了头。
二山、迎春使劲鼓掌。
大山和刘大龙在一旁木讷地不知是喜还是忧。
刘大龙狠狠地摔下手中香烟，悻悻地离开了会场。

### 18. 村路上　日
大山不知是高兴还是忧虑，闷闷不乐地离开了会场，一个人走在后边。
突然，刘大龙从一棵树后闪出，拦住了大山的去路。
大山："你要干啥？"
刘大龙："你媳妇当上筑路队的队长，你也神气了吧？"
大山："我有啥可神气的！"
刘大龙："大山哥，我看你是个老实人我才提醒你……"
大山："提醒我啥？"
刘大龙："你要小心那个姓秦的！……"
大山瞠目结舌，呆呆地站在原地一动不动。（淡出）

### 19. 大山家　早　外
东方欲晓，公鸡啼鸣。（淡入）
大山家的人还没起床，只有大山嫂在忙碌着，灶里柴火熊熊燃烧，她挑了一挑水倒缸里，又把鸡放出来，喂些食，顺手把屋子院子地一划拉，回到灶前看看锅里饭菜，然后把灶火撤了，洗洗手梳梳头，摸了件干净的上衣拎起挎包准备出发，这些动作一气呵成，显得很干练。
当她走出屋门时又犹豫了朝左右两个屋看看，喊了声："爹！大山、二山，饭做好了，在锅里热着，起来后就吃饭吧，碗我回来洗。"
大山在问："大清早你干啥去？"
大山嫂："到乡政府，一天打个来回得早起！"
大山又问："去乡政府干啥？"
大山嫂："去和公路局的领导签个修路的合同！下午就回来，我走了。"
大山嫂刚要跨出屋门，王老爷子大吼一声："回来！"
大山嫂："爹！咋的了……"
王老爷子："有村主任你去签啥合同，你不能去！"
大山嫂："不行！我是筑路队的队长，这事非得我去才行！"

"不能去！我说不能去就不能去！"王老爷子起来了，愤愤不平地弄得屋里东西叮当响。

大山、二山光着膀子出来关切地看看大山嫂。

大山嫂狠狠把挎包摔在地上，一屁股坐在个树墩上。

**19A 村委会 早 内**

秦永顺在给局长打电话："你放心，村里的乡亲们热情很高，牵头的大山嫂过去在筑路队干过，有些经验。我和小夏准备再把线路复查一下，准备好了就开工。局长，开工的时候你一定要来，千万千万。"

小夏在煮挂面。

**20. 大山家 早 内**

环绕山沟里的一个小村庄，炊烟袅袅。（淡入）

大山嫂一手抱着孩子，一手在摆放碗筷。

二山上前："嫂子，你歇手吧，我来。"

大山嫂把孩子交到大山手里："合同签了，俺得到村委会和秦哥合计合计施工测量的事。"

大山："你咋就不能缓一缓呢，非得顶烟上。"

大山嫂："修路是咱龙爪村的大事。"

大山："吃奶的孩子离开娘就遭罪了！"

大山嫂："孩子眼下遭点罪怕啥？总比他娶了媳妇生孩子时候也像他娘一样差点死在那驮道上要好得多！"

二山："你吃了饭再去。"

"来不及了，你们吃吧！"大山嫂匆匆地背起孩子离开了家。

大山："你把孩子往哪抱？"

大山嫂："送东头老刘二娘那，让她先给照应一下……"

大山："这，孩子别闪着。"

大山嫂："你放心，你带呀？破茶壶，就嘴好。"说完走了。

二山："哥，抽空你也劝劝爹，嫂子她太难了！"

大山长叹一声，又卷起了大喇叭："爹能听我的？！"

**21. 吊桥边 早 外**

大山嫂抱着孩子匆匆走过。

**22. 龙爪村口 日 外**

刘主任："当年老大媳妇不是在公路段干过嘛，她不当队长谁当？！"

王老爷子："既然政府要修路，队长就由政府派得了！我们老王家磨道驴听喝！让我们干啥就干啥，只是这个队长就别当了！"

刘主任："王大哥，你开口听政府的，闭口听政府的，政府连文都下了，那就说明你家老大媳妇行，你东推西挡，这是听政府的吗？！"

王老爷子："主任，你别忘了，老大媳妇，已经是孩子妈了！"

刘主任："我还有事，话就扔到这了！村里就是这意见了，你们家有啥意见我不管！"说完转身走了。

王老爷子目送刘主任走远,转过脸来,对大山说:"别以为当队长是争什么脸了!出头的椽子先烂!枪子专崩飞在前头的鸟!大山,你叫她装病,拖它几天,村上扛不起拖,他们就找别人了!"

大山:"爹……"

王老爷子:"别说了,我不听!走,上驮道。"

### 23. 驮道上　日　外

王老爷子、大山、柱子等人缓缓而行。

一个羊倌在唱:

山里的日头有升也有落
山里的爷们领着娘儿们把日子过,
高粱红穗好似火连营,
大豆结角就像兵丁排排坐。

(日出日落又一天)

### 24. 村委会　日　内

秦永顺、小夏住在这里,墙上挂着图纸,地上有测量仪器。秦永顺和小夏吃完了自己做的饭,碗筷没洗放在煮挂面的锅里,洗脸盆里还泡着衣服没有洗。二人扛着测量仪器准备出发,这时大山嫂拎着一小篮食品和迎春一块进屋。

大山嫂:"秦大哥、夏技术员,你俩咋搞的,村长不是把饭都派到家了吗,秦大哥到我家吃,夏技术员到村长家去吃,你俩咋不去吃饭呢?"

秦永顺:"谢谢了!到你们家吃饭太麻烦了,我们俩吃点挂面就行了!等开工了,伙房问题就解决了。"

大山嫂:"开工还早呢!眼下搞施工测量搞复查设计全靠你们俩,你们要是累垮了,俺咋向全村人交代啊!"

这时,刘大龙从外边进来:"哟呵,说干就干,这就支把上了。"

大山嫂:"他是刘主任的儿子刘大龙,筑路队的副队长!"

秦永顺:"知道,知道,你好!希望咱们好好合作!"

刘大龙虚头巴脑地:"那当然。"

秦永顺对大山嫂:"修路的事,你们几个头头先合计合计,我和小夏到山上再仔细核对一下数据。"

刘大龙送二人出屋。

迎春:"大山嫂,黑子全告诉我了,刘大龙为了当上筑路队队长,给赵乡长送了两千块钱,这号人你为啥叫他当副队长!"

大山嫂:"人嘛,谁都有些长处,大龙淘过金,外边交的人多,脑子灵活,让他搞后勤这一摊,修路用的炸药、雷管、导火索、钢钎子、锤子、安全帽,几十号人的伙食没个能干的人不行!再说也得给乡长、村长留个面子啊!"

迎春:"可我怕这钱一到他的手里,给咱一通胡造……"

大山嫂:"我是队长,你是会计,把住钱匣子就有了!"

### 25. 山野　日　外

在险峻的山崖上有两个人影在晃动。

秦永顺把着仪器在测量,不时指挥在远处把着红白相间标杆的小夏,二人配合默契,脚下奔腾的在河变成一条狭窄的玉带。山鹰掠过河面在山谷间翱翔。

秦永顺脚下一片红色杜鹃花竞相开放，二人忙碌着。

### 26. 大山家　日　外

大山坐在苞米楼子前用手摇的小型脱粒机在给玉米脱粒，地下堆放着已经脱粒的苞米瓢子。

王老爷子坐在小凳上抽着闷烟，阴沉着脸，紧锁着眉。

大山看看他爹，说："爹，我知道你心里不得劲儿！可上级都是这意思，胳膊拧不过大腿，生米已煮成熟饭了，你就别和她过不去了！"

王老爷子："一个女人家，成天在外边疯跑，跑什么？当队长？那是啥好差事儿？好差事儿，村里那帮大脑瓜三亲六故了，早削尖脑袋上了，还能轮到咱？！"

大山："那咋办？"

王老爷子："你咋办？还问我？你小子不用跟你爹要心眼儿！你小子表面上跟你爹哼啊哈的，背地里咋回事，你自个心里明白！你不是支持她吗？那就支持！可你得在家看着孩子！驮队不用跑了，山上的活计也不用干了！整天在家抱孩子吧！让村里的人看看，看咱老王家的人多出彩儿！穆桂英挂帅，男人在家当老娘儿们！哼，让她修什么路？当什么队长？结结实实地胖揍一顿，看她还闹不闹腾？！男人，没男人的骨气！到该钢条的时候，甩不出钢条！白活！"

大山长出了一口气："爹说得是，她出去当修路队长，家里孩子是没人看了！"

王老爷子："别忘了！老王家就这么一根独苗！是你儿子！是我孙子！"

大山："我是得劝劝她，最好别干了！"

王老爷子："劝什么劝？！我就烦你说这句话！你那媳妇是能劝住的？先前你劝了一溜儿十三遭，咋了？劝住了？人家听你的了？"

大山双手抱着头，长吁短叹起来："日子过得好好的，咋刮来一阵修路的风，把人心都给吹散花了！"

山妹进院告诉她爹："爹，我婆家的三姑来了，说是要给二哥介绍对象，叫你过去一下。"

王老爷子："行了，就这一个媳妇就够喝一壶了，再来一个这不把我造踢蹬了。"

山妹："行了，看您说的，二哥都奔三十的人，您还叫他打光棍！"

### 27. 村委会　日　内

筑路队的干部都到齐了，除了大山嫂、迎春、刘大龙，还有三个人聚在一起开会，刘主任也出席了会议。

大山嫂正在发言："好！分工吧可就这么定了，大伙分头去办吧，今儿个是筑路队的头头脑脑第一次碰头。"

迎春："那叫筑路队的领导班子会！"

大山嫂："咱们哪能叫领导呢，村主任、乡长、公路局长才叫领导，咱是干活的，看看大伙还有啥说的没有？"

迎春："你是队长，表表态吧！"

刘主任："对，你表个态吧！"

大山嫂："我从小生在山里，长在山里，是喝着山里的水，吃着山里的米长大的山里女人！没见过世面，懂的事理也不多，说不好话！这一说话，脚后跟、胳膊肘子上都上坡！"

大家伙笑了，迎春也仰脸笑了！

大山嫂："不是说咱真有皱！其实，咱山里女人儿浑身上下哪都干净，不照他们城里女人差！可是咱就是没人家好活！说咱身上有皱，是说咱比人家土气！这个我认！咱山里的路要修通了，你再试试，咱山里人也敢跟她们城里的人比！敢比个洋气！敢比个水灵！可现在咱不行！咱呐，就得修路！修一条把村子和城里连起来的路！这样才能致富奔小康！"

在座的人都对大山嫂精彩而朴实的讲话而报以热烈的掌声。

刘大龙："我也说几句，叫我搞后勤可以，可财务又不归我管，这恐怕干起来麻烦，后勤就是管钱和物的，要不我要买啥东西还得像要小钱似的跟队长去要。"

大山嫂："把要买的东西拉个单子，要花多少钱，咱们碰头会上合计好了，你就到银行取款去买呗！麻烦啥？"

迎春："那叫工程预算，你先搞个预算出来，恐怕村里乡里公路局领导都审批。"

刘主任："对！那预算也得上边批，你小子花钱大手大脚，你不能管钱儿，还是听你大山嫂和迎春把住钱匣子稳妥！"

刘大龙："信不过我就别我当这个副队长！"

刘主任："咋的？当副队长还委屈你了？要不是乡长的意见，搁我，连副队长也不让你干！"

刘大龙："不让我干你就把我给撸了，我还不稀得干这破玩意儿呢！"

刘主任和儿子吵了起来，大山嫂子、迎春上前劝解着。

28. 大山家　日　内

一位长得很结实的农村姑娘坐在炕沿，可能害羞，背对着门口，有位大娘陪着她来的。

王老爷子在凳子上如坐针毡，不时朝院门张望。

大山和山妹也迫不及待地站在院门口向远处张望。

大娘有些不耐烦了："大哥，这二山干啥去了，咋还不回来，再晚了走山路到家就贪黑儿了。"

王老爷子："谁知道这混小子蹲哪疙瘩去了！"

突然，大山、山妹高喊："回来了！二山回来了！"

王老爷子立即出屋迎接。

二山背着枪、拎着一筐蘑菇大踏步地走进家门。

二山看看家里人感到奇怪："你们都站在门口干啥？"

大山、山妹："等你呢！"

二山："等我干啥？"

王老爷子接过二山手中的一筐蘑菇和猎枪："你进屋就知道了！"

山妹和二山咬了下耳根子，笑着把他推进屋："你快进去吧！"

二山进屋看见一位年轻姑娘背对着他，心里全明白了。

大娘："二兄弟，你回来了，快坐！坐！山里人身板就是结实……"

大娘笑嘻嘻地上下打量着二山。

二山顿时感到浑身不自在，转身离开了屋子。

大娘紧追不舍："唉！别跑啊！老大不小了，还害啥臊啊！"

二山刚要走出院门离开家，被他爹拦住："你干啥去？"

二山："我上山看林子去。"

王老爷子："你个混球！那是你大娘给你介绍的对象，人家来相亲了，你不陪着人家你往哪走！快回去！"

　　二山赌着气把老爹扒拉开，径直走出院门。

　　王老爷子、大山、山妹感到莫名其妙不可理解，气愤地喊："你回来！回来！"

　　大山："爹，这到底是咋回事啊！"

　　王老爷子："我咋养这么个瘪犊子，三七不分、四六不懂啊，让他打一辈子光棍吧！"

　　屋里的大娘出来询问："王大哥，这二小子是咋的了，咋没看一眼就垮了！这叫啥事啊！……"

### 29．村街上　日　外

　　二山头也不回朝前走着，正遇见大山嫂迎面走来，她手里拎着几斤鲜猪肉、两瓶酒，一见二山更是笑逐颜开。

　　大山嫂："二山，你咋不陪人家，出来了呢！快回去，老吴家杀猪我去买了五斤肉，又借两瓶好酒。二山，你咋也出来了，肉我买了，酒也借了，我看那姑娘还行（二山不语）。咱回去赶快做饭，人家是走了十多里山路来相亲，快回去吧，可别冷了人家，叫人家挑理！……"

　　二山无心听嫂子的话，眼睛看着别处。

　　大山嫂："你往哪儿看哪，倒是快回家啊！"

　　二山固执地走了。

　　大山嫂心急火燎地喊着："二山！你想打一辈子光棍啊！赶快回来！"

　　大山嫂心痛地思索着什么望着二山远去的背影，转过身只见大娘领着相亲的姑娘走了，顿感一阵酸楚。

### 30．刘主任家　傍晚　内

　　刘主任、刘大龙、黑子、大龙媳妇已把饭菜、酒和酒杯摆上了桌，刘主任看看表："这小夏咋还不来吃饭！"

　　黑子："迎春去叫他了。"

　　迎春领着小夏进屋来。

　　刘主任："来来！快坐下吃饭，你和秦工程师爬了一天的山，中午还在野外吃饭，那身子骨还不造垮了！晚上这顿可得多吃点，来，吃，喝点酒！"

　　小夏："太感谢了，这么丰盛的晚餐真不好意思。哎呀，菜这儿丰盛，我得吃两大碗饭！"

　　迎春为小夏酌酒："来，喝杯酒。"

　　小夏连连摇头："谢了！我不会喝酒"。

　　刘主任："在山里干活少喝点酒没事！"

　　迎春："来！少喝点！"

　　小夏："我真的不会喝！"

　　黑子对迎春的热情已有些反感："算了，不喝就吃饭！"

　　小夏大口嚼着菜："这菜真香！"

　　迎春为黑子夹菜："那就多吃点。"

　　刘大龙看着弟弟、小夏、迎春三个青年间的感情变化，在一旁喝着闷酒，咂摸着滋味。

　　小夏忽然想起什么，从口袋里取出两张照片放在桌上："那天给你和学生们照的合影，都洗出来了！"

迎春爱不释手地欣赏着照片："太好了！还是彩色的呢！这是我所有照片中最好的一张！"

大龙媳妇夺过照片："我看看！喝！这带色儿的就是好看啊，眉是眉，眼是眼的……"

"我看看，这脸还红扑扑的！"刘主任拿过照片，全家传看着，唯独黑子不看。

黑子很不耐烦地："行了，快吃饭，菜都凉了，吃饭时候看啥照片啊！看那玩意儿当饱儿啊。"

迎春白了黑子一眼："夏技术员，能不能把底版给我，我想给每个孩子都洗一张！"

小夏："没问题，我负责洗，你就别管了！"

迎春："那太感谢了，来，快吃啊！"

### 31. 大山家　傍晚　内

秦永顺来到大山家吃派饭，王老爷子、大山、二山、大山嫂在座，眼下饭已吃完了，大山嫂子正在捡桌子。

大山嫂："秦工程师，你真的吃饱了？"

秦永顺："酒足饭饱！这肉真香。"

大山嫂看了二山一眼，把话岔过去："今儿个来了个远道的亲戚串门，又碰巧村里有人杀猪，买回来几斤肉。"

秦永顺："那我可是偏得了！不过这吃派饭还是各家轮流吃吧，我和小夏不能总麻烦你们和刘主任两家啊！"

大山："麻烦啥？吃饭多双筷子，山里的庄稼饭儿就怕你们城里人吃不惯。"

二山看了秦永顺一眼，仍不声不语地坐在一边。

大山嫂："我和刘主任合计过了，村里七八十户人家日子都不太富裕，孩子多也埋汰，你们城里人好干净，怕你们吃不好，每次吃饭还得派人送你们去，干脆俺们两家包了！"

大山瞧了一眼大山嫂，下地了。

二山始终没有动筷子。

大山嫂突然想起什么，忙放下洗的碗，抱起孩子看看表："哟！快开会了，秦工程师，咱们先走吧，爹，大山、二山，今天开村民大会，动员修路了，你们快点过去！碗留着我回来洗！"

"王大叔，我们先走了！"秦永顺和大山嫂走了。

大山看着媳妇与别的男人并肩走了，神情显得很木讷。

二山把剩下的半瓶酒狠狠嘬下肚，放下酒瓶回里屋了。

王老爷子瞪了二山一眼："你摔打啥？你还有理了！二十六七岁的人四六三七不懂，在这大山沟里找个媳妇有多难！你真想打光棍啊！"

大山："爹，可能二山没相中吧！"

王老爷子："山里的跑腿的还要找啥好的，能干活能生孩子就行了呗！"

"我的事你们别管！找不到媳妇我就打光棍！"二山在里屋喊着。

王老爷子："没人稀得管你的事！反正我有孩子了！"

大山披上了上衣问父亲："爹，开会去吧！"

王老爷子："我不去！我才不管他们的事呢！"

大山没再说什么默默地走了。

（第二集完）

第三集
1. 龙爪村　傍晚　外
太阳已经落到了山后边。
家家户户的炊烟已陆续升起。
一群牛从山坡上下来。

2. 村委会会议室　傍晚　内
村里嘹亮的钟声。
人们三三两两地走进会议室。
众人说笑着。秦永顺和小夏躲在墙角绘图。
黑子在对着电灯滑稽地抽着烟，逗得大家哄堂大笑。
刘主任看看人差不多到齐了，说："别闹了，别闹了！现在开会！今儿个开会，主要是说咱村要修路的事儿！"
迎春："哎，你们家老爷子呢？"
大山嫂："说是病了，没来！"
大山他们都在听！

3. 大山家　傍晚　外
王老爷子披着老羊皮袄，往村委会亮灯的地方看看，他那布满皱褶的老脸，纹络仿佛更深了！

4. 村委会会议室　傍晚　内
刘主任："下面请咱们修路队队长大山嫂讲话！"
大山嫂："别看我从小长在村子里，可村里人真正能叫出我大号的并不多，年轻点的叫我大山嫂，年长点的叫我大山媳妇，我真正的大号叫龙冬花。"
众人议论："别说，这么多年，还真不知道她叫什么名……"
"龙冬花，还怪好听的……"
大山嫂："多少年，多少代，我们山里女人的名字并不值钱，命更不值钱！张家大婶、李家大娘、来福媳妇，狗剩他娘、春杏老姨、顺子老姑……大伙说说，扔山道的女人留下名字的有几个，扔山道上女儿魂用车拉……"
"为了大爷大叔的娘儿们，为了婶子大娘的儿媳妇，为了孩子们都有个妈，为了咱们家家都有个全合人。所以，我愿意和大伙一起干，修咱们自己的路，我龙冬花也愿意当这个修路队队长！"
迎春激动地："大山嫂……不……龙冬花队长说的，和我想的一样，再有就是咱这村里没有路，孩子们念书老难了，小的走不起山道，大的走不出山沟，耽误人哪，修路是大事，乡亲们都得当回事，多支持我们了！"
大家伙鼓掌！
大山也轻轻拍了拍手，一脸愁容。

5. 路上　傍晚　外
刘主任对大山嫂说："你们家里的老爷子没来，看来我们几个就得亲顾茅庐了！"
大山嫂："在修路这个事儿上，我不怕我爹！"

刘主任："不是说怕不怕，毕竟是一家人，弄得扭头别棒的不好！修路是好事儿，你们上前线了，我得压好阵，别乱了阵脚。"

### 6. 村中柴垛旁　夜　外

迎春借着月光专注地看小夏给她和学生拍的彩照。黑子叨叨咕咕地她也没听。

黑子："嗨嗨！村子里决定修路，对我黑子来说，这就叫福星高照！你迎春儿说等路修好了，就和我结婚，我寻思那还不是猴年马月的事儿！嗨嗨！天不灭曹！上边就真打我心里想的来了！修路！修路！嗨嗨！"

迎春仍在看照片。

黑子："哎，我说媳妇，你说那路大约得多长时间修成啊？！"

迎春："谁是你媳妇？烦人！"

黑子："你今儿个是咋的了？吃枪药似的，我可没惹你生气！"

迎春仍欣赏着照片："大学生就是不一样，这景取得多美！"

黑子："黑灯瞎火的你老看破照片干啥！"

迎春："破照片，你去照照！长这么大连照相机还没摆弄过呢！"

黑子："咱是不行，哪有那小白脸子大学生能干呢！"

迎春："你别不服气，连我都想拜他为师，请他辅导我考大学。"

黑子很不服气，但又无奈："行！咱没文化，是屯老二，啥也不是……"

迎春："看看，又来这股劲了，没文化你倒是学啊，我给你那么多的书还教你查字典，你倒是好好学啊。"

黑子："我一看书就脑袋疼！"

迎春转身走了。

黑子："干啥去？"

迎春："备课！"

### 7. 大山家院　夜　外

大山嫂有些兴奋，也有些踌躇地走进院子，屋里传出王老爷子跟大山的呛呛声：

王老爷子："你劝去吧！我看你那媳妇你能劝个啥样？从今儿个开始，你别上我这屋来，我不乐意看你那张酸汲汲的脸！"

大山嫂听到屋里爷俩的对话停住了脚步，听完了屋里爷俩的对话，她苦笑了一下，摇摇头。

大山嫂进屋，装作若无其事的样子，一边从大锅里往一个盆里舀热水一边唠叨着："爹，你咋没去开会，可热闹了，大伙对修路的事嗷嗷叫！"

### 8. 王老爷子屋　夜　内

大山嫂把洗脚水端进老人睡觉的小屋："爹，来洗洗脚。"

老人坐在炕沿上："我自个洗吧！"

"行了，你就别下地了，把脚烫烫！上岁数了天天用热水烫烫脚对身子骨有好处！"大山嫂把老人的袜子脱掉挽起裤腿为老人洗脚。

王老爷子抬头看看儿媳，刚才对儿子宣泄的那股火收敛了一些。

大山嫂："爹，二山呢？"

王老爷子："谁知道他蹽哪去了！"

大山嫂："爹，苞米该种了吧？"

王老爷子:"赶趟儿,今年春脖子长,就那三亩地一天就种了。"
大山嫂:"咱又多了口人,得和村里再要点地啊!"
王老爷子:"要!口粮田,那可得要!饿着谁也不能饿着我孙子。"
老人洗完脚上炕,儿媳妇把被褥铺好,为老人盖上被子,给老人把烟袋点着。
老人舒舒服服坐在炕头抽着自在烟。
大山嫂坐在一边看着她爹。
王老爷子:"回屋歇着去吧。"
大山嫂叹了口气:"回去也睡不着。"
王老爷子:"为啥?"
大山嫂:"我这一修路把你气得溜鼓,你说我图稀个啥啊!孩子也遭罪……"
王老爷子吧嗒着烟,没有回答。
大山嫂:"爹,我是你的儿媳妇,又是你从小养大的,咱爷俩可跟别家的公公媳妇处得不一样。"
王老爷子:"那是!我和你爹那是拜把兄弟,知根知底的!"
大山嫂:"那你跟我透个实底,你为啥反对我修路当筑路队的队长呢?"
王老爷子:"我不是说过了吗,是为了孩子!"
大山嫂:"不,这不是您的心里话!"
王老爷子:"这女人打头修路叫人心里犯隔腻。老话说'骡子驾辕马拉套,老娘儿们当家瞎胡闹'!"
大山嫂:"不!这也不是你的心里话?"
王老爷子:"为啥?"
大山嫂:"解放四十多年了,就您这茬子老人也不会有瞧不起妇女的旧脑筋了!您还是把我当外人,不敢把您心里的话过给我。"
老人被触动了,闭上了双眼沉默了。
太阳悄悄爬上山梁。(淡出)

### 9. 山路上 日 外

王老爷子手握镰刀带路,大山嫂紧跟其后。(淡入)
梁老滑背着草迎面走来,他主动搭话:"亲家,你这上哪去呀,大清早的?"
王老爷子:"儿媳妇修路叫我当指导,去看看路。"
梁老滑:"你不是反对大山媳妇修路吗?"
大山嫂把话岔过去:"叔,割草干啥?"
梁老滑:"老母猪要下崽了,给猪圈续点草。"
梁老滑不解地望着王家爷俩远去的背影。

### 10. 大山嫂父母坟前 日 外

王老爷子用镰刀削去坟前的荒草,大山嫂用手捧土为父母坟上添土,墓碑上分别写着:龙家臣、龙赵氏之墓。
王老爷子:"昨晚你问我为啥不让你修路,你还叫我说出心里话!那好,今儿个当着你爹娘的面,我把心里话告诉你,要不,你真的在修路当口有个闪失我可对不起你的爹娘。"
大山嫂:"爹,您说得太邪乎了!这又不是上前线去打仗。"
王老爷子:"修龙爪村的山路那可比打仗邪乎!"

大山嫂："为啥？这我可不懂！"

王老爷子朝山坡走了几步，居高临下，指着脚下的悬崖绝壁说："我跟你说句掏心窝子的话，当年想修龙爪村这条山路人多了！可没有一家修成的，在早前小日本鬼子想在这大山里修兵工厂修军用仓库，那年派来了工程师，抓来几百号劳工，就在这龙爪上打眼放炮干开了，也真他娘的绝了，这炮一响山上的石头像下雹子，崩得满世界都是，放一炮砸死十多个人，放一炮砸死十多个人。还没咋的呢，一百号人消进去了，小鬼子一看不好又转到别处修去了。王老爷子拉上裤腿，露出一道长长宽宽的疤痕，说：看这大疤瘌。五八年县里大炼钢铁，说龙爪山上有铁矿，还有能炼出好钢的叫啥稀有矿石，大队人马一下子就开进山里了，可还没修路呢，人马叫山洪给围了个七七四十九天，把村里的存粮全给吃光了，末了只好蹽杠了，'文化大革命'建军工厂，来个工程队深挖洞凿隧道时候一个劲地塌方，连人连机器全给捂进去了，末了也吹灯拔蜡了！"

大山嫂紧张起来，她为老人点上烟袋，扶老人坐在一块石头上："爹，这倒是为啥？是不是秦工程师常说的是石头啊还是土啊……不太结实吧。"

老人摇摇头："不不！你知道为啥咱这疙瘩的地名都带个龙字？龙头乡、龙口镇、龙尾村、龙爪村、龙眼屯、卧龙屯、龙须子村……为啥？那是咱们这座大山是一条巨龙，是东海龙王的孙子，在早咱这疙瘩全是海，后来海水干了，那条大龙死了就变成了山，谁修路都要动龙脉，那还了得！修龙爪村的路就是砍掉龙爪，那龙王爷能答应嘛！孩子，爹是怕你修这条山道，末了也把命搭上，那我就对不住你死去的爹娘了！"

王老爷子激昂的陈述变成画外音，伴随着大山嫂聚变的思绪，她双腿跪在父母坟前，倾诉着积压在她心里的话：

"爹、娘，刚才我公公的话你们都听到了吧，他说的都是事实，修龙爪村的路就会有人把命搭上，我倒不是怕把我的小命搭上，我是怕村里人为了修路再有个闪失啊！可明知道修路要死人，可咱们也得咬住牙根去修！不修通这条山路咋办？娘就是为了生我死在山道上，我为了生儿子也差点把小命扔在这山道上，再不修路俺的儿媳妇、孙子媳妇，全村的女人再遇上难产还不知要死多少人呢！我是宁愿为修路死在这大山里，也决不死在山道上，你二老给俺作证万一俺有个好歹，跟从小把我养大的公爹没关系，我说的话你们记住了吗？（转身对王老爷子），爹，你听见了吗，我爹娘答应了，万一我……他们不怪你！"

王老爷子多皱的脸不停地抽搐，心绪很乱，一句话也说不出来了。（淡出）

### 11. 刘主任家　晨　外

雄鸡报晓声。（淡入）

大山嫂和迎春走进院来。

迎春吆喊着："主任！主任！"

刘主任一边趿着鞋一边睡眼惺忪地走了出来："啊啊，啥事儿？！"

大山嫂："啥事儿？！能有啥事儿？修路的事儿呗！"

刘主任："哎呀，我寻思啥急事儿呢？我昨晚打你们那边回来，又到几户人家转转，回来都快下半夜两点了，正睡好梦呢，你们就喊我！说吧，啥事儿？！"

大山嫂："主任，不光你没睡好，昨晚上我们也没咋睡好，组织上把这么重的担子搁我身上，我不干出个样儿来哪行？！"

刘主任："心理负担也别那么大！能干啥样尽量干！实在干不好，那是能力有限！别为难，有村委会跟着呢！"

大山嫂："主任，我们来，是来说各家各户齐钱修路的事儿！"

刘主任:"齐钱,那就齐吧!"
大山嫂:"齐钱是要齐,可齐多少好呢?!"
刘主任:"村里头是有一些钱,可各家各户拿少了也不行!那么村里负担也太重了!"
迎春:"自愿行不行?!"
刘主任:"你要一提自愿,有的人家真就一点儿也不给你交,这样吧,还是定个基数,各家各户都有个遵循,要不真不好整!"
大山嫂:"那主任发句话吧,定多少好呢!"
刘主任:"各家各户一家摊五百元,其他的村里再保底!你们看行不?!"
大山嫂:"钱齐上来,放哪儿?全村七八十户人家,这笔钱不是小数,是放村里,还是放哪儿?"
刘主任:"放个人手不行,你们修路队,不是有会计吗!叫会计管钱管账!"
大山嫂:"我看行!就叫迎春管吧!"

### 12. 村头  日  外
一棵老树树干上,张贴着红榜。
榜下围着一群人。
有人议论着什么。"咋梁老滑家不交钱呢?""唉!人家是队长的亲家,那还不给免了!"
大山嫂听着议论,心里很不是滋味,悄悄走开了。

### 13. 梁老滑家  日  外
大山嫂进了院来。
山妹正在喂猪:"咯嘞嘞嘞——"
大山嫂:"山妹!"
山妹:"哎,大嫂!大嫂来了!"
大山嫂:"柱子呢?!"
山妹:"出去了!"
大山嫂:"你家那五百块钱,啥时交哇!村子里张了红榜,榜上没名不好!"
山妹想想,笑了:"那有啥不好?啥事儿,总得有个压后阵的!"
大山嫂:"山妹,不看别人面子,看嫂子当这个队长的面子,也别落后,落后不好!"
山妹:"嫂子,我想再晚交两天也不算晚!"
大山嫂:"山妹,别干啥事儿,都慢慢的!该交的五百元钱,我给你垫上了。"
山妹:"行!回头把钱给你吧!"
大山嫂:"自己家人说啥两家话呢!我拿的钱,你们不用还!我不要了!"
山妹:"哎呀,那咋好意思呢?"
大山嫂:"行了,这事儿就别说了!山妹,你,想不想参加修路队?!"
山妹:"嫂子,我这样儿的能干啥?干不了啥。"
大山嫂看看山妹,没吭声走了。
梁老滑屋里出来,冷笑着:"要人说新官上任三把火呢,给自家的人来了个大义灭亲!兔子还不吃窝边草呢!"
山妹:"就是!其实我这有钱,我就是不交,看她能咋的?她当队长全家人跟着忙,吃不好喝不好的，这损失谁给补？"

梁老滑："你就别理她。"

### 14. 山大家　傍晚　内

天色已晚，大山嫂背着孩子拎着挎包一路小跑赶回家，"大山？二山？爹？！……"大山嫂喊了几嗓没人应。

大山嫂把孩子放在炕上，紧张地点火做菜做饭。

菜刀飞快地上下闪动，大白菜、粉条、猪肉，都迅速切好了，放好锅把肉和菜粉条先后倒进锅里，加上箅子放上馒头盖好锅盖，这时她感到腰疼，站起直直腰，伸了个懒腰，感到头有点昏，便坐灶口前烧火。

大山嫂渐渐睡着了。

王老爷子、大山、二山拿着锄头、苞米种子从地里回来。

二山："嫂子可能没回来，我来做饭。"

爷仁说着话进屋。

二山："咦！嫂子回来了！嫂子！"

二山喊了两声，嫂子没答应。

二山跑过去抱住嫂子，大吃一惊："啊！嫂子睡着了！连裤子都烧着了！"

王老爷子："快！用水浇灭！"

大山舀水把媳妇燃烧的裤脚浇灭了。

大山嫂醒来："咋的了？出啥事了？"

大山："咋做饭还睡着了，瞧把裤子都烧坏了！"

"唉！好玄啊！我去换换衣裳！"大山嫂进里屋换衣服。

二山："爹，这么干可不成啊！又带孩子又做饭又得修路，有三头六臂也不够用啊！"

王老爷子受到震动，嗯了一声："得想想法子了！"

### 15. 大山家院　晨　外

一只公鸡站在墙上打鸣。

大山、二山和王老爷子准备上路。

王老爷子："大山，你媳妇修路的事儿，惊动了村里乡里！看来队长是得干了，俗话说：'麝为香重身先死，蚕为丝多命早亡！'可她非想干，事到如今，只好让她干这个队长了！不然的话，村里该寻思，是咱们反对修路了！可孩子，你得照料！"

大山："爹！我一个大男人，咋好在家看孩子？！我也整不好小孩！"

王老爷子："别说了！谁整得了？！这是咱老王家的独苗！不搁咱自己手里攥着，放谁哪儿放心！"

大山："爹！"

王老爷子："她当队长，又要请我当指导！就你算个闲人了！不说了，就这么着吧！你媳妇又把孩子送村东头了？！"

大山："嗯！"

王老爷子："回来你告诉她，叫她别苣荬菜掉尿罐子里，来不来就扎蓬起来了！当个队长不算啥，家里的饭该做还得做，家务事儿该干还得干，队长不是啥正宗干部！干不好，村里一道令，说换就换！"

大山看看他爹，没吱声！

王老爷子："走，上驮道。"

### 16. 驮道上　日　外

王老爷子、大山、二山、刘大龙往乡里走，一个羊倌在唱：

"山里的娘儿们山里的汉，
娘儿们汉子恋大山，
花花蝴蝶山间飞，
灵芝草儿最好看。"

### 17. 河边　日　外

秦永顺、小夏、大山嫂扛着仪器来到了河边，准备过河。

秦永顺用石头试了下水深："好家伙，够深的。"

大山嫂："非得过河吗？"

秦永顺："对！如果架座桥，再从河对岸修路，可以节省几万土石方，省工省资金。"

小夏："咱们再回到吊桥过河……"

秦永顺："那今天就啥也不能干了！"

大山嫂："过！我先过河，试试水深浅！"

大山嫂背起仪器，挽起裤腿便下河了。

小夏、秦永顺随后下河。

小夏："山里的女人，真能干啊！"

三个人已经过了河，但河水深处已没腰，三个人变成了落汤鸡。

### 18. 山道上　日

大山、二山、王老爷子背着钢钎、铁锤、安全帽等等修路的工具，只有刘大龙空着手，背个水壶不停地喝水。

二山："大龙，你这筑路队的副队长挺神气的，到那买东西人家对你都是客客气气的！"

刘大龙："那是，态度不好不招待好，大爷我就不买他的东西！"

大山："听说还得运炸药、雷管、导火索啥的？"

刘大龙："那当然，炸山全靠炸药、雷管、导火索了！"

王老爷子："这三样东西可得加小心！那雷管一碰就炸！"

刘大龙："没那么严重！"

驮队拐出一片林子，突然发现山下河边有两个人穿着短衣短裤在烤火烤衣服。

柱子："河边烤火的是谁？"

大山："好像是秦工程师！"

刘大龙定睛望去："没错！是秦工程师和你家的嫂子！"

大山："他俩那是干啥呢？咋把衣服都脱了？"

柱子："可能是过河时候把衣服湿了，正在烤衣服！"

刘大龙阴阳怪气地："不像！好像是一块下河洗的澡！"

王老爷子和大山的脸上立刻布满了阴云。

二山："刘大龙，你少胡咧咧！哪有这么冷的天下河洗澡的，你去洗个澡我看看！"

刘大龙："你说不洗澡这俩人跑这大河边上干啥来了，衣服还都脱了，这没瞎说吧？"

山底下河边又换了一幕，大山嫂拿出瓶酒和食品递给秦永顺吃，秦永顺客气地不要，二人推来推去！最后秦永顺喝起酒来。

刘大龙更来了情绪："瞧瞧，都喝上了酒了，一会儿醉了还得睡一觉呢！"

"滚一边去！"二山大声吼着。

大山木讷地站在原地一动不动，双眼直视河边……

### 19. 村委会　傍晚　内

秦永顺送大山嫂出来。

秦永顺："今天河边上的事，大山和你公爹都看到了，你快回吧，把事跟他们讲清了，别引起误会。"

大山嫂："看你说的，我们山里人，可没那么多花花肠子。"

秦永顺："剩下的一段路你就别去了，由我和小夏来做得了。"

大山嫂："我是队长，咋能不配合你们呢！行了，你回去吧，啥事也没有。"

秦永顺："村上的人都知道，你在我们筑路队干过，往后咱们在一起，还是……"

大山嫂："咋的啦，怕啥，亏你还是个大男人。"

大山嫂头也不回地走了。

秦永顺看着远去的大山嫂，若有所思。

晚霞把村庄涂上一层金色。

### 20. 大山屋里　夜　内

两口子躺在炕上都没有睡。

只有孩子安详地睡着了。

大山的喇叭筒子呈着一缕浓烟。

大山嫂呛得直咳嗽："行了，别抽了，满屋子杠烟飞，孩子受得了吗！"

"不抽，不抽了！"大山自觉地把烟捏灭。

大山嫂："你们驮队几个人是不是老远就看见我和秦工程师在河边烤火呢？"

大山："嗯哪！在山上就看见了。"

大山嫂："你当时咋想的？"

大山："没……没咋想。"

大山嫂："没咋想？你媳妇露胳膊露腿儿陪个男人在喝酒唠嗑你会没想啥？"

大山："你们不是在干正事么！"

大山嫂："那是后来你们才整明白！先前你是咋想的！"

大山："你问这干啥，事都过去了。"

大山嫂："这可不是小事，你要是对你媳妇信不过，我还咋当这个筑路队的队长，等一开工，公路局的人、乡里的人、村里的人整天得在一块，一块干活，一块开会，一块吃饭，睡觉也在一起，你要是疑神疑鬼的我咋干活？"

大山笑笑："我没那么多弯弯绕，可大男大女的，容易让人说闲话！"

外屋传来王老爷子咳嗽声，显然，他们的谈话老人全听见了。

王老爷子："早歇着吧，明还早起干活呢！"

大山立即关了电灯，又传出大山嫂一句话："东头老刘二娘身子骨有点不舒服，孩子你先给看着！"

### 21. 崎岖的山道上　早　外

迎春仍然背着、领着孩子们上学，遇到险处她把孩子一个一个地抱过去，然后带队朝学校走去。

乡亲们见此景不无感慨着：

"真难为迎春了，一年四季，刮风下雨刮烟炮她都天天接孩子上学！"

"听说她又当了筑路队的会计，半天上课，半天修路。"

"这条山路赶快打通吧！……"

### 22. 大山家　日　内

大山留家看孩子，里屋传来孩子的哭声。大山抱着孩子走动着，哄着，但无济于事。

王老爷子坐在院子里脱苞米粒，孩子的阵阵哭声像在扎他的心，他感到阵阵心疼。

王老爷子："孩子是不是饿了？你不会喂他点米汤！"

大山："他娘刚喂完奶！不饿！"

二山从屋里出来：

大山对二山："你跟山妹说说，叫她给带带孩子行不？"

二山："早就该叫她看孩子！一家人分那么清干啥？"

二山走了，老人气得无奈把孩子抱过来哄着。

孩子停止了哭啼。老人一肚子火憋不住了朝大山撒起来。

王老爷子："大山！你个不孝的东西！咋就舞扎不住媳妇，好，告诉你，我大孙子要哭出个好歹，我跟你对命。"说着，就躺在了炕上！

大山："爹！"

王老爷子："你别说了，我也不听，我不是你爹，你媳妇才是你爹哩！"

大山："爹！你听我说！"

王老爷子突然坐了起来，喊道："我不听！从明天开始，你告诉那个娘儿们，给我滚！滚出这个家！"

刘主任和大山嫂从外面走了进来！

刘主任上前劝王老爷子："大叔呀，咋这么大气性呢，大山媳妇不是为村里修路张罗事吗，咱当老的不能总挡横。"

王老爷子气得一个鲤鱼打挺，下了地："少说风凉话，哭的不是你孙子，你当然不心疼了。"转身出屋了，刘主任跟了出去。

大山嫂从大山手里接过孩子，眼里充满了委屈。

大山："冬花，这事，要不你也打打脖回，逞强不得。"

大山嫂："大山，全村的人抬举咱，咱哪能也硬就回呢？爹疼孙子，我就不疼儿子？为生他，我命差点丢了，生儿子我不后悔，修路我也不后悔，儿子要养大，路也要修通，将来我儿子还要开着大汽车在路上跑哪，那才叫神气……"大山嫂含着泪，笑着对大山，对儿子说。

### 23. 村委会　晚　内

秦永顺请大山小酌，桌上几样小菜，秦永顺热情地为大山酌酒："来，大山兄弟，自打我来到龙爪村以后，没少麻烦你和你媳妇，离开市里的时候带了两瓶酒，就剩下一瓶，今儿个请你来喝几盅，也没啥下酒菜，对付喝吧！先干一杯！"

大山憨厚地把酒喝下肚，倍受感动："秦大哥，你太客套了，你离开家帮着俺们修路，俺们谢还谢不够呢！"

秦永顺："应该的！我就是干修路工作的，哪没有路就去哪。"
大山："可俺这疙瘩日子太苦了，叫你遭罪了！"
秦永顺："都一样，凡是没有路的地方都是很贫困的，来，喝酒！"
大山："喝！秦大哥，你都四十岁了，咋还跑腿子呢？"
秦永顺："没碰着合适的呗！再说这常年修路在外边东奔西忙，也真就没顾得上，命里该着。大山兄弟，你真有福气啊！娶了个好媳妇啊！"
大山似懂非懂地点点头："那是！那是。"
秦永顺："这就好，这就好！你媳妇对你那可是实心实意的，你们结婚的时候她在我们的工程队正干得不错的时候，马上就要提拔她当分队队长了。结果你老兄找上门来，非要领她回去成亲。"
大山："那是俺爹的意思！"
秦永顺："冬花一个女人牵头修路，不容易，咱们当爷们的得仗义。"
大山："俺知道，委屈她了。秦大哥，我媳妇能有今天可全靠你的帮助了！来，我敬大哥一杯！"
"干！"两只杯子碰在了一起。

24. 山野  日  外
一群羊迎着日头爬上山坡。
小夏对着手水准望着。
秦永顺坐在地上记录着什么。
这时迎春、黑子领着几名学生来看热闹。
迎春叮嘱着学生："同学们，不许吵不许闹，带大家来是看叔叔们是怎样搞测量的。"
秦永顺很喜欢孩子："欢迎，欢迎！"
迎春指着手水准器："夏技术员，这是啥仪器啊？"
小夏："手水准，你看。"
迎春眯起眼睛对着水准器观察："咋看不清楚？"
"你这样看……"小夏为迎春调整着姿势，二人紧贴身脸贴脸，迎春兴奋不已："太好了！……"
黑子在一旁看着又醋意大发，一脚把一块石头推下山，发出巨响，阻止迎春与小夏的接近。
秦永顺："对了！迎春啊，局里来电话了，说他们办了个筑路工程会计讲座，问咱们的筑路队的会计去不去学习！时间一个星期！你去吗？"
迎春："去！工程会计和一般会计不一样，还是去学学好！就是没人教课了。"
秦永顺："让小夏替你吧。"
迎春："行！太好了，谢谢秦工程师、夏技术员！"
小夏："正好我回局取点资料，先给你报个名！"
迎春："我可是走运了，遇到贵人相助了！"
"贵人？！"秦永顺和小夏爽朗地笑着，黑子在旁边却笑不起来。

25. 山道  日  外
一个羊倌在山道上，冲天唱着：
　　　　　山里的日头有升也有落，
　　　　　山里人的日子怎么过都能过，

鸡叫先把柴门开，
黑天再把灯绳摸。

### 26. 县城公路局门口　傍晚　外
迎春背着挎包刚要走进公路局的大门，突然，黑子从后边追上拦住她。
迎春惊诧地："黑子？你一直跟着我来的？"
黑子："我怕你一个人走山道出事！"
迎春："你说你何苦呢！你来了住哪啊！"
黑子："我陪你一会儿就回去！走，逛逛去！"
迎春："对你，我真的没办法！"
迎春与黑子俩人徜徉在街头。
黑子："你瞅人家县城里多好！这么晚了，还灯燎火亮的！哪像咱们山沟沟，一到天黑，黑黢黢的。"
迎春看看黑子，说："等咱山沟里通了公路，慢慢地，也能撵上这。"
黑子："能撵上？我看那得驴年马月！"
迎春："别说那没出息的话！哎，你到底什么时候回去？"
黑子："着啥急呀？我没着急你着什么急呀？这城里的风景多好，平时想逛逛也没个时间，正巧你来学习，我也没啥大事儿，多待些日子，连陪陪你！"
迎春："我这个大活人，用你陪啥？你能帮我干啥？"
黑子："干啥？陪你逛街，唠嗑儿！亲热亲热，这不是陪吗？"
迎春："用不着，家里我大山嫂她们正忙着，你得回去帮帮手！"
黑子来到一羊肉串摊前："来十串！"又回头对迎春说："瞅瞅你这话说的！是你重要哇，还是你大山嫂重要哇！"
迎春："啥叫谁重要！大山嫂她们是在张罗修路，修路重要！"
黑子付了钱，大口大口地吃起了羊肉串："呀！这羊肉串还真他妈的挺香呢！你看咋样？还是城里好，要是山沟沟里，想吃这，费了牛劲了！"
迎春："别的别说了，你就说句痛快话，你到底回不回去？"
黑子："咋了这是？我在这碍你眼了！这城里的小白脸多，个个比我强呗。"
迎春："你别邪心八道地好不好？"
黑子一看，有些慌了："哎，迎春！跟你逗句笑话，你这是干啥呢你？！"
迎春仍然没停，她甚至有些小跑了。
黑子看看撵不上，甩掉手里的羊肉串，气急败坏地坐在马路牙子上。

### 27. 村街上　早晨　外
大山嫂和刘主任一边走一边说事。

### 28. 大山家　日　内
王老爷子一边悠着孩子，一边自言自语："大山这小子，又跑哪去了！"
山妹走了进来，她拎着饭菜："爹，中午饭还没吃呢吧？趁热吃吧，看一会儿就凉了！"
王老爷子："山妹！不是爹夸你！男人娶媳妇，还是得娶你这样的！"
山妹："爹，你累了，我抱会儿吧！"
这时，刘主任和大山嫂进屋，大山嫂见状，立即接过孩子："爹，咋叫您抱上孩子了！"

　　王老爷子："我不是当你们面夸你妹妹，你看人家！那才是梁家的好媳妇！"

　　刘主任："大叔哇！你老爷子说得对不对？也对也不对！十个手指头伸出来还不一般齐呢？何况是大活人呢？人，有不同的活法！"

　　大山嫂："爹说的意思我明白！没张罗修路前，爹对我没意见，到处说我这贤惠那贤惠的！可这些日子忙着张罗修路，家里事儿扔下了不少，让爹跟着操心挨累了，这是我的不对，爹，您放心，我修路是修路，绝不能不照顾孩子，不侍候您老，该洗的给您洗，该换的给您换，我就是再忙、再累，也不能饿着孩子，更不能让您吃一口凉饭，爹，我是您的儿媳妇，我明白，这些日子，我做的让爹不顺心的地方，爹您别往心里去……"

　　王老爷子躺在哪儿，不知因为什么，眼角流出了泪！

### 29. 学习班院内　中　内

　　迎春走了过来。

　　黑子说："迎春！"

　　迎春："你又来干啥？"

　　黑子："你看你昨晚黑起你一甩剂子走了！我能不惦记你嘛你说！我寻思来看看你！"

　　迎春："你早点儿回去，张罗修路的事儿，就顶算看我了！"

　　黑子："行了！我在这要真着你烦，我就走！"

　　迎春盯了黑子一眼！

　　黑子："你拿啥眼神看我呢？！我走还不行吗？"

　　迎春没吱声。

　　黑子："迎春，我走以后，啥事啥的都学着多照顾点儿自己！用不用给你买点啥留下？"

　　迎春："不用！"

　　黑子："药啥的都有哇？别有个头疼脑热的再没人照顾你？！"

　　迎春："县里吃药看病都方便！"

　　黑子用鞋蹭着地皮。

　　"行了，不多说了，说多了也没用！反正不管啥事儿你都多注点儿意吧！"

　　迎春："嗯！"

　　黑子："行了！一会儿你还要上课呢！我就走了！在家等着你！"

　　迎春看着黑子的背影，感情十分复杂。

### 30. 老梁家　日　内

　　山妹在屋里和柱子绞麻绳。

　　绳子被绞得颤颤的。

　　山妹对柱子说："嫂子和迎春她们张罗修路的事儿，又都当了队长，咱家在修路的事儿上，不太靠前，也别太落后，弄个中不溜丢的，不显山不露水，我看挺好，也免得村邻里的说咸道淡！"

　　柱子："没那金刚钻，就别能揽那瓷器活儿，你没有嫂子那两下子，你就想显山露水，你也露不了！你算啥？平平常常一个小白人！"

　　山妹："我说柱子，别趴门缝儿看人，把人看扁了！家里的事儿我哪样拿不起来，哪件事儿不是给你摆得平平乎乎的！我跟你说，我是不想干那件事儿，心里也就没合计，要是真搁心合计起来。较起心劲儿来，她们也不一定是我个儿！"

大山嫂抱孩子进来："哟！小两口都在啊！"

山妹："嫂子这大忙人咋有空串门了。"

大山嫂："妹子，嫂子求你了，帮我看看孩子吧，你大哥他哪会看孩子啊，也真难为他了。"

山妹："按说嫂子替我们交了500元的修路钱，我应该……"

大山嫂："山妹，这两码事，500块钱是你大哥和我应该帮你们一把的，这看孩子的事再不解决就耽误修路的大事了！"

山妹："可嫂子，你看见了，家里的活全靠我一个人干啊，柱子得去修路，爹侍弄果园子，家里没人啊！"

大山嫂："这么说你有难处？"

山妹："难处大了，要不我咋能不心疼我的亲侄子呢……"

梁老滑又背回一捆剪下的果树枝，想当柴火，他站在外边听着屋里的说话，当听到儿媳拒绝看孩子时，立即扔下果树枝走进屋里。

梁老滑："大山媳妇来了！"

大山嫂："大叔，我和山妹商量商量，让她帮我看看孩子。"

梁老滑："那个啥，看孩子的事我和山妹、柱子再合计下，尽量抽出空来帮你一把，不管咋的咱两家是亲家，打断骨头连着筋啊！"

大山嫂："那我先谢谢大叔了！好，我得回去做饭了！"

"嫂子走了，不送了！"柱子把大山嫂送出门。

山妹责怪老公公："爹，你咋答应她看孩子了！那可白搭工啊！"

梁老滑："糊涂！你知道你嫂子前些日子到乡里和公路局签的是啥合同？"

山妹："啥合同？"

梁老滑："是修路的合同。"

山妹："听说了，这有啥？"

梁老滑："你知道修这条路用多少钱？"

柱子："听说得几十万块！"

梁老滑："对！五六十万块！"

山妹："天啊！这么多钱啊！"

梁老滑："这些钱全归你嫂子管，参加修路的人都不会少挣，等开工了，叫你嫂子给你找个轻活干，那可不少挣钱啊！"

柱子："爹！你这脑袋装的全是钱啊！"

山妹："行！我给她看孩子！"

梁老滑："看孩子也得跟她要钱！"

柱子："爹！你这像话嘛！"

梁老滑："笑谈，有啥不像话，亲兄弟明算账么！快，整了一天果树，饿了！快做饭！……"

31. 刘主任家　日　内

黑子一个人在家喝闷酒，情绪沮丧。

刘大龙回来了，也坐在桌旁："咋一个人喝上闷酒了？"

黑子："烦！"

刘大龙："是不是因为迎春外出学习了？"

黑子："要是光她一个人出去倒也没啥，可她……"
刘大龙："是公路局来的那个小白脸挑唆她去的吧？"
黑子："真闹心！"
刘大龙："大哥可告诉你，公路局来的这两个人可不是东西，都他娘的好色！姓秦的为啥到这山沟里来？就因为……这小夏一来迎春麻溜就贴上去了，你能比得过他吗，他是城里的人，又是技术员！"
黑子："迎春还要找他补课，参加什么……成人高考呢！"
刘大龙："那更是肉包子打狗了！"
黑子："那你说咋办？"
刘大龙："我早就叫你们抓紧把婚事办了，你就啥都听迎春的，还要考啥大学，结果这一修路，大门一敞开，鬼子进村了，还能有你的好果子吃！"
"真他娘的眼人啊！"黑子痛不欲生地嘬下一大碗酒。
（第三集完）

## 第四集

### 1. 村河边　晨　外

秦永顺和小夏在涮洗测量仪器，秦永顺："局里交给我的修龙爪村村路的任务，咱俩一定得干漂亮喽！"

小夏："我知道，除了修路，你不还要还一个心愿吗？"

秦永顺："起初我的这个情结很重，可这只是个小目标，上个月我和局领导去南方看了看，看人家的省路、乡路、村路修的，咱这山区穷就是因为路不通啊。所以现在目标要放长远了。"

### 2. 山道上　日　外

迎春学习结束，跟着驮队往回走，一个羊倌的歌声：

　　　　山里的日头有升也有落，
　　　　山里人也想奔那好日子过，
　　　　鱼儿最愿顶风嬉逆水，
　　　　鸭脖子再长它也不是鹅。

### 3. 村委会　日　内

大山嫂领着迎春、刘大龙等骨干在开会，刘主任在一旁看文件。

大山嫂："乡里来电话催了，说是炸药和雷管导火索已经进货了，叫咱们筑路队快点去取！这边也马上要开工了，等这些炸药呢！"

刘大龙："可国家投的钱还没到啊！"

大山嫂："迎春，你去银行问过了吗？"

迎春："问过，修路款30万元还没能到账号上。"

大山嫂："这可咋整！"

刘主任："村民集资的修路钱齐上来多少？"

迎春："两万来块钱，全齐上也就是四万来块钱，村里得补上六万块钱。"

刘主任："马上开会催一催，没交钱的麻溜交上来，村里先垫上两万块钱凑它个五万块钱先干着。"

刘大龙："还得搭工棚，盖工地伙房，给驮队的工钱，这要钱的地方多了。这俩钱哪够啊！"

大山嫂："村里人的工钱先欠着，走一步是一步，我回家也去想想法子。大龙，赶快组织驮队往回运吧。"

刘大龙："这运炸药雷管的活儿可危险，他们愿不愿意干可不好说。"

迎春："你这话啥意思？"

刘大龙："这你还不懂，干危险的活就得加钱呗！"

大山嫂："没事！运炸药雷管我带队！出了事我先死！……"

### 4. 大山家　日　内

王老爷子、大山、大山嫂、二山在吃饭。

大山嫂："还有买炸药、雷管、导火索缺不少钱。咱家的钱能不能先垫上应下急？"

王老爷子："不行！这两万块钱是给二小子办婚事准备的！"

大山嫂："等国家钱一到就还上。"

王老爷子："不行！二山的婚事不能再拖了，今年得给他办了。"

二山："爹，修路是大事，把钱借给嫂子用吧！"

大山："缺多少钱？"

大山嫂："越多越好！"

王老爷子："真邪门了，公家修路用公家的钱么，你干啥总打自个家的主意啊！"

大山嫂放下筷子，没再说什么，抱着孩子默默地走了。

二山站起欲追……

王老爷子："哪去！你嘚瑟啥！"

二山："自家人遇到坎儿了，自家人不帮，谁帮！"

王老爷子："这修路是自家的事吗？是公家的事。"

二山："你不是答应叫嫂子当队长去修路么！"

王老爷子心里不太乐意，但实在不好再说什么了！

大山："老二，别说了！……我知道该咋办！"

### 5. 村委会办公室　日　内

屋里坐着没交修路款的农户，个个低着头，愁眉苦脸。屋内沉寂着。

大山嫂抱着孩子在苦口婆心地动员劝说，迎春在一旁帮腔。

迎春："都咋的了？吱声啊！"

大山嫂："我知道大伙都不富裕，手头紧，可咱们修路就是为了脱贫致富么，眼下公家的修路钱还没拨下来，就当我跟大伙借钱了好不好，能帮多少帮多少，先把炸药买回来咱就开工了！"

屋里的人开始交头接耳，有的叫苦连天：

"大山媳妇，你讲的理俺都懂，俺家一年到头就种那点苞米、黄豆，卖了粮买点油盐酱醋，给孩子扯几尺布买双鞋还剩几个钱啊！"

"修这条路是咱龙爪村人多年积德的事，要是俺家有钱不交修路，让天打五雷轰！"

"对！谁有钱不交修路的钱，不得好死！"

大山嫂看看迎春，二人也无可奈何了。

这时，一个小丫领着一个双目失明的老大娘走进屋里，王老爷子大山、二山也跟进来。

小丫喊了一声："迎春老师，我奶奶找你！"

243

大山嫂迎上前来："刘大娘，你咋这么有闲空儿！"

迎春："刘大娘，快坐下！"

瞎女人："哎哎，大山媳妇！大娘听说你们要修路，我送来五百块钱！"

大山嫂："刘大娘，你是村里的五保户，是村里的照顾对象！修路的钱，你就不用拿了！"

瞎女人："平日乡亲村里没少照顾咱，别的事儿大娘就不拿钱了，可这是修路，你公爹知道，我眼睛咋瞎的？五岁时候，我娘得了病，不算重，可耽误了！命就扔在盘山道上了！我也是一股火！眼睛就看不着啥了！修路是大好事儿！积德的事儿，五保户也是一户，五百块钱，这钱我得拿！"

大山嫂："大娘，你老有这份心也就够了，这钱？……"

瞎女人："拿着拿着，这钱不是给你的，是给大家伙和子孙后代的！拿着！"

大山嫂接过钱，眼里汪了泪！

在场的农户纷纷解囊：

"大山媳妇，别嫌少，我先交200块，缺的300元我砸锅卖钱也要交上！"

"俺交150元，真拿不出手！"

"俺交231块五毛，就这点家当了！可别笑话俺，大妹子！"

……

大山嫂非常感动，连声道谢，收下了这些来之不易的钱，迎春用笔登记上钱款数量。

### 6. 大山屋里　夜　内

大山嫂喂完孩子奶，把孩子放在炕上睡觉。

坐起来到炕桌上端起杯子喝水，突然发现了一张存款折子，不由得一惊。

大山嫂："存折？谁的？（打开看看）这不是咱家的存折吗？"

大山："上边有两万块钱，本打算给爹养老送终，给二山娶媳妇用的，你讲话的，路通了，啥都有了啥都不愁了，再说是政府借咱的，还能不还，用多少就到乡里的信用社去取吧！"

大山嫂："爹同意了？"

大山："也没说同意也没反对，那就是点头了呗！"

大山嫂扑到大山的怀里亲昵着："大山！真难为你了！……"

大山："有啥难不难的，有你，我啥也不觉得难！"

大山嫂："自打忙上修路的事，我也顾不过来你了，你没生我气吧？"

大山："两口子还客套啥，不以心换心还叫两口子？"

"你简直变了一个人！和过去可大不一样了！快躺下亲亲我！我忙修路了，有一个月没在一块亲亲了！"大山嫂抱着大山倒下，顺手关了电灯。

### 7. 崎岖的山路上　早　外

迎春又来接学生上学，不过今天黑子也来了，他帮着迎春把学生个个抱过险段，但并没讨得迎春的喜欢。

黑子掏出一沓钱给迎春："给你！"

迎春："啥？"

黑子："钱呗！"

迎春："啥钱啊？"

黑子："修路钱啊！"

迎春："修路钱你家不是早交了嘛。"
黑子："你们不是缺钱买炸药吗？这是2000块，是我的私房钱。"
迎春："我不要！"
黑子："为啥？这钱埋汰啊还是咋的？"
迎春："我不敢用！"
迎春领着学生朝学校走去，黑子紧追不舍。
黑子："那天的事我错了，向你认错还不行？"
迎春："你向我认错管啥用？人家是大学生技术员离开城里钻山沟为咱修路，到你家吃顿饭，你瞧你那德行，谁受得了！"
迎春领孩子走了。
黑子呆呆地站在原地，手里的钱滑落到地上。

### 8. 大山家院子里　日　内
山妹抱着孩子。
大山嫂匆匆地洗着衣服。
二山在擦枪。
山妹："嫂子，孩子我先给你看着，等开工了我也去修路！"
大山嫂："你能吃了那份苦？"
山妹："你是队长不会照顾个轻活？"
大山嫂："你能干啥？"
山妹："我去管伙食，做饭还行吧？"
大山嫂："这倒是行，还正缺个管饭伙的人，可孩子咋办？"
山妹："孩子，我先看着，到时候再说，反正有钱大家挣，谁也别屈了谁。"
大山嫂："妹子这话是啥意思？"
山妹："也没啥意思，人和人都差不多，谁也别拿谁的大头。"
二山："别说没用的了，你姓啥，你侄儿姓啥。你自己掂量吧。"

### 9. 梁老滑家　日　内
山妹："柱子！你说嫂子她们修路，能赚着钱不？"
柱子："我哪知道？！"
山妹："爹都说了，肥肥的！听说上头拨的钱也确实不少！咋办？咱们跟不跟嫂子她们干？"
柱子："你别见钱眼开！你想跟着干，你能干个啥？"
山妹："啥事儿咱得想个长远，一旦嫂子她们将来真挣了钱了，看咱亲妹妹家没伸手帮忙，也不好！不行的话，你跟咱哥说说，那孩子我先帮他们带带！一来显出自己家人有个近乎劲儿！二来也是真帮他们忙了，将来真挣了大钱了，我不信他们就能忘了我！"
柱子："你这人啊，表面上看着，没主意，老好人！可实际上有一肚子蔫巴小鬼点子！"
山妹："哼！你不是说我啥也干不了吗？！慢慢你就服我了！"
柱子看看山妹，不语。
柱子："你呀，就像那二八月的天，小孩的脸，说变就变，咋变咋有理！"

245

## 10. 村委会　晚　内

屋里分两伙人，各干各的事。

小黑板上写着一道复杂的数学题，小夏在辅导迎春。他热情认真地讲解，迎春虚心地听讲，记着笔记。

大山嫂："我看挺好，要说修建座桥多花点钱，那可比打一千米长的隧道，把大山炸开大豁口省工多了。公路局领导批准了这个设计？"

秦永顺："原则上同意了，局部还得做些修改。"

## 11. 屋外　晚　内

刘大龙领着黑子溜达到村委会，看见大家都在忙，便退了回去。

黑子仍赌着气："我去找她！"

刘大龙劝阻："拉倒吧！别给人家添乱了，回家跟哥喝酒去。"

黑子："姓夏这小子我饶不了他！"

## 12. 村委会屋内　晚　内

大山嫂正在往墙上挂图纸，秦永顺在帮忙，大山嫂胳膊伸得老高，手腕上的镯子在灯下直闪光。

秦永顺："大山嫂，我怎的一直看你一只手上戴着镯子。"

大山嫂："这是我妈死前留给我的嫁妆，那只不知咋的，满世界都找不到了！"

## 13. 大山家　晚　内

二山在炕柜上翻擦枪布，"当啷"，一只镯子掉到了炕上，

二山拿起来仔细看了看，咬了咬嘴唇。

## 14. 龙爪村　晨　外

又是一个黎明，羊倌在山坡上唱歌：

　　　　山里的娘儿们山里的汉，
　　　　山里的汉子把枪端，
　　　　一枪撂倒一个傻狍子，
　　　　再一枪打散了双飞燕。

## 15. 村口　日　外

又张贴出了新告示。

驮队的人牵着牲口，倒背着背篓，还有许多村民在看告示，他们当中有王老爷子、大山、二山、梁老滑、黑子、柱子、刘大龙等等。

刘大龙介绍着告示内容："通知的内容很简单，村里的路要开工了，需要炸药，村委会号召村里的人积极下山运炸药，牲口驮、人背肩扛都成。"

梁老滑："工钱咋个给法？"

刘大龙："筑路队领导刚刚定的标准，每趟运50斤炸药的给10元，也就是说每运来10斤炸药给2块钱！就这么个账！要干的今天就出发！跟我下山！"

梁老滑带有煽动性地喊着："背10斤才给2块钱？不干！那是炸药，不是油盐酱醋小百货，那玩意儿要是抽烟不小心，爆炸了，连小命都没了！"

大山嫂："工钱就这么定了，是少了点，可这是给咱们村自己修路啊！咋的，还要勒

自个的大脖子啊！要干的就跟我走，大山，二山，走——"
　　大山嫂背着背篓，大山、二山牵着牲口，迎春走到黑子面前说："你也嫌钱少啊？"
　　"谁嫌钱少了！等会儿我！"黑子也紧跟去了。
　　柱子刚要走，被梁老滑拦住："你少嘚瑟！"
　　柱子把父亲阻拦的手拨开，默默地走了。
　　跟随大山嫂下山的越来越多。
　　运输大队人马上了吊桥。
　　王老爷子牵着牲口劝着梁老滑："亲家，走吧，别叫孩子数落咱们！"

### 16. 乡里仓库门前　日　外
　　驮队的人各自把炸药搬到自己的运输工具里，村民小心翼翼地放轻脚步，不敢大意，似乎说话的声音都小了。
　　梁老滑小声告诫儿子说："看准了，那小盒里的是雷管，千万别装错了，装混了，那雷管就是一小盒给一百块也不干！那是玩命的活！"
　　乡政府门前，大山嫂正和赵乡长谈话。
　　大山嫂："都差不多了，就差炸药了。"
　　赵乡长："好！这叫万事俱备只欠东风了，开工典礼时我一定参加！"
　　刘大龙指挥驮队上路，大家秩序井然地出发了。
　　管理员招呼大山嫂："哎，队长，这雷管咋没人装哪！"
　　大山嫂："我来，我来，你照50斤装吧。"
　　管理人员："运雷管是危险，别撞它，轻拿轻放，这玩意儿就怕激烈的震动，稳稳当当地走，没有事！也别大惊小怪的！"

### 17. 山路　日　外
　　随着管理人员介绍的画外音，大山嫂背着背篓已登上了山间小道，她拄根棍，放轻放慢脚步走着。

### 18. 山道上　日　外
　　驮队缓慢地爬坡行进，大家负重行走。
　　只有刘大龙空手，前后招呼着，接着他点燃了一根烟。
　　迎春在后边喊着："快走啊！"

### 19. 山道上　日　外
　　长长的驮队。
　　梁老滑在和赵大胆一起走。
　　赵大胆袖筒子里袖着烟，走几步，抽一口。
　　迎春走在后边："哎，前面谁抽烟呢？掐喽！"
　　可烟雾依然不时地飘过来！
　　刘大龙："别听她们老娘儿们瞎吵吵！抽根烟咋的了？那炸药雷管再厉害，它也在箱子里封着呢！抽根烟就着了！真是！"
　　梁老滑："糊涂，你小子实在要抽，上别处抽去，别在我跟前拐带我！"
　　刘大龙："梁老滑呀梁老滑！你那胆儿多大？兔子那么大？我抽烟也崩不着你，你怕啥？"

20. 山道上　日　外
迎春骑在毛驴上，黑子在下面牵着走。
迎春笑嘻嘻的。
黑子："你跟小夏学习我不反对，眼睛就盯着老师，别往别处瞎撒莫！"
迎春："别瞎说，谁眼睛到处撒莫？黑子，你说这话，啥意思？！"
黑子："啥意思？没啥意思。"
迎春："你过来！"
黑子："过来干啥？"
迎春拧了他脸一下说："别一天到晚长个邪心眼儿，以己之心猜度别人！别不自信！"
黑子："不是咱不自信，人家都是城里人，咱是山里人，人家文化水儿都到脖颈儿这儿，可咱的文化水儿，还没到肚脐眼儿！咱哪能跟人家比！"
迎春："不如人，就得想法子撑！追！不能不如就完了！"
黑子："山里这个样子，上哪儿能撑上人家去，下辈子再托生的吧！"
迎春："你别净说这没出息的话，我不愿听！"
黑子："毛驴蹄子还没等出山呢，来不来的，你就烦我了！女人的心呐，摸不透！"
迎春："照你那话说去吧！你不学习，你不上进，咱俩差距越来越大，我就真找个小白脸儿回来！"
黑子："嘿嘿！行了，玩笑也别开太大了！你早晚是我媳妇，这我心里有数，扣碗里的蚂蚱，跑不了啦！"
迎春："你也别那么说，煮熟的鸭子还许飞了呢！"
迎春前后寻找着："喂！大山嫂呢？"
刘大龙：她跟乡长谈事呢！也许不一定回来了。

21. 山道上　日　外
大山嫂仍然稳步前进。
下坡时用手抓住树枝一点点下来，几乎是在爬，惟恐摔倒。
天色已晚了，她不敢坐下休息，只能站着擦擦汗，喘口气，咬口干粮。
远处传来喊大山嫂的声音，但她没有回答。
继续一步一个脚印地向前赶路。
太阳已坠入大山的背后，鸟儿鸣叫，开始归林。

22. 村委会门口　傍晚　外
驮队把炸药卸到了村委会的一间仓库里。
迎春焦急地问二山、大山："嫂子呢？嫂子到底回来没有啊？"
二山："刘大龙说她跟乡长谈事，今晚不一定回来了。"
大山："刘大龙的话不能信，快，回去找！"
这时王老爷子、黑子、柱子也跟随着返回。

23. 吊桥　傍晚　外
大山嫂背着雷管登上了吊桥，但桥身剧烈地摇动，她又退了回来，她自语着："不行，这要摔下河连货带人全完了！"

大山嫂沉思片刻，下定决心涉水过河。她试探了下水的温度后步入河中。
她一步步稳稳当当地朝对岸走去。
还好，河水不太深，只是没了她的腰，背上的背篓安然无恙。
二山、大山、迎春等人也赶到河边了，二山见此情景大声疾呼："嫂子！我去接你！"
"我背的是雷管，都躲开！躲开！"大山嫂站在河水中微笑着向亲人挥手阻止。
迎春："嫂子，你背的全是雷管啊！"
二山："嫂子！小心！"
王老爷子的双眼湿润了，望着河中的儿媳妇，内心自责起来。
河浪打来，大山嫂一个趔趄……

### 24. 村口　日　外

村口附近，大山嫂、迎春、刘大龙、刘主任等人在听秦永顺讲修路的方案。
不远处的果园里，桃花、杏花盛开了，梁老滑和儿子柱子在果园里干活。梁老滑起了疑心，不时朝秦永顺那边张望着。
梁老滑："那个姓秦的在那白话啥呢？"
柱子："修路的事呗！"
梁老滑："他咋总盯着咱们果园呢？"
柱子："那谁知道，是不是要占咱们的果园啊？"
梁老滑："笑谈，他敢！……"
秦永顺指着图纸解释说："根据公路走向不进村的设计原则，上级对我们这个设计方案这样的线型比较满意，这样一改，公路就从你们村的后边穿过去，避免因公路进村使拆迁户过多。"
大山嫂："这么一来路就得从梁老滑家的果树园里穿过去了。"
秦永顺："对！这是最经济的方案了，否则损失就大了。"
刘大龙："那李子树给砍了咋办？"
秦永顺："按政策给钱嘛。"
刘大龙："我们这儿的李子远近闻名，是名牌！"
大山嫂："顾不得那么多了，舍不得孩子套不住狼，好，就这么定了！"
"秦工程师！秦工程师！……"小夏气喘吁吁从村里跑来。
秦永顺："出什么事了？"
小夏："路局长叫你马上回去？"
大山嫂关切地："回去干啥，马上就要开工了！秦工程师离不开啊！"
迎春："回去以后还回来吗？"
小夏："我看够呛，叫他把行李和杂物都带回去。"
刘大龙："那肯定回不来了，这可咋整！"
"走！我打电话问问去！"秦永顺卷起图纸朝村里走去。大山嫂在后边紧追，突然双腿剧疼，一个踉跄被人扶住。

### 25. 山路上　日　外

大山嫂送秦永顺出了村口之后，来到桥边，她的心情明显很抑郁。
秦永顺："我的行李暂时不拿，我还回来。"
大山嫂："叫你回去到底是啥事？"

秦永顺："我估计跟准备建设的高速公路有关。这几天你的腿总疼，得快到医院看看。"

大山嫂："你一定要回来，秦哥！我们这里实在离不开你！"

秦永顺紧紧握住了大山嫂的手，深情地点点头，"我懂！……我一定回来，修路的事是大伙的事，咱要靠群众的力量，遇事多和大家商量。你赶快学会看图纸，左西右东上北下南，比例是多少！……"

大山嫂不安地叮嘱："千万要回来啊！"

### 26. 村口山坡上　日　外

刘大龙对梁老滑："看见没，还挺舍不得的。"

梁老滑："挺大个老爷们，别嚼舌根子。"

刘大龙："这姓秦的带人到你家果园去测量，你就没听到啥风声？"

梁老滑："要占用我家的地，门也没有，笑谈。"

刘大龙："人家要强占呢？"

梁老滑："糊涂，他得敢！"

### 27. 村委会　夜　外

清冷的月光，照在老碾盘上。大山嫂在灯下看图纸，孩子已经睡着了。爷俩在院子闲聊。

王老爷子对大山说："唉！细想想，她也不易！自打她娘临走前把她交给我，苦没少吃，累没少挨，罪没少遭！要是掏心窝子说，她比那山妹强得多！这些年，她里里外外操持咱这个家，难哪！那回我有病，在炕上一躺六个来月，俗话说：久病床前无孝子，当然，我不是说你不孝！那回我能活过来，多亏了你，也多亏了她！人呐，活着不易！虽说我对她这回张罗修路是有想法，这也是真话，一个女人家，在外边疯疯张张地跑个什么？孩子才黄豆粒儿那么大！可人说话不能亏良心！我心里真正有的还是你们两口子。"

大山说："爹！你别老念叨她那些好处，住家过日子，天天日日在一起，谁对谁还没点好处？说这些干啥？照实说起来，我也不知道，她咋就鬼迷心窍，非得要修这个路！拦吧，你知道她那犟脾气，来了倔劲儿，十头牛拉不回来！强拦，又怕伤了夫妻和气。不拦，又怕惹你老人家不高兴！活这么大岁数了，我也是第一回碰着这难事儿，爹，你也替我想想，我是左也难，右也难！真难！"

王老爷子："行了，你也别难了！山妹要帮着你们拉扯孩子，孩子有人管了，我也就去了一块心病！修路的事儿到今儿个了结，我不再管了！真的不管了！"

大山："爹，你说不管了，我心里也不好受！村子里都说我算个孝子，不管啥事儿都听爹的！你说不管了那可不行，她一个山里的女人，哪能一下子挑那么重的担子呢？该说的时候您还得说，该伸手的时候还得伸手！"

大山嫂拿着图纸出来。

大山："这么晚了你干啥去？"

大山嫂："修路占地估计要遇到麻烦事，找刘主任合计下，你看下孩子。"

大山："嗯哪！……"

### 28. 村委会　夜　内

清冷的月光从窗外洒进来。

小夏一个人坐在炕上看书。

烟雾缭绕，像他扯不断的思绪！

刘主任和大山嫂、迎春走了进来，他手里拿着酒和饭菜："我一寻思，老秦走了你就睡不着，叫你嫂子炒了俩菜，咱爷俩儿喝点儿！正好，你大山嫂、迎春也来啦。"

小夏："主任！来到村子里，土亲人也亲！还叫我说啥？喝！"

两人在办公桌上举对杯喝了起来！

刘主任："明儿个测量的事儿都整好了？"

小夏："没事儿！"

刘主任："占地占房的事儿，上头有精神。咱跟村民好好商量，土地我保证给他调整好，让村民满意！"

大山嫂："明早开始测量，你还得帮着顶着点儿，看碰着啥麻烦。"

刘主任："扫尾压阵的事儿，我来办！你放心，事儿总能摆平！"

迎春："主任，秦工程师刚一走，村里就传出不少谣言！"

刘主任不屑一顾："别理他！"

大山嫂："对！哪有工夫管这些烂眼子事！（打开图纸）咱们看看都要占谁家的地，咋个赔法……"

### 29. 村口梁家果园　日　外

天刚放亮，东方鱼肚白

大山嫂站在村口望着远方，她在等待。迎春背着孩子进村："嫂子，等秦工哪？"

大山嫂："老秦这一走，心里空落落的，没底。"

迎春："测量的事，小夏也能独当一面，没准过几天秦工就回来了。"

山里传来歌声：

> 山里的日头有升也有落，
> 山里的石头它跟着你唱歌，
> 旱烟袋配上汉白玉的嘴，
> 抽一口清凉凉脑门子都想乐。

### 30. 梁老滑家　日　内

刘主任走了进来："梁老哥！在家哪？"

梁老滑："不在家上哪去？你来干啥？"

刘主任："来干啥？来看看你！"

梁老滑："笑谈，我没病没灾的，你来看我干啥？"

刘主任："没病没灾的，就不能来看看了？！"

梁老滑："你来是有事儿，你也用不着拐弯抹角，有话直说，是不是路要从我家承包的地里开始修？！"

刘主任："是有这事儿，地是承包给你家了，可土地还是国家的，国家要修路，给你调块地咋样？你看哪的地好，你说！"

梁老滑："笑谈，我不说，也不调！你干脆就死了这条心，别想从我这打主意！"

刘主任："别，梁老哥，你也是明事理的人！响鼓不用重槌！路还是真就得打你这走，你有啥想法和要求，都可以跟村上说，村里尽量满足你的要求！"

梁老滑："我没要求，要说有要求的话，就是修路别走我的地！"

刘主任："梁老哥，那路也不能从空中飞过去！这事儿是全村的事儿，修路是大家伙都盼望的事儿！路修好了，你也不能不走吧？你能扛着两条腿出山吗？"

梁老滑："笑谈，这是啥话？路是国家修的，凭啥不让我走？！我不但走，还得多走！国家修的路，我乐意咋走就咋走！"
　　刘主任："话呢，你也别封得太死！你再想想！"
　　梁老滑："想啥？没啥想的？！那大山媳妇不是当了修路队长了吗？修路为啥不占她家的地？咋？看我姓梁的好欺负哇？！我可跟你说下了，你们赶快想别的辙，我也不想跟你们扯皮！反正路是不能打我家地里走！"
　　刘主任气地走了。
　　柱子和山妹子从里屋出来，山妹抱着孩子。
　　柱子："爹，公家修路占地那是需要，你让也得让，不让也得让！"
　　梁老滑："糊涂，小样吧！你叫他们来强占我的果园一下我看看，哼！"
　　山妹："这是谁的主意，要占咱家的地啊？"
　　梁老滑："除了那个姓秦的还有谁！"

　　31．路局长办公室　日　内
　　路局长正在和秦永顺谈话，他为秦永顺沏上茶，不停地说："辛苦辛苦！听说龙爪村连个小卖店也没有，真难为了你和小夏啦。"
　　秦永顺："没啥，就像又去龙爪村插队了，还好，村子里的领导和群众对我们很照顾！"
　　路局长："乡亲们的修路热情怎么样？"
　　秦永顺："相当高，您调我回来……"
　　路局长："言归正传！还是老问题，市里这条合资的高速公路在全省公路建设中排第一号，省领导再三强调一定要派精兵强将去完成这项工程，两位工程总指挥还有外商一再点将要你加盟，甚至还把意见反映给省市领导了，所以，我只好请你去建高速公路。"
　　秦永顺："龙爪村的这条路是我欠下的一笔情债，一直压得我喘不过气来！"
　　路局长："我知道，我知道。"
　　秦永顺："路局长，来个两头兼顾吧，龙爪村人没修过路，工程一铺开肯定会出现混乱，甚至事故，另外一出村口就横着一座大山叫鬼见愁，我必须亲临现场把这块骨头啃下来，等看见成效队伍稳定了，你再派个工程师去换我，这样我的心愿也就去了，领导的指示也落实了。"
　　路局长看看日历和工程进度后说："可以！但我只能给你三个月的时间！"
　　秦永顺："够用了！谢谢您了！"
　　秦永顺拎起皮包欲走，路局长把他送到门口，问他："那个叫大山嫂的不知怎样，合作得怎样？"
　　秦永顺："合作得很不错。"
　　路局长开玩笑地问："怎样，没什么想法吧！"
　　秦永顺："咋的，啥意思？"
　　路局长："不是我有啥意思，是你自己要小心。"
　　秦永顺："怎么，有反映？"
　　路局长："村里有人写的匿名信，揭发你和大山嫂有不正当的关系"。"啊？"秦永顺感到很吃惊！

　　（第四集完）

**第五集**

**1. 村街　日　外**

小夏和黑子走了个顶头碰：

小夏热情地："黑子兄弟，跟你商量个事，往后我给迎春补习功课，你也一块听一听呗。"

黑子不屑一顾地："那是老毛子听戏，白搭工，咱可没那么高的文化水儿。"

小夏："我不是让你和迎春听一样的课，是单独给你补高小的课程。"

黑子："这嗑就扯远了，我要是愿意听，能听懂，还听你白话，乡中学我都不愿意去念，凭啥听你单兵教练，你是河里冒泡——多鱼（余）啦。"

小夏弄了个倒憋气。

**2. 村委会　日　内**

刘主任对大山嫂和迎春说："这个梁老滑呀，也真是个难弄的主儿！我第一个回合是没行！这事儿咱再想办法！别急！"

大山嫂："修路队都成立起来了，一大帮人在那等着派活呢！再拖下去没个头儿！那梁老滑不是一般人弄得了的！"

刘主任："说起来，村子里有一个人对他说话能管用！"

大山嫂："谁呀？"

刘主任："大山的爹！就是你的老公公！"

大山嫂疑惑地："我们家老爷子说话对他能好使？！"

**3. 梁家果树园　日　外**

梁老滑和儿子柱子正在给果树浇水，柱子看着远处测量的小夏、迎春等人在忙碌着，感到很不自在。

柱子对爹说："爹，你那么跟人家刘主任说话好吗？"

梁老滑："笑谈，怎么不好？你懂个啥？他村上要走我这块地，是他在我面前说小话，又不是我求他。"

柱子："人家村上要修路，地本来就是村上承包给咱家的，不行，咱就让一步呗，啥事儿太斤斤计较了，让全村人看着不好！"

梁老滑："糊涂，有啥不好？我不卡住他们，他们能拿我当回事儿！哼！"

柱子不满意地看了他爹一眼！

**4. 大山家　日　内**

大山嫂对王老爷子说："爹，我求你一个事儿。"

王老爷子"唔"了一声。

大山嫂："村上修路，为了省工省料，要占梁大叔家的地。我们又测了一回，不走那不行！村主任做了一回工作了，梁大叔不干！我想请您出个面，帮着说句话！"

王老爷子："村主任出面说话都没好使，我说话咋能好使？！"

大山嫂："爹，我听村主任说，你和梁大叔的哥哥是把兄弟！过去在山上放木头时救过他的命，对他家有恩，又是亲家！你说话，他能听！"

王老爷子："是不是把兄弟呢？是！对他家有没有恩呢？有，可那都是过去的事儿了！他哥没了，他要是在，我跟他哥说，一说一个准！他跟他哥不是一路人！滑不溜唧的不说，净往自个儿合适那头使劲儿！我不能去说，不能去！"

大山嫂:"爹!看在我的面子上,你就去说说吧!"
王老爷子:"你的面子有多大?我去说,一旦不行,我这张老脸在全村人面前往哪儿搁?我不去!"
大山:"爹,你就去说说吗,你说句话村里的人还是买账的。"
二山:"他梁老滑咋这么横,不行的话我去跟他过过话。"
王老爷子:"胡闹!你这叫帮忙?你这叫添乱!"
大山嫂:"二山,两家是亲家,不能来硬的,还是爹去劝劝吧!"
王老爷子:"我说过,往后我再也不问你们修路的事了,也不管修路的事了,可这修路的事总是找上门缠着我!我上辈子作啥孽了!……"
"爹!帮帮忙吧!"大山、二山、大山嫂都向老人投去乞求的目光。

5. 梁家果园　日　外
梁老滑正和儿子在果园里干活。
蜜蜂在花海中飞翔采蜜。
小夏、大山嫂、迎春拎着皮尺、桩子、斧子再次和梁老滑交涉,但被梁老滑给轰走了。
王老爷子站在远处山坡上看得一清二楚。他疾步下山想去劝说,但又停住了脚步。

6. 梁家门口　日　内
王老爷子在梁家门口徘徊,想进去又有些顾虑。
山妹抱孩子出屋看见有个人影一晃而过,赶过去一看是父亲:"爹,你咋不进来呢!你好久没到家里坐坐了,快进屋,中午给你包饺子吃!"
山妹朝屋里喊:"我爹来了!"
梁老滑走了出来。
梁老滑一愣:"哎呀,今儿个这是飘的哪片云呐?亲家,你可有日子没来了,快坐!是不是儿媳妇高升了,不稀进我这柴门草屋了!"
王老爷子:"别扯了,柱子呢?"
梁老滑:"出去干活儿去了!王老哥,你喝点啥?"
王老爷子:"梁老弟,我今儿个来不是跟你闲拉呱来了!是找你有正事儿!"
梁老滑:"笑谈,老哥你能找我能有事儿?"
王老爷子:"嗯,我有个事儿!"
梁老滑:"啥事儿?"
王老爷子:"先说能办不能办?"
梁老滑明白王老爷子要说啥了:"哦……大哥,说的事儿,我能办的一定办,办不了的,那就得再说了。"
王老爷子:"这个事儿,你能办,就看你给不给你老哥我面子了!"
梁老滑:"啥事儿吧?!"
王老爷子:"修路要从你家地那儿过的事儿!"
梁老滑:"王老哥,你不是党员吧?"
王老爷子:"嗯,不是!"
梁老滑:"我这耳朵没听错吧?你说的是村上修路要打我家地那过的事儿,是不?"
王老爷子:"没错!"
梁老滑:"那是村上的事儿,和王老哥你有啥关系呀?你管这个事儿干啥?"

王老爷子："不是我管这个事儿，你侄儿媳妇，不是修路队队长吗？"
　　梁老滑："笑谈，一个老娘儿们家家的，抖擞啥？我看不好这样的老娘儿们！"
　　王老爷子："眼下这事儿，就不是她个人的事儿了，成了我们家的事儿了，你张口老哥闭口老哥地叫我，不会在全村人面前闪我的面子吧！"
　　梁老滑沉吟了半晌："实话说吧，全村子人里头，我最怕来找我说这个事儿的人就是你！别人来，我一概全给他挡回去！你来了！老哥和我家有多年的交情，也不能说我哥没了，交情就打水漂儿了！那让全村子人背后得骂死我！你的面子我得给！可有句话我得说！我得找他要钱要地！这是私对公的事儿！这些麻烦事儿，你就别管了！"
　　王老爷子："别的我不管！我说的就是路先从你家地走的事儿！就这！"
　　梁老滑："你看你，也不说多坐会儿，说走就走！"
　　王老爷子："我走了，你回吧！"
　　梁老滑："慢走！"
　　"爹！酒菜都准备好了，您咋走了？！"山妹走出来，一直把她父亲送出院门。
　　梁老滑："好好个龙爪村叫你嫂子给搅乱套了！"

　　7．村路上　日　外
　　王老爷子走得很惬意，他的身后是村落的影子，他走得很漫长的一个镜头。
　　大山嫂望着王老爷子的背影对迎春说："看样子，我爹跟梁大叔谈妥了！"
　　迎春："太好了！走，听听老爷子咋说！"
　　二人跟着王老爷子朝村委会走去。
　　大山嫂："迎春，我要你给二山介绍对象的事，忘了没有？！"
　　迎春："没有忘，正在办，这几天来相亲咋样？"
　　大山嫂："行！嫂子替二山谢谢你了！"

　　8．村委会　日　内
　　刘主任正在和小夏一起吃饭。
　　大山嫂和迎春走了进来。
　　迎春："夏技术员，你咋不到村长家去吃饭了？"
　　刘主任："就是那次黑子胡说八道以后，小夏一直不去家里吃饭了，今儿个做两菜来看看他。"
　　迎春："黑子已经认错了，你就原谅他吧。"
　　大山嫂："就是，黑子那小子说话直来直去的，你别往心里去！"
　　小夏："没事！我是嫌太麻烦村长了！"
　　刘主任："你俩来找我？"
　　大山嫂："村长，我爹去跟梁大叔家说了，他们家同意让地了，可还有些事儿，要跟村上说！"
　　刘主任："哎呀，那好哇！好，吃完了饭，我去跟他谈！"
　　小夏："你们吃没吃呢？"
　　迎春："没呢，一会儿回家吃！"
　　刘主任："这儿饭菜都有，在这吃一口算了！"
　　大山嫂笑了："我们女人哪像你们男人啊？！家里还等着我们回去做饭呢！"
　　小夏："不像我呀，脚底下拴个行李卷，人走到哪儿，家搬到哪儿！"
　　刘主任："梁老滑既然同意了，一会儿，你们就去接着测量！我去他家做工作！"

小夏："好！咱们兵分两路。"

### 9. 公路局院　日　外
路局长送秦永顺出来。
路局长："老秦，组织上对你和小夏的业务能力和工作态度是很放心的。这些年来无论是修国道、县道还是乡道，你的业绩摆在那呢，但不能翘尾巴啊？"
秦永顺："你看我是那样人吗？"
路局长："当然，当然，开个玩笑！对了，老秦，你个人的问题也该解决了，我们这些当头的关心不够，你个人也不能不抓紧。"
秦永顺："顺其自然吧，局长，龙爪村的路修起来困难要大些，地形复杂，地质结构也复杂，到时候，局里和市里还要给我们些支持和帮助，不是口头的，是实在的。"
路局长："你放心吧，你什么时候回龙爪村？"
秦永顺："马上走。"

### 10. 梁老滑家院子　日　外
刘主任在和梁老滑说话。
梁老滑："我可跟你说，我同意让这地，可不完全是看哪个人的面子，我主要还是替村上着想，为你这个村主任着想，不然，我扯这干啥？！我的这份情，你得领！"
刘主任："那是，那是！你看中哪块地了？"
梁老滑："不光是地，你们得赔我钱！这些年我在地里下了多少功夫？土里下了多少肥？！你看看那地，都是好地！"
刘主任："话你可以这么说，但我也是老庄稼把式了，地好地赖你蒙不了我！！"
梁老滑："咋的？你是说我那地不好？"
刘主任："不是说你们家地不好，实话说，侍弄得一般化！但是村上说用了，村里的地，就可你挑！你相中哪块。就给你哪块！村上说话算数！"
梁老滑："我那地里一年得下多少农家肥？！地里还有那么多果树！一棵得多少钱？！村上得给我核核！核少了我可不能干！"
刘主任："你想一棵果树赔你多少钱？！"
梁老滑："你想吧，一棵果树，一年结五百元钱的果子，不多吧，我这地还得承包三十年呢！一棵树就算一万五千块吧，果树三百一十六棵！多少钱你算吧！"
刘主任："钱你不能那么算，你这么算，没诚心，你这不是要钱，要钱没这么要的！"
梁老滑："笑谈，钱的事儿，你们村上得考虑！还有地的事儿，我相中大山家和迎春家的地了，村里那些生地我不要！把大山家的地和迎春家的地各给我一半也行，他们两家的地谁的给我都行！"
刘主任："地的事儿，我可以跟他们两家商量，钱的事儿不行！要的太高，路不用修了，钱都不够给你的！"说完走了。
柱子和山妹一直在院子干活，待刘主任走后，二人朝老爹开了火。
山妹："我的公公啊！你咋谁都咬啊，我哥招你惹你了，你干啥要他的地！"
柱子："你六亲不认了？要亲家的好地，你张得了口吗？"
梁老滑："糊涂，我压根就没想要他们的地，他们也舍不得给我那些好地。"
山妹："那你为了啥？"
梁老滑："叫他们往后少在我身上打主意！叫我让出地你爹去当好人？没门！这回把

筑路队长和会计勾出来一勺烩。看看他们咋办，别光唱高调！"
柱子："爹，你这招也够损的！"

### 11. 村小学教室门前　日　外
迎春把二山领进学校。
二山不解地问迎春："你叫我到学校来干啥？"
迎春："我叫你见一个人。"
二山："见什么人？"
迎春："见面你就知道了！"
迎春拉开教室的门，把二山请进屋后便关上门走了。

### 12. 教室里　日　内
二山丈二和尚似的进了教室，只见一位二十多岁的妇女，从发型外形衣着看是位已婚的女人，但人很老实。
女人："二山！"
二山："你？！……"
女人："你不认识我了？在乡里初级中学，咱俩在一个班……"
二山："哦！你叫王淑……"
女人："王淑华！"
二山："对对！王淑华！哎呀，从初三毕业分手到今天也有十一二年了！"
女人："可不！时间过得真快。"
二山："你不是结婚了嘛！"
女人："五年前就成家了。"
二山：……
女人："我当家的一年前因肺癌走了……"
二山："哎呀！这事整的……"
女人："听迎春说你还没成家？"
二山："对！"
女人："正好，我也没孩子，咱俩成亲以后我还可以给你生孩子……"
二山怔住了："啥？你等等，你刚才说啥？你要跟我成亲？"
女人："对啊！迎春没有跟你说吗？"
二山："她真能扯犊子！……"
二山甩剂子走了，女人后边追赶。
迎春拦住二山："二山，你别走啊，你听我说！"
二山："不听！我求求你们了，我的事你们不要管了好不好！"
二山推开迎春，朝山道走去。
女人问迎春："二山咋的了？"
迎春："谁知道他到底要娶个啥样的女人！真邪性了！……"

### 13. 村委会　日　内
刘主任在和大山、迎春说话。
刘主任："修路的事儿，要走梁老滑家的地，可他不要村里的地，非要你们两家的地，一家一半也行，哪家的都给他也行！你们看咋办？！"

大山："我没说的，可这么大的事儿，得跟老爷子说一声！"
迎春："大山哥家的地，我看就别动了！要动就可我一家来吧！我家调地，也没那么多说道，村上给哪块是哪块，我家不挑！"
大山："别别！我跟老爷子说说，看能不能两家各一半，迎春家地里有人参，好几年了，都让出去，损失太大！"
迎春："没事儿的！参我可以移栽！没事儿的！"
大山："人参那玩意儿娇贵，换土换不好就换瞎了！别别，最好还是一家一半为好！"
刘主任："不管咋说，我都代表村上，谢谢你们两家，村上记着你们，全村老百姓也会记着你们！就这！"

### 14. 大山家　日　内

王老爷子、大山、二山、大山嫂边吃饭边研究把土地让给梁家的事。
大山嫂："咱们这位亲家这是要把我这个筑路队长还有会计推上浪尖上，叫全村的人看看我和迎春咋办？我们家要是不让出地那正好给人家抓住话把了。迎春已经把地交出来了，你们看看咱家咋办！"
二山："不给！这老东西，我去收拾他！"
王老爷子："行了！你别再惹事了！叫我消停消停地过两天安稳日子吧！"
大山对爹说："爹！迎春家的地，地里有一半多是人参，都让出去，那参整不好就瞎了！咱家的地能不能让出一半去，咱两家的地连着，让给他们就完了。"
王老爷子："地的事儿，你就别跟我说了，你爹岁数大了，地里的活儿也干不大动了！这事儿你看着办吧！家里这些事儿，我不管了，也管不起，你爹我不想操这么多心了！"
大山看看爹："爹，你要是没啥想法儿，这个事儿就这样吧！"
王老爷子："修路？坎还多着哪！"

### 15. 大山家院　日　外

大山嫂在盖酱缸，二山在劈柈子。
大山嫂说："二山，迎春给你介绍的那个人，你咋不干？"
二山："我心里别扭。"
大山嫂："你就忍心看着爹为你的事操心。"
二山扔下斧头，走了。

### 16. 梁家果园　日　外

梁老滑在果园干活，刘大龙拎着酒瓶和一个饭盒走来。
刘大龙："梁叔，来，我陪你喝几盅。"
梁老滑："你咋不回家去吃饭？"
刘大龙："这不是选点建工棚、盖伙房，这些事都归我管，在外边对付一口算了。"
梁老滑："你这可是好酒？多少钱？"
刘大龙："每瓶32块！你喝！"
梁老滑："娘啊！这一瓶酒钱能买15斤小烧酒！"
刘大龙："小烧酒哪叫啥玩意儿，你喝这酒，味儿可差老去了。"
梁老滑贪婪地喝着酒吃着刘大龙带来的炸鱼。

刘大龙："大叔，听说你要跟大山、迎春家换地，您这着棋真是高！实在是高！这把可就让这两个娘儿们现原形了！让她们再嘚瑟！我告诉您，那些果树就按您要的钱数赔！少一分也不干！"

梁老滑："就怕那个姓秦的再回到龙爪啊！那人可不好弹弄！"

刘大龙："回来！想啥哪，有人写信到公路局告了姓秦的和大山媳妇乱搞，要不没开工就把他调回去了？他这辈子也别想回来了！"

梁老滑："开工后有没有我的活干。"

刘大龙："没有别人的也得有您干的活。"

梁老滑："啥活？"

刘大龙："当年您开过铁匠铺？"

梁老滑："笑谈，我爹在镇上开的，我给他抡大锤打下手。"

刘大龙："那您就把铁匠房建起来。"

梁老滑："干啥活？"

刘大龙："打眼用的钢钎子就老鼻子了，那不得给钢钎子淬淬火？"

梁老滑："好！钢钎子我包了！可这工钱？……"

刘大龙："我能亏待您吗？喝酒！……"

17. 村委会　日　内

迎春正在愉快地算着账，抄写着数字，小夏出去挑水。

这时，刘大龙拿着一沓发票进屋。后面跟着黑子。

刘大龙："迎春，有几张发票给报报，对了，上次的那几张发票报了没有？"

迎春："大龙哥，你这些发票违反了财务制度，都不能报啊！"

刘大龙："为啥不能报？"

迎春："你看看，净是些下馆子吃饭钱，买酒买罐头买好烟的钱，这是不能报的。"

刘大龙："这年头外出办事不请吃饭能行吗？兜里不揣好烟人家都瞧不起你。没听说吗？烟搭话、酒搭桥，行不行得大票，我这些条子，都是办事用的。"

迎春："办事吃饭可以，但必须事先得到领导的批准。"

刘大龙："谁定的规矩？"

大山嫂："修路的钱专款专用，财务制度早有规定，我是筑路队队长更得带头执行，你这些吃饭的，买酒买烟发票都不能报。"

刘大龙顿时变了脸，摆出一副流氓相："咋的，你想整我？"

黑子："哥，别这样！"

大山嫂："大龙，你是副队长，你得支持我工作，像你这样大手大脚地花钱，末了非有亏空不行。"

刘大龙："你少假正经，财务大权在你手里把着，谁知道工程款都干啥了。"此时二山正好进屋。

黑子："哥！你瞎咧咧啥！快回家！"

刘大龙："大山家里的，我不怕你！你敢不给我报销，我跟你没完，我花钱是为修路的事，你们狗男女在一起不也吃过喝过吗！"

二山怒不可遏，气冲冲上前一拳把刘大龙打倒了。

刘大龙站起来飞脚把二山踢倒在地上。二人交了手，打在一起。

屋里的人劝阻着二人的打斗。

刘大龙大声吼着："龙冬花，你别神气了，你的后台秦永顺跟你狗扯羊皮调回去，受处分了，这辈子别想到龙爪村了！"

屋门呼地被推开，刘主任领着风尘仆仆的秦永顺站到了门口。

屋里的人为之一惊："秦工程师？"

大山嫂一肚子委屈，泪水正要夺眶而出，她咬牙忍住了。

黑子："秦工程师，你回来了！"

秦永顺："大龙兄弟，我在屋外听半天了，有的没的，不能恶语伤人，我姓秦的做事光明磊落，我来龙爪村修路，一是还愿，二是造福一方，这话到哪都敢说。"

刘大龙心虚，从人缝中往外挤。

大山嫂："你不走了？"

秦永顺："我为什么要走呢？工程还没开工呢，我为什么要走呢？我得留下来，咱们一块摽着干！"

刘主任趁机把儿子刘大龙狠狠地推出了门。

刘大龙捂着被打的乌青眼一脸狼狈相地出了屋。

### 18. 山道上　早　外

群山雾茫茫。

迎春在山口接小学生，背一个，领一个。

一个羊倌在唱：

　　　　山里的日头有升也有落，
　　　　山路盘过十沟八道坡。
　　　　山里人为吃为穿整天穷唧咯，
　　　　黑狗花狗原来出一窝。

### 19. 村委会门口　早　外

秦工程师和小夏正准备出去测量。

小夏："秦工，你这一回来，可好了，烟消云散了。"

秦永顺："刘大龙的心态很龌龊，为了争个筑路队队长，造谣生事，往别人身上扣屎盆子。"

刘主任、大山嫂和秦永顺从街上走过来。

刘主任："老秦，我的意见是撤掉我儿子刘大龙的副队长！你看咋样？太不像话了！"

秦永顺宽容地笑笑："如果因为他埋汰我，撤他的副队长就没必要了，你说呢，队长同志？"

大山嫂："没错，在一个村里活了三十来年了，吵架了、拌嘴了那是常事，吵急眼了，骂些脏话、气话、过头话，这不算啥，就为这点事把大龙副队长给撸了，也显得我太不容人，小家子气了！"

刘主任："我这小子真不是个物，简直就是个搅屎棍子！"

秦永顺："行了，我们赶快研究下步工作吧。"

几个人走出村委会。

### 20. 村街　日　外

刘主任领着秦永顺、小夏、大山嫂、迎春往测量地走，边走边说。

刘主任对老秦说："这个梁老滑呀，真是个讹人的家伙！他想讹村上那么多钱又要换好地，咋想的呢！"

　　老秦："这事儿可以从长计议，左溜儿他家的地也测量完了！不行的话，可以不从他家地那先修，可以绕过去！"

　　刘主任："这是个办法，但不是个长远办法！长远办法是这个事儿得想招儿解决！"

　　老秦："这种人，你咋解决，他也不会对你满意！就有这种人！说是无赖是说重了，说不是无赖，有时候办事儿比无赖还无赖！"

　　刘主任："咱山里人一百个里头也挑不出这么个虫来！可咱村就有这么一个！让你手捧刺猬猬，拍不得打不得，扔，扔不了，捧着还扎手！"

　　老秦："山大了，啥兽都有！你也别跟他这种人置气，犯不上！"

　　刘主任："说是不生气，也是气得你肝儿疼！"

　　老秦："也别生气，因为工作上的事儿，和这路人生气，能气死你！学会不生气，也是当干部的一绝！"

### 21. 梁老滑家　日　内

　　柱子正在跟他爹说话："爹，这钱你不能那么要？你那么要钱，村里人咋看我们？！这哪是要钱？这不是讹人家吗？"

　　梁老滑："笑谈，你吃了几年咸盐？你懂个啥？"

　　柱子说："爹！都是村里人，做事儿别太损喽。"

　　梁老滑："你个小兔崽子，你敢教训你爹！我打你这鳖羔子！"

　　柱子说："爹，你真要打，你就打，反正我不同意你那么干！"

　　梁老滑："你过来，你过来，我就打你！"

　　柱子真的就站过来了！

　　梁老滑脱下鞋，扬起鞋底子，就要打儿子。

　　柱子一动不动！

　　梁老滑急了，劈头盖脸一通打。

　　血从儿子的额头上流下来。

　　柱子的眼里滚出了泪："你打吧，我权当没有你这样的爹！"

　　梁老滑一听这话，愣了一下，甩掉鞋，坐在那里，也掉起眼泪来！

　　刘大龙进屋急赤白脸地说："大叔，别打了，快到你果园看看去吧！"

　　梁老滑："咋的了？"

　　刘大龙："修路不占你家的果园了，要从你果园旁边绕过去！"

　　柱子幸灾乐祸地："好！叫你发财！"

　　梁老滑匆匆跑出屋子。

### 22. 梁家果园　日　外

　　梁老滑、柱子和山妹赶到果园看热闹。

　　秦永顺、小夏、大山嫂、迎春以及民工们正在梁家果园旁边画线、钉桩子。有说有笑、干得热火朝天的。

　　梁老滑气得浑身发抖，他压低了嘶哑的声音："娘的！这是谁的主意！"

　　山妹望着秦永顺和大山嫂并肩站在一起说说笑笑，比比画画，又增加了她几分恼怒："还有谁！就是那姓秦的干的！"

　　"姓秦的！……"梁老滑发出一阵冷笑，随手下意识地把烟袋杆撅断了，当发现后又为这个损失而懊悔，借机又骂了起来。

### 23. 刘主任家院里　日　内

刘主任、刘大龙、黑子、大龙媳妇在起牛圈里的粪。

刘主任一直在训儿子："你说说你这当副队长的前前后后惹多少事了，为当队长你给赵乡长送去两千块钱，你知道这叫啥不？这叫行贿罪！接着你又埋汰秦工程师和大山媳妇，往人家头上扣屎盆子，你说你有多损！……"

刘大龙："谁让她把着钱匣子不给我报销呢！"

刘主任："你报销的发票，迎春都给我看过了，那都是些啥玩意儿，你出去打听打听有哪个会计敢给你报！"

刘大龙："眼下就这个风气，不请吃饭能给你办事么！"

刘主任："你少扯这哩根愣！走到哪去评理你也是不对！可人家大山媳妇度量就大，人家主动提出来叫你当副队长，这回我说把你的副队长给撸了，可人家不但不跟你计较，还替你说情，叫你接着干！"

黑子："哥，听爹的，给大山嫂赔个不是吧！你也得给爹一个面子啊！"

大龙媳妇："可不，爹是村主任啊，可别把事闹大扯了！"

"你懂个屁！啥你都往里掺和！"刘大龙把气撒在媳妇身上，转身走出了屋子。

大龙媳妇："爹，你看他，从不听劝。"

刘主任："他这辈子出息不了！"

### 24. 筑路工地　日　外

筑路民工的住地是在靠山近水处，风景很美，四周有森林。

十多个村民已把临时工棚搭起来，并砌好了炉灶、床铺，工棚门前竖起个牌子，秦永顺正用油漆往上写字："龙爪村筑路队"。一面筑路队的红旗迎风招展，柱子忙得不可开交。临时打了张桌子、凳子、箱子。秦工程师，小夏和大山媳妇在检查质量。大山嫂的腿已有些行动不便了，她吃力地坚持着。

刘大龙吹响了哨子大声喊着："头午就干到这吧，大伙挺卖力气的，活干得挺麻利，这伙房还没点火呢，中午大伙辛苦点，回家吃，下午接着干。"

### 25. 山道上　日　外

一个羊倌在唱：

　　　　　山里的日头有升也有落，
　　　　　山里人最爱把烧酒喝，
　　　　　有肉没肉嘬一大碗，
　　　　　小酒一下肚浑身得儿得儿地乐。

民工们放下工具，陆陆续续走了。

### 25A. 工地一角　日　外

大山嫂和秦工、小夏在一树墩旁坐下。

大山嫂："来，坐下，一块吃，我给你们带了新捞的大酱。"

小夏："太好了，我去采点山野菜。"小夏拎个土篮子跑了。大山嫂给老秦倒了一碗水，真诚地："秦大哥，我真服你，刘大龙、老梁头造你的摇，给你扣屎盆子，你咋像没事似的，要搁别人早甩剂子了，老话讲，这叫恩将仇报。"

秦永顺："我来龙爪村干啥？修路来了，我不听蝲蝲蛄叫唤。"

大山嫂："有你在，我这心里就托底。"

秦永顺："你也别把我说得太能。"
大山嫂："秦大哥,你帮咱修路,本应该多照顾照顾你,可又怕……"
秦永顺："这就很好了,不缺吃喝,一门心思修路,还差啥呀?"
大山嫂："秦大哥,让你来跟咱们受罪,实在太不该了。"
秦永顺："这嗑唠远了,咱谁跟谁呀!不都是为了修路吗!那你吃这份苦为啥呀!"
大山嫂抬眼看看老秦,欲言又止。
老秦仿佛从大山嫂的眼睛里读到了什么
小夏拎着土篮子跑回来:"山菜来了,大山嫂,你看看能吃不?"

### 26. 县城　日　内

小夏和迎春来接局领导参加工地的开工典礼。
迎春："小夏,你说局长能来参加咱们的开工典礼吗?"
小夏："能,肯定能。"
小夏转身对迎春:"出村的时候,碰见黑子哥,他咋阴阳怪气的?好像对我帮你复习文化课有意见,这就太不应该了,其实我在城里……"
迎春打断了小夏:"别理他,有毛病。"两人进了县交通局。

### 27. 梁家院　日　外

大山嫂走了进来。
柱子正在喂猪:"大嫂!"
大山嫂:"柱子!喂猪呢?"
柱子;"山妹哄我侄儿占着手呢,我是帮把手。"
大山嫂看着柱子说:"孩子放在你家,给你们添麻烦了!"
柱子:"大嫂,你看你把话说哪儿去了?一家人,说啥两家话呢?"
大山嫂:"来,给我,我喂吧!"
柱子:"别别别,你快屋去吧!孩子等你喂奶呢!"
大山嫂看看柱子。
柱子:"大嫂,快快快,屋去吧!你儿子饿得小嘴一劲拱他姑姑的怀。"
大山嫂进屋去了,和山妹寒暄着。
大山嫂奶着孩子。梁老滑进屋。
梁老滑:"听说又不占我那块地了?"
大山嫂:"嗯哪,又改线了。"
梁老滑:"笑谈,我这都整好了就要交出地了,咋又变卦了?"
大山嫂:"你要价太高了,又不好伤了和气,只好改线了。"
梁老滑:"是那个姓秦的主意吧?"
大山嫂没有再说什么。梁老滑转身出去了,摔了一下门。
山妹见梁老滑走了,小声告诉大山嫂:"你们一改变路线,老爷子可火透了!让我把孩子给你抱回去?"
大山嫂:"你咋说。"山妹狡黠地:"我不让我侄儿吃亏,我嫂子就不能让我吃亏。"
大山嫂无言以对。

### 28. 村委会门口　日　外

村民们三三两两往外走。

赵大胆说："这个秦工程师讲得倒是头头是道，可我就不信，雷管那么个小玩意儿，他说能有八百斤力量！净扯，一头老牛多大的个儿，能拉多少斤？那么个小玩意儿有那么大力量？谁信呐！"

一村民："赵大胆，你小子别不信！人家秦工程师讲的那叫科学！"

一村民："你赵大胆有股不听邪的劲儿，咱都知道，可秦工程师讲的，你得听，可别犯虎！"

赵大胆："行了，你也是帮着那姓秦的，小猫没眼睛，瞎嘎！叫真章，你也是不敢跟我打赌，做个试验！"

一村民有些被说急了："真是的！说你赵大胆有点虎，也是真有点虎！我跟你打这个赌！赌啥的，赌一千块钱的，敢不？"

一村民："一千块钱不一千块钱倒是小事，你可千万别弄出事儿来，咋试？"

赵大胆："你呀，也就是兔子大的胆！说兔子大的胆，也说大了！你也就是长个虱子大的胆！咋试，你别管了，到时候你就听响吧！"

一村民一脸疑惑地看着赵大胆。

### 29. 大山家院里　日　外

大山在院子里整理雷管，准备带到工地去。

王老爷子："这是啥？"

大山："雷管？"

王老爷子："咋叫你保管这玩意儿了？"

大山："这玩意儿不是危险嘛。"

王老爷子："危险的活就该叫老王家人去干啊？你媳妇可越来越邪乎了。你赶快送回库里去！"

大山："这事也不好办，她打发别人干人家都不乐意干，谁的命不金贵。"

王老爷子："你可越活越犊子了，啥事都听媳妇的，爹的话你根本不听。"

大山："我咋不听你的话了？爹的话我得听，媳妇的话我也得听，我就是块豆饼，上挤下压受这夹板气！……"

王老爷子："你还委屈了？爹这不是为你好嘛，"走了几步又回头说："唉，村里可有些闲言碎语，说你媳妇哪，可街筒子都哄哄，就瞒着咱老王家。"

大山："爹！那都是谣言？"

王老爷子："没风不起浪，修路归修路，别修坏了门风。"

大山捧着雷管怔住了。

### 30. 村委会　傍晚　内

老秦和刘主任在喝酒。

大山嫂拿着些食品刚要进屋，突然对二人的谈话发生了兴趣，便停住了脚步。

刘主任在和老秦喝酒："老秦，你呀，也是死心眼儿，这么些年了，也没说在城里说个媳妇，还是老跑腿子一个！王桂芝好不好？那是真好！可再好，她人也没了！入了土了，人也就变土了！你呀，别老想着她了！有合适的，该找还得找！别太死心眼了！"

老秦："也不是说没想找过，可真就没遇到一个合适的！王桂芝那模样，这些年在我心里一天也没忘！头天儿她还笑模滋儿找我，可第二天肚子说疼就疼上了，我们几个给她

264

抬到半道上，她人就没气了！人哪，就是一口气，咽下去就是个完！"说着眼泪汪汪的。

刘主任："你不用跟我嘴硬，说是也想找过，你还是不想找！"

大山嫂走了进来，手里拎着一包东西。

刘主任："哟，大山嫂来了！"

大山嫂："打春腌的鸭蛋咸了，送几个来，喝酒吃吧！"

老秦："太好了，那就尝个鲜啦。"

大山嫂："修路改线的事能定不？"

刘主任："我看得改，梁老滑表面上是同意了，可心里藏着小鬼呢！又想调好地，又想在钱的方面敲村上的竹杠！对这样的人，我也想好了，也不能让他占着太大便宜，别看他家的地占在葫芦口上，路就是不从他家那地里走了，咱们就是凿山！在山上凿出一条道来，有啥？不能让这号人勒我们大脖子！"

老秦："我看也是，咱不蒸馒头，也得争口气，不然的话，地是回事儿，钱是一回事儿，人心不足蛇吞象，那样人的心没满足的时候！"

大山嫂："山左溜儿也是得凿，路左溜儿也是得修！我看行！老秦，路就从我和迎春两家地的中间甩出去，到葫芦口那就凿山！多挨点累，可省了不少麻烦！"

老秦："行！明儿个开始，咱就按照这个方案定了！"

刘主任："那就这么定了！不过占你们两家的地公事公办，你们两家挑好的地换，再补点钱！"

### 31. 大山家　傍晚　内

王老爷子对大山说："这个梁老滑呀，我去了，他是不得不给我个面子，但我心里明白，那小子是给我个空面子！他要地要钱，要得都瘆人！嗑瓜子嗑出个臭虫，啥人都有，二分钱买个小猪羔儿，贵贱不说，它不是东西呀！"

大山："爹，这些事儿你就别跟着操心了！村上的事儿，叫村上去办去吧！"

王老爷子："你媳妇是咱老王家的人！她揽下修路这桩子事儿，做好了，咱跟着光彩，做不好，咱们都跟着丢人！咱家是村里的老户，丢人现眼的事儿，咱没干过！你也得跟你媳妇说说，这事儿既然做了，就得做好！别让村里人笑话咱！"

大山："爹说这话，真对。"

王老爷子："对不对，错不错，白脸俺也唱了，你媳妇还不定咋想哪，这些日子我也合计了，一个妇道人家办这么大的事，也不易，往后遇事你们也掂量着办吧。"大山奇怪地看着他爹，心想，难道他爹转向了？

### 32. 梁老滑家　傍晚　外

柱子："你听说了吧！路不从咱家地里走了！村里对付你，有招儿！"

梁老滑："笑谈，路不走咱家地里行吗？我的地他们都给祸害完了，这地我也不要了！"

柱子："人算不如天算！你算计得再好！事儿也未必都由得你！看吧，你因为地的事儿再跟村里闹，肯定鸡飞蛋也打！"

梁老滑："小兔崽子，你也不用成天和我较劲儿！净跟我戗着茬儿说话！我自己做下的事儿，我自己办，你少在我面前说三道四，气我！"

柱子："不管咋说，你是我爹，我是跟你说句到家的话，别算计来算计去把自己算计进去了！"

梁老滑："小兔崽子，你大了，翅膀硬了，你也不用跟我分心眼儿！地的事儿，村上也不能说了就了了，我得找村主任说话，地给我祸害完了，就算完了！叫他们美出鼻涕泡儿来了！"

（第五集完）

第六集
1. 村街　晨　外
秦永顺碰上了去山妹家送孩子回来的大山嫂。
　　秦永顺："冬花，跟你说个事，改线路过你家的承包地，我看了，要放倒十多棵正当年的果树，我想跟局里说一下，给你家点补偿，老爷子那也好说话。"
　　大山嫂："老秦哥，这事你就别费心了，修自家的路，不出点血，那还能成事啦。"
　　秦永顺："我怕你压力太大。"
　　大山嫂："没事，我顶得住。"

2. 村委会　早晨　外
大山、二山、王老爷子在地里干活。
太阳过了房屋背。
老秦正在桌子上画图。
梁老滑走了进来："哎，村主任哩？！"
老秦抬头见是他："出去了！"
梁老滑："上哪去了？"
老秦看着图："出去了！"
梁老滑："笑谈，我知道出去了，我问你他上哪儿去了！"
老秦："我就看他出去了！"
梁老滑气不打一处来的："哎，我说你这人怎么这么大架子？你听不明白人话呀你？"
老秦看看他，仍在画图："你也看着了，我这正忙着呢！"
梁老滑："忙咋的你忙，再忙说句话的工夫也有吧？！"
老秦没吱声。
梁老滑："姓秦的，你不用跟我装，改路线，不从我家地里走，是你的主意吧？！"
老秦："可以说是我的主意，也可以说是村上的主意！"
梁老滑："得了！你他妈别跟我装了，你不就是当年下乡来的小知青么，装啥你？跟我姓梁的，你少来这一套！"
老秦："你看你急啥？我咋会跟你装呢！"
梁老滑气白了脸："不装你这是干啥呢？"
老秦："你看你，干啥动这么大的气呀！"
梁老滑："你！你他妈个兔崽子，跟我装！"
老秦："哎，你怎么还骂上人了！"
梁老滑："骂你，我还打你呢！"说着，抬手给了老秦一耳光。
老秦："你看你，怎么这样？"
梁老滑：你不是画图么，我叫你画！"说着，抓起桌子上的图纸，就扯。
老秦有些急了，上前与梁老滑撕扯，想抢下图纸。
可是梁老滑还在撕着图纸。
老秦被气哆嗦了："把图纸给我！"

梁把撕碎的图纸扔在老秦脸上："给你！都给你！"
老秦怒不可遏，像雄狮一样扑过去！
梁老滑登时躺在地上放赖。
老秦喝道："起来！起来！你给我起来！"
梁老滑躺在地上就是不起来。
这时候，刘主任、大山嫂、迎春走了进来。
梁老滑打滚哭嚎："他打我，他打我呀！"
刘主任看看老秦。
老秦："我没打他，是他打了我！"
刘主任："梁老哥，你看你，你打了人家，你还躺在地上放啥赖，快起来吧！"
梁老滑："我起来啥，我就是不起来！他打了人五拳呐，我脑瓜仁子疼！哎呀，我看不清啦，他得给我看病！"
老秦从地上一把扯起了梁老滑："还胡说不？"
梁老滑看看老秦愤怒的脸，没敢吱声。
刘主任上前扯开他们说："别吵架，有话好好说。"
大山嫂看着满地的图纸碎片："这图纸怎么撕啦，秦工，怎么回事。"
秦永顺气得直喘："你问他！"指着梁老滑。
大山嫂："大叔，你这是干的啥事呀，因为啥呀？"
梁老滑看着大家愤怒的眼神，又耍起了赖："欺负人啦，公家人欺负人啦，你大山媳妇不问青红皂白，替他说话，你啥心思，你们是一对狗男女。"
大山嫂："你……你别血口喷人，打盆说盆，打碗说碗，你个长辈，咋能红口白牙胡嘞呢。"
刘主任："梁老哥，别闹了，回家吧，这是村委会！"
梁老滑："啥叫我闹？你不用跟他穿一条连裆裤！我今儿个就是不走了，就在这养伤，你们当干部的串通一气，熊人哪，熊人哪！"
刘主任："你说养伤，伤在哪里？！"
梁老滑："他把我脑袋里边打坏了，我脑袋疼！我今儿个就是不走了，我就在这养伤！"
刘主任看看老秦，一甩头，示意大山嫂、迎春和老秦一起走。
大山嫂他们会意。
老秦刚想往外走，梁老滑疯了似的扑了过来："你走，你想往哪里走！"
刘主任上前拦住说："梁老哥，你这是干啥？！有话好好说！"
梁老滑被他拦住了。

**3. 村委会门口　日　外**

大山嫂、迎春和老秦走出门口。
柱子站在那里。
柱子说："秦叔，你没事儿吧？！"
老秦："没……没事儿！"
柱子："你没事儿就好，我知道，你不会打他，只能是他打了你！"
老秦的表情极为尴尬。
大山嫂："弟呀，劝劝你爹，让他回家吧啊！"
柱子："嫂子，他骂你，你别往心里去，大伙的眼睛是亮的，你和秦哥是为咱龙爪村修路，有人咬舌根子，就当喷粪了。"
大山嫂强忍着泪水。

### 4. 村委会　日　内
梁老滑一个人躺在老秦的铺上，紧闭着眼睛。
刘主任坐在门槛上抽烟，十分无奈。

### 5. 大山家　日　外
老秦躺在大山家里屋的炕上，心情十分不畅快。
大山嫂为老秦做了一碗荷包面条，端在老秦的身边的炕桌上："吃碗面条。"
老秦："我不饿。"
大山嫂："吃下晚饭也到点了。"
老秦："你忙给家里做饭吧！"
大山嫂："今晚你就在我家东屋住吧！那梁老滑在村委会还没走，说是要找你看病养伤！"
老秦："这是啥人呢？！一点理也不讲！"
大山嫂："讲理，这种人私心太大，秦大哥，你说这自打要修路，咋碰上这么多的难事，爹横扒拉竖挡我抗住了，刘大龙里挑外撅我不理他，缺这少那咱自己想办法克服，可这有的没的往你身子上泼屎泼尿，让人心里不好受，为啥……"
王老爷子领着大山、二山干活回到屋里，见炕上坐着老秦，都有些不自在。
大山嫂："爹，大山，秦工跟梁大叔闹唧唧了，梁大叔在村委会闹腾哪，秦工先在咱家避一避。"
王老爷子："一进村就听到风声了，占谁家的地不好，非占老梁家的？"
大山嫂和秦永顺无语。
大山出来圆场："吃饭吧。"
大山嫂："哟，还没做哪。"
王老爷子一脸的不高兴。
院外边传来吵吵声，梁老滑堵住门大喊大叫："姓秦的，有种的你出来，亲家，姓秦的是条狼，你养着他干啥，你把他撵出来！我要找他算账！"
王老爷子："让人家到门口来叫阵，大山媳妇，这可不是咱老王家的处事为人。"大山嫂十分无奈。
大山："我去劝劝他！"
大山嫂："不！我去！他是冲我来的！"
二山把家里的人统统拦住，大踏步走到院门口，他双手叉腰，像座铁塔怒视着梁老滑。
梁老滑望着二山，顿时胆怯了，不再吵了、骂了，这时山妹过来，把她公公拖了回去。
二山返回屋里，和他嫂子打了照面，他嫂子欲言又止。
二山什么也没说进屋背起猎枪往外走。
大山嫂："二山你要干什么？"
二山："我上山！"
大山嫂这才缓了一口气。
王老爷子："做饭吧。"

6. 山坡上　傍晚　外

一个老羊倌在唱：

> 山里的娘儿们山里的汉，
> 车轱辘压着车辙转，
> 枣红马驾辕驴拉套！
> 小骡驹尥蹶子跑得欢。

7. 山野　傍晚　外

王老爷子在地头生起一堆火。

大山和大山嫂在地里准备砍果树！

他们俩看着老爷子坐在那儿生火，都没动手，围到老爷子身边。老爷子抬眼看着他们，没吭声，又抬眼看看地里的果树。半晌才说："你们该干啥干啥，别到我这！"

大山和大山嫂站起来，去砍果树。

王老爷子一边拨弄着火，一边唱道："山里土地是金盆儿呀，一棵果树一个儿呀，从小给它侍弄大呀，刚结果子又丢魂儿！……"

大山听了爹的唱，一脸酸楚，手中的柴刀停了一下。

大山嫂听了爹的唱，不砍了，低头站在那里。

王老爷子："哎，你们都站着干啥，快砍，砍完了好回家！"

大山和大山嫂又低头砍了起来！

山妹跑了过来："爹呀，你在这呢？"

王老爷子："唔。"

山妹："哎呀，这是干啥呢？喊喳喊喳的！谁砍咱们果树呢？！"

王老爷子："不是谁砍的，是你大哥大嫂在砍！"

山妹："爹！这是咋的了？平时拿这些果树当自己眼珠子，去年秋天结的那果子，一树一树的，那么招人稀罕，好模样儿的，这果树咋就说砍就砍了？"

王老爷子："山妹，这里头儿没你的事儿！你来干啥？孙子扔家谁看着哪？"

山妹："我叫刘二娘替我抱一会儿，听人说，有人在这边砍果树，到家找你们，你们又都不在，我就跑来了！"

王老爷子："你回去吧，这儿没你的事儿了！"

山妹："啊，有爹在这，当然不用了！爹呀，那我可就回去了！"

王老爷子："唔！"

山妹走了。

大山和大山嫂，把一抱又一抱的树干、树枝抱过来，放在火上烧。噼啪燃烧的树枝。

火光映红的王老爷子、大山、大山嫂的脸！

王老爷子："你们先回去吧！"

大山："爹，咱们一起走吧！"

王老爷子："叫你们先回，你们就先回！"

大山："爹，那我们先回了啊？！"

王老爷子："走！赶快走！"

大山和大山嫂走了。王老爷子一个人坐在那里。

火光映着他那张皱褶纵横的脸，他的眼里有泪在闪光！唱起来小调来。

王老爷子神色巴苦巴苦的，坐在那里。

他手拾起个树枝子，用嘴嚼着……

## 8. 大山家　夜　内

大山嫂："爹还没回来吧！？"

大山："这些果树，是他的命根子，让他在那坐会儿也行！不是为修路，拼老命他也不能让你砍这些树！"

王老爷子步履蹒跚回到家里，重重地坐在凳子上。

大山嫂眼含热泪扑到老人身边跪下说："爹！说心里话，你打我一顿，我心里还好受些！爹，要不你就打我一顿吧！"

王老爷子："从小到大，我没舍得捅过你一手指头！"

大山嫂："爹，实在舍不得打我，你就骂我，使劲儿骂，出出心里的气！"

王老爷子："行了，你有这番话，爹就知道你对爹的心了！我骂你啥？你爹还没糊涂到拿儿媳妇撒气的份上！为啥要砍果树，我懂，你们就别为我操心了！"大山嫂看着她爹那张凄苦的脸，转身跑了出去。"

## 9. 村口　晨　外

太阳爬上了山梁。

下地的下地，挑水的挑水。

## 9A. 山路上　日　外

迎春、乡长、公路局局长、巩段长、电视台记者、夏春雨等一行人在山道上走着。

县交通局局长："解放这么多年了，在这边远山区，还有这样的道，我这当县交通局长的心里不是滋味儿啊！这条道修成了，我们县就再没有不通公路的村了！县里呀，对这个事儿老重视了，县委书记、县长都很重视这个事儿，开工典礼一定让我来！"

乡长："县里重视这个事儿，乡里都知道，我们乡里也没少开会，好在乡里几家企业，还真挣了点儿钱，乡里往这里边投钱不心疼，这是正事儿！"

迎春："局长，您在我们村里人心里这可是老大干部了！你能跟我们这么走山路，真行！局长，走我们这山路哇，可得有点耐心烦儿。"

巩段长苦笑着摇摇头说："这路赶上当年唐僧西天取经的路了！"

迎春朗朗地笑着："就差冒出几个妖怪了！"

山道上传出清脆的笑声。

## 10. 村委会　日　外

梁老滑躺在秦永顺的床上，盖着被子，用纱布缠着头部，左手也用纱布吊在脖子上，微闭着眼，嘴里不停地哼哼呀呀的。

突然外边传来脚步声。

梁老滑提高了哼哼的调门，但进来的却是刘大龙。

刘大龙："别装相了，是我！"

梁老滑立即麻利地坐起，急切地问："上边来的头头到了没有？"

刘大龙："马上到，明天就举行开工典礼了！趁着这股热乎劲，趁着记者也到了，领导们要露脸的时候，你这么一闹，那姓秦的保准滚蛋，他一走，大山媳妇也就胎歪了！"

外边传来说话声。

刘大龙："来人了，我走了。"

刘大龙匆匆地离开，梁老滑又哼哼叽叽装起病来。

梁老滑从老秦的床上坐起，想要解手，他蹑手蹑脚来到门口窥视突然发现刘主任、大山媳妇、老秦等领着公路局局长、赵乡长、巩段长朝村委会走来，他立即重新躺下，哼哼地叫起来。

### 11. 村委会院里　日　内

路局长："老秦，辛苦了！这位就是大山嫂喽！"

赵乡长："你怎么认识她呢？"

路局长："老秦当我的面没少夸她，我能不认识么，如今成了筑路队队长了，就更得知其名认其人了。"

### 12. 村委会屋里　日　内

大山嫂："谢谢了！快请进屋吧！"宾主一同走进村委会。

这时候，梁老滑突然从屋里蹿了出来，扑地跪倒在路局长面前："我的青天大领导哇！你可得给我做主哇！姓秦的这个小子，他打了我呀！"说着哭得鼻涕一把泪一把！

路局长有点被弄蒙了："老秦，这……这是怎么回事儿？"秦永顺白了梁老滑一眼，没吱声。

刘主任："昨天出了点儿小事儿，事儿不大。"

梁老滑上前抱住交通局长的腿，哭道："我的青天大领导哇，我被打得可不轻啊！你可得给我做主哇！"

路局长被他缠得不能动弹。

老秦有些急了，想上前扯他，被大山嫂拦住。

大山嫂："大叔，求求你了，有话好好说，乡里乡亲的，别这样。求求你了大叔！"

梁老滑却抱得更紧了："我不起来！不给我个说法，死也不起来！他公家人欺负人哪。"

乡长："梁老滑！你还认识我吧！你先起来，有事慢慢说！"

梁老滑："你乡长和村长都是穿一条连裆裤的！上回村长打了我，你们乡上也没给我解决了！那时候你还是个小助理，就是你来我们村子调查的，调查来调查去，大事化小，小事化了，最后村主任没事儿了，我当了一回冤屈鬼，我不能再上当了，你不给我解决事儿，我坚决不起来！"

这时，二山走过来："咋回事儿？！梁老滑！"

梁老滑身上一哆嗦！

二山："你沙个愣地给我起来！"

梁老滑看二山怒气冲冲地走了过来，有些吃惊："这里头有你啥事儿呀？你帮虎吃食呀你！"

二山："我喊一二三，你要不起来，我就揍你！"

梁老滑："二山！我姓梁的没得罪过你，你扯这干啥？！"

二山："一！二……"

没等二山喊到三，梁老滑一骨碌身子，爬了起来："真是的，你二山也来合伙儿欺负人！"

"柱子，把你爹领回去！"二山把梁老滑交给柱子。

梁柱子看着众多领导，感到很惭愧，狠狠地把他爹推出门："全家人的脸，都叫你给丢尽了！"

路局长："刚才那位小伙子是谁？他怎么能把老梁头降住呢？"
刘主任："他叫二山，大山嫂的小叔子，这也叫卤水点豆腐，一物降一物！"
大山嫂、迎春、黑子、小夏等忙着端茶倒水："请领导喝茶！抽烟！"
路局长："老秦，刚才那事儿，到底是怎么个事儿！"
刘主任："局长，这个梁老滑，是咱们村有名的难弹弄！是因为修路的事儿，一开始，路准备走他家的地，他讹我们，后来我们决定改线，他又恨我们！他打了老秦，老秦受了不少委屈，局长，老秦在这工作得很好的，你可不能错怪了老秦呐！"
乡长："这个梁老滑，我知道！是个赖皮！局长，村上说的事儿，我信！"
老秦坐在那里始终没吭声！
局长："明天能开上工吧？！"
刘主任："都准备好了，就等着你们到呢！走了一天道你们也太累了，先歇歇吧！明天开工的事儿，你们就不用惦念了，保证一切都安排得妥妥的！"
局长："那就先到地段去看看，做到心中有数吧。"
乡长："行行，我陪你一块去。"
刘主任："那我就不陪了，安排一下食宿，咱这山沟里，啥都不方便哪。"
局长："客随主便吧。"说完领人走了。
秦永顺和大山嫂相互看了一眼，都长出了一口气。

### 13. 大山屋里  夜  内

一轮月牙挂在树梢。
老秦跟大山嫂进屋。
大山已把被子铺好，等着老秦。
大山躺下了，却没钻进被子，他摸摸老秦的被褥："晚上冷不冷啊？！"
老秦："不冷，炕烧得怪热乎的！"
大山嫂："今晚县里乡里来了几位领导，都住在村委会了，叫老秦在咱家借住一宿，明天就要开工，早点睡吧！"
大山："你也歇着吧，迎春刚才还在院子里喊你哪，让你过去住。"
大山嫂走进二山屋里，见老人和二山已经睡觉了，她把二山和老人的脏衣服收走，关灯时，她端详了一下二山那浓眉大眼山里汉子的脸庞，又俯身把被子给二山掖好后关灯离去。（二山佯作睡着状，目送大山嫂离去的背影）
大山嫂蹑手蹑脚走到院子，把脏衣服扔进洗衣盆里，坐下来用手轻轻搓洗着衣服。
寂静的山村月夜十分迷人。
窗户里传出老秦和大山亲切的对话。
大山声音："秦大哥，老梁头真的打你了。"
老秦声音："打就打了吧，可他不该再咬一口，不该大闹村委会。"
大山声音："真委屈你了！"
老秦声音："我倒没啥，是你媳妇难了，老梁头和你们家还是亲家呢，不但不支持你媳妇修路，还出来捣乱，她这个队长的担子实在太重了，眼下是工程准备阶段，开工以后，那可是千头万绪了，修一条乡村土沙石路和修一条国道工序是一样的，麻雀虽小，可五脏俱全啊！你得帮帮她。"
大山嫂听着屋里的谈话，格外地动情。
大山："秦哥，你说得对，我是真想帮她干点啥，可我没上过学，啥也不懂啥忙也帮不上啊！我要是你就好了！"

老秦:"你这话啥意思?"

大山:"你知书达理,有才有德,又是城里人,你能让冬花过上好日子,我做不到!"

老秦(听出大山的话外音):"大山兄弟,你的话不全对,夫妻间处的是感情,这关系到能不能掏心窝子。城里人生活水平是高,你们村是无法相比的,但是城里人的离婚率比你们高多了,夫妻讲的是缘分,大山嫂子在外边挣脸,你也有光,女人家干大事,不易!咱当爷们的,得给她当顶梁柱哇!"

大山:"能!能!秦哥,你真有学问,啥事叫你一说就说透了。"

"睡吧!明儿个还早起呢!"

屋里的灯熄了。

### 14. 草垛旁 夜 外

迎春:"我说黑子你哪样都不错,就是大傻个子长个小心眼儿!另外也别把人家想得那么坏!人家是大学生,技术员,你能比吗?"

黑子:"我咋地了?"

迎春:"你干吗见到小夏就掉脸子。"

黑子扑棱一下子起来了:"行,他姓夏的有出息,我没出息呗!"

迎春:"谁说那话了,那是你自己想的!"

黑子:"我肯定是没啥大出息!你要奔着有出息,你就找他去!"

迎春:"不知道咱俩咋回事儿,到一起说话,几句话不到,就犯相!"

迎春一推他说:"行了,跟你说啊,从明儿个开始,脑袋瓜子里别想别的事儿,就想修路的事儿!"

黑子:"不用你说,那是一定的了!哎,话也别说太死,我也得想点别的事儿!"

迎春:"想啥别的事?"

黑子:"我想你还不行吗?"

迎春:"缺德"。

"啪!"黑子在迎春脸上亲了一口。

### 15. 山野 晨 外

一轮火红的太阳出山了。

一个羊倌在唱:

> 山里的日头有升也有落,
> 山里的石头它今天要唱歌,
> 憨歌酸曲顺着嗓子走哇,
> 金疙瘩银疙瘩哗啦啦落满坡。

### 16. 山坳里 日 外

路局长、赵乡长、刘主任以及筑路的民工躲在山坳观看首次爆破。

爆破点,巩段长、老秦、大山嫂、小夏在仔细检查了爆破准备之后,巩段长告诉大山嫂可以开始爆破了。

在不同爆破点分别有二山、柱子、黑子等青年准备点燃导火索。

大山嫂挥动着小旗,嘴里吹响了清脆的哨子。

各个炸点的导火索呲呲冒着白烟。

爆破手及指导检查爆破的人，立即撤到山坳里，和路局长等领导潜伏在一块观看。
猛然间，排炮响了，山摇地动，沙石遮天盖日。
成功了！观看的领导和群众，都欢呼雀跃。
锣鼓唢呐震耳欲聋。
小学生及妇女们的秧歌队的彩扇翩翩，红绸飘飘。
王老爷子和其他老人脸上也绽开了笑容。
爆破声中，大山嫂抓起了一把土。
她实在忍不住了，躲在山背后，放声哭了起来。
蒿草在风中摇动。
惊飞的山鸽子成群地飞向天空。
大山嫂任泪水流淌。

### 17. 烘炉　日　外

几个民工扛来十多根磨秃的铁钎子，扔在地上。
系着围裙的铁匠师傅问民工："今天是咋了，这么多铁钎子要钢啊？"
民工："见鬼了，遇到的山头就像是座铁山，铁钎子打眼打不进去，打了半个小时了还是个白点！"
铁匠："那咋办啊！"
民工："头们在合计呢！"

### 18. 山脚下　日　外

公路已经凿开一段了，初见端倪。但前边受阻。
大山嫂、老秦在观看二山、黑子、柱子等民工挥锤打炮眼，只见铁钎子一个劲滑动打不进去。
二山等大伙光着膀子挥汗打眼成效甚微。大山嫂换下二山挥锤打眼。
大山嫂打了十几锤，岩石纹丝不动，十分焦急："秦哥，这到底遇见啥石头了，咋这么硬啊？"
老秦朝干活人一挥手："别打了！收工吧！"
民工："秦工程师，啃不动啊！简直比钢都硬！见鬼！"
老秦无可奈何地宣布："收工吧，等我们研究下地质构造再说。"
民工们不安地拿着工具走了。
小夏："秦工，把咱们局的风钻调一台来试试。"
老秦："风钻也够呛！整个一座山都是这种花岗石！"
大山嫂："这可咋办，这刚开工不到一个月就遇到拦路虎了！得赶快想法搬掉它！"
二山这时来到大山嫂身边问："这条路非得从这座山穿过去吗？"
老秦："可以绕着走，走之字形，走回头曲线都可以，问题是，附近别的山地形不熟，构造不明啊！"
大山嫂："二山兄弟，你能有啥辙？"
二山看看他嫂子，没有说什么，扛着铁锤走了。

### 19. 梁老滑家　傍晚　外

梁老滑在院里干活，见柱子回来，他问："今儿个咋这早就收工了，咋不热火朝天啦？"

柱子:"爹,你别老说风凉话,路是给咱村修的,你不出力不说,还总撤火,让人讲究。"

梁老滑:"笑谈,讲究啥,占我家地,我要俩钱就讲究我,这不改线了嘛,走她老王家的地,多痛快呀。"

柱子:"痛快啥,遇到断层,打不动了。"

梁老滑:"活该。"

山妹从屋里抱孩子出来:"爹,你也别太那个,毕竟大山嫂是我亲嫂子,咱两家又是亲家。"

梁老滑:"住嘴,别都来教训我,还轮不到你们!"

### 20. 工地仓库　晨　内

工地临时仓库,用木板油毡纸搭的,炸药、雷管、工具、垫肩、安全帽、手套等等物资都在里边,大山也住在里边,但没有生火,墙上写着"仓库重地,严禁烟火"。

东方刚刚吐出鱼肚白,民工们还在酣睡,大山被敲门声惊醒:"谁呀!"

敲门的是二山,他仍习惯地背着猎枪:"哥!是我!"

大山开门,然后把桌上准备好的东西交给了二山:"二山,你要这雷管和炸药干啥呀!你可别惹出事来,你哥我可担待不起。"

二山:"知道!"

大山出门叮嘱:"你可千万小心,别让人看见。"

二山朝他大哥挥挥手,没说什么,就走了,迎面的群山已被抹上一层金色。

### 21. 山道　晨　外

二山魁梧的身影出现在山道上,他心情欢畅,不时有麻雀从头顶飞过,他举枪瞄准,刚要射,突然想到身上有爆炸物,他用手摸了摸,便克制住自己,收回了猎枪。

二山朝着山脚下奔去。

### 22. 公路爆破点　早　外

秦永顺、小夏、大山嫂在昨晚的爆破点检查。

秦永顺:"这种岩石就是国家级的筑路队用先进的风钻也难啃动,何况我们这样的农村土八路筑路队呢。"

大山嫂:"得赶快想办法啊!真急死人了!"

小夏:"大嫂,你急也没办法,这叫断层,施工中这是常事。"

大山嫂:"可俺们拖不起啊,这一天光人吃马喂的老钱了!"

老秦过来安慰大山嫂:"别急,修路这种活,本来就是一步一个坎,啥时候把坎全迈过去了,路也就通了。"

大山嫂瞧着老秦,笑笑说:"你可真会劝人!"

突然,附近传来爆破声,在场的人同时怔住:

"谁在爆破?"

"怎么能到处随便放炮?"

大山嫂朝爆破声所在的方向望去。

大山嫂对老秦、小夏:"走,看看去!"

### 23. 山道上　日　外

大山嫂、老秦、小夏把二山堵住。

大山嫂急切地问："是你的放的炮？"

二山点点头。

大山嫂："你去探新路去了？"

老秦："有新的发现吗？"

小夏："二山哥，你在哪放的炮？"

二山朝不远处山脚下正在燃烧的一堆篝火说："你们去看看吧！"

二山若无其事地朝住地走去。

### 23A. 山脚下洞里洞外　日　外

山脚下有个洞口，洞口周围有刚刚炸开的石块沙土，洞口前燃烧着一堆篝火。

大山嫂、小夏、老秦围了过来，老秦从地上捡起没有烧完的导火索："这洞口是二山刚刚炸开的，一定是这个洞有什么说道，进去看看！"

老秦刚要进洞，被大山嫂拦住，她从火堆里取出一根松树棍子当火把，对老秦说："这个洞我都没听说过，可有年头了，洞里边也不摸底儿，我先进去看看！"

### 24. 洞里　日　内

老秦、小夏紧紧跟着大山嫂一起摸索着前进。

突然扑棱棱从洞里飞出两只鸟，一只野兔也蹿了出去。

老秦的声音："这是个什么洞啊？"

小夏："如果有水，那就像芦笛岩一样了！"

老秦："不！这好像是人工开凿的隧道。"

大山嫂："我长这么大也没听说过山疙瘩里有个什么洞。"

三个人拿着火把继续向前摸索着。

突然，不远处的洞壁有个口子，一缕阳光射进来。

"你们看！"大山嫂指向透亮的地方。

"洞口！这个洞，不！这不是个洞，可能是旧的隧道。"

三个人疾步走到射进阳光的洞口，依次从洞口钻了出去。

三个人兴奋不已："太好了！"

老秦："这真是山重水复疑无路，柳暗花明又一村。二山立了大功了！"

小夏："这个旧隧道稍事加工便可以使用，这样我们放弃原设计的一段线路，从断层的地方修一段之字形的路，然后从这个隧道穿过来，再修一段路就可以和原来设计的后半部分接轨了。"

### 25. 大山家里　日　内

大山嫂在做饭。

二山抱着小侄子进屋："虎子接回来了，山妹说孩子有点咳嗽。"大山嫂："喂奶前给他吃了点药，二山，今儿个你可帮嫂子大忙了，嫂子咋谢你呀。"

二山："尽说外道话。"

大山嫂看着二山想了想："二山兄弟，嫂子跟你说，我家有个表妹……"

二山打断了她："别说了……"

大山嫂无奈地叹了口气，两人说话谁也不瞅谁。

## 26. 大山家　夜　内

孩子已经睡了。

明月当空。

大山嫂费劲地想翻身，腰疼得翻不过来。

大山问："冬花，你咋地啦？"

大山嫂："把枕头拿过来，垫我腰底下。"

大山："咋样，能顶住吗？"

大山嫂："开弓没有回头箭，顶不住也得顶。"

大山不吱声了。

大山嫂："大山，有个事我得跟你说一声，你是保管雷管、炸药的，可不能有闪失，你给二山拿炸药、雷管，他是给队里探了新路，大伙都挺高兴，要不还不得追究你责任啊。"

大山："我知道了。"

大山嫂："二山兄弟的婚事，你还得帮着张罗张罗。"

大山："得了，我一提这事，他就跟我瞪眼，像吃枪药了似的，别说了，睡吧。"

## 27. 工地　日　外

工棚门口的黑板上写着：因改线休假一天。

几个民工在打扑克。

棚里有人喊："快去看啊，赵大胆用雷管打赌，快去看啊！"

屋里的民工也跑了出去。

## 28. 村委会　日　内

大山嫂、秦永顺、小夏在研究改线路方案。

迎春在拢账。

黑子趴在窗外敲户，招呼迎春。

迎春摆手，示意不能出去。

黑子不高兴地走了。

大山嫂："迎春，工地今天休息，你去陪陪黑子。"

迎春："嫂子，账还有差头，我想赶快拢出来。"

大山嫂："你这小丫头，别太任性，对男人得细心点。伤了自尊就是打破了盆，再锔就锔不上了。"

迎春："等会儿吧。"

大山嫂说完，抬头，目光和老秦对上了，两人都不自然地挪开了。

"咣！"门开了，一个民工闯进来，大口喘着："不好了。"

大山嫂："咋个事。"

民工："赵大胆跟人打赌把梁老滑家的牛腿给崩断了。"

秦永顺："打赌，打什么赌？"

民工："赵大胆说不相信雷管能有八百斤的爆破力，把雷管缠绑在了梁老滑家的牛腿上，说是要是雷管能炸倒这一千斤的牛，他就认输一千块钱。"

秦永顺："胡闹！"

大山嫂："他哪弄的雷管？"

### 29. 梁老滑家　日　内

梁老滑一个人在家喝着自在酒。

突然，柱子匆匆跑回家："爹，你还喝自在酒呢，还不快去看看，咱家的牛让赵大胆的雷管把腿给崩断了。"

"啊！"梁老滑先是一惊，然后又冷静下来，继续喝着酒。

柱子："你咋还喝酒，快去收拾一下吧！"

梁老滑冷笑着："别忙，牛放那儿别动，好你个筑路队，上把叫你们耍了我，我看这把你们怎么办？"

### 30. 赵乡长办公室　日　内

赵乡长正看文件，刘大龙夹着皮包进来。

刘大龙："赵乡长，你找我？"

赵乡长："坐！路修得咋样了？"

刘大龙："前阵还行，这阵子碰到断层啃不动了。"

赵乡长："哎呀！那得赶快想辙啊！"

刘大龙："一个老娘儿们又没文化她能想出啥辙？"

赵乡长："那秦工程师呢？"

刘大龙："他和小夏正在研究呢。"

赵乡长："这就好！大龙啊，乡里想买台轿车，还差个十来万块钱，你看能不能用你们的筑路款先给我垫上，等下个季度乡里几个企业交上钱以后就还你们。"

刘大龙："行！正好筑路队要买些物资，我这次去县里就是去提款的，正好十来万元，乡里先用着。"

赵乡长："能行吗？大山媳妇要是问你这笔钱哪去了，你咋说？"

刘大龙："她现在正忙着改线路呢，顾不过来，都停工了还忙买啥？"

赵乡长："筑路队那头你可得摆平了，可别捅到上边去，那可就是大问题了！"

刘大龙："你放心吧！"

赵乡长："行！就这么办吧，大龙啊，你好好干，你爹岁数大了也该退了，龙爪村要重新选个村主任，很多人推荐大山媳妇，我是坚决地推荐你了！"

刘大龙感激涕零："太谢谢乡长了！我一定好好干，我这就去银行把款子转到乡政府的账号上。"

赵乡长看了下表："正好，赶上饭口了，走！陪我喝几盅去！"

二人并肩走出办公室。

### 31. 梁老滑家　日　内

梁老滑的屋里。

梁老头盖着毛巾躺在那里。

刘主任："呀，梁老哥病了，啥时候病的？"

梁老滑："病了有几天了！"梁老滑剧烈地咳嗽！

刘主任："你叫我来啥事？"

梁老滑："主任！我家的牛，让修路队的人把腿给崩断了，咋个办？"

刘主任："你想咋办？我可以跟修路队商量！"

梁老滑："上回姓秦的和我动手，你说管不着，这回修路队的事是村上的事，你可管得着了，你是村里的头，我得跟你说。"

刘主任:"你想咋办?要赔牛,要赔钱。可以跟修路队说!"
梁老滑又咳嗽,说:"我不要牛,我要钱!"
刘主任:"要钱也行!得要得合理!修路队能接受!"
梁老滑:"笑谈,别一口一个修路队,修路队算啥?!这事儿就你村主任说了算!"
刘主任:"话也别那么说,现在修路是大山嫂牵的头!你要赔多少钱,我说了也不算,我得跟她们商量!"
梁老滑:"你说得赔我多少钱?!"
刘主任:"一头牛也就是千八百块的吧。"
梁老滑:"笑谈,主任,我不是三岁两岁小孩儿,和我想的差得太远!"
刘主任:"你想要多少?!"
梁老滑:"一万五千块钱!"
刘主任:"实话说,没那么要的!"
梁老滑:"糊涂,我那是一头母牛,这下子废了,要不然母牛下母牛再下母牛多少钱,大主任,你算算?"
刘主任:"没这样算的,就是最多一千五百块!多了,人家修路队不干。"
梁老滑:"那不行!一万五千块!一个子也不能少。"
刘主任:"我去问问吧,我看够呛。"

### 32. 工地工棚　日　内

大山嫂在讲话:"赵大胆用雷管炸伤梁老滑家的牛的事大伙可得好好寻思寻思!赔牛、赔钱不说,让人家说咱筑路队的人不讲德行,雷管是干啥的,老秦早就讲过雷管的后果,可赵大胆不听还要跟人家叫号,打赌!往后,每天晚上要听老秦、小夏给我们讲课,工程课、安全课谁都不能落。再有,王大山也有错!没有管好雷好!提出批评,而且是严厉的。"

王大山听到妻子的批评,心里好不是滋味。

大山嫂:"还有,王二山为筑路队找到了隧道,立了大功,队里奖给他五百元!二山,来领奖!"大伙鼓掌找二山没被找到。

大山嫂喊着:"二山去哪了?……"

黑子:"刚才还在呢!"

大山嫂:"好了,下边由老秦给大伙讲讲路改线的事……"

老秦把图纸挂在黑板上,开始讲话。

### 33. 梁老滑家　日　内

刘主任:"要不这样吧!明儿个我给乡上挂个电话,请畜牧助理来一下。他给定个价!"

梁老滑:"笑谈,你别拿乡上的人逗我,我早看明白了,你们都是穿一条连裆裤的手!"

刘主任:"话咋能那么说,乡上的人都是掌握政策的,现在村上和你谈不下来,只能请乡上来人定!"

梁老滑:"乡上来人定,定多了咋说!"

刘主任:"乡上来人定,定多少是多少!"

梁老滑:"笑谈,你不用跟我要心眼儿,一竿子把我支乡上去了!乡上来了人,你叫他找我说!我不怕见官。"

刘主任："那行，这些事你掂量着办吧！"

### 34. 大山家　夜　内

大山回家脱下脏衣服，换上干净的衣服，因为白天受了老婆的批评，心情很沮丧，只好把气出在家里，向老爹吐出了真情。

大山："就这样，她把我撸了一通把二山夸了一通，弄得我个大老爷们……"

王老爷子："大山媳妇心直口快，有时候容易伤人哪！"

大山："如今她当官了，我在她眼里就更啥也不是了！……"

王老爷子："两口子的事，在家里嘀咕嘀咕得啦。"

大山嫂回到家，先从小缸舀了碗水大口地喝着。

大山见媳妇回家了，有意躲开："爹，我回工地了！"

大山嫂把大山脱下的衣服泡在盆里，立即洗着："大山别走，我有事找你！"

大山："我找柱子替我看库房呢，我得马上回去，别再出事挨撸。"

王老爷子见两口子没事便回里屋了。

"走！到里屋去说！我跟柱子说了，叫他多顶一会儿！快进来吧！"大山嫂强行把大山拽进里屋。

大山刚进屋，大山嫂猛然抱住大山亲热起来。

大山："你这是咋的了？干啥呀，我得回工地了！"

大山嫂："大山，今晚别走了……"

大山："一会儿风一会儿雨的……"

大山嫂："你还在生我的气？"

大山："我一肚子气早就灌满了，天生的气篓子。"

大山嫂："我也实在没法子了，这雷管可要人命啊！幸亏炸的是牛，这要是把人给炸了，小命就没了，我这个当队长的不管不行啊！大山，你得替你媳妇想想。"

大山："你撸俺就撸呗，你干啥又当着大伙面夸老二呢？都是亲兄弟，手心手背都是肉？你干啥打一个拉一个！"

大山嫂："你可不知道，老二可是立了大功了，是秦大哥说的，得重奖他。"

大山："你呀，啥都听秦哥的，从来没听过俺的话。"

大山嫂依偎在大山的怀里："好了，别生气了，事已经过去了，断层也绕过去了，下把就该铆足了劲开干了！……"

屋里没有开灯，月光把室内映照得影影绰绰……

（第六集完）

## 第七集

### 1. 村委会　晨　内

秦永顺和小夏准备出发去工地。

秦永顺对小夏："赵大胆崩了老梁家的牛，用的是工地的雷管，咱们也有责任，小夏，咱们不光是要给乡村修路，还要用文化和知识，修理一下一些人落后愚昧的脑袋。"

小夏："我何尝不这么想呀，可对有些人，有劲使不上，你比如黑子，他不进盐酱。"

秦永顺："要耐心，要仔细。"

小夏："试试吧。"

**2. 山野工地　日　外**

山梆子上，风镐声、铁锤击、打钢钎的声音，不绝于耳。

黑子在小夏的指导下，在打风镐。

王老爷子在工地上走走看看，他仰脸儿，眯起眼睛看着那山！哦！那山好高，逆光中的大山，在大山和天空之间，有五彩光起环！

大山嫂："大山，你抡了半天了，我来！"

大山："你可拉倒吧！你不怕费劲儿，我还心疼我的手呢，让你抡锤，别把我的手给砸烂了！"

大山嫂："真说的呢！别啥事儿老觉着我们女人不行！来，我砸两下子！"

大山："你还真要砸呀？！不给你试试，你也是不死心，行，来，砸吧！"

大山嫂摸过了锤把！

大山："砸可是砸啊！眼睛盯住钢钎头，锤往钢钎头上砸！"

大山嫂抡锤，锤打得还真不错。

大山嫂汗水津津的脸。

迎春对柱子说："大山嫂抡上锤了，我也换你！"

柱子："你行吗？"

迎春："啥叫行不行啊，别寻思就你们男人行！"

迎春一锤下去。

柱子"哎哟！"一声！

血从柱子的手上流下来！

柱子咬牙捂着手。

迎春急忙撕一块布给他包手！

黑子："不让你打，你非得打！你就没有大山嫂那两下子！"

大山嫂见状，放下手中的锤子，走了过来："咋？把手砸了？！"

柱子："没事儿，没事儿，就是碰破点儿皮儿！"

大山嫂走近，拿过手看："啥叫碰破点儿皮儿，都砸脱了皮儿了！快歇歇吧！"

柱子："大山嫂，你别管了！没事儿的！"

王老爷子走了过来："咋？手砸了？来，我这有红伤药，上上，消肿止痛！"

几个女青年挑着豆浆桶，趔趔趄趄走了过来。

她们额头上都是汗珠。

她们放下担子，手里拎着个水舀子，喊："喝豆浆来！喝豆浆来！"

人们三三两两地来到跟前，用二大碗喝豆浆！

黑子端了一碗，喝了一口："哎，挺甜呐！"

迎春："放糖了！"

黑子往前凑了凑小声说："咋和你脸蛋儿一个味儿？！"

迎春的脸腾的一下红了，撒摸一下，没人听见，用手掐了黑子腿一下。

黑子疼了："哎哎！"

大山嫂："嗯？！黑子！你咋了？！"

黑子："嘿嘿，没事儿！一块小石头儿钻鞋窠儿里去了！硌了脚了！"

迎春忍俊不禁，扑哧笑了！

大山嫂见状，也笑了！

迎春对王老爷子说："大爹，你也喝碗吧！"

王老爷子："盘山道上走了一辈子了！成骆驼了，不渴！"

柱子："大叔，你给我使的那是啥红伤药？真好使！现在一点都不疼了！"
王老爷子："咱长白山呐，是个宝山，山里要啥药材，有啥药材！这红伤药，是我上辈人留下的配方！"
大山嫂："你看看，我爹还成了工地大夫了！"
王老爷子："哎，你可别那么说，岁数大了，干不了啥了，能做点啥就做点儿！可别说成了啥大夫的话，那么说，我可承受不起！"

3. 工地指挥部　日　内
一小间木板油毡纸的房子，墙上挂满了图纸，桌上堆放着资料。
老秦边看图纸，边吃饭。
大山嫂和二山从外边进来，二山："叫我干啥？"
大山嫂拿出一沓钱。
大山嫂："二山你听着，这五百块钱奖金是队里几个头头定的事。不是我……"
二山："我不要你的钱。"
大山嫂："不是我的钱，是队里的钱。"
二山："一样，你是队长，那还不就是你的钱么，我不要！"
大山嫂："你咋钻牛角尖儿呢！就算是嫂子的钱，我给你就不能要吗？"
二山："不能要！"
大山嫂："为啥？"
大二山想回答但找不到合适的词："我也说不上为啥。"
老秦抬头看看二山，感到很有意思："要是我发你奖金呢？二山你要不要？"
二山抬头看看老秦，态度显得不是很友好！
老秦："二山，你发现了旧隧道，你立了大功。"
"反正我不拿我嫂了的钱？"二山欲走，被大山嫂拦住。
"好，奖金以后再说，"大山嫂把二山拽到了一角："我问你，给你介绍了两个对象了，你连看都不看，啥意思？"
"这事你别管！"二山又要走，再次被大山嫂拦住。
大山嫂："我是你嫂子能不管么！"
二山始终不看大山嫂，甩开胳膊走了。
老秦听到了："这二山咋这样，平时挺有情有义的，这是咋了。"大山嫂苦笑着摇了摇头。

4. 筑路工地　日　外
工地上热火朝天，人拉肩挑往远处运沙石。
柱子对大山嫂说："手推车、马车轮子怎么还没买回来？"
刘大龙来到工地问大山嫂："你找我？"
大山嫂："手推车、马车轮子咋还没买回来？"
刘大龙："是啊！我也急啊！可眼下没有货啊！"
大山嫂："村口那段路是在果园子上开的，土松，得铺上一层沙石，靠人拉肩挑那得整到猴年马月啊！"
刘大龙："我这就下山再去催催！"
大山嫂、柱子不满地看着刘大龙。

### 5. 村委会　日　内

秦永顺在洗脸，刘主任在一旁卷烟。

刘主任："这梁老滑，一头牛，要一万五千元，真能讹人，那次占地的事他没讹成，这回更是狮子大开口，老秦，你说咋办好呢？"

老秦笑笑："村上的事儿，村上处理吧！对梁老滑的事儿，我是尽量少说话！"

刘主任也笑了："老秦！你是有知识，有文化的人，是人不和驴弹琴！这些个理儿，平时我也明白，可到了事情头儿上，真叫他给气糊涂了！就是控制不住！这也叫修养！"

老秦："我是真不想介入他家的事儿了！我来龙爪村，主要是修路来了，把路修成了是正经事儿，别的事儿介入多了没意思！"

刘主任："你说得对！是没有必要介入太多！可我不行！我得介入！我是这个村的头儿，有些事儿，你想绕开，你就是绕不开！唉！其实这个村干部我也真是干够了，你说不干，大家伙让你干，你说干吧，成天净是让你挠头儿的事儿！这老梁的事儿，还得我去谈！那梁老滑，心眼儿比筛子眼儿还多！"

老秦："当干部最难的，就是啥事儿该原则，啥事儿该灵活！该原则的你没原则到位，不行！该灵活的你没灵活上去，也不行！烂灵活，更不行！"

刘主任："老秦，你这些话都说到我心里去了，我心里也是这么想的，可说不出你嘴里那些词儿来！"

### 6. 小学校　日　内

迎春把小夏请来排练歌伴舞《二郎山》。

小夏："同学们注意，舞蹈动作是在武术动作的基础上设计的，动作要麻利，有力！"说罢，迎春演唱，小夏领着学生伴舞。

"二呀么二郎山，高呀高万丈……"

黑子一旁看着很生气，他抓起窗台上的铜铃摇着，学生们听见铃声停止了表演，准备上课。

迎春狠狠瞪了黑子一眼："黑子！别胡闹！"

### 7. 梁老滑家　夜　内

刘主任走进来。梁还躺在炕上。

刘主任："梁老哥！乡上的电话，我打了，赔牛的事儿，乡上有统一价格，一千元！你不能漫天要价。乡上杨助理说了，就赔一千元。你有不明白的事儿，可以去乡上找他，也可以给他打电话！"

梁老滑："笑谈，我不管他羊助理还是马助理！赔我那么点钱，绝对不行！你是主任！这事儿你得给我说话，挣口袋！"

刘主任："我不是不想替你说话，也不是不想给你挣口袋！先头我说给你一千五百块钱，你不同意，才扯出这事儿来的！你要是同意了，哪还有这事儿？这回乡上还有了意见了，咱不照乡上说的办咋行？"

梁老滑："笑谈，啥叫乡上说的？政策是人定的！人是活的！我老梁明白！"

刘主任："乡上这么说，那咱就得这么办了，你不同意那就得自己跟上边去！"

梁老滑："你也别把自己洗得干干净净的！我家的事儿，你就得管到底，你不管不行！你是村主任，你得管！"

刘主任："那么的吧，等你病好了，你给乡上打个电话，完了再说！"

刘主任走了，屋里传出梁老滑的喊声："这事你不赔到数，咱俩没完！……"

8. 山野　晨　外

俯瞰山村，炊烟袅袅。

山坡上，羊群在吃草，一羊倌唱：

山里的日头有升也有落，<br>
山里的怪石横竖遍山窝，<br>
山路是黑泥白水黄干道哇，<br>
上山别抬头下山别坐坡。

9. 乡农业银行门前　日

黑子在门外等候，嘴里不停地嗑着瓜子。

银行的门开了，迎春气呼呼地走出来。

黑子："取出款了？"

迎春："取个屁！"

黑子："咋的了？"

迎春："回去问你哥哥去？"

黑子："我哥咋的了！你倒是说啊？"

迎春："他把筑路队买手推车、马车轮胎，买炸药雷管的10万块钱，借给乡长买轿车了！你说说，你们老刘家的门儿，谁敢进啊？！"

"啊？！他咋这么浑啊！等回家我跟他算账！"黑子气愤地吼着，跟着迎春走了。

10. 工地指挥部　日　内

大山嫂、迎春在询问刘大龙。

大山嫂已忍无可忍："大龙啊，你说你都干了些啥？你的胆子越来越大了！阎王爷买马的钱你也敢花！"

刘大龙："我有啥法子，乡长要买车借咱们10万元应急，上秋就还了！"

大山嫂："这么大的事你为啥不和村主任和我打个招呼？"

刘大龙："来不及了吗。"

大山嫂："啥来不及了，你巴结上边有点过头了！"

迎春："工地等着用手推车，马车，等着买炸药雷管，你说咋办吧。"

刘大龙："我有啥办法，是乡长挪用了，我有啥办法！"

大山嫂："你借出去的钱，你去把钱收回来！"

刘大龙："我可要不回来了！"

大山嫂："好！那我去要！"

刘大龙："乡里的账号上没钱，谁去也没用。"

大山嫂："乡里要不来我到县里要！到市里要！"

大山嫂忽地站起欲走。

刘大龙匆匆拦住："你可不能到县去要，那赵乡长完蛋了！"

大山嫂思忖着又坐下。

秦永顺："先别急，想想别的办法。"

这时，大山走了进来："秦工，雷管快用没了，队上不往县里交预付款，县里也不给进货，不行的话，就得去邻县买了，要不就误工期了。"

大山嫂一筹莫展："这可咋整啊！"

迎春："刘大龙，这你都看到了吧！"

刘大龙自知理亏，再也不吱声了。
老秦在一旁沉思着。

### 11. 刘主任家　日　内

黑子满腔的怒火向大龙发泄着："你说你咋净干这些丢人现眼的事啊！你叫我和爹咋在村里做人啊！"

刘大龙："别大惊小怪的，我又不是贪污，是被乡政府借走了，算个啥事啊！"

黑子："整个工地快停工了还不严重啊！你明明知道我和迎春在搞对象，她又是筑路队的会计，她会对咱家有啥想法，人家咋敢进咱家的门？"

刘大龙："咋的？你俩要是吹了还怪我了？"

黑子："不怪你怪谁？"

刘大龙："那小夏早把腿伸进你俩中间了，你有种去找他算账啊！"

黑子："我就找你算账！"

刘大龙："你少找揍！"

黑子："我还要揍你呢！……"

哥俩厮打起来。

刘主任进屋勒令双方住手。

刘主任："不管官大官小，我也是一村之长啊，就不能给我留点面子啊！……这个主任，我是干到头了！……"

### 12. 赵乡长办公室　日　内

大山嫂在和乡长洽谈资金的事：

赵乡长故作镇静："这事整岔劈了，大龙也没跟我说清楚这是笔急用的钱，乡里暂时借用，过两三个月再还上不就完了嘛。"

大山嫂："国家的投资是按工程计划每月下拨一次款，不是一次性下拨。"

赵乡长："这我就更不知道了！"

大山嫂："这可咋办啊！有些工程用货再不运进来就停工了，要不，我去找找县领导帮着解决一下。"

赵乡长极力阻拦："不行不行！你千万不能惊动县里！"

大山嫂："为啥？"

赵乡长："这还用问嘛！我说，你看这么办行不？你从村里想点法子，借点，我再从乡里想想法子。先凑点钱，你们先干着，十万块钱我保证还！保证！"

大山嫂不解地望着赵乡长。

赵乡长："想点办法克服一下嘛！"

大山嫂有些反感了。

赵乡长走到大山嫂身边，语重心长地："大山嫂，你好好干，乡里是不会亏待你的，基本上已经定了，等路一修完，你马上接任龙爪村的村主任！怎么样？"

大山嫂怔住，抬头看看乡长，一时语塞。

### 13. 乡政府门口　日　外

大山嫂从乡政府走出来，看见老秦在等他。

老秦："怎么样？还钱吗？"

大山嫂："他哪有钱啊？……秦哥，我想去找县长！告他！"

老秦："你告他他就有钱还你了？得罪乡里，将来对你对龙爪村都没好处。"
大山嫂："我不怕他，我也不想当村主任。"
老秦："怎么，乡长准备叫你当村主任？"
大山嫂："他是这么说的，我不稀罕，这跟修路可是两码事！我找县长，县长会叫他把轿车卖了还钱？"
老秦："官场上的事你不懂，你不能光考虑一时痛快，最后给修路给村里留下后患。这种不正之风会有人管的。"
大山嫂："那咱们就要停工了。"
老秦打开皮包给大山嫂看，里边有五捆现钞。
大山嫂惊喜："钱？多少？"
老秦："五万元！够你应急用了吧？"
大山嫂："哪来的？"
老秦："我的。"
大山嫂："这可不成，这是你成家用的。"
老秦把皮包交给大山嫂，苦笑着说："我跟谁成家啊？"
"秦哥！"……大山嫂双手紧紧握住了老秦手，双眼湿润了……
大山背着一篓物资由此路过，见此景，立即驻足怔住了。

14．山道上　日　外
山路弯弯。
大山嫂和老秦一起走着。老秦的背篓里装着猪肉、白条鸡、粉条、咸鱼等，二人聊着天，吃力地攀登着山间小道。
二人喘息着，谈笑风生。
老秦："累不累？"
大山嫂："跟你在一块听你唠嗑一点也不觉得累。"
老秦："歇会儿，喝点水儿，吃点干粮。"
大山嫂："日头落山前能赶回去吧？"
老秦看下表："没问题！"
二人取出食品、水，俩人开始用餐。
大山嫂和老秦边吃边聊着。
大山嫂："你这五万块钱是从牙缝里省出来的吧？"
老秦："从小到大一直过着清贫的日子，一切都顺其自然了。"
大山嫂："秦哥，听妹子一句话，找个合适的快点成家吧。你总是这么过跑腿儿的日子，也不是个事呀……"
老秦："桂芝去世以后，我这心里一直都装着她，上大学参加工作，整天忙这忙那，修路这活东奔西跑，太不稳定，也有人给我介绍过，可总觉得不对撇子。前几年在工程队遇到了你，我这心里还……"
大山嫂看了一眼老秦，老秦把话止住了。
大山嫂："说呀，我想听……"
秦永顺："刚进村那咱，风言风语的满世界飘。我心里一是不在乎，二是委屈，闲下来半夜睡不着，躺在床上望天棚，我还真就犯了合计，当初在工程队，咋就没张这个嘴……"
老秦听到身后有动静，停下来，回头望。

大山一闪身藏到了树后。

大山嫂也好像听到了什么，仔细一听，又没了动静，接着说："行了，不翻腾那些陈糠烂谷子了，也怨我，爹让我回来跟大山成亲，我也就依了……"

老秦："大山兄弟，人不错。"

大山嫂："可我总觉得他缺点什么……"

老秦："人无完人，过日子，还得找本分的。"

大山嫂："秦哥，你不知道，我和他们兄弟俩呀，真是说不……"

大山突然出现在他们面前。

大山嫂："大山？！是你？"

大山看看大山嫂，看看老秦，什么也没说。

大山嫂看看大山受窘的神态问："你一直跟在俺们俩的后边？"

大山紧张起来："我……没有！"

大山嫂："你知道前边的是我和老秦，你为啥不撵上来，咱仨一块搭伴走呢？"

"我……行了！你就别问俺了！"大山赌着气委屈地走了。

大山嫂看着丈夫的背影，情绪很乱。

老秦撵上大山："你把风镐背回来啦！太好了，风镐的工效可比铁锤钢钎效率高好多倍啊！"

鸟儿在林中自由飞翔，鸣叫，大山嫂无心欣赏，默默地赶着路。

### 15. 山坡上　日　外
一个羊倌在唱：
　　　　　山里的娘儿们山里的汉，
　　　　　倔汉子养的娘儿们颠，
　　　　　刮风她偏往风口里走，
　　　　　下雨她偏往雨里站。

### 16. 村里　日　外
夕阳西下，小鸡子进窝，又一天。

### 17. 坟地　傍晚　外
夕阳的余晖下，秦永顺在王桂芝的坟头站了一会儿，长出一口气，走了。

### 18. 梁老滑家　傍晚　内
大山嫂来接孩子，从山妹手中接过孩子："大叔还没转过弯来呢？"

山妹："咱劝不了，嫁过来也不是一天半天的了，这老爷子啥盐酱都不进。"

大山嫂："妹子，你也替嫂子劝劝呗。"

山妹："得，我要张嘴，他还不把我吃了，这还天天使脸色呢，孩子哭啦，孩子闹了，听话听音呗，我没理他。"

大山嫂："让你也受连累了。"

山妹："嫂子心里有数就行。"

### 19. 刘主任家院门口　日　外
又是一天清晨，牵牛花迎着朝阳开放。

黑子和迎春沿着村道走着，一路无话，来到了刘主任家门口。
黑子："进去坐坐吧。"
迎春："不了！上午还有两节课呢。"
黑子："咋的，真的不进俺家的门儿了？"
迎春："我丢不起那份人！"
黑子："俺哥犯错误跟俺有啥关系？"
迎春："我是筑路队的会计，钱让你哥挪用了，俺能没责任！"
黑子："俺也跟他干了一仗，还动手了呢！可事已经发生了，你把俺哥判刑也来不及了。"
迎春："急用的物资进不来，修路马上就得趴窝！大伙不骂我才怪呢！"
黑子："明天叫我爹在大会上说清楚这不就没事了！走走走，进屋，我有要紧的事跟你说。"
迎春："过几天吧，等大山嫂、秦工程师搞到资金以后再说吧。眼下啥心思也没有！……"
黑子眼巴巴看着迎春越过家门而去，懊悔地一拳砸在门框上。

### 20. 烘炉　日　外
铁匠房，来送钢钎的人挤了一屋，地下扔了许多钢钎。
民工们问："老梁头呢？"
老梁的徒弟："因为村里赔他的牛钱太少了，在烘炉上干活的工钱也太少了，老爷子甩剂子回家不来了！"
柱子挺身而出："我爹真够呛，小算盘总是盘算自个的事。（对梁的徒弟）来吧，你当师傅挥小锤，我当徒弟抡大锤！……"
"对！柱子好样的，没有张屠户照样不吃带毛猪！"民工们热烈地议论着。
铁匠房又响起了叮当的锤声。

### 21. 工地仓库　日　内
大山嫂来仓库检查。
大山嫂："先用秦哥的五万块钱进点急用的，千万别叫工程趴窝了。"
大山："明儿个就派人把马车的轮胎背上来几挂，叫木匠做几副'架子'，马车牛车就能干活了。"
大山嫂："这可来劲了！工效一下子就上去了！还有啥急用的？"
大山："雷管不多了，咱们县里没有了，得到邻县去买！"
大山嫂："得赶快安排人去运？"
大山："安排谁去也不好，还是我自个去吧，放心！"
大山嫂端详着大山，把他身上的一件脏衣服扒掉，换上一件放在床上新洗的衣服，而后把脏衣服拿走了。

### 22. 龙爪村街上　日　外
乡农电所的张猛领着两个徒弟在村里检查线路，变压器。
学校的铃声响了，孩子们放学回家吃饭。
农民牵着耕牛回家。
两个徒弟擦擦手，整理工具时问张猛："张师傅，这午饭咋办啊？"

徒弟乙："村里一个干部也没有，连会计都去筑路工地了。"
张猛："他娘的！下饭馆子！吃完叫它村里报！"
徒弟甲："张师傅，这村连个小卖店都没有哪有饭店啊！"
张猛："过去你们下来在哪疙瘩吃饭？"
徒弟乙："吃派饭，有时候在村委会吃，可是有酒有肉的，今儿个是咋的了？"
张猛："娘的，他们饿咱们，咱们也断他们的奶！看谁干过谁，走……"
三个电工刚要走，刘大龙拎着酒和肉赶来："张猛师傅，检查完了？"
张猛："是大龙啊，我说，你爹是村主任，我们干了一头午活，连饭也不管？"
大龙："我爹也去修路了，眼下修路压倒一切，村里边的人财物大权统统掌管在筑路队的队长手里！她不发话谁敢招呼你们啊！"
张猛："队长是谁？"
大龙："大山媳妇，一个老娘儿们！净瞎指挥，连我都受他的欺负！哎呀！该吃饭了，走！到我家去吃，好久不见了，好好喝一顿！"
刘大龙把三个电工带回了家。

23. 梁家　日　内
梁老滑还在躺着，头上蒙块毛巾。山妹在伺候他：
山妹："爹，你这是啥病啊，得下山到卫生院看看吧？"
梁老滑："没事！就是心里一股火。"
山妹："你何苦生那么大的气啊！那个刘主任也是说了不算，算了不说的人，连他家刘大龙都管不住，你跟他生气不值！"
梁老滑："到手的钱啊！……"
梁老滑痛苦地呻吟着。

24. 工地上　日　外
黑子正在用搅拌机！
大山嫂、二山、大山、柱子他们都在抡锤掌钎！
黑子的搅拌机突然不响了！
黑子又试了两下，还是不响："哎，这是哪坏了这是？"
老秦走了过来："我看看，哪也没坏，是停电了！"
黑子："败家的农电所，整整就停电！"
大山嫂："搅拌机咋了？"
老秦："没啥事儿，停电了！"
大山嫂："看来，咱们还得跟乡上说说，不然的话三天两头停起电来，那咱们这活儿，可就没个儿干了！"
柱子："村主任好像跟乡里农电所说过，可说了也没管用！"
大山嫂："不管用不行！咱们还得找他们，实在没招儿了，就得找乡长！"
柱子："乡农电所也太不像话！得勒大脖子就勒你大脖子！年年过年前，你要不把红包给他们送明白了，他们就能让你摸黑过年三十儿！人家别的乡镇都不这样，就咱这乡农电所，太差劲儿！"
大山嫂："咱们先打电话找他们，不行再说！就这么一台搅拌机，指望它们出活呢！停了太窝工！"

## 25. 村委会　日　内

大山嫂和柱子来打电话。

大山嫂："喂，乡农电所吗？我们是龙爪村！电咋停了？啊？不知啥原因？我说，我们村正在修路哇！急着用电啊！啊？！让管事人来？让管事人去干啥？啊？！送钱？电费呀？！我就是管事的！多少钱？啥？明白钱？啥叫明白钱？我们看着办，要不通不了电？！"大山嫂放下电话，对柱子说："你说得对，他们乡农电所，就是要勒我们大脖子！让我们给他们送明白钱去！"

柱子："这咋整？送，那是个无底洞！不送，也真影响修路！咋整？"

大山嫂："不送！不惯他们！咱们找乡长！乡长不行，咱们找县长！我就不信那个劲儿的呢，就没有人能管得了他们！"

刘大龙一旁抽着烟，看着热闹。

## 26. 梁老滑家　日　内

梁老滑躺在炕上直哼哼。

山妹抱着孩子："爹，不行别挺了，赶紧找人抬着上医院吧，你这么大岁数了，万一……"

梁老滑："你别咒我，我还没活够哪……"

王老爷子走进来："大兄弟呀，听说你病啦。"

山妹："爹，你来得正好。"

## 27. 村委会　日　内

大山嫂、柱子、老秦、迎春都在。

刘主任和老秦说："乡农电所也他妈的太不像话了！我说话不好使，乡长说了话，他们也明听暗抗！这些电霸，不收拾收拾真不行！"

老秦："不正之风，得空儿就刮！真就有那个别人，不像样子！"

电话铃声。

刘主任来接电话："喂，啊，乡长啊，是我！啊，说了几次了，是！这些人不听话呀，要勒大脖子，电费我们正常交，勒大脖子的事儿，我们不能干！对！整顿？！嗯，我看是得整顿！嗯，好！"说着挂断了电话。

刘主任说："你听听，这都像啥话？乡长一找他们，就是：是是是，好好好！可就是不办事儿！小衙门口不大，霸气十足！"

山妹气喘吁吁地跑了进来："主任！主任！"

老秦："啥事儿？"

山妹："我爹病得不行了！高烧还说胡话！"

刘主任："柱子，没吃药吗？"

柱子："吃了，可是不顶事儿！早就让他上医院，他就是不去！"

老秦听了一皱眉头："吃药不顶事儿，没别的招儿，只能上乡卫生院！"

山妹哭着说："主任，秦叔！平时我爹有千不好万不好，你都大人别见小人怪！他病成这样，你就帮帮我们吧！出几个人，往乡里抬抬我爹！求你们啦！"

刘主任："山妹，你别说求的话，你爹有病，是咱大家伙的事儿！抬人，我去行，可你爹在村子里的人性，你也知道，找人抬他也挺难！"

老秦穿着衣裳说："我去！算我一个！"

柱子："秦叔，谢谢你了！"

刘主任："还找谁？"
老秦："我招呼修路队的去几个人！"
迎春说："你爹是不是因为牛的事上的火呀？！"
柱子："倒也不是！不知啥原因，就是一股火！"
老秦："事情赶早，别赶晚，要走就快走！主任，你就别去了，人手够了！"
刘主任："我是主任，我不去哪成？我得去！"
几个人匆匆走出村委会。
大山嫂拦住迎春："你到乡农电所去问问，乡长的电话也打过了，到底咋回事不送电？"
迎春："好，我跟黑子去！"

### 28．刘主任家院　日　外
迎春来到刘家门前招呼："黑子！黑子！"
黑子出屋："谁？"
迎春："是我！"
黑子："迎春，快进屋！"
迎春："不了，大山嫂叫我到乡农电所看看为啥停电，你陪我去呗？"
黑子："行！这就走！"
刘大龙从村委会回来："黑子，你去干啥？你去了也没用！"
黑子："咋没用，他不给咱们送电，咱们就好好收拾收拾他们！"
刘大龙："你别去了！别惹祸！"
"你别管了！"黑子挽着迎春的胳膊消失在夜幕里。

### 29．山道上　日　外
抬担架的人，已经换上了大山嫂、柱子。
大山还在抬着。
柱子："大山嫂你别抬了，你身子骨不行，这让我心里不落忍哪！"
刘主任："你爹跟着过不去的人，都来抬他了！最过不去的，要数老秦了！打了人家，还告了人家，人家还来抬他！平时像冤家似的对人家，可你爹有了病，人家拿你当自家人待！"
梁老滑在担架上，紧闭着的眼，竟然滚出泪珠！

### 30．乡农电所　日　内
迎春正和一个人说话："要钱没有，钱是修路用的，不能溜须你们！你们也不用想咬我们龙爪村人的手指头儿！一年不给我们电，我们也不会给你们送小钱！不但不送小钱，我们还要告你们！不告老实你们就不算完！"
农电工人："你乐意告，你就告！我倒想看看，你能把我们咋的？看把你能耐的！一个山沟里的女人，说话别说太大喽，小心风大闪了舌头！乐意上哪儿告，上哪儿告去！不递钱，没电！告我们更没电！没电，你们那搅拌机怎么转？搅拌机不转，路怎么修？哪头炕热，你自己琢磨琢磨！哪头大，哪头小？给我们点儿钱，不是很正常的吗？我们为你们服务了！"
黑子："用电，我们交电费！一分钱也不少交！你们挣的是工资，凭啥给你们明白费？要想要，也行！"

那个人:"怎么个行法?"
黑子:"你问问我的拳头答应不?"
"这小子敢撒野,揍他!"电工们和黑子撕扯起来。
迎春从中劝架。

### 31. 山坡上　晨　外
淡淡的日出。
人们迎着日出上工了。

### 32. 梁老滑家　晨　内
大山嫂疲惫地走进来,山妹迎出。
大山嫂:"妹子,咋个一宿没回来,让你受累了。"
山妹忙着刷锅做饭:"累啥,你干啥去了我还不知道哇。我公爹没事吧?"
大山嫂:"没事!"
山妹:"巧了,柱子他大姑从山东老家来了,这回咱虎子也有人看了,嫂子,跟你说件事。"这时,柱子大姑抱着孩子从里屋出来。大山嫂忙接过来孩子,跟来的客人打了招呼,边喂孩子奶,边说:"啥事,说吧?"
山妹:"在工地给我找点活,轻巧点的。"
大山嫂想说什么又止住了。
山妹:"听说伙食没人管,我来管,行不?"
大山嫂:"你能行?"
山妹:"啥话呀,我是不出马,一出马就能顶俩。"
大山嫂:"我和村主任商量商量,试试吧。"
山妹:"商量啥,就你一句话。"
大山嫂:"也别那么说,唉,山妹借我几个咸鸭蛋。"

### 33. 乡卫生院　日　内
病房内,梁老滑在打吊瓶。
柱子在旁边侍候着他:"爹,你是得想想了,人家老秦来抬你,大山嫂、刘主任也来抬你!你别再和人家过不去了!"
梁老滑闭着的眼睛睁开了,看着儿子,没吱声。
柱子又说:"一块地,一头牛,你瞅你闹的,鸡飞狗跳墙!最后咋的了?人,人得罪光了,钱,钱没落着,爹,不是当儿子的说你,你这是图啥呢!"
梁老滑叹了口气。
柱子:"你病成那样,没人抬你,你就得死在家里,我一个咋抬你?背半道上,也得扔喽!人家咋抬你,几个人换着,一溜儿小跑把你抬到医院!爹,说句公道话,你的命,是老秦、大山嫂他们从阎王爷手里抢回来的!爹,你活这么大岁数了,这些事儿该醒醒腔了!"
梁老滑没说话,眼角却溢出了泪。

### 34. 乡农电所　日　内
十多位电工,拿出自带的饭盒准备吃饭。
一位年纪大的电工进屋问道:"龙爪村的电给送了没有?"

张猛:"忙啥!这把好好治治他们!"
一电工:"我看这事办得不妥,别让人家说咱的不是。"
老电工:"别给捅到乡里就麻烦了。"
张猛:"周所长,这事你别出面,出了事我们负责任!"
周所长:"千万别出事,出了事谁也负不了责。"
一电工进屋报告:"周所长,有人找你?"
"谁找我!"周所长朝门口望去。
只见大山嫂挎个篮子进了屋。
周所长:"你是?"
大山嫂把篮子里的烧鸡、香肠、咸鸡蛋、鸭蛋等酒菜及几瓶酒放在桌上,笑容可掬,大度随和地说:"我是龙爪村筑路队的队长,大伙都叫俺大山嫂子,今儿个来,俺是代表全村的老少爷们向农电所的工人老大哥赔礼来了,前儿个张猛三个兄弟到俺村检修电路,可俺们全上工地了,也没个人照顾他们吃饭,这事搁谁也受不了啊!村上一个愣头青又跟你们吵了一架,那还不把你们惹火了?我来道歉,我认罪!"
大山嫂把酒倒在每个人的碗中。
大山嫂:"我先敬大伙一碗酒,先喝为敬——干!"
在场的电工情绪顿时高涨起来,举起碗把酒喝干。
大山嫂把食品分给电工:"大伙吃!没啥好吃的!吃!喝酒!"
周所长有些不好意思了:"大山嫂,你歇歇吧,跑了这么远的山路,情义我们领了。"
大山嫂拿起酒瓶又为每个电工斟上酒:"来!喝!我的嗑还没唠完呢!"
大山嫂从衣口袋里取出一个很旧的像老式账本一样的本子,她吹吹本子上的灰尘,心情顿时凄楚起来:"大伙先看看这本花名单,上边记着每个人出生的时辰和离开人世的日子……"
电工们边传阅边不解地互相小声地问着:"都是死人的名单?叫我们看它是啥意思?"
大山嫂:"对!那是一本死人的名单,死的人都是俺们村的。俺村就因为没有一条路,不能送出去治病治伤,死在村里、死在驮道上的人太多了。这上边就有俺爹娘,俺的婆婆,自从俺们开始修路以后,搅拌机哇哇地叫着,就像唱歌,不光活着的人高兴,就连死去的亲人也乐啊,春天村里的坟地里的杜鹃花开得别提有多红,有多旺啊!我这就是代表我们村死去的亲人,敬电工兄弟们一碗酒,我也替他谢谢你们了!干——"
周所长举起了酒碗高喊一声:"等等!同志们!这杯酒的分量太重了,压得咱们喘不过气啊,请大嫂放心,请龙爪村的村民,还有地下的亲人们,我们农电所今后保证电路畅通!……"
电工们随着周所长的样子,先把酒洒在地上一部分,然后一口干掉!
"谢谢了!谢谢了!"大山嫂热泪盈眶,也把酒干掉。

35. 工地上  日  外
来电了,几台搅拌机又吼叫起来。
工地上人欢马叫,挑的,抬的,手推车、马车来回穿梭着。
在风沙弥漫的工地大山嫂那红俊俊的脸颊上绽开了欢快的笑容。

### 36. 工地仓库　日　内

几个人来领料。

大山认真登记，发放。

民工甲："大山，雷管不够了！"

民工们："雷管多给几个不行吗？"

大山："不行！雷管没几个了，先对付用。"

民工丙："那赶快去进雷管啊！工程正在节骨眼，可别停工待料！"

大山："不会，我明后天就下山进雷管。"

### 37. 工地指挥部　日　内

用木板钉的双人通铺，这是老秦和小夏睡觉的床。上面放着一床新拆洗的被子，老秦戴着眼镜一丝不苟地、一针一线地缝着。

大山嫂进来，见状，感到好笑。

大山嫂："天啊！你可真能，还会针线活呢！"

老秦："还行吧，速度慢点。"

大山嫂俯身缝起被子："我不是告诉你了吗，我来给你缝被子么。"

大山进屋来，见媳妇和老秦在一起，虽已司空见惯，但仍有一种酸楚感。

老秦主动迎上："大山来了，坐，多亏弟妹帮忙，要不然今晚睡觉就得盖被套了。"

大山："行！有活就叫她帮你干！"

大山嫂："大山，有事？"

大山："明后天我得下山进雷管了。"

大山嫂一惊："你去？"

大山："嗯哪。"

大山嫂："不行！还是我去吧！"

大山："那咋行！队里一大摊子事呢！"

老秦："大山，我跟你去吧！"

大山："你更走不动了，还是让我去吧。"

大山嫂："县里没货，你还得到邻县去进货，来回有一百多里路，又没有车，你可咋运回来啊！"

大山："活人还能叫尿憋死？没事！你不用操心？"

小夏站在门口喊："大山嫂，你叫我好找！快！出来照个相？"

大山嫂："照啥相啊？"

老秦："昨儿个乡里来电话，叫小夏写一篇报道你领着村民修路的先进事迹，再配一张照片寄给报社发表！快，趁着阳光好，赶快照相！"

"照啥相啊！这老天巴地的……"大山嫂叨咕着走出屋子。

### 38. 指挥部门前　日　外

大山嫂站在阳光下，山风吹着她的一头黑发，更显得俊秀。

"来来来！脸避开点阳光！自然一点，我照的时候你喊'茄子'！"小夏给大山嫂摆好姿势。

"喊！茄子！"小夏继着眼对好焦距按动了快门。

大山在一旁看媳妇拍照，美滋滋地笑着。

大山嫂："小夏，我和大山结婚好多年了还没照过一次相，你给俺俩照张相行吗？"

"当然行！补张结婚照！嘿！这照片太有意义，大山！快过去！拍张结婚照！快！"

大山感到紧张，有点难为情，连连摆手："不，我不照！我不照！……"

大山转身欲走，被众人按住，小夏按下快门。

定格：一张农村夫妻的野外合影……

大山似乎什么也没听见，加快脚步，已跑得无影无踪了。

大山嫂抬头看看老秦，一脸的无奈。

### 39．梁老滑家　傍晚　内

柱子在外屋干活。

片刻，山妹拎个兜回来。

山妹："快！赶快点火炖鸡！明儿个你给爹捎到卫生院去！"

山妹把两只白条鸡放在外屋的菜墩上，用刀垛成块。

柱子："哪整来的鸡！"

山妹："唉！你就别问了，快点火，放点油把鸡块炒炒添上水炖了。"

柱子："不对！你肯定是从工地食堂偷来的。"

山妹："说么么难听干啥！"

柱子："那是大伙的伙食，你把鸡拿回家，这事传出去多寒碜啊！"

山妹："有啥寒碜的，刘大龙把修路的10万块钱都借给别人了，大嫂他们手里把着不少的钱，能少搂了吗？！"

柱子："大嫂不是那样贪的人！"

山妹把灶火点燃："她告诉你了？如今当官的谁不搂？不搂白不搂。"

柱子："往后你可别整这事了，一个老爹就贪财出名了，你再……"

山妹："我这个管伙食的多吃几只鸡几斤肉有啥了不起的？你少大惊小怪的！"

山妹把鸡肉扔进热锅里，起了水雾，弥漫了房间。

### 40．大山家　夜　内

孩子睡着了。

大山仍然默默地吸着烟。

大山嫂在洗孩子的尿布。

大山嫂："白天在工地你为啥不照相呢？"

大山："那么多人看着咱俩……"

大山嫂："明媒正娶的两口子有啥怕别人看的，又不是搞破鞋呢！"

大山："照不照相也没啥。"

大山嫂："你看人家城里人，家里都有好多照片，两口子结婚时候照的，全家人在一块照的全家福。"

大山："照相有啥用？"

大山嫂："留个念想嘛！人活着咋能光是吃饭睡觉啊！"

大山嫂把洗好的尿布挂在绳子上，她已感到很疲劳了，很吃力地爬上炕。

大山嫂费劲地想翻身，可明显是腰疼，她翻不过来！

大山一回头："哎，你咋的了？！"

大山嫂："把枕头拿过来！垫我腰底下！"

大山把枕头给大山嫂垫腰底下："有些事能干就干，干不了别逞能，抬梁大叔上乡，你咋还能靠前呢？"

大山嫂："这事咱得靠前，亲家不说，老梁大叔和筑路队有隔膜，人心换人心，咱敬他一丈，还换不来一尺？"
大山不说什么了。
大山嫂："大山，你说秦哥这个人咋样？"
大山思忖了一下："有两下子，挺能干的……"
大山嫂："光能干吗？人品呢？"
大山："还……还行吧！"
大山嫂："啥叫还行吧！你心里有啥话就不能告诉我吗？我问过你好几次了！"
大山："没啥！对秦哥，我真的没啥！"
大山嫂进了大山的被窝："你呀，实诚人，可心眼不大。"说着要和大山亲热。
大山轻轻把媳妇推开："歇着吧！明儿个还得起早……"
"你？！……"大山嫂的欲火被熄灭了，她想发作又抑制住自己，返回自己的被窝。

### 41. 大山家院子　早　外
鸡架门开了，小鸡子鱼贯而出。
全家人吃完了早饭，大山打上了绑腿，背上了背篓，大山嫂把路上吃的食品还有水壶给他装进挎包斜挎在身上，送他出门。
王老爷子不安地叮嘱着："千万小心！走山道脚底下稳点落脚！"
大山嫂：今晚先住下，明天再去买，再往回背。
"放心吧！又不是第一次运货。"大山亲亲孩子走了。
王老爷子，大山嫂背着孩子送到了门口，直到大山身影消失了。

### 42. 筑路现场　日　外
老秦："炮响齐了没有？"
一位手拿红绿旗的人说："响齐了！"
老秦："清理山坡上的石头儿，从上往下清！"
修路队员上到山坡上，从上往下清石头。
一块很大的石头儿。
大山嫂、柱子等人用钢钎往山下撬！
他们用上了浑身的力气！
柱子脖子上青筋暴突！
石头从山坡滚落下去！
还有一些人撬的石头滚滚落下去。

### 43. 某县矿山物资供应商店　日　外
售货员正在把雷管装进塑料袋，又把大塑料袋装进背篓。
大山向收款处交了款。
大山："同志，装好了？"
售货员："装好了！路上千万小心，你的车呢？"
大山："我没有车，坐公共汽车来的。"
售货员一惊："那可不行！公安局早有规定，易爆易燃物不能上公共汽车和火车！逮住了不光罚款没收，还得进拘留所！"
大山惊诧不已："啊！这可咋整！"

售货员："买这么多雷管咋能不派台车呢！"
大山："我是长山县龙爪村的，俺那山路没修好，还不通车。"
售货员："你不是本县的？这离长山县可有60里地呢！"
大山："到我们龙爪村得走70里。"
售货员："那咋办？70里路你一天也赶不到啊！"
大山背起了背篓："赶不到也得赶！中间连个屯子也没有。"
"同志，你走路！要小心点，走累了就歇歇，可别出了事！"售货员把大山送到街上，不安地望着他远去。

### 44. 一组镜头　日
大山背着背篓在国道上行走，来往的各种车辆与他擦肩而过。
大山背着背篓在沙石路上行走，他在一家小吃店前买了一碗面，站在门外一口气把面条吃进肚子，擦擦嘴又匆匆赶路。
大山负重，在乡间土路上跋涉，他已经很疲惫了！太阳落山了。天渐渐黑了下来。落日下，一个羊倌在唱：

　　　　山里的日头有出也有落，
　　　　山里的老参开花后结果，
　　　　山里的狍子对着枪口卧，
　　　　打猎的人儿没法捻枪火。

### 45. 村委会　夜　内
明月当空。
迎春正在黑板前做一道数学题，题很难，急得她满头大汗。
小夏也为她着急。
黑子站在后边看热闹，心不在焉。
小夏终于忍不住了："你怎么这么笨啊！这是高二的代数题你都不会做，这马上要考试了，你不落榜才怪呢！"
迎春："对不起，你别急，这题我做过，一下子卡住了！"
小夏："什么卡住了，你的底子太差了！"
迎春急出了汗。
黑子过来斥责小夏："你嚷啥？不上大学就不上大学，有啥了不起的！"
小夏："我跟你是秀才遇到兵——有理也说不清，你躲远点！"
黑子："我就不走，你能咋的！"
"你不走我走！"小夏拂袖而去。
迎春火了："黑子！你别再添乱了好不好！"
迎春伤心地哭了。

### 46. 大山家门口　晨　外
炊烟在初升的太阳前拂过。
王老爷子一大早就站在门口向村口观望。
大山嫂背着孩子出来："爹，快回屋吃饭吧！"
王老爷子："大山也该回来了！"
大山嫂："道远，可能耽误……"

大山嫂想安慰老人，一时也找不出合适的话。

**47．山道上　晨　外**
　　大山行进在山道上。刚下过雨的路很滑，他小心翼翼地稳步向前。他已经很疲惫了。大口地喘着气。
　　几个驮东西的人撵过去了。
　　驮队的人问他："大哥，到哪去？"
　　大山："龙爪村。"
　　驮队人："咱们同路。"
　　大山："你们是哪村的？"
　　驮队人："龙口村的。"
　　大山："不！我背的是雷管，你们先走吧，一条道到龙爪不会走岔路的！"
　　"那好！我们先走了！"驮队的人快步离开了大山。
　　大山实在太累了，坐在大树根上休息，喝水，擦汗。
　　一条大蛇无声地向他爬来，直到大蛇爬上他的腿，他才发现。
　　大山惊叫一声身体向后一闪，由于向后冲力太大，连人带篓子来了个后滚翻。
　　人和篓子顺山坡滚了下去。
　　轰的一声巨响，引出一串爆炸轰响，惊天动地，浓烟火焰沙石喷向天空，连小树也炸倒一片。
　　透过浓浓的烟雾看到大山倒在血泊中。
　　驮队的人掉头跑了回来了，抱起大山呼喊着："大兄弟，大兄弟，你醒醒！……"
　　大山满脸血污，紧闭双眼。
　　（第七集完）

**第八集**
**1．工地　日　外**
　　大山嫂扔下手里的家什，疯了似的往村委会跑。

**2．村街　日　外**
　　二山挽着王老爷子，往村委会疾走。

**3．梁光滑家　日　外**
　　山妹从门里冲出，奔向村委会。

**4．村委会　日　内**
　　一屋子的人，还有两个外乡人。
　　大山躺在老秦的床上，几处伤口已经包扎过了，一个乡卫生院的医生："我们要送他去县里，可他非要回家，说是要看看家里人。"
　　老秦眼里汪着泪。"都怪我，我是工程师，我应该跟他一块去进雷管，咋能叫他一个人去呢，我该死！"
　　院里，王老爷子、柱子从人群的夹缝中挤了进来。
　　王老爷子在人们投向自己的目光中，已经感觉到了什么！
　　王老爷子和柱子刚进屋。

刘主任却一把搂住了王老爷子："大叔！别进去了，人怕是够呛了！"
王老爷子："不行，我得进去！我得进去！"说着，疯了似的要进去。
屋里，柱子搂着大山。
大山一直在昏迷中。
柱子："大山哥，你醒醒啊！"
大山睁开了眼睛！
王老爷子冲到大山跟前。
大山直直地看着他爹，看着二山，看着大山嫂。一手拉着二山，一手拉着大山嫂……
大山的目光直得吓人！
王老爷子："大山呐，你是有话要跟爹说吧！你说吧！爹听着呢！"大山没有说出来话，嘴一张，头却一偏！
大山嫂搂住大山的遗体，深深地啜泣！
王老爷子老泪纵横："儿呀，儿呀！"
二山挽住他爹，泪水在脸上恣意流淌！
院子里，人们一片静默。
迎春趴在黑子的肩头上哭了！

5. 山道上　日　外
一个羊倌在唱：

　　　　　山里的日头有升也有落，
　　　　　山里的石头它始终不唱歌，
　　　　　山风吹得石头满山滚，
　　　　　天塌地陷管咋地人得活。

6. 坟地　日　外
一座老坟旁，添了座新坟。
刘主任、二山、大山嫂、迎春、山妹等人都在这里。
人们在添坟！
大山嫂一身孝服，站在那里。
风抖着花圈上的纸花，纸花瑟瑟颤抖。老秦泣不成声。

7. 大山家　日　外
院外的老碾盘上。
刘主任、老秦和王老爷子和二山坐在这里。
刘主任："王老哥，老年丧子，白发人送黑发人，这对谁来说，都是难受的事儿！乡里来了电话，说王大山是烈士！人是没了！可乡上肯定咱是烈士，那就是说死得也算值！老哥，你到我家去住两天吧，咱老哥俩好好唠唠！"
老秦："大叔，大山是为修路死的，可我秦永顺有不可推卸的责任！我姓秦的能说啥，啥也不说了，就一句话！打今儿个起，我也是你的儿了，我和二山，一起养你老！"
王老爷子脸上的肌肉抽搐着，叹了口气，没吭声。
屋里，迎春在陪着大山嫂。
大山嫂跟谁也不说话，目光直直地看着房梁！
大山嫂木然的神情。

迎春："嫂子，大山哥走了，人死如灯灭，你得坚强点儿！你看你两天水米没打牙了牙这哪行？你得吃点东西呀！"
大山嫂依然是木然的神情，不吭声！

### 8. 坟地　日　外
王老爷子在唱："儿呀儿呀，我的那个儿，你升天升得好哇！我看着你往天上飞，脑门上带着花！你升天了，爹看着你了！星星月亮都是你的家！你升天了，爹看着你了，脑门儿多了一朵霞……"
几分凄婉，几分憨直的歌声，在山野荡漾……

### 9. 学校　日　内
迎春在给学生上课，黑板上写着，作文题：《我为山村做贡献》。
迎春："同学们，写作文，要说心里话，栓柱，你往外看什么呢？"
她顺着栓柱的目光往外望去，黑子正趴着窗户往里瞅哪。

### 10. 乡卫生院　日　内
病房里。
柱子对梁老滑说："爹，你还没听说呢吧！"
梁老滑半躺在那里："啥事儿？！"
柱子："大山哥，因为修路，跑了一百多里路，买雷管被炸死了，人没了？！"
梁老滑呼地坐起来："啥？你说啥？他人咋了？"
柱子："乡里追认他为烈士！"
梁老滑："啊？真的呀！"
柱子："爹，是真的！大山哥，真的是死了！"
梁老滑哭了："大山呐，是个好人呐！那天往乡上抬我，你们都换换手，就他没换呐！壮实得像头牛哇，这样的好人咋能没呢！不如我替他死了呢！哎呀，我还寻思等病好了，好好谢谢他哩！他咋就能没了呢！"
梁老滑哭得很真诚。
柱子："爹，人是没了！大山嫂她们修路，也不易！你呀，原先办的那些事，多熬糟。"
梁老滑："别说了，啥都别说了，那都过去了！你爹我打今往后，不能再那么办事了！"

### 11. 坟地　日　外
大火烧起来了！火势很猛。
二山那张憔悴的脸。
二山："哥，你用命成全了这条路，死前你拉着我和嫂子的手，你的心思我全懂，我会真心待嫂子的！真心对爹的！我得把这条路修成喽，路修成那天，我得给你来烧纸，让你知道路修成了！你活着没看着公路通到咱龙爪村，死了，我也得让你知道！"
火苗，噼啪作响。

### 12. 城里照相馆　日　内
老秦、小夏把一张照片底版交给收款的小姐。

老秦："小姐，能放大吗？"
　　小姐："能！"
　　老秦："能放多大？"
　　小姐："看你要多大了。"
　　老秦："你们最大能放多大，就给我放多大！"
　　小姐："先生，你又不是做广告，要那么大干什么？浪费，一张夫妻合影挂屋里，放个七尺的就够用了。"
　　小夏："那好！就放七尺的！越快越好！"
　　小姐："要什么样的镜框？"
　　老秦："你们最好的镜框！"
　　小姐："好的，交钱吧！……"

　　**13. 学校教室　日　内**
　　在铃声中，学生放学了。
　　黑子走进教室找迎春。
　　迎春看见黑子，顿时来了气："你找我干啥？"
　　黑子："不是约好了到家吃饺子吗？"
　　迎春："你还有脸叫我进你家门？大山哥咋死的？那是你哥害死的！"
　　黑子："这话不对，我哥又没拉响了雷管。"
　　迎春："你哥要不挪用10万元修路款，按部就班从县里进货，何必叫大山哥跑一百多里路去进雷管！一路上又不能搭个车坐坐，全靠走路，结果就出了事，你说跟你哥有关系没有？"
　　"那是我哥的错，跟我有啥关系？！"
　　迎春无心再与黑子多说什么，拿着书本教材走了。

　　**14. 大山嫂家　日　内**
　　小夏把大山嫂和大山的生前合影放大的彩色照片送到大山嫂的手里。
　　大山嫂抚摸着手中的照片，泪如泉涌，滴滴泪水洒在合影照片的镜框上。
　　老秦安慰着她："冬花，你……人这一辈子要办的事太多了！……"
　　大山嫂好像没有听见老秦的话，仍用手抚摸着镜框。

　　**15. 梁老滑家　日　内**
　　二山坐在炕上，山妹为二哥备了酒菜。
　　二山："你找我来啥事？"
　　山妹："咱兄妹说点贴心话，大嫂，能干，是你佩服的人！可把大哥的命折腾进去了！大哥没了，大嫂还能有心修路？！我是不如嫂子，可咱不像大嫂，折腾完老的，又折腾小的！要那样，这个家早就不容我了！"
　　二山："大哥刚没，我这心里烦着呢！你啰唆些啥你！闭嘴！"
　　山妹横了二山一眼，转过身就说："我帮他们看了这么些天孩子，算钱呐！"
　　二山："你说啥呢你？！"
　　山妹："我说帮他们看孩子，得算钱！我帮他们白看呐？！"
　　二山有些急了："一开始，你是咋说的？！"
　　山妹："咋说的啥？我帮他们干活了，就得给钱！"

二山："这嗑唠散了。"
山妹："你干啥老护着她？"
二山："大哥刚没，我这心里堵着呢，你别跟我啰唆这些事儿行不？！"
山妹："你个大傻子！哥没了，嫂子嘴上说是要养咱爹的老，可女人的心，你能猜着哇，谁敢说她今后不走一家人家？她手里的钱，你得想法子把它撸下来，不撸下来，那还是咱家的钱吗？大哥赶驮侍候果树那点钱，都在大嫂手呢！她真走了一家，那钱就成别人的了！傻子！"
二山："大哥活着的时候，没这么多事儿，大哥一没，咋来了这么多事儿？"

16. 大山嫂家　日　内

王老爷子坐在炕上。
大山嫂抱着孩子，神情木然。墙上挂着她和大山的合影彩照。
他们就那么坐着，谁也不吭声。
大山嫂长出了一口气，说："爹！千错万错都是我的错！我不挑头修这路，兴许就没这事儿了！大山呐，就没不了！爹！路我不修了！让别人修去吧！我不修了！以后就在家侍候您！我对不起大山了，不能再对不起您了！"
王老爷子佝偻着身子，啥话也没说

17. 乡卫生院　日　内

梁老滑对儿子说："我的病，也好得差不多了！咱们今儿个出院！我得回去！得去看看大山！到他坟上看看！没有他，就没我姓梁的这条命啊！"
柱子："嗯！爹，你身子还有点儿虚，能走那么远的山道哇？！"
梁老滑："走得了！咬牙也得走！我得回去看看大山！"

18. 山道上　日　外

梁老滑拄个棍子在走。
柱子跟着他。
梁老滑："儿子，你得记住这个老王家！大山救了我的命！他爹救过你大爷的命！你得记着！老王家对咱家有恩！"
柱子："爹！我记着呢！关键是你得记着！"
梁老滑："打人别打脸，说话别揭短！你是不揭你爹短不说话！你爹经过这几码事儿，也想了不少事儿，人活一辈子，也不能事事全琢磨自己合适！爹以前办的糊涂事儿多了！儿子，你跟着爹受委屈了！村里人用白眼仁儿看我，我还觉着是好事儿！爹，现在也不是说全明白了，还是一阵清楚一阵糊涂！爹想不明白的时候，你就勤提醒着点儿！爹呀，也想当个好人了！"
柱子："不是儿子说你，原来你在村里人缘儿最次！谁乐意跟你打交道？！没人缘儿！爹！咱是村里老户了，别弄的咱这小棉袄没穿破就让人家戳破了！"
梁老滑脸上抽搐了一下："回去，你跟大山嫂和刘主任说吧！路从咱家地里走，我没意见了！"
柱子："现在才说，晚了，路都修一半了！"
梁老滑："那就说咱那头牛！村子里给多少是多少？咱不争不讲了！"
柱子看看爹："还是心疼那两个钱，你就不能说：那钱我不要了？！"

梁老滑看看儿子:"你爹一步还迈不了那么大!对你爹我来说,这就不错又不错的了!"

### 19. 大山家　日　内
炕桌上放着没有动过的馒头、炖鱼、咸菜。
大山嫂仍坐在炕上沉默着。
刘主任、老秦、小夏、迎春等来劝慰她。
刘主任:"你得吃啊,这么下去身子就造垮了!这路还有一半没修呢!"
老秦:"你先休息几天,工地刘主任和我先抓着,等你……"
大山嫂:"别等我了。"
老秦:"为啥?"
大山嫂:"这个队长我不干了!"
刘主任:"别!别这样!"
大山嫂:"别劝了!赶快选个人吧!"
老秦:"别这样,你千万冷静!可不能节外生枝了!"
大山嫂:"不干了!铁了心不干了!……"

### 20. 工地　日　外
老秦、迎春他们都在工地。
迎春对柱子说:"大山嫂不来,我就像没主心骨似的!干活儿,也是心慌慌的!大山嫂说她不想再修路了,那咱咋整?"
黑子说:"唉!事儿赶得这个寸!都挤到一块儿来了!不行,咱跟村里商量商量再说!现在先别说,活还得干,修路队的人心不能动摇!人心一动摇,收拾起来可就难了!"
老秦走了过来:"迎春、黑子!山坡下就是大山的坟!他睁眼睛看着咱们呢!咱要不把这路修成,对不起他!迎春!你们不能打退堂鼓!咱们得顶住!"
迎春和黑子都停下手里的活儿,他们都在看着大山的坟。

### 21. 坟地　日　外
梁老滑跪在那里哭着:"大山呐!大山!我活了!你却没了!梁老叔来看你来了!在你坟头捧上两把土!算是我的心思了。"
柱子站在他身旁!
梁老滑:"大山呐,你是个汉子,你死了,可你这辈子活出了个人样!我活着,可我活得没个人样!真不如我死了,你活着!"
不远的山坡工地,迎春、老秦、黑子都在向这边望着!

### 22. 工地　日　外
黑子:"哭的那人是谁呀?"
迎春:"那不是梁老滑吗?!"
黑子:"是,我看着也像他,他跑到大山坟前嚎啥?假惺惺的。"
迎春:"你咋能那么说,人家哭大山,还不让人家哭?"
黑子:"我不看见那梁老滑,还好点儿,一看见他,反胃!"
迎春:"话也别那么说,人心都是肉长的,人家还兴变好了呢!"

黑子:"母鸡打鸣公鸡下蛋,他这号人还能变好!说他能变好,谁信?!是狗改不了吃屎!"
　　迎春:"谁跟你犟这个,干活儿!"
　　老秦眯着眼睛,看着山坡下的一切,他的目光辽远而深邃!

### 23. 大山嫂家　日　内
　　刘主任走了进来。
　　王老爷子抬头看了一眼,嗓子眼里唔了一声,没再吭声。
　　大山嫂人整个瘦了一圈儿,依然木然坐在那里!
　　刘主任:"老哥!这是抚恤金!"说着把钱放在炕上!
　　王老爷子用颤抖的手,拿起钱,泪花闪闪,对大山嫂说:"给大山的,他儿子还小,放你这,给孩子吧!"
　　大山嫂眼里一片干涸:"孩子用不着,爹,放你那吧!你从小把大山拉把大,你没享着啥福!放你那吧!"
　　王老爷子不语!
　　刘主任说:"大山媳妇,王老哥!大山没了,人也入土为安了!现在我不能管死去的人了,我得管活着的人了!你们也别犯熬糟了!再熬糟出病来,更麻烦!有没有啥事儿需要我办的?!"
　　大山嫂:"没别的,就是有一个事儿求你,路我不能再修了!大山没了,家里老的老,小的小,得我管!"
　　刘主任:"这个事儿,其实我说了也不算!修路的事儿,是县里的工程,你和迎春都是上边挂号的人!这事儿我只能跟上边反映,看看上边啥意思!好吧!上边的意思听明白了,我再来跟你说!"

### 24. 工地　日　外
　　柱子从山坡下走了上来。
　　迎春:"梁柱子!你爹的病好了?!"
　　柱子:"就算好了!"
　　迎春:"咋是就算好了?!"
　　柱子:"依着大夫的说法,还得再住几天院,可他听说大山哥没了,就着急要回来!"
　　黑子:"牛赔钱的事儿,你爹问明白了没有?!"
　　柱子:"问啥问?他在山道担架上那一觉睡明白了!说是村上咋定咋是了!"
　　黑子一脸疑惑。
　　老秦看看柱子:"人嘛,都在变!我信!"
　　柱子:"老秦,我爹让给你捎个话儿,哪天他要去看看你,要和你一起喝口酒!不知你肯不肯给他这个面子!"
　　老秦:"好!你跟你爹说,说我请他!"

### 25. 村委会　傍晚　内
　　夜。
　　办公桌旁,只有梁老滑和老秦。
　　他们两人在喝酒。

梁老滑给老秦倒了一杯酒:"老秦!老哥那回对不起你哩!图纸给你撕得不对哩!木匠的斧子瓦匠的刀,你们的图纸,那都是娇贵玩意儿,碰不得的!"

老秦:"梁老哥,啥也别说了!"

梁老滑:"我先打了你,咱俩照实说,错全在我这头!可我有病了,你还抬我!我跟你说,我躺在担架上心里不是滋味呀!我说啥?我说不出话来!说实话,要是你有病了,当时让我去抬,我抬不来!为啥抬不来?人!人没你好!梁老哥在这村子里混了大半辈子了,眼下也算土埋脖颈儿的人了,可村子里的人,我没交下谁。想想这些,我老梁活得没劲气!没活好!秦老弟!打今儿往后你得多帮帮老哥!让我知道做人,咋活!这是老哥跟你说的掏心窝子话!"

老秦:"梁老哥!今儿个咱哥俩的酒喝得真高兴!高兴!来!喝!"

### 26. 大山家　傍晚　内

大山嫂在哄孩子,孩子在哭,大山嫂一股火,奶回去了。

王老爷子急得在地上团团转。

二山端一盆饭进来:"嫂子,我用两只山兔换了十斤小米熬的粥,先给小侄喂点米汤,没奶吃,你咋哄也不行。"

大山嫂坐下,用小勺一点点地给孩子喂米汤。

二山又端进来一盆山鸡汤:"嫂子,你把这鸡汤喝了吧,奶回去了,得催一催,汤里还放了鹿角粉,听东头刘二娘说这玩意儿好使。"

大山嫂看了一眼二山:"兄弟,让你费心了,你哥这一走,我活着还有啥意思。"

二山:"嫂子,你可别这么想,往后的日子还长着呢,哥走了,还有我,我一定让你们过上好日子。"

刘主任进了屋:"大山嫂,我来看看你。"

大山嫂:"主任,你坐。"

二山把刘主任拽到外屋:"主任,求你先别跟嫂子说修路的事,她现在正上火,奶都回去了,我小侄饿得哭一天了。"

### 27. 山坡上　晨　外

放牛的上山了,牛在默默地吃草。

### 28. 工地　日　外

没有开工,工地有点冷清。

老秦在领着人钉标桩。

赵大胆走了过来:"秦工程师,老早想找你说个事儿!"

老秦:"啥事儿?!"

赵大胆:"没听你的,和人打赌炸坏了梁老滑家的牛,可咱买了个教训!老想请你喝顿酒,怕你忙,不给面子。可昨个儿,我看你和梁老滑都在一起喝酒了,我想我的面子不会比他小!今儿个我就正式跟你说了,我请你喝酒!不是别的意思!虎绰儿的不行!人,还得信科学!"

老秦:"有你这句话,酒就权当我喝了!"

赵大胆:"这是啥话呢?话是话的事儿,喝酒是喝酒的事儿!"

## 29. 村委会　日　内

柱子、迎春、老秦、村主任都在这里。

村主任："我给上边打了电话了，大山嫂家有啥困难，让咱们村上尽力解决！可修路的事儿，上边说，不能乱换人！队长是签了合同的，合同是法律效果呢！咱不明白，上边明白！咋办？柱子、迎春，你们得出面，做通王老爷子和大山嫂工作，路还得修！合同还得办！可这事儿也别急！大山刚没，家里人正火的辣的呢！有空时再说说！现在，我和老秦先顶着，有啥问题？"

迎春："有老秦在，没问题！"

村主任："那好！老秦，你那有没有啥问题？"

老秦："眼下正常施工没问题，可是炸药、雷管、导火线都快用光了，得让乡上把钱送去，把东西提回来！"

村主任："迎春，看县里拨的第二批款，到没到？！"

## 30. 村中草垛旁　日　外

黑子和迎春，黑子在讨好迎春："我把我哥骂了，骂得他一声不敢吭。"

迎春不说话。

黑子："大山哥没了，我这心里也难受，你就别挤对我了。"

迎春："我现在心乱极了，施工款一时半会下不来，工地上需要的物资多去了，你哥这事办得太损了。"

黑子："十个指头伸出来还不一样齐呢，我哥是我哥，我是我，以后你别老拿我哥说事。"

迎春："咋地，你还急了，你想想大山嫂咋办，这修路的事咋办？"

黑子："我有啥办法？"

迎春："行啦，咱俩的事，拉倒吧。"迎春走了。

## 31. 大山嫂家　日　外

老碾盘旁。

坐着两位老人，一位是王老爷子，一位是梁老滑。

王老爷子不说话。

梁老滑："王老哥，大山没了，作为个人家来说，这事儿不小，好像房上缺个大梁柁！病没咋好利索，我就从医院跑出来了！想过来看看！王老哥呀！大山好不好？那是真好！可好也是没了，那咱就得想开些，不能自己跟自己过不去！你老想不开！那也不是个法子？！"

王老爷子："你到大山坟上去了，我知道！唉！说啥呀，都是我这当老人的没正事儿！我要不让他女人修这条路，哪能有这些乱事儿！都是我这当老人的没正事呀！"

梁老滑："王老哥，打盆说盆儿，打碗儿说碗儿，你可不能说修路不对呀？！这回往外抬我，我才想这要有条公路，噌一下子到地方了，这可好！紧跑慢颠儿地往回抢人命！过去那些年，咱眼见着死在山道上的人有多少？！修路这主意没错！王老哥，你没错打了主意！"

王老爷子："主意没错，可你们都是嘴上支持啊，地，地不让！牛，牛讹钱！挑头儿干点事儿真难呐！"

梁老滑："老哥，那都是老皇历了，老翻它干啥？！你梁老弟不是原来的梁老弟了！过去我总想着自己，打今儿往后我也得想想别人了！"

王老爷子心思很重地叹了口气！

梁老滑的脸上，也显得很沉重！

**32. 刘主任家　日　内**

刘主任在教训儿子刘大龙，黑子在一旁帮腔。

刘主任："……你说说你这祸闯的有多邪乎，大山的死一追根就追到你头上了，你不把修路款10万块借给了赵乡长买轿车，县里物资部门按部就班地供应各种物资，大山何苦跑一百多里路，到外县进雷管呢！"

刘大龙已经很后悔了："谁知道事闹这么大扯了！……"

黑子："大山一死，村里人把火全撒在你身上了，整得我和爹也没脸见人了，连迎春都不愿进咱们家门！"

刘主任："说啥都晚了，人死灯灭！你要是还有人味儿，你去找你王大爷，找大山嫂去认个错，瓜子不饱暖人心么！"

刘大龙："我是要去道个歉认个错儿，一个村里一块长大的，一下子从身边少了一个，心里挺不是滋味的。"

**33. 大山嫂家　日　内**

迎春引着乡党委书记、刘主任、小夏他们走了进来。

大山嫂抱着孩子，神情木然，见乡党委书记来了，说："坐！坐！"

王老爷子、二山、山妹也走进屋来。

迎春："张书记来了！"

乡党委书记："大叔！我都听说了！"

王老爷子拿过烟簸箩。

乡党委书记："大叔，我来看看！你老人家得多保重啊！县委书记、县长听说了大山的事儿，让我代表他们来看看！"

王老爷子："大山这小子，山里小白人一个，死了，还惊动了县里乡里领导，他死得也算值了！"

乡党委书记："大叔，不是也值，县里给他定为烈士！要立碑的！"

刘主任："县里报纸也登了冬花他们修路的事迹。"说着拿出了报纸。

乡党委书记："大叔、大山嫂，路还得修！为了大山烈士的遗愿，咱也得修！不修成这条路，咱对不起大山烈士，也对不起多少年来死在盘山道上的冤魂！"

王老爷子说："有张书记这句话，路我们接着修！大山媳妇，你去修路！爹，这把老骨头支持你到底了！"

大山嫂眼里闪着莹莹泪花！

迎春："嫂子，你干吧，你不干，我们心里都没底，你是咱们的主心骨。"

这时，柱子和梁老滑进来："听说张书记来看大山媳妇，俺也来跟大山媳妇说一句。过去，大叔做了不少的浑事，侄媳妇，你别往心里去，这几天的事，让我醒腔了，侄媳妇，大叔求你一件事：牵头修咱村的路，我梁满仓也想出一把老力气。"

大山嫂眼里的泪涌了出来。

乡党委书记把大山嫂叫到门外，小声和她说着话。

乡党委书记："大妹子，赵乡长挪用修路款买轿车的事，你虽然没有到县里告他，可后来县里还是知道了，再加上大山的死，赵乡长的罪过就更大了，钱我一定尽快凑齐还上，县里已经给赵乡长党内记大过行政警告处分！"

大山嫂一惊："处分，咋这么重啊？"

乡党委书记："没双开就不错了，这样一来，刘大龙也跟赵乡长吃瓜落了，我的意见是你把他的副队长给撤了吧！"

大山嫂思忖了一下："要不撤他上边不会怪罪你吧？！"

乡党委书记："那倒不会！"

大山嫂："还是让大龙先干吧！有毛病让他改！"

乡党委书记握起大山嫂的手："大妹子，我是服你了，这大龙可没少给你……好！这事由你定吧！"

### 34. 山坡野外　黄昏　外

一个羊倌在唱：

　　　　山里的娘儿们山里的汉，
　　　　娘儿们痴来汉子憨。
　　　　憨汉子把那痴娘儿们搂哇，
　　　　痴娘儿们从不把汉子怨。

### 35. 村委会门口　夜　外

小夏在黑板上写满了数学公式，他的课讲完了。迎春把脸盆端给他洗洗手，迎春背起书包和小夏走了出来。

小夏送迎春出来："天这么黑，我送送你吧！"

迎春："没事儿，村子里没啥事儿，道熟！你回吧！"

小夏："我也没事儿，送送你行吗？"

迎春："没啥行不行的！送送就送送吧！"

小夏、迎春走在村中。

小夏："还行！经过努力你还真的跟上来了，要是前几天那水平，我可真失去信心了。"

迎春："差远了，这是高三普通的数学题，高考时候还不定出啥难题呢！"

小夏："这就看你的基础扎实不扎实了，看你的悟性，能不能举一反三，靠蒙题、押题会吃亏的！高考这里边的学问大了！"

迎春："我可真是遇见贵人了，你要是不来修路、没有你帮助，我可真没信心考大学！"

小夏："唉，你和黑子是咋回事，这两天你俩的情绪越来越不对，我刚来时就有察觉，是不是因为我？"

迎春："我俩一个村长大，从小要好的伙伴，至于今后怎么样还没有过多地想。"

小夏："迎春，这种感情上的事要多方面考虑，黑子兄弟身上有些毛病你要慢慢帮他改，人吗，谁能无过，我看他本质还是好的，你要多帮他，我也多帮他。"

迎春叹了口气，没吱声！

突然，一块石头打在小夏身上！

小夏"哎哟！"一声。

迎春忙问："哎呀，你咋了？"

小夏："石头！一块石头砸我身上了！"

迎春："砸坏了吧？真是的！谁干的这缺德的事儿！"

小夏："哎哟！得亏没砸在脑袋上！砸身上了！没事儿！就是砸青了一块！"

暗夜里，黑子悄悄地跑了！

### 36. 龙爪村　晨　外
放羊的人赶着羊上了山坡。
农家人在忙着做早饭。

### 37. 大山坟前　日　外
大山坟前又摆上了供品，燃烧着香火、纸钱。
大山嫂坐在坟前祈祷。
老秦在一旁劝慰。
秦永顺："大山兄弟走了七天了，冬花，工地上的人们等着你哪，大家盼你快回去，咱们好开工，从修路开始到现在咱们迈过的沟坎还少吗，大山走了，我知道，这对你是最难迈的一道坎，可大山的死不就是为了修通这条憋死牛的山道吗？你不修路，大山兄弟死不瞑目。"
大山嫂擦去泪水站了起来："秦哥，别说了，我这就去工地！"
老秦紧紧握住大山嫂的双手："好！这就对了！"
二人边谈边朝村里走去。
突然，阳光下投在二人面前一道人影。二人抬头一看，是二山挡住了他们的去路。
"二山？你啥时候来的？"嫂子问二山。
二山没回答，他从嫂子手里接过上坟装供品的篮子："嫂子，我来接你回家！"
二山拽着大山嫂的袖子往村里走。
"二山！你……"大山嫂对二山的举动感到突然，不好意思地回头看看老秦。
老秦被二山整得很窘，很尴尬，但仍强打起笑容。
大山嫂不悦地责怪二山："二山，别这样，瞧你把秦哥整得下不了台！"
二山："你是我的嫂子，我管他干啥？"
大山嫂："二山，你这是干啥？"
二山："大哥走了，我是老王家的掌门人，我得护着你，不能叫别人打你的主意。"
大山嫂："二山，没影的事，不能胡咧咧。"
秦永顺："冬花，你和二山先回吧。"
大山嫂回头看看秦永顺，不知说什么好。

### 38. 大山嫂家　日　内
桌上放着几盘菜，酒杯斟满了酒，王老爷子正襟危坐，二山和大山嫂分坐两边。
三个人都保持沉默，谁也不知道先说些什么合适。还是大山嫂先开了口："爹，我先说几句吧？"
王老爷子："你说，你说！"
大山嫂："大山走了以后，我死的心都有了，咱们家出了这么大的事，这祸头就是我，我对不住把我养大成人的爹，为修这条路惹得爹生了不少气，为我没少操心……"
王老爷子朝大山嫂摆摆手："从今天往后谁也不许再提大山的事了，上边给大山定的是烈士，乡党委书记、刘主任、村里的人登门来看我，该说的话都说了，我知足了。眼下，上上下下眼巴巴地盯着这条路，你是筑路队的队长，你得打起精神儿挺直了腰板把剩下的半截子路给打通了！不能叫村里的几百口子猪咬尿脖空喜欢一场，那咱老王家在全村人面前就成罪人了！"

二山："爹说得对，嫂子，你接着干，哥走了，有我，往后有啥重活苦活你叫我打头去干！"
大山嫂倍受感动："我本想给爹说几句宽心的话，我还没说完，爹倒给我吃了宽心丸，爹，你放心，明儿个我就上工地，不管后边的路有多难，就是把我这一百多斤铺在路上也要把路修通（举起酒杯），爹，不管大山在还是他走了，我要把您侍奉到老！"
王老爷子频频点头："这话，我信！我信！"
大山嫂："那咱们全家就喝一碗鼓劲的酒吧！"
王老爷子："我喝！干啦！"
"干啦！"大山嫂、二山把酒嘬下肚。

### 39. 龙爪村　晨　外
早晨。
雄鸡啼鸣。
人们三三两两从工棚里走出来。一个羊倌在唱：
　　　　山里的娘儿们山里的汉，
　　　　山里的小子丫头蛋，
　　　　小小子尿尿丫头看，
　　　　鞭抽冰尜滴溜溜转。

### 40. 工地　日　外
大山嫂她们走进了工地！
人们开始干活儿了！
大山嫂眼睛愣愣地看着山坡下的新坟！
她的眼神太涩太涩！她的心里有着无言的苦痛！
迎春看见了！没吱声，嘴唇儿颤了一颤！
突然，大山嫂埋下头去，用铁锹奋力地清理着石头！
她一直那么埋头干着，额上全是汗！
老秦过来，抢过她的铁锹说："大山嫂！你这是干活呢，还是拼命呢？"
大山嫂没吱声，抢回铁锹，又接着干了起来！
老秦看着她，抿紧了嘴，神情十分沉重！
二山子也在往这边看，手中的锹停了一下，又接着干了起来！

### 41. 伙房　傍晚　内
晚饭开过了，几位做饭的妇女脱下白围裙挽上衣服陆续回家。她们跟山妹搭着话：
"山妹！我们回家了！"
"山妹！快走吧！"
"你们先走吧，我这就走！"山妹有意磨蹭，想煞后走。
山妹出门看看做饭的姐妹走远了，立即返回伙房，从装菜的麻袋里取出一个塑料袋，里边装着四五斤猪肉，她迅速把肉装进自己的挎包里。
这时，大山嫂进来，把她吓一跳。
大山嫂手里拿着一袋白糖："山妹，你还没走！"
山妹好似心中一块石头落地："是你呀，嫂子，吓了我一跳！"
大山嫂："大白天的你怕啥！今儿个龙口村的驮队给咱们运来不少白糖，每个民工分了2斤。"
　　山妹："我知道，我也分了2斤。"
　　大山嫂："你把糖给爹捎去！"
　　山妹："行！你放那吧！"
　　大山嫂欲把糖放进山妹的挎包里，她刚一打开挎包，山妹惊慌地去夺糖袋："我来放！我来放！"
　　山妹用力过猛把糖袋打在了地上。
　　大山嫂捡起糖袋，看着山妹紧张的神态，立即警惕起来："你咋的了？"
　　山妹急忙把挎包背在肩上："没咋的，你把糖给我吧。"
　　大山嫂："你把挎包给我看看！"
　　山妹："挎包有啥好看的！"
　　大山嫂一把夺过山妹的挎包，发现了猪肉袋子："这肉是咋回事？！"
　　大山嫂气得在屋里团团转："这要叫外人看见了还不炸锅了！早就风言风语的说你手脚不干净，我一直都不信，没想到你还真的……大伙的伙食你从里边揞油，你的良心叫狗叼去了？"
　　山妹索性摆出一副无所谓的架势："有啥大不了的！不就是几斤猪肉么！"
　　大山嫂："你还有理了！"
　　山妹："这年头谁不贪啊！不露是好手吧！"
　　大山嫂："你说谁搂谁贪？你说！"
　　山妹："谁贪谁知道。"
　　大山嫂："你少望风扑影的。"
　　山妹："你这是干啥啊！自家人这么点事，也没人看见，你干啥没完没了的，啥了不得的事啊！"
　　大山嫂把肉扔进大缸里，从口袋里取出三十块钱塞进山妹口袋里："村东头李瘸子家刚杀猪，你去割几斤肉回家，那是鲜肉，好吃！"
　　大山嫂走了。
　　山妹一肚子气，一脚把地上的一筐菜踢翻了。

## 42. 大山嫂家　傍晚　内
　　一家三口吃完了饭，二山在逗小侄，大山嫂在收拾碗筷，王老爷子在抽烟。
　　王老爷子："虎子他娘，我这两天琢磨了个事，跟你商量。"
　　大山嫂："啥事。"
　　王老爷子："我去工地看仓库吧，也算帮你的忙了。"
　　大山嫂心头一热，眼眶湿了："爹，天挺凉的，一宿一宿在工地，哪行！"
　　王老爷子："山里人，闯林子，走盘山道，一宿一宿在外边蹲着，不怕，有酒，有火就行。"
　　大山嫂："你说这，叫我说啥好呢？"
　　王老爷子："说啥，啥也别说了，当初修路，爹没少给你添乱，这也算是赎赎罪吧？"起身下地了。
　　大山嫂被感动了。
　　王老爷子："对了，山妹捎话来，说她不去伙房干活了。"
　　大山嫂："为啥？"
　　王老爷子："柱子他大姑回山东老家了，虎子还得她带。"

大山嫂："要不，咱找个人家吧，别拖累了山妹。"
王老爷子："别价，两姓旁人我不放心，就让她带吧。"
大山嫂思忖着……

### 43. 村委会　夜　内
秦永顺和小夏在下象棋。
小夏："大山哥这一没了，我觉得龙爪村的人都变了。对修路的认识和过去大不一样，有一种踏着烈士的足迹前进的感觉……"
秦永顺："你别瞎用词，这叫事实教育人，有些时候我们掰开饽饽说馅也不一定好使，一件事，全通了。将！"
小夏："干嘛哪，将什么将，你这马也走田啦，蒙谁唬谁哪？！"
秦永顺乐了："你小子眼力还真毒。"
小夏："那当然，不说火眼金睛，也是差不离，唉，秦工，我问你个事？"
秦永顺："啥事？"
小夏："咱到龙爪村时间可不短了，刚来时有人造谣说你和大山嫂如何如何，我不信，可后来，我觉得大山嫂和你在一起的时候，那眼神和情绪有点不一样，这是咋回事。"
秦永顺："说来话长，当初冬花去筑路队上干的时候，我还真就对她有好感。可当时什么也没说，后来她回村嫁给了大山，也是父母之命，阴差阳错呗。"
小夏："这回大山没了，你就别犹豫啦，记得电影《冰山上的来客》里杨排长的那句话不？'阿米尔，冲'。"
秦永顺："别瞎扯。"说完自己也有点不自信。

### 44. 村街　晨　外
刘大龙匆匆出了村口。
梁老滑碰上他："干啥去，大龙？"
刘大龙："去乡上催公款，唉，这副队长当的，真是。"两人分手。

### 45. 工地　日　外
梁老滑背着手，走到工地上来，东瞅瞅，西看看！
老秦："哎，梁老哥，你病还没太好利索，你咋来了？！"
梁老滑："挑块好石料，就着县里姓夏那个小秀才在，给大山写个文，我给大山凿块碑！"
老秦："这块的石料都不太好！后山有块石料不错，测量的时候，我看着了！"
梁老滑："后山？那石料在哪儿？"
老秦："得闲儿我和你一块去，弄个牛车把它拉回来！"
梁老滑："妥！我等你！"说着又哈下腰要搬石头。
老秦："哎，你这又是干啥？"
梁老滑："修路哇！干啥？"
老秦："你身子骨虚弱，别干了！"
梁老滑：'你老哥岁数是大了，可干不了多，还干不了少吗？修路这是大家伙的事儿！石头搬一块就少一块！"
老秦："老哥呀，你可是……"

梁老滑:"哎!人嘛!总得奔着好道儿走!你梁老哥呀,是走晚了点儿!晚了点儿啊!"

大山嫂、迎春都看见了梁老滑来搬石头!

### 46. 梁家 日 内

王老爷子在地下溜达着。

山妹抱着孩子说:"爹,你以为看孩子是轻活呀?没听人说,宁砍柴,不看孩儿!看个孩子,不易,整天在你怀里拧扯,弄得你胳膊疼、腰酸!看着还像没干活儿!"

王老爷子:"让你看你就看嘛,咱老王家的骨肉,放别人手里,我不放心。"

山妹:"你就不怕我受委屈,我凭啥给她看孩子,她当筑路队长出风头上报纸登照片,叫我给她干这烂眼子活!"

王老爷子:"你这叫啥话?孩子是不是老王家的人,孩子是不是管你叫姑?"

山妹:"叫姑能咋地,我认亲,她可不认亲呢!"

王老爷子:"别说啦,你在工地伙房干的那些事我都听人说了,你嫂子做得对,要不然,人家戳咱老王家的脊梁骨。"

山妹:"哼,可她一个人叫好吧,打小她就能,她能,孩子咋不能带!"

王老爷子:"山妹,你咋这样啊!你哥刚走,你就不能体谅一下你嫂子啊!"

山妹:"嫂子还用我体谅,体谅关心她的人多了!那温顺漂亮的年轻寡妇,稀罕她的男人多了!"

王老爷子:"你别糟改老王家人,看我撕你的嘴。"

山妹不吭声了:"爹,你跟嫂子说,看孩子行,可得给工钱,钱少也不行!要比一个修路的民工挣得多!……"

### 47. 后山 日 外

老秦、梁老滑、大山嫂、柱子、刘主任、二山、小夏、黑子、迎春都来了。

他们在往牛车上抬一块石头!

刘主任喊着号子:"一二三呐!一二三呐!……"

石头被装上车了!

梁老滑赶着车:"驾!……"

众人都跟在后边走。

黑子跟着迎春。

迎春故意跟夏春雨说话:"小夏!腰上砸的伤好了没?!"

小夏看了一眼黑子说:"没事儿,没事儿!"

迎春:"还没事儿啥?那么老大块石头砸腰上了,还没事儿啥?我要是你就躺在床上不起来,让他给你端屎端尿,喂饭喂药。"说完瞪了一眼黑子。

小夏:"别说了,这事儿村上不知道!"

黑子拿眼瞅瞅小夏,用脚使劲踢了一下地上的石子!

刘主任:"小夏,给大山的碑文写好了没?"

小夏:"写好了,昨儿黑起就写好了!"

刘主任:"这事儿就得靠秀才呢!没秀才,我们哭都哭不出来!梁老哥,你这半拉石匠这回又派上用场了!"

### 48. 往工地走的山道上　日　外

大山嫂和老秦看着不远处的牛羊，双双不语。

走到一个山坡下，大山嫂往上一迈，一下子跪倒了。

秦永顺："冬花。"上去搀扶。

大山嫂："我这腿，当姑娘的时候一上秋开春就疼，这回生完孩子就更疼了，咋回事呢？"

秦永顺："得抓紧去县里看看，别耽误了。"两人坐在山坡上，大山嫂揉着腿，一抬头和老秦的眼光碰上了。

秦永顺："冬花，我想跟你说点事。"

大山嫂好像有预感："说吧。"

秦永顺："上次从乡里回来在山道上，你和我说到我的婚事，大山来，给打断了，现在……"

大山嫂："大山刚走，搁搁再说吧。"

### 49. 山道另一侧　日　外

二山推着一车石料从路上过，看见了大山嫂和老秦，停住了。

### 50. 修路现场仓库　傍晚　内或外

一个临时搭起的窝棚。

一盏马灯挑在那里，悠然地亮着。

王老爷子把各种工具整齐地摆在窝棚旁边。

他蹲在那里抽着烟！

工地上一片静默。

突然，远处亮起一盏马灯，是有人挑着灯往这边儿走。

他们手里抱着棉被、拎着饭菜，朝这里走来！

王老爷子在马灯下抽着烟，想着心思！他脸上的皱纹啊，好深好深！

大山嫂和二山来到爹跟前。

二山："爹！"

王老爷子："嗯？！你们来干啥？！"

二山："没啥大事儿，晚上左溜儿也睡不着，过来看看！"

大山嫂把被子往窝棚里放。

二山："爹，想啥呢？！"

王老爷子："那边不远，是你妈的坟！嗨！一晃多少年了！唉！"

二山看看，沉默不语。

王老爷子："你嫂子从小在咱家长大，你妈活着的时候可护着她了，也别说，她的脾气、秉性还真像你妈。有钢条，你哥走了，往后的日子，难喽！"

二山："爹，你放心，有我呢，我护着她，谁也不敢欺负她。"二山坚定地说着。

### 51. 村街　晨　外

一轮红日刚刚爬上房背。

大山嫂抱着儿子往梁老滑家去，后边跟着二山。

迎面碰上从工地回来的王老爷子："虎子放家吧，我看着。"

大山嫂："别啦，又是吃又是拉的，您老可扛不住，还是送山妹那去。"

王老爷子："我送去吧，你们上工地吧。"

三人分手，二山护着大山嫂向工地走去。

老秦从村委会走出听到街旁老娘儿们的议论。

"这小叔子挺像样的，整天护着嫂子。"

"我看被子一搬，住一块得了。"

"小叔子娶嫂子，正常。"

"要不出一家门，进一家门也挺难的。"

刘主任出现在秦永顺的背后："老娘儿们家家的，少扯闲篇儿。"

秦永顺怔了一下，跟着刘主任走了。

### 52. 工地一角　日　外

大山嫂检查筑路质量来到二山的身边，二山转身往前走，大山嫂从后边追了上来："二山，这一天你为啥总躲着我？"二山没说话，继续干活。

大山嫂："是不是早上出村的时候，几个老娘儿们的闲扯你听到了。"

二山："我没听见。"

大山嫂："那为啥？"

二山："那姓秦的整天跟你转，我不待见他。"

大山嫂："我们不是合计事吗？二山，自从那天从你哥坟地回来，你就一直给秦哥脸子，那又为啥？"

二山低头不吱声。

大山嫂："嫂子牵头修路，打开始就多灾多难，磕磕绊绊，干到现在实在不易，爹转弯了，梁大叔醒腔了，刘大龙也悔过了。路也剩一半了，往下就是一门心思把路打通，你就别给嫂子添乱了。"

二山："我不添乱，我只想帮你。"说完，头也不回地走了。

大山嫂站在那想了一会儿。

保管员从身边走过，他在检修工具。

大山嫂："老张，你明天去县里进货，求你给我二叔捎个信，叫我表妹来我家住几天。"

保管员："行，过会儿我去取。"

### 53. 梁老滑家　日　外

梁老滑在奋力地凿碑。

柱子走了出来："爹！歇歇吧！"

梁老滑："歇啥歇？不累！人家大山抬你爹累成那样，我凿个碑算啥？！"

柱子看着爹，笑了："爹，喝口水不？"

梁老滑："浑小子，爹热成这样，哪能喝水呀，水淹肺呢！"

柱子看看爹说："爹，你这人也怪，咋说变就好了呢！"

梁老滑："笑谈，滚一边去！我变啥？！咋变也还是你爹！"

柱子笑着说："对对对！是我爹！爹没变！"

梁老滑吹了一口石粉说："边上去，看呛着你！"

大山嫂风尘仆仆刚从工地回来接孩子，梁老滑停下手里的活计，热情欢迎："收工了，接孩子？"

大山嫂："大叔，孩子放你这儿，可给你们添麻烦了！"

梁老滑:"一家人嘛,麻烦啥!"

大山嫂接过孩子问山妹:"虎子这两天口还壮吧!"

山妹:"吃!小孩饿了喂啥都吃,我大伯就更不用说啦,吃起来欢实着哪!山里的孩子皮实。"

大山嫂:"山妹啊,咱们亲戚是亲戚,我不能叫你白看孩子,到月头我就把工钱给你送来,就按100块钱算吧,咋样!"

山妹看看公爹,有些不好意思:"行啊!啥钱不钱的!"

"那我走了,叔、柱子,我回去了!"大山嫂告别离去。

梁老滑:"山妹啊!她是你的嫂子,你咋能要看孩子的工钱呢!往后叫我咋有脸见亲家啊!"

柱子:"就是!你也太贪了!"

山妹:"别站着说话不嫌腰疼,明儿个你抱一天孩子试试!我要看孩子的工钱到哪说也占理,总比你一头牛讹人家一万五千块要讲理吧!"

"你?!"梁老滑叫儿媳一句话顶了回去,自知理亏,没再多说。

### 54. 大山嫂家　晚　内

吃完了晚饭,王老爷子坐在凳子上抱着小孙子逗着玩。

大山嫂在刷锅洗碗。

大山嫂:"爹,你看老二的婚事可咋整啊。"

王老爷子:"甭搭理他,就让他打一辈子光棍,让他嘚瑟!"

大山嫂试探地问:"爹,你说二山他心里倒是咋想的?"

王老爷子:"谁知道他心里咋想的,整天没个正形!"

大山嫂进一步试探:"爹,他心里是不是已经有了人了?"

王老爷子:"他?!……没听他说过相中谁了。"

王老爷子抬头看看大山嫂,反过来试探大山嫂:"话赶话赶到这儿了,爹也问你一句,你往后打算咋办啊?"

大山嫂:"爹,大山刚死,我哪有心思想这些!再说光修路就弄得人累死累活的,还有个孩子哪还有空寻思这些事啊!"

王老爷子点点头:"这倒也是……"

王老爷子欲言又止,沉默着。

大山嫂:"爹,你还有啥话要说吧?"

王老爷子:"那个秦永顺成家没有?"

大山嫂:"还没有,爹,你问他干啥?"

王老爷子:"我看他对你挺好的。"

大山嫂没吱声

王老爷子:"他跟你提过没有?"

大山嫂:"啥提过没有?"

王老爷子:"跟你提亲呗!"

大山嫂:"爹,看你想哪去了,再说……"

王老爷子:"孤男寡女整天价在一块,人嘴两张皮,就要生是非了,先前村里左议右论,咱脚正不怕鞋歪,可现如今,他媳妇,可得把持着点……"

大山嫂若有所思……

(第八集完)

第九集
1. 村委会　晚　内
秦永顺、小夏躺在炕上。
秦永顺："小夏，工程进入了关键阶段，咱俩可得铆足了劲，千万别松套。"
小夏："知道，咱修了这么多条乡道、国道，哪一次不是优质优量，尤其这龙爪村的道，就更得费心了。"
秦永顺："唉，小夏，我跟你说一个事，我看出来了，你和迎春接触得多，黑子这小子心里不得劲。"
小夏："我看他那个样，烦着哪，本来我想告诉他实情，他一见我就掉脸子，找个机会吧，睡觉。"

2. 二山的屋里　晚　内
二山在屋里翻透枪管的条子，从柜上的小抽屉里翻出了一本书《公路工程概论》，打开扉页，有"秦永顺"藏书的字样，一翻书里边有一张大山嫂在工地挑土的照片，旁边站着秦永顺，两个人冲镜头乐着。
二山皱了皱眉头。
一轮残月挂在树梢。

3. 梁家　早　内
一家人在吃饭。
山妹："嫂子咋没把虎子送来？"
柱子："你要钱把这点亲情都要生分了，嫂子挑头修路有多难，你呀，真是小姑不贤。"
山妹："别光说风凉话，谁挨累谁知道，再说，工钱是嫂子给的。"
柱子："你张嘴了，人家咋好意思回你的面子。"说完，柱子扛起工具走出去。
山妹来到院门口见大山嫂越门而过，她大声问着："嫂子，孩子咋不送来了？"
大山嫂："他爷爷看着呢！"
"咋能叫爹看孩子啊！"山妹关上院门快步离开了家。

4. 大山嫂家　日　内
王老爷子一个人抱着孙子在地上晃着哄着。
山妹进来："爹！你咋能带孩子呢，快给我。"
王老爷子："你坐吧，跟你说点事。"
山妹："啥事？"
王老爷子："有俩事跟你说道说道。"
山妹："说吧，爹。"
王老爷子："你给你大嫂看孩子，还真的要工钱了？"
山妹狡辩道："那咋的？"
王老爷子："这钱可不好花呀，上回我给你送虎子到家。啥啥都跟你挑明了，你咋就认钱不认亲呢？"
山妹："不是我要的，是大嫂给的。"
王老爷子："你就别白话了，我还活着，咱老王家的人就不能闹生分，你大嫂的钱，你不能要，就这。"

山妹不满地嘟囔着。
王老爷子:"还有,二山的婚事,你也帮着张罗张罗,亲兄妹,你别袖手旁观。"
山妹:"还说哪,二山的心思是咋回事,您还不知道。精明、精明,精明了一圈也没把儿子整明白。"
王老爷子:"你说啥哪?"
山妹:"我啥也没说。"
说完,抱着孩子转身走了。
王老爷子:"你给我仔细点,我孙子要是磕喽碰喽,我要你小命。"王老爷子自言自语"精明、精明,啥精明……"

### 5. 筑路工地　日　外

炮声响过。硝烟掠过工地。
老秦:"人先不能上,有一炮没响!"
手拿红绿旗的安全员:"知道了!"
片刻,远处的炮响了。
安全员吹着哨子,高喊着:"炮响完了!出来干活了!"
大山嫂领着民工从隐蔽处走出来搬运石头。
秦工程师来到大山嫂面前说:"今儿个电台预报了,过几天也就是半个来月,雨季就到了。"
大山嫂:"这可要命了!"
老秦:"必须在半个月之内把'龙屁股'啃下来,这龙屁股山体结构不稳定,下点雨就有泥石流,这要雨水大了那可就棘手了!"
大山嫂:"可不,俺们这疙瘩管泥石流叫龙屁股拉粑粑!那才闹心呢,回头开会合计下,加班加点也得把龙屁股啃下来!"

### 6. 梁老滑家院　日　外

梁老滑还在奋力凿碑。
大山嫂走了过来:"梁老叔!"
梁老滑看见大山嫂进院来了,放下手中活计说:"进屋坐吧!"
大山嫂说:"不了!碑凿咋样了,我想来看看!"
梁老滑:"给大山凿碑,万古千秋的事儿!我得细点儿!"
大山嫂:"梁大叔!凿碑是个苦活儿,累活儿!这是上头给大山发的抚恤金,留着也没人花它,我给你送来了,算作给他做碑的钱吧!"说着,把钱放到了梁老滑身边。
梁老滑没吱声,用手抱住头,一声也不吭!
大山嫂愣愣地站在那里。
梁老滑稍一抬头,已是老泪纵横了!
大山嫂:"梁大叔!你这是咋了?"
梁老滑:"大山媳妇呀,你给我送来这钱,我算知道我梁老滑在村里的人性了!钱再好花,我也不能花死人的钱呐!我梁老滑呀,想做点好事儿都不好做,想做个好人也没人信呐!我呀,我这辈子白活呀!"说着,又往下落泪。
大山嫂见状,只好说:"梁大叔,我没别的意思!大山的钱,给他做块碑,咱不也是了却一桩心思吗?你别往别处想!"
梁老滑:"这钱,是不是你爹让你送来的?"

大山嫂:"不是!真不是!是我自己送来的!"
梁老滑:"钱你拿回去吧,我不要!你要留这钱,碑我就不做了!"说着,把钱塞回大山嫂手中。
大山嫂拿着钱,看着梁老滑,像不认识他似的,就那么长时间看着!
梁老滑低着头,不说话。
大山嫂:"梁大叔,这钱您不要,那我就回了,马上要上工去呢!"
梁老滑没说话,只是摆摆手,示意大山嫂走!
大山嫂走了。
梁老滑红眼巴喳地看着大山嫂的背影!

### 7. 伙房　日　内
民工来打饭,每人一碗菜汤一勺咸菜,两样面的馒头。
民工们对伙食有意见,发着牢骚:
黑子:"这伙食咋了的了,王小二过年了,开头猪肉炖粉条,如今咋喝上菜汤,啃上咸菜疙瘩了!"
柱子:"白面也没了,吃上两样面的馒头了!"
民工甲:"吃这饭撒泡尿就饿了!"
民工乙:"吃这饭还能干什么活?"
民工丙:"吃这饭完不成任务可不能怪俺们不卖力气!"
老秦、小夏、大山嫂坐在一旁吃着饭,听着群众的议论。
大山嫂:"这事怪我,自打山妹撂挑子以后,伙食一直缺个管事的,我看得麻溜派个人去。"
老秦:"这山沟里找个食堂管理员还真困难,我看就叫大龙干吧?"
小夏:"大龙?这个人手脚不干净啊!"
老秦:"教育嘛,那梁老爷子够顽固吧?这不也转变了。"
大山嫂:"我看成!这个人爱吃爱喝,县里的馆子他吃遍了,搞伙食准成!叫迎春单给伙食立个账户。"

### 8. 伙房里　日
刘大龙正一个人躲在墙角喝闷酒。
大山嫂进来,直奔刘大龙。
刘大龙立即站起:"你吃了?"
大山嫂:"吃了!大龙,队里决定叫你当伙房的管理员,咋样?"
大龙一惊:"咋的?叫我当伙房的管理员?你信得过我?"
大山嫂:"信不过还找你干啥!"
大龙:"那……得搞本账!"
大山嫂:"行!叫迎春给你立个账户(对炊事员们)。姐妹们,山妹走了以后一直没个管理员,队里决定叫刘大龙当管理员,大伙欢迎!"
炊事员们热烈地鼓起掌欢迎新管理员。

### 9. **大山嫂家　傍晚**
大山家来了一位外地的农村姑娘,稍高的个头,苗条的身材,清秀的面孔,蓝布裤子,小碎花的大襟袄褂,丹凤眼、细细的眉毛,朴实大方,吸引了不少过路村民驻足观望。
　　姑娘背着孩子，扫着院子，干活非常的麻利。
　　二山从工地赶回家门口，看见有人向院内张望，他一眼就见到了这位能干俊秀惹人注意的姑娘，还没等他说话，围观的人问他：
　　"二山，这姑娘是谁家的？"
　　"不像是咱山里的人？"
　　"多俊呀！干活也麻利！"
　　"二山，是给你介绍的对象吧？"
　　"去去去！少在这胡咧咧！"二山反感地把围观的人撵走了，自己走进了院子，他并没有主动跟姑娘打招呼。
　　姑娘友好地朝二山笑笑："这是二山哥吧？回来了？马上就吃饭了。你先洗洗脸吧。"
　　二山仍没有回答。
　　这时，王老爷子笑呵呵地站在门口，向二山介绍："这是你嫂子二叔家的孩子，叫龙秀梅，他父母听说大山走了，不放心，让秀梅来看看她姐姐，这丫头刚到就帮着干活了。"
　　二山听父亲介绍这才抬起头看看这个没见过面的亲戚，并向姑娘点点头，以示还礼。
　　这时，大山嫂也风风火火赶了回来，一进屋就夸上了："瞧！屋里屋外全给打扫干净了，饭菜也做好了，虎子也接回来啦，早咋没想到呢，这孩子，没人带，可把姐愁坏了。"
　　龙秀梅从大锅里取出了菜和饭，还摆上酒杯，这些活都几乎是在一瞬间完成的。
　　望着桌上热腾腾的饭菜，王老爷子、大山嫂赞不绝口。
　　"嗯！挺好吃！好吃！"
　　"表妹的手艺比我强多了，二山，吃啊！你们都认识了吧？"
　　二山不以为然："爹说过了。"
　　大山嫂："正好家里缺个看孩子的人，就叫表妹多住些日子吧！"
　　龙秀梅点点头，表示同意。
　　二山只顾低头吃饭，没再说什么。

### 10. 大山嫂屋　夜　内
　　大山嫂和龙秀梅睡在一铺炕上，二人关严了门小声地交谈着：
　　大山嫂："没法子，已经给他介绍过两次对象了，他都没干。"
　　龙秀梅："为啥？"
　　大山嫂："不为啥，眼光高呗。"大山嫂说得言不由衷。
　　龙秀梅："他能看上我吗？"
　　大山嫂："我先问你，你相中二山了吗？"
　　龙秀梅含羞地点点头。
　　大山嫂："这就好了，你相中了，这事就成了一半了。"
　　龙秀梅："他要是再不同意呢？"
　　大山嫂："不会！他上哪找你这样的好姑娘！"
　　龙秀梅："我看他对我没太放在心上。"
　　大山嫂："是啊！我也怕他的浑劲又上来，再把这门婚事整黄了，我和爹商量好了，先不提婚事，你在我这疙瘩多住些日子，城里文化人叫啥先交朋友，培养下感情，完了再提婚事，你看咋样？"

龙秀梅："我听表姐的。"

### 11. 王老爷子屋里　夜　内
王老爷子没有睡，吧嗒着烟袋。
二山似睡非睡，也好像有心事。
二山："爹，这个龙秀梅你见过？"
王老爷子："见过，那还是她小时候，女大十八变早变得认不出来了。"
二山："她咋猛不丁儿到咱家来了？"
王老爷子："你哥走了，你嫂子娘家人来看看也是正章。"
二山好像放心了，蒙上被子睡觉了。

### 12. 山坡上　晨　外
一个羊倌在唱：

> 山里的日头有升也有落，
> 山妹子一笑笑出两酒窝，
> 荠荠菜一掐两头都出水，
> 刺老芽咋栽也不成棵。

### 13. 村街　早　外
王老爷子抱着孙子，龙秀梅挑着空桶把大山嫂二山送出门去工地。

### 14. 工地上　日　外
大山嫂和民工一起挥着锤打炮眼。
迎春过来小声问大山嫂："咋样？跟二山谈了没有？"
大山嫂："心急吃不了热豆腐，这事可不能急！上两次就是太忙道人了。"
迎春："这次不会了，多漂亮的姑娘！十里八村地打着灯笼也找不到啊！"
大山嫂："没错！这把二山要是再不同意，往后他的事我就不管了！"
老秦、小夏拿着图纸走了过来。
老秦："队长啊，开会动员下令吧！"
大山嫂吹响了哨子："大伙停一会儿，都过来，开个小会，天气预报今年的雨季提前了，可能有大的山洪，别的咱不怕，就是前边这一段有两里地的龙屁股，这疙瘩土和石头松，一下雨就拉龙粑粑，用人家行家的话叫泥石流。这家伙可厉害了，咱们一定在雨季洪水下来之前，把龙屁股给它削掉，下边请秦工程师给大伙讲讲这段工程上的安排！"
小夏打开了图纸，老秦用根树枝指着图纸说："龙屁股这段山体有1000多米，地质结构很松软，你们说的龙粑粑，学名叫泥石流，这段路是泥石流多发区，这是筑路工程中最棘手的事儿！"

### 15. 大山嫂家　傍晚　内
二山收工回家。他刚进屋门，龙秀梅立即把热水盆毛巾香皂送到他的面前。
她的话也很少："洗洗吧！"
二山脱去外衣，连头带身子洗个痛快。
二山边擦脸边坐下休息。

龙秀梅又端过一碗热水："喝口热水吧，放糖了。"
二山被触动了，端起碗大口喝着。
龙秀梅："等爹和表姐回来了就吃饭。"
二山又抬头看看龙秀梅，沉闷地说了声："嗯哪！"
二山："你来了有十多天了吧？"
龙秀梅："十四天，快半个月了。"
二山："你啥时候走？"
龙秀梅："表姐的孩子没人看，等修完路了就走。"
这时，山妹跑来说："二哥，秀梅妹子，我爹今儿个高兴，把咱爹和嫂子留下喝酒，叫你们俩先吃饭，别等他们了！"
二山看看秀梅，有些坐不住了："那我也去你那吃！"
"没做你的饭，你就留家和秀梅妹子一块吃吧！"山妹有意把二山推回屋，转身快步离去。
龙秀梅立即把饭菜、酒端上桌子，并为二山斟上酒："二山哥，喝酒吧！"
二山把酒碗推开："不喝！"
二山低头大口往嘴里扒拉饭。
龙秀梅："别光吃饭，吃菜啊！"
龙秀梅往二山碗里夹菜。
二山紧张地再度加快了吃饭速度。

### 16. 梁家　日　内
梁老滑、柱子、山妹和王老爷子，大山嫂在吃饭，喝酒。
大山嫂："山妹，他俩吃饭没有？"
山妹："一准吃上了。"
大山嫂："回头你把秀梅叫出来，在你这玩一会儿，我去找二山唠唠。"
梁老滑："二山这小子是咋的了，这么好的姑娘上哪去找啊！"
王老爷子："这把再吹了，就让他打一辈子光棍！"
山妹瞥了大山嫂一眼，抿嘴一笑。

### 17. 大山嫂家　夜　内
龙秀梅已被山妹调了出去，二山一人在家感到无聊，他拎着酒瓶子独自喝起闷酒。
大山嫂笑嘻嘻地进屋："咋的？一人喝上闷酒了？咋不叫秀梅陪你喝呢？她也能喝几盅，来，嫂子陪你喝。"
大山嫂为自己斟上酒。
二山："今儿个是咋的了？你和爹好像在折腾事。"
大山嫂："叫你说的，啥叫折腾事来，嫂子敬你一杯！"
二山："这龙秀梅到底来咱家干啥来了？"
大山嫂："来看我的啊！咋的了？"
二山放下筷子，严肃地问他嫂子："我从小就信得过你，听你的话，你说实话，这龙秀梅到底来干啥的？"
大山嫂："你咋那么怕这个表妹啊？"
二山："是不是又是你和爹给我介绍的对象？"
大山嫂怔了一下："就算是给你介绍的对象，你看这个咋样？"

二山火急火燎地："我说过好多回了，往后你们不要管我的事了！"

大山嫂狠狠地把酒碗摔在桌上，同样发起火来："你当谁稀罕管你的事啊？我要不是怕老爹为你的婚事愁坏了身子，要不是看在你大哥的情分上，谁稀得管你的事，介绍一个不行，两个不行！这么俊这么勤快的姑娘你也看不中，二山，你哥走了，老爷子伤透了心，我出去修路，动了老爷子的肝火，你这婚事一拖再拖，爹也是急得火上浇油，二山你咋就不懂事理哪！"

二山向嫂子道歉："我不是那意思，你听我说说心里是咋想的，嫂子……"

"我现在不是你的嫂子了！我还要改嫁，再走一户人家。"大山嫂忍无可忍地拂袖而去！

二山紧追不舍大声叫着："嫂子！……"

### 18. 大山嫂家　夜

月亮在云中穿过。

二山坐在屋门口静静地等他嫂子回来，不时地朝门口张望。

家里空荡荡的，二山神情显得焦躁、沮丧。

第一个回来的是王老爷子。他那核桃纹似脸异常的严峻。

二山用近乎乞求的口吻想解释："爹！……"

王老爷子："我不是你的爹，这不是你的家，你小子的能耐大了，你爱蹽哪就去哪！……"

王老爷子一摔门走进屋里。

片刻，大山嫂领着龙秀梅走进院子。

二山上前拦住大山嫂："嫂子！你得听我说，嫂子，求求你了！……"

大山嫂想用手把二山扒拉开，但二山像铁柱子一般挡着她去路。

"躲开！"大山嫂吼了一嗓子，二山被镇住了，才给大山嫂、龙秀梅让开了路。

屋里的灯几乎同时关闭，院子一片黑暗。

二山坐在院中的树墩子上，双手抱着头，缩成一团。

### 19. 工地工棚　晨　外

黎明前的黑暗刚刚过去，群山显得更加幽静深邃。

突然，传出巨石滚动的巨响，惊动了林中的鸟儿。

惊醒了酣睡的民工。

黑子、柱子等睡眼惺忪地走出工棚。

老秦、小夏也走出指挥部。

大家异口同声地问："谁在山上干活呢！"

突然有人发现了，朝山顶上一指，只见二山光着膀子，浑身的肌肉疙瘩隆起，他声嘶力竭地吼叫着，用撬棍把平时三四个人才能撬动的巨石掀下山坡。

一块巨石滚下山，接着又是一块，巨石顺山坡翻滚进山涧发出震耳欲聋的轰鸣声。

远处观望的人惊呆了，议论着：

"这二山是咋的了？"

"好像天没亮他就来了！"

"好像跟谁在赌气！"

老秦望着二山反常的举动有所察觉，他当机立断："黑子、柱子你们哥几个上去，把二山叫下山，千万别出了事故！"

"是！"黑子、柱子等几个小伙子朝着山顶攀去，并大声招呼着："二山——小心点！……"

### 20. 山野坡上　晨　外
一个羊倌在唱：

　　　　　　　　山里的日头有升也有落，
　　　　　　　　山里人的苦乐都是歌，
　　　　　　　　月亮天天跟着太阳走，
　　　　　　　　傻媳妇天天给汉子暖被窝。

### 21. 筑路工地　日　外
大山嫂领着民工在铺路，把爆破下来的石头沙土铲平。工地上热火朝天，欢歌笑语。
黑子："嫂子，这路铺平了，得找啥玩意儿轧一轧！"
柱子："用场院的石碾子轧轧行不？"
老秦、小夏各拎把铁锹走了过来："石碾子可不行，得用二十多吨重的轧路机。"
黑子："那快点把轧路机开进来啊！"
小夏白了黑子一眼："路还没修通，还有大山挡着去路，山下的轧道机怎么开进来？坐飞机进来啊！"
黑子："我问秦工程师呢，你搭啥茬儿？嘚瑟！"
小夏反唇相讥："要不说呢，没文化。"
黑子扔下锹又要动手："你少说我，我爹我娘都没数落过我，你算干啥吃的！"
在场的人劝说着，迎春过来朝黑子喊了一声："行了！工程这么紧张，你还有劲吵架！"
黑子没理又矫情："我没招他惹他，是他先跟我嘚瑟！欠揍！……"
大山嫂也生气了，吹响了哨子："快歇气儿了吧！"

### 22. 工地山坳里　日　外
山坳避风处，老秦点燃一支烟，大山嫂坐在他的身边，二人交谈着。
老秦："今儿个天没亮，二山就上山……"
大山嫂："我听说了。"
老秦："到底咋回事？"
大山嫂："这事糟心透了。"
秦永顺关心地："能说说不，我给你透一透。"
大山嫂停了一会儿，咽了口唾液："秦哥，这话憋在我心里快二十年啦。"
秦永顺："这不成讲古了。"
大山嫂："你还有心逗。"
秦永顺："到底咋个事？"
大山嫂："我咋到的老王家，你知道吧？"
秦永顺："知道！"
大山嫂："我咋嫁给大山的你知道吧？"
秦永顺："你说过。"
大山嫂："二山为啥一直连对象都不看？"
秦永顺："不知道。"

大山嫂又停住了。
秦永顺："说呀！"
大山嫂："我猜是因为我。"
秦永顺："因为你？"

### 23. 树林里　日　外
工地附近的树林里，迎春正在找黑子谈话，她严厉地批评黑子。
迎春："你就是没文化干蠢事儿，还有啥不服的？没文化又不看报纸，不看电视不学习，不愚昧才怪呢！"
黑子："他先进，你跟他好去！"
迎春："你这叫不讲理！"
黑子："俺没文化不懂理！"
迎春："你这叫胡搅蛮缠！"
黑子："自打这个姓夏的小白脸进村以后，你就处处看不上俺了，俺知道配不上你……"
迎春："我这不是在帮你嘛！知道落后了为什么还不学习！整天喝酒打扑克混日子，将来咋办？我真的考上了大学你说咱俩的关系……可咋办啊！……"
黑子："你看不上俺就吹呗！俺不巴结你！……"
"黑子！这话可是你说的，你可别后悔！"迎春一肚子气，转身离去。

### 24. 大山嫂家　日　内
王老爷子抱着孙子哄着玩。
龙秀梅在洗衣服。
龙秀梅："大爷，昨晚上我见你和表姐都在火头上，我没敢问，是不是把俺和二山哥的事挑明了，二山哥没看上俺？"
王老爷子被问怔住："不！……不是那么回事，这小子别看是个大老爷们了，可这里边啊（指脑）还比不上个孩子。"
龙秀梅："大爷，你和表姐不用瞒俺，行就行，不行就算了。强扭的瓜不甜。再说俺村是水稻村，比你们村富多了，俺又不是嫁不出去，俺是听表姐介绍二山哥以后，觉得他有情有义，人长得也体面，像条山里的汉子，再说路也快通了，要是成家后在俺们水稻村盖房安家，在龙爪村安家都行。"
王老爷子："说实话，俺们龙爪村可比不上你们水稻村，二山也配不上你，要能和你成家，那是俺祖上积德行善换来的福分！"
龙秀梅："可别这么说，夫妻俩好嘎一好，怕的是剃头挑子一头热。这事可勉强不得。"
王老爷子："不会！等你表姐回来了，我先问问他和二山是咋唠的？完了再合计下咋办，放心，绝不会叫你受委屈。"

### 25. 村街　傍晚　外
秦永顺和大山嫂并肩走着。
秦永顺："冬花，你说的事，其实我也有所察觉，尽管觉得二山有点不对劲，但没往这上想。"
大山嫂："山里的汉子痴呀，这些年一个锅里搅马勺，倒也没啥事。可这一修路，你一来，大山一走，加上村里的风言风语，我可是真有点坚持不住了，闹心。"

秦永顺："这事搁谁身上都闹心，你也别太折磨自己，在啥事往开了想，不是我站着说话不腰疼，我也跟你竹筒倒豆子掏掏心里话，自从这次进龙爪村修路，我这心里就不时地犯叽咯，过去的事，眼前的事，一股脑往上涌，说实话，我心里有你……"

大山嫂抬头看着秦永顺，十分激动。

秦永顺也十分动情："冬花，你什么也不要说了，咱俩的事先放一放，现在最要紧的是把龙爪村的路修通，路通了才对得起死去的大山兄弟，才对得起龙爪村的父老乡亲，我不是说大话，是说的心里话，路通了我再跟你说咱俩的事，到时候，你得有态度。"大山嫂听着，心情十分复杂。

### 26．村小学校　傍晚　内

迎春领着学生们上课：

迎春：六年级的同学把黑板上的诗再念一遍：

五六个个子高的同学：

> 春眠不觉晓，处处闻啼鸟。
> 夜来风雨声，花落知多少。

迎春："三四年级的同学把课本上的数学运算口诀复习一遍。"

几个小一点的学生摇头晃脑地背了起来。

教室门口，小夏招呼迎春，迎春出来。

小夏："今天提前放学吧，抓紧时间把物理复习一下，高考已迫在眉睫了。"

迎春："好的。"回头对同学们："同学们，准备放学。"

又对小夏："你等我一会儿，我把几个小的送过后山，就回来。"

### 27．大山家　傍晚　内

二山从工地一回来，就闷头劈柈子。

龙秀梅："二山哥，吃饭了。"

二山不吱声，也不抬头。

龙秀梅："叫你呢，一会儿饭凉了。"

二山闷声闷气："你们先吃吧，我等嫂子回来。"

龙秀梅："我表姐托人捎话，下晚要和什么秦工程师商量事，在村上吃了。"

二山把手里的斧头扔到地上。

### 28．村委会　夜　内

大山嫂和秦永顺在办公室商量修路的事。

另一间屋里，小夏在辅导迎春课程。

黑子来到窗外，趴在窗户往里看了看，实在忍不住闯了进来："迎春，你这学习也不能不吃饭哪，我娘烙了韭菜合子，让我叫你去吃。"

迎春："你咋看不出眉眼高低，我现在复习正是较劲的时候，连小夏都没吃饭陪着我复习，你咋添乱哪。"

黑子气不打一处来："我关心你，你咋不识数哪，复习、复习能当饭吃？"

迎春："你先走吧，一会儿再说。"

黑子一屁股坐在了桌子上："那我等你。"他把课本和书笔坐在屁股底下，这个动作有点挑衅的味道。

小夏有点忍不住了："你这人怎么这样，我和秦工一进村，你就看我不顺眼，咋回事？"

黑子："我就看你不顺眼，你还挺知趣。"

小夏："这没道理吧，我帮迎春代课、补课，这是同志间应该做的，你……"

黑子："你少跟我跩，嗑瓜子嗑了一个捂的，臭仁（人）一个。"

小夏："你咋骂人哪？"

两个人吵了起来，迎春把手中的书往桌上一摔："你们别吵啦。"

### 29. 工地　日　外

清晨的工地，一片繁忙。

黑子正在打风镐。

刘主任走了过来："黑子！你先忙着你的！今晚上我找你谈话！"

黑子看看，没吱声！

大山嫂、柱子他们都在干活儿！

刘主任也加入了干活儿的行列！

迎春、小夏他们挑着豆浆，走了过来："哎，喝豆浆来！"

黑子见迎春和小夏一块来送豆浆，气不打一处来！

人们放下手中活计，走向迎春、小夏那里！

黑子走到小夏跟前，粗声瓮气地说："给我盛碗豆浆！"

小夏："舀子在那，自己盛！"

黑子："你听见没？我让你给我盛碗豆浆！"

小夏："别人都自己盛，喝多少盛多少，我凭什么给你盛！"

黑子："你就得给我盛！盛不盛你？！"

小夏："行！我知道你在挑衅想打架，我不搭理你，别影响工程，我给你盛！"说着，给他盛了一碗。

黑子："不行！太多了！"

小夏又舀去一些。

黑子："不行！太少了！"

小夏又给他添了点儿！

黑子抢过碗，叭地把一碗豆浆，泼在小夏的脸上："你他妈的给我盛的是啥豆浆？！一块黑锅巴叫你盛里了！你小子纯粹是埋汰我！"

众人："哎，黑子，你这是干啥？滚热的豆浆，你咋能往人脸上泼呢？！人家挑了这么远的豆浆，还没歇口气呢，你就让人盛豆浆，你也太欺负人了！"

小夏忍无可忍，冲向黑子，黑子一拳打倒了小夏，迎春扑到小夏跟前。

迎春用毛巾给小夏擦擦脸和前胸衣襟，瞪着眼睛看着黑子，没吱声。

黑子躲避着迎春的目光！

黑子："起来，有尿，你小子起来！看你黑爷咋收拾你！"

小夏挣扎着起来！宽容地笑笑："这并不能证明你强大！"

迎春："黑子！你为啥打人？！"

黑子："为啥打人？我不打好人！他犯着我了！"

迎春用惊异的眼神看着黑子！

黑子一脸神气，一转身扬长而去！

迎春扶起倒在地上的小夏："呀，鼻子出血了！"

小夏："没事儿，不要紧！"

迎春："黑子，你不是人！小夏，我送你回去吧！"

小夏："不用！迎春，看到了吧，赶快出山去学习，学好了回来办教育吧！"说罢，转身走了！

迎春愣愣地看着他的背影，又低下头想自己的心事。

黑子又回来了："迎春，看他干啥？他是自作自受！走，回家去！"

迎春猛地一甩胳臂："黑子！打今儿往后，你离我远点儿！"说着走了。

空地上，站着黑子，他显得很沮丧！

### 30．工地指挥部　日　内

秦永顺戴上安全帽准备上工地，二山闯了进来。

秦永顺："二山，有事？"

二山："秦工，我要跟你说句话。"

秦永顺猜到了二山想说什么，态度十分友好地："说吧。"

二山："你来帮俺们修路，俺们没啥说的，可俺们乡下人的事，俺们老王家的事，你少掺和。"

秦永顺明白了，缓了一口气："二山兄弟，有些事不像你想的那样简单，我们……"

二山打断了秦工的话："别跟我说过去，以后你离开我嫂子远点，就这！"说完走了，秦永顺苦笑了一下。

### 31．刘主任家　日　内

刘主任、大山嫂在批评黑子。

大山嫂："黑子，这事你得向大伙做检讨，你别忘了，你是村主任的儿子，再说了，你为啥平白无故打人家，你赶快做检讨，向小夏赔不是！"

刘主任说："黑子！你昨晚跟人家吵架的事，我还没找你算账呢！今儿个又把豆浆往人脸上泼！你小子是没王法了是不？！我可跟你说下，打人犯法！你要不服村里管，我们就让乡派出所来管你！你还没王法了呢！你给我滚出这个工地！工地上打今儿起不要你了！"

黑子："不要我，我还不想干了呢！我不挣这份钱就完了嘛！"说完，走了！

大山嫂："黑子！"

黑子没有回头！

大山嫂对刘主任说："主任！黑子做的事儿是不对！大家伙也都看着了！可他干活儿还是把好手！"

刘主任："我知道，他干活儿不赖！可这种害群之马，不收拾收拾，他咋能知道马王爷三只眼！让他走，啥时候检讨完了，啥时候再说！"

### 32．梁老滑家　傍晚　外

梁老滑套好了牛车招呼儿子："来，柱子！帮爹把石碑装上！趁天黑，别人都不知道，咱爷俩去把它立上，省着惊动大家伙，兴师动众的！"

柱子嘴里正嚼着饭呢，忙说："好好，我这就来！"说着，放下手中的饭碗，和他爹一起往车上抬石碑！

他们装好了石碑。

梁老滑喊了一声"啾！"牛车就走了。

### 33. 村街　傍晚　外

黑子还在游逛。

大山嫂走了过来："黑子，你这是干啥呢？"

黑子："心里闷，出来走走！"

大山嫂："黑子，嫂子有话跟你说！"

黑子："大山嫂，有话你直说，我乐意听你说话！"

大山嫂："为啥打人？有劲儿没地方使了？！那就拿拳头砸砸墙！还拿豆浆往人脸上泼，多少人都在那看着呢？好看吗？！"

黑子："大山嫂，你是不知道，姓夏的这小子，也真是气死我了！"

大山嫂："他咋惹着你了？"

黑子："你说我跟迎春处得好好的，他非得在中间咔嚓插上一脚！他算干啥的呢？！"

大山嫂："黑子，你也别疑心太重，迎春和小夏咋的了，再说了，嫂子说这话，你可能不愿意听了。不怕货看货，就怕货比货。找对象也是一样。实话说，你比不过人家小夏！人家有修养，有文化！你呢！大字儿认识多少？粗得拉的！谁姑娘家放着小夏这样的男人不喜欢，喜欢你？！"

黑子："大山嫂，你是说，迎春不会跟我了？！"

大山嫂："黑子，嫂子跟你是说理不说事儿！你打了人家小夏，多给咱山沟里的人丢人！你得给人家赔礼道歉！"

黑子："我给他赔礼道歉？！想白毛去吧！我不干！"

大山嫂："黑子，别太犟了！错了就是错了！知错就改，不就完了吗？！"

黑子："认个错也不是不行，可我不能给他认错！"

大山嫂："你想咋办？"

黑子："当大家伙面认错都行！就是不能给他认错！"

大山嫂："那也行！你就当大伙面先认个错吧！"

黑子："那倒行！大山嫂，你先回吧，家里还有孩子！"

大山嫂："检讨得深刻点儿，不能浮皮儿潦草的啊！"

黑子："行啊！让我想想吧！好好想想！"

### 34. 坟地　傍晚　外

大山嫂拿着给大山烧的黄纸向大山坟地走去。

梁老滑和柱子已经把碑立在了坟头上，墓碑上写着："王大山烈士之墓"。

二山扶着王老爷子从另一方向走来。

秦工和小夏从另一方向走来，他们都记得今天是大山死的七七。

小夏："日子过得真快，大山哥走了七七四十九天了。"

老秦："咱们修的路也要通了，要是大山活着能看见就好了。"

梁老滑和柱子掉转牛车，准备走，抬头看见大山嫂等人正向坟地走来。

梁老滑："吁！大山媳妇，你们咋都来了？我还寻思我们爷俩把碑先立上呢！让你们明儿个早上才知道呢！谁知道在这碰上了你们？！我说了，我梁老滑想做点啥事儿也做不明白！"

大山嫂走到碑旁边："梁老叔！石碑雕得像个镜子面儿！你费心了！"

梁老滑："说啥呢，还能帮大山干点啥？给他做个碑，不能水水汤汤的！咋说也得让大家看得过眼去，大山是烈士！"大山嫂看着老秦、二山、柱子和梁老滑，又用手摸摸石碑！她的眼里有太多的思恋与惆怅！

　　大山嫂把纸放在坟头前。
　　二山和小夏把果品糕点摆放好。
　　老秦带头脱下了帽子，大家都脱下了帽子。
　　大山嫂解下了头巾。
　　众人面向石碑，对坟墓三鞠躬！
　　大山嫂的腿骤然剧痛，让她一时站立不稳。
　　老秦扶住了她："冬花，你这腿。"
　　大山嫂："没事，没事，咱们回吧。"
　　众人都趔转身子时，老秦突然说："把车赶到新修的这截路上回村吧！"
　　梁老滑抹过车，把车赶上新修的那一截公路。
　　梁老滑："都上车吧！"
　　众人都上了车。老秦、二山把大山嫂抬上车。
　　梁老滑赶着车："哎，还是新公路好，不颠！"
　　人们坐在车上都不说话。可从眉梢上都能看到方才的沉重已经少了许多！

### 35. 村委会　夜　内

　　修路队的人都在这里。
　　黑子大声做着检讨："我错了！我真的错了！一千一万个错了！我对不起村上和县里的人！我不该打人、往小夏脸上泼豆浆！要是烫坏了，我就犯了大罪了！我检讨完了！"
　　刘主任："我这小子活这么大没做过检讨，新媳妇上轿，头一回哩！不管检讨得咋样，检讨了，就是个态度！检讨了就比没检讨强！啊，这个检讨哇，我看还算行！能认识到自个儿错了！这也算深刻！啊！打人不对！凭啥打人？凭胳膊粗力气大就打人，那哪行？！事情发生在黑子身上，提醒我们大家！打人，还打县上来的人？龙爪村的人咋的了？传出去让人家笑话咱们！人家县上的人是帮咱村来修路的！狗还不咬亲人呢！咱们是人！比狗得强吧！比狗得讲理吧！我说这话，不是拿人跟狗比，我是打个比方！我就说这些了！看看你们大家伙儿还有啥要说的？！"
　　众人一阵议论。
　　刘主任："没有啥了，我用四句话总结下今天的会：众人拾柴火焰高，上下团结最重要，全村百姓心一条，公路提前通龙爪！"
　　众人又是一阵议论！
　　迎春用眼睛狠狠地瞪着黑子。
　　黑子把头埋得很低。
　　刘主任："行了！会就开到这了！散会！"
　　众人三三两两走出会议室！

### 36. 大山嫂家　晨　内

　　村庄在晨曦中苏醒。
　　大山嫂奶完了孩子，跟王老爷子嘀咕了几句。
　　王老爷子叫秀梅："秀梅，跟大爷把你三贵叔家的小石磨借来，晚上磨点豆子，做小豆腐。"
　　龙秀梅答应着，临出门前看了一眼二山。

二山抽完一根烟起身要走，大山嫂叫住二山："二山，你等会儿去工地，嫂子跟你说句话。"

二山站住了。

大山嫂："二山兄弟，我表妹来咱家也有些日子了。嫂子啥用心你也知道了，秀梅这丫头不错，你听嫂子的，这婚事你就应下吧。"

二山不吱声。

大山嫂："你也别跟我闷着，你心里咋想的我知道，可这世上的事也不能想咋的就咋地，碗碎了能锔，缸裂了能补，人世上的事就不那么简单了。"

二山憋了半天，终于开口了："嫂子，我现在还叫你嫂子，你也听我说说……"

大山嫂："兄弟，你别说了，说不好，打了人家的脸，也伤了自己的心。"

二山看着大山嫂的目光如此坚决，回身出去了。

大山嫂长出一口气，坐在炕沿上。

二山回来，把一个红布包放在了炕桌上，转身走了。

大山嫂打开一看。

是一只手镯。

大山嫂彻底明白了："做嫂子咋也这么难哪。"

### 37. 工地  日  外

黑子、柱子正在用风镐钻眼。

大山嫂正在抡锤砸钎。

刘大龙挑着豆浆到工地，高喊着："喝豆浆了！歇气了！"

刘大龙为身边的老秦盛了一碗："老秦，趁热喝！"

老秦接过豆浆："大龙你太客气了。"

刘大龙："你和小夏太辛苦了，伙房想给你俩改善下伙食，可啥也没有啊！"

秦永顺："改善啥伙食，挺好的。"

老秦端着一碗豆浆走了上来："大山嫂！你也喝碗豆浆吧！"

大山嫂接过豆浆："哎呀，你看你，还给我端上来了！"

老秦："这没多远，看你没喝！干了半天活了，喝口豆浆解解渴！"

大山嫂喝了口豆浆，说："老秦呐，咱们这路不管咋说，哭爹喊娘地是修出一截子来了！看着这截路，我这心里有苦滋味儿，也有甜滋味儿！"

老秦："你和大龙、迎春三个人扑腾这么一大摊子事儿，不易！"

大山嫂："没有大家伙跟着扑腾，我们几个算个啥？！"

迎春在那边招手："老秦，老秦！你过来！"

老秦走了过去："迎春，啥事儿？"

迎春："你刚才管大山嫂叫啥来着？"

老秦被问得莫名其妙："啊？！我叫……大山嫂哇！"

迎春："叫她大山嫂是我们的村理儿！你是县上的人！其实，大山嫂才三十二岁，没你大呢！"

老秦："哎呀，一个称呼，认啥真？！入乡随俗，我就叫她大山嫂了！"

迎春："依我说，大山已经没了，老喊她大山嫂，她心里老有个影子，咱们大家伙儿干脆打今儿个起都改个叫法，叫她冬花，或者龙队长！你看咋样？"

老秦："这无所谓，大家伙咋叫，我就咋叫，大家伙咋改口，我就跟着咋改口！我好说！随大溜儿！"

迎春："那行，我再和大家伙说说，咱们现在起就这么叫！"
大山嫂走了过来。
迎春："我说龙队长！山坡上的炮眼儿打得差不多了！上午再打两排，下午咱们就可以点炮放炮了！"
大山嫂："迎春，你跟谁说话呢？！"
迎春："跟你呀！你不是我们的龙队长吗？"

### 38. 大山嫂房间里　夜　内

龙秀梅和大山嫂躺在被窝里谈心：
龙秀梅："表姐，我看二山对我不冷不热的，这事不行就算了。"
大山嫂："不是对你不冷不热的，眼下他心里有个疙瘩没解开。"
起龙秀梅："那谁去给他解疙瘩啊？"
大山嫂："我！老话说解铃还须系铃人啊！"
龙秀梅："咋的，你是系铃人？"
大山嫂："我爹死的时候把我妈托付给了大山家，妈妈怀了我，后来也是难产大出血死在了山道上。我和大山、二山一块长大的，这俩兄弟里我是喜欢二山的，到了懂事的年岁感情就更好了，我和二山都向老爹提出过。俺俩成亲一块过，可老爹不干，说山里女人少，找媳妇难，还说哪有大麦没熟二麦先熟的理儿，也不管我乐意不乐意，强拧着我跟大山成亲了！"
龙秀梅："这叫啥事呀！把你当童养媳妇了？"
大山嫂："别这么说，谁叫山里不通路，人都落后呢，谁知这二山是个痴情讲义的汉子，就这么一直守着我，别的姑娘不要，要娶就娶我，他哥一过世，他就死活要跟我过，我和爹咋劝都不行。"
龙秀梅："原来是这么回事，这事可麻烦了，他的脾气很犟，一时半会你可说不服他，我可等不起！干脆你就和二山一起过得了！"
大山嫂："死丫头，要是像你说的那么容易，事儿早就好办了！"
龙秀梅："还有啥难办的吗？"
大山嫂从枕头下取出那本《公路养护》一书，随手一翻，翻到了她在筑路队当上先进时和老秦的合影，她动情地凝视着照片。
龙秀梅："看啥呢？两眼都直了！"
"没看啥！"大山嫂随手把书合上，说了声"睡觉"便把灯关了。

### 39. 工地指挥部　夜　内

小夏已经睡着了。
秦工绘完图吃着饭盒里的剩饭剩菜。
怀下有一张小夏为大山嫂拍的彩照，照片上的大山嫂风韵依在，神采动人。
老秦拿起照片又放下，又拿起从各个角度欣赏着这位心中的人。

### 40. 指挥部门口　日　外

雷声滚动，天阴沉沉的。
黑子、柱子领着十来个民工来到指挥部门前看黑板上的通知，上边写着：
今儿个停止在龙屁股地段的施工，转移到4公里处施工。
一民工问黑子："班长，咱们的工具都在龙屁股放着，咋办？"

黑子不屑一顾地："别理他！走……"

这时，小夏从指挥部跑出来，对黑子再次强调："黑子，昨晚下了一宿的雨，龙屁股地段很可能有泥石流，你把你们班里的人拉到4公里处打炮眼！"

黑子看看小夏，不服气地带人走了！

小夏仍在叮嘱着："黑子！一定到4公里去施工！"

黑子等人头也不回地走远了。

### 41. 梁家　日　内

大山嫂走了进来。

山妹："哎，大嫂来了！"

大山嫂："柱子呢？！"

山妹："上工地了！大嫂来有事儿？！"

大山嫂："山妹，前些日子，你帮大嫂带虎子挨了不少累，现在爹心疼孙子，非要自个儿看！我表妹在这，也能帮把手，可你帮嫂子的这忙，嫂子心里记着呢！"

山妹："哎呀，啥记不记的？！自己家人，说那么远干啥？！"

大山嫂从兜里拿出一沓钱："这笔抚恤金，是你大哥留下的，他活着的时候，跟我说过，山妹帮咱们看孩子，得对得住人家！你哥没了这些日子，我拿东忘西，颠三倒四的，也没想起这个事儿来！今儿个冷不丁想起这个事儿来，我就过来了！你大哥的意思！这点儿钱你收下吧！"

山妹："嫂子，这哪好意思呢？！"

大山嫂："这钱你该得！拿着吧！"

山妹和大山嫂推拉几个回合。

山妹："违命不如听令！大嫂，山妹听你的！"说着把钱收下了。

大山嫂："上次为了几斤肉，嫂子整得你下不来台，这也怪我嘴拙。"

山妹："嫂子，可别提那件事了，寒碜得我……真没脸见你了！我给你倒水喝……"

### 42. 指挥部　日　内

老秦正在换水靴、工作服，安全帽。

小夏："老秦，你要干啥去？"

老秦："我担心有的班组没看到通知跑到龙屁股去施工，万一碰上泥石流就麻烦了。"

小夏："门外不是写通知了嘛，昨儿个收工时也讲过了。刚才黑子他们走，我又嘱咐了一遍。"

老秦："农民施工队不比正规的施工队，游击习气太重，我不放心啊。"

小夏："那我去吧，你还有两张图没画完呢！"

老秦："那……也好！请你代劳了。"

"别客气！我换换衣服。"小夏去换工作服、穿水靴……

远处的雷声已越来越近了。

### 43. 梁家　日　内

柱子从工地回来换水靴，一边换，一边正和山妹为大嫂送来的抚恤金钱发生争执：

柱子："这钱咱不能要，你得给大嫂送回去！"

山妹："为啥？"

柱子："为啥？！这还用我说吗？大哥没了！咱给大哥大嫂看那么几天孩子，咋能要钱呢？！"
　　山妹："大嫂来了，我也说不要了，可她说是大哥的意思！我说啥？！"
　　柱子："行，你要留这钱，你就留吧！花这点钱，你心里好受，你就花吧！你不知道？！这是上头给大哥发的抚恤金钱！是留给你小侄的抚养费。"
　　山妹："这钱都扔这了，往回送，大嫂能要吗？！"
　　柱子："你压根儿就不该留这钱！"
　　山妹："咱有些话可得说明白喽！这钱可不是我去要的！是大嫂送来的！送来了，我也没说要，我说不要，可她偏留！怨谁呀？！"
　　柱子："多余的话也别说了，你把这钱给送回去！"
　　山妹："我送？凭啥我送？！要送你去送！"
　　柱子："你留了钱，就得你去送！"
　　山妹："钱是我留的不假，可我一不是抢来的，二不是偷来的，是人家正大光明给我的，我留这钱就留出那么大的错来？！"
　　柱子："你说这话啥意思？留钱留对了是吧？！"
　　山妹："不对，也没啥大错！"
　　柱子："行了，我听明白了，你就是要留这钱！那你留吧！连着你见了钱的德行，你都自己留着吧！"
　　山妹："我就留了，咋的吧？！"
　　柱子："好好好，你留，你留！"说完，扭过头去不再理山妹，自己在一旁生闷气！
　　山妹也在一旁生闷气！

## 44. 山野草地　日　外

　　一个羊倌在唱：

　　　　　　　　山里的娘儿们山里的汉，
　　　　　　　　山里的汉子把小褂穿，
　　　　　　　　娘儿们红袄黑棉裤，
　　　　　　　　汉子替媳妇把头花盘。

## 45. 龙屁股工区　日　外

　　黑子率班里人已经干上了。
　　风镐、铁锤齐上阵。
　　黑子："净扯犊子，俺们在山里长大的，俺们还不懂龙屁股尿点尿拉点粑粑，那算个啥呀，非要叫啥泥石流……"
　　班里人听罢开心地笑着，个个都不以为然。

## 46. 山道上　日　外

　　小夏正在匆匆地赶路。
　　他已气喘吁吁。
　　天上已开始降雨。
　　小夏加快了脚步。

### 47. 工地指挥部　日　内

大山嫂和秦永顺在研究下一步工程。

秦永顺："龙队长……"

大山嫂："叫冬花。"

秦永顺："冬花。"他深情地看了一眼大山嫂。"工程快透亮了，多年的愿望要实现了，再进一批雷管、炸药，争取在月底前啃下最后一块骨头。"

大山嫂："这样村里和乡里的四级公路就连接起来了。……"

秦永顺："可两个人的心还没连到一起？"

大山嫂："你不是说，等路通了，我再给你态度吗？"

秦永顺掩藏着内心的兴奋："那就等着吧。"

突然，一民工跑进来："秦工，龙队长，小夏，小夏被泥石流埋住了。"

大山嫂一惊："什么？"

（第九集完）

## 第十集

### 1. 山道上　日　外

担架在驮道上疾走。

黑子抬头杠，累得满头大汗，喘着气，可谁换他，他也不答应。

担架上躺着小夏。

迎春跟在后面，十分焦急。

后边的人已换了柱子，要换黑子，黑子仍不肯："别烦我了，让我抬吧，他是为了救我们哥几个受的伤。"

黑子内疚着，咬牙抬着。

刘主任和秦工在安慰小夏："小夏，快到了，你千万挺住。"

### 2. 大山嫂家　日　内

二山扶着大山嫂回来，王老爷子和龙秀梅迎了上去："表姐这是咋地啦？"

王老爷子："二山子，你嫂子，这是……"

二山："听说工地出了事故，嫂子急了，往工地跑，半道就摔在沟里了，她这腿一直疼着，总说没事，没事，这回大发了。"

大山嫂咬着牙："别说得那么邪乎，这腿是老病了，挺挺就过去了。二山，你去村委会守着电话，勤打听小夏的消息。"

二山不舍地走了。

大山嫂："爹，工地出了事故，天气又不好，大概要停工了，你去看着仓库，别出啥事，爹，你穿件衣服，夜里冷。"

王老爷子看着儿媳妇痛苦的表情，啥也没说起身走了："秀梅，仔细照顾你表姐。"

大山嫂笨拙地爬到炕上："秀梅呀，表姐的命不好哇，从打修路，这大事小事就没断过。"

龙秀梅："表妹，你别这么说，路不眼瞅着就要通了吗，路通了，你就是干大事的大英雄。"

大山嫂苦笑了一下。

### 3. 县医院　晨　外

通过县街道的电线杆子，看到了一轮旭日。

### 4. 县医院病房　日　内

走廊，查房的医生出来了。

黑子和迎春拎着果品溜了进去。

屋里一位护士正在给小夏服药，秦永顺也在。小夏头和手臂缠着绷带，精神已好了许多。

黑子在前，迎春在后，来到了小夏床前。黑子痛心疾首："小夏兄弟，是你及时赶到把我们哥几个喊出了工区，这才免了一灾，可你却伤了，我不是人，我心里跟你较劲，不听你的警告，上了龙屁股工段，你受伤是为了救我们，你骂我吧，我不是人揍的。"

小夏忍着痛，勉强笑了笑，摇了摇头。

秦永顺："黑子老弟，修路这活不光是苦活累活，这里边还有不少的学问。你不仅要跟着干，还要跟着学，赌气施工，就更不对了。"

黑子对秦工："你骂我吧，我浑哪。"

秦永顺："黑子老弟，知错就好哇。"

这时门开了，走进来一位漂亮的姑娘，手里拎着保温饭盒。

迎春、黑子面面相觑。

秦工："小陈，送饭来啦，做的什么好吃的？"接着给迎春和黑子介绍："这是小夏的未婚妻，叫陈静，他们是同学。"

黑子蒙了，迎春狠狠地瞪了他一眼。

刘主任从外边进来："路局长看望夏技术员来啦。"

### 5. 工地指挥部　日　内

大山嫂问柱子："小夏的伤怎么样？"

柱子："还好，没伤筋骨，有点轻微脑震荡，腿上的伤重点，秦工说他一半天就回来，工期延误不了，越到最后越关键，咱们一定要咬牙挺住。"

刘大龙进来："大山嫂，不，龙队长，乡里欠的款还回来了，这事我办得埋汰，我这就去提款，进最后一批工程物资。"

大山嫂："大龙兄弟，这最后关口可不能出岔头啦。"

刘大龙："一定，一定。"

### 6. 县医院病房　日　内

大家谈笑风生。小夏躺在床上，黑子躲在墙角，路局长已走了。陈静对迎春和刘主任："刚一听信把我吓坏了，我寻思不死也得残废了！"

小夏幽默地、无力地："那怎么能呢，媳妇还没娶到家，冤不冤啊！"

陈静："本来准备'五一'结婚的，老爹老娘把一切都备好了，结果他要跟秦工去下乡修路，说这次非去不可，要帮秦工还个愿，咱也不好拦着挡着了。"

黑子听着，十分难受。

迎春："夏技术员不但帮我们村修路，还帮我复习功课，我准备参加成人高考，考师范。"

陈静："春雨在信里都跟我说了，还让我帮你联系县里的考前补习班呢？"

迎春感激地点点头。

黑子坐不住了。

秦工："路修通了，迎春就参加考试，一准拿个状元。"

小夏吃力地："迎春，这回我帮不了你了，你自己加油吧。陈静，把你的学习笔记和复习教程，都拿给迎春，咱们帮助她旗开得胜……"

黑子终于憋不住了："小夏，我黑子不是人，我对不起你……"说着，哭了，一条腿跪在了地上。

### 7. 大山嫂家　日　内

王老爷子在收拾驮具，带着一种留恋，向东屋："二山，二山。"

躺在炕上的二山懒洋洋地："啥事？"

王老爷子："你出来。"

二山走到王老爷子跟前，王老爷子："二山哪，你嫂子这阵子忙，大事小情不断，可秀梅姑娘来咱家也有个一个月了，你嫂子把事也跟你挑明了，你到底啥态度？"

二山："爹，你问我好几回跟秀梅的事啦，我也正想跟你说哪。"

王老爷子："咋地？想通了？跟秀梅成亲？你早就应该应下这门亲事，多般配呀，行！今天应下来也不晚，爹马上就给你张罗，路一通麻溜办。"

二山："爹，你想错了，我不是说跟秀梅成亲。"

王老爷子："说啥哪，你不跟秀梅成亲，跟谁成亲？"

二山忍了忍："爹，我的婚事，你老没少操心，我感谢你，可也怨恨你。"

王老爷子愣住了，火气更大："你个不孝子，我养儿养出孽了，我为你操心操了大半辈子，你还怨恨我，你个忤逆。"

二山："爹，既然今儿个把话说到这份上，那我就实言告诉你吧：我要娶嫂子。"二山说完，目不转睛地直视王老爷子。

王老爷子倒吸了一口气："你说什么？"

二山盯着爹，眼睛一眨不眨："我要娶嫂子。"

王老爷子一屁股坐在了板凳上，反倒不知说什么好了。

### 7A. 山坡上　日　外

一个羊倌在唱：

　　　　山里的娘儿们山里的汉，
　　　　痴情的汉子不听劝，
　　　　棒打鸳鸯不嬉水，
　　　　蜜蜂儿围着荞麦花儿转。

### 8. 梁老滑家　日　内

柱子在训斥山妹，梁老滑在一旁听着。

柱子："你就别磨蹭啦，快把钱给嫂子送回去吧。"

山妹："我真不知道你们是咋想的，她龙冬花早晚是出一家进一家的事，我收我哥的抚恤金是为老王家把着钱，三年五载虎子大了，用钱的地方多着哪，我这当姑的就不兴帮一把呀，再说了，我爹身子骨越来越差，有个病灾的，用儿子的换命钱救急也不为过。"

梁老滑："他媳妇哇，话是这么说，可理不在你这，让别人戳脊梁，说三道四，瞧不起的滋味不好受，要我说呀，钱送回去吧，你爹我这一阵子遭的事，让我明白了大半辈子都没明白过来的理呀！"

山妹不服气地：“送就送，别弄得好像你们都是好人，就我一个边外的兔子，个别。”说完气哼哼地走了。

### 9. 泥石流现场　日　外
　　大山嫂在现场观察，秦水顺、刘主任、黑子、迎春从县里回来。
　　大山嫂问秦工：“小夏没事吧？”
　　秦工：“没事，没事，已脱离危险了。”
　　大山嫂：“那就好，那就好。”转身对黑子：“黑子兄弟，这个教训要记一辈子，人，一要有文化，二要有德行，无知和狭隘，都要误事的。”
　　黑子诚恳地点了点头。
　　大山嫂对秦工：“下一步要把被破坏的施工现场清理出来，然后加快施工速度，争取在雨季到来之前完工，别白费了大家这么些日子的辛劳。”
　　秦永顺：“冬花说得对，咱们来个全村大动员吧，说干就干，明天开工，大家分头准备。”
　　大家准备散去，刘大龙来了：“龙队长，款子和工程物资马上就到，最后阶段施工万事俱备了。”
　　大山嫂：“好，各位还要负起责来。”
　　刘大龙：“嫂子，我想请你和秦工喝顿酒。”
　　大山嫂：“啥事，你又整啥景？”

### 10. 王老爷子家　日　外
　　二山和王老爷子坐在院里的石碾上。
　　秀梅抱着孩子招呼他们爷俩：“吃饭吧，一会儿凉了，我表姐不一定啥时候回来呢！”
　　王老爷子：“等会吧，一家人别吃两三茬，吃了热，热了吃，麻烦。”
　　秀梅回屋了，王老爷子深深地吸了一口烟袋，对二山说：“当初，你嫂子是稀罕你，和你对撇子，爹也不是没有察觉，可你哥比你大十岁，咱这穷山沟娶媳妇难哪，是我做主让他俩成的亲，你哥和你嫂子这日子过得也不错。我只想，你年轻，咱爷们一起干几年，攒点钱，给你也说一房亲。爹真没想到，你哥和你嫂子成亲这么多年了，你心里还装着她！”
　　二山：“那这回，你就成全了我吧。”
　　王老爷子摇了摇头：“二山哪，现在可不比前些年了，谁知道你嫂子心里咋想的？”
　　二山：“我不管。”
　　王老爷子：“管不管的，咱得认实在的理。修路这阵子，你嫂子和秦工的事怕不光是村里人传闲话。照实说，当老公公的不该掺和这事，可我看你嫂子把秀梅姑娘叫家来，怕是心里边有安排。”
　　二山：“我知道，我见过嫂子留存的秦工的书和照片，可这多年了，我心里放不下她。”
　　王老爷子：“世上有些事呀，认命吧，人算不如天算。”
　　“爹，你们爷俩在院子里念啥佛哪。”随着声音，山妹进来。
　　王老爷子：“你来有事呀？”
　　山妹：“大哥的抚恤金，嫂子扔我那儿啦，我给你送来，你老留着用吧。”
　　二山起身进屋了，气哼哼的。

山妹："二哥是咋地啦。"

**11. 刘主任家　傍晚　内**
刘大龙、迎春、大山嫂、秦工、刘主任围在餐桌前，黑子一个人靠在墙角坐着。
酒已过三巡。
大山嫂："黑子，咋地，今儿个咋蔫啦？"
黑子望着窗外："我吃饱了。"转身回自己屋了。
迎春："嫂子，别理他，让他自己寻思寻思，这一阵子，你看他闹的一出又一出。"
刘大龙嘬了一口酒，说话了："龙队长、秦工，你们听我说两句。"
大山嫂："大龙兄弟，你不用说啦，你今儿个摆席是为啥，我和你秦哥都知道，喝酒吧。喝。"
刘大龙："别，嫂子，我叫你嫂子，不叫你队长啦，你听我说，我刘大龙以前有对不起你们的地方，我得说出来，要不憋得慌，山里人，直肠子，可有时候也办弯弯事。"
大山嫂："行啦，过去的就让它一阵风吹过去算啦。"大山嫂知道大龙要说什么。
刘大龙："别价，嫂子，你听我说，当初为了要争当筑路队长，我给乡长使钱了，我……"
大山嫂打断了刘大龙："迎春跟我说过，我没过心，这事过去啦。"
刘大龙："还有，你当上队长后我心里不得劲，跟大山兄弟说，你和秦工咋咋地，我……"
大山嫂："这事做得有点差劲，不像个爷们，行啦，烟消云散啦，喝酒。"
刘大龙："等等，我把修路的钱挪用给乡里买车，这工程物资就没买上来，要不然大山兄弟他不会……我不是人哪。"说着哭了。
大山嫂："这话就别提啦，大龙兄弟，这事你别搁在心上，人死了，活人得往前奔，要不价，还不得熬糟死……得啦，别哭丧脸啦，喝酒。"大山嫂心里一酸。
刘大龙："嫂子，你要是这么敞亮，那我刘大龙就更不是人了，我，我还给上边写了匿名信，说你和秦工……"说着，自己打起了自己的嘴巴。
秦工和大山嫂忙拦住。
秦永顺："大龙，快别这样，别这样，你今儿个能把心里的事抖落出来，也就还是个山里人，人无完人，谁能无过，知道了，改，就是好样的。"
刘主任有些火了："娘的，你小子也太缺德了，这要搁过去，一封匿名信就要了老秦的命了……你咋这损哪，啊……"
大山嫂："主任，你也别数落大龙兄弟了，我看大龙兄弟今儿个能把心里话掏出来，那就还是和咱龙爪村的父老乡亲喝一口井水长大的好兄弟。大龙，等路修通了，把你的淘金作坊弄大扯点，帮咱龙爪村人脱脱贫、致致富，你看行不？"
刘大龙："嫂子，秦哥，你们是大人大量，我刘大龙做了这么多对不起你们的事，你们还不记恨我，我啥也不说了，今后，你们就瞧好吧。"说着拿过一个碗，把一瓶白干倒了进去，一扬脖，一碗酒，下肚了。

**12. 大山嫂家　傍晚　内**
秀梅哄着孩子，王老爷子躺在炕上，二山在自己的屋里，饭桌上的饭菜谁也没动。
秀梅："大爷，这饭菜谁也不动，你们爷俩这是咋地啦？"
王老爷子长叹了一口气："秀梅呀，你是个好姑娘，大爷家的事儿你也知道个八九了，有些事能帮上忙，你就帮帮吧。"

秀梅："你指的是俺和二山哥的婚事吧，表姐把事的根子跟俺说了，您也是，当初咋就棒打鸳鸯了呢。"

王老爷子："人活一辈子，哪能保证没有几次闪失，我是耿直了一辈子，也是做了那么几件不体面的事，唉，覆水难收哇。秀梅，你就听你表姐的，帮帮她的难吧。"

这时，大山嫂进屋："咋都没吃饭？"说着抱过孩子，秀梅："表姐，你喝酒了。"

王老爷子坐了起来。

二山听见，也从里屋探出了脑袋。

### 13. 村庄　晨　外

清晨的村庄，鸡鸣狗叫。

村委会的大喇叭里传出刘主任的讲话："全村的人，利手利脚的都到龙屁股工段去清理泥石流现场，各家各户都要出人……"

### 14. 工地　日　外

筑路队和村里的男女老少，所有劳力都在清石现场忙活着。

有铲土的，有装筐的，有肩挑的，有车推的……大伙干得热火朝天。

大山嫂一边干，一边指挥。

黑子发狠地干着活。

山妹也参加了劳动。

梁老滑和王老爷子正合抬一筐石头："亲家，你这儿媳妇行啊，当初说要修路，我还真就没拿眼皮夹她，眼下，这路还真就要通了，行，这儿媳妇，行。"

王老爷子："当然行，不是儿媳妇，冬花还是我半个闺女哪。"

梁老滑："想想咱老哥俩起始的那一出，丢人哪。"

王老爷子："啥话，咱也不是神仙，吃五谷杂粮的，喝山水井水，咋就不兴有个三差两错，今儿个咱哥俩能上工地出这把老力气，他们就得给咱竖大拇指。"

秦永顺在后边听到了："大爷，说得对，说得对。"

### 15. 大山嫂家　日　内

二山回来取工具要上工地，被秀梅叫住了。

秀梅："二山哥，你稍等会儿，俺跟你说句话。"

二山已不像秀梅初来家对那么冷淡了，他站住了："说吧，工地上起忙着哪。"

秀梅："俺来表姐这有一段日子，表姐和大爷把好多事、好多话都跟俺说了，有些事，有些话也在俺心里转了转，临秋末了，也都归到俺俩的事上，二山哥，你能答应俺的婚事吗？"

二山没想到秀梅能这么直白，有些措手不及，转过身来看着秀梅。

秀梅反而有些害臊，背过身对二山说："你别那么瞅俺，这话也在俺心里憋了好些日子了，实话对你说，一呢俺不是只看你长相，二也不是挑什么家境，更不是替我表姐解难。你和表姐的事，我都知道。就是因为知道了你和表姐的事，俺才觉得嫁给你值，因为你有情有义，跟你过日子，俺放心。"

一番话说得二山心怦怦直跳，血直往脸上涌。

秀梅又转过身："二山哥，俺也不是让你马上就应下，今儿个说到这，俺等你，想好了，给俺个话。"

二山矛盾重重，所有的话都堵在嗓子眼，他没敢直视秀梅，躲着秀梅的眼神只说了两个字："行，行。"

### 16. 工地　日　外

清理泥石流的工程已近尾声。

刘主任站在高处："大伙加把子劲，咱们这条路的工程就快要透亮了，路修出去，咱龙爪村就能变个样儿，家家得利，人人受益，这才叫敢叫日月换新天，大伙加劲吧。"

群情振奋，越干越欢。

柱子推着一车石，正在过一个坎，卡住了，大山嫂见了，忙过来帮他推车，一使劲，车过坎了，大山嫂跟跄了几步，没站住，滚到了道边的沟里。

秦永顺看到了，连忙下沟扶起了大山嫂："冬花，你的腿越来越重了，得赶紧上县医院去看看。"

大山嫂："别邪乎，这老病也不是一天半天了，眼下工地离不开我。"

秦永顺："怎么离不开，离开你地球还不转了？我看你腿上的病不能再拖了，再不治，治都来不及了。"

大山嫂咬牙站起来，又坐到沟边的石头上："去医院也得等我把工程的活安排一下……"

秦永顺又扶着大山嫂站了起来，绕道往坡上走："冬花，别太要强，修路是修路，治病是治病，哪一样也不能耽误，你去看病，工地有我哪……"

二山从家里回来，看到了这一幕，虽然他的火气没那么大了，可心里还不是滋味。

### 17. 村小学校　傍晚　外

迎春送放学的孩子们出来。

黑子给迎春送来一封信，迎春没好气地："放那吧！"

黑子把信放在了窗台上，迎春拿过来装在口袋里，背起一个小不点："走了。"后边跟着几个姑娘小子。

黑子："迎春，迎春，我帮你送吧。"

迎春不友好地："拉倒吧，我用不动你。"

黑子茫然了。

### 18. 大山嫂家　傍晚　内

大山嫂躺在炕上，腿上盖着棉被。

秀梅正在收拾碗筷，干得十分麻利。

二山站在门口："嫂子，明天我送你去县医院。"

大山嫂："不用。"正说着，秦永顺走进来："我去吧，县医院我有熟人，找人给认真看看。"

二山转身回自己屋了。

秦永顺进来，王老爷子起身："老秦哪，坐，坐。"

秦永顺从兜里掏出一沓钱对王老爷子："大爷，这是我这个月的工资，大山的死是因为我的监督不到位造成的，我说了，我养你老，这钱你收下吧。"

王老爷子："使不得，这可使不得，我有儿有女，有吃有穿，哪能要你的钱！"

秦永顺："大爷，你听我说，钱不是主要的，我是想让我这心里能好受一点，你把钱收下了，我也就算是替大山兄弟尽了一份孝心，大爷，收下吧。"

大山嫂："爹，秦工程师是实心实意的，你老就收下吧，收儿子的孝心钱，理所应当的。"

秦永顺："大爷，您要真能认我这个儿子，那我太高兴了，我失去了大山这个好兄弟，我愿意尽一份孝心。"说着单腿跪下了。

王老爷子："使不得，万万使不得，我收，我收，你快起来，快起来。"

二山听到这屋的对话，一头躺在炕上，思忖着。

王老爷子收了钱，擦了擦眼角的泪珠，看看老秦，又看看大山嫂，嘴里叨念着："儿子，我又有了儿子了，我儿没死。"

秦永顺："王老爹，你歇着吧。冬花，我走了，明天送你去医院。"秦永顺走了，王老爷子送他出去。

黑子走了进来。

大山嫂："黑子，来，坐。"

黑子站在地上："大山嫂，我就不坐了，我来跟你说句话。"

大山嫂已猜到了几分："嗯，有话跟嫂子说，说吧。"

黑子："我心里憋屈，嫂子，我知道迎春听你的，你帮我说说看，让迎春跟我和好吧。"

大山嫂："这话我可以说，可黑子兄弟，有些毛病，你得改改。"

黑子："我知道，我改毛病，可我对她迎春可是一百个头的。"

大山嫂："这话我信，可你平白无故猜忌人家小夏这，小夏那，闹了归齐，是自己心胸小，你说你有多粗，还动手打人，要搁我也不敢跟你过，日后，你不得摔桌子砸碗呀，手下一狠，再闹出人命……"

黑子："大山嫂，你别说了，是我错了。"

大山嫂："也别全怪你，是咱这龙爪村太落后，太没文化。"

黑子："大山嫂！我就是有一百个错，这事你也得和迎春说说，把事圆了。再说了，她迎春让我下山涧，我就下山涧，让我认错，我麻溜认错，让我干啥我就干啥，还让我黑子咋地，她也不能拉完磨就杀驴吧。"

大山嫂瞅着黑子的憨态，笑了："行行，嫂子去跟迎春说。"

"说啥呀说，说也没用。"迎春已经站在了屋门口，刚才黑子和大山嫂的话，她听到了半截儿。

黑子一看迎春来了，起身赌气走了。

大山嫂："黑子兄弟，你走哇，我不送啦。"转身对迎春："死丫头，嘴咋这么不让人，黑子都后悔了。"

迎春："后啥悔，原先咋劝他也不听，脚上泡自己走的，让他难受几天吧。"

大山嫂："你坏不坏！"

迎春："大山嫂，跟你说正经事，我的准考证邮来了，这几天我得去县上考试。"

大山嫂："去吧，这可是大事。"

迎春："所以，我来告诉你一声，再有，我听说秀梅姐是初中毕业生，是吗？"

秀梅："是，在镇中学念的书。"

迎春："这太好了，秀梅，你帮我带几天课呗。"

秀梅："这怕不行，我没教过书。"

迎春："没事，最高是六年级的课，对你还不是轻巧的事，我要真考上了师范，你就在咱龙爪村当民办教师吧。"

龙秀梅："那可不行，我家又不在龙爪村。"

迎春冲着东屋大声说："你跟二山哥一成亲不就在龙爪村安家了吗？"

秀梅："哎呀，你小点声说。"
迎春声音放低，对秀梅："可别忘了，到时候，请我做伴娘。"说完要走。
大山嫂："迎春，你别走，我跟你说点事。"

### 19. 县城街道　晨　外
人来人往，有特色的人力车在招呼客人。

### 20. 县医院病房　日　内
大山嫂躺在病房里。
小夏的伤已好多了，和对象陈静拿着鲜花、水果来看大山嫂。
小夏："嫂子，你这腿病拖得时间太长了，不抓紧看会误事的。"
大山嫂："公路工程已到了关键时刻，要不是老秦一个劲儿催，我真不想来。"
小夏："嫂子，你别急，病看完，我和你一起回龙爪村。"
大山嫂："你还是彻底把伤养好吧，小夏，你这对象真文静，怪不得村里的人都夸她。"
小夏："她就叫陈静。"
陈静："嫂子，春雨在龙爪村多亏了你照顾。"
大山嫂："可不敢这么说，照顾啥，又受委屈又受伤，你不怨嫂子就不错了。"
小夏："老秦呢？"
大山嫂："他去问主任医师，我腿上的病到啥程度了。"

### 21. 医生办公室　日　内
"病情十分严重。"医师指着X光片，对秦永顺介绍病情："严重的风湿病，而且发病期已经很长了。"
秦永顺："前几年就有症状，近来，孩子刚满月又领着大伙修村路，劳动强度大，又整天在山上干活，才弄成这样。"
医师："你这个做丈夫的对妻子太粗心了，刚满月的产妇，怎么能到山里干活呢？那山风多厉害呀。"
秦永顺："我……我……那可怎么办？"
医师："关键是治疗，治和疗并举，山区的条件大概差一些，想办法换换环境，当然，也得力所能及，弄不好，也许会双腿瘫痪。"
"是吗？"……秦永顺惊呆了。

### 22. 工地　日　外
刘主任、刘大龙、柱子等人在清除了泥石流的路面上施工。
黑子和二山在打风镐。
黑子："二山哥，嫂子还没回来？"
二山："没有。"
黑子："大山嫂不在，好像缺点什么？"
二山没吱声。
刘大龙像变了个人，张张罗罗。
柱子对刘主任："大龙哥还真行，说变真变了。"
刘主任："人吗，哪能总抱着个歪理过一辈子。"

### 23. 大山嫂家院　日　外

一辆马车把大山嫂、老秦、小夏接了回来，秀梅和王老爷子迎了上来。

大山嫂下马车："秦工、小夏进屋坐会儿，"

秦永顺："改天吧，别忘了吃药，热敷。"

秀梅扶大山嫂进屋，王老爷子把秦永顺拽到一边，关切地："他秦哥，大山媳妇的病咋样？"

秦永顺不愿让老人着急："风湿，没啥，抓紧治就是了。"

王老爷子担心地进屋了。

秦永顺对小夏："走吧，先回村委会。"

一转身，二山回来了。

两个人打了个照面。

二山先说话了："我嫂子回来了？"

秦永顺："嗯。"

二山："病重不？"

秦永顺："不轻。"

二山："小夏，你先走，我找秦哥唠唠。"

秦永顺已察觉到了什么。

### 24. 山顶上　日　外

山顶上站着两个汉子。

秦永顺："二山兄弟，你想说啥，说吧。"

二山："我只说一句话，路修完了，你回城去，再别来咱龙爪村。"

秦永顺："为啥？"

二山："俺想娶嫂子，你碍事。"

秦永顺终于听到了他要听的话，但他并没有惊讶，而是平静地："二山兄弟，这是一个人的终身大事，你要冷静想想。"

二山："不用想，俺从小和嫂子一起长大，俺稀罕她。"

秦永顺："我知道，这些我都知道，可我对冬花的心思，你不一定知道，她在筑路队打工的时候，我心里就有了她，只是没张这个嘴。你哥走了以后，我这心里就像扳倒了五味罈子不是滋味。总想帮冬花解除点什么，后来我跟你嫂子掏了心窝子，她说先修路，这事放放再说，我就更敬重她了。"

二山："我对嫂子真心实意，不像你们城里人。"

秦永顺："二山兄弟，你这话不对，城里人也不都拈花惹草。我知道，你是痴情汉，可我也不是负心的人，你嫂子看重我的，大概就是我对王桂芝的一片心。二山，你嫂子出一家门，进一家门不容易，咱们兄弟就别难为她了。"

二山："俺和嫂子都是山里人，她离不开大山。"

秦永顺："二山，你错了，你嫂子必须离开大山。"

二山："为啥？"

秦永顺："为了她的腿。"

二山："她的腿咋啦？"

秦永顺："二山兄弟，你听我说……"秦永顺上前抱着二山的肩膀，平静地说着。

金色的夕阳下，山顶上的两个汉子更加显得矫健。

### 24A. 山坡　黄昏　外
一个羊倌在唱：

> 山里的日头有升也有落，
> 山里的石头它始终不唱歌，
> 山里人喊一嗓子老山跟着喊，
> 一年到头半年在那山道上过。

### 25. 工地　晨　外
大山嫂又来到了工地。
施工队的进度很快。
一条弯曲的乡路已初见规模。
刘主任和迎春走了过来。
今天的迎春换了一身衣服，显得很端庄俊秀，手里拎个旅行袋。
干活的人都停下了手里的活，往这边看。
大山嫂："迎春，这是去考试吧。"
迎春："嗯哪。"
柱子："稳着点，要给咱龙爪村争口气。"
迎春："放心吧，胸有成竹。"
大山嫂看了看刘主任："唉，黑子哪？"
黑子已看见了迎春，躲在一边，不敢靠前。
大山嫂把黑子手里的工具拿过来："去！把迎春送到车站，一直送到市里，你要是误了迎春考大学，你就别回龙爪村。"
黑子胆怯地看着迎春。
迎春语气平静地："走吧。"
黑子："唉唉。"
大伙起着哄。
小夏对迎春："到县一中去找陈静，让她陪你去考试。"
大山嫂："迎春，拿出真本事来，等你回来，咱们的路就修通了。"
黑子送迎春上路了，回头和人们打着招呼。
大山嫂回头看柱子："唉，二山今儿个怎么没上工地。"

### 26. 大山嫂家　傍晚　内
大山嫂坐在炕沿上上药，秀梅在帮忙，王老爷子抱着虎子在地上溜达："二山这小子，昨晚就一宿没回来，今儿个白天又一天没照面，干啥去啦？"
正说着，二山满头大汗回来了，手里拿着个包。
大山嫂："二山，你这一头汗，干啥去了。"
二山不语，打开包，露出了里面的膏药。
大山嫂："你这一宿没睡，跑了一天一宿路，买药去啦？"
二山："我到龙口村去了，听大龙哥说那有个专治风湿病的老中医，有祖传秘方，我去给淘弄来了，就这，嫂子，上这个，可灵了。"
大山嫂被感动了："二山兄弟，你咋知道我这病……"
二山："老秦大哥啥都跟我说了，他还说……你这病……"
大山嫂："病咋地？"

二山："得抓紧治。"二山说得有点吞吐。
大山嫂："二山兄弟，嫂子谢谢你啦。"
二山："一家人不说两家话。"
这时，秀梅端来一碗水递给二山，二山接过来，一饮而尽。
大山嫂："二山哪，听嫂子说，你和秀梅的事……"
二山打断了大山嫂的话："嫂子，你不用说了，二山我不是不明事理的人。"
大山嫂看着二山，明白了，也糊涂了，更动情了："二山，这些年嫂子叫你心里受委屈了。"
二山："别这么说，嫂子，我转过弯来了，我不后悔。你永远是我的好嫂子。"说完哭了，自始至终，大家伙第一次看见二山落泪。
王老爷子眼见了这一幕，站起身，摘了挂在墙上的风灯，要去工地。
大山嫂忙阻拦："爹，山里风大，工地你别去了，仓库我另外安排人看着。"
二山："爹，别去了，老人离不开热炕头。"
王老爷子："行啦，你俩别为我操心了，路修通了，你们的事整利索了，我这心就静了。"
二山，大山嫂："我……爹！"
王老爷子没回头，背着身说："不管是对二山，还是对大山媳妇，爹过去有啥不周的地方，你们就多担待吧。我也说句心里的话，老秦、秀梅，都是不错的人，跟他俩成亲，爹放心，不管啦，不管啦。"说着出了门。
大山嫂和二山相互看看，什么也没说。
秀梅在外屋烧火，她往灶炕里加了两把柴火，火苗子一蹿老高。

### 27．工地　日　外
民工们在装炸药，做着爆破前的准备。
小夏和大山嫂在检查。
对面山上有不少人在看。
龙秀梅领着小学生在参观。
路局长："老秦，乡亲们都等急了，看着我们哪！开始吧！"
秦永顺站在山坡上："龙爪村的父老乡亲们，咱这龙爪村的路就要修通了，这是最后一次爆破，路一通，咱这日子就会大变样，今儿个欢迎大伙来参观，一定要注意安全。"说完向小夏挥挥手。
小夏朝山下吹响了哨子，挥动小旗。
山下，黑子按动了电钮。
整个山体腾空了。
沙石像节日的礼花，弥漫了整个天地。

### 28．各种修路另类的多组闪前镜头　日夜　外
半年后。
透过开满杜鹃花的大山墓地，已修好的山区公路上，各种车辆在奔跑。
汽车行驶在新修的石拱桥上。

### 29．村街上　日　外
一辆四轮拖拉机停在大山嫂家门口，秦永顺和大山嫂先上了车，二山和秀梅随后也跟

着上了车，山妹抱着孩子在送他们。
　　车刚要开，柱子跑过来："二山，秦哥和嫂子进城办嫁妆，你跟着去干啥？"
　　二山："咋的，就不兴俺们帮着挑一挑，选一选哪。"
　　四轮子在一片笑声中启动了。
　　山妹子握着虎子的手在招手。
　　车刚走出不远，黑子、迎春拦住车也上了车。
　　二山："黑子，迎春上大学，你跟着干啥去？"
　　黑子把迎春扶上车，也敏捷地爬上车："她上大学，我上中学还不行吗？"
　　小四轮子又在一片笑声中往前开去。
　　这时，刘大龙又迎面跑来，不由分说地爬上了车。
　　大山嫂："喂，大龙，你开金矿的贷款不是批下来了吗？"
　　刘大龙喘着气："钱有了，可人手不够，村里的劳动力都有营生了，种果树，扣大棚，开石场，搞养殖，我得到县上去招点工……"
　　车开到村口，迎面碰上了梁老滑，车子停住了，梁老滑往大龙手里递了一沓钱："大龙啊，到县里给叔买点种林蛙来，听说养那玩意可赚钱啦。"
　　刘大龙："好咧！"

### 30. 山坡上　日　外
　　小四轮子载着人们驶上新路。
　　人们欢声笑语。
　　小四轮子驶过了新修的石拱桥。
　　二山似乎发现了什么，叫车停下。
　　王老爷子一个人走在驮道上。
　　二山大声喊着："爹，你又上驮道去干啥？"
　　王老爷子笑笑说："上去走走，活动活动筋骨！你们走吧！"
　　车上的人注视着王老爷子，小四轮子驶上了新修的大道。

（本剧与林业职工王海合作）

# 山高高，路长长

片头：茶色怀旧效果
老岳刚毅的脸，他抬头向上看着。
太行山那高高的崖壁，上面是天空，天空中有浮云掠过。
农民们从山路上走来。他们肩挑背扛，吃力地走着。
出片名：《山高高，路长长》，音乐入。音乐渐强，在强大的音乐背景中，出现爆破画面。
铁锤猛力打在钢钎上。
一双手用力地握着钢钎。
村民们在山崖中间用原始的手段凿石辟路。
怀旧效果渐渐淡去，迭现云台山美丽的景色。
青天河美丽的景色。人们在游船上的笑脸。
壮观的瀑布，叠印出城市里奔腾的车流。
云秀伏案写着日记。
在以上画面中出片头字幕。

第一集
序幕。修好的高速路——车内　夜　外
高速公路在车灯的照耀下，反射出五道彩色的光带。
云秀略有些伤感的表情。
在她的眼睛里好似反射出路的光辉。
路面的七彩飘动着，曲折而壮丽。
　（云秀画外音）：就是这条路，在我的人生中占据了无法替代的位置，在这条路上有着他们的全部热情，正是这条七彩的路使我醒来，让我知道了我过去的生活是一种什么样的生活，也让我知道了什么样的生活才是真正的生活。

### 1. 岳局长家　日　内
老岳在饭桌前，手里拿着一张《××日报》，正在很认真地看着。
女儿岳红英从里屋走出来，声音有些急切地说："爸！学校让我们填报大学志愿，你说我第一志愿，到底报哪儿好？！"
老岳微微抬起头，可并未放下报纸："英子，你没问问你妈啥意思？！"
红英："问我妈啥意思？我妈说了，她听我的，没意思！她说只要我中意就行！爸！我妈就这意思！"
老岳放下报纸："你妈真的没说个意见？！"
红英笑了："反正我妈就这么说的，她就这意思了！"
老岳："英子，我看，报大学志愿是你人生前途的大事儿，大家都帮你参谋一下，这样好。"
红英："这不就让你帮着参谋呢吗？"
老岳："可你得有个主心骨！要我说！你先前不是定了个主意么，我觉着那主意不错！我看定了的事儿，就别改！有十头老牛也拉不回的主意，才叫主意！"

红英："就是西南交大工程系了？"
　　老岳："就她了！你跟你妈直说，可别把我这个后台人物给卖出去，别说是我同意的就行，啊？！"
　　红英笑了："跟我妈我会说，是我自己的意思！"
　　岳局长的老伴田桂琴端着饭菜走近桌旁，放下饭菜说："你们俩儿背着我喳喳啥呢？！"
　　红英："没说啥呀。"
　　老岳继续看着报纸。
　　田桂琴瞪了红英一眼："话我可得说明白！这回填志愿，别的我不掺和，可就是不行报什么公路哇交通哇那些个专业，一个女孩子家家的，搞那些工程干啥？！"
　　红英有些奇怪地看了她爸爸一眼，老岳倒是沉得住气。

**2. 佟副局长家楼下　阴　外**
　　二子正在擦拭着车窗，佟副局长从楼里走了出来。
　　二子："佟副局长，早上好，嗯……报纸你看了吗？"
　　佟副局长："你故意刺激我？！"
　　二子没说什么，帮他打开车门。
　　佟副局长上车的时候，二子深深地吸了一口气，然后走到了司机的位置。
　　（云秀画外音）：这个早晨，是一个不平静的早晨，他来了，预示了我新生活的开始，而我过去生活的影子还没有散去。

**3. 老岳家　日　内**
　　红英："修路有啥不好啦？！"
　　田桂琴："风里雨里吃苦遭罪不说，好人得折腾零碎喽，聪明人得折腾傻喽！红英，妈跟你说，咱们家有你爸这一个傻大个儿，就够意思了，我可不想再出一个傻姑娘！"
　　老岳："吃饭，吃饭。"
　　田桂琴："从打你爸当副乡长那会儿，就在那大山沟子里呀，领着村民修公路，冬天也修是夏天也修，啥是日子少，那叫十年呐！"
　　红英看爸一眼："路不是修成了？村里人不是也靠着那条路由穷变富了吗？！"
　　田桂琴："可你爸剩下啥了？剩下不少白发，还有肩膀头上膝盖上的风湿病！"
　　老岳放下报纸，拿起了筷子："打住啊。"
　　田桂琴不听，她好似说到了兴致上："是，他是当上了县里的交通局长，可叫人家一通审查！有人告他有经济问题，有人说他有生活作风问题，这日子叫我跟他咋过？！依我说，咱们家呀，也不图大富大贵，只图个平安消停！红英！你可别跟你爸往一条道儿上凑合，剩下的专业报啥我都没意见！想报啥报啥！"
　　红英拿起了报纸，有意无意地看着。
　　老岳放下筷子，冲老伴不满意地："七百年谷子，八百年糠的，你老当孩子翻腾啥？！有人告咱，那村里乡亲不是没告咱么！？你过年吃的黏豆包，那不是人家给咱送来的？有人整咱，那共产党不是没整咱，还给咱提拔了！"
　　田桂琴一呆。
　　红英："刚下令，报纸上都登了，看吧！岳大青任市公路局局长！"
　　田桂琴吃惊地拿过报纸："啊？！你又当上了市里的公路局局长了？！"
　　老岳平静地吃了口菜："有这事儿！"

田桂琴不满意地一顿筷子："我说呀，你是吃一百颗豆，不知道豆腥味儿！当那累死人的破官干啥？！当个县里的交通局长，让人家少整你啦？这边挨着累，那边人家整着你！犯得着吗你？！你真拿家一根儿公家的草棍儿来，叫人家整，我也不屈得慌！我也算跟着你光荣了一回！"

红英："妈哎，你这不是让我爸贪污呢吗？！"

田桂琴："啊，拿个草棍就算贪污啊？那也轮不上你爸！"

老岳："人嘛，没有一样的！有的人是属牛的，吃草干苦活累活儿！有的人是属猪的，只吃不干活！有的人是属狗的，还不是那种看家狗，是那种又要吃肉，还要咬人的狗！你怎么办？狗咬两口，你就不干活，不走道了？人光会喘气儿吃饭，对社会没点贡献哪还叫人吗？那叫垃圾！"

田桂琴："你乐意当那个局长你当去，你正，可人嘴歪歪！别当到后来，露多大脸现多大眼就行！英子的志愿，到底报哪儿？别净你们俩背着我瞎喊喊！"

老岳放下筷子，抹抹嘴儿说："你们娘俩儿商量吧！家里的事儿你是一把手！吃了饭，我得去市里，刘市长还找我有事呢！"说着，就穿衣服。

田桂琴："不就是那个刘铁山吗？别人当市长，坐着小车，屁股后头冒冒烟就算工作了，他可好，傻了吧唧的虎干！你们哥俩一个德行，他找你没好事儿！"

老岳边穿衣服边说："人对啥是好事儿的理解不一样！有人把给老百姓办好事儿当好事儿，有人把个人得了好处当好事儿！好事儿赖事儿，就看咋看了。英子，把你的想法，跟你妈合计合计！我呢，就听你们的意见了！"

英子和老岳使着眼色。

老岳："你妈很有见解！英子，多听听你妈的意见啊！"说着，开门走了！

楼道里传来老岳那有力的渐远的脚步声！

田桂琴问女儿："英子，快跟妈说，你到底定下来报哪儿啦？"

红英："妈，您别生气！这是我个人的意思！我决定报西南交大工程系！"

田桂琴听了，愣了！旋即低下头用手捂着脸哭了，泪水顺着指缝儿间流了出来！她无声地饮泣着！

红英有些慌了："妈，你这是怎么了？妈？！"她把毛巾递给了妈妈。

田桂琴没接毛巾，一边饮泣一边说："这算是撞了鬼了，肯定是你那傻爸给你上的条子！你们俩是做好了扣子算计我呢！"

英子："妈，你别那么想，这是我个人的意思，咋做好了扣子算计你呢！"

田桂琴："你们别合起伙来蒙我，你那傻爸一撅尾巴拉几个粪蛋儿，我还不知道！我不跟你说了，你等他回来的！"

英子："妈，你真的跟我爸说不着，这真是我个人的意思！"

田桂琴有些吃惊地："你……真的？"

英子认真地点点头："嗯！"

田桂琴若有所思地说："啥好姑娘，也得叫他给调教到他那条道儿上去！"

4. 茶馆　日　内

刘市长和岳大青两个人在一间雅间里品茶。

刘市长笑容可掬地："老岳，我的老伙计！没想到调到市里，咱们俩又得捆到一块干了！"

老岳抿了口茶："是啊，缘分啊！老刘，老伴对我当这个局长，一肚子不乐意哩！红英想考交大她也不乐意！不乐意让孩子再接我这一行的班儿！"

刘市长笑呵呵地："家家有本难念的经啊。"

老岳："我家的经更难一些。"

刘市长："呵，你们家表面上是弟妹当家，可谁是事实上的一把手，我清楚！论说你当市里的公路局局长，弟妹有点想法，也在情理之中啊！谁让你曾跟着我一起受人家整来着？！"

老岳："是啊，那些年，我在乡里边修路，是你一直在县里给我们撑着腰！"

刘市长："现在也一样啊，你当的是公路局长，我可是能管得着你的市长啊。"

老岳："当个县里的局长，马马虎虎的我还能干！可现在觉着这肩膀头上压了老沉的东西了，喘气有点费劲儿呐！"

刘市长："你别跟我装相！你肚子里有几根蛔虫，我还不知道！你别蒙我！你岳大青是有名的岳大胆！那么老高的山，那么难修的路，你不是也领着老百姓把它修成了！前些日子，市里班子全体成员到你们那个山顶乡去了，嘿，那里成了花果乡和风景旅游乡！这一道儿上，大家伙说这么老高的山，这道是咋修的？！人家村里人说：是岳大青当副乡长的时候，带领老百姓修的！大家伙对你佩服得不得了！到了山顶村，村民们张口说你岳大青，闭口说你岳大青，念着你的好处啊！大家都说这样的好干部，咱不用，那不是当睁眼瞎了吗，就这样，你就成了市里的公路局局长了！"

老岳看看刘市长，叹了口气，什么也没说，喝了一口茶。

（云秀画外音）：其实他们是患难与共的朋友，岳局长修那条路的时候，刘市长与他一起承受了许多压力，也经历了无数个不眠之夜。

刘市长："说吧！到了新岗位上了，想咋干？！需要我们支持些啥？！"

老岳："实话说，想咋干，还真没想好，可当公路局局长的得修路，这没二话说！现在市里公路局资金短缺，困难哪！我听说上级一年拨给我们的筑路资金只有一千万元！靠这点钱咋修高速公路？！"

刘市长看着老岳，目光里透出太了解他的神情。

老岳："我们市的公路要想修成四通八达的网络状，那就得等到猴年马月！光腚娃娃们再白了头发，白了胡子！那不行！根本不行！我这猴脾气，等不了！我走马上任后，要迅速拿出计划，要到省里、中央去跑，给我们市的高速公路建设立上项，要从国内外吸引资金，把我们的公路建设高速度、高质量地搞上去！"

刘市长笑了："好好！这些想法都不错！看来市里没看错你这员虎将！来，以茶代酒，干了这杯！算我个人为你的到任接风洗尘了！"

老岳："刘市长，这都是些想法，先别往外说呀！你还记得不？那年咱们在山顶乡公路开工前那天晚上，我在窝棚里请你吃的烤地瓜！我们这儿的新公路要是开工了，你可得请我吃饭！"

刘市长："没问题！于公于私我都得请你！不过，烤地瓜，我不请了！要请，我怎么也得请你吃拔丝地瓜！"

两人会心地笑了。

老岳站起："好！等我们工作有了头绪，高速公路开工那天！"

刘市长："好，一言为定！"

茶馆外，已下起了雨。

老岳和市长都没有带伞，就那么走在雨街上。

但两个人都在笑着，边走边说着什么。

（云秀画外音）：就这样，他们用简单的一杯茶，就决定了好多人的命运，当然，也决定了我的命运。一点都不夸张地说，一个城市的命运也因为这一杯清茶改变了……

5. **岳局长家　阴雨　内**

窗外有雨声传来。

田桂琴躺在床前，依然是泪眼未干，神色沉重！

英子守在她的床前。

田桂琴摸摸英子的脸说："孩子，修路人吃的那些个苦，遭的那些个罪，你是不知道哇！冬天，你爸爸他们出的那汗，在鞋窠儿里头都结冰碴子！手哇脚哇，没见过没有血口子的时候！那回隧道塌方，你爸他差点儿没被砸死！肋巴扇子伤了好几根肋骨！到现在有时候喘气还费劲儿！妈真是不希望跟你再累这份心了！"

英子："妈，那回爸带我回山顶村，哎呀，村里人跟我爸那个亲哪！我问我爸，村里人为啥对你那么好？爸说：（模仿爸的口气）爸就是跟他们一起修了村里人下山的路！原来村里人下山得走两天多，想下山卖口猪，都得给猪做双鞋，不然蹄子都磨烂了！村里的果子多得堆成山，可都烂了，运不出去！路通了，山顶村走出了几千年没有走出去的大山，就富起来了。"

田桂琴被女儿逗乐了。

红英："妈，古往今来，人长脚就是为了走路的，是人谁离得开路！离开了路，谁又能活得好？！那件事儿对我影响太大了，妈，你别拦我了！就同意我就报那儿了吧！"

田桂琴坐了起来，看了看红英，抚着她的头发说："你不怕吃你爸那些苦？！"

红英目光坚定地看着妈。

田桂琴搂过红英说："你铁了心，妈不拦你！只是你以后吃苦遭罪的，别埋怨妈就行！"

红英在她妈的怀里点着头。

6. **一辆小轿车上　雨　外**

车在雨中穿行。

二子："姓岳的那小子到底有什么能耐？还是上头有什么根子？怎么咱们都运作得差不多的事儿，叫他给冲了！"

市公路局佟副局长没吭声！

二子："煮熟的鸭子又飞了，眼瞅着到脑袋顶上的乌纱帽打水漂儿了！不但公路局局长没当上，还给你调了工作，给你弄了个不咸不淡的审计局副局长，原先咱那一帮哥们儿，还指着你这块云彩下雨呢！想修点路弄点儿钱儿花花呢！"

佟副局长依然阴沉着脸儿不吭声！

车前边的雨刮器摆动着，在刮着挡风玻璃上的雨帘！

二子："哎，那不是刘市长吗？他跟谁在一起走呢？哦，真是冤家路窄啊，是岳大青！"

车座上的佟副局长坐了起来。

二子："哦，原来他们是一伙的！"

刘市长和岳大青迎着车走了过来！

车窗里，是两张阴沉沉的脸！

7. **公路局会议室　日　内**

一张硕大的地图挂在墙上。岳大青用一根指示棒指着图说："我们市的西边是太行山、王屋山！像一面大墙一样，把我们与山西煤炭基地和祖国的大西北隔得死死的！我们的东边是省会郑州，这是我们省政治经济文化的中心地区！我们必须有一条高速公路与其连接，像两只手一样拉得紧紧的！这样，我们地区的经济才会有发展！我们的高速公路建设要先伸出两只拳头，一只拳头打通太行、王屋二山！建成祖国中原地区连接大西北的纽带！一只拳头打通与郑州的连接，使我们市与沿海发达地区经济紧密联系起来！这就是我要说的话！"

静场了好一会儿，人们才报以热烈的掌声！

我们注意到：在场的有张副局长、田副局长、局长助理柳云秀、计划科秦科长、办公室主任等等。每个人的表情都很复杂。

掌声响过。

张副局长："岳大青局长的想法非常好！我听了很受鼓舞，也感到很振奋！因此，是非常的好啊！……可是——岳局长，市一级的公路局修高速公路，在全国没有先例呀！"

岳局长："咱们河南兰考的焦裕禄书记不是说过这样的话吗？！吃别人嚼过的馍儿没味道！咱们按常规走路，头发熬白了，也修不上一尺高速公路！为了咱市的经济发展，为了子孙后代，咱们就当一把第一个吃螃蟹的人吧！不好吗？！"

云秀注意地听着老岳讲话，她生出些许不信任的感觉。

张副局长笑了："修高速公路，对咱们公路局来说，过去只是个梦想！要能真干成了，那敢情好！吃螃蟹没问题！只要能吃上，活着吃，死着吃，横着吃，竖着吃，我都同意！"

岳大青："从今儿开始，计划科加班加点，给我拿出这两条高速公路的计划来！计划科长，有问题没有？！"

计划科长还没来得及吭声。

田副局长说："老岳，计划拿也是白拿！报不到国家计委去，省里你都不一定通得过！"

这话云秀有些同意，要说什么，但没说，把目光转向了老岳。

岳大青："天无绝人之路！活人不能叫尿憋死！先拿出计划来！后天咱们直接上北京，找国家计委！计划科长，你听清我的话了吧？！"

计划科长："听清了！"

云秀想了一下，觉得新来的局长有点不一样了。

（云秀画外音）：他的作风让人感觉到了活力，我对他的这个计划感到兴奋，但又觉得他实在有些异想天开。

## 8. 某一饭店内

佟副局长正和公路局的张副局长、田副局长、云秀等人一起吃饭。他们互相碰着杯。

佟副局长在和云秀碰杯的时候特意地看了她一眼，但云秀闪开了目光。

又一杯酒下肚，佟副局长红头涨脸地说："张局长、田局长，佟某人在公路局干得不好，被发配到审计局这个姥姥不亲、舅舅不爱的地方去了！谢谢各位，今儿个赏脸，请我吃顿欢送饭！喝顿欢送酒！这番情意，虽不比梁祝下山十八里长亭相送，可也比得上李白送孟浩然之广陵了！我佟某人不是不重感情讲义气之人，相送之恩，当没齿不忘！今后有用得着我的地方，诸位尽管吩咐！来，干了这杯！"

众人喝了。

云秀也勉强喝了。

张副局长举起杯说："岳大青局长上市里汇报工作去了，没过来，老佟，我代表他敬您一杯！"

佟副局长手摸着酒杯，看着张副局长，沉吟半晌才说："您张局长代表他？您能代表得了他？哎呀，荣幸啊荣幸！这杯酒，如果是岳大青在，人家不一定能敬我，我想还是看在张局长的面子上，我喝了吧！"说着一饮而尽。

张副局长等人也喝了酒，云秀只是在嘴边抿了一下。

佟副局长说："这杯酒的滋味儿不同一般呐，我喝在肚子里是啥滋味儿，我想在座的各位心知肚明！实话说吧，他岳大青不是不知道今儿个送我，是扯了个托儿没来，这里的意思，我也能猜出个八九分来，人家到公路局是干啥来的，上边有根子，本人有业绩，县里检察机关那么审查都没把人家咋的，还升了官了，从县里一个小科级蹿到市里正处级！手眼通天哪！听说来了后，新官上任要烧三把火，要修高速公路？！敢想敢干！有能耐！是人才！不像咱这酒囊饭袋！在公路局干了这么些年，没干出啥名堂来不说，弄得个亏损，入不抵出！俗话说：好虎一个能拦路，耗子一窝喂老猫！公路局这下可好了，来了好领导了啊？！我得祝贺各位，摊上好领导喽！来，干了这杯！"他举起了酒杯。

在座的却没有人动！都用异样的眼神看着他！

云秀的眼神儿里更是带有一些鄙视。

佟副局长转而一笑："哎，喝酒嘛，不说不笑不热闹，都是笑谈，笑谈！来，喝喝喝！"

大家这才迟疑地端起了杯。

门吱呀的一声开了，岳大青走了进来，他笑着说："老佟，对不住你，来晚了！"

众人站了起来。

岳大青笑着说："坐坐坐，大家快坐！"

众人都坐下了。

佟副局长的脸色显得略微有些不自然！

岳大青端起一杯酒，笑着说："老佟啊，迎来送往喝杯酒吃顿饭菜，这是中国古往今来的人情啊！今儿个主要是我送你，一是挤了你的位置，二是我刚到你就走，没机会在一起共事，遗憾了！所以这桌客是我个人花钱请！来，我真诚地敬你一杯，祝你在新的岗位上事业有成！再呢，要说的话就是，你是公路局的老领导了，对公路局的情况比我熟悉，有时间还得向你多请教！"

众人端起了杯子。

佟副局长有些意外，也有些不情愿，可也赔着假笑："哪里哪里，客气客气了！"

云秀静静地看着。

（云秀画外音）：这个人和这个城市让我觉得厌倦，要是能够离开就好了。

9. 老岳家　夜　内

老岳躺在床上，咳嗽不止。

田桂琴用手摸着他的头说："哎呀，热得快能摊煎饼了！是不是那天上市里叫雨浇着了？！上医院吧？！"

老岳说："苍蝇踢一脚，蚊子炮一蹶子，多大个病儿？还上医院，找两个罐头瓶子来，在后脊梁上扣儿下子就好了！"

田桂琴嗔怪地："不用你要皮实，要是病大发了，你可别怨我！"说着，转身去找玻璃罐子。

老岳趴在床上，田桂琴给他往后背上拔罐子！

老岳："好好！给我蒙床被！出点汗就好了！"

电话铃响了。

田桂琴接起："啊，是计划科秦科长啊，啊，在家，他感冒了！啊！"

老岳听见了，伸出手说："你跟人家啰唆什么？快把电话拿过来！"

田桂琴把电话听筒递给了老岳。

老岳："哎，秦科长，计划做得怎么样了？啊，没事儿，已经好了！啊，做完了？！你告诉计划科的人都别走！让办公室的人通知班子成员连夜开会，我半个小时以后就到！嗯！"

老岳放下听筒，对田桂琴说："行了，把罐子拔下来吧！"

田桂琴有些没好气地："不行！才刚拔上！"

老岳："没听到吗，马上要开会呢！你总不能让我自己拔吧！"

田桂琴："乐意咋的咋的，我不给你拔！"说着，朝另外一间屋子走去。

老岳急了，反过手去拔那罐子，一个，两个……

老岳穿上衣裳，就往外走。

田桂琴从里边出来，看见老岳穿上了衣裳，说："火燎猴腚似的，就没你不急的事儿！赶明儿个急，就别回这个家来，在单位住得了！"

老岳瞅瞅田桂琴说："你疼我我知道，可这不是有工作呢吗！"

田桂琴没好气地："谁疼你！工作疼你！去吧！大傻帽！"

老岳走了。

田桂琴看着床上被拔下的罐子发呆！

### 10. 飞机场　日　内

安检门前。

老岳、田副局长、柳云秀、秦科长四人正在过安检门。

老岳用胳膊挎着个包，一手举着个吊瓶。

云秀有些不放心地盯着老岳的吊瓶。

（云秀画外音）：我实在太想离开这个城市了，本来有副局长陪同，我这个局长助理是不用去的，但局长那时候发烧三十九度，照顾他就成了我去北京的理由。

安检人员："哎，你这位同志是怎么回事儿？！怎么能打着吊瓶上飞机呢？！"

老岳笑嘻嘻地恳求道："对不起！工作太忙！候机还有一会儿时间呢！上飞机之前肯定拔下来！"

安检人员："看你像个干部，你自觉一点儿啊，登机之前不用我们再监督你了吧？！"

老岳笑了："一定一定！"

过了安检门，云秀马上把吊瓶接了过来。

### 11. 老岳家　日　内

田桂琴正在收拾东西，红英从外面跑进来，里外看了一遍，没有见到她爸爸，问："妈，我爸呢？"

田桂琴："走了，去北京了。"

红英："他不是感冒了吗？"

田桂琴："感冒算个啥？工作才是他的命！……"

### 12. 候机室　日　内

老岳倚在一个角落，在那里打着吊瓶。柳云秀把吊瓶的绳儿挂在了候机厅的揭示板板角上。

人流熙熙攘攘的大厅。

有人在用奇怪的眼神朝这边看着!

吊瓶里的液体,一滴一滴地向下流,甚至有些急促。

广播里的声音:"飞往北京方面去的××××次航班马上就要起飞了,请乘坐本次航班的旅客,从×号登机口上飞机!"

柳云秀:"局长,我帮你拔下来吧!"

老岳执拗地:"不用!你帮我用手按一下就行!我自己来!"说着,用手拔出了针头。

云秀看了老岳一眼,但老岳根本没有看她,站起来就走了,其他人只好在后面快步跟上。

他们匆匆地走向登机口。

吊瓶依然吊在那里,液体还在滴答滴答地向下流。

### 13. 机场跑道　日　外

一架波音747飞机呼啸着起飞了。

### 14. 北京机场出机厅长廊　日　内

人们不停地从里面走出来,老岳几人出现了。

老岳:"这才是当代交通!咱们离北京多远的路哇,没多大工夫,到了!将来咱们修了高速公路,虽然比不上飞机快,可也得比现在的速度快多了!"

云秀:"是啊,在市场经济中,时间就是效率,效率就是金钱么!"

老岳:"你们听啊,就是比我们年轻,观念跟得上啊。"

秦科长:"局长,进了城,咱们住在哪儿?"

老岳反问:"你说呢?"

秦科长:"恐怕得住个像一点样儿的大酒店吧?!咱们来公关,请人家来吃个饭,是肯定的,咱们弄得太寒酸了不好,别让人家瞧不起咱!"

老岳:"嗯,说得有些道理!"

云秀:"那咱们住哪儿啊?"

老岳:"交通部招待所。"

云秀神情复杂地看了一眼老岳。

秦科长有些愕然:"啊,住那儿?好吧!您说了算!"

云秀差一点笑出来。看着云秀的表情,秦科长知道自己有些失态,他掩饰地用手捅捅身边的田副局长,向他努努嘴,示意他向岳局长说一下住在哪儿合适。田副局长轻轻摇摇头,没有吭声。

### 15. 招待所门前　日　外

出租车在交通部招待所门前停了下来。

他们走下车!秦科长皱着眉头问:"局长,真要住在这啊?!"

老岳笑了:"不住这住哪儿呀?!我们当年路都修上了,还住窝棚呢!现在,高速路的项还没立上呢,大把大把花钱哪成?这里挺干净的,我过去住过!往里走哇,还愣着干什么?!"

他们走进了招待所。

秦科长一直筋着鼻子。

356

老岳回头对秦科长说:"咱们三人一间,给云秀安排个插间!"

田副局长说:"几个人一间我都没意见,不过我可得先说下,我睡觉打呼噜!"

老岳:"哎,老田,那咱俩可对撇子了,呼噜我也打,今晚上咱俩可以打擂了!看谁的呼噜响!"

秦科长无奈地苦笑。

### 16. 王府井美食街　夜　外

晚上,王府井一片灯红酒绿。

老岳他们从一家香港美食城门口走过。

秦科长向田副局长比画着,示意已经饿了,叫他跟老岳说吃饭的事儿。

田副局长看了看表,说:"局长,好喂脑袋了,都饿了!"

老岳:"你们以为我领着你们逛风景哪!我这不停地走,就是领你们去吃饭哪!"

秦科长:"局长,吃饭,哪儿不能吃呀!别走了,咱们就近找家饭店得了!"

老岳笑了:"要想省钱还吃得好,心疼钱就不能心疼脚!再走一会儿就到了!"

云秀:"局长这是要领我们上哪儿,去吃啥呀?!"

老岳:"今儿个吃饭难吃!四个人四个心眼儿,我想了,要想吃到一起去,人人满意,只有到小吃一条街了,那里天南地北的小吃俱全,好吃又省钱!"

秦科长朝云秀和田副局长做了个鬼脸!

田副局长也是一脸无奈,云秀只是笑。

### 17. 小吃一条街　夜　外

老岳用手拿着小吃,津津有味地吃了起来:"哎,都吃啊,不是饿了嘛,就多吃!这玩意儿香得很哩!"

秦科长用手拿着小吃,东瞧瞧,西看看。

老岳说:"哎,你怎么不吃?"

秦科长:"你看这连个座位也没有,站在这呛风冷气的!咋吃?"

老岳指指旁边的小凳子说:"啊,凳子啊,这有!"说着给秦科长扯过来一个:"你坐!"又对云秀、田副局长说:"你们两个坐不坐?"

云秀坐下了,田副局长也坐下了。

唯有老岳一个人,站在那里,饶有兴味地吃着!边吃还边说:"庄稼院儿出身!吃饭,坐着不如蹲着,蹲着不如站着!站着吃得顺溜儿!饱!"

秦科长筋着鼻子苦笑!

云秀也有些忍俊不禁。

只有田副局长没有笑,他小声却严厉地说:"你们笑什么?!一个局长助理,一个计划科长,怎么这么没长脑袋!局长做得不对吗?"说完,他自己却低着头,再也没看秦科长和云秀他们!

### 18. 招待所房间内　夜　内

老岳和田副局长都打着呼噜!

那声音山响!

秦科长围着被子苦恼地看着他们!

他偶尔大声咳嗽一声,他们的呼噜声稍微小了点儿,继而再度响起,秦科长实在睡不着,下地推门走了出去!

### 19. 招待所外边　夜　外

马路牙子上，坐着秦科长。

他抱着膀子坐在那里昏昏欲睡！他把头抵在了架起的手臂上！

天亮了！他还坐在那里，仿佛一尊凝固的雕像！

### 20. 招待所外　晨　外

老岳和田副局长从那边走了过来！

阳光把秦科长从睡态中唤醒。他睁开眼睛，站起身来，伸个懒腰！

老岳他们都看见了他。

老岳："哟哟哟！秦科长！我和田副局长还到处找你呢！寻思睡觉咋还把人睡没了！没想到你比我们起得早，在这做操呢！"

秦科长："局长啊，你可别逗了！我这一宿也没怎么睡呀！"说着，伸了个懒腰！

### 21. 国家计委　日　外

老岳他们走了进去。

### 22. 计划司计划处　日　内

他们轻轻地敲了敲门。

"请进！"屋里传出了一个女人的声音！

他们推开门，进了屋。

女同志热情地说："请坐，都请坐！你们是……"

老岳："我们是从河南省来的！"

女同志："河南？"说着，站起来想要给他们倒水。

老岳拦住了："这可不能劳驾您，我们是来求你们办事来了，可不敢劳驾您！云秀，快点儿，咱自己个儿倒水！"

那位女同志："你们有什么事儿？"

老岳："您，是处长吧？"

那位女同志："有什么事儿跟我说吧！"

老岳："俺们是太行、王屋山那儿块的！您先看看俺们这些计划！愚公挖山哪，挖到今天，也没把太行山、王屋山挖平，挡着咱们从中原到大西北的道呢！修路的钱，我们自己想辙，只是想请你们看看这些计划，大笔一挥，给我们立个项！求你们，帮我们在这上头签个字儿！这事儿说麻烦也真麻烦，说不麻烦也就是几秒钟的事儿，反正这事儿我们是求着你们了，也赖上你们了，你们不签，我们也就不回去了，天天守在这！反正，大事儿小事儿，您就看着办吧！"

那女同志笑了，她看了看材料："我看你们是不是把材料送错地方了？"

老岳："哪能？！我们那上面不是写着国家计委吗？"

那女同志笑得更厉害了："你们哪，是地级市，归省里管，一级对一级，这是规矩！你们这事儿呀，还得回省里办！省里如果同意这个计划，由省里报上来！"

老岳一脸愕然。

他身后的人也都愣了！

云秀倒水的手也停了下来！

老岳的脸上渗出了汗珠："同志，您就给我们想想办法吧！"

女同志："想办法？这就是办法！"
画面在老岳的脸上定格。
（第一集完）

第二集
1. 计划司计划处　日　内
云秀从外面打水回来，她的脸上满是关切的神情。
在计划处开着的门里，我们看到老岳正在和郑处长说着什么。
（云秀画外音）：从第一天到计划处碰了钉子，我们几个在老岳的带领下每天都按时去计划处上班。而老岳每天几乎都能找到不少新的理由来企图说服郑处长……
老岳："郑处长，求您帮帮忙吧！我们市里几百万老百姓眼巴巴地盼着这两条高速公路呢！要想富，得先修路！没有这两条高速公路，我们那个巴掌大的地方的经济怎么能求得大发展？！没有这两条高速公路，我们市的老百姓想要很快脱贫，那可能吗？！处长大人，求您了！我们市几百万老百姓求您了，帮我们想想办法吧！这件事要是能帮我们办成，我跪地上给您磕仨头都行！脑袋瓜子磕起包都行！处长大人，求您了！"他急得满脸全是汗。
郑处长："你们是好心，又是想干事儿的人，这些天我都看明白了！可是能帮你们想的办法我们帮，实在帮不了的，你们也不能硬逼着我们帮！办法就是刚才我说的，赶紧回省里去找计委！让他们再帮你们想想办法！"
老岳含着热泪说："处长啊，你们帮我们签个字，盖个章儿，咋就这么难哪！"
郑处长笑了："你看你咋说话呢！这是规矩，程序！要是我自个儿的事儿，我给你签个字盖个章，行。可这是公家的事儿，签个字盖个章，能只是签个字盖个章吗？这是责任，或者是决定！你是个市一级的公路局长，我想你应该明白这个理儿，办事得守规矩！"
老岳声音有些发颤了："这么说，您这就没辙了？"
云秀注意到老岳声音的变化。
郑处长看看老岳，神情为难地说："等到省里同意，报上来，我们一定认真研究！"
老岳："处长大人，您能不能跟省里说句话？"
郑处长："哎呀我说岳局长，你能不能别张口闭口管我叫处长大人，大人大人的！这多难听！咱们是国家的办事机构，不是封建衙门口！我看，你们自己省内的事儿，还得你们自下而上地办。你说呢？！"
老岳很失望地："看来，就是没招儿了！行，那我们就不多打扰了！云秀，你就留到处长这吧，帮着打打水，扫扫地，干点儿零活儿什么的！处长上班你上班，处长下班你下班！啊？！"
云秀一怔，马上明白了局长的意思："好，我听局长的。"
郑处长："哎，这可不合适！我们机关没这毛病，还要人侍候，这些小活儿，我们自己都能干！不用！可不能劳驾云秀！"
老岳："处长！您这一说办不了，我这心里就添病了，看着没？就像一个热火盆，哗！浇了一盆凉水！你说我岳大青能回市里去吗？我怎么有脸回去？！局里人都知道我上北京办高速公路的事儿来了，我回去怎么跟大家伙交代！唉，要实在没法儿，我就一个法儿了！"
郑处长："你说这话啥意思？"
老岳："我不跟你说假话，我就跳长城，从长城上跳下去！从那儿跳下去！摔个粉身碎骨，脑浆崩裂，我也算为家乡父老乡亲、为我们民族壮烈了！"

郑处长久久地看着老岳，一时说不出话来！

云秀也有些奇怪地看着老岳，不知道他说的是不是真的。

老岳："处长大……处长，让云秀在这帮你干点啥，我们从今儿个开始，就在你们计委门口的太阳地上办公了！你总不能让她一个女同志也跟我们到大门口太阳地儿蹲着去吧！就当你帮我们了行不行？"

郑处长："老岳呀，你这个老岳呀！"

老岳示意云秀留下，他们走了。

郑处长同情地看着他们的背影！

2. 走廊里 日 内

他们走在走廊里，脚步十分沉重！

田副局长："局长，看来没戏了，咋办？"

老岳："是啊，看来是没戏了！这儿要是没戏了，回到省里就更没戏了！省里不主张市级公路局搞高速公路！说是跳长城，那是扯！看来，咱们得往回走了，回去我也就好辞职了！新来的岳大青局长吹了牛皮，说是要搞高速公路，去了北京城，没搞成！让别人指我的脊背骂算了！"

3. 计划处 日 内

云秀和郑处长对视了一眼，她走到窗前向下看着。

4. 计委大门口 日 外

老岳就地蹲了下来，在那儿愁眉紧锁地抽着烟。

秦科长看看局长说："局长，你别光抽烟，到底咋办？我们听你的！"

老岳掐灭了烟头儿："听我的啥？我是诸葛亮啊？！我岳大青没人家那两下子！局长咋的，到没辙的时候也蒙！"

几个人交流了一下，真的有些不明所以了。画外老岳："不过我想好了……"几人一听，又来了精神。

老岳："在这没戏，离开这儿就更没戏！咱们就在这守着，晒晒阳光浴！啊，咋样？过几天看看动静再说！"

几人一下子又没有了希望，瞬间泄了气。

老岳看看，又说道："云秀不是留在上边了吗？看看她能不能把工作做通，我想最好是能见到计委的主要领导！"

5. 计划处 日 内

计划处屋里，云秀隔窗向外望着大门口太阳地上的老岳他们。

郑处长对云秀说："那个岳大青，是你们局的一把手吗？！"

云秀："嗯，是我们公路局新来的局长，这个人，可是个带有传奇色彩的人物！"

郑处长："他？看上去挺普通的，有传奇色彩？说来听听，我很感兴趣！"

云秀："您看没看过一部电视剧，叫《沟里人》啊？！"

郑处长："啊，看过，山沟子里修路的事儿，一个复员兵领的头儿，哎哟，那路修得可难死了！"

云秀："那个原型人物就是他！"

郑处长看看云秀，愣了一下，也走近窗子，向外看："哟！真蹲在太阳地儿上呢……这个公路局长可真不易！"

云秀从侧面看着郑处长，觉得好像有了些希望。

### 6. 公路局张副局长办公室

办公室主任走了进来，他手里拿着一封信："张局长，今儿个局机关不少人都接到内容一样的匿名信，是直接针对岳大青局长来的！"

张副局长也拿起一封信："看到了，我这也有一封！他妈的！整人没这么整的！你说说这叫啥？躲在暗地里往明地方射箭！真是他妈的孙子透了！有尿儿的小子，你明着来，也算你小子有本事！我烦这样的事儿，真是烦透了！"

办公室主任："张局长，那你看这件事应该……"

张副局长："你是办公室主任，有些话我要跟你说，我和岳大青同志没有任何私交，我不存在袒护他的问题吧？可我们过去都在一个系统工作，对他的人品业绩还是有所耳闻的！我不相信这封匿名信的全部内容！这是最没意思的造谣中伤！现在岳局长抱病上了北京，在跑高速公路的事儿，人家在前线，咱们在后方。咱们该怎么办？我看，这件事儿先不要让他知道，我们在家要处理好，不能让后院儿起火！现在，你通知在家的科以上干部到我办公室来开会！"

办公室主任："知道了！"说着，出去了。

### 7. 计划处　日　内

窗子旁有两个女人好看的逆光剪影。

云秀说："大姐，您要真能帮我们，就帮帮我们，我们修路，不是为自己，是为了地方经济的发展！"

郑处长："这不用你说，我知道，我看出来了！怎么办呢？！"她那张似乎无忧无虑的脸上，居然也浮上了几丝愁云！

### 8. 张副局长办公室　日　内

张副局长的办公室里已坐了不少的人。

张副局长呷了一口茶："今儿个不少同志都接到这封匿名信了吧？！照实说，匿名信不算个事儿！理睬写匿名信的人是傻瓜！两拳头砸不开的大傻瓜！岳局长现在没在家，信的内容又主要是针对他的，岳大青同志刚来，我们应该怎么看待这封匿名信，这得有个态度，请大家发表意见吧！"

所有的人都没吭声！

张副局长："怎么都不说话？！你们把收到的匿名信都交上来我看看！"

一些人把匿名信送到张副局长的桌子上。

张副局长看看信皮："你们看看，打印的每个同志的名字清清楚楚，连王小琴的小都知道是大小的小，不是拂晓的晓！这封匿名信就是十分熟悉我们的人干的！"他又呷了口茶！提高了嗓音说："写信的人为什么不敢署名字？！这说明他心理阴暗，见不得阳光！几张邮票，臭皮死个人，在咱们局那是妄想！说岳局长带着云秀去北京是睡觉要找个伴儿！放他妈的狗屁！扯犊子还想咋扯？！云秀是啥样人，咱们谁心里没个数？岳局长和云秀睡觉他看见了？！鸟飞还有个影儿呢，说话没边没沿儿！纯扯他妈的犊子！说我骂人，今天我就是骂了！对这样的信的内容，我的原则是一不听，二不传，三不理！把它当一泡狗屎臭在那儿！你们大家都听懂了我的话没有？！"

大家伙："听懂了！"

张副局长："听懂了就好！你们这里如果有人传这封信的内容，那我就拿你当写匿名信的人！在咱们中国，在一个单位，想要做点事儿太难，多得数不清的内耗可以干扰你！人一辈子精力有多少？家里外头，内耗都给你耗得差不多了，还怎么做事？！岳大青局长是个想干事能干事儿的人！我们局机关要注意营造好的工作环境！不能让岳局长还有其他想干事儿的人，少操这份闲心！"

### 9. 交通部招待所　夜　内

房间里。

秦科长说："局长，我先睡了？！"

老岳笑了："按这些天的老规矩！还是你先睡，我和老田后睡，老丑，咱们两个先杀几盘棋，等小秦睡得熟熟的，咱们俩再睡！"

老田："哎呀，我的局长大人，跟着你出门儿真遭罪！"

老岳："你呀，遭点儿罪，我也不心疼你！谁让你给我当副手来着！给我当副手没啥享福的事儿！"

老田："我看也是！"

老岳笑笑说："陪你杀两盘，娱乐娱乐，省着对我意见太大！"说着，与老田摆开了象棋。

老岳的手机响了。

老岳："喂，啊，是老婆子呀，啥事儿？嗯？家里接到了匿名信？……我才不在乎他那一套呢！乐意说啥说啥！脚正不怕鞋歪！心正不怕小鬼推磨！我不在乎！我没工夫听他们那套！还有别的事儿没有？我和老田走棋呢！"

老岳催着老田："走哇！"

老田心烦意乱地："走啥走？心里犯堵！哪有心思走闲棋儿！"

老岳："哎哎，这叫烦中取乐，闹中取静！计划立项没路走了，咱们先走走棋儿！看看棋步，慢慢走着来！"

老田笑了："你呀！也真是个难缠的主！"说着，两人又走起了棋！

老田："棋真臭！你没步了！"

老岳："谁说没步了？！我这不是还能走呢吗？"

老田："眼瞅着将死你了，你交棋吧！"

老岳一瞪眼睛："交棋？我实话告诉你，不见最后一步，我是不会认输的！"

老田："你真是头犟牛！哎，局长，明儿个怎么办？！"

老岳："明儿个还按今儿个这么办！咱们天天去给那位处长拖地打水，收拾桌子，拾掇完了，就到太阳底下晒太阳！"

老田："咱们都来了十好几天了，这样下去啥时候是个头儿？"

老岳："是疖子总有出头的时候！愚公移山嘛，说不定就会感动了上天，那咱们就好办了！反正国家计委立不上项，我是不能回去，就当长住招待所大使了！哎，给省计委报的计划寄走几天了？"

老田看看他，眼里有几分敬佩，也有几分忧郁："有几天了！"

老岳面色沉重："嗯，给省里的报告也是必要的，咱们是有点隔着锅台上炕了！可是这也是万不得已的事儿！"

老田："咱们局过去也给省里报过这方面计划，都白报了！"

老岳："这我知道！"他掏出两根烟来，一颗递给老田，一根自己叼在嘴上，打着了火机，给老田点着了烟："老田哪，你也是个老公路了，咱们哥们儿不易呀！都是天生想活得累的人！你说咱们不活得累点儿咋办？我们不能给子孙后代留一屁股屎，让他们给我们揩腚！"

老田："说得是呀！想干事儿不容易！能干事儿不容易！能把事儿干成那就更不容易！这些日子我也看了，咱们的脾气秉性对撇子！"

窗外，云彩儿花儿半掩着月亮！

床上，秦科长显然已睡得很熟了！

老岳和老田仍然没有睡，他们抽着烟，各自想着很沉重的心事……

### 10. 市里某一茶馆　夜　内

逆光中的两个黑影。

是审计局佟副局长和二子！

二子说："他妈的！姓岳的，叫他干吧！有他好瞧的！几张邮票，我弄得他姓岳的吃饭吃嘴里个苍蝇！吃进去脏胃，吐出来恶心！他不是乐意干这个局长，跟咱们哥们儿较劲儿吗？我就收拾收拾他！"

佟副局长的声音："我说，明人不做暗事，你这招儿是不是损了点儿？！"

二子说："招儿损那要看对谁了？对岳大青这种人，不能客气！"

佟副局长："那你也不该把云秀牵进去。"

二子："不是我牵进去，是她自己把自己牵进去的。我听说是她主动要求和岳大青他们去北京的。"

佟副局长："你想干啥？人家岳大青与你往日无冤，近日无仇的，你非下手整人家干啥？！"

二子："大哥，你是真不知道还是舍不得云秀？干啥？得把他岳大青从公路局整出去！把你整回去！你佟副局长是啥？是咱们哥们儿生钱的匣子！那叫钱！谁为了钱不拼命！"

佟副局长："今后这种事儿你们不要跟我说，我也不想听！幼稚！幼稚得很没意思！一封匿名信就能把人整倒的时代过去了！你这是在开玩笑！"

二子："整不倒也恶心他一下。"

### 11. 国家计委计划处　晨　内

老岳、田副局长、秦科长都在用力地擦地板，抹桌子。

云秀拎着两个暖水瓶刚从外边进来。

郑处长走了进来："都停都停！岳局长！你们这是干啥呢？弄得我们这机关快成了衙门了！都停！"

老岳嘿嘿一笑："身上有劲儿，闲着浪费！不干点儿活儿心里难受！"说着还在擦地。

郑处长笑了："我叫你们停，你们不停，耽误了事儿可别找我！"

老岳一听，有些发愣，问："哎，我说处长，你说这话是啥意思？！"

郑处长："啥意思？有意思！"

云秀笑了："处长大姐刚才跟我说了，他们把我们的情况逐级向上作了汇报，一会儿计委的主要领导要听我们的情况汇报呢！"

老岳眼里释放出光芒："啊？！有这事儿？！主要领导要听我们汇报？！这是真的？！"

郑处长："嗯，是真的！"

老岳上前一把抓住了郑处长的手，眼里已经漾满了欢喜的泪花！他给这位女同志深深地鞠了一躬："我代表市里几百万老百姓谢谢你了！给你鞠躬了！"

郑处长受到了感动："我们司长、计委领导都在楼下会议室等着你们呢，快走吧！"

老岳："哎，我们走！赶快走！"

### 12. 计委会议室　日　内

在音乐声中，岳大青在满含深情地说着……

领导们认真地倾听着，边听边在地毯上慢慢踱着步。

（云秀画外音）：他的叙述充满了激情，从一个山村因为修了一条路而走向富裕，讲到我们将要修的路会给地区经济带来的影响；他讲了我们这条路的修建对于豫晋两省经济发展的重要意义，也讲了山西的煤炭因为路的堵塞而造成的巨大浪费；最后，他讲的是一个修路人对公路的热爱……

岳大青的叙述结束了。

很静的屋子里，只有钟表的嘀嗒声！

沉静了一会儿，计委领导爽朗地笑了："好一个岳大青！岳局长！你们的情况我听明白了，你们的计划我也看过了！我看修高速公路，市一级也可以修！不能把市一级卡得死死的！这不利于调动方方面面的积极性！"

老岳等人充满期待神情的脸。

计委领导："我同意你们这个计划，计委的其他领导也都给了意见了，在省里的意见补报上来后，在国家计划上给你们立项！"

老岳激动得无法形容了。

领导："另外，你们说要自己筹集资金，这么大的项目，三十几亿元人民币的工程，你们得怎么跑？国家要给你们投放一笔贷款！至少是二十几个亿元贷款！不然，你们跑钱就得跑白了头发和胡子！"

岳大青上前紧紧地握住计委领导的手，颤着声音说："谢谢了！"

计委领导笑了："岳大青同志，我看该说谢谢的应该是我们啊。你们的做法对我们很有启发啊！"

老岳："没有没有，我们就是觉得让国家给我们修路，一时半会儿排不上号啊。再说我们市公路局也得做事儿呀。"

领导："这就是启发啊！"目光转向众人，"要是岳大青他们的计划成功了，像他们那样的地级市全国有多少？要是每一个地级市都能参与修建高速公路，我们的高速公路网会很快遍布全国，这对我们国家的经济建设，是一个多么大的推动啊！"

岳大青等人激动的神情。

"所以啊！"领导又转向了老岳："你们的路能不能修好，质量能不能保证，可是事关重大啊！"

老岳庄重地点了点头。

### 13. 公路上　日　外

车流如河，一辆面包车在车河中行驶着。

### 14. 面包车里　日　内

云秀对郑处长说："处长大姐！今儿晚上，我想请您吃饭！"

郑处长笑了:"干什么?!饭以后是要吃的,但现在不能吃,等高速公路修成那天,我要你们岳局长请我!"

老岳笑了:"那是一定!"

郑处长:"哎,你们别光顾了高兴了!省里计委的批件,你们还得抓紧报上来!"

老岳:"是嘞!"

### 15. 交通部招待所 日 内

老岳咧着嘴笑:"老田,这些天苦了你们了,今儿个晚上我请客,请你们吃北京烤鸭!"

云秀笑了,秦科长:"才吃上啊,我可是馋了好多天了!"

田副局长:"老岳,你也真是个虎将,又是个福将!这眼瞅着就是没戏了的事儿,你看还真就行了还就!我算服了你了!"

老岳:"这事成了,每个人都功不可没!现在咱们去吃烤鸭!小秦一过烤鸭店,就不错眼珠儿地直往里头盯,走道比别人都慢半拍!吃完了烤鸭,今儿个晚上谁也别想睡觉!把国家计委批示的传真先传回去,叫家里人连夜上省计委汇报,明天早晨,省计委的批件传真到了,咱们报到国家计委再睡觉!"

老田:"我看也是!省计委的意见,今儿晚上最关键!咱们是不能睡觉!"

老岳:"我看云秀同志可以放心睡觉了!"

云秀:"我睡,怕是也睡不着呢!"

老岳:"云秀!有成绩,你立功了哩!"

云秀腼腆一笑,脸上泛起红晕:"啥功?我有啥功?!你讲得那么好,我都感动得要哭了!"

老岳:"你要不在关键的地方起了重要作用,我都没地方讲啊!"他一转身,对秦科长说:"哎,小秦!……"

小秦:"怎么了,不是不让我吃烤鸭了吧?"

老岳笑了:"我想了一下,你是不能去吃啊!"

小秦睁大眼睛:"为啥?!"

老岳:"你是计划科长,得先去办传真!"

小秦故意夸张地:"唉,我就知道这么好的事儿怕是轮不到我!"

老岳笑着:"我们回来时给你带回来点儿好不好?"

小秦:"真的?多给我带点儿鸭皮啊!"

几个都开心地笑了。

小秦:"我去了!"说完,连跑带颠地走了。

### 16. 飞机场安检口 日 内

老岳他们一行人笑容可掬、满面春风地通过了安检口。

### 17. 候机厅吸烟室 日 内

老岳给老田点着一支烟:"老田,项目立起来了!打通太行王屋二山,这是举国瞩目的大事儿!回去以后,咱们要两手抓,一手抓招商引资,把资金缺口想办法堵上!另一手得抓工程勘察和施工项目招标!"

老田吸了一口烟:"老岳!你呀,真是个工作狂!刚干完立项的这件大事,你咋说也得让我们喘口气呀！这脚刚落地，又想下一步了，真要命！"

老岳笑了："跟着我干工作，别想歇着！"

老田也笑了，两个人从这一刻起达成了某种默契。

老岳："其实，老田啊，人的一生就那么几十年，一晃儿就过去了！不干点儿事儿哪能行？！一晃儿就白了头儿哇！让子孙后代老走老路，人家不得骂咱们这代人没正事儿呀？！"

老田刚要说什么，云秀从门口探进头来："两位局长，别抽了！没听到广播啊，该上飞机了！"

老田开玩笑地说："你看！差点儿误了飞机！"

老岳拧灭烟头："走！"

### 18. 机场跑道　日　外

机场跑道上，一架波音747客机在跑道上滑行，凌空而起！

### 19. 从郑州去市里的公路上

老岳坐在小车里。

车颠簸着。

老岳说："从咱们市里到郑州总共不到一百八十公里，可道上得走四个来小时！这不行，这可真不行！这路不修你们说行吗？！太耽误事儿了！"

车驶向一个路卡。

路卡上的工作人员一看是交通局的小号车，敬了个礼，扬起了杆。

小车驶过了路卡，老岳说："停下停下！"

小车停在了路边！

老岳下了车，他径直走向路卡。

老岳问路卡的值班人员："这辆车过来，你们为什么没收费？！"

路卡里的值班人员："你是哪的？！管那么多干吗？"

老岳："我问你，为什么那辆车过来没收费！"

路卡值班人员："你真要问哪？"

老岳："嗯，我要问问！"

路卡值班人员："那我就告诉你，无可奉告！"说罢，不再理睬老岳。

老岳急了："把你们的值班领导给我找来！"

值人员："你？呀，口气不小哇！你是哪个衙门口挑泔水的？我们领导能是说你要找就找的吗？！嗯？！有啥事儿跟我说吧！"

老岳更急了："我是岳大青！把你们值班领导找来！"

值班人员玩世不恭地："岳大青？！岳大青是谁呀？我们都不知道岳大青啊，别说岳大青，就是岳大绿岳大红来了，我也不能给你找我们领导哇！走吧，你快走吧！"

云秀在一旁说："这是市交通局新来的岳局长，快点把你们站长找来！"

那位值班人员听了一惊，慌忙操起电话。

站长从远处快速跑过来，没有到跟前就忙着说："是岳局长啊，我们还没有见过面哩！"

岳大青等站长站稳了，开口道："为什么公路局的小号车过来就不收费？这是谁规定的？！"

站长："以前佟局长坐这车来着，站里因为收费挨过骂！那以后，看着这台车，我们就放行！"

岳大青："你知道你们是在给谁收费吗？给人民！给老百姓！这钱收回来是要给老百姓修公路的！你们不收费，就是在坑害老百姓的公路事业！从现在起，不管是谁，天王老子过卡也得收费！听见了吧？！"

那站长有些汗颜："领导指示，我们一定照办！"

### 20. 市公路局门前　日　外

老岳他们坐着的小车驶了进来。

他们从车上下来。

门口有两挂鞭噼里啪啦地响了起来！

有一些人在鼓掌欢迎。

老岳对办公室主任皱了皱眉头，说："谁弄的？！高速公路上的土还没动一粒儿呢！就放鞭炮庆祝上了？！简直是胡闹！胡闹！"说完，生气地向楼里走去！

办公室主任用不解的眼神看着老岳！

在场众人都用惊愕的眼神看着老岳！

### 21. 办公楼里　日　内

过道上，老岳迈着有力的步伐走着！

他的脚步声，在走廊里引起强大的回音！

### 22. 老岳的办公室　日　内

张副局长走了进来，坐下说："老岳，你们累坏了！能把这么个项目立上项，真是天大的事儿！这是咱们局，也是咱们市的大喜事儿呀！咱们一下子引入资金三十个亿！相当于咱们每年工程投资额的三百倍！这就是说一年干了三百年的活儿！这么个大事儿，你看是不是把市里新闻口的记者都找来，炒一炒这个事儿？！"

老岳笑了："老张啊，我看包子有肉不在褶上！除了向市里主管领导汇报，咱们先别张扬，没啥意思！办公室主任刚才叫我呲儿了几句！我们回来就回来了，放什么鞭炮？！啊，新上任的局长从北京回来了，公路局门口放鞭炮欢迎，传出去叫不叫别人笑话？！自己家的人，在自己家门口，扯这个蛋儿干啥？！"

张副局长："这个事儿不是他定的，是我定的。"

老岳不解地："是你定的？！真的？"

张副局长："真的！"老张看了一眼老岳说："你可能不知道，你不在家期间，有人写匿名信告你，说你这说你那！生怕我们局的天下不乱！你们上北京是去干大事儿正事儿去了！干成了，回来了，不该放两挂鞭吗？这鞭炮你以为都是为了欢迎你们呀？！你错了！我是故意放给写匿名信的人听的看的！叫他知道知道！公路局欢迎岳局长！岳局长这样的领导，大家都欢迎！这有什么不好？！"

老岳笑了："这么说，是我错怪了办公室的同志了。那咋办？改天我得向人家赔礼道歉！"

张副局长："我跟他们说吧，你们这么辛苦，先休息一下再说。"

老岳："老张啊，你还是在家坐镇！明儿个我和老田几个人去沿线勘查！叫办公室主任也跟着我们！"

老张："你刚回来，不喘口气呀？！"

老岳："等高速公路修成那天再歇着吧！"

老张看着老岳笑了:"那你可是得等三年以后再歇着了!"

### 23. 太行山区　日　外
羊肠小道上,老岳、老田、云秀、办公室主任、秦科长他们在艰难地行走!
老岳不断地抓住树枝向上攀登!
(云秀画外音):充实而艰苦的生活就这样开始了。为了确定一条最佳的路线,局长带着我们差不多走遍了太行山区的每一座山峰,他给我们算了一笔账:未来的高速路要是能够节省两公里,按每天通车一万辆计算,那是节约了八万公里的汽油和时间,而修路的钱还没有算呢……
小秦擦拭着脸上的汗水,对老岳说:"局长啊,可歇一会儿吧,这没完没了的,走完这山奔那山的,人都累拉胯了,明儿个还走不走了?!"
老岳:"好!到山顶上!到山顶上咱们歇会儿!"
小秦挂满汗水的脸!
他们向上攀登的脚步!
云秀累得涨红了脸,老田回身拉了她一把!
山顶。秀丽的山川风光!
(云秀画外音):公路设计我们采用招标的方式,有人向我们要一千万元的设计费,但最后我们采用了中国科学院的方案,他们要的费用是三百五十万元,而最关键的,像是符合天意,他们的设计方案恰恰比别家的设计方案缩短了两公里……
一条一百多米落差的大瀑布就在他们身旁飞泻!瀑布下面是弯弯的河水!从高处看下去,像条美丽的玉带!
老岳撩起衣裳抹了一把脸上的汗水,感慨地说:"多好的风景啊,太行山真是座美丽的山!可惜了!这么好的风景,就这么沉睡着,没人看见,没人知道!这么好的旅游资源白白浪费了!心疼啊!这是啥?开发出来都是钱哪!是咱们市的一个聚宝盆哪!咱们的高速公路一定要从这里走,专门在这里开个口子,让国内外的游客都到这里来!看看咱们太行山的风景!一点儿也不比桂林和张家界差!"
飞泻的瀑布,好像在倾泻着无尽的情感!阳光下,它呈现出七彩的虹霓!
老岳他们坐在山上用矿泉水就着方便面。老岳一边吃,一边对办公室主任说:"怎么样?出来走走,和坐办公室的感觉不一样吧!"
办公室主任:"是好!可是也真累!"
老岳:"前人不吃苦,哪有后人甜中甜?!哎,我说办公室主任大人,我可是得向你说声道歉的话,那天我错怪你了!对不起了!"
办公室主任脸红了:"哪里哪里?局长说的是哪的话呢!"

### 24. 馒头村　日　外
老岳带着几人走在馒头村边上。
(云秀画外音):"这个小村叫馒头村!叫这个名字是因为村前这座小石堆像个馒头!岳局长以前来过这个村,解放这么多年了,改革开放这么多年了,外面发生了翻天覆地的变化,可这大山里的情况基本一切照旧……
老岳:"我领你们去小学校看看!你们看看这里的孩子是怎么读书的!"

### 25. 小学教室里　日　内
老岳用手敲击着简陋的课桌说:"看看吧,这就是大山里的教室,多少年来,在这里读书的孩子，没有一个考上大学的！为什么？这里不通公路，条件太差！老师不愿意在这教，孩子们不愿意念书！"

云秀有些激动的脸。

（云秀画外音）：我们这时候才明白他带我们来的意思。

众人显然受了感动！

**26．公路局会议室　日　内**

岳局长在讲话："设计方案已经定下来了，下一步工作任务主要是招商引资和工程招标！工程招标工作里边说道多！三亲六故五叔八大姨，手榴弹炸药包都可能对我们进攻！我们怎么办？只有一条路：不能掺杂一点私心！谁搞名堂，就撤了谁的职！绝不留情！"

（第二集完）

**第三集**

**1．市审计局佟副局长办公室　日　内**

二子："他妈的，姓岳这小子也他妈的算是个有尿儿的小子，本来寻思他是吹牛皮的事儿，哎，还真他妈的吹起来了！吹成真事儿了！三十多亿元的大工程啊，在咱们市就是历史上的第一把了！那钱要是堆起来，得堆多高？！十块钱一沓一沓的能堆到云彩儿尖儿上去！这么老多钱，要是咱们哥们儿当家，得有多少油水淌进咱们哥们儿的袖筒子里呀！哗啦哗啦的，这是来钱的道哇！是来钱的河呀！你想要啥没有？吃香的喝辣的，泡个妞儿都漂亮！大哥，你得想想招儿哇，咱不能眼瞅着别人大口大口地吃肥肉，咱们连根骨头棒子也啃不着哇！人家在钱河里洗澡，咱连个水星子都沾不着身吧！"

佟副局长笑了，那笑里含着一股子老辣与奸猾："二子！"（这时候我们才知道他叫二子）"你小子，智商不高，情商不高，就是钱商高，一天到晚地就想琢磨钱，心都掉钱眼儿里了！我知道你大哥手里开个挂牌子儿的工程公司，带几个施工队，可工程干得不怎么样！我当局长的时候，念着你鞍前马后地跟着我，有个赖乎情，给过你大哥工程！那活儿干的，稀里马哈的，我也就睁一只眼闭一只眼地过去了！那岳大青可不是我，那是个横草不过的人！你看见工程眼热了？你想钱，钱可不一定想你！想钱得有想钱的本事！"

二子："大哥，兄弟我跟你这么多年，花钱不分你我！不是我想弄多点钱，是我想给咱们两个人弄点钱花花！眼瞅着这么一大块肥肉，你不吃？不吃就不吃！受损失的也不是我一个人！"

佟副局长笑笑，不置可否。

二子终于忍不住："我说就凭你佟副局长，公路局的前主管，就跟他岳大青说句话，要一块工程，他岳大青能说不给面子？！我压根就不信！他岳大青就算是包公，黑脸不认人，可也不能谁都不认吧？！"

佟副局长："照你这么说，我就给岳大青打个电话，说给我个面子，要一块工程了？！"

二子："那还客气啥？！那是工程吗？那是钱！"

佟副局长："你呀！钱道上走来的鲁智深！太嫩！我不会那么办，我得让岳大青主动跟我说：你要不要一块工程？！"

二子站了起来："那可能吗？房架上会噼里啪啦地往下掉馅饼吗？！"

佟副局长笑了："走着瞧吧！别真掉下来馅饼的时候，把你脑袋瓜子砸起个包就行！"

二子满脸兴奋："大哥，真的啊？！"

佟副局长想的却是另外的事情，并没有理二子。

### 2. 岳局长家　日　内

田桂琴正在给红英往皮箱里拾掇衣物，她小心翼翼地好像生怕把哪件东西放不好一样。她把衣物放好了，又站在那里看着，冲里屋喊："红英啊，红英！"

红英应声走了出来："妈，又啥事？！"

田桂琴说："红英啊，从小到大，你没离开过妈，你也老大不小的了，也该学着照顾自己了！这衣裳啊，你得勤洗勤换，一个姑娘家的别弄得脏兮兮的，不好看！"

红英："妈，我就是没拿录音机把你的话录下来，要是录下来给你放，你这话至少说了有八遍了！"

田桂琴定定地看着红英，打了个唉声。

红英有些莫名其妙地看着她妈。

田桂琴用牙轻咬着嘴唇儿，眼里渐渐有了泪。

红英看了看妈，掉头走开了。

田桂琴看着女儿背影，嘴一抿，眼泪无声地落了下来。

红英走了过来，递给她妈一条毛巾："妈，你别这样，我是去上大学，又不是去上刀山下火海！我都多大了！"

田桂琴接过毛巾却没有擦眼泪，她说："红英啊，妈知道你是去上大学，虽说你学的专业妈不可心，可也算个好事儿，可你这冷丁儿一走，妈这心里就是不得劲儿！真的不得劲！"

红英看看妈："妈，我知道，我这一走，家里多数时间就是你一个人了，我爸人家忙，也顾不上回来看你！咋办？我不能不上学陪着你吧？我只能多给你打打电话了！要是你想我想急眼了，你就坐车去看我嘛！"

田桂琴："你要走，我给你爸通了电话了，也不知人家能不能回来！"

红英："我爸他忙！他回来送我我得走，不回来送我我也是个走！回不回来送我能咋的？！妈！你和我爸过了大半辈子了，我爸的脾气秉性你也不是不知道！我走以后，家这面儿可就是你们俩人儿了，你别老和他叽咯这叽咯那的！妈，行不？"

田桂琴："红英啊，妈现在没心思和他叽咯了，真的！叽咯有啥用？人家那老猪腰子有多大？比天小不了多少！这么多年我和他是没少叽咯，可人家哪件事由着我了？！"

红英："妈，我爸他是个做大事儿的男人！我真是打心里往外佩服我爸！"

田桂琴："你说这话，我不爱听！"

红英笑着，逗她妈说："行了，你和我爸咋回事儿，我心里还不明白？！嘴上说着我爸，这不好那不好，可心里真疼我爸的还是你！哪回回来，你不是给他又洗又涮，又炒又炸的，咱平时在家可没那待遇！"

田桂琴被红英说乐了，佯打了一下红英说："死丫头！和你爸一样！说的话叫我不稀听！"

红英做了个鬼脸，冲她妈嬉笑着，跑开了。

田桂琴看着红英的背影，脸上漾着笑意。

### 3. 岳局长家楼门口　日　外

田桂琴和红英走了出来。

红英说："妈！就到这了！你别再往前送我了！"

田桂琴："妈送你去车站吧？在家待着也没啥要紧事儿！"

370

红英说:"妈!你要再往前送,人家就不走了,误了火车你负责啊!我爸说啥了?别老顶在头上怕吓着,含在嘴里怕化了!我再说一遍,人家都多大了?!"

田桂琴:"瞅瞅你这个犟劲儿!跟你爸一样!我送送你就不行?!"

红英执拗地:"不行!"

田桂琴看看红英,半晌儿没说话,突然她说:"行了,妈不送了,你走吧!"

红英看看她妈:"妈,那我可走了,你在家多保重啊!"

田桂琴没有说话,只是点点头!

红英拉着皮箱走了!

田桂琴呆呆地站在那里,望着红英的背影,她的眼里啊,有着太多太多复杂的情感!

红英走得渐远,她回身向她妈摆了摆手!

田桂琴呢,也摆了摆手,但那手摆得好像很无力!

红英的身影消失了。

田桂琴抿了抿嘴唇儿,抹了把眼泪,转身走进楼门。

### 4. 岳大青家　日　内

田桂琴孤独地坐在那里,想着很沉很重的心思!

笃笃的敲门声!

田桂琴从沉思中醒来,她带一丝狐疑去开门。

门开了,是局办公室刘主任!

田桂琴:"哎哟!你是?!"

刘主任:"大嫂,岳局长给我打了电话,说他不能回来送红英啦!让我代他来送送。我是紧赶慢赶地往这跑!"

田桂琴:"您快进屋吧!"

刘主任:"红英是不是走了?车在下面等着呢,我就不进屋了!"

田桂琴:"您进屋吧!"

刘主任看看田桂琴,就进了屋!

田桂琴给刘主任倒了一杯茶!

刘主任接过来却没有喝:"红英呢?"

田桂琴:"您坐吧!她已经走了!"

刘主任一愣:"呀!走了?局长交给我的任务,我可是没完成啊!"

田桂琴:"行了,他还能想起来这个事儿来,我也就知足了!"

刘主任看看田桂琴,说:"嫂子,局长,他实在太忙啦。"

田桂琴:"我知道他忙!从打我和他结婚到现在,他多会儿没忙过?谁是他媳妇?公路!谁是他姑娘?公路!对公路,他比对我们娘俩都亲!"

刘主任:"大嫂,你别这么说,局长心里还是很惦记家的,这不,打发我来了不是?!"

田桂琴:"惦记家?!人家会惦记我们?!这些年,我太知道他了!我嫁给他,是嫁给谁了?是嫁给公路了,那公路,你踩上一脚,还能听到个回声!他是那死铁疙瘩儿路!你踩,你蹦!都没用!人家就是干人家的事儿!红英这回走了,家里就我一个人了!我死在家里,谁知道?!刘主任,你不是外人!我跟你说句心里话!我真有点儿恨他!"

刘主任笑了:"嫂子!别说牙外的话了!等局长忙完了这阵子,我跟他说,让他回来看看你!"

田桂琴:"行了!你可别让他回来看我!他回来了,我到麻烦!"

刘主任又笑道:"嫂子啊!清官难断家务事儿!岳局长可是老说你的好,对他好得不得了呢!"

田桂琴看看刘主任,心里有些高兴,可嘴上仍说:"你别听他胡扯!他那话没人稀罕听!"

刘主任起身道:"嫂子,家里有事儿别抹不开吱声,打个电话,我们就来了!没别的事,我先走了!"

田桂琴送走了刘主任。

### 5. 岳大青办公室　日　内

刘市长在这里。

岳大青对刘市长说:"一听说咱这儿要工程项目招标,没几天,这投标书上来一大沓子!这些投标书我都看了,有武松展雄飞,也有南郭先生,这几天,局里的电话不断,三亲六故五叔八大姨,都往这儿打电话,啥意思?看我们公路局是块肥肉了!三十个亿,看来钱是不少,可咱们得抱紧算盘子!紧打紧地花!钱造害光了,路修不成,我岳大青是啥?人民的罪人!明天,我们集中局里的人审查这些投标书,手机一概给我关喽,谁走后门儿,我就坚决撤了谁!他要我岳大青的脑袋,我就先开了他的职务!这个黑脸老包我是非唱不可了!"

刘市长:"你不唱谁唱?!你唱就对了!钱多不多,真不少,可把不住口子,一撒手就没!你和我都没有权利当人民的罪人,那就不能怕得罪个别人!这也算是个辩证关系!"

电话铃声响了。

岳大青接起电话:"喂,哦,是佟副局长,你好!哎,不辛苦,不客气!您找我有事儿,哦,没什么事!哦,是,是三十个亿,对对对,是得加强财务审计!到时候,我们得请你们!没问题!好,没事儿我就撂了啊,好好好!"

刘市长笑了:"那个佟副局长?!"

岳大青点头:"嗯!"

刘市长:"对这个人,你要多加小心!他主管公路局工程工作这段时间,工程项目乱许婆家,造个乱七八糟!这回调出去了,心态很不平衡!他刚才这个电话,说是要审计,那我们就姑且说他是谈工作,可他的话里有没有弦外之音,我们就得分析着听了!他的社会关系挺复杂,肯定会有人要找他要工程,今天哪,我看是他给你先下点儿毛毛雨!湿乎湿乎你这个新局长的耳朵!"

岳大青笑了:"他不明说,我就装傻充愣,我才不会那么容易就进了别人的圈套!我不会把任何一个工程项目,不经过专家和班子讨论,就批给别人!我姓岳的,生冷不忌!犯法的不为!不怕别人审计!"

刘市长:"嗯,你不是被审查过一回了,好在没有一朝被蛇咬,十年怕井绳!你岳大青毕竟是岳大青!"

两人都笑了。

### 6. 公路局门口　日　外

一辆大客车停在那里。

办公室主任在组织人上车:"哎,上车了,上车了。"

人们鱼贯走上车去。

### 7. 大客车内　日　内
岳大青坐在最前排的座位上。
看着人上齐了，岳大青说："人都齐了吧？"
云秀说："该来的都来了！"
岳大青："七天之内，咱们有重要事要商量，谁也离不开！没跟家里说的，都赶快说！到了地方，谁也不能再开手机！"
人们面面相觑，有的则操起手机，往家里挂电话。

### 8. 路上　日　外
大客车驶向公路。

### 9. 大客车内　日　内
有人问："哎，这是要去哪儿呀？"
小秦说："去一个你们没去过的地方！一个村子——馒头村！"
有人说："什么？馒头村？！这个名字新鲜哎！"
老岳："新鲜吧！咱们就住在村里的黄塘小学！"

### 10. 乡间公路　日　外
大客车驶上乡村公路。
车颠簸着。

### 11. 大客车内　日　内
有人说："哎哟，这都是什么路哇！颠死我了！"

### 12. 乡间公路　日　外
大客车在一个坡上熄火了！
老岳第一个从车上下来，一挥手："哎，都下来推车！"
大家伙下来一起推车。车子又发动着了，人们又上车，向坡上驶去。

### 13. 大客车上　日　内
有人问岳局长："我说局长，你这闷葫芦里卖的什么药哇？！市里那么多宾馆都不住，偏偏往这荒山野岭里拉我们！你到底要干啥呀？！"
老岳上了车，笑了："问得好哇！咱们到这来干啥？！研究投标书，确定投标单位！不能有任何外界干扰！路不好走吧？！下去推车滋味儿不好受吧？！我们推了一次车，就觉得不得劲儿了，那住在山里的人呢？！他们在这样的路上走会得劲吗？！路不好，是谁的责任？是我们公路局的责任！我们要骂就得骂我们自己！我们光骂自己不行，还得把这些路修好，那样，山里人才会不骂我们公路局！我们工作不光是为了怕挨骂，我们是为了老百姓都能过上好日子！没有路能致富吗？！"
大家都在听着老岳的话。
云秀微笑的脸。
大客车继续颠簸着前行。

### 14. 黄塘小学　日　外

校门前，村主任领村民正在敲锣打鼓地迎接公路局的人！

老岳他们下了车，握住了村主任的手："村主任，你好！"

村主任："局长啊，听说你们要来，还要在我们村边上修高速公路，大家伙乐得都睡不着觉哇！村子里老百姓这家拿被子，那家拿褥子，把你们的床铺都铺排好了！盼星星盼月亮，总算把你们盼来了！"

老岳："别打扰到乡亲们就行！"

村主任："哎，你这话说哪去了，咋说是打扰呢！这种打扰，我们就是请还请不来呢！"他们一起走进学校。

### 15. 教室里　日　内

一间教室里，老岳："同志们，你们都是读过小学、中学、还有大学的人，解放半个多世纪了，可我们的大山里面的小学还在用着这样的课桌，用塑料布当窗玻璃！大家都看看，心酸不？心疼这里的孩子们不？！要是不心酸不心疼，除非你的心不是肉长的！为啥会这样？这里穷！为啥会穷？没有路！为啥没有路？我们公路局有没有责任？！将来修高速公路，从每个乡镇经过，都要给他们留个口子！牛车马车是上不了高速公路，可村里的人和山里的货，从这条路上得能运出去！"

教室里的村民和公路局的人都在鼓掌！

村主任："岳局长啊，孩子们准备了几个不成熟的小节目，想演给同志们看！"

老岳："好哇好哇，走，看节目去！"

### 16. 学校院里戏台上　日　外

孩子们的节目已经开始了！

一个女孩子在唱，后面有人伴舞，那清脆的歌声唱道："这里的山路十八弯，这里的山路九连环，这里的山歌排对排，这里的山歌川对川……"

公路局的人，在这歌声中沉思而动情的脸！

田副局长、云秀、小秦等人，他们都很动情。

这歌声飘在小学校的上空，飘到了学校外的青山上！

（云秀画外音）：此后那歌声好像一直在我的脑海里回响着，有一天深夜，歌声又在我的脑海中响起来，我想，为什么这歌声就是不能让人忘怀呢，我一时得不到答案……

### 17. 村口石堆旁　日　外

田副局长、云秀和老岳三个人都在这里！

云秀："局长，这个馒头样的石堆有多少年了？"

老岳笑了："你问我呀，等于白问！"

田副局长："这不是人堆的，可能是自古以来就有的！"

老岳："我想也是！这个石头堆呀，知道多少事呀！沧桑变化多少年，可村子没啥大变化：想起来，让人掉眼泪！我们是谁？我们是人民政府的干部！应该为老百姓谋幸福的！现在全国没有摆脱贫困的人口还不在少数，就包括这村子里的人！"

田副局长："老岳，你想着老百姓的事儿，我佩服你，可你不让大家伙打手机，是不是有点儿不相信大家伙呀！"

云秀也说："我也听着大家有这个反映！"

老岳笑了："手机我没说不让大家伙用，我是说要关机！"

田副局长："关机，还不是不让用啊！"
老岳笑得更厉害了："你可以开机！可以开机！你在这里打个手机试试！"
云秀掏出手机，想了一下，笑了，把手机又放了回去。
田副局长掏出手机，刚想开机，忽然想起了什么："哦，我知道了。这里是不是没信号呀？！"
老岳笑着说："这回知道了？我是让大家伙的手机省点儿电！"

### 18. 小学校的一间教室里　夜　内
一盏煤油灯悠然地亮着。
岳局长在主持会议，他说："经过几天来的技术论证，现在对投标单位开始投票！"
田副局长、云秀等，开始陆续走向投票箱投票。
每个人的神情都很庄重，他们投下的每一票似乎都很神圣！
老岳最后投下了一票！他说："秦科长，你们马上统计票，公布投票结果！"

### 19. 小学校外　夜　外
夜色中的小学校似乎有些神秘。传出小秦唱票的声音。
小秦："中铁十八局十票，市公路局工程公司八票……"

### 20. 小学教室内　夜　内
老岳对田副局长说："咱们公路局的工程公司也上来了！可以，但要整顿！咱们自己的人干这项工程，不能整成豆腐渣工程！要干成样板工程！"
田副局长："嗯，自己家里的工程公司上来了是好事儿，也是坏事儿！自己家里的事儿最难办！好了赖了，他和你熟头熟脑的，可以纠缠你！"
老岳："整顿工程公司的事儿，由你和云秀负责，出了问题，我就拿你们两个是问！"
田副局长："好吧，有什么问题，我再向你汇报！"
老岳："嗯，当然，第一责任人是我，出了问题，我负主要责任！"

### 21. 山村清晨　外
太阳出来了，山村的清晨有着美丽迷人的韵致。

### 22. 大客车上　日　内
小秦："哎，都说咱岳局长豫剧唱得不错，咱们大家伙儿呱唧呱唧，请局长亮一嗓子咋样？！"
车上的人一哄声地："好哇！好！"
老岳站了起来："净扯！小秦这小子就是拿我开涮！豫剧我唱不太好，今天，就唱个心情吧！我给大家伙唱一段花脸，《铡美案》里的《包龙图》吧！"
众人哄道："好！"
老岳唱道："包龙图我打坐开封堂上……"
众人鼓掌。云秀开心地笑着。

### 23. 路上　日　外
大客车驶出乡道，驶上通往市区的柏油路。

### 24. 客车上　日　内

老岳对田副局长说:"这条路两边没有文化气氛!将来咱们得搞点儿雕塑作品,有咱们地域特色的,路,就是一条文化走廊!让外地人看看,了解了解我们,本地人看着引以为豪!"

田副局长:"好好!这个想法好!咱们这山多石头多,搞石头雕塑有条件!"

老岳对大家伙说:"回家都跟家里人说一声,说我给大家伙领大山沟子里去了,对不起了啊!"

### 25. 老岳办公室　日　内

老岳正在办公。

一个醉汉闯了进来:"这是岳局长办公室吗?!岳大青在吗?我要见岳大青!"

老岳站了起来:"我是岳大青!你是……"

那醉汉用疑问的目光看看老岳:"嗯?你就是岳大青?我原来以为这个被别人传神了的岳大青,长着三头六臂呢!原来也是一个鼻子俩眼睛的平常人儿呀!"

老岳:"你有什么事儿?"

那醉汉:"有事儿,当然有事儿!"

老岳给他倒了一杯茶:"有事儿,坐下说!"

那醉汉:"我不坐!坐你局长大人的凳子咱没长那屁股!我问你个事儿!"

老岳:"什么事儿?"

那醉汉:"这次工程招标,为什么我们单位没有中标?!"

老岳:"你们单位?哪个单位?"

那醉汉:"环球工程公司!"

老岳:"嗯,是没有你们!但这不是我个人的决定,这是局里共同决定的!"

那醉汉:"别跟我来这套!你是局长,你是一把手!这个局,你就是天!熊瞎子打立正,一手遮天!就你说了算!跟我装啥?!"

老岳:"是组织上的决定,也有我个人的意见!你们那个公司不具备中标的条件!"

那醉汉:"呀哈!你属鸭子的——嘴这么硬啊!我今儿个来,不为别的,就是来讨你一句话,我们公司能不能补上?!"

老岳:"不能!"

那醉汉:"那好!痛快!"说着,敞开了衣裳怀儿,里边露出了绑好的炸药。"那咱们两个就只好同归于尽了!你不让我们好活,你也就别活!"

老岳:"你可以点着!我修了这么多年的路,炸药雷管这东西我见着多了!雷管炸药也长眼睛,都是我岳大青的朋友,它们不炸我,要炸,只能炸死你自己!"

那醉汉:"什么?你说什么?这玩意儿认识你?!"说着,掏出打火机,啪地打着:"哎哟,这玩意儿还真好使!我就不信它们认识你!"边说边向老岳逼近着!

老岳冷静地笑着:"来吧!点吧!它们炸死我,我还可以留个尸首,你呢,一堆肉泥!点吧!手怎么抖了?!你害怕了是吗?!你炸死了我,你们就得到工程了!来吧!过来!"

那醉汉:"你真的不怕死?!"

老岳:"怕!可真的要死,我也没辙!你点吧!"老岳悠然地打着了打火机,燃着了一支香烟!

那醉汉又问:"岳局长,你可想明白喽,是你的命值钱,还是工程值钱?!再说,给我们公司个项目,我们也不让你白费心思,你可想好了!"

岳大青镇定地说："不用想了，你爱怎么着就怎么着吧！我这一疙瘩一块儿，一百多斤儿！你想咋的就咋的！想批工程项目，我个人没那个权力，你也别想！"

那醉汉咆哮起来，打着了打火机："我可真要点了？！"

岳大青："你实在要点，就点吧！"

那醉汉突然坐在了地上，哭了起来："哎哟我的妈呀，我他妈的没带导火索和雷管呀！"

岳大青上前扯开那醉汉的炸药包，有沙子从里边淌出来。

岳大青轻轻拍手，冷笑道："想来恐吓我呀？！我不吃你们这一套！要想干工程，那得走正道！"

这时，两个保安人员冲了进来，架起了那醉汉。

那醉汉："你们想把我怎么着？"

岳大青："你呀，已经犯了恐吓罪！可是念着你是为了搞工程来的，你又喝了酒，我就不与你一般见识了！下回和我再见面的时候，客气点儿就行！你走吧！"

那醉汉看看岳大青，目光里显露出一种折服的神情！两个保安和那醉汉一起走了出去！办公桌上的电话响了。

老岳拿起电话："喂，是我！没事儿，这工作忙着呢，老娘儿们家家的别跟着搅乱！衣裳是半个月没洗了！还能对付穿些日子，要洗的时候，我自然会回去的！"

办公室主任走了进来，递给老岳一封信："局长，这儿，又收到了一封信！"

老岳："又是整我的？！"

办公室主任："是写给你的！可底下没落款！看着这封信挺蹊跷，信封又是打印的，我们就拆开看了！是要钱的！说你这个局长必须在今天晚上派人给他们送去五十万元！不然的话，就放火烧咱们局的大楼，绑架你们家的人和咱们局工作人员的小孩儿！"

老岳："嗯？！有这么严重？！是什么人这么嚣张？"

办公室："看这口气像是黑社会的一个团伙！"

老岳神情严峻："没想到修路还得跟这些人打交道！他们说让我们在哪儿交钱？！"

办公室主任："市医院门口，今晚十点！"

老岳："好吧，我去！"

办公室主任："局长，是不是跟公安局那边说一下子？！"

老岳："说什么？！钱，一分也不带！我就带条命去！我就不信社会主义的天下，让这帮鳖羔子反了天！他们真敢来取钱，我这一拳头下去，至少削掉他俩门牙！"

办公室主任："我们多去几个人吧！"

老岳："带几个会两手的在旁边候着也好，他们真来取钱，就抓他们送公安局去！"

办公室主任："好的，余下的事儿交给我吧！"

26. 市医院门口　夜雨　外

夜的天空飘着小雨。

街灯悠然地亮着。

坐在车里的岳大青看了看手表：正好十点！

他吩咐司机："开过去！"

轿车停在了医院门口。

岳大青从车上下来了，他就那么站在雨中，没穿雨衣。他把两手叉在腰上，站在车灯的那束光柱中！

雨还在下着，雨水打湿了岳大青的头发，从发际间流了下来，他的脸上全是雨水。

他在举目四望，街上已空无一人！
　　附近的一个胡同里有几个人影在晃动！
　　岳大青显然等得有些不耐烦了，就冲着空旷的大街喊："哎，人呢？来取钱的人呢？老子岳大青把钱给你们带来了！是小子你们站出来，来拿钱！王八羔子！你们给我站出来！看着公路局有点儿钱就眼红了？老子告诉你们：钱是有，那是国家的钱，在这上头拿一分钱你们别想！你们出不出来？！不敢出来了，怕了？恕老子不奉陪了！"
　　大街上仍然空无一人，
　　胡同里的几个人低语着什么！
　　岳大青身上湿漉漉地进了车："走！"
　　车在水渍渍的街面上打了个转向，向回里开。
　　刚开到一个街口，一台车的车灯向这边直晃。
　　车又停了下来。
　　办公室主任在雨中跑了过来，打开车门，钻进了车里。

### 27．某一咖啡馆里　夜　内
　　二子正在一个包间里喝咖啡。
　　几个人身上湿漉漉地走了进来，低声说："二哥，我们回来了！"
　　二子："那个姓岳的来了吗？钱呢？"
　　那几个人中有人说："来是来了！可看着势头不对！那小子贼冲！粗声大嗓地直骂！离他们不远的地方还停着好几辆车！那个姓岳的骂街，是想激着我们出去！我们听着他骂就更胆虚了，不敢去了！就撤回来了！"
　　二子："笨笨笨！比熊瞎子还笨！一帮造粪的机器！办不了什么事儿！"
　　那几个人中有人说："二哥，话不能这么说！那我们也不能眼瞅着是个陷阱，还非得往里跳吧！"
　　二子："可要不是个陷阱呢？！钱不是没了？"
　　那几个人说："二哥，你真是太阳山上的老大，太贪心！说财迷咱们是都财迷！可下水得知道深浅，进门儿得看门框子高低！我们去了，叫人抓住了，鸡飞了蛋打了，还得把你也拐进去！"
　　二子一抬脸："为啥？！"
　　那几个人中有人说："公安局一审问，铁牙也得给你撬开！"
　　二子："你们这帮没良心的家伙！养你们真不如养条狗！"

### 28．车上　夜　内
　　办公室主任："局长骂街骂得还真挺带劲儿！"
　　岳大青："这些人不骂不行！不镇住他们不行！都是些社会上的渣滓！"
　　办公室主任："停车！"
　　车停了下来。
　　老岳："车停在这干什么？！"
　　办公室主任："雨中浇了半天了，冲着你骂这通街，我请你喝口热咖啡再走！"
　　老岳："你请客？"
　　办公室主任："我请客！请的是你骂街骂得好！"
　　老岳："那好，有人请客咱就喝！"对司机招了一下手："下来吧！"
　　司机："我留在车上看车吧！"

办公室主任："别价，下来！"

### 29. 咖啡馆里　夜　内
那几个人对二子说："外边有人来了！"

二子："你们这帮混蛋，是不是事没干成，还被别人盯上了梢儿！"

他们都在从包房的门缝儿往外看！

岳大青、办公室主任和司机走了进来！

二子："真是他们！你们先走，如果没事儿，那今儿个晚上就散了！那个办公室主任认识我，我不能和你们一起走！"

那几个人点点头，走了出去！

岳大青他们坐在大厅里，服务员正在给他们端咖啡。

那几个人从咖啡厅穿过！

老岳好像嗅到了他们身上那股子湿漉漉的雨气味儿，他立马警觉起来！

办公室主任和司机也都留意着这几个人！

他们刚出去，老岳低声问服务员："这几个人是什么时候来的？"

服务员："刚进来，又走了！"

老岳："他们没有喝咖啡？"

服务员："好像没有！"

办公室主任对老岳低声说："这离市医院门口不到一百米！这几个人来咖啡馆又不喝咖啡，衣裳浇得湿漉漉的，真的很可疑！"

老岳："嗯，可疑是可疑，可是可疑不是证据！咱们还是喝咖啡吧！这玩意儿是好玩意儿！可是我这肚子，喝不习惯！"

服务员又走过来说："那边包房里还有一位客人没走，你们找他有事儿吗？"

办公室主任站起身，小声地说："我去看看。"

包房外面，办公室主任从门缝儿处看见了二子！他刚要返身，二子却猛地打开了包房门："找谁？！"

办公室主任故作镇静："哎，二子，怎么是你？这么晚了，怎么一个人在这喝咖啡？"

二子冷冷地说道："跟老婆吵架了！没地方待，到这散散闷气！这么晚了，你这办公室主任怎么又出来了？"

办公室主任也笑道："刚才有一伙敲诈岳局长的人，让十点钟把钱送到市医院门口，可岳局长来了，等了半天，也没见兔子大人影儿一个！那帮小子看来是害怕了！"

二子故作惊讶状："谁敢敲诈新来的岳局长？！这人也真是吃了豹子胆了！"

办公室主任："今儿个晚上那帮小子是得着了！"

二子："嗯？钱叫他们拿走了？！"

办公室主任："连个屁也没拿走，我说他们得着了，意思是说如果他们真来取钱，那就热闹了！"

二子装憨儿："热闹了？热闹啥？"

办公室主任："公安局特别行动，一个也跑不了！"

二子装憨儿："抓住人没？！"

办公室主任："人都没出来，上哪儿抓去？！"

二子："啊，啊！你们还坐会儿啊？那没别的事儿，我就先走了！"

办公室主任："真巧！没想在这碰上你了！"

二子："天下的事儿就是这样，无巧不成书！"

二子走出包房，看了一眼岳大青。

岳大青也觑了一眼他。

二子走出门去。

办公室主任回到位置上说："这个人名叫二子，是佟副局长的司机！也是佟副局长的哥们儿！吃喝嫖赌抽是五毒俱全！社会关系也很复杂，佟副局长在官场摆不平的事儿，他通过社会上的人都能摆平！跟那些乌漆麻黑的人有来有往！刚才这不是，那几个湿衣裳的人就是从他包房里出来的！"

岳局长点点头："嗯，佟副局长跟这么一个人，关系怎么这么密切？！"

办公室主任："鲇鱼找鲇鱼，嘎鱼找嘎鱼！一路货！"

岳局长："佟副局长这样的干部，在局里主持了好长一段时间的工作，也真难为你们了！"

办公室主任："我说句心里话吧，不好干！修路没钱，给职工开工资发奖金没钱，他们花天酒地，洗澡按摩，钱，大把大把地扬！"

岳局长站了起来："败家子！这不是败家子，是什么？"

办公室主任："可是说来也怪，这样的干部，上边就有个无形的保护伞，不管职工意见多大，上告信多少，回回考核干部，他总能顺顺溜溜儿地过关！职工恨得牙根儿直痒！可没招儿！"

岳大青："确实有些干部不好！不干实事，就套关系！这些事儿不是你我管得了的，但我们只有两条：一是抵制腐败，二是自己清廉！咱们得干实事儿，国家需要建设，人民需要富强！咱们得抓紧时间干实事儿！"

办公室主任："局长，今天晚上你回家吧！车去送你！浑身上下衣裳都有馊吧味了！"

老岳抓起来闻闻："嗯，是有味儿了，味儿还不小呢！回家！今晚回家！"

他们走出咖啡店。

（第三集完）

## 第四集

### 1. 岳局长家　夜　内

岳局长衣裳湿漉漉地走进门来。

老伴田桂琴看见老岳回来了，迎了过来："哎哟，咋浇这么湿？快换换衣裳！"说着，从立柜里掏出几件衣裳。

老岳一边换衣裳，一边跟老伴说话："对不住了，这阵子真是脚打后脑勺子的忙，忙坏了！"

田桂琴一边拾掇他换下的衣裳，一边用鼻子嗅嗅说："忙吧！别说没用的！我跟着你这辈子，啥时候你消停过，不忙呢？我问你，这就是你从家走穿的那套衣裳吧？！你闻闻这味儿！你当局长的穿着这味儿的衣裳，你也能穿得下去？让周围的同志咋跟你工作？馊巴味儿顺风都能传出二里地去！谁到了你跟前，不得熏个倒仰！就这馊巴衣裳你也能穿？！还是个局长哩，真是丢透人啦！连我的脸也丢净了！"

老岳笑笑说："啥局长不局长的！穿这衣裳咋的了？有啥味儿？！没啥大味儿！有点味儿也没影响工作！这点味儿算啥？依我看，比我当副乡长打山洞子时穿得好多了！那时候，一件衣裳从打上身就没洗过，袖头子、胳膊肘子都磨开花了！脊梁骨上都是碱嘎巴，补了补丁还是新衣裳！那件衣裳扔的时候，我还真舍不得哩！不是别的，有汗气馊巴味儿不假，可也有山洞里的炸药味儿，混凝土味儿，闻着好闻哩！闻闻，能想起好多事儿哩！"

田桂琴无可奈何地："行了，你可别臭美了！在你那啥玩意儿都好！埋汰衣裳也好！身上虱子都是双眼皮儿的，行了吧？！这些年了，这些事儿，我可不跟你犟！跟你不说正理儿的人犟也白犟！闻闻，这衣裳味多好闻哪！比茉莉花还香！行了吧？！"

老岳听了这话，耸耸肩说："倒也不是那么说，打枪放炮，各人都有所好嘛！"

老伴把衣裳扔进了一个洗衣盆里，开始洗衣裳："对，这件衣裳洗完了，你就再这么长时间回家啊，再拿回和这回一样的馊巴衣裳来！"

老岳凑到老伴跟前说："先泡上吧！这么晚了，明儿个再洗吧！"

老伴："我可看不下眼去！脏了吧唧地扔在这，熏得屋子里一股馊巴味儿！"她一边洗着衣裳一边说："这么多天外边疯跑咋了？连个洗衣裳的人儿也没混上吧！岳大青，我可告诉你，外头的野花香不香？香！可野花没有家花长！给你洗衣裳的还得是自己老婆！老婆丑咋的，哼，是家里的宝！"

老岳觉得老伴的话有些不对味儿，就说："咋？那封扯犊子的匿名信，你还真信了？！"

老伴："没有风吹树梢儿不摇，没有鸟飞哪儿来的嘟噜声？！我信不信咋了？信了又能把你咋？不信了又能把你咋？你现在是大局长了！轿车屁股后冒的烟儿都比以前白了！我算啥？你现在官当大了，还能拿这个家，拿我当作一回事儿？！"

老岳有些急了："屁话！放屁还有个味儿哩！你这话一点儿味儿也没有！我岳大青是啥人，你从根儿到梢儿地知道！你这是犯啥邪风？！净扯淡！脚正不怕鞋歪，这道理你不是不知道吧？！别人埋汰我啥，你就跟着信？！真是见了鬼了！"

老伴："谁见鬼了？！这么长时间没回家了，别刚回到家，就跟我吹五炸六的！你那馊巴事儿，人家信上不写，我咋知道呢？！你看人家写的，比你这身衣裳还馊巴！我知道了，就不兴我说说呀？这个家里你就是老大了？！"

老岳无奈地坐在沙发上。

田桂琴跟了过来："我也想了，孩子也大了，上了大学了，像小鸟儿出巢飞了！跟着你这些年都这么过来了，离婚，咱也离不起！反正你回来，我就给你洗，给你涮，给你做饭吃，权当是这个家的保姆了！到了外头，你乐意咋咋的，我眼不见心不烦！家里这杆旗不倒，外边彩旗乐意咋飘就咋飘吧！我认了！"

老岳："扯啥哩？！这咋还越扯越远哩？！我在外边彩旗飘啥了？我那个彩旗在哪呢？！这信口咧咧，还咧咧大发了！人家都说知夫莫如妻，可你这是跟我扯的啥？咋……还一套一套地呢？"

田桂琴把洗好的衣裳拧干，搭在阳台上。

厨房的炉灶上正烧着一壶水。那水已经开了，壶笛儿在鸣叫。

田桂琴把水倒进一个盆儿里，又倒了些凉水里，用手试了试水温，把水端到正在那儿生闷气的老岳脚下："行了，有功之臣！还生上气了？！快点儿洗洗你那臭脚，滚床上睡觉去！"

老岳没动！

田桂琴扯过他的脚，按进水盆里："熏不熏死人了？！"

说着，要给老岳洗脚！

老岳却忽地抽出："我自个儿来！"

田桂琴递过毛巾说："自个儿洗，好生洗洗呀，秃噜反仗的，让你上外头儿睡去！"

老岳看着田桂琴的眼神开始变得柔和，心里的气开始渐渐消了。

## 2. 城市之夜　夜　外

路上的车也少了，城市也开始入睡了。

## 3. 老岳家卧室　夜　内

床上。老岳问田桂琴："桂琴，那匿名信的事儿，你还真信实了？！"

田桂琴："信！我能不信吗？！冲着你身上衣裳这股馊巴味儿，我就信了！也不搬块镜子照照自己，谁跟你呀？！"

老岳："哎，这话还对点味儿！"

田桂琴："对啥味儿？你是当了局长了，可还把我一个人儿扔在县城啊？！我跟你说，我得跟你一起去市里，没地方住，我就住你办公室去！我这个要求不过分吧？！"

老岳："咋？你不怕丢人你就去！还住我办公室？住我们公路局房顶儿上得了呗？！"

田桂琴转过身去了。

老岳："桂琴，眼下局里没有住房！一旦有了房子，局里会给咱们的，我也没那么雷锋！我肯定让你搬过去。可没给咱房子之前，我也不是生房子的妈，给你生出个房子来，你不在这住上哪儿去住？这个事儿，你得等等，着急不行！"

田桂琴："我是不急，急也没用！你急就行，就怕你不急，那就把我坑了！我一个人在这待着有啥劲儿？！晚上躺床上是我一个人儿，睁开眼睛还是我一个人儿！拿起筷子是我一个人儿，撂下筷子还是我一个人儿！出了门儿是我一个人儿，回到屋还是我一个人儿！这要搁在你身上，你试试，是啥滋味儿？"

老岳："瓦西里在电影《列宁在十月》里说什么了？面包会有的！一切都会有的！"

田桂琴："我不想跟你说这，我是问你面包啥时候有，能不能早点儿有？！我这都老太婆了，再过几十年有，对我来说还不是等于没有！"

老岳沉思的脸，自言自语地："看来，国事家事大小事，样样都得办哪！"

田桂琴："哎，我说你这个人，一天到晚地跟工作对命，咋那么招风？在乡里县里修路挨整，我知道有几个人坏你，可你刚到市公路局几天，咋又有人整你？你看有的干部，就是个搂！搂得公家地皮直冒烟儿，把齿子抠进地里多老深，家里钱多得怕长毛了都得拿叉子倒垛，人家咋的了？谁挨过整了？咋就你到了哪儿都不顺溜儿呢？挺大岁数了，是不是也该总结总结啊！"

老岳的那张脸啊，如雕像一样的凝重！他长叹了一口气！

窗外，阴云的后面，露出月亮皎洁的脸来！

## 4. 岳局长办公室　日　内

老岳换了一套新衣裳，他在忙碌着。办公室里有一些人来人往！

计划科长小秦拿着一沓文件对岳局长说："局长，这是投资计划，做完了，得你审批签字！"

岳局长："这个字我先不能签！先找省里的公路专家开个投资论证会，让专家给我们会会诊，专家们都认定了，之后我再签！没看见电视里播的广告吗？别把钱往水里扔啊！"

计划科长小秦说："搞专家论证，是咱们上省里去，还是把专家请来？！"

岳局长："条条道路通省城！哪条路通就走哪条！"

计划科长："明白了！"

云秀过来说："局长，总投资按三十个亿计算，咱们现在还有个缺口！再加上不可预测的原因，咱们引资的总量大约得在两个亿左右。咱们给香港、台湾地区，还有世界银行都发了引资函，现在还没音信！"

岳大青："不一定一锤子就能定下来，我们要有这种思想准备！有意向投资的，可以邀请人家过来进行实地考察！买卖不成仁义在！姜太公钓鱼愿者上钩嘛！"

云秀："他们来考察，这笔费用可不算小哇！"

岳大青："来回路费他们自理，到这考察，食宿咱们包！我们不从自己身上先割肉，人家谁肯割肉给我们？"

云秀："那这个得先做个经费预算。"

岳大青："预算也行，可是预也是白预！能来多少人，咱们不知道，人家考察多少天，咱们不知道，你那个预算只能冒蒙写！我看咱们机关的文牍主义观念也得改改！没有用的，废纸一张的，最好别浪费脑细胞了，别写了！一个字也多！等人来了，咱们先接待！钱先花着！不做预算，不等于是要浪费！花钱上，云秀，你得严格把关！不该花的一分钱也不能花，不允许出问题，不然我找你算账！明白了吗？"

云秀点头。转身和秦科长走了出去。

## 4A. 走廊　日　内

云秀和佟副局长走了一个碰头，佟想对云秀说什么，云秀头一低走了过去。

佟副局长感觉有些失落，但他旋即冷冷地笑了，转身走向岳的办公室。

## 4B. 岳局长办公室　日　内

审计局佟副局长走了进来："哎呀，老岳！门庭若市呀！"

岳大青站了起来："佟局长，您来了，请坐！"

佟副局长一摆手："哎，别客气！哎呀，一进公路局的大门感触颇多呀！走熟了的大门，走熟了的办公室，可是今非昔比，大不相同啊！"

老岳："别开玩笑了！大门还是那个大门，办公室还是这个办公室！这屋里的一切都是外甥打灯笼——照旧哇，办公桌没动，衣裳架没动！洗脸盆儿都是你用过的那个，一切都没动！"

佟副局长："哎，东西动不动那不是主要的，主要是人动了！物是人非了，一把手换了！局机关工作气氛变了！老弟确实自愧不如哇！"

老岳："佟副局长净开玩笑，今儿个咋这么闲，到我这儿来了？"

佟副局长："不是闲，我也是为正事来的！你们局贷的款下来不少了吧？！"

老岳："到位二十多亿了！"

佟副局长："你看你看，二十多个亿了，天文数字啊！审计局派我来，找您商量一下，准备派个审计组，驻局跟踪审计。您看……"

老岳："我们的钱还一分钱没花呢，审计什么？！"

佟副局长："这么一大笔钱，这么大一个工程，我们是对公路局和对您个人负责，才做出这个决定的！"

老岳："我们欢迎审计，但不欢迎现在审计！现在审计组就进来，没事儿不说，只能给我们添乱！我们也没有空儿接待！"

佟副局长冷冷一笑："出了事儿，你个人负得了这个责吗？"

老岳："我不负责谁负责？！"

佟副局长："不是你们乐意不乐意，有空没有空儿的事儿，是你们公路局不能抗拒审计！"

老岳赌气地说:"要审计就审计你在位时的账吧!"

佟副局长:"那也不是不可以,可新贷来的资金一律得通过审计!审计,是有审计法的!我不希望岳局长跟法律开玩笑!老岳,麻烦你了,还得给我们腾个办公室!明天,我们就开始工作!"

老岳想想:"你不希望我跟法律开玩笑?!我看这个话,你应该说给自个儿听!你以为你们本身就是法了?!"

佟副局长:"岳局长,我是来谈工作的,您别太激动!我是代表审计局来的!"

老岳想了一下:"好吧,你找一下我们局张副局长,他具体管审计这些事!"

佟副局长:"那好!还是我们谈通了好!老岳,你记住我的一句话,我佟某人不是不讲究的人儿,只要你给我方便,我肯定给你方便!"

老岳没有作声,拿眼看着佟副局长:"这话是什么意思?"

佟副局长笑笑说:"哎哎,老岳,您可别误解,我这话可没有别的意思!没别的意思,你别往有意思的地方想!"

5. 会议室　日　内

岳大青、张副局长、田副局长、云秀、办公室主任都在这里。

田副局长:"姓佟这小子是要干啥?!在这儿的时候,弄个乱七八糟,有不少职工还要找他算账哩!前脚刚离开咱公路局,回身工作上还要给你插上一脚!"

办公室主任:"听说还要个办公室,这是要常驻沙家浜了咋的?我们公路局就是我们公路局,不能让别人乱插手!"

云秀说:"今天审计组的人找计财处了,说没经过审计的资金,一分钱不能动!"

岳大青:"我们没贷来钱的时候,他们跑哪儿去了?我们公路局的钱是用于给老百姓修路的钱!公路局自己支配,出了问题,我岳大青去蹲监狱!不碍他们什么事儿!不就是看着我们公路局钱多了,以为有油水了,都往这儿找事吗?找事儿让他们找!最后让他们白找!想拿这个压我们,拿那个压我们,让我们给他们工程,让他们那些三叔二大爷,七姑八大姨挣昧心钱!我们不干!"

田副局长和刘主任松了一口气。

云秀深思的表情。

老岳:"云秀,钱,告诉计财处,该花的一定要花,不能耽搁了公路建设!不能听他们那一套!听他们的,汤也冷了,菜也凉了,路也修不成!田副局长,倒办公室的事你看咋办?"

田副局长:"癞蛤蟆蹦在了脚面上,不咬人,可膈应人!倒办公室,美的他!还给他安张床得了呗!看他小子就不是奔好道来的,我是不伺候他姓佟的这一套!"

张副局长笑着说:"你看你们,一窝治气的小孩子!市审计局要来人审计,很好嘛!我们欢迎!钱,我们还没开始花,到账面上的钱,让人家审嘛!他审他的,不影响我们花就行嘛!我们公路局,不能因为咱们要为全市老百姓干成一件大事儿了,就不在乎这个,不在乎那个,那不好!倒办公室我的意见就不要倒了,就在我那个办公室里得了,我和他们联合办公!这样,你们在前线,打你们的仗,我这个管后勤的副局长在后方搞支前!什么也不耽搁,这有多好!我这个老头子,就陪着他们了!今后凡是有这些打外围的事儿,一律都给我!我不怕这些事儿!"

岳大青:"姜还是老的辣,老公路局!还是张副局长说得对!咱们是不能太急躁,太急躁,容易让人家说:公路没等干呢,小尾巴就翘到天上去了!咱们现在是在显眼的地方,咱们是得多注意!"

### 6. 某宾馆会议室　日　内

岳大青、田副局长、云秀正在和港商、台商洽谈。

一位港商："岳先生，我们投来了钱，将来回报我们的方式是什么？"

岳大青："这条高速公路是我国中原地区连接大西北的一条交通纽带！你们知道，晋北地区是我国重要的煤炭基地，现在是苦于路不好，运煤难！我们的路修好了，直接促进了地区经济发展！当然了，我们是贷款修的路，我们要设立收费站，收了费，会分期把你们的贷款和利息还清。如果先生有长远的眼光，乐于和我们长期合作，那么，我们也愿意听一听你们的意见，你们的投资也可以股份形式加入，以后我们利益共享！这要看你们对我们的信任度和对我们未来公路市场的收入评估了！总之，我们欢迎朋友们来这里看一看，能投资或者不投资，我们都欢迎！"

台商："百闻不如一见，耳听为虚，眼见为实，我们还是早点儿下去看看吧！"

岳局长："别忙！我们也想让先生们快点儿下去，但作为主人，现在，我们不能让客人饿着肚子去，对吧？"

客人们笑了。

### 7. 某宾馆门前　日　外

一辆豪华的面包车驶了过来。

岳大青他们在送台商、港商上车。

### 8. 大客车上日内

岳大青、田副局长、云秀和商人们坐在了一起！

车开动了！

云秀说："诸位先生，请大家坐这个大面包车，不坐轿车，不是因为我们局没有轿车，是因为大家坐在一起，可以边走边看，边给大家介绍情况！委屈各位了！"

一港商："哪里哪里？你们不要客气啦！"

### 9. 云台山　日　外

客人们在看瀑布。

### 10. 馒头村　日　外

客人们在馒头村里徜徉。

### 11. 山间公路　日　外

客人们在看着车窗外的青山秀水！

（云秀画外音）：客人们和我们一起看了这里的山山水水，这期间，岳局长的人格魅力再一次体现出来，他们和我一样，从细小的地方看到了一个人诚信的魅力和可靠性。

### 12. 张副局长办公室　日　内

审计局佟副局长走了进来："哎呀，张副局长，不好意思！听说，审计组办公室设在您这屋了，那您上哪儿办公去呀？！"

张副局长："我和你们是联合办公！我就在这了！你们查账也好，干什么也好，这有方便桌子，要喝水，有暖瓶有茶！要坐着，有椅子有沙发！条件还可以吧！"

佟副局长："张副局长，我们审计工作有其特殊性！您和我们在一起恐怕有些不太方便吧！"

张副局长："你是公路局老人儿了，公路局的情况你不是不知道！办公室挤得要命！你们非要住局里，如果非要讲条件，我看你们可以住局招待所！"
　　佟副局长："局招待所不行！我们这是市审计局进驻公路局审计组，我们将一直审计到公路修成！对整个资金发生流程进行同步跟踪审计！"
　　张副局长："那好哇，咱们就可以在这个办公室里朝夕相处了！好哇！"
　　佟副局长："老张！你怎么净跟我说牙外边的话？"
　　张副局长："你这话是什么意思？"
　　佟副局长："哎，整个工程项目都竞标完了？"
　　张副局长："没错！"
　　佟副局长："能不能挖出点儿来了？"
　　张副局长："你要干啥？"
　　佟副局长："当过一回公路局主管儿，能说没有人找我吗？干啥？有人找我要点活儿干呗！"
　　张副局长："要活儿，他们没参加竞标？"
　　佟副局长："竞标？他们那些小工程公司，哪有竞标能力呀？！竞也是白竞！因此也就都没竞！他们找我说：肥水莫流外人田，都是市里自己的人，都在家眼皮子底下，寻思怎么也得照顾照顾！"
　　张副局长："我们公路局的工程公司中标了，可我们那个公司也正在整顿！咱们现在干的这个工程，不是给哪个人干的，是给国家、民族和未来干的！这可不是个开玩笑的小事儿，今天，我们开了口子，稀里糊涂地做了事儿，就是罪在千秋哇！后代人指着路骂我们的娘：这是哪个王八蛋修的路！别的地方都好，就这节骨有毛病！这话，你听得了？！"
　　佟副局长："老张，你什么时候变得这么会开玩笑了？后代人骂你，你都能听着？！"
　　张副局长："听不着不对呀，咱们不能只有一代人的观念，咱们必须得为子孙后代着想啊！"
　　佟副局长："行了，别说漂亮话了，我知道了，都是那个岳大青把你熏的！快熏晕乎了！"
　　张副局长："你这是啥话呢？我也没喝，晕啥哩？！我是在用自己的脑子在跟你说话！"

　　**13. 晚餐会　傍晚　内**
　　岳大青他们在宾馆大厅里招待客人。
　　刘市长也来作陪。
　　岳大青举杯："各位朋友！你们远道而来，到了我们河南，到了太行山、王屋山脚下，看我们这地方山好水好，就是路不好！我们国家已经拨了几十个亿的贷款给我们，让我们修路，修高速公路！你们可以多方面的考察！愿意投资和我们修路，就投资修路，愿意投资开发风景区，就开发风景区，在我市期间想考察啥，我们都接待到底！你们投资了，咱们是朋友，可以常走动，你们不投资，咱们也是朋友！以后有什么好的项目再投么！来！欢迎大家，祝我们合作成功！干杯！"
　　众人举杯！

**14. 公路局职工食堂里　傍晚　内**
张副局长在陪着佟副局长、审计组的三个人和司机二子吃饭。
人们都不动筷子！
二子："哎呀妈呀，这是啥菜呀？！就拿这菜招待我们哪！"
张副局长："你们要天长日久地住下去，咱们就是工作餐了！四菜一汤！"
佟副局长笑笑："好，清贫！人家岳局长陪着客人花天酒地，咱们却在这清汤冷菜，你这个管后勤工作的副局长当得真够意思，真能忍，当然了，忍字是心上一把刀哇！"
张副局长："哎，话还不能这样说，人家是客人，咱们是自己市里的人！审计工作，不能光审别人，也得审审自己！你们没掏钱，我们局就安排饭了！还要我们怎么办？"
佟副局长笑笑："怎么办？不吃了！谢谢公路局这份好心！走，咱们到外边下馆子去，我请客！"
张副局长："要去，你们去吧！我这还有事儿！岳局长他们回来，还要连夜开会！"
佟副局长："张副局长，兄弟佩服你，与岳局长不是穿一个连裆裤长大的吧？！"
张副局长："什么意思？！"
佟副局长："都是局里领导，不至于成为别人的影子吧？人家大吃大喝，拿你当大头！耍驴皮影儿唱卡戏，那是老早以前的事儿了，但愿这戏别重唱在大哥身上，人家牵哪根绳，你跟着动哪条胳膊腿儿！那是不是有点儿太可悲了？！"
张副局长："要吃饭，你们去吧，好不好？回头见啊！"说着摆摆手，坐下吃饭！
佟副局长看了张一眼，带人关上门走了！
张副局长看看他们的背影，对食堂一位厨师说："这些个人，挑肥拣瘦的，真难侍候！"
那厨师说："我知道他，局里老职工没有几个心里不恨他的！刚当副局长那阵子，还在食堂吃，吃着吃着口味变了，就开始上饭店！市里的大馆子，哪家他不像走马灯似的去！他走了，职工们背后都说，可走了个祸害，可这小子咋借着审计的由头又杀回来了？"
张副局长："不是杀回来了，是打着要审计的旗号回来的，他葫芦里卖的什么药？谁不心知肚明！"

**15. 轿车里　傍晚　内**
审计组的一位工作人员问佟副局长："咱们上哪儿去？"
佟副局长："上哪儿？能上哪儿？只有一个地方去！"
二子开着车："问啥？他姓岳的在哪儿吃饭，咱们就上哪儿吃去！"
审计组的人："那不太好吧！"
二子："你别管了！咱们找个包房吃完了，人不知鬼不觉的，我都给他打到他们的招待费里去！"
审计组的人："那怎么行？"
二子："那怎么就不行？！我二子在市面上混了这么多年，宾馆里吧台上的几个妞儿再混不明白，我还叫二子吗？"

**16. 宾馆门前　傍晚　外**
车停下，佟副局长等人走了下来。

### 17. 宾馆里　夜　内

佟副局长他们进到一间包房里坐下！

二子却在吧台在和一位吧台小姐说着什么！

那女孩笑笑，点着头："二子哥！这点儿事儿包在我身上了！公家的大锅饭菜，不吃白不吃！"

### 18. 包房里　夜　内

二子进来："哎，菜点了没有？！"

佟副局长："差不多了。"

二子看着菜单："哎呀，咋净是些毛菜！来，上五只大闸蟹！五只鲍鱼！还有……"

### 19. 大厅　夜　内

招待会仍在进行。

一港商对老岳说："我看你这个人很实在，我们做生意，讲究信义二字，考察了一圈儿，我主要是考察了你这个人！你这个人我们信得过了！我们公司能签一个亿的合同，这个今天就可以定了！"

老岳："喝了酒之后的话，先不说，明天再说！"

那港商认真地："哎，老岳，我没喝酒！我真的要签合同！"

老岳："那好！云秀！金先生要签合同。"

云秀："金先生，我们都准备好了！"

那港商："哎，我可不是跟她签，我要跟你签！"

老岳："不用说，跟别人也签不了，要签就是跟我，天塌下来得我扛着，地陷进去得我挡着！"

那港商竖起大拇指说："老岳，我这个人就乐意交你这样的朋友！"

云秀深思的表情。

### 20. 包房里　夜　内

佟副局长等人在有滋有味地吃着。

### 21. 宾馆吧台　夜　内

吧台前，云秀在和那位吧台小姐结账。

那位小姐说："招待会没完，有的账还没算出来，请您在这空白的地方签个字就行！老主顾了，错不了！"

云秀看看那小姐："那不行！你还是把账给我结完，我再签字吧！"

那位小姐看云秀说："你看这位大姐，一个公家事儿，那么认真干啥？再说，也错不了！"

云秀："该多少是多少，好不好？！"

那位小姐："那好，等会儿算完了找您吧！"

云秀："那好！"说着走回大厅去了！

### 22. 包间门外　夜　内

那位小姐走到包间门口，对二子摆了一下手。

二子像条泥鳅鱼似的钻了出来："什么事儿？"

那小姐说:"二子哥,那事恐怕不行了?"
二子:"怎么了?"
那小姐:"公路局结账的人,非要看单签字!"
二子摸摸小姐的脸蛋:"就凭我老妹儿这么漂亮聪明的人儿,玩心眼儿玩不过他们?就是黑他们!完事儿了,二子哥今晚上不回家,领你出去,懂了?!"
那小姐点点头:"我尽力做着看吧!"

### 23. 大厅 夜 内
一位女服务员走到云秀身边耳语一下,云秀起身。

### 24. 吧台 夜 内
云秀对那位小姐说:"三千多元?把菜单明细给我看看!"
那位小姐:"一个招待会,三千多块钱,还算个啥?公路局那么有钱,算这点小账,多没意思!"
云秀:"把菜单给我看看!"
那位小姐很不情愿地:"都在这呢!我们记那些玩意儿乱七八糟的,你也不一定能看明白!"
云秀:"就两桌子菜,再乱还能乱到哪儿去?!"她认真地看着账单。
那位小姐老想分散她的注意力:"哎呀,今儿个你们酒水可没少用啊!"
云秀并不抬头,她在认真地看账单。
云秀:"小姐,我这个算了两遍了,怎么算都是多出一千多块钱!这一千多块钱是从哪儿来的?"
那小姐:"那不会错,怎么会错呢!"
云秀:"你们算吧。我等着!"
那小姐算着,可她并没有认真算:"啊,我想起来了,你们账上喝的是小糊涂仙,可实际有人喝了茅台!"
云秀:"这不可能,整个招待会是我一手办的,上什么了,没上什么,我最清楚!你们经理呢?!"
大堂副理应声走了过来:"什么事儿?"
云秀:"这账上出了一千多块钱的错!你看看!"
大堂副理:"是吗?我看看!"
那小姐:"啊,我想起来了,这还有些菜单!"
云秀看着这些菜单说:"我们没有点这些菜,这不是我们的菜单!是你们弄马虎了,把别人的菜单,弄到我们这里来了!把这些菜单剔出去就对了!"
大堂副理:"对!这些单子不能结在人家公路局身上,这是那间包房里的单,我说错不了么!这就对了!"
云秀:"对了,我可就签字了!"说着,用大写的数字签了字!
云秀转身走了。
那吧台小姐用异样的目光看着她的背影!

### 25. 包房门口 夜 内
二子和那吧台小姐说:"妈的,那个小骚老娘儿们管那么多事儿,行,今儿个二子哥认栽!把钱给你,账结掉!走的时候,别再提结账的事儿,那我不但没露了脸,还现了眼了！"

那吧台小姐："嗯，知道了！"

### 26. 宾馆大厅　夜　内

大厅里，人们开始往外走。

在老岳和客人们往外走的时候，佟副局长他们也从那边走了出来。

老岳："哎，老佟！你们也来这儿了？！"

佟副局长："没在你们局里吃招待饭，随便到这撮了一顿！"他的目光扫过云秀，云秀躲开了。

老岳："到这种档次的饭店吃饭，我是土包子开花，吃不习惯，我还是吃习惯家里饭菜了！"

佟副局长："老岳哇，你们也真敢造，这一顿饭就造进去一千多块，你们在账面上怎么体现？将来的账怎么报？你看我们不审计你们财务，老出这些事儿能行吗？！"

云秀有些愤怒地盯着佟，佟这时候倒不看云秀了。

老岳看了看佟，没再吱声，大步走出门去！

佟看着他们的背影，嘴角浮起一丝不易为人察觉的冷笑！

（第四集完）

## 第五集

### 1. 云秀家中　夜　内

云秀伏在桌上写着日记。

（云秀画外音）：我不知道这一切是出于个人恩怨还是什么别的，但我的心深深地被刺伤了，可能只是在几个月前，我觉出自己做了留恨一生的事：把身体这个女人最珍贵的东西给了不该给的人。

而现在，我觉得，在我的生活中可能会不可避免地出现"卑鄙"这两个字了……

### 2. 岳局长办公室　日　内

云秀走了进来："局长，客人们都送走了，贷款合同都已经签完了，客人们对我们的接待都很满意。要请示的就是这些接待费用怎么报销？直接下账恐怕不行，得变通一下子，怎么变通好？局长得定一下。"

岳大青面色严峻地："怎么变通？没法儿变通！我们接待客人，搞贷款，这是光明正大的事儿！我们接待客人，审计组的人都知道，我们变通了，能变通过他们？！所有的单子，我都签上字，先由财会处理了，出了问题我个人负责！"

云秀看看局长，面露同情地说："在基层，想做成点儿事儿也真难！跑断了腿，磨破了嘴，把钱贷来了，还有人专门盯着咱！"

岳局长："就没有容易做的事儿！想做成事儿就不能怕难！但是有一条，咱们不能往自己兜里揣一分钱，自己身子板儿清清爽爽的，就不怕！做人才能立得住脚跟！"

云秀："如果审计组认为这些单据不行，怎么办？"

岳局长："那就问他们怎么才能行？！这些钱是为公家花的，不能由个人承担吧？！"

云秀："审计组……好像一直对咱们有点儿劲劲儿的，我先去试试看吧！怕不行……"

3. 张副局长办公室　日　内

佟副局长和审计组的人都在。

佟副局长和张副局长说："老张，你们接待港台客人，又吃又喝的，钱没少花吧？根据我们掌握的情况，按照财务管理规定，这是不能直接报销的：这笔钱你们怎么出？"

张副局长："对这方面的事儿，我得请教你，你看呢？"

佟副局长："我看？！"他笑道："我看这些钱根本就不该花，花了就是个错误！你说，我作为局里的老人儿，这事儿将来叫我怎么处理？不处理，违反政策！处理？公路局的老人儿回头处理公路局的人儿！难哪！"

这时，云秀走了进来："佟副局长！"

佟副局长："嗯？云秀？！找我有事儿呀？"

云秀："佟副局长，岳局长让我来问问您，我们接待港台客人的钱，怎么才能合理报销？！"

佟副局长讪笑着："啊啊，我这不正跟你们张副局长说这个事儿呢嘛，作为公路局出去又回头来到公路局搞审计的人，我当然乐意大事化小，小事化了，没事儿最好！可是这笔钱，你们在花之前没有和我们审计组商量，我们早就给你们吹过风，没有我们同意，贷款先不能花！可你们这耳朵听了那耳朵冒了，都当了耳旁风，现在钱花了，你们来找我说话，我咋说？我说行？鸭子煮熟了，还想让它睁眼睛吃食儿？我是办不到哇！这事儿我看是解铃还须系铃人，你最好还是找岳局长，你们自己想辙！"

云秀笑着："佟副局长，你在公路局工作时，吃喝的条子也不少，这可是为了工作呀！"

佟副局长话锋一转："你说这话啥意思？！谁不是为了工作？！啊，你们是为了工作？我不是为了工作？那些条子是变通了不假，可此一时彼一时，那时候咱不在审计部门工作，咱不懂那些规矩，现在我是来干啥的？我是来审计的，我不能因为是老熟人，就徇私枉法吧！这就叫到什么山就得唱什么歌儿！我看这笔钱你们花得不对，你们局需要对审计部门做出检查，必要的时候，市检察机关也得介入！"他话是这样说了，却有意飞快地看了一眼云秀的反应，点着了一支烟，慢慢地吐了出来。

云秀看着他，一脸为难，停了一下，转身走了。

佟副局长看着云秀的背影，一种复杂的神情在眼中闪过。

张副局长想了想，也站起来走了出去。

4. 岳局长办公室　日　内

岳大青对云秀说："王八犊子！天塌下来有我姓岳的顶着！不理他们那套胡子！我说了：报销！看他们能怎么的？！"

张副局长走了进来："我说你这个岳大局长啊，还是个草莽英雄！有勇无谋的李逵！你硬性报销了，不是授人以柄吗？人家想找你们的刺儿还找不着呢！你还想再叫人家来审查你呀？！"

岳局长："审查咋的，我姓岳的贪赃的不犯，犯法的不为，我不怕！"

张副局长笑了："我知道你不怕！可是你以为你岳局长的时间只是你自己的吗？现在贷款在这么短的时间搞定了，老百姓盼路盼得望眼欲穿！你有时间去折腾这些鸡毛蒜皮的事儿吗？！……"

云秀转头看着岳大青。

老岳被张副局长这句话感动了。

张副局长提高了嗓音说："岳大青同志！你的时间是属于国家的，属于老百姓的！这关系到全市经济的发展！你的时间不是你自己的！"

老岳一脸的惆怅："老张！你说得对不对？对！可事情顶到这，你要我怎么办？事情难办，可我们还得办！"

张副局长："这件事情由我来办！我说了，我打个外围什么的还行！"

老岳："老张，你怎么办？！"

张副局长："老岳，你别操心了，赶快去办征地和公司整顿的事儿吧！这件事儿就交给我了！这样的事儿要解决，不能就一件事说一件事儿！以后这样的事儿还会有！要从根本上解决！"

老岳深深地看了老张一眼，点了点头。

### 5. 刘市长办公室　日　内

张副局长走了进来！

（云秀画外音）：我猜到了张副局长会去找刘市长。

刘市长站起身来："哎哟，老张来了！你可是无事不登堂，找我有事？！"

张副局长："找你，更是找市政府！"

刘市长："快坐，坐！听说贷款全部搞定了！几十个亿呀！不容易！这不是吹糖人儿，一口气吹出来的，是干出来的！你们公路局班子是个能干的班子！干得好！市里领导都很关心这件事，我还要到你们那儿去，问问有没有什么困难要市里帮助解决的！我这下乡搞调研回来，刚进屋，屁股还没坐热椅子呢，你就来了！"

张副局长："刘市长，我来，是要向您汇报一些情况的！"

刘市长："好，好！我正想听听你们那儿的情况！"

### 6. 岳局长办公室　日　内

佟副局长和两名检察院的工作人员走了进来。

佟副局长："岳局长，这是市检察院的刘科长和小李！他们要见见你！"

刘科长："岳局长，佟副局长把情况跟我们说了，招待港台客人，你们的花销严格说起来是不合理的，你们不能因为搞大工程，就可以乱花国家的钱！这件事情，我们要向你们局和你个人提出警告，你们再花钱应该通过审计组，我们希望下不为例！"

岳大青一脸铁青："什么？我们的钱用在合理的花销上有什么不行？！市里经济发展这么慢，就是因为条条框框太多！干事儿的媳妇少，管闲事儿的婆婆太多！我认为审计局现在派驻我们局的审计组是好人戴近视镜，多余这一层！"

佟副局长："岳大青同志，你身为一局之长，要对自己的话负责！"

岳局长："工程所花费用，要不要审计？要！能不能逃避审计？不能！我们不是不欢迎审计！可是我们的工程还没开始，你们就来审计，请问你们是什么意思？公路局要做事，不缺爹！"

佟副局长："岳大青同志，你这话太过分了！我们是来工作的，在你们职工食堂就餐，四个青菜一碗汤，我们给谁当爹了！请你把话说清楚！"

岳局长："我希望你们立即撤出去！等路修成了，你们来审计，我有问题，蹲十年大狱我认！"

佟副局长："可惜你说了不算！审计组进驻公路局是审计局的意见！我打开天窗说亮话，我们审计组就是要在你们局长期驻下去！对你们实施监督！"

岳大青勃然大怒："滚！你给我滚出去！"

刘科长："岳局长，请你冷静点儿！"

岳大青:"对这些下绊子挖陷阱的人,我没法冷静!"

佟副局长:"岳局长!我们依法办事,下什么绊子挖什么陷阱了?"

刘科长:"岳局长,你怎么净这样说话?!"

岳大青:"我怎么说话?!想听好听的,你们找别人去,我岳大青就是这个样!生就的骨头长就的肉!没辙了!"

这时,刘市长、市检察院检察长、张副局长走了进来!

屋里一片寂静。

刘市长:"哎,刚才在走廊里听见屋里吵得很热闹,你们接着吵嘛!我们一进来,咋没声了?!"

检察长:"刘科长!你们怎么来了?"

刘科长:"检察长,审计局佟副局长找我们来的!"

检察长一脸严峻:"你们来这,是个人行为还是组织行为?!"

刘科长呆住,一时说不出话来了。

检察长:"是组织行为?为什么我不知道?!是个人行为?身为检察官,允许这种个人行为吗?!"

刘科长面有窘色!

刘市长:"哎,你们怎么都不说话了?!都不吵了?"

佟副局长在慢慢地掏烟。

刘市长:"我现在宣布市里的最新决定:审计局派驻公路局的审计组立即从公路局撤出!公路局在组织修路过程中引入的资金,公路局领导班子有权自行安排使用!这些贷款的债务人是公路局!市里对这笔贷款的花用将放宽财务管理权限!都听清楚了吧?"

佟副局长有些惊呆了,转而假笑着说:"好,我们执行市里的决定!审计组立即撤出!"

检察长:"刘科长,检察机关是干什么的?我们的行为代表的是法律和国家!以后不经过批准,你们不能哪个锅里都跟着搅马勺!回去给我深刻检查!"

刘科长:"是!"

岳大青:"我说检察长!你这话说得不对,人家刘科长来是来了,也没做什么对不起我们的事儿,你让人家写什么检查?"

检察长:"检察人员任何行为都不是个人行为,不通过组织擅自行动,就是错!岳局长,你不要给他们说情!"又对刘科长说:"这件事儿做得太没有水准了!"

岳局长话里软中带硬地说:"佟副局长,你们审计组就要撤出了,我们局里是不是得安排你们吃顿欢送饭?!"

佟副局长:"岳局长,不用客气了,我们在这打扰了,请多包涵!刘市长,我们现在就走!岳局长,咱们后会有期!"说着,转身走了!

刘科长:"检察长,我们回去吧?!"

检察长:"不回去干啥?走吧!"

市检察院的三个人走了出去。

刘市长:"人家都走了,调过头来我又得批评你岳大青!你现在是公路局局长了,干吗老是沾火就着的炮仗脾气?!"

岳局长的脸上松了下来,长长地叹了一口气。

刘市长:"你呀,还是那个老毛病!当了局长了,老是副乡长的思维怎么行?人都有毛病,可知道了得改!老不改就是大毛病!我今天来就是要在你上阵指挥千军万马之前,狠狠地刮你的鼻子!不给你留面子,让你想上几天!留个念想!你在肚子里可以骂我!但我就是要批评你！"

岳大青低下了头。

刘市长："心里还不服？是吧？！"

岳大青："没有，真的没有！我这火暴脾气，是老毛病了，不是自己不知道，也不是不想改，一遇到事情就是刹不住车！"他站了起来，抬起头，眼里已经有了泪水："我真的很感谢市里领导！代表市里几百万想路盼路的老百姓谢谢了！"

刘市长："乱说！市领导不用你感谢，更不用老百姓感谢！你说的这都是屁话。我们是人民的服务员，用老百姓感谢的市政府不是好政府！"

### 7. 公路上　日　外

一辆吉普车在疾驰。

（云秀画外音）：这件事就这样结束了，但我知道事情还没有完……

### 8. 车内　日　内

老岳在和田副局长说着话："这条几百公里长的高速公路，根据工程设计，需要修筑十二条隧道，架设十五座桥梁！"

田副局长："技术含量非常高啊。"

老岳："沿途征地的任务也很重！征地涉及上百个自然村群众的利益！"

田副局长："没错！这段时间我们下来搞征地，发现村里的老百姓想修路，盼修路，这都是真心真意的！可是，他们又不想自己的利益受到损害！"

### 9. 馒头村边　日　外

车在村边停下来，老岳先走下来，抬头看着村子，田副局长也下来了，走到老岳身旁。

岳局长："我是从农民堆里骨碌出来的！我了解农民！他们的想法错没错？！从大局上说，有错！可站在他们自身的角度看，也没什么大错！"

田副局长："你理解他们，可他们也得理解我们啊。"

老岳："对农民工作得细心，一点儿一点儿地做，不能急，急了不行！"

田副局长："馒头村的群众算是好的了，可问题也不少！"

岳局长："村里支持吧？！"

田副局长："市政府下了文件，沿途的乡里村里支持，都不是问题，问题出在各家各户上！长了不是，短了不是，看来像大头针儿那么点儿的事儿，可你费了钉子那么大的劲儿，工作还是做不下来！工作老难做了！"

岳局长长叹了一口气："嗯！"

### 10. 公路局工程公司　日　外

云秀在给职工开会："咱们局里自己的工程公司中标了！大家都挺高兴，是吧？！是，有工程干，就有钱赚！肥水没流了外人田！可是我们得想想，以我们工程公司自己的施工实力和管理水平，我们如果不是公路局内部的工程公司，我们是不是一定能中这个标？！我看不能！因为投票的人都是本局机关的人！有没有近水楼台先得月，手下留情的问题？我看有！没开工之前这段时间，我们要集中整顿！整顿什么？就是要整顿我们的思想，提高我们的施工水平和管理能力！我们干的工程，要成为全路段的样板儿！我们自己的工程干不好，我们怎么检查人家？！我们不能给公路局丢这个脸！大家有决心没有？"

全场静静的。
云秀提高了嗓音问:"大家有没有这个决心?!"
山摇地动般地呼喊:"有!"
云秀反倒被吓了一跳,转而笑了。

### 11. 市区街路上　日　外
车水马龙中,二子的车出现了。

### 12. 车内　日　内
二子开着车,在和佟副局长说话:"他妈的!姓岳的小子也太他妈的尿性了!这叫审计局的审计组啊,他说起就给起出来。"
佟副局长陷入思索中,没有理会二子。
二子:"原来我还寻思,你在里面多掺和掺和,咱们在里边闹段工程干干哩,这下子可好,鸡飞蛋打了,钱长腿儿跑到别人腰包里张嘴儿笑,冲咱歪嘴哩!"
佟副局长阴沉着脸儿笑道:"这次交手,他姓岳的是赢了!可人和人之间玩权术,不在一招两招的输赢上!他姓岳的依仗着贷来点儿钱,正发烧发热呢!我就不信……"
二子等着下文。
佟副局长:"两座山到不了一起,两个人总有再到一起的时候,天下没有会不着的亲家!骑毛驴看唱本,咱们走着瞧吧!"
二子:"我这个人儿,做事儿讲究现得利儿!走着瞧,咱们得不着钱,就是将来把他整臭了整倒了,对咱们有啥用?!我看,对姓岳那小子用硬的不行!咱们得准备用软刀子扎他!趁没开工之前,能套出来一块工程来也是能耐!"
佟副局长听了,没再吭声!他的神情极为复杂!

### 13. 馒头村　日　外
岳局长和田副局长走进了一家小院儿。
田副局长:"这是路大爷家!路大爷七十多岁了,过去在山道上赶过驮子,这回征地,路大爷家征得最痛快!承包地里的果树,大爷自己砍了,说啥也不要我们的钱!"
岳局长:"路大爷这人我知道!人老了眼界宽,像路大爷这样的农民有,他们看得比一般人要远!损失的果树,不能人家说不让我们赔,我们就不赔了,这里面有个群众政策问题!"
田副局长:"知道!"
路大爷,一位白发苍苍的老人,从土屋里迎了出来!他就那么在门前站着,眼睛看着进到院子里的人,那种眼神里有一种很平和与深邃的东西!
岳局长:"路大爷!路过你家,过来看看!中午在你家打个尖儿!"
路大爷眯起眼睛看,说:"哎呀,人老了,眼神不济呀,恍惚地看见几个人儿进来了,愣没看清是谁!听声听出来了,岳大青!进屋吧!"他们走进屋去。

### 14. 公路局工程公司　日　外
云秀还在给大家讲着,人们时而报以热烈的掌声。
(云秀画外音):我真的想学一学局长的样子,但后来我才知道,光有样子是不行的,最重要的是人的文化修养与内心对事业的赤诚。

15. 路大爷家　日　内
　　人们已经吃上了饭。
　　路大爷："吃吧，没啥好吃的，都是山里野菜，鸡屁股下的蛋！没有肉！我也不让你们了，你们吃！"
　　岳大青："大爷，我们搞征地，你砍了自家果树，不心疼啊？"
　　路大爷："说不心疼那不是扯淡吗？！山里人拿果树当啥？当自己的儿女那么稀罕！小树苗儿栽到地里就眼巴眼望地盼，多会儿能长高呢？今儿个浇水，明儿个施肥，过年杀的年猪，猪血都舍不得灌血肠，都沤到粪肥里了，果树结果子那年哪，果子结得不大，吃到嘴里酸酸的！可是心里那个滋味呀，甭提有多甜了！咬了一口苹果，淌了半天眼泪！不是因为别，咱山沟子里自己也能产苹果了！"
　　老岳感动地望着路大爷，田副局长看了老岳一眼，也被路大爷的话感动了。
　　路大爷："这是说心疼！说不心疼，也有不心疼的说法儿，公家征地修路给谁修？还不是给咱老百姓修？几棵果树算啥？咱舍得，再说，村子里推广果树新品种，咱那老果树也都过时了！砍就砍了！吃，你们吃，别都愣着听我瞎唠叨！"
　　田副局长："大爷，村头那个孙二愣子家有十几棵果树，硬说他那一棵值一万多元，他家那是什么树？"
　　路大爷："金树呗！孙二愣子那号人儿，恨不能自己一天拉金尿银放锡儿屁才好哩！村里王三好家秋天拉地里的苞米秸子，车毛了，轧死他家一只母鸭子，这下子小豆包不大可粘了帘子了！孙二愣家硬要人家赔几千块钱！说鸭子下了蛋，可以再孵鸭子，鸭子可以再下蛋！净他妈的狗扯羊皮！这种货，谁敢跟他办事儿？！"
　　岳大青："后来王三好家咋办了？！"
　　路大爷："经官了！孙二愣子家差点儿没弄个敲诈罪，老实了！"
　　岳大青笑了："这种人，吃一百个豆，也吃不出个豆腥味儿！大爷，你家的果树，说是不要钱了，那不行！我们有政策！"
　　路大爷："这个事儿你们听我的吧！我说不要就不要了！那些年在山上跑驴子，我就盼，这山上啥时候能有条道呢？！道盼来了，我也老了，帮你们干不了啥了，再说了，几棵果树值几个钱？我家的事儿可不用你们费心了！"
　　岳局长看着路大爷，一脸感激！

16. 山地上　日　外
　　岳大青和田副局长他们走在山地上。
　　田副局长指着面前这片山地说："未来咱们公路就从这里穿过，既取了直线，又可以节省一些钱。可是这片地就是孙二愣子家的承包地，这个人心里明明白白地，就是跟你要蛮，很难整！"
　　岳大青："很难整，也得整！要不我们的路咋整？！"
　　这时候，山地那边过来了两个人，一个是孙二愣子，一个是他的媳妇翠云。
　　孙二愣子他们来到近前："咋？你们又来看我的地？！"
　　岳大青："嗯，我们又来看你的这片承包地！"
　　孙二愣子："修路必须从这里走？绕点弯儿不就完了吗？！你们看看我家这片地上的果树？哪棵不是个小金库？到秋了一树树的果子，卖好些个钱哩！我们山里人不像你们城里人，手里有工资奖金，我们就指望着这地、这树呢！这树侍候到今天可不易，费了牛劲了！"
　　老岳看了眼田副局长，田一脸苦相。

孙二愣子："哎呀，论说路从我这地里走，我是真不同意，可国家有政策，咱是承包人，不是拥有人！你们只要给我这些树赔出个好价钱，我也就不说什么了！"

岳局长："嗯，老百姓地里的树，我们是要赔的，可是我们只能按着实际的价钱赔！你只要要价合理，我们肯定赔！"

孙二愣子："看你这个样儿，像个当官的，那我就跟你明说，这地我总共承包五十年，从现在掰着手指头算，还有三十五年哩！三十五年哪！我这一棵树一年结二百斤果子，那得值多少钱？！我不能不算这个账吧？"

岳局长："这次动地的不止你一家，我们跟村上会有个协议的！"

孙二愣子："村上？村上管不了我家的事！我们家的事，就我说了算，别人做不了主！"

岳局长："话也别说得太绝！咱们可以商量嘛！"

孙二愣子："你就是商量到大天去，事儿在这摆着哩！钱给少了，不能动我的地！"

岳局长看看孙二愣子，又看看翠云："哎，我怎么看着你有些面熟哇？！"

翠云："是啊，我看着你也有些面熟，你是不是姓岳哇？！"

岳局长："是！我在咱们这个村工作过，你是谁家的闺女来着？"

翠云："姓岳那就对了！我是村西头老郭家的，你贵人多忘事，忘了我们，可我们可没忘了你！我爹常念叨你呢！没忘了那些年对我们家的接济！"

岳局长："哎呀，你不说，我还真是忘了，对！是老郭家的大闺女，你们是一家的吧？！"

翠云点点头。

岳局长对孙二愣子说："你看，闹了半天，咱们还都是熟人哩！熟人办事就得讲究个客气！"

孙二愣子对翠云说："老娘儿们家家的，跟着瞎掺和啥？上旁边儿待着去！"

翠云看看孙二愣子："你不知道，他对我们家有过恩！"

孙二愣子很烦地："去去去！我越不让你掺和，你越掺和！你有病啊你！滚旁边去！"

翠云看看孙二愣子，没敢再吱声！

岳局长："行，有些事儿一次谈不明白可以两次，两次谈不明白，可以三次！我相信总有谈成的时候！有些事儿你回去再想想，咱们改天还得谈！"

孙二愣子："那是！路走我的地，就得跟我谈！"

岳局长："翠云，今儿个我们有事儿，不能去看你爹了，你给他带个好！好吧？"

翠云："不到家坐了？"

岳局长："改天吧，改天我们再来！"

### 17. 孙二愣子家　傍晚　内

孙二愣子在炕边上搓绳子。

翠云从外面走了回来。

孙二愣子："你上哪儿去了？！"

翠云："我去看看我爹！"

孙二愣子："和你爹说啥了？"

翠云："我跟我爹说路要打咱家地里过的事了，"

孙二愣子："他咋说？"

翠云："我爹说，那岳大青是个好人，他来做修路的工作，咱们家不能挑头打破头楔儿！有些事儿让我们多听村里的！"

孙二愣子冷冷地笑道："哼，我一寻思你这娘儿们就干不出什么好事儿来！我们自己家的事儿，你跟你爹去嘚嘚啥？哼！我实话告诉你，路从咱们家地里走，这是千载难逢的事儿，过了这个村，就没有这个店儿了！我不能眼瞅着发财的机会不发财，让你们给搅喽！"他往手心上啐着唾沫儿说："老娘儿们就是头发长见识短！驴驾辕马拉套，老娘儿们当家瞎胡闹，这话一点也不假！今儿个把话挑明喽，你要是再跟随着掺和这些事儿，可别说我姓孙的翻脸不认人！"

翠云："村里的动员你也听了，那全村子人，咋就咱们家隔路？就咱们家羊群里刺棱跳出个骆驼来？！就咱们家说道多？！"

孙二愣子："你这老娘家们今儿个这是咋了？你犯病了？你给我闭嘴！地里的事儿，不用你管！告诉你也没啥，这事儿谁说也是不好使！就是我说了算！"

翠云："你是说我爹？！"

孙二愣子："说又咋了？我们今儿个给他点儿这个，明儿个给他点儿那个，没亏着他吧！我们没不孝顺他吧？！可咱们家的事儿，你们不能胳膊肘儿往外拐，帮着公路局来整治我！我也不受你们整治！"

翠云："谁整治你了，这不是跟你说说这个事儿吗？"

孙二愣子停下手里的活计："不用你说！"

屋里的空气仿佛凝固了！

### 18. 吉普车上　日　内

岳局长跟田副局长说："果树的事儿，看来不是小事儿，我们能不能跟村子里商量一下，想个两全其美的办法？！"

田副局长："甘蔗没有两头甜，有啥好办法？我看没啥大辙，就得慢慢磨！"

岳局长："不行！他们能磨得起，我们磨不起！修路的时间等不起！我看咱们跟沿途的村里都提一下，果树我们负责给移栽一下！"

田副局长："移栽果树？要是移栽死喽，我们更麻烦！"

岳局长："到市果树研究所去，请几位专家来！让他们帮忙指导着做，确保万无一失！"

田副局长："要是那样就好了，我估计大多数村民都能接受！"

岳局长："你们跟村上商量商量！如果行，就动手！"

田副局长："好吧！我明白了！"

### 19. 公路上　日　外

吉普车行驶着，前面已经可以看到道班了。

### 20. 车内　日　内

岳局长："前面快到咱们的养路道班了吧？！"

司机："嗯，不远了！"

岳局长："去看看，我上任这么久，还没到过道班呢！同志们还都不认识我，这不好！这是一个公路局长的失职！"

田副局长："好！就去道班！"

## 21. 道班　日　外

吉普车驶了进来。

老岳他们走下车，走进道班宾馆式的楼房。

老岳看着道班的楼房说："好，这楼盖得好！道班的工人们，一年到头的工作在路上，雨天一身泥，晴天一身灰，不易！他们应该住在这样的楼里！"

田副局长："这个楼，经历过火药味哩！为了给道班修这个楼，班子会上干了多少仗！张副局长、我和云秀都同意，可佟副局长死活不想修！最后班子到底还是通过了！"

岳局长："好，你们干得好！工班长呢？"

田副局长："没在楼里，那就是到路段上去了！"

岳局长："走，我们到路段上去看看！"

## 22. 路段上　日　外

工人们正用沥青摊铺路面。

岳大青他们从吉普车上走了下来。

田副局长指着工班长说："他就是工班长！"又给工班长介绍说："这是咱们公路局的岳局长！"

老岳和工班长握手："辛苦辛苦！"

工班长："我不是听错了吧？咱们公路局大局长，会到路段上来看我们？！"

老岳："看你们怎么啦？都是一样的人嘛！只要咱们做的事儿对国家和人民有好处，我看都应该受到社会的尊重！"

工班长感激的眼神。工人们感激的眼神。

（第五集完）

## 第六集
### 1. 路段上　日　外

岳局长看着路面说："这条路修了好多年了，道班能养护成这样，不容易！老田，我看道两边可以搞些个有咱们本市特点的雕塑，把这条老路首先变成文化走廊，咱们太行山区，山高石头多，那天我去山里，看见河床里有一种红石头，石质也比较硬，咱们就用那种红石头搞雕塑！我想会很漂亮！公路，看着不起眼，这是市里的门面，有不少文化文章可做！"

田副局长："嗯，好主意！什么时候开始动手？"

岳局长："明天！明天就订计划，组织班子！哎，得请懂雕塑的专家来干啊！别弄些个乱七八糟的东西摆在这，我们的公路就是我们的脸，不能往上抹脏东西！"

田副局长："明儿个上班我就布置！"

岳局长："不！今天回去就布置！道班的月奖金多长时间没发了？"

田副局长："怕有两年了！"

老岳："坐机关的都可以发奖金，第一线的工人可以不发奖金？我们当干部的把屁股都坐到谁家的板凳上去了？跟财务科说，两年的奖金，要给工人们一次性补齐！钱从公路征收的费用里出！"

田副局长："老岳！你的忘性咋这么大，班子成员分工，财务的事儿归你管！这个事儿我管不了！"

老岳："对对对，你看我都忙糊涂了！看来是我工作上有问题了，这个事应该我办！"

## 2. 岳局长办公室  日  内

云秀走了进来:"局长,你回来了!"

老岳:"云秀!公司整顿咋样了?"

云秀:"大会动员完了,可还有不少工作要做!"

老岳:"对,请专家给我们的职工搞点儿技术讲座!我们的职工都是好职工,可是缺少培训!修高速公路,是打仗!不是练兵的地方!上阵就得动真格的,公路局的工程公司不能软不拉蹋的!得是张飞卖老虎钳子,人硬货也咬手!"

云秀:"局长,有一句话,我在心里压了好长时间了,一直想跟你说!"

老岳一愣:"嗯?啥事儿?"

云秀:"没啥大事儿,我只是才听说,有人给我们两个人造谣!说……"

老岳:"不用说了!我早听说了!听他们那些狗放屁干啥?!"

云秀:"局长,我是个单身女人,你们家在市里没房子,嫂夫人又没搬来,你也是个单身,听那些话也怪可怕的!"

老岳:"人活在世上,不能没个追求!可追求什么?!人心里得有个一定!不说了,这是人生观问题!"他点燃一支烟:"云秀,跟你一起工作这么长时间了,你是个什么人,我知道!你不用听那些闲言碎语,听兔子叫唤,还不用种黄豆了哩!黄豆还得种,工作还得干,闲话不能听!"

云秀:"我倒没啥,你是一局之长,怕是影响了你呢!"

岳局长:"影响我啥?有些事儿你越寻思越复杂,少寻思!有时间多想想工作!好不好?还有事儿吗?"

云秀看看岳局长:"岳局长,我还想说一句工作以外的话!"

岳局长:"说!"

云秀:"局长,你和那个佟副局长不同!他……我不欣赏他那种男人!我想说,我内心真正佩服你这样的男人,你这样的男人是真正的好男人!"

岳局长看看云秀:"别乱想,好好工作!"

云秀看看岳局长,转身低着头出去了!

岳局长看着她的背影,脸上满是同情。

(云秀画外音):我要说的是这些吗?也许比这要多得多,是他让我觉得自己充满了活力,也是他让我觉得过去的我是多么萎靡,男人和女人之间有一条看不见的戒律,我们都在不知不觉地遵从着,如果她是一个女人,我可能会同她建立牢不可破的友谊……

## 3. 田副局长办公室  日  内

一些雕塑设计师正在摊开一张张图纸。

田副局长:"我看这张设计得不错!这是我们本市的一个民间传说,表现得不直白!有点儿意思!咱们的每一个设计,都得通过评审组评议,通过的就可以施工了!"

## 4. 财务科  日  内

岳局长走了进来:"你们把道班奖金的钱准备齐了没有?"

一名工作人员:"齐了!我们已经用电话通知道班工班长了,叫他们明天来领奖金!"

岳局长一摆手:"别别,这么多钱,他们来人不方便,你们找我的司机,现在就给他们送去!"

那名工作人员:"好嘞!"

岳局长："送到以后回来告诉我一声！"
那名工作人员："知道了！"岳局长匆匆走了出去。

### 5. 山里河床石场　日　外
人们在从河床下往上运石料。
抬石头人的肩膀，黑黑的，滚动着汗水！
赭红色的一块块巨大的石头！
吭哟吭哟的号子声！

### 6. 雕塑工地　日　外
工匠们依照图纸在打凿这些石头！
飞溅的石末！
打凿的铁钎、铁锤！
工匠们淌着汗水的脸！

### 7. 馒头村村主任家　日　内
田副局长坐在村主任家的炕头上，和村主任说着话："村主任，你看这么办好不好？我们公路经过地的承包户，村里也都安排新地了，我们把那些果树帮他们移栽过去怎么样？我们保证成活率！"

村主任："我看懂事理的人都应该能接受！可像孙二愣子那种货，胡搅搅！不说理！乡里说跟乡里干，村里说跟村里干，谁说跟谁来，咋办？难弄！"

田副局长："他胡闹咱不怕！必要时咱还可以动用公安机关！可是我想事情没到那步，咱们尽量不要把矛盾弄大喽！能平平静静地解决问题更好！"

村主任："那是，政府不会拿他一个臭无赖没办法！"

田副局长："那挪树的事儿，我们可就要开始动手了，我们的人都来了！"

村主任："还是先从路大爷家开始挪吧！"

田副局长："路大爷家的地里已经没树了，树都叫路大爷给砍了"

村主任："这老爷子！好人哪！村里人都像路大爷这样，许多事儿那可就好办多了！"

田副局长："要挪，还得从孙二愣子家开始挪，反正早晚都要碰的一根钉子！"

村主任叹口气："好吧，我跟你们一道去！"

### 8. 孙二愣子家的地里　日　外
地里聚集着挖树的人！
一棵果树，已经被挖了出来！人们正要往起抬！
孙二愣子手拎一把镢头赶了过来："哎哎，干什么？这是你们家的地呀？你们说到这刨树就刨树？！还要往外抬，往哪儿抬？住手！都给我住手！"说着抡起镢把，给了抬树的人一下子。
抬树的人："哎，你怎么打人呢？"
孙二愣子："到我家的地里，乱动树，打你怎么了？住手！都给我住手！"他追打着抬树的人。
人们都停住了手。
田副局长和村主任见到了这一幕，田有些愤怒了，他开始打电话。

村主任："二愣子，挖树移栽这是村里的决定！你这是干什么？"

孙二愣子一笑："村里的决定？我怎么不知道？！村里的决定？口气不小！村里的决定能值几个钱？！拿村里的决定吓唬我？你也不打听打听，我孙二愣子怕过谁？！"

田副局长："不是怕谁不怕谁的问题，修路征地，地是国有财产，这是天经地义的事！"

孙二愣子："征地，我没反对呀！可挖我的果树，得我同意吧？"他冲抬树的人喊："把那树给我放坑里！"又掉过头来说："你们不但挖了我的果树，还要抬走，往哪儿抬？"

村主任："村里不是给你家分了新地了吗？移栽到那里！"

孙二愣子："不行！我家的新地种啥，我有我的打算！"

田副局长："移栽了树，我们也不是不给你钱，移栽一棵树，我们还是要付一定的赔偿费的！"

孙二愣子："一定的费用是多少？你们不用蒙我！树挪用完了，给我一脚踢不倒的俩钱，糊弄谁呢？我姓孙的不是一岁两岁小孩子！"

田副局长："路必须得修！树必须得挪，你看这事咋办吧！"

孙二愣子："讲好价钱再挪！"

村主任："挪树，不只你一家，几百里的沿途村子都是一个价！"

孙二愣子："一个价？那我就不挪了！路乐意从哪走从哪走！跟我没关系"

村主任："孙二愣子！你心目中还有没有个王法了？国家承包给你地了，现在国家要用地，就不行？就这么费劲？"

孙二愣子："嫌乎费劲，路从你家地里走哇！路为什么不从你家地里走？！"

村主任："如果需要，可以！"

孙二愣子："可以？！那你们的路就从他家地里走吧！"

田副局长："那不可能！路从哪儿走，是经过精心设计的！不能不取直线绕弯走。"

孙二愣子："这不就结了吗？要从我家地里走，就得跟我商量！"

田副局长："你说吧，要多少钱？！"

孙二愣子："不多！一棵树一万块！我这总共是三十二棵树，三十二万块！少一分钱也不行！"

田副局长："那不可能！你这树是国光苹果树，每一棵我们最多赔五百元！"

孙二愣子："五百元？那你们乐意找谁找谁去，我是不同意呀！"

翠云一直站在一边没吭声，她的脸上现出焦急的神色。

村主任："二愣子！我跟你说，国家不能因为你家地里的几棵树，就不修路了！你要是因为地里的这几棵树，再闹腾下去，可就是违法行为了！我得提醒你，不要违法！"

二愣子："违法？！我违啥法了？"

村主任："法律条文我看了，你这叫干扰国家工作人员公务罪！"

二愣子："看来，这个法我是违了，我看你们能把我怎么的？！"

翠云给二愣子跪下了："二愣子！违法的事儿咱可不能干哪！听村上的吧！"

二愣子咆哮起来："滚！你给我滚！"

一辆警车驶了过来！

几名警察从车上走下来！

翠云一看，跪在那里低泣："二愣子，你就听村上的吧！"

二愣子依然不吭声！

一名警察走上前来："你是孙二愣？"

孙二愣子："我是。"
那名警察："刚才是你动手打人吧？！你跟我们走一趟！"
孙二愣子："可以，走就走！"
翠云："二愣子，咋明瞅着是个井，你还要往井里跳啊？！"
田副局长："慢着！二愣子！你再想想，还来得及！"
孙二愣子："别他妈的扯了！老子就是蹲大狱，也不同意挪我家的果树！"
那位警察："上车吧！"
孙二愣子："上车就上车！"他上了警车！
警车开走了！
翠云跪在那里哭泣："这可怎么好哇？！"
村主任跟田副局长说："挖树，继续挖树！"
田副局长看着走远的警车，一脸惆怅，他把锹往地上一插，坐在了那里！
田副局长看着翠云。
警车驶远了！

### 9. 岳局长办公室　日　内

老岳在和田副局长谈话："那个孙二愣子真的叫派出所抓起来了？"
田副局长："嗯，他动手打了人，这样的地痞无赖，不镇唬镇唬也真不行，这么捣蛋捣下去，我们的公路可就真修成了白胡子工程！"
老岳："抓他对不对！对！可是我们也得想另外的一件事，就是把他抓走了，翠云一个人在家怎么种地？怎么生活？我看，如果孙二愣子同意依法办事，依政策办事，咱们就跟派出所说说，把他放了吧！社会上少一个罪犯，总比多一个罪犯好！"
田副局长："乡派出所打来电话了，说那孙二愣子死活不同意。在派出所还闹呢，把派出所暖瓶都给摔碎了！"
老岳叹口气道："那就没办法了！愚昧！愚昧害死人！"
田副局长："局长，馒头村村主任提出咱们原来设计的那个涵洞不合理。"
岳局长："嗯？"
田副局长："他说村民们反映，涵洞太低，秋天拉庄稼，车过不来！"
岳局长："嗯，提得对！我看我们在设计上得把涵洞改成桥，这样，我们可能要增加投资，可是我们方便了老百姓！这不是馒头村一个村的事儿，沿途有些村没提，可也都存在着这个问题，我看凡是沿途村屯的涵洞都得改成桥！秋天老百姓拉秋时就不至于受憋！这个意见提得好！"
田副局长："沿途村地里的果树问题解决得差不多了，现在最头疼的问题就是龙山村的问题！"
岳局长："什么问题？"
田副局长："龙山村靠着龙山，咱们的公路要从山中间开个大拉沟通过！有的村民说是切断了他们村的龙脉！他们不同意从龙山中间修路！"
岳局长笑了："迷信！又是愚昧！"
田副局长："明知道他们是迷信，可你说服不了他们！"
岳局长："我看也没必要说服他们！封闭了几千年的山沟子里的人，有点儿迷信思想也正常！不瞒你说，我原来在乡里时也迷信过！打山洞的时候，怕死人，天天晚上到庙上烧香许愿！可是人还是死过！后来我就明白了，迷信没用！可迷信这个东西，你得让村民们一点点儿认识，硬别不行！你硬别了，他们嘴上不吱声，可肚子里不服，那我们的工作还是没有做到家！我们不仅要修一条路，也要通过修这条路移风易俗！工作繁重啊，也很有意思啊，老田！"

田副局长："局长，你说这个事儿应该怎么办呢？！"

老岳："别犯愁！龙山是我们市的一道风景！路得修，山得开，龙山也可以不断了龙脉！咱们修好了路，在拉沟的上边建一座观赏天桥，把龙身连接起来！过往的行人，可以登天桥观赏龙山风景！老百姓心里的气也顺了，你看怎么样？！"

田副局长："我看也不一定有这个必要！对一些迷信的东西，咱们该反对也得反对！"

老岳："老田哪，这叫啥？这不叫不反对迷信，这叫作群众工作！这叫把负面的东西变成正面的东西！这叫因势利导！"

田副局长："老岳哇，细琢磨琢磨，你说得也对，你呀，招儿真多！"

老岳："不是什么高招，都是一般般的，没有招的招！"

田副局长："在北京下象棋的时候我就看出来了，没招的时候，你就在那想招，有招的时候，你就不饶人！"

老岳："哎，这可跟下象棋不同，下象棋你可以输！输多少把都没问题，可修路不行！只能成功不能失败！自古华山一条路哇！"

### 10. 路段上　日　外
人们在往路两旁安放石头雕塑。

### 11. 一家饭店　日　内
佟副局长和二子两个人在喝酒。

佟副局长："二子，来，喝！咱哥俩这也是举杯邀明月，对影成三人哪！姓岳那小子，这么收拾我，我真咽不下这口气去！"

二子："是啊，人争一口气，佛争一炷香！咱们得和他们干到底！"

佟副局长："市里那个刘市长是和岳大青穿一条连裆裤的人！岳大青是个树枝儿，树叶儿！根子在刘市长那！要想扳倒他们这棵树，得刨根儿！那个刘市长官比我大，处事老到，你抓不着他什么把柄！"

二子："大哥，你别犯愁！世上没有绝人之路！咱们跟他动不了细的，还动不了粗的？！不行，咱们整几个人儿，瞅机会先把那个刘市长给他干残废喽！"

佟副局长："你这个二子，就是虎了吧唧的！那刘市长是市里的重要人物，你干他，还跑得了你呀？！把你整住了，还跑得了我吗？！别做虎事儿！咱们还得跟他们玩阴的，暗处下手！瞅准机会，整他们！他官大，不还有比他官大的人吗？往比他官大的地场告他！"

二子："听说他们在公路边上搞了什么雕塑，你别说，姓岳这小子也真是吹喇叭扬脖子，能起高调！"

佟副局长："一会儿吃完饭，咱们也去那路上看看！他妈的公路局长搞雕塑，这里肯定他妈的有猫腻儿！"

### 12. 公路路段上　日　外
刘市长和岳大青、张副局长、田副局长、云秀他们都在这儿看雕塑。

刘市长："好！这个点子想得好！工作，就需要创造！这就是在创造性地工作！好，这多好！过往的车辆一进到咱们市区，感觉就会不一样！车走在文化艺术长廊里，如诗如画！开车的人、坐车的人，心情不一样！宣传了我们市的文化，塑造了我们市的形象！老岳，你们干得好！"

田副局长："刘市长，这儿有几个雕塑，是咱市里的民间传说，人体上露了点儿，局领导们都说等一等再开放，请你看看。"

刘市长看着田副局长撩开布帘儿的几个雕塑，说："这有什么？我看可以放上去！一个小孩子的小鸡子有什么？欧洲有个城市就有一个小孩子的雕塑，小鸡子在尿尿！我看没啥！可以放！"

岳大青对刘市长说："这些雕塑群建成以后，我们还打算在几个拉沟的护坡上，把咱们市古代竹林七贤的书法手迹搞上去！"

刘市长："古代的当代的，只要是优秀文化都可以搞！市里支持！"

岳大青对张副局长说："老张，这些雕塑，从今儿个起可就交给你管了！文化建设方面的事儿你负责！"

张副局长笑着说："我乐意管这件事儿，这些个雕塑啊，都是宝贝，我喜欢！"

### 13. 饭店门口　夜　外

佟副局长和二子上了车。

车开走了！

街上一片灯火！

### 14. 路段上　夜　外

一支手电照着雕塑。

二子："他妈的，他们吃了老虎胆了！这小孩子的小鸡子都弄上来了！那边儿还有个女的连衣裳都没穿，光不出溜儿的！他妈的！这不是黄吗？！"

佟副局长："好了，明儿个白天，你带照相机来，给我把这些拍下来！我有用！"

二子："这好办！我拿个照相机，咔嚓！完事了！"

佟副局长的车，调头走了。

在夜色中，像一个黑色的幽灵！

### 15. 孙二愣子家　日　外

岳局长和田副局长从车上走下来。

翠云正在院子里干活儿，她的脸色显得有些憔悴。

岳局长站在院门口喊："有人在家吗？"

翠云一抬头，见是岳局长他们，就放下手里的活计，迎了过来！她声音不大地说："岳局长，是你们！"说着拉开了院门！

岳局长他们走进院子里。

岳局长、田副局长坐在院里的小板凳上，看翠云在择菜，就动手帮助择了起来，边摘边说："翠云哪，我们来给你们家送钱来了！三十二棵树，挪动了！每棵赔五百元！总共一万六千元！你放好了！"

田副局长把钱递给翠云："你点点！"

翠云接过钱："我信得过你们！"

岳局长："翠云哪，咱们是老熟人了，二愣子被抓起来，我的心里不好受！"

翠云："怨他自己！谁的话也不听！"

老岳："我们想和你一起去看守所看看他，行吗？"

翠云颔首。

### 16. 看守所　日　内
孙二愣子从里边走进了探视房间。

孙二愣子看见了岳局长和田副局长，勃然大怒："你们来看我干啥？！别他妈的猫哭耗子，假慈悲！"

翠云："二愣子，别这样说话，岳局长他们是好意！"

孙二愣子："收起他们那份儿好意吧！你个傻娘儿们，别帮着他们虎了，他们看着我今儿个这个样，是乐，心里偷着乐！怎么样？叫你小子牛，我们把你治服了！我还不知道他们心里咋想的，我就白吃这么多年咸盐了！"

岳局长："二愣子，你可以骂我们，对我们有意见！可你想想，我们修路是为了谁？为了我们自己？一个人生下来，活着，就为了自己，有意思吗？！"

孙二愣子："你别给我上课，我不想听！"

岳局长："你不想听，也得听！你以前听了国家政策的话能被抓起来吗？！"

孙二愣子："哼！在哪儿还不吃饭呢！我怕啥！"

岳局长："愚昧！你愚昧！在哪儿都吃饭，可饭跟饭一样吗？在家里你吃的是自由的饭！在这呢？你吃的是罪犯的饭！吃罪犯的饭的滋味儿好受吗？！"

孙二愣子："我不信你们能定我个什么罪！"

岳局长："不是我们定你什么罪，是法律定你的罪，是你自己犯了罪！"

孙二愣子："什么？我犯罪了？！"

岳局长："你打了人，妨碍了公务！你要为你的行为付出代价的！你得蹲监狱！"

孙二愣子："啥？我蹲监狱？就兴他们挖我的树，我就不兴打他几下呀，也没打疼他！"

岳局长："你打了人不说，你还在派出所里闹，摔了人家的暖瓶，有这事儿吧？"

孙二愣子："一个暖瓶才多少钱，我可以赔他们！"

岳局长："现在想赔？晚了！暖瓶里淌出的水收不回来了！"

孙二愣子："那怎么办？岳局长，你帮我想个办法吧！家里离了我不行！翠云她侍弄不了山上那些果树！"

岳局长："这些我都知道！你不懂法，可是犯了法！你好好想想吧！"

田副局长："二愣子，挪果树的钱，我们都给你了！"

岳局长示意田副局长，两个人走了出去！

翠云低眉垂眼地说："一万六，公家给了咱们一万六！树还在山上的地里，村主任组织人天天给咱们家果树浇水！一万六，我看不少了！真的不少了！"

孙二愣子哭了："我没想到想多弄俩钱，我能犯罪！我完了！在这里不知待多长时间呢！家里的活儿干不了啦！"他哭得很伤心。

翠云也低声啜泣着。

### 17. 看守所外边　日　外
岳局长和田副局长走在一起，边走边说："我这个人啊，天生的心慈面软，当不了法官！你看孙二愣子那可怜样儿……"

田副局长笑了："他也打了我们的人哪，挨打的就不可怜？"

老岳："一家好好的人家，一个里面一个外面的，我心里不好受！我觉着，孙二愣子犯法，咱们也有责任！"

田副局长："咱们有什么责任？是他自己动手打的人，是他自己摔的派出所暖瓶！"
岳局长："假如我们不征他家那块地，孙二愣子再自私可他会犯法吗？就是犯法，也不会犯到这上！另外，我觉得我们在征地上工作不细！村主任说让挪树，你们就挪，没和人家孙二愣子商量！咱们是官家，人家是民家！在这个事儿上，咱们有以官压民的问题！这不好！孙二愣子有点儿罪，可我们心里应该有负罪感！"
田副局长："那，你说怎么办吧？"
老岳："你跟办案的人打个电话，说我们求他们，把孙二愣子放了吧！就当是一个不懂事的自家兄弟犯了错误！好不好？"
田副局长："这个案子，实际上乡派出所在等我们说话，我们是原告！"
岳局长："你跟乡派出所说，那个暖瓶我赔，我个人掏钱赔！"
田副局长："好吧！我跟他们说说看！"

### 18. 看守所探视房间里　日　内
进来了两个民警，一个民警说："孙二愣！你出来！"
孙二愣子："上哪儿去？！"
民警："走！"
孙二愣子莫名其妙站起来："翠云，我可能要转到大狱里去了，家里的事儿你多操心吧！我后悔呀！真的后悔！"说着低泣着，热泪涟涟！
翠云哭着，悄悄地跟在后面！

### 19. 看守所门外　日　外
民警和孙二愣子他们走出来！
民警："田副局长，他就交给你们了！"说着上了派出所的车。
岳局长上前，在车外握着那位民警的手说："谢谢了！回去跟你们所长说，暖瓶我赔！"
那位民警说："我就是所长，一个旧暖瓶，要你岳局长赔啥，不用了，不用了。"
警车一溜烟地开走了！
岳局长看警车走远了，对孙二愣子和翠云说："上车吧，我们送你们回家！"
孙二愣子一愣："咋？你们要送我回家！"
岳局长："嗯，送你回家！"
孙二愣子扑地跪下了，哭着说："岳局长，我孙二愣子不是人啊！为了钱，谁也不认识了！我不是人啊！"
岳局长扶他起来："二愣子，今儿个你能回头，就是我的好兄弟！你别这样！你起来，咱们回家！家里的果树还等着你侍弄呢！"
他们先后上了车。
（云秀画外音）：这样的事情已经不是一件两件了，他每次做了一件这样的事情，脸上就会漾出孩子一样的笑容……
汽车驶在阳光照耀的路上。
翠云和二愣子那充满了欢喜的脸。
老岳那充满了欢喜的脸。
（第六集完）

**第七集**

**1. 誓师大会现场　日　外**

岳局长在讲话："同志们，我们过去都把愚公移山的故事当作一个传说，一个神话！今天，我们可不讲神话了！我们是真的要穿过太行、王屋二山，修上一条连接祖国大西北的高速公路了！我们的地方建设需要这条公路，开发大西北，需要这条公路！因此，我们只有一条路，那就是保质保量地完成任务！同志们有决心没有？！"

众人山呼海啸般："有！"

岳局长："好！有志者事竟成！我们有决心，就没有扳不倒的山，没有过不去的河！没有修不好的路！"

田副局长："下面请公路沿途村民代表讲话！"

孙二愣走了上来："我叫孙二愣，是个不咋会说话的人，一到了这么多人面前，觉着舌头都短了半截！可今天我主动要求讲几句！咱们农民哪，都多体谅国家，体谅公路局的心情吧，别像我以前干的那些个蠢事儿，不帮忙净添乱！那不好！现在想想，肠子都悔青了！我不说别的了，再说一句：以后公路局有用着我孙二愣的地场，吱声！"

众人哄笑着鼓掌！

云秀笑着也跟着鼓掌。

老岳也在鼓掌，哈哈地笑着。

**2. 开工现场　日　外**

领导们挥着扎红绸的锹，在铲土奠基！

推土机轰鸣着，推着土石！

好大的场面，好大的气势！

**3. 佟副局长办公室　日　外**

二子走了进来："大哥！你交办的事儿我办完了！你看照片洗得咋样？"说着把一沓照片放在了佟副局长的桌子上。

佟副局长看了看："嗯，二子！不错！这照片的事儿没让别人知道吧？！"

二子："我干事儿，鬼都不知道，别说人啦！"

佟副局长："好，别当别人乱说，我有用！"

二子："哎，佟哥！你是不是该和云秀见见了？怎么你调出来，她就跟你断了来往了？！装着不认识你了？别忘了，她那个局长助理，可是你费劲巴力提拔的！我看她现在看你不理不睬的，跟岳大青贴得倒挺近乎！谁当权跟谁溜！裤腰带专冲当官的解！真是窝窝头踩一脚，压根不是个好饼子！"

佟副局长："过去的事了，还老提它干啥？！女人嘛！就那个样！"

二子："那个样不行！你们那好几年的被窝，那说凉就凉了？他妈的，我真看不过眼去！"

佟副局长："过去的事儿都是天知地知，你知我知的事儿，要是让姓岳的知道了我和云秀的关系，那云秀还有好果子吃呀！整不好连她那个局长助理，也给她撸了！打今儿往后，可别乱说了啊！过去的事儿就当过去了！"

二子："哈，你可是一直护着她呀。我看哪天我把那娘儿们找出来，告诉她，你保全自己可以，可少帮着那姓岳的帮虎吃食儿！叫人看着恶心！"

佟副局长："算了算了！别扯了！越扯越远，越远越离谱！"

二子凑近佟副局长："你真不想见她？"

佟副局长："……我跟她的关系早断了，云秀那个人心气高着哪！要不现在还是个老姑娘？！一般人儿，她根本瞧不起！她现在对我一肚子意见！你可别扯了！"

二子："我就找找她，看她能装成啥样？！"

佟想要说什么，却没说。

### 4. 岳局长办公室　日　内

云秀走了进来，她把一把钥匙递给了岳局长。

岳局长："这是……"

云秀："我家老房子的钥匙！就在咱们办公楼对面红楼一门的201，你老睡办公室哪行？！再说嫂夫人也不能总和你分两地生活！方便时就把嫂子接来，我家的老房子空着也是空着！你们先用着吧！"

心岳局长："这不好。"

云秀："没什么不好，看着你一天到晚地忙，又休息不好，我没别的意思！就是想着你休息好了，对工作有利！"

岳局长："云秀，你这番好心我领了，你知道，工地已经开工了，我这个局长咋能总在机关蹲着，我得上第一线，上指挥部住去了！"

云秀："这个房子我已经给你们打扫干净了，钥匙就放在你吧，用就用，不用就算了！"

岳局长："不用了！"

云秀："……你不给我面子？！"

岳局长："不用，真的不用，我住办公室挺好的！你嫂子在家也挺好！老夫老妻的了，见不见面没啥！"

云秀笑了："你这个人哪，真是个怪人！"

岳局长："我怪？哪块怪了？我怪吗？！"

云秀又笑了，看了看局长，走了出去。

岳局长追了过去："哎，云秀，你的钥匙！"

云秀接过钥匙说："需要的时候，你来拿啊！"

岳局长："好吧，谢谢了！"

### 5. 云秀办公室　日　内

云秀进来，慢慢坐下了。

（云秀画外音）：我都不知道自己怎么说出了"你不给我面子"这句话。这是一句多么庸俗的话啊，但是我又能说什么呢……

电话铃响了。

云秀吓了一跳，马上接起电话。

对方传来声音："哎，大局长助理吗？"

云秀："……我是！"

对方："我是二子！"

云秀："谁？！"

对方："哎呀，真是贵人多忘事，连我二子都忘了？佟副局长的司机！你老相好的司机！你忘了，我拉过你多少回哩！"

云秀皱起了眉头："你有事吗？！"

二子："没什么大事，就是佟副局长想你了，不好意思找你，怕你卷他的面子，让我给你打个电话！"

云秀低声地："别胡扯！有别的事吗？"

二子的声音："佟副局长想见你！"

云秀迟疑了一下。

二子："我说大局长助理，人不能过河就拆桥吧？！总得讲究点儿吧！没有佟副局长，有你这个局长助理吗？！"

云秀没吭声。

二子的声音："晚上下班，我在你们机关边上的胡同口接你！"说完，挂断了电话。

云秀缓缓地放下话筒，她的心里波澜起伏，十分复杂。

（云秀画外音）：也许这一天早该到来了……

### 6. 公路局大楼旁边的胡同口　黄昏　外

云秀走了过来。

二子从车里钻了出来："大局长助理！"

云秀默然地看着他，冷冷地："找我什么事儿？！"

二子："还什么事儿啥？你们两个人之间的事儿，我知道什么事？！男领导和女领导之间的事，咱当司机……"

云秀："走吧！"说着拉开门上了车。

二子反倒愣住了，但他脸上马上现出笑容，也快步钻进了车里。车开走了！

### 7. 刘市长办公室　黄昏　内

工作人员送进来一封信："没走哪，刘市长，这是省纪检委转来的，是一封匿名信！说我们市老公路的边上新建的雕塑，有不少内容不健康，还附了些照片！"

刘市长："省里什么意见？"

工作人员："就转来这么一封信，没附意见！"

刘市长："没附意见，那就是没意见，我们有的人啊，就是生怕天下不乱！左一封匿名信，右一封匿名信，今儿个告这个，明天整那个！这种人十有八九都是那些不干正经事儿的人！真有事实，我们不怕告状，欢迎告状！可这连个自己的真名都不敢写，躲在暗处，像耗子一样怕阳光，这种匿名信我不看，怕脏了手！我们当领导的要把这种事也当回事，那就处理吧，别的事儿别干了！"

工作人员："刘市长，就这事！"说完，走了。

刘市长看工作人员走了，突然拍案而起："可笑！也可恨！"

### 8. 某一饭店内　黄昏　内

一个包间里。

佟副局长端着酒杯："云秀，咱们俩肚子里的话，自不必明说！我主持公路局行政工作时，咱是好过！尽管你瞧不上我，可我们还是好过！我这辈子不是没见过女人，也不是没玩过女人，可在我心里你的分量最重！没外人说话，我是真的想你！可又怕那姓岳的知道咱们关系，影响着你啥，我在局里审计那会儿，也不敢跟你多说一句话！这些，我想你我都是萤火虫飞进肚子里，心知肚明！来，好不容易有这么个机会，喝一杯吧！"

云秀看着佟，最后他的话好像消失了，只剩下自己的心跳声。

（云秀画外音）：听啊，这是多么丑恶的表白啊……

云秀冷冷地："不喝一杯！要喝就喝十杯！"

佟副局长一惊:"十杯?你会喝醉的!"

云秀看看他:"你喝不喝吧?!"

佟副局长:"好,我喝!"说着,拿起个酒杯,喝了下去。

云秀也不看他,拿过白酒瓶子,对嘴咕嘟起来!

佟副局长:"哎,云秀,你这是干啥?!"

云秀喝完酒说:"干啥?喝酒!"说完把酒瓶子往地上一摔,酒瓶子迸裂了!

佟有些惊呆了。

云秀:"姓佟的!现在让我正式告诉你:你知道你有多么丑恶?你知道你让我想死吗?就因为我和你曾经在一起,你知道我对自己有多么痛恨吗?今天让我告诉你,你根本不配人字那两撇!……这些话,要不要我再和你说一遍?!"

佟完全崩溃了。

云秀站起来要走。

二子在外边听见酒瓶子响,进到里边来,见云秀要走,忙拦着说:"哎,你们这是干啥?多少日子不见了,在一起喝顿酒,咋还喝炸了!"

云秀奋力推开二子:"让开!"云秀冲了出去!

二子一愣:"我说佟哥,你这是咋整的,咋把事情整成这个样儿了!"

佟副局长:"我说不要找她,可你非要找她!"说着往后一仰:"这就叫大江东流去,花水自漂流!演完的戏,泼出的水,收不回来了!"

### 9. 大街上  夜  外

云秀急急地走着。

夜风拂动着她的头发!

### 10. 公路局楼前  夜  外

云秀在徘徊,她望着岳局长窗口透出的灯光,久久地望着!

(云秀画外音):如果我把心里这些话,都对岳局长讲了,他会怎么看我呢?我不想背着一个局长助理的精神包袱活着,那实在太累太累了!

她毅然走进楼去。

### 11. 岳局长办公室  夜  内

岳局长还在办公。

轻轻的敲门声。

岳大青:"进来!"

云秀一身酒气地走了进来!

岳大青:"嗯?云秀!你喝酒了?!"

云秀酒气十足地:"是的,我喝酒了!"

岳局长忙给她倒茶:"快坐,喝口茶,你这是在哪儿喝了这么多酒哇!"

云秀:"跟审计局那个佟副局长!"

岳局长:"跟他?你们怎么碰到一起去了?"

云秀笑了:"岳局长,我知道你是个好人,好男人!有个男子汉的样儿!可我今儿个得向你坦白,我不是个好女人!不是!"

岳局长:"云秀,你怎么……真的喝醉了!"

云秀:"不,我没喝多!我酒醉心里明!我是跟那佟副局长睡过觉!睡过!这不是假的，是真的！我不是个好女人！"泪水流出来。
　　岳局长："云秀！别乱说！"
　　云秀："我不是乱说，我说的是实话！连我这个局长助理，都是我跟他睡觉，他对我的施舍！我可耻！我卑鄙！我不知廉耻！今天这个话，我必须得向局长说明白！闷在肚子里，我活得太不像个人了！"
　　岳局长："这都是醉话胡话！"
　　云秀："我没醉！……我过去真的跟过他，尽管过去那个云秀死了！可她就是跟过他！这是事实！岳局长，从打你来局里工作，我才看清了什么是好人，好领导！我云秀三十二岁白活！"
　　老岳："……"
　　云秀："我要求辞职，辞去这个局长助理的职务！我不配做这个局长助理！"
　　岳大青："云秀，你是个独身女人，不像我们这些有家有业的人！你过去在感情方面有点儿闪失，我能理解！佟副局长那号人和你不是一路人！早认识晚认识，认识到了就好！"
　　云秀："我没有想到他是这样一个人，看清了他的面目，我都不想活了……"
　　岳大青："云秀，在我岳大青眼里，你是个好人，好局长助理！在北京跑项目，你立了功！整顿局工程公司，很见成效！你是个称职的女干部！至于，你刚才说到你和佟副局长的关系，我听了就是听了，那是以前的事，你们私人之间的事儿，我不管，也管不着！我不会牵连着某种人际关系来看一个干部！我看干部的标准就两条，一能不能做事，二人好不好。除此以外的，我都不看！"
　　云秀啜泣着抬起头来。
　　老岳："局长助理不能辞职！现在公路开工了，班子人手紧着呢！公路局工程公司那一块儿的事，还等着你抓呢！这就是我要给你的全部答复！"
　　云秀停止了哭泣，她站了起来，默默地看着岳局长。
　　岳局长也无声地看着她。
　　墙上的钟摆发出嗒嗒的响声！
　　云秀低下头又哭了！
　　她缓缓地转过身，向门外走去！
　　走到门口，她没有回头，说："岳局长，我听你的话，我云秀要是再有一次青春，找男人，一定要睁着眼睛找！找你这样的好男人！"说完，她走了！岳大青看着她的背影！

### 12. 公路局门前　日　外
　　岳大青、田副局长、云秀都在往轿车上装行李！
　　（云秀画外音）：第二天，我们就要去工程指挥部，他真的好像一切都没发生过一样，脸上是那么祥和，而他看我的眼神里，却好像多了一层父辈的慈爱。
　　老岳帮云秀装好行李，又把自己的行李往后备箱一放，对司机说："出发！"
　　云秀脸色释然地舒了一口气，上了车。
　　老岳最后一个上了车，车开走了！

### 13. 公路局前线指挥部　日　内
　　岳大青一边放行李，一边对田副局长说："这回好，躲不开的冤家又碰头了！大呼噜对大呼噜！对着打吧！"
　　田副局长："行！你那呼噜，我领教过了！不过，我还是乐意和你一起住？没事儿的时候，还能杀一盘！"

老岳："美的你！我可没工夫奉陪！你跟别人下棋也不行！给我好好工作！"

田副局长："这话说得太左了！工作咱不能马虎，可棋也不能不下！老工作人不累死了！"

老岳："我知道。你是个棋迷！宁可不睡觉，也想杀两盘！行！对你实行特殊政策！省着你说我左！哎，老田，说真话，我在工作中不左吧！我要是哪有毛病，你可说啊，不然我可真就饶不了你！"

田副局长："你看你，跟你开句玩笑，那么认真干啥？你工作真有毛病，我服你呀！我过去没少跟那个佟副局长顶架！哎，老岳！我跟你说句话！"

岳大青："什么话？！"

田副局长："局里有不少人都说佟副局长过去跟云秀有过一腿，云秀从一个科员忽悠一下子就当了局长助理了！也是有点蹊跷！这话我原来不能跟你说，你刚来！我不想影响你用自己眼睛看人！"

岳大青："唉！有没有那事儿和咱也没关系！咱们现在是要修路，军中用人之际，缺少带兵打仗的人！我看干部，是能干事的干部就是好干部！我看云秀干得不错！年轻人在生活作风方面偶尔犯过错，也是可以原谅的，咱们不能戴有色眼镜看人！"

田副局长："是，我说这话的意思，是你当云秀的面提到佟副局长的时候，要注意点儿，另外，云秀这女人，表面看着挺文静，可挺风流的！你跟她也得保持点儿距离！别沾上！"

岳局长笑了："这是哪跟哪儿啊，你也不想想，别说咱没那意思，真有那意思，咱这老皮老脸的，谁能看中咱！咱这辈子也没打算让谁看中，家里的媳妇能看中咱，就满足了！"

田副局长："有些女人啊，看中你，可不一定是看中了你这个人，是看中了你手中的权！权，对她们有魅力！"

岳大青："哦，还有这种女人吗？没见过！哎，老田哪，一会儿咱们是不是到工地看看！"

田副局长："那是当然了！"

敲门声。

田副局长："进来！"

云秀走了进来："二位局长，我没事儿，要洗东西，过来看看你们的衣裳、床单有没有要洗的！"

岳局长："哎呀，不用了，我们也有两只手，自己能干！"

云秀看看岳局长的床单："你看看你这个大局长的床单，脏死了！"说着就往下拿！

岳局长看看："云秀，你实在要帮忙，就帮吧，那就不好意思了！我们就属于无功受禄了！"

云秀："什么无功受禄呀？这叫同志间互相帮助！田副局长，你的！"

田副局长："我的就不用了！在家拿来时，都刚洗过！谢谢了！"

云秀："还有这个枕巾，都脏死了，净头油！"说着，把岳局长的枕巾抽出来，连床单一起抱在怀里，再回头看看，没有看到别的，转身走了出去。

### 14. 太和村路段　日　外

一些赶着马车、牛车拉着沙土的村民，在和公路局的人争吵！

马车、牛车排着长队！

一村民："你们在我们村这个路段上修路凭什么不用我们村的沙土？！我们村在大山沟子里边，没什么来钱的道儿！你们在这修路，还不让我们村民挣俩钱？！你们的心都长到哪儿去了？长到肋巴扇子去了？！"

公路局的人："不是不用你们村的沙土，是你们村的沙土不合格，咱们这修的是高速公路，沙土都是从采沙场订购的！你们这个沙土，不能上路面！"

那个村民："别扯了！沙土就是沙土，分什么好赖！话得这么说，你们不用我们村的沙土也行，可你们运沙土的车，一辆也别想从我们村里走！"

公路局的人："哎，你怎么这么不讲理呀？！"

那个村民："你们不照顾我们，你们跟我们不讲感情，我们就跟你们不讲理！让开！让我们的车上去！"

公路局的人："不行，乡亲们！你们的沙土不能上路！"

那个村民："乡亲们！把车赶上去！把土卸到上面，看他们怎么的？！"

众村民吆喝着马牛，车要往路面上赶！

公路局的人："不行！乡亲们！你们非要上路，车只能从我身上轧过去！"说着，他躺在了地上！

那个村民："来人，把他抬起来扔到一边去！"

上来些村民，抬起公路局的人！

**15. 指挥部　日　内**

电话响了！

岳局长："喂，什么？……为什么……？！好，我们马上就到！"他放下电话，对老田说："太和村那儿出事了，咱们走！马上走！"说着，风风火火地走了出去！

老田也快步走了出去！

**16. 指挥部外　日　外**

老岳："云秀！"

云秀湿着两手从她房间里跑出来。

老岳："我们去太和村处理事情，你看家吧。"

没等云秀说什么，他们在指挥部门前钻进了一辆吉普车。

车开走了！

云秀注视着他们。

**17. 太和村路段　日　外**

双方撕扯起来！

一村民："乡亲们，动手！都动手！他们跟我们动手，我们就跟他们动手！"

双方扭打起来！沙土和滚起的烟尘！还有人们的怒骂声！

吉普车的烟尘。

车停了。老岳他们下了车！

老岳："住手！公路局的人都住手！"

正厮打的公路局的人都住了手！可还有村民在打公路局的人！

老岳看了一眼："公路局的人，都撤到这边来！"

公路局的人撤了出来！

老岳说："怎么回事儿？"

那个刚才躺在车前面的公路局的人说:"这些沙土不合格,可他们为了挣钱,非要往路面上拉!我们拉沙土的车被他们堵了一大溜儿!我们制止,他们就动了手!"

岳局长对村民说:"你们村主任呢?"

那个村民:"村主任不在,有什么事儿,你跟我说吧!"

岳局长:"你们这个沙土不合格,为什么偏要往路面上拉呢?!"

那个村民:"看来你是个当官的!古来有句话:此路是我开,此树是我栽,要想从此过,留下买路财!"

岳局长:"嗬!口气这么大呀!"

那个村民:"我跟你说!不要我们的沙土,你们的拉沙子车,一台也别想上路!你们挡我们的沙土,我们就挡你们的车,看咱们谁硬得过谁!"

岳局长看了一眼挡在村路上的拦在拉沙子汽车前面的路障,笑了。

那个村民:"你笑啥?!这个路障,你们不能动!我看你们敢动!你们要敢动这个路障,我们就把你们的汽车轮胎全扎冒炮喽!我们农民别的没有锤子铁钉子有的是!"

岳局长:"公路局的人都回去吧!我去找他们村主任!"

那个村民上前揪住岳局长的脖领子说:"当官的,你们公路局的人把我们的人打了怎么说!"

岳局长用手一捏那个村民的手。

那个村民"哎哟!"一声:"哎哟,你这手这么有劲儿啊,捏疼了我了!"

岳局长:"劲儿没多大,练过几天陈氏太极!走,带我找你们村主任去!"

那个村民捂着手,看看岳局长说:"走吧!找村主任就找村主任!"

那个村民在前面带路,岳局长、田副局长跟在后面。

吉普车在后面跟着!

老岳的眼神留意着周围的一切。

### 18. 太和村村主任家  日  外

那个村民和岳局长他们走进院来。

那个村民:"大哥!公路局的人来了!"

村主任,一个四十岁左右的汉子,正在屋子前干着什么活计,他放下手里的活计,笑呵呵地走了过来:"公路局的人?哟,看这架势是大领导来了,坐坐!"

岳局长:"大领导不是什么大领导!干部倒还算上一个!"

田副局长:"这是我们公路局的岳局长!"

岳局长他们坐在村主任家院子里的板凳上。

村主任:"哦,岳局长!听说过!"他回头对那个村民说:"你去忙你的去吧!我们在这说话,没你什么事儿了。"

那个村民:"他们公路局的人打了我们!我得讨个说法再走。"

村主任:"你他妈的给我滚蛋!你小子是个什么东西,我还不知道!别说没打你,打了你也是活该!你给我滚!"

那个村民听了不再吱声,蔫蔫地走了!

村主任对岳局长说:"就这样,一身的癞皮,就得我这不怕癞皮的人整治他们!怎么的?他们给你们修路添麻烦了?"

岳局长:"村主任啊,咱们村的沙土不能往公路上拉!"

村主任:"是!他们拉了?"

岳局长:"嗯!"

村主任："这帮王八蛋！想钱想得眼红了！什么事儿都干！"
岳局长："我们的施工管理人员不让他们拉沙土，他们就在村路上设了路障，拦了我们拉沙子的汽车！"
村主任："设了路障？这是他妈的对付鬼子呢？！简直无法无天了！我得收拾他们！"
岳局长笑了："路障可以撤喽，可他们想挣钱的心思还是没有得到满足！"
村主任："……嗨，局长真想让他们挣到钱啊？！"
老岳低头想着。田副局长看着老岳。
村主任："这些人，你给他一寸，他就想要一尺！蹬鼻子上脸，给他一尺，他就想要一丈，没个头儿！"
岳局长："进村来，我看你们村山上的石质不错，能不能咱们联合开发个碎石场，公路上需要的碎石量特别大，我们不用你们村的沙土，却可以用你们村的碎石，这样，村民的心气就平和了，钱也有的挣！你看怎么样？"
村主任："哎呀，岳局长，你这么体谅我们哪？那敢情好！"
岳局长："那咱们就商量商量这个碎石场怎么办？"
村主任："刚才那小子是我的一个两姨弟弟，要驴的时候是条驴，可干活儿还是个好家伙，让他挑头咋样？"
岳局长："我不管谁挑头，开山采石，一得注意安全，二得碎石质量合格！"
村主任："质量？那好办，你们来验收嘛！"
老岳："就这么定了。"
村主任："这事儿定下来了，我们就动手干！"
岳局长："那就定下来吧，你说呢，老田？"
田副局长："对，碎石需要量太大了，从远处运输还有运费问题，这么就地就近解决最好！"
岳局长："好！村主任，你们跟乡里汇报一下，乡里同意，你们就动手干吧！开采石场的钱，你们村里自筹，我们负责质量把关和收购！"
村主任："好好好！那就这么定了！"
田副局长："老岳，你真行！"

（第七集完）

## 第八集

### 1. 工地指挥部　日　外

云秀把洗好的床单、衣裳往架着的一根铁丝上晾。
一辆吉普车驶了过来。她把岳局长的床单抻了又抻。
干干净净的衣物，云秀美丽的脸！
车停了，秦科长和田桂琴从车上下来了！
田桂琴看见了云秀，看见了云秀正抻着的床单！她的眼里似乎有一丝异样的感觉！
小秦看云秀在晾床单，就说："云秀，局长呢？！嫂子来了！"
云秀走了过来，笑着说："哎呀，是嫂子来了！快快，屋里坐吧！"
田桂琴不是很热情，但平和地跟云秀握了握手！
云秀："岳局长和田局长上工地了！处理事儿去了，许是快回来了！"
小秦从车里往外拿东西："局长他们住哪屋？"
云秀："那边！嫂子来了，先到我屋里坐坐吧，喝口水！"

田桂琴："你是云秀吧？听说过！不用麻烦了！我们还是先到那边吧！"
云秀："走，我领你们过去！"
他们三人走进了岳局长他们那屋。

**2. 指挥部老岳办公室　日　内**
田桂琴进来后，看看简陋的环境："哎哟，这里到底是办公室还是宿舍呀？！你瞅瞅叫他们弄的！"
云秀："工地刚开工，指挥部条件不好！这里又是办公室又是宿舍！"
田桂琴撩开岳局长的被子看看："没办法！就这窝囊人儿！都窝囊惯了！离了我，更完！世界上要选第一个不会照顾自己的人那就是他岳大青了，选别人他都得冤死！哎，他这床单呢？"
云秀："我刚给拿去洗过了！"
田桂琴："你看你看！在家累得你要死，在外又麻烦同志，云秀，真不好意思！还得麻烦你照顾他！"
云秀："嫂子，客气了！麻烦啥？说不上麻烦！我正好要洗衣裳，连他的一起洗了！"
田桂琴："今后哇，你可别帮他洗！看他能埋汰成啥样！"说着，打开了小秦拎过来的一个皮箱，把洗熨好的衣物放在岳的床上，又抽出一个床单，铺在床上。手里忙活着，嘴里却说："他那人，没个整！别说有个床单，人家有捆草都能睡得呼呼的！他当副乡长的时候，在村子里修路，我去工地看他，人家正枕着捆草在那儿睡呢！起来时候，头发上都是草末子！"
云秀笑起来。
田桂琴："真的，看那样他睡得香着呢！"
吉普车停车声！
小秦："八成是局长他们回来了！"
话音未落，岳局长和田副局长他们已走了进来！
云秀："局长，你看谁来了？！"
岳大青："哎哟！怎么是你，你怎么来了？"
田桂琴："你到了工地指挥部了，也不说跟我言语一声！这回又是长住了吧？！没点儿换洗的衣裳什么的哪儿行呢？！多亏了局里张副局长和小秦他们，安排个车把我拉来了！你心里没家，我心里可不能没你！"
岳大青："谁的心里没家？我的心里怎么会没家？哎，咱们红英来电话没？"
田桂琴："能不来电话吗！？都快回来了，说是放一个多月的假呢！"
岳大青："回来好，回来好！我真是想我闺女了呢！"
云秀："嫂子别走了，今晚上就住我那边儿吧！"
田桂琴："别的了，一会儿我就和小秦他们回去了！"
岳大青："老婆子，你是走还是不走？自己定！反正我和老田这屋子又是办公室又是宿舍的，你不嫌就行！"
田副局长："哎哎，我可以到其他工点儿去住！"
岳大青："别扯了，扯什么扯？！我看你今儿个就别走了，来一趟，和大家都熟识熟识也好！晚上就和云秀住一起！明儿个再走！"
田桂琴："我早一天晚一天走的都没啥？反正是大星期天，怎么的都行！主要看你们，别影响着你们的正事儿就行！"

田副局长："没关系！我早就想认识嫂子哩！听说姓田，一笔写不出两个田字来！本家大姐哩！"

田桂琴笑了："听说，田副局长田副局长的，耳朵都磨出了茧子来呢！"

岳局长："好了，今晚你们两个女人去厨房帮厨，做几个菜，咱们乐呵乐呵！老田，从田姓论起，你可是我小舅子了，满足你的棋瘾，先陪你下盘棋！"

云秀和田桂琴出去了！

田副局长："棋可以下，话可不能这么说！我有棋瘾不假，你哩？！你的棋瘾怕是比我的更大吧？！"

老岳："棋瘾大不大？不小！可一工作起来棋瘾就没了！今儿个刚来，杀你几盘！不过我可告诉你，别想在北京时候那好事儿，那时候是为了调动你积极性，故意输你！现在可别想那好事儿了，露点真招绝技给你看看！别中盘交棋呀！"

田副局长："你那棋，臭中之臭！臭透了！过去碍着你是新来的局长，不好意思杀你！明明该吃的子儿，都故意晚一步吃！现在，我可不照顾你局长面子了！吃你的子儿绝不手软！"

小秦："局长，我和司机今晚住哪儿？"

岳局长："问啥？好几张办公桌，对到块堆儿，还能没有你们住的床？！不行，你睡我那儿，我睡桌子上去！"他催促老田："走！"

老田："你那棋臭，你先走！"

岳局长："先走就先走！我棋臭，你的棋比我还臭！"

### 3. 刘市长办公室　日　内

工作人员引进一行人来："刘市长，省里来人了！"

一行人过来和刘市长握手！

工作人员："这位是省精神文明建设办公室的赵主任，这位是审计局隋副局长！"

刘市长："好像都有点儿面熟！过去来过我们市吗？坐！坐！"

来人坐下了！赵主任说："咱们应该是熟人了，从您当县长时咱们就见过面，那时我还在省报当记者！隋副局长可能是第一次来吧？！"

隋副局长："嗯！"

刘市长："省里的领导到我们市这次是……"

赵主任："我们是一起来的，但是两个事儿！我主要是为了你公路边上出现了裸体雕塑这件事儿来的！"

刘市长："哦，看没看看去呢？！"

赵主任："看过了！"

刘副书记："赵主任，你们什么意见？！"

赵主任："论说那几个石雕，也是露了点儿！但不像有些人反映的情况那么严重！可是，这几个石雕该不该放在路边上，我们也拿不准！因为有人说：路边上立了这种雕塑，是表明本市风气不正！用女人形象对过往的路人进行一种招徕！这样，雕塑自身的意义就被引申了！我们的意见，不说这几个石雕对与错！换几个别的就得了，一天云彩都散了！没人告了，也没人议论了，弄个天下太平，你说这比什么不好？！"

刘市长："实话实说，这几个石头雕塑，摆到那，不是公路局决定的，真正的决策人是我！有问题的话，我负全部责任！这几个雕塑摆到那儿对还是错，我们就不说了，赵主任说了，撤下来，那我们就撤下来！回头，我给公路局打电话！隋副局长，您来有什么事儿要我们办的？

隋副局长："刘市长，我们也接到基层举报，说审计局派驻公路局的审计组，让人给撵出来了？这也太不像话了！这在我们省是第一例，在全国怕也不多见！省局从行业管理的角度考虑，我们不能不过问此事！"

刘市长："省局是什么意见？"

隋副局长："我们要调查清楚，是什么人把审计组撵出去的？为什么正常的审计工作得不到应有的保证和支持？！最后，我们必须达到把审计组重新安排回公路局的目的！"

刘市长给隋副局长递了一支烟："隋局长啊，审计组从公路局撤出去，不是永远撤出去，是临时撤出去，这是市里的决定，因为这个审计组在那儿影响了公路局的工作！我们审计的目的是大家都守规矩更有秩序地工作，可是当一个审计组，在人家正忙着开始修路的时候，就进驻公路局，成了领导人家的领导，这合适吗？！我们不是不支持审计工作，对这么大的工程，怎么可以不审计呢？审计是对的，但是可以选择时机！是不是呢？过多的话，我就不想说了，地方的事很复杂！复杂在人际关系和利益上！市里因此事做了决定，我们认为是对的，在适当时机是一定会选调正派的同志组成审计组，进入公路局的，但是现在，还是那几个人，不合适！"

隋副局长："我们只是就这件事，说这件事，不参与地方的人际关系！请市里在适当时机还是要把审计组派进去！对市里的决定，我们不想说什么，可是对岳大青这个人，我要说两句，他对审计组态度很不好，听说是新上任不久的公路局长，希望市里对这个人不要过于放任！我们准备下到公路局去，就公路局和审计组的关系认真调查一下！"

刘市长听了，没有吭声！

赵主任："哎，刘市长，现在公路局的岳局长，是原来你们县那个修路的副乡长岳大青吗？"

刘市长："没错！"

赵主任："哎呀！熟熟熟！我没少搞过他的报道！那可是个能干事儿的人！哎，这几年怎么老有人对他有意见？背后整他？是不是他当了官，变了？！"

刘市长："这话怎么说呢？干的不如站的，站的不如看的，看的不如捣蛋的！有这种情况！整他，也不是整他，是整那些干事儿的人！干事的人就得出头哇！枪打出头鸟哇！按照古人的话说，'木秀于林，风必摧之，堆出于岸，流必湍之，行高于众，众必非之'。中国几千年来的哲学总结啊！大家都待着，谁也别出头，那就太平无事了，可中国的先进分子优秀分子，恰恰待不住！想报效祖国哇！那就是要干事，干成事！可谁干事儿就对谁下手！就有这样的人！有一天，几千年陈腐的哲学在中国大地上彻底垮台了，那些人也就没了！不是他们的肉体没了！是那根整人的神经死亡了！那一天我看可以算作我们中华民族一个精神胜利的节日！"

赵主任："精彩！我同意！我们搞精神文明建设的人盼的就是这！"

在刘市长讲话的时候，省里的隋副局长一直眯着眼睛看着。

### 4. 工地指挥部　日　内

老田和老岳下着棋："哎，老岳，你的马我记着都吃没了，怎么又在棋盘上钻出匹马来！小秦，他这是怎么回事儿，怎么又钻出匹马来？"

小秦只是吃吃地笑！

老岳装憨地："什么呀？！马呀？你走马了？！"

老田："什么我走马了，我问你，你的棋盘上怎么又出现一匹马？你的棋子里有三匹马呀？"

老岳装憨地："啊，这马呀？我有马你不是也有马吗？你是说让我吃掉你的这匹马呀？吃了好吗？！如果吃好，那我可就吃了！"

老田："吃什么吃呀！你那车和我的马根本也不在一条道上！"

老岳："其实这象棋不合理！"

老田："怎么着？"

老岳："哎，小秦，你说，马可以拐弯走，马拉的车，却只可以走直道！道理上讲不通么！"

小秦又是笑！

老田："哎哎，你总不能为了你下棋，把中国象棋棋谱给改了吧！吃你的马，在中国象棋棋谱上也就你岳局长的马特殊，可以死而复生，一匹马一盘棋有两次被吃掉的机会！这叫啥？叫赖！又赖又臭！将！"

岳大青："我也将你！"

老田："先将着你呢！你的棋死定了！"

岳大青："我也将你呢！你的棋也死定了！"说着一推棋，"行了，不和你计较，算个平局吧！"

老田："这怎么能算是平局？这是你输了！"

老岳笑了："杀人不过头点地，算你赢了还不行吗？"

老田："不能叫算，就是赢了！"

老岳："好好！刚开工，一脑瓜子事儿，下棋才被你钻了空子！"

5. 工地厨房　日　内

云秀和田桂琴都在帮厨。

云秀洗着菜，看田桂琴切菜说："嫂子，你咋练的？刀功真好！"

田桂琴："咋练的啥？妇道人家，切菜没有绣花难！"

厨师："哎呀，两位，又是嫂子，又是领导的，你们可歇着吧！我来，一会儿就好！"

6. 工地指挥部　日　内

老岳的手机响了起来。老岳接过来："喂，啊，是刘市长！啊，啊，什么？撤掉那几个雕塑？这有点左了吧？！啊？啊，撤下来怎么处理？嗯，那我就知道怎么处理了！雕塑那么好，不能白瞎了！我会处理！他们这么说，那么说！我把它放到公园里去！看他们还说什么？！刘市长，还有什么事吗？啊，知道了，知道了！"说完，挂断了手机！

老田看着皱着眉头的老岳："雕塑出什么事儿了？"

老岳："小秦，你明天回去，把那几个雕塑，给我拉到市里公园去！不许弄坏喽！"

小秦："知道了！"

田桂琴和云秀她们走进来，手里端着菜："哎，吃饭了！"

老岳闭着眼睛在窗子那里站了很久。

老田叫他："老岳呀，吃饭了！"

老岳突然发作地："他妈的！我们市呀，出了不少人才，也出了一些地产的乌龟王八蛋！这些人正事不足闲事有余，专门打官司告状！几个雕塑，反映咱们市的一个民间传说！摆那不挺好么？！哎，他们就不舒服了，非得告你，连咱们老祖宗也得给你得罪到！我知道，这还是在冲我岳大青下家伙！实话说，我岳大青不怕他们！"

田桂琴："行了，当着我们这帮人面要什么英雄？！吃饭！"

云秀："局长，你就别跟着他们置气了，跟他们置气犯不上！"

田桂琴："吃饭！"

岳大青提起筷子，大口扒拉了一下饭说："你们也吃，你们也吃！真是气死我了！"

饭桌上静静的，谁也不说话！

岳大青吃了几口："哎，怎么你们谁也不说话了？别价呀！别因为我发了两句牢骚，惹得大家都不高兴啊！来来来，说话啊！边吃边唠唠嗑儿！"

小秦吃吃地笑了起来。

岳局长："笑什么？"

小秦："我笑你，有时候，怎么有点儿像小孩儿似的！"

岳局长："老顽童嘛！"

田和云秀也跟着笑了。

### 7. 云秀屋里　夜　内

晚上。

云秀在和田桂琴聊天。

田桂琴："云秀，大青到了这局里干得到底咋样？他得罪人了吧？不然怎么总有人告他，整他？！你跟嫂子说句实话！"

云秀："嫂子，我们局长真是干得很好！群众威信也高！"

田桂琴："你别瞒我，给我唱山歌！他干得好，怎么干得一般的人都不挨整，就他老挨整！我就纳闷儿，这到底是为啥呢？我寻思是不是他的脾气性格呀？他那个人太有个性啊！"

云秀："谁没个性？没有个性的人，不是人！是人就有个性！我说呀！有人告他，整他！不是他的错！是告他的人整他的人的错！"

田桂琴一脸忧郁。

田桂琴："云秀，你也老大不小的了，该考虑考虑自个儿的事儿了！人的青春没几天！过了这个村就没有这个店儿！你可真该找了！"

云秀："不是不想找，是没有合适的！心高命不随！"

田桂琴："差不多就行了，人哪有十全十美的？！"

云秀："我不要求十全十美，但我要求我委托终身的人得符合我的人格审美！不然我宁可一辈子独身了！"

田桂琴："人在世间活这一回，真是个难！人人，家家都有难唱曲！"

云秀看着田，没有再说什么。

（云秀画外音）：是啊，人活在世间真的难，但要是能够活得充实，人生又是多么短啊……

### 8. 工地指挥部　夜　内

岳局长对小秦说："小秦！你上我的床上睡吧，我在办公桌上骨碌一宿算了！"

小秦："别的！你是局长！睡出个腰腿疼病来影响就大了！还是我来吧！反正听着你们俩的呼噜二重奏，也睡不踏实！"

岳局长："司机呢？"

小秦："安排他到厨师那屋去了！"

岳局长一边往办公桌子上放被褥，一边说："你还是在床上睡吧，我没那么娇气！"说着就躺在了办公桌上。

小秦为难地："你看这是怎么说的呢？！"

可老岳不再说话，就那么睡了，他似乎睡得很香！
小秦看看他，只好躺下了！

### 9. 市里一家饭店里　夜　内
市审计局，佟副局长正和省局隋副局长杯觥交错！
隋副局长已有几分醉意："哎，不喝了不喝了，这么好的酒，别再开瓶了！"
二子却又启开了一瓶："哎，隋副局长来到我们地面上了！喝点儿酒算个啥！哎，喝不喝先倒上嘛！"
隋副局长："佟局呀，搞审计工作不容易呀，挨累吃苦还受气！我理解你！"
佟副局长："省局领导能理解我们，那是太荣幸不过了！来，碰一杯！"
两人一饮而尽！
佟副局长："隋局长，咱们都是本系统的哥们儿，不用装假，有什么爱好，只管说，今晚上陪你陪到底！一会儿唱唱歌怎么样？"
隋副局长酒已半酣，说："客随主便！客随主便！"
二子已领进来几个小姐："隋大哥，你相中哪个了？"
隋副局长："哎哎哎，唱唱歌，哪个都行嘛！"可眼睛却使劲往一个颇具姿色的小姐脸上看！
二子心领神会，把这个小姐送到隋副局长面前："你可要陪好我们的这位大哥！陪到底，懂了？！"
那位小姐说："放心了！"说着坐下就搂过了隋局长的胳膊，并用筷子夹起菜来说："这位大哥，祝你今晚玩得开心！"
隋副局长用嘴接过菜，笑嘻嘻地搂着那位小姐："这妞嘴真甜！"
二子："大哥夸你嘴甜呢，亲大哥一下！"
那小姐立马亲了隋副局长脸上一下！
隋副局长的脸上出现了个红色唇印！隋副局长搂着那小姐，低声对佟副局长说："佟局对我这么够意思，为兄无以为报，只是可以为老弟出出气，讨回一点儿公道！"
一丝阴险的笑意浮现在佟副局长的脸上："全靠老兄帮忙！省里来人，角度不一样！市里也不得不退让几分！"

### 10. 娘娘峰下　日　外
岳大青和田桂琴在野外散步。
岳大青："哎，我说，红英这一走，你一个人在家也有点儿发孤吧！"
田桂琴正话反说地："不孤！孤啥？我一个人挺好的！看看电视，电视里有多少人儿，我身边就有多少人儿！孤啥？！"
岳大青忍不住笑了："别属鸭子的嘴硬了，你孤不孤我知道！哎，桂琴哪，等我们把这条路修成喽，啊，我请几天假，好好地陪陪你！"
田桂琴："哎哟，我的大局长，啥时候学会这么怜人了？我可受不了你陪！"
岳大青："唉，老夫老妻的，说啥呢？说我心里不想多陪陪你是假话！真想多陪陪你，可是工地上的事儿，你也看见了！忙得你脚打后脑勺子！唉，只好说一声对不起喽！"
田桂琴看看岳大青："哎哟，你说的这些话，我咋好像不认识你了！"
岳大青："五十多岁的人喽！红英都上大学喽！能不惦记你们哪？我的心也是肉长的！不是铁疙瘩儿石头蛋子呢！"

田桂琴："没看出来，我觉得比石头蛋子还硬呢！"

老岳："是不是红英上学的时候我没送，你还生着气呢？"

田桂琴："……自打她生下来，她这是第一次真正离开家……"

岳大青指着娘娘峰说："看看，我们这有多好的风景！老百姓管这座山峰叫娘娘峰！旁边跪着的那座小山是他的儿子！这又叫作三娘教子峰！三娘这个人啥样咱没见着，可听说过！那是个好妈妈！真正爱孩子的母亲！"

田有些奇怪地看着老岳。

老岳："有时候对孩子严点儿，不见得就是坏事儿！又娇又惯地能教育出好孩子来？红英多大了？该让她自己闯闯了！"

田桂琴听了，脸上若有所思！

### 11. 路上，吉普车里　日　内

老岳对老田说："太和村这个石碴场，咱们还得去看看。"

老田对司机："去太和村！"

司机打转向。

老岳："刘市长老批评我是农民！我认真想了，我是农民，农民其实就是中国！中国的过去，中国的现在，但不是未来。"

老田："未来？我可没空想未来。"

老岳笑了："未来的中国，是一个现代化的国度！我们的观念是需要更新！"

老田："可和农民打交道，还得小心，小心有的人会糊弄你！"

### 12. 路上车内　日　外

一辆吉普车在疾驰。

小秦和田桂琴坐在车内。

### 13. 山野　日　外

老岳、老田和太和村村主任，还有先前闹事的那个村民都在这里。

老岳指着面前的山说："乡里同意采石的这座山的石质，我们技术人员考查了！符合生产石碴的条件！可是施工爆破，这都得专门人才来指导，你们村里不要乱弄！乱弄容易出乱子！"他的手机响了起来："喂，是我！啊，小秦，什么事儿？什么？公路上的雕塑被人刨了？损坏严重吗？嗯，我知道了！你们先回去吧，我们一会儿就去！"

岳局长关上电话，对村主任说："对村民要进行教育！不要认为开碴场是块金疙瘩儿，谁来都可以弄一下子！要有安全生产意识和质量意识，要懂得施工技术！不能盲目蛮干！村主任，你们先在这吧，我们的工程技术人员，马上到！还得暂时借住在老乡家，麻烦你们了！"

村主任："一家人了，就别说两家话了！"

岳局长："老田，看来咱们俩还得到老公路上走一趟！"

田副局长："什么事儿？"

岳局长面色严峻地："去了你就知道了！"

他们上了车！

车箭似的开走了！

14. 公路局张副局长办公室　日　内
办公室主任引审计局隋副局长走了进来！
办公室主任："张副局长，这位是审计局隋副局长！"
张副局长："您请坐！"
隋副局长："不客气！"
张副局长："隋副局长来到我们公路局有什么事啊？！"
隋副局长："我们这次来主要是调查一下市审计局的审计组具体是怎么从你们局被撵出去的，具体是谁撵出去的？为什么要撵出去？审计局审计组履行正当公务，为什么会受到这样不公平的待遇？！"
张副局长笑模样的："好啊，欢迎省里领导！现在班子成员，就我在家看堆儿，局长们都上了前线了！你们要调查的，我基本能说清楚！"
隋副局长："那就请张副局长说说，这到底是怎么回事儿。"
张副局长："审计组从公路局撤出去，不是谁撵出去的，撤出去，这是市里的决定！至于为什么要撤出去，解释权应该在市里！至于你说到的审计组履行正当公务，我有发言权，我认为，或者我们公路局的班子认为：他们履行的是不正当公务！"
隋副局长："张副局长，何以见得他们履行的是不正当公务呢？他们不就是就公路贷款投资要进行审计吗？这有什么不正当的呢？！"
张副局长："你说对了，如果他们只就此事进行工作，我们是不会说他们存在履行不正当公务的问题的！那个佟副局长原来就是我们公路局以副顶正的主管，他在公路局期间，吃吃喝喝，挪用公款，甚至也会有贪污问题。可是，这些问题，他们不审计，却直接冲着国家拨来的公路贷款下家伙！公路局用在公路建设方面的钱，他们一会儿说这个不该花，一会儿又说那个不该花！从各方面束缚你！这样下去，公路局的事儿还有个干吗？路得等到猴年马月才能修成？！部门和部门之间的制约到了这种程度，怎么可以？另外，我也可以开诚布公地说，那个佟副局长，在这个时候带审计组来，目的很多，一对他在职期间的账可以不查，二是看公路局有油水了，想过来伸手捞一把！"
隋副局长："算了，你不要说了，我原来以为，公路局就是一个岳大青在这里胡作非为，没想到你张副局长也和岳大青坐到一条板凳上去了！不管怎么说，撵走审计组的事件，在全省乃至全国都是罕见的！影响是恶劣的！我希望你们能清醒地看到这一点！"
张副局长："我们欢迎审计！这一点没什么说的！"
隋副局长："嘴上说欢迎审计，可你们的实际行动呢？！是撵走了审计组！"
张副局长："我们欢迎省里市里审计部门监督审查我们的工作，欢迎省市派一个联合审计组进驻我们局，可以从佟副局长主管工作时开始，对财务进行审计！"
分隋副局长："如果查不出佟副局长的问题，你们怎么办？"
张副局长："审计并不是非要查出谁的问题，是对人民对同志负责！何况，群众反应这么大，我们亲眼看到的事儿也不少！我敢说：他佟副局长不可能一点儿事情没有！不可能！"
隋副局长："张副局长，你作为公路局的领导，说话要对自己和曾经在一起工作过的同志负责！如果佟副局长真的没问题，那就是你们有问题！至少你们也涉嫌陷害同志！"
张副局长："可以！如果先就审计佟副局长主管工路局工作时期的账目而派出审计组，我们欢迎！如果就审计公路贷款派出公正的审计组，我想市里和我们局都会欢迎的！"
隋副局长："什么市里？你们不要老拿市里当挡箭牌！事儿都是你们公路局做下的！"

张副局长："事情也可以这么说，市里是听了我们的汇报做出撤出这个审计组的决定的！但这不是哪个人向上级做的汇报，是一级组织向上级做的汇报！"

隋副局长："审计组还是要派！不管谁说都没用！这是履行公务！"

15. 公路上　日　外

岳局长他们的车开了过来。

岳局长、田副局长走下车。

路两边的雕塑已经被破坏得残缺不全了。

老岳走到一座雕塑跟前抬眼看看那雕塑，脸上全是惆怅！

他蹲下身，捡起地上一块碎裂的石头，眼里满是悲哀。

老田默默地看着他。

老田过来说："局长，别过于伤心了，这些雕塑已经毁了！"

老岳回转身和老田往回里走："老田哪，有一本书，叫文明的碎片，你看过没有？"

老田："我哪有时间看那些书啊。"

老岳："……我原来以为文明的碎片已属于中国的历史，没想到仍属于现在！……这满地都是文明的碎片！这是我们市当代文化中的一个悲剧！"

老田："这是犯罪呀，公安部门会破案的。"

老岳："……我们还要重建这些雕塑！重建！"

16. 工地指挥部　傍晚　外

老岳满腹心事地坐在指挥部外的山坡上，一声不响地想心事！

云秀走了过来，她站在岳局长身后，良久没有说话，过了半响，她才说："局长！雕塑被人毁了？"

老岳看看她，长出了一口气："美的东西，总是那么容易被人毁掉！"

云秀："局长，总想找个空儿和您唠唠！"

老岳："唠什么？"

云秀："我那天喝多了酒，当你说了那么多话……"

老岳："你当我说什么了？我不记得了。"

云秀："你不会认为我是一个坏女人吧……"

老岳："没有哇！你的心里透出来的是高尚的品质……"

云秀："我……我知道人做了不好的事情可以改正，可是心里……"

老岳："云秀，就算你被别人毁过一次，可是，被毁坏的美的东西，是可以重塑的，重塑的美，可能比被毁掉的美更美！这就是我今天对咱们被毁掉的雕塑所要发的一点儿感慨！"

云秀睁大了美丽而带有忧伤痕迹的眼睛看着他。那眼里，渐渐有了泪："局长，这个包袱我背得太久了，你今天让我知道了我自己该做什么，和怎么做了！"

老岳看着云秀笑了，那笑里满是父辈对晚辈的慈爱。

（第八集完）

第九集

1. 张副局长办公室　日　内

田桂琴正和张副局长说着话："张副局长，我们家这个老岳哇，好人，我也知道他是好人，工作也是拼着命地干！可他老去得罪人那角！在县里当交通局局长，叫人给他查个底朝上，虽说后来他没啥问题，可毕竟审查了他半年多！这个局长没当几天，就又有匿名信告他！你跟我说句实话，他这个人到底是怎么回事儿？你说说实话，让我心里也有个底！一天到晚跟他操透了心了！"

张副局长："弟妹呀，你是第一次到我办公室来，我和老岳是搭档！跟你我不能不说实话！老岳这个人在县里挨整的事儿，我只是一般听说，不了解细情，到了市里公路局这一段时间，他咋样，我还是很了解的！我可以拿我的良心说句公道话：老岳是个有开拓精神的好干部！"

田桂琴："……在县里人家也都说他是个好干部，可为啥挨整的是他？到了市里，你们又说他是个好干部，可又有匿名信告他！没事儿的时候我就想，他这人是犯了什么邪了呢？！好干部为啥捞不着好呢？！"

张副局长笑了："不是他犯了什么邪，是有个别人犯了邪！那个别人代表不了社会的主流，一条鱼搅得一锅腥！你怎么办？我们不能因为他们瞎搅和，我们就不工作了吧？！对待这样的人，我好有一比：我们走路，有只狗老在跟在你身边叫，它不上来咬你的时候，你就得权当没看见！它要真上来咬你，就飞起一脚！把它踢得远远的！不然的话，你说你能把它怎么的？我们不能因为它叫，我们就不走路了，我和老岳都不是那样的人！有人给你写匿名信，你不好查到他是谁！法律对匿名信的事没有太明确的规定！那涉及道德问题，严重的涉及犯罪！可你查不着他呀！你在明处，他在暗处，这事复杂就复杂在这种人当面一个样，背后又一个样！知人知面不知心！怀疑谁可以，可你又没有特别的证据！干这种事儿的人，没有好东西！弟妹呀，你要找我说话，这就是我心里的话，真的！"

田桂琴："张副局长，你是公路局的老领导了，我寻思你们在一块儿搭班子，可别让他有啥闪失，犯什么错误，再挨什么整！"

张副局长："这你放心！我这么大岁数了，我怕啥？我肯定是老岳的一个挡箭牌！真来事儿了，先躺下的是我！他在前线，我在后方，做不到这一点，我就不配做这个局的副局长！一个班子里的人，勾心斗角，台上握手，台下踢脚，你整我我整你，在我和老岳之间不存在！我支持他，配合他，不是支持配合他个人，是支持这份事业！事业是谁的，是国家和人民的！为官一任，不为人民做点事儿，那还叫官儿吗？那是混蛋虫！"

田桂琴："听了你张局长说这番话，我心里透亮多了，张局长呀，我真是打心里往外谢谢你！"

张副局长："哎，一家人，这又说上外道话了！"

### 2. 佟副局长办公室　日　外

省里隋副局长正在和佟副局长说话："那个姓张的副局长，态度死硬，还跟我叫板，说我们不敢查你在任期间的账！老弟，你给我放句话，你倒是怕查不怕查？！你说句实话，我心里好有个底！"

佟副局长笑了："这话……得怎么说呢？当了一个局几年的一任领导，要说想通过查账查出点事儿来，能说查不出来吗？可是有你隋大哥挂帅，我怕啥？多大的沟坎过不去，多大的山梁能挡住我？"

隋副局长看着佟副局长笑了："嗯，这么说，我可以跟他姓张的较较这个劲，可以向公路局派驻省市联合审计组了？！"

佟副局长："大权在大哥手上，你定，你定！"

隋副局长："好，那咱们就说好了，我们就这么定了！审计完你在任期间的账目，没问题，看他们还有什么说的？！到时候，我们就可以放开手查他们，有了问题，一个也跑不了！到时候，你看我怎么收拾他们！"隋阴险地笑了。

佟副局长也牵强地笑了！

### 3. 工地指挥部　日　外
从远处的山道上走来了一个驮队。
驮子上载着一些重物。
驮队来到了工地指挥部门前。
驮队领队的人跟走出来的岳局长打了个照面："同志，哪位是总指挥？"
老岳："我是岳大青！"
领队："我们是山西省那边三道沟李子树村的，听说高速公路开工了，往我们那边通，大家伙好几天没睡好觉，高兴啊！几个人搭伙给你们送来点山货，东西没啥好玩意儿，表示一点儿心意！"
岳局长："哎呀，千金难买呀！快到屋子里坐吧！"
领队："好，等把东西卸下来再说！"说着，他们七手八脚地往下卸东西。

### 4. 工地　日　外
现代化的修路场面，推土机在平整着路面。
云秀看着这个场面满脸兴奋，但是转过脸来却又是满面忧色了，她快步地走着。

### 5. 指挥部　日　内
屋里，老岳在给驮队的人倒水："乡亲们，论说我们修的是条高速公路，路是接上你们山西境内的高速公路，高速公路从你们村边过，可是在你们村哪儿没有出入口，给你们村也带不来直接的好处，你们咋这么高兴？还费了这么多心思？"
领队："岳总指挥呀，你这么说不对，我们不是图我们村有没有出口入口，是图山沟子里有了大变化！山沟子里的人啊，多少代了，没见过汽车的人不少啊，说这话不怕你笑话，真的没见过汽车呀！有了这条路，我们就觉着山沟子里和外面通了气，我们活着不憋屈了！我们来送点儿东西，不为别，就为这！"
老岳："嗯，从山西那边驮队走到这，得走好几天哪！难得了乡亲们这份心了！你们来得好！你们这一来，使我意识到，这条高速公路确实很重要！我们省内山沟里修路的任务还很多，很重！除了高速公路，我们还有很多的路等着修！我想，你们山西的公路部门早晚有一天，也会把公路修到你们村的！"
领队："那敢情好了，做梦都盼着这天哪！"
岳局长："这个梦是个梦，可也不是个梦！这是个会梦想成真的梦！"
云秀走了进来："总指挥，太和村工地又出事儿了，今天早晨，咱们施工单位的推土机上路基推土，突然发现路基前面出现了两座新坟！还有人哭丧！"
老岳："知道原因吗？"
云秀："说是原土地承包者，对咱们给的土地征用费不满，才整出的事儿！"
老岳："老田呢？"
云秀："他在现场！"
老岳："我去吧！"他边往外走，边说："乡亲们这一道辛苦了，先歇歇脚！云秀，安排点儿好酒好菜，招待山西来的乡亲们！"
领队："饭吃一口就行了，可别特意安排了！吃一口，我们就回了。"
老岳："云秀，这边的事儿，你安排吧，我走了！"

## 6. 工地上　日　外

田副局长、推土机手面对着一帮哭坟的人，有些束手无措，他们呆呆地看着这一切！

岳局长的吉普车驶了过来。

岳局长从车上下来。

田副局长对刚下车的岳局长说："局长，你看！"

老岳举目望去，见公路正前方，有人正在哭坟。

老岳想了一下，走上前去！

老岳："喂，你们是谁家的？！"

没有人应声！

田副局长在一旁说："我们问了，是村东头刘海旺家的人？！"

老岳："他家真的死了人吗？！"

田副局长："看哭成这样，倒是像！可看那两个坟堆又不像！"

老岳："老田哪，看来这里边的问题不那么简单，咱们去石碴场看看，连着找找村主任吧！"

田副局长："看来也只好这样了！"

老岳和田副局长上了吉普车。

车开走了！

## 7. 工地指挥部　日　内

云秀在招待驮队的人吃饭。她说："乡亲们，你们可吃饱啊！回去还有不少道要走呢！"

领队："我们村就在两省的交界处，你们修路到我们跟前时，工地上的人，有什么需要帮忙的，可以到我们村里找我们，能帮的我们一定帮！"

云秀："先得谢谢你们了！"

## 8. 石碴场　日　外

村民们正在技术人员指挥下作业。

吉普车开了过来。

岳局长他们下来后，村主任看见了，他走了过来："哎哟！总指挥又来了！"

岳局长："碴场生产情况怎么样？"

村主任："挺好！生产了十几万立方米石碴，一切都很正常！"

岳局长："嗯！"

村主任递过水说："哎呀，照这么下去，两年多，我们村子就发财了！这就叫靠山吃山哪！过去咱吃的山外皮，现在吃的山骨头山肉，油水大着哩！村民们都满意着哩！"

岳局长："村主任啊，你别光跟我唱喜歌！村民们也不是都满意！"

村主任："净扯！谁不满意？！"

岳局长："村东头的刘海旺家！他家满意吗？"

村主任："他家咋的了？！"

岳局长："这两天，他家有人去世吗？"

村主任："没听说呀！他爹他妈没得早，再没听说他家有人又怎么的呀？"

岳局长："问题就出在他家，把两座新坟堆在了公路的正前方！路修不了了，今天就得停工！我们来找你，这个事得解决！"

村主任："他妈的，这个刘海旺！耍什么驴！我知道怎么回事儿了！"

岳局长:"怎么回事儿?"

村主任:"村里为了上这个石碴场,上级拨下来的承包土地征用费,我们留用了一部分,刘海旺家没人乐意到石碴场干活,头两天就找村上闹着要土地征用费,总指挥,你说,这上个碴场,不得用钱了?现在石碴一淌,那不是黄金万两吗?可刘海旺这家人家毛病就是多!不管你村里办碴场的事儿,只顾他自家!他还上路段上闹事儿去了?找乡里公安,给他家的人扣起来得了!"

岳局长:"不合适啊,对待老百姓那么简单哪行?!我看,人家没参加碴场的事儿,你们应该给人家发的承包土地征用费,还是应该发给人家!"

村主任:"石碴场刚生产没多长时间,钱还没周转回来呢!"

岳局长:"那不要紧,公路局先垫支给你们,先把刘海旺家的事情解决好,修路不能耽搁,也耽搁不起!"

村主任:"那倒是好,可这个刘海旺也太不像话了!"

岳局长:"村主任啊,我们面对的不是别人,是我们的乡亲,农民更多的看的是眼前利益!你不能怪他们哪一个人,要怪得怪几千年中国农民的观念!麻烦你跟我们去一趟吧!"

村主任:"哎,不麻烦!我真是没坐过这个车哩!比毛驴车快多了哩!真想坐坐哩!"

### 9. 工地指挥部　日　外

云秀送走了驮队。

在她的身边,是那些山货。

她轻轻地打开一个袋子,见里边是干野菜和干蘑菇!

炊事员走了过来:"哎哟!送来这么多山货呀!"

云秀和炊事员一起收拾那些山货,说:"难为了山里老百姓对咱们的这片心思啊!把这些个东西分分,各工点儿都送去一部分,这份心意重着呢!"

### 10. 工地上　日　外

吉普车开了过来。

村主任对正挡在路前哭嚷的人说:"刘海旺!行了行了,别在这没完没了啦!村上欠你的钱给你!"

那个被称作刘海旺的人说:"口说无凭,什么时候还?"

村主任:"马上!为了你这鸡毛蒜皮的小事,工地指挥部先给我们垫支的钱!你跟我们走吧!"

刘海旺答应得很痛快:"哎!"

岳局长:"工地这块施工已经停了快一上午了!我们该恢复生产了吧?你这土堆里埋的什么?"

刘海旺:"土堆里埋的是土哇!我们农民能往土堆里埋啥?我们生在这片土里,长在这片土里,将来死在这片土里!我们就靠土活着!我们指着土活着,有难处了,也得从土上想主意!"

岳局长:"推了它吧!"

推土机隆隆的,翻卷的土浪!

(云秀画外音):两座小土堆被推掉了!被推掉的还有什么呢?他用自己的方式比较轻松就解决了我们认为很难的问题。是啊,土堆里埋的是土,就算不是土,凡是埋在土里的东西，最终是要成为土的。

**11. 工地指挥部　日　内**
老岳、老田、云秀他们在研究工作。
老岳："特大桥的桥墩已经开始浇筑了！咱们得去看看，质量上不能出任何差错！"
老田："现在又来事儿了！"
老岳："什么事？"
老田："我们原来没有意识到，修路工作地下边还有事！专家们考证，在这一带，是属于煤矿采空区，地下有空洞！这些空洞会对我们未来的高速公路造成一定的隐患！"
老岳："没有也许！只有一定！专家们怎么说？"
老田："打深钻，钻孔注浆！这个成本可就大了！"
老岳："该投入的成本我们就得投！我们不能把责任推给煤矿，他们的生产任务很重，没有心思顾及我们修路的事，老田，你说我的说法对吗？！"
老田："注浆吧！这是华山一条路！"
老岳："没有注浆之前，告诉路面施工的单位，一锹土也不要动！要多听专家们的意见！"

**12. 某施工工点**
岳局长、老田他们在检查工作。
（云秀画外音）：艰苦的施工，漫长的路途，不知道从什么时候开始，他的身上似乎有了一种直觉，那也许是只有像他那样热爱路的人才会有的，我到现在也不知道他怎么会有这个直觉的。
岳局长来到搅拌机旁，用手拿起混凝土细细地看着，突然发问："这水泥的标号没问题，可沙子、石子和水泥的配合比有问题！你们是多少比多少配的？！"
陪同的人员说："配合比都是按要求做的！"
岳局长："不对！肯定不对！"他问一个正在工作的职工："你们这个混凝土的配合比对吗？"
那位职工沉默不语。
岳局长："技术员呢？！"
那位职工往一座工棚里一努嘴。
岳局长他们向这个工棚走去。

**13. 工棚里　日　内**
技术员正在和几个人一起摸扑克，有人脸上贴着纸条，有人顶着枕头！
岳局长他们走了进来："哪位是技术员？"
技术员："我，我是！"
岳局长上前划拉起扑克，向空中一扬说："工作时间打扑克？！大桥的工程质量不要了？！你还有没有一点责任心！你出去到搅拌机那儿看看！你们混凝土那是什么配合比？你们要把一个豆腐渣工程交到人民的手上吗？！"
技术员辩解道："差不了多少吧？！"
岳局长："差不了多少！这是你一个技术人员该说的话吗？！你们的搅拌机立即停工，请技术专家对已经浇筑的桥墩进行鉴定，不合格的话，你要接受法律制裁！"
技术员："没那么严重吧！"

岳局长："最严重的就是你把严重的事情当儿戏！老田，召集人，到这里来开现场会！"

### 14. 修好的大桥下　日　外

云秀望着大桥，那是一座很高的桥，离地面有八十多米，非常壮观，从下面看上去，路像是在空中穿过。

（云秀画外音）：走在修好的大桥下，你会感叹人力的伟大。他是一个非常重感情的人，尽管我知道他把质量看得比生命还重要，但我很难想到，他要是知道了他要处理的这个人的身份时，他会不会犹豫。

### 15. 工地指挥部　日　内

老田从外面走了进来："总指挥，专家鉴定结果，桥墩质量真的有问题！混凝土的配合比真的有问题！"

老岳："炸掉！同时报知检察机关，把那个技术员以渎职罪抓起来！他的不负责任造成了人员和物资的浪费，给国家和人民造成了巨大的经济损失！"

老田："老岳，桥墩炸掉可以，可那个技术员，你知道是谁的侄子吗？！"

老岳："谁的？！"

老田："市里刘市长的侄子！"

老岳："真的？！"

老田："真的！"

老岳吸了口气："真是他妈的撞见鬼了，怎么会是他的侄子呢？！"

老田："刘市长那么支持咱，他这个侄子，咱们报官抓起来好吗？！"

老岳神情严峻，他点燃了一支烟！缕缕烟雾是他此时的心绪！突然他把烟头一掐："这种人，我们不处理他，他就会要我们的脑袋！"

老田看着老岳。

老岳："要是我们没有及时发现，通车的时候桥出了问题，那会是一种什么结果？"

老田慢慢点了点头。

老岳："王子犯法，与民同罪！刘市长那儿我去说吧！"

老田看看老岳，没吱声！

### 16. 工地　日　外

（云秀画外音）：市里听说公路局要炸掉质量不合格的桥墩，非常重视，刘市长亲临了现场。

一处山坡的隐蔽部位里。

刘市长、岳大青、老田头戴安全帽，静静地等待着。

画外是声声爆破声，人的心里也好似在震动。

老岳的脸上是一阵难过。

刘市长："炸得好！但以后不要再炸了，我们要避免再出现类似的施工质量悲剧！"

老岳："这也许是个例外……"

警车的鸣叫声！

工段长进来："总指挥，技术员被带走了。"

老岳："知道了。"

刘市长："技术员？什么技术员？"

老岳:"不合质量标准桥墩工地的技术员。"

刘副书记:"叫什么名字?!"

老岳:"别问了,是你的亲侄子!"

刘市长看着消失在远处的警车,他走到老岳身后,将手放到了老岳的肩上,老岳回身看着他。刘市长:"这就是你今天一上午都这么难过的原因?"

老岳无言。

刘市长:"……我们不从国家建设的角度看,单从他个人的角度说,你现在不抓他,要是大桥通了车再来追究责任,你保得住他吗?你保得住你自己吗?我也有间接责任哪!"

老岳眼里已有了泪花。

刘市长:"别想了,这事儿就过去了。市里考虑你的工作情况,决定先从市政府家属大院里给你解决一套住房,有时间回市里,你去看看,我看,田桂琴可以搬过来了!老两口了,老唱七月七鹊桥相会,也不行!"

老岳看着刘市长,泪水终于流了下来。

(云秀画外音):不知道以前他哭过没有,我知道,那是他到市公安局后第一次淌了眼泪……

### 17. 张副局长办公室 日 内

省市联合审计组的人正在工作。

一名工作人员抖动着一摞子账说:"这是明显的假账!光这一笔账,就做了几十万元,这得跟隋副局长汇报!"

另一名工作人员:"我这还查出好几摞子呢!这账里的问题不是严重,是太严重了!"

### 18. 某饭店 日 内

审计组的人在吃饭。

审计组的人对隋副局长说:"隋副局长,那些账目你也看了,这是明显的违纪违法!"

隋副局长:"你们的任务是审计!不要管问题如何处理!是不是问题,问题有多大,没你们的事儿!查账,没有问题就过,小小不言的问题也可以过,发现了大问题可以向我报告,但你们不要轻易认定问题有多大,更不允许向外捅!听清楚了吧?!"

审计的工作人员看看隋副局长,都没吭声!

### 19. 茶馆 夜 内

一个房间里。

隋副局长正和佟副局长谈话:"佟老弟!问题不大,有你大哥在,能挡一阵子。可问题要是大喽,我也是掐着眼皮擤鼻涕,有劲儿使不上!实话说,我没想到,你会有问题,而且问题还不是一般的问题!"

佟副局长拿出一沓人民币说:"隋大哥,一点小意思!"

隋副局长看着钱说:"老弟,你在这个时候送我钱,叫我进退两难啊!"

佟副局长:"怎么说?"

隋副局长:"我是收也不好,不收也不好!我收,你说咱们哥们儿能说是这两个钱的交情吗?人情整薄了。我不收,你心里又会想,是我驳了你的面子,你会认为我下手整你！"

  佟副局长："大哥，什么是哥们儿，在哥们儿有难的时候挺身而出才是哥们儿！现在就看大哥您的了！你是审计组组长，你说有问题，没问题也是有问题，你说没问题，有问题也是没问题！您是可以呼风唤雨的人！这我心里有数！"

  隋副局长："这钱，你说我是拿好，还是不拿好？"

  佟副局长："您是我大哥就拿着，不是我大哥就别拿！"

  隋副局长："看来，我只好恭敬不如从命喽！"

  佟副局长拿起钱，揣在隋的挎兜里："拿着，当然是要拿着！"

  隋副局长："老弟，你知道，我这个人今天可是喝了酒了，我这个人有个特点，喝完酒，啥事儿都记不住！"

  佟副局长："哎呀，大哥，你的意思，小弟明白！"

### 20. 街道上　日　外

  轿车里。二子对佟副局长说："大哥，我看这个隋副局长是鸡蛋掉油缸，滑蛋一个！要查你在任期间的账，是他的主意，说你的账有问题，也是他跟你放的风，这小子是不是要勒你大脖子呀？！"

  佟副局长："破财免灾！咱们的账，他们不来查，早晚有人来查！别人查更麻烦！"

  二子："可这小子也他妈够黑的，你一回就给了他那么多钱，他就真他妈的敢要！"

  佟副局长："你知道啥？人家是省里的人，见过大世面，跟他们办事，得动真的，不能拿着草棍儿蹭痒痒！出手少了，他会认为你耍他，那更麻烦！"

  二子："那，我们是不是也得在公路局内部想想辙？"

  佟副局长看着二子，点了点头。

### 21. 审计组人员住处　夜　内

  两名工作人员在一起说话。

  一名工作人员说："这个隋副局长是怎么回事儿，让我们审计，审计出问题也向他汇报了，他不哼不哈地都给压下了，以后我们的工作咋干？真不知道咋干了？隋副局长和那姓佟的副局长称兄道弟的，关系很密切，以后的账咋查？！"

  另一名工作人员："要我看，该咋查咋查！问题不能出在咱们这！"

  一名工作人员："哎，如果隋副局长把这些事儿都压下了，咱们怎么办？"

  另一名工作人员："怎么办？咱们一个小萝卜头，能怎么办？磨道驴听喝呗！"

  一名工作人员："我也不完全那么想！"

  另一名工作人员："你怎么想？哎，我可告诉你，别干傻事啊！做事不由东，累死也无功！小心砸了饭碗！"

  窗外，风摇晃着树影！那树摇晃得很剧烈！

### 22. 岳局长在市里的新居　夜　内

  笃笃的敲门声。

  田桂琴开门。佟副局长和二子出现在门口。

  田桂琴："你们找谁？"

  佟副局长："请问是岳大青局长家吗？！"

  田桂琴："啊，是啊，你们是？"

  佟副局长："原来公路局的老人儿，姓佟！"

田桂琴:"哦,知道,是不是调到审计局的佟副局长啊?"
佟副局长:"啊,嘿嘿,是是是!可是大嫂您别叫我佟副局长,叫佟老弟!"
田桂琴:"你们来,有事儿?!"
佟副局长:"也没什么大事儿,听说岳局长乔迁新居,随便来看看,顺便儿带一件不起眼的小玩意儿!"
田桂琴忙说:"哎呀,那可不行!我们家老岳从来不让收别人送来的东西!"
佟副局长笑道:"嫂子,您这就见外了不是!我这不是送礼!岳局长搬了新居,我作为前任不来看看,可是太不近人情了!一件钧陶,不成敬意!放屋里吧!"
田桂琴忙推脱:"不行不行!绝对不行!再说还没正式搬家呢,我是过来先拾掇拾掇屋子!"
佟副局长:"嫂子,你可拿好喽!"
陶器啪地摔在了门槛上!
四溅的陶片!田桂琴有些愕然!
佟副局长:"哈哈!没事儿!我来帮你收拾!"
田桂琴拿过一个小撮子来,用笤帚扫着。
佟副局长在用手捡那些陶片:"哎,嫂子,您别介意,哪天我再给送一个来!"
田桂琴向撮子里扫着陶片说:"您可千万别!这我都不知怎么谢您了!"
佟副局长笑道:"那也好!你们不收我也不再勉强送!只是,托嫂子给岳局长带个话儿:说你们的家门儿我姓佟的也认得了!来过了!碰着佟老弟过去在公路局的事儿请他多关照着点儿!人哪,啥事儿都别赶尽杀绝!天底下,两座山到不了一起,两个人总有会着的时候!我们走了!"说着和二子走了。
田桂琴拎着笤帚,一脸迷惘地站在那里!

(第九集完)

## 第十集

### 1. 刘市长办公室 日 内

省纪委的同志和省检察院的同志走了进来。
刘市长起身和他们摆手:"哟,省纪检委和省检察院的领导都来了,是不是还是因为我们市公路局的事?!"
省纪委的同志:"你刘市长真是个事前诸葛亮!能掐会算咋的?"
刘市长:"都请坐!有句话,我不知该说不该说。我可以把我的乌纱帽压在你们手里!打死我,我也不相信岳大青是个赃官,换句话说,我比较了解这个人!"
省纪委的同志:"刘市长,我们是为了公路局的事情来的不假,可是,你想的不完全对,我们不是来查岳大青的!"
刘市长:"唔?别人又出了问题?"
省纪委的同志:"是省市联合审计组出了问题!审计的工作人员向我们反映:公路局前任佟副局长的问题很严重!而审计组的领导对他又在千方百计进行庇护!我们是为了这个问题来的!"
刘市长:"哦,我们市的审计组到公路局以后出了问题,不是正规搞审计,而是干扰公路局的正常工作。市里做出决定,把他们撤出来了!随后,审计局又来了人,非要派进一个省市联合审计组,我们认为这是正常审计,加上又有省里的人参加,就同意了。没想到,他们也出了问题!需要我们配合做些什么?"
省纪委的同志:"因为是办一个有些特殊的案件,请市里公安部门协助看护一下我们的住地。"

刘市长："我来安排下，这是我们应该办的！"

### 2. 一宾馆隋副局长住室　夜　内

隋副局长有些心神不安的样子。

笃笃的敲门声。

隋副局长："请进！"

佟副局长走了进来："大哥，没睡呢？！"

隋副局长："这么晚了，你找我有什么事？"

佟副局长："大哥，听说省纪检委和省检察院都来人了？是冲谁来的？想不明白，我就睡不着，想来您这打听打听！"

隋副局长："冲谁来的，我也不清楚！哎，老弟，有一次咱们出去喝酒，我喝多了几杯，第二天一早发现兜里怎么有不少钱？这是怎么回事？这怎么平白无故就冒出这么些钱呢？"

佟副局长："大哥，那天你不会喝那么多，连这点事儿都记不清了吧？我给你钱的时候，你不是还问……"

隋副局长："确实是记不清了，第二天一早怎么也想不起来，这钱是从哪儿来的？我不会搬运术，总不会把别人的钱，搬到自己兜里来吧？！这钱到底是怎么一回事？"

佟副局长笑了："大哥！"

隋副局长："是你给我的？"

佟副局长嘿嘿一笑。

隋副局长："老弟啊，你实在是嫩得很，我正带着审计组在查你的账，你却在这个时候往我的兜里揣钱！这怎么好呢？你说你是不是嫩得很？我要了你这个钱，就意味着我和你同流合污！我不要你的钱，你又觉得心虚，怕我不帮你的忙！你这个人啊，做事真是嫩得很！"

佟副局长："大哥，事已至此，就是咱们哥俩袖筒子挎兜里的事，不说这件事了好不好！"

隋副局长："不好！这个钱你还是要拿回去的！这是我没喝酒时说的话！你必须拿回去！"

佟副局长面有难色地："大哥……"

隋副局长："省纪委和省检察院来人，你听说啥了？"

佟副局长："一点儿风也摸不着！神秘得很！连住的地方都有公安人员把着！"

隋副局长："嗯，这种情况说明他们来办的是个重要的案子！佟老弟，不是要与你脱离干系，这些天，你少到我这里来，以免碰着事，连我的嘴也贴上了封条！"

佟副局长："这我明白！"

隋副局长："这钱，你拿着，咱们哥们哪用得着这个！"

佟副局长："大哥，兄弟一场，有事还请多关照！如果有急事，我就叫我的司机二子来和你联系！"

隋副局长："我的电话、手机你都不要直接打。"

佟副局长："明白！"

隋副局长："钱！别忘了把钱拿着！"

佟副局长："这钱，我是死活不能拿的！"

享隋副局长："你不要太嫩！我说让你拿着，你就拿着！"

### 3. 工地　黄昏　外

云秀在工地上走着，她时而抬头看着桥，进而转身看山，高速公路好似挂在山间的彩虹，不太真实又那么可信。

（云秀画外音）：这条路修得多么艰难，就好像我心中的路啊，在这条路渐渐由想象成为现实的时候，我内心的路也渐渐清晰了，我知道，我无形中已经被他和生活重新塑造过了，我的体内又充满了活力，生活又变得美好，我要彻底地重新活过来，我再不能犹豫了，……我决定要向岳局长再次讲清一切，这个良心上的包袱我背得太久了。

### 4. 审计组　日　内

隋副局长在给工作人员开会："关起门来说，这些天来，大家都很辛苦！咱们审计工作是很有成绩的！查出了不少问题，有的问题确实很严重！过去，我没有在审计组内部多讲这些问题，是考虑怕打草惊蛇！其实情况我都如实向上做了汇报！根据我们掌握的情况，佟副局长的问题，确实很严重！够抓够捕的了！请大家把查出的问题，都一一整理好，今天中午之前，交给我！请大家相信，作为审计组的组长，我一定会认真负责地做好自己的本职工作！大家都听明白了没有？"

那个工作人员对另一个工作人员说："怎么回事儿？这隋副局长怎么风一阵雨一阵的，突然来了个180度大转弯呢？"

另一个工作人员："不知道！听说省里纪检委和省检察院都来人了！"

### 5. 省纪委和检察院人员住地　日　内

隋副局长在一间会议室里向省纪委和省检察院人员做汇报："现在账没有查完！可就目前情况看，这个佟副局长就够'双规'的了！不光有做假账的问题，还有挪用公款、贪污等问题！这些问题，单凭哪一个说，都不是小问题！掐到一起问题就更大！面对这些问题，我们很慎重！既要查清问题，又不能打草惊蛇！有的人以为我很消极，担心我会向着佟副局长说话，这些担心虽然是对的，但是不必要的！我和他佟副局长非亲非故，我会舍弃原则，跟他坐到一个板凳上吗？你们都是省里来的，你们会吗？显然不会！现在，你们来了，我站在一个省市联合审计组组长的角度，建议对他的问题，立即进行处理！"

所有的人神情严肃，没有人说话。

### 6. 工地指挥部　日　内

云秀在和岳局长说话："总指挥，我想正式跟您谈一个事儿！"

岳局长："嗯，什么事儿这么正式？"

云秀："总指挥，我是向你毫无保留地说过我和佟副局长的关系，除了那些之外，我还知道佟副局长的一些经济上的问题，我想揭发他！你说可不可以？"

岳局长："云秀哇！这个事儿，我建议你跟张副局长谈！张副局长负责这方面的工作。我这个人啊，因为工作确实得罪了不少人！该得罪的得罪了，不该得罪的，有时候也得罪了！可是，到现在为止，我真没弄明白，我是怎么得罪的这个佟副局长？！"

云秀："不是你得罪了他，是他不放过你！他把你当成了他的对头！那个人啥样，我太清楚了！我琢磨过岳局长的话，毁掉的美丽可以重塑！过去和他好过的那个云秀死了！真的死了！我不再是那个云秀了！"

岳局长看着云秀："嗯，云秀！你这些话，使我感觉到没看错你！你云秀还是个好云秀！"

云秀："总指挥，你如果同意，我就请一天假，回市里去一趟！"
岳局长："咱们一起回去吧，我也得到劳教所去一趟！"

### 7. 县城　日　外
岳局长老房子门前，一辆轻型卡车停在这里。
岳红英已上了车。
车上只装了些简单的家具。
司机还在向后望。
田桂琴："关车厢吧！"
司机："车都没装满，这才装多点儿东西，再装点儿，跑一趟也算值个儿！"
田桂琴："还往上装啥呀？"
司机："您看吧，帮您搬家！"
田桂琴："再装，就把这座楼拉走吧！"
司机："嗯？您是啥意思？！"
田桂琴："啥意思？就这意思！我家的全部家当都在这呢！你还以为我们家有多少呢？"
司机："啊？当个大局长家里就这点儿东西？还没我们家破烂儿多呢！真的假的？"
田桂琴："这事儿还能说假话，不能说假话！"
红英："妈！快上车吧！"
田桂琴："等会儿，帮叔叔把后车厢关上！"
司机："我来吧，看你碰了手！"

### 8. 回市里的路上　日　外
岳局长和云秀坐在车上。
一些残破的雕塑从车两旁掠过！
老岳："这些坏了的雕塑怎么还没弄走？"
云秀："你是局长，你不发话，谁能弄？"
老岳："哎呀！道班上的人哪，怎么连个脑子也不长！这明明坏了嘛，还摆在这里干啥？怎么能让外边的人看到我们市这个形象！
云秀："中国的事儿是这样的，当官的让干的事，好了坏了，当官的不发话，谁敢乱动？！好的都跟着说好，坏的没一个人说坏！"
老岳："不行，这个规矩不是好规矩！我得狠狠批评他们道班！太唯上不唯实际了！这都是些什么观念？！这样能做好工作吗？！"

### 9. 张副局长办公室　日　内
云秀在和张副局长谈着什么。
张副局长在本子上记着什么。

### 10. 岳局长新家　日　内
田桂琴和红英她们走了进来。
红英："妈！咱们搬了一回家，这屋怎么这样啊，怎么连装修都没装修哇？！"
田桂琴："别这山望着那山高了啊！在城里，咱们先能有个地方住，这就不错又不错的了，别再挑三拣四的了！"

红英："我爸那个人啊，给他个猪窝他都能住！"
　　田淮琴："算你说对了！在乡下修路时人家哪没住过！"
　　红英："论说我爸大小也是个市里的局长了，可还是那么屯老帽！"
　　田桂琴："江山易改，本性难移！他就是那样的人！"

　　11．劳教所　日　内
　　老岳拎着一些书和水果走了进来。
　　会面室里，老岳隔着玻璃窗在向里望。
　　刘技术员走了出来，他坐在椅子上，抬头看了岳局长一眼，就低下了头。
　　老岳："刘技术员哪，我知道你是刘市长的侄子，你大概也知道我和你叔的关系，我就和你的亲叔叔一样！因为工地上的失职，我们处理了你，你还在怨我们吧？！"
　　刘技术员仍是低着头一言不发。
　　老岳："你怎么不说话？……给你带来了几本书，都是施工技术的，在里边好好看看！"
　　刘技术员没有抬头："这些书对我没用了，你拿走吧！拿走！"他几乎是在喊！
　　老岳摇摇头："不！我既然送来了，就不能拿走！不管你心里怎么对你这个岳叔叔不满，不管你心里怎么骂岳叔叔不是人，都可以！这些书你必须留下！"
　　刘技术员突然站起来吼道："不留！就是不留！"
　　老岳厉声地说："你给我坐下！我以当叔叔的身份和工地总指挥的身份命令你留下！你在里边给我好好看这些书！出去时你没看好这些书，我就抽你的耳光！你听着！出去了，你马上去找我！听着没有？！"
　　刘技术员抬起头看看那些书，又看看岳局长，虽无话，但眼里已有了泪水！

　　12．岳局长新家　日　内
　　田桂琴和红英正在收拾东西，岳局长走了进来。
　　红英上前搂住岳局长说："哎，老爸！"
　　岳局长："你妈批评我说，我心里没这个家，现在搬家到市里了，我得回来看一下，不然你妈那句话就成事实了！"
　　红英："真的，我和我妈谁也没想到你能回来！"
　　岳局长："跟老爸说说，学得咋样？"
　　红英："好哇！科科在系里不是第一就是第二！这学期得了一等奖学金呢！"
　　岳局长："好！学成了，好投入咱们的公路建设！"
　　红英："这么说，我的毕业分配问题解决了？！"
　　岳局长："美的你！现在实行聘任制，能者上，庸者下！你也同样如此，几年以后毕了业，参加正常招聘考试，想走后门呀，没门儿！"
　　红英："老爸！这个假期，我到你们工地去实习实习咋样？"
　　岳局长："可以呀，可是不能住我们指挥部，得下基层！"
　　红英："行啊，基层就是工点呗，有山有水有花鸟的！"
　　岳局长："基层是很苦的！你不要想得那么美！"
　　红英："那我也去！"
　　岳局长："好，明天咱们一块走吧！"
　　田桂琴："我看可算了吧！让红英在家里好好待几天吧！去了工点，她一个女孩子家能干啥？！"

红英倔强地："不！我去！"
田桂琴："好，去去去！别的不像，就这个倔脾气，跟你爸真像！"

### 13. 公路上　日　外
岳局长、云秀、红英坐在吉普车里。
岳局长看着道两旁的雕塑已被人搬走了，说："嗯！行动还算快！昨天我狠狠地刮了他们鼻子，他们连夜就行动了！还算快！"
云秀："两边的雕塑还立不立？什么时候立？"
岳局长："这回立雕塑的事，我不管了，我看他们道班怎么办？看他们上边不说，他们该办的事他们能不能办！他们不办我再批评他们！"
旋转的车轮。
（云秀画外音）：由于省纪检委和省检察院的介入，佟副局长因涉嫌贪污、挪用公款等问题被捕入狱。值得人们寻味儿的是：同年年底，审计局隋副局长却被评为本系统模范干部。……我的过去算是永远的结束了，等待着我的，是一个多么美好的未来啊……
旋转的车轮。
字幕：两年后
岳局长、田副局长、云秀都在车上。
岳局长望着车窗外的高速路说："真正的雕塑其实是这些路啊，我也走过好多高速公路，但每次走在我们自己这条路上，就觉得这一切都是这么美啊……哈，我们的路就是不一样！"
美丽的高速公路。不同一般的绿化带，七彩的路面。
云秀满面春风的脸。

### 14. 工地指挥部　日　内
云秀和岳局长在这里。
岳局长："云秀！过几天咱们这条高速公路就要正式通车了，给国家计委帮过咱们的郑处长打通电话没有？咱们说好的，要请人家来参加通车典礼，可一定让她来啊！"
云秀："电话是打过了，可是办公室的人说，她已经退休了！"
岳局长："那就挂她家里的电话！请她一定来！路费什么的我们来报销！她是对我们做出过贡献的人，我们不能忘了她！"
云秀："知道了！"
敲门声！
云秀："请进！"
刘技术员拎着行李走了进来！
岳局长："哟！我的大侄子回来了！快坐！"
云秀急忙倒水！
刘技术员坐下了。
岳局长："出来了？！"
刘技术员："嗯！"
岳局长："你的情况我基本了解，在里边两年，我看过你五次，每次都有长进啊！"
刘技术员："我再不长进就不叫人了。"
老岳笑了："到工点去了吗？"
刘技术员："去了，工点上的人基本快撤没了！"

岳局长："不过你回来的不算晚，一个是赶上了这条高速公路通车，再一个就是我们马上有一条新的公路这几天要开工！你还是要到工点上去！还当你的技术员！不能再玩忽职守，把工作当儿戏了吧？！"

刘技术员："不会了！我看了那座桥的桥墩！感觉是那么的好！真的是很美很美！用手摸了好半天，我哭了……"

岳局长："浪子回头金不换！到了新工点，你得好好干！给你岳叔叔长长脸！不好好干，我照样还把你送进去！"

刘技术员："我想不会了！我这一生中有这两年的经历，我想够我记一辈子的了！"

岳局长笑着点了点头。

### 15. 黄河大桥日外　四　头

岳局长、田副局长、云秀，还有原国家计委的郑处长漫步在黄河大桥上。

岳局长："夜晚走在这桥上，灯火辉煌，那才叫好看。"

郑处长："是啊，我注意到你们的灯比别的大桥多啊。专家们对这座大桥评价非常高，不来看看，回去了都没法交代！"

几人笑了。

云秀："大姐，真得谢谢你！帮了我们大忙了！"

郑处长："云秀，话又叫你说反了！我虽然没有我们领导那么远大的目光，但我也知道你们做这件事儿的意义，要是全国的地级市都能像你们这样做，我们与发达国家之间的距离就不再是二十年三十年了，目前我们全国的高速公路才一万多公里，而美国是八万公里！就拿这桥来说吧，你们修的这座黄河大桥意义真是太大了，别的不说，大桥两边的城市眼看着就发展起来了。"

云秀："是啊，这一带过去两边人的口音都不一样，千百年来就是这么过着，那时候叫'毛巾招渡，柳岸寻舟'，过一次河难死了，现在这座桥不但是两岸的交通要道，而且是一处游人必看的旅游景点呢，你看，这里准备建游乐园了。"

郑处长："不看公路，光是看这座桥已是感慨万千了。"

岳局长："大姐呀，我们公路局正式聘您当顾问了！明儿个通车你参加剪彩！"

郑处长："那可不行！我又不是什么大领导！"

岳局长："大姐，你是不是什么大领导，可是你是办了大事的领导！"

### 16. 工地指挥部　日　内

刘市长走了进来！

老岳："哎呀，刘市长，明天剪彩，你这市政府的一把手今儿个这么早赶来干啥？！"

刘市长："路上走了一圈了！不容易呀！但是好！车从太行王屋山的肚子里穿过，感觉好！过去多少辈子人从山西到咱这边，那得爬多少山，蹚多少河呀？！现在好，溜平的高速公路嗖嗖的，不大一会儿就到了！我看见山西运煤的车已经上了这道了，往咱这边来了！哎，心情好！"

老岳："路修好了，虽没举行正式通车仪式，可对山西运煤的车，我们特殊对待，先放行了！"

刘市长："好！好！赵副省长头几天来这检查工程质量，在市里把你们好顿表扬，说咱们市修的这高速公路质量，可以成为全省的样板！"

老岳："市长呀！我岳大青不图什么表扬，只求修完这条路，别因为工程质量问题，被抓起来或者脑袋搬家，还能在没退休之前多修几条路！"

刘市长："修这条路，我知道把你们累坏了，通了车，好好歇歇吧！"

老岳："刘市长，你别官僚了！这条路是通车了，可明儿个另外一条公路又开工了，我们的指挥部往那边儿一挪，事儿又来了！歇歇，我也想，可是没时间歇着！刘市长！我岳大青不感谢你让我们歇着这句话，最感谢你这位市长的就是，你让我们想干事儿的人干事。"

刘市长："啊，不让想干事儿的人干事，让不干事的人胡闹？！真是！人民的江山给那些不干事还整事的人坐？！得了吧！"

老岳："刘市长，路是通了，要离开这里之前，我有件心事还放不下。"

刘市长："什么事？"

老岳："馒头村的小学，都破成什么样了？在那里学习的是我们的下一代呀！这个小学得重建！我们公路局可以无偿地提供一些石料，市里能不能拨点款？"

刘市长："市里的财政虽然紧张，可是不能紧在下一代身上，我回去就想办法！"

17. 山坡上　日　外

刘市长和刘技术员坐在这里。

刘市长："你出来了，你爸你妈都高兴了吧？"

刘技术员："他们都很好。"

刘市长："他们跟你操了多少心！你在里边一天，他们在外边像过一年！他们的头发都白了不少了！"

刘技术员："他们都老了好多。"

刘市长："你爸你妈不容易，往后，你不论是冲你爸你妈、冲我，冲你岳叔叔，都得好好干！争口气，给我们长个脸！不能再出上回那种事儿了？！"

刘技术员："保证不会了！"

刘市长："我是你的亲叔叔不假，可不是你的保护伞！你不要指望你出了什么事，我能给你兜什么底！上回你岳叔叔他们处理你，我心疼你，可我不能替你说话，今后也不能！你岳叔叔他们处理得对不对？对！不处理你，他们怎么能把公路修成现在这种高质量的样子？！"

刘技术员："许是长了几岁了，我不说假话！我真的是感谢岳叔叔他们，他们在修路的同时，也重新塑造了我这个人！"

（云秀画外音）：这句话出自他的口中，却好像是我的心声，我想可能会有更多的人要这样说，或者有更多的人想说，却不知从何说起……

山坡下，一挂马车驶了过来。

赶车的是孙二愣，车上拉着水果，坐在车上的还有翠云！

孙二愣得在车上喊："哎，我说同志，到工地指挥部还有多远？"

刘市长站起身来，指着旁边的指挥部说："到了嘛，眼皮底下就是了！"

孙二愣"吁！"了一声停住车，往一根桩子上拴牲口！

翠云下了车。

刘市长和刘技术员走了过来

刘市长："老乡，你们来指挥部有事儿？"

孙二愣子："不认识我了？我认识你，你是刘市长，我就是孙二愣子呀！开工典礼上我还说了几句呢，我找岳总指挥！那年修路刚开工，因为我们家地里的果树，想讹公路局俩钱儿，没承想把自己弄进笆篱子好几天！公路局的人够哥们儿，给我们家的果树移栽好了，今年果子又丰收了！"

刘书记："哈，没少收入啊！"

孙二愣子："是啊，产量一点没受影响。听说路修完了，岳局长他们也要走了！我这心里横七竖八的不得劲儿，咱一个农民，以后和岳局长他们不知啥年月再能见着面呢！自己家树上结的果子，给岳总指挥他们送两个尝尝！这是我和我媳妇的一点心意！"

刘市长冲屋里喊："老岳啊！出来，有人给你们送水果来了！"

孙二愣子操起两个苹果，用袖口擦擦说："刘市长！还有这位老弟！尝尝，嘎崩溜丢脆！甜着哩"

刘市长和刘技术员都接过苹果，刘市长咬了一口，冲刚从屋里出来的岳局长说："嗯！老岳！这苹果好吃！好吃！"

老岳握着孙二愣子的手说："二愣子、翠云！难得你们的这份心啦！"

孙二愣子："岳总指挥！哈哈，嗯，你说我当时咋就那么浑？！应该抽自己几个嘴巴子。"说着，自己哈哈笑了起来！

众人也都笑了！

岳局长咬了一口苹果，说："这苹果甜是甜，就是有点儿后悔味儿！"

众人又是一阵哄笑！

孙二愣子："岳总指挥！你们这回一走，可就不知啥年头能见着你们了！我得求你答应我个事儿！"

老岳："啥事儿？！"

孙二愣子："每年上秋，你们都到我家来一趟，吃点儿水果！你们不想我，我孙二愣子可是真想你们呢！"

老岳握着孙二愣子的手说："那咱们就一言为定！"

孙二愣子笑了，笑着笑着，眼里竟有了泪："我呀，真是谢谢公路局的同志们！"

刘技术员却咬着苹果，没有吃，他神情专注地看着孙二愣子和岳局长，心里想着很苦涩又很甜美的事！

### 18. 通车典礼现场　日　外

狮子舞，好欢好欢！

锣鼓镲，好响好响！

彩车开过来了！

刘市长、郑处长和岳局长操剪剪彩！

红绸飘落！

鞭炮炸响！

彩车徐徐驶过！

人们欢喜的笑脸！

### 19. 黄土路上　日　外

彩车的车轮叠化成吉普车的车轮！

老岳、田副局长、云秀他们都在车上！他们的车正在一条颠簸的土路上奔跑！车尾扬起长长的烟尘！

### 20. 车内　日　内

老岳对田副局长说："老田哪！新的工地指挥部条件比这好不少！咱们各有一个屋，

可以分开睡觉了，咱俩谁也听不着谁的大呼噜了！"

老田："你可别！这几年，我都条件反射了，听不着你的呼噜，我还睡不着觉呢！要是两个屋，咱们就一间办公，一间当宿舍吧！"

老岳："听你的！哎，老田、云秀，我不知道你们怎么想，依我说，我这辈子让我感到最幸福的事儿，就是在没路的地方修路，或者修成了一条路！"

车轮在土路上奔跑！

它的前面有旷野和远山！

吉普车里人们那欢乐的脸！